異世界で
双子の腹ぺこ神獣王子を育てることになりました。
2

遠坂カナレ

この作品はフィクションです。
実在の人物・団体・事件などに
一切関係ありません。

異世界で双子の腹ぺこ神獣王子を育てることになりました。

contents

異世界で双子の腹ぺこ神獣王子を育てることになりました。2

第一章　建国祭にて

雲ひとつない青く晴れ渡った空を、純白の鳥たちが羽ばたく。

色とりどりの花気球が空に放たれ、黄金の紙吹雪が、まばゆい陽光を浴びてキラキラときらめいた。

ファンファーレが鳴り響き、人々の歓声が弾ける。

逞しい体躯に、銀色の獣耳と立派な尻尾。堂々たる風格でバルコニーの中央に立つ男は、半身半獣の獣族が住まうこの国、レスティア王国を統べる国王、神獣王ヴァレリオだ。

彼を称える声が、止むことなく響き続けている。

神獣王の隣には、銀色の獣耳をぴんっと立てた、愛くるしい二人の幼児の姿。

雪のように白い肌に、ふわふわの銀色の髪と、輝く翡翠色の瞳。そっくりな顔だちをした彼らは、神獣王と亡き前王妃のあいだに生まれた双子の王子、ルッカとソラだ。

半年前まで、僕は日本で暮らす、普通の会社員だった。

自宅前で行き倒れていた双子たちを保護し、彼らの叔父、ジーノを助けるために、こちらの世界にやって来たのだ。

双子たちと協力して、無事にジーノを救い出せたけれど、その過程で、元の世界に戻れなくなってしまった。

科学技術の代わりに魔法の発達した、ファンタジーのような世界。

元の世界との違いに戸惑うこともあるけれど、僕はこの世界で生きる選択をしたことを、後悔してはいない。

始まったばかりの式典にすでに退屈しているのか、双子たちは大きな銀色の尻尾をぴょこぴょこと左右に振り、落ち着かないようすで周囲を見回している。

「ルッカ、ソラ。こっちへおいで。皆に挨拶をするんだ」

父親である神獣王に呼ばれ、ルッカとソラは顔を見合わせた。

「やー。あいさつ、にがて」

ぴょこんと飛び跳ねて逃げようとした双子を、神獣王は二人まとめて抱き上げる。

ぷくぷくのほっぺを紅潮させ、神獣王の腕から抜け出そうともがく二人を、割れんばかりの歓声が包み込んだ。

「ルッカ王子！」

「ソラ王子！」

熱心に名前を叫ばれ、二人はくすぐったそうに目を細める。

年に一度の、建国を祝う式典。

城の前の広場には、神獣王や双子の王子をひと目見ようと、たくさんの国民が詰めかけている。

「挨拶をするのがどうしても嫌なら、笑顔で手を振るといいわ。皆、あなたたちが日々成長する姿を、とても楽しみにしているの。元気な姿を見せてあげて」

栗色の豊かな髪に、妖艶で美しい顔だち。臨月の身体を鮮やかな空色のドレスに包んだ継母、王妃ベアトリーチェにやさしく促され、双子たちはおずおずと顔を見合わせた。

戸惑うような素振りをしながらも、ソラが眼下の民に向かってちいさな手を振る。

すると、人々の歓声がより大きくなった。

ルッカも、ソラを真似てぎこちなく手を振る。

自分たちに歓声を送る人々の姿に、二人は照れくさそうに頬を染める。

神獣王の腕からぴょこんと飛び降り、少し離れた場所に控えていたジーノと僕の元に駆け寄ってきた。

勢いよく飛びかかられ、よろめきそうになる。

ルッカはジーノに、ソラは僕にぎゅうっとしがみつき、「ぐるぐるぎゅー！」と叫んだ。

お腹が減った、といいたいのだろう。

遠くから漂ってくるごちそうの匂いを嗅ごうとしているのか、くんくんと鼻を鳴らしている。

「百億歩譲って、叔父のジーノに懐くのは仕方のないことだと理解できる。だが、なぜルッカとソラは、実父の私よりも、血の繋がりのない悠斗に懐いているのだ」

先刻までの威厳のある姿から一転、神獣王が情けない顔で、ぐったりと肩を落とす。

「えっと、それは……」

恨みがましい目で見下ろされ、困惑する僕の隣で、ジーノが涼やかな笑みを浮かべた。

「それは、この男の作る料理が絶品だからです。ルッカもソラも、悠斗自身ではなく、悠斗の料理に執心しているのですよ」

輝く銀色の髪と、磨き抜かれた刃のように凜と整った美貌。双子たちと同じ、澄んだ翡翠色の瞳をしたジーノに、ベアトリーチェが意味ありげな笑みを向けた。

「あら、本当にそうかしら。料理の腕前だけに執心しているようには見えないけれど」

「やめてくれ、ベアトリーチェ。そうとでも思わなければ、やってられない」

両手を伸ばしてハグを請う神獣王に、ルッカもソラも応えようとしない。

それぞれジーノと僕の身体に、尻尾をふりふりよじ登って、ちょこんと腕のなかに収まった。

めいっぱい甘えてくれる双子たちはとてもかわいいけれど、神獣王の目が物凄く怖い。

「悠斗、今日のごちそうも、一部はお前が作ったそうだな」

神獣王に問われ、僕はぎこちなく頷いた。

「放っておくと、二人とも肉しか食べませんので。肉といっしょに、野菜をたっぷり摂れる献立にしたんです」

高価な食材をふんだんに使った豪勢な料理は、宮廷料理人に任せればいい。

僕の役割は、ルッカやソラが食べたがらない食材を、できるかぎりおいしく食べられるように工夫して、栄養バランスを整えてあげることだと思う。

狼の神獣だから、肉が大好きなのは仕方がない。だけど、人間に似た形をしている以上、野菜から摂る栄養も、同じように大切な役割を担っているはずだ。

ルッカとソラのために作ったひと皿めの料理は、大きなミートローフ。

にんじんや玉ねぎ、キノコに似た野菜をみじん切りにしてひき肉に混ぜ込み、さらにサイコロ状に刻んだパプリカやピーマンに似た野菜など、カラフルな具材をちりばめ、中央にゆで卵を埋め込んである。

切り分けると、ゆで卵の鮮やかな黄身が目を惹いて、食欲をそそる料理だ。

もうひとつは、バラの花を模したロールサンド。ルッカやソラが大好きなハムやチーズとともに、スライスしたトマトやキュウリに似た野菜を巻き込んである。

どちらも彩りがよく、野菜だけを避けるのが難しい。

ルッカとソラは、真っ先にミートローフに興味を惹かれたようだ。

「ほわ、きれい！」

「いいにおい！」

歓声をあげ、素手で掴もうとする。

「焼きたてだから、手づかみだとやけどしちゃうよ。ナイフとフォークを使って、はふはふして食べようね」

ほかほかと湯気をたてるミートローフにナイフを入れると、じゅわっと肉汁が溢れ出す。

おいしそうな匂いがより強く立ち上って、ルッカもソラも手を叩いて歓声をあげた。

ナイフとフォークを使って口元に運び、あむあむと口いっぱいに頬張って、「あちあち、うまー！」と叫ぶ。

ちいさく刻んだ野菜を避けることなく、二人はミートローフを丸ごと口に放り込んだ。

「お口、汚れてるよ」

口元についたかけらを取ってあげると、僕の指ごとかけらにしゃぶりついてくる。

あっというまに平らげ、皿を舐めそうな勢いで、ルッカもソラも残さず食べ尽くした。

ミートローフの次は、ロールサンドに興味を惹かれたようだ。

手づかみで両手に持って、大口を開けてかぶりつく。

「おはな、かわいくておいしいのー！」

「ゆーとごはん、だいすきー！」

王族にふさわしい振る舞いを身につけられるよう、できるだけカトラリーを使うようにさせているけれど。やはり獣の本能のせいか、双子たちは手づかみで直接食べられる料理が大好きだ。

次から次へとひとくちサイズのロールサンドを掴んでは口に運び、ルッカもソラもニコニコ顔だ。

こんなにも幸せそうな顔をされると、「お行儀が悪いよ」とたしなめる言葉が引っ込んでしまう。

行儀作法も大切だけれど、今のルッカやソラにとって、『楽しく食事を摂る』ということが、なにより大切なことなのかもしれない。

日々、栄養バランスを考えながら彼らの好きな料理を作り、笑顔で健康になってもらう。それが、異なる世界で生きることを決めた僕の、現在の生きがいだ。

デザートはカボチャにそっくりな緑黄色野菜、栗南瓜を使ったプリンアラモードだ。ほんのり甘い、もっちりした固めのプリンに、色とりどりのフルーツを添えている。

ルッカもソラも大喜びで平らげ「おかわり！」と叫んだ。

相変わらず、物凄い食欲だ。

プリンのかけらやカラメルで汚れた二人の口元をそっと拭ってやる。

「甘いものばかりたくさん食べ過ぎると、身体によくないんだけどな……」

おかわりをあげるのをためらう僕をよそに、神獣王が自分のプリンをあげようとする。

「せっかく悠斗が栄養バランスを気遣ってくれているのに。あなたが考えなしに甘いものを与えては意味がないでしょう」

ベアトリーチェ妃に呆れた顔をされ、神獣王は眉を下げた。

「しかし――」

「ルッカ、ソラ。焼き蜜りんごを作ってあげようか」

焼き蜜りんごというのは、スライスした蜜りんごを鉄鍋でこんがり焼き、シナモンによく似たスパイスで香りづけした、シンプルなデザートだ。

砂糖などの甘味料は使わず、そのまま食べるため、牛乳や砂糖を使ったプリンより、カロリーも低く健康的だ。

蜜りんごは僕らの世界のりんごよりもたっぷり蜜を含んでいるため、油を引かなくても焦がさず焼ける。

「ほぉ、やきみつりんご！　たべたい！」

「たべたい！」

ぴょこんと飛び跳ね、双子たちは歓声をあげる。

「じゃあ、作ってくるね」

立ち上がって厨房に向かおうとしたそのとき、大広間の入り口がざわつき始めた。

飛び交う怒号や甲高い悲鳴が、和(なご)やかな祝いの席の歓談をかき消す。

「何事だ！」

先刻までの情けない姿から一転、誰よりも素早く飛び上がり、神獣王が王妃と息子たちの前に躍(おど)り出る。

「神獣王。貴様が蔑(ないがし)ろにしたばかりに――我が娘はっ……」

衛兵(えいへい)に捕らえられた金髪の男が、忌(い)ま忌ましげな声で吐き捨てる。

痩せこけた頬に、血走った瞳。尖った歯をむき出しにして、今にも食(く)らいつかんばかりに神獣王を睨みつけている。

「娘を苦しめた報(むく)い、身をもって思い知るがよいッ！」

男の手のひらから、どす黒い炎をまとった青い大蛇が放たれた。

禍々(まがまが)しい光に包まれた大蛇はまっすぐ飛んで王妃の腹に絡みつき、鋭い牙を剥(む)いて、がぶりと噛みつく。

「ベアトリーチェ！」

神獣王が駆け寄り、王妃を抱き上げる。王妃の腕よりも太い大蛇を力ずくで引き剥がそうとした神獣王に、男は狂気に歪(ゆが)んだ声で叫んだ。

「無理に引き剥がせば、王妃もお腹の子も死ぬ。自(みずか)らの手で、妃と生まれてくる子を殺(あや)めたいのか」

神獣王が悔しそうに大蛇から手を離す。

彼の腕に抱かれたベアトリーチェが力なく微笑んだ。

「青大蛇の呪い……聞いたことがあるわ。この呪いをかけられた妊婦からは、胎児は永遠に生まれてこない。腹のなかに留(とど)まって、成長し続けるのよ」

「そんなっ……お腹のなかで成長し続けたら、王妃はどうなってしまうんですか」

僕の問いに、ベアトリーチェはかすれた声で答えた。

「お腹が破裂して死ぬ。青大蛇の呪いを受けた妊婦の末路(まつろ)は決まっているの」

「貴様っ、今すぐ呪いを解け！」

神獣王に怒鳴りつけられ、金髪の男は不気味な笑いを浮かべる。

「呪いを解くくらいなら、この命、捨ててやる。我の味わった絶望を、貴様も味わうがいい」

衛兵に羽交い絞めにされ、床に押さえつけられた金髪男が呪詛(じゅそ)を吐いた。

どす黒い炎を放つコウモリが出現し、バサバサと不穏な音を立てて羽ばたく。キィと鋭く啼(な)いて、コウモリは男の喉元に食らいついた。

男の喉から、びゅっと鮮血(せんけつ)が噴き出す。

僕はとっさにルッカとソラを抱きかかえ、二人の目を塞(ふさ)いだ。

「悠斗、ルッカとソラを頼む！」

素早く呪文を唱え、ジーノが光の輪を放つ。放たれた輪がコウモリを捕らえ、男から引き剥がした。

ジーノがさらに呪文を唱えると、男の傷口がみるみるうちに塞がってゆく。

「やめろ！　死なせてくれっ」

「させるか！」

ジーノの放った鎖が、男の手足をからめとる。口枷（くちかせ）に塞がれ、男は呪文を唱えられなくなった。

「今すぐ呪いを解くんだ」

ジーノに命じられ、男は口元を歪めて挑発的な笑みを浮かべる。

口枷をされた男はなんの言葉も発さないけれど、その目は『解けるものなら解いてみろ』と語っているかのように見えた。

「ジーノ。この呪い、お前には解けないのか」

神獣王に問われ、ジーノは無言のまま唇を噛みしめる。

苦手な治癒魔法を使った直後で、疲れ果てているのだと思う。足元がおぼつかない。

「魔法には向き不向きがあるのよ。ジーノは転移魔法の名手。回復魔法や解呪（かいじゅ）は、彼の姉が得意としていた魔法ね……。青大蛇の呪いは厄介なの。魔力があったころの私にだって、解けるかどうか怪しいわ」

ベアトリーチェがさりげなくジーノをかばった。

彼女の腹には青大蛇が絡みつき、鋭い牙で噛みついている。血こそ出ていないものの、とても痛そうだ。気丈に振る舞っているけれど、美しい顔は青ざめ、冷や汗が滲んでいる。

「じゃあ、どうしたら――」

不安げに呻く神獣王に、ジーノは重々しい声音で答える。

「もしかしたら、白魔法に長けた妖精王コルダなら、解呪できるかもしれません」

「ようせいのおじーちゃん？」

「おじーちゃん、あいたいのー！」

ぴょこっと飛び跳ね、双子たちが僕の腕から抜け出した。

「おじーちゃん、つれてくるー」

「のろい、ないないする！」

むいっと両手を突き出し、双子たちは宣言する。

「――頼む。このとおりだ。妖精王とやらを呼び寄せてくれ」

すがるような瞳で神獣王に請われ、ジーノは双子たちを抱き寄せて頷いた。

ジーノの回復後、転移魔法で天空都市に向かい、妖精王コルダに事情を説明する。

コルダは快諾し、すぐにレスティアに来てくれた。

王と王妃の寝室。天蓋（てんがい）つきの瀟洒（しょうしゃ）なベッドに横たわった王妃を見下ろし、妖精王は痛ましげに眉を下げる。

「これは……っ。確かに青大蛇の呪いのようだが……ここまで禍々しい大蛇は、生まれて初めてじゃ」

手にした杖を王妃の腹にかざし、妖精王は呪文を唱える。

純白の光が王妃の身体を照らし、大蛇を包み込んだ。

魔法で除去しようとしているようだけれど、大蛇には何の変化もない。

「くぅっ……手強いのぅ――」

しばらく呪文を唱え続けた後、妖精王がふらりと倒れる。

「貴殿の力をもってしても、厳しいですか」

控えめに尋ねたジーノに、妖精王は力なく首を振った。

「残念じゃが、この呪いを解ける者が、この大陸におるとは思えぬな」

心配そうな顔でじっとようすを見守っていた双子たちが、翡翠色の瞳を潤ませる。

「のろい、むずかしー？」

「こまるのー。きょうだい、あいたいの！」

今にも泣き出しそうな顔で訴えられ、妖精王は弱りきった顔で白いあごひげを撫でた。

「ワシに解けんとなると――解呪できる可能性があるのは、エリオくらいじゃろうな」

「えりお？」

大きな翡翠色の瞳をこぼれ落ちそうなほど見開き、双子たちが妖精王に向き直る。

「大魔法使いエリオ。世界最強の魔力を持つといわれておった、ジーノと彼の姉の師匠じゃ」

「ジーノのせんせい！」

「すごいまほうつかい？」

ぴょこんと飛び跳ね、双子が問う。

「とてつもなくすごい魔法使いじゃ。悠久（ゆうきゅう）の時を生きる我ら妖精でさえ、あの男には勝てる気がせぬ」

ふむ、と頷き妖精王は答えた。

「エリオさんに頼めば、ベアトリーチェ妃もお腹の子も助かるんですね！」

思わず叫んだ僕に、ジーノがちいさく首を振る。

「無理だ。エリオは何年も前に『理想郷を探しに行く』と言い残して旅に出たきり、消息（しょうそく）がわからないのだ」

「りそーきょー？」

不思議そうな顔で、双子たちが首をかしげる。

「人間や妖精、獣や魔獣に至るまで。あらゆる生き物が仲良く共存している、楽園のような場所のことだ。現実には存在しない、架空の場所だ」

落胆の滲む声で、ジーノが答える。

「あながち、存在せんとも限らぬぞ」

妖精王が静かな声音でいった。

「そんな夢みたいな場所が、本当にどこかにあるっていうんですか」

「あの男のことじゃ。見つからなければとっくに帰ってきているだろう。お前さんの師匠じゃぞ。戻ろうと思えば、世界の果てからだって、一瞬で戻れるだろう」

転移魔法の得意なジーノ。その師匠であるエリオも、転移魔法の名手なのだそうだ。

「帰ってこない、ということは、なにか帰れない事情があるか、目的の場所を見つけて居ついたか、どちらかだ。あの男がみすみす誰かに害されるとは思えんし、理想郷を見つけ出した、と考えるのが妥当じゃろう」

「妖精王は、ご存じなんですか。理想郷の場所を」

僕の問いに、妖精王は白いあごひげを撫でながら答えた。

「わからんが、ヴェスターヴォ山脈を越えた先に入り口がある、と聞いたことがあるぞ」

「れすたーお?」

うまく発音できないのか、舌っ足らずにルッカが反芻する。

「ヴェスターヴォ山脈、じゃ。北の霊峰と呼ばれておる、神聖な山じゃよ」

こくっと頷き、ルッカとソラは顔を見合わせた。

「えりお、さがす！」

「きょうだい、たすけるのー」

両手を天に突き出し、双子たちが叫ぶ。

「ルッカ、ソラ。無理だ。ヴェスターヴォ山脈は転移魔法が使えないんだ。自分たちの足で山越えをしなくては、たどり着けない」

「おやま、のぼるー！」

「のぼる！」

ぴょこぴょこと飛び跳ね、双子は主張した。

跳ねるたびに大きな尻尾がぶんぶん揺れて、こんなときに癒やされている場合じゃないとわかっているけれど、見惚れるほど愛らしい。

「ヴェスターヴォはとてつもなく険しい山なんだ。山頂は常に深い雪に覆われているし、幼児の足で登れるような山じゃない。もし行くとしたら、ルッカとソラは悠斗といっしょに留守番だ。私ひとりで行く」

「どう見ても登山が得意なようには見えないけど。ジーノ、ヴェスターヴォ山脈に登ったこと、あるのか」

「ない」

ツンと澄まして即答するジーノに、僕は呆れずにはいられなかった。

「登ったことのない雪山にひとりで登るなんて、自殺行為だ。だいたい、僕がいなければ、きみは魔法が使えないんだぞ」

僕の言葉に、ジーノは、はっとしたように表情をこわばらせる。

「おお、そういえばジーノの魔核（まかく）は、悠斗のなかにあるんじゃったな」

白いあごひげを撫でながら、妖精王が「ふむ」と興味深そうに僕を見る。

魔核というのは、魔法使いにとって、魔力の源（みなもと）になる大切なものだ。

魔法使いによってそれぞれ違う色をしており、宝石のように美しい魔核。

本来、魔法使い自ら肌身離さず身につけているものだけれど、ジーノの核は僕の体内にあって、取り出せない。

つまり、ジーノは僕のそばにいない限り、魔法を使えないのだ。

偉大な魔法使いではあるものの、僕なしでは、どんなに簡単な魔法も発動することのできない、ただの人間になってしまう。

「悠斗のいうとおり、お前さんひとりで行動するのは現実的ではないな。ヴェスターヴォ山脈といえば、魔獣の巣窟（そうくつ）じゃ。魔法の使えない人間が足を踏み入れれば、一瞬で魔獣の餌食（えじき）じゃ」

悔しそうに、ジーノが唇を噛みしめる。

「ならば、エリオ以外の魔法使いに――」

「ありえんな。妖精王であるワシにも解けぬ、たちの悪い呪いなのだ。人間界で解ける者がおるとすれば、エリオ以外考えられぬ。ワシも人間以外の心当たりを当たってみるが、おそらく誰もおらぬだろう。術者の男は、絶対に解かぬといっておるのだろう」

「彼はデーリオの国王だと判明したのですが、『呪いを解くくらいなら死ぬ』と、自害を図りました。今は余計なことができぬよう、口枷をし、魔法を封じる牢に閉じ込めてあります」

ジーノの答えに、妖精王は目を見開く。

「なんと！　デーリオといえば、建国以来長年にわたって反戦を貫き続けておる、平和主義国家ではないか。なぜそのような国の王が……」

「理由はわかりませんが、ヴァレリオ陛下に強い恨みを抱いているようです」

信じられぬ、と妖精王は唸り声を上げる。

「魔法を封じる牢に閉じ込めたのなら、追呪を放たれる心配はない、ということじゃな。だが、この青大蛇がいつなにをしでかすかわからぬ。ジーノ、悠斗とともに、エリオを探す旅に出るのじゃ。大蛇はワシが見張っておる。ベアトリーチェ妃や赤子の身が心配じゃ」

顔を見合わせた僕とジーノに、ルッカとソラがもふっと体当たりしてくる。

ルッカはジーノに、ソラは僕に、ぎゅうっとしがみついた。

「ルッカ、いく!」

「ソラも、いく!」

ちいさいのに、物凄い力だ。ぎゅうぎゅうにしがみついて、二人とも離れようとしない。

「馬鹿をいうでない。ルッカとソラはワシといっしょに留守番じゃ。ジーノたちの邪魔をしてはならぬ」

ひょい、と妖精王が杖を振ると、ルッカとソラの身体が白い光に包まれる。

シャボン玉のような光の玉に閉じ込められた二人は、ふわりと玉ごと浮かび上がり、僕やジーノから引き剥がされた。

「やー!」

「いっしょにいくのー!」

手足をばたつかせて暴れる双子たちを、妖精王がなだめる。

「ジーノや悠斗なら、数日で帰ってこられるじゃろう。お前さんたちはここでおとなしく待っておれ」

「すーじつってどれくらい?」

ちょこん、と首をかしげ、ルッカが妖精王に問う。

「数日は数日じゃ。安心せい。幾晩か寝れば、ジーノも悠斗も戻ってくる」

「むりー。ルッカ、ジーノないとねんねむり!」

「ソラもむりー。ゆーとごはん、ないとだめ！」

大暴れする二人の身体は光の玉に囚われたまま、中空にふわりと舞い上がる。

「ジーノ、悠斗。今のうちじゃ。早く旅支度をしろ！」

妖精王に告げられ、ジーノは僕の腕を掴んだ。

「行くぞ、悠斗」

「ちょっと待って。危険なのはわかるけど、本当に二人を置いて出かけて、大丈夫かな」

ジーノに腕を引っ張られ、僕は後ろ髪を引かれながら双子たちを見上げる。

「だめー！」

「だいじょぶ、ないー！」

瞳に涙をためて大暴れする、ルッカとソラ。

見ていられなくなって、僕は二人が囚われた光の玉に手を伸ばした。

「ジーノ！」

「ゆーと！」

今すぐ駆け寄って、抱きしめてあげたいのに、ジーノは僕の腕を放そうとしない。

すらりとしているのに、ジーノはとても力が強い。

引きずられるように、僕は部屋の外に連れ出されてしまった。

「すぐに支度するんだ、悠斗。できるかぎり早くエリオを見つけ出し、連れ帰ってこよう」

自室に戻り、ジーノにせかされながら、荷造りをする。

「旅支度っていっても、僕、登山靴や雪山に着ていけそうなコートなんて持ってないよ。ジーノは持ってるのか」

レスティアは一年をとおして温暖な国だ。こちらの世界に来てから、雪なんて一度も見たことがないし、厚手の上着さえ、着た記憶がない。

「いや、持ってない」

「じゃあ、用意しないと。いくら魔法が使えるからって、雪山に普段着で行ったら凍死するよ。あと、アイゼンっていうんだっけ。靴につけるスパイクみたいなのも要るよな。行動食も必要だし、寝袋やテントも用意したほうがいいんじゃないか。ヴェスターヴォ山脈の詳しい地図やコンパスも必要だ。地図なしで挑むなんて危険すぎる」

ヴェスターヴォ山脈というのが、どのくらい雪深い山なのかわからないけれど、できるかぎりの備えをしたほうがいいだろう。

登山経験のない素人二人。下手をしたら、夏山だって遭難しかねない。

「ヴェスターヴォ山脈内は、転移魔法は使えないが、それ以外の魔法は使えるんだ。そこまで厳重な装備は必要ないだろう」

「そうはいっても、絶対にはぐれないとは限らないだろ。ジーノだって、僕とはぐれたら魔法が使えなくなるんだぞ」

妖精王コルダが、ヴェスターヴォ山脈は魔獣の巣窟だといっていた。魔法が使えなければ、ひとたまりもない。なんとしてでも、はぐれないようにしなくてはならない。

「ルッカとソラは、本当に置いていって大丈夫かな。もし、またよからぬ呪術を使う者がこの城に紛れ込んだら――」

不安になった僕に、ジーノはそっけない声で答える。

「今日は祭りだったから他国の人間を招き入れたが、普段のこの城の守りは鉄壁だ。おまけに妖精王コルダもいる。どう考えても、魔獣のたくさんいる険しい山に連れていくより、ここにいたほうが安全だ」

「そうかな。なんだか心配なんだけど……」

光の玉に閉じ込められ、泣き叫んでいた双子たちの姿を思い出す。

ぎゅーっと胸が苦しくなって、どうにもできなくなった。

「そんなことより、支度は済んだのか」

冷ややかな眼差しでジーノに睨まれ、僕は鞄を片手に反論する。

「ジーノはどうなんだよ。僕のことはいいから、自分の支度をしろよ」

僕を一瞥すると、ジーノはパチンと指を鳴らした。

「誰に向かっていっている。私は魔法大国、ヴェスタ王国の第一王子だぞ。旅支度など、一瞬で済ませられる」

　なにもない中空に、突然革鞄が姿を現す。トランク型のそれは、片手で提げられるほどちいさい。ジーノが鞄を開くと、なかにはもこもこの毛皮に覆われたコートが入っていた。コートを取り出すと、ほぼ空っぽだ。

「ちょっと待て、ジーノ。全然支度、できてないじゃないか」

「わざわざすべてを持ち歩かなくとも、必要なものがあれば、その都度、魔法を使って取り寄せれば――」

　自分で口にしておいて、気づいたのだろう。はっとした顔でジーノが口を閉ざす。

　物凄く顔だちが整っているし、常にクールな印象だから、とても賢く見えるけれど、ジーノは時折、天然な部分が露呈することがある。

　大人っぽく見えても、実際は二十一歳。僕より五歳も年下だし、あちらの世界でいえば、まだ大学生の年齢だ。

　若さゆえの傲慢さや、無計画さが見え隠れするのも、仕方のないことだと思う。

「転移魔法の使えないヴェスターヴォ山脈に行くんだ。山脈内を魔法で移動できないだけでなく、魔法でモノを取り寄せるのも不可能ってことだよ。必要なものは、全部背負っていかなくちゃいけない」

　ジーノは青ざめた顔で、ぐったりと肩を落とした。

「力仕事は苦手なんだ」

「いわれなくたって、そんなのわかってる。可能な限り僕が背負うから。ほら、必要なものをそろえるんだ」

げんなりした顔のジーノの背中を叩き、軽く活を入れる。

恨みがましい目で僕を見た後、ジーノは渋々、必要なものをリストアップし始めた。


これ以上、ルッカやソラが泣くところを見たくない。

だから、彼らが目を覚ます前に、出発することにした。

ベッドのなか、すやすやと寝息をたてる双子を起こさないよう、そっと抜け出す。

「ごめんね、ルッカ、ソラ」

後ろ髪を引かれながら双子の寝室を出て、夜明け前の暗い城内を歩く。

足音を忍ばせ、ジーノと連れだって彼の私室に向かうと、そこには山のように大量の荷物が置かれていた。

「ジーノ、ちょっと待って。これ、全部持って行く気か」

「ヴェスターヴォ山脈で使えないのは、転移魔法だけだ。こうしてちいさくすれば、すべてポケットに入る」

ジーノが呪文を唱えると、うずたかく積まれていた荷物がしゅるるとちいさくなった。ふわりと浮き上がり、次々とジーノのポケットに入ってゆく。

「お前の荷物も魔法でちいさくしよう」

僕の部屋に入るなり、ジーノは僕の鞄までちいさくしようとした。

「いや、待って。万が一、なにかの事情で魔法が使えなくなったら困るから、僕の荷物はそのままにしておこう」

引き留めた僕を、ジーノは呆れた顔で見やる。

「お前という男は、どこまでも心配性なのだな。我をなんだと思っておる」

形のよい唇を不機嫌そうに歪めるジーノに、僕はちいさく首を振った。

「別に、ジーノの力を信用してないわけじゃないよ。だけど『旅にトラブルはつきもの』っていうだろ。念には念を入れて、しっかり備えておかないと」

「勝手にしろ。そんなに大きな鞄を背負って山を登るなんて。途中でバテてもしらないぞ」

「大丈夫だよ。こう見えて、体力には自信があるんだ」

ジーノが魔法で取り寄せてくれた、フードの部分にもこもこのファーがついたコートを羽織り、荷物の詰まった鞄を背負う。

最新の素材で軽量化された僕らの世界の登山鞄と違って、こちらの世界の鞄は革製で、ずしりと重い。鞄の重さに加え、中身の重さもかなりのものだ。

　格好つけた手前、泣き言をいうわけにはいかないけれど、肩に食い込むストラップに、早くも心をへし折られそうだ。

「よし、行こう！」

　できるかぎり平静を装（よそお）って告げると、ジーノに「どう見ても鞄に背負われているぞ」と呆れた顔をされた。

「う、うるさい。早く出発しよう。ルッカやソラが目を覚ます前に」

「馬鹿いうな。そんな状態で山を登れば、五分も経たずにバテる。こっちに背中を向けろ。軽量化の魔法をかけてやる」

　ジーノは僕の鞄に触れると、早口で呪文を唱えた。

「あれ……軽くなった」

　肩がちぎれそうなくらい重かった鞄が、なにも背負っていないみたいに軽くなる。

「これなら、たとえ魔法が使えなくなったとしても、鞄の中身にはなんの影響もない」

　自信たっぷりな顔でいわれ、僕は思わず、「そんなに便利な魔法があるのなら、最初からこっちの魔法を使えばよかったんじゃないの」とツッコミそうになった。

　余計なことをいって不機嫌にさせてもよくないので、黙っておくことにする。

「よし、行くぞ。正直、お前のような男と触れあうのは不本意だが、仕方がない。私の手を握れ」

いちいちひとこと多いジーノにムカつきながら、差し出された手を握る。

冷たくて、すべすべの手のひら。ペンより重いものなど握ったことがないとでもいいたげな、なめらかで肉の薄いその手のひらが、僕の手をぎゅっと握りかえす。

ジーノが転移の呪文を唱え始めたそのとき、突然、部屋の扉が開いた。

「だめー！」

「おいていかないで！」

勢いよく開いた扉から、寝間着姿のルッカとソラが飛び出してくる。

瞳に涙をため、顔を真っ赤にした二人は、思いきり僕らに飛びかかってきた。

「わ、ソラ、ルッカ、ダメだよ。お留守番してるって約束しただろう」

「やくそく、ないー！」

むいっと僕の手を払いのけると、ソラはぎゅうぎゅうに僕の身体にしがみつく。

同じように、ルッカはジーノにしがみついた。

「ルッカ、ソラ。お前たちは、たったの数日でさえ、おとなしく留守番していられないのか」

「るすばん、きらい！」

「きらい！」

がるるっと啼いて、ルッカとソラは叫ぶ。

つぶらな瞳から大粒の涙がぽろぽろと溢れて、ぷくぷくのほっぺたを伝っている。

「誰も、二人だけで留守番をしていろ、とはいっていない。ここには神獣王も妖精王コルダもいる。ほんの数日、私と悠斗が不在にするくらい、我慢できるだろう」

「むりー！」

「がまん、ないの！」

ぎゅうぎゅうにしがみついたまま、ルッカもソラも大泣きしてしまった。

「いったい何事ですかっ……！」

あまりにも大きな声で泣くから、夜回りの衛兵たちが驚いて、駆けつけてくる。

「あ、いえ。なんでもありません。この子たち、少し怖い夢を見たみたいで」

ルッカとソラの髪を撫で、衛兵たちにぎこちなく嘘を吐く。

双子たちはこくこくと頷き、さらに強く僕にしがみついた。

「ジーノ、こんな状態の双子たちを置いていったら大変なことになるよ。連れていってあげよう」

ベアトリーチェ妃が健康なときなら、彼女がなんとかしてくれるだろうけれど。

神獣王だけでは、正直心許（こころもと）ない。

妖精王コルダは頼りになるけれど、彼は高齢だ。四六時中、双子たちの相手をし続けては、身体がもたないだろう。

「しかし——」

「おねがい！　ルッカ、やくにたつの！」

「ソラも、やくにたつのー！」

むいっと両手を天に突き出し、二人は勇ましい声で主張する。

「ジーノ、頼むよ。連れていってあげよう」

僕は双子たちの濡れた頬を拭い、彼らに加勢した。

「ったく——お前たちときたら。考えなしにも程がある」

厳しいことをいいながらも、ジーノも双子の涙には弱いようだ。

「行くのなら、万全の体制で挑むべきだ。まだちっとも睡眠が足りていないだろう。ルッカ、ソラ、ベッドに戻りなさい。朝までしっかり寝て、出立はそれからだ」

おいで、と手を差し伸べられ、ルッカとソラは同時にジーノに飛びかかる。

ジーノは呆れた顔をしながらも、二人の身体を抱き留め、愛しげに頬ずりをした。

双子の寝室に戻って、四人でベッドに横になる。

ルッカはジーノに、ソラは僕にしがみついたまま、ひとときも離れようとしなかった。

「大丈夫だよ。置いていったりしないから」

どんなに説得しても、信じてはもらえないようだ。

「いっしょ、いるのー」

眠りに落ちた後も、ちいさな手でぎゅっとしがみつき、むにゃむにゃ寝言をいっている。

眠りが深くなるにつれ、ようやく寝言が収まり、ソラの手のひらから力が抜けてゆく。

双子たちの無邪気な寝顔を眺めながら、僕とジーノも眠りについた。


朝まで眠った後、僕らはルッカとソラの防寒具とヴェスターヴァ山脈の地図を手に入れるため、要塞都市レントに向かった。

「チビたちを連れてヴェスターヴァ山脈に登るだって？　ありえねぇだろ！」

ジーノの従兄弟でレント王立騎士団長のバルドは、僕らの話を聞くなり、心底呆れた顔をした。

「ヴェスターヴァ山脈って、そんなに険しい山なんですか」

「険しいなんてもんじゃねぇ。魔獣もウヨウヨいるし、どう考えてもガキを連れていくような場所じゃない」

「ルッカ、つよい！」

「ソラも、つよい！　まじゅう、こわくないのー」

ぴょこんと飛び跳ね、二人は主張する。

「いくらお前たちが強くたって、氷点下じゃ、ガチガチに冷えてまともに動けねぇだろ。

そんなところを襲われてみろ。ひとたまりもねぇぞ」

ひょい、と双子たちをまとめて抱え上げ、バルドは左の肩にソラを、右の肩にルッカを肩車する。

「どうしても行くってんなら、とびきりあったかい服を用意しねぇとな。ほら、行くぞ」

王室御用達の仕立屋に、バルドは僕らを連れていってくれた。

「毎度、無理をいってすまない。代金は可能な限り弾む。こいつらにぴったりの、できるかぎりあったかいコートを至急作ってやってくれないか。ヴェスターヴォ山脈に行くらしいんだ」

バルドに頼まれ、仕立屋が「ひぃっ」と飛び上がる。

「こんなにちいさなお子さまが、ヴェスターヴォ山脈でございますか!?」

「どうしても行くっていって、きかないんだとよ。頼む。凍えずに済むよう、極上の防寒具を作ってやってくれ」

ルッカとソラは仕立屋の主人の前にちょこんと立ち、「おねがいするのー」と二人そろって頭を下げる。

こちらの世界には、お願い事をするとき、頭を下げる習慣はない。

おそらく、僕が癖で頭を下げるのを見て、覚えたのだと思う。

頭を下げた拍子にぴょこんと大きな尻尾が揺れて、とても愛らしい。

「こんなにも愛くるしい紳士にお願いされたら、頑張らないわけにはいきません。では、さっそく採寸をさせていただきますね」

メジャーを手に、仕立屋の主人はにっこりと微笑む。

ルッカもソラもおとなしく採寸を受け、仕立屋を後にした。


「雪山に行くなら、しっかり食料を蓄えていかないとな」

仕立屋からの帰り道、バルドはたくさんの店が軒を連ねる、青空市場に連れていってくれた。

一年をとおして温暖なレスティアと違い、レントには毎年寒波が訪れる。

今は寒波がやってくる少し前、僕らの世界でいうところの秋のようだ。

暑かった夏が終わり、果実や穀物が豊かに実る季節。寒波に備え、備蓄用の食材をこしらえて売っている店も多い。

「この店は乾燥果実や木の実を専門に扱っているんだ。新鮮な果実を使って手作りしているから、どれも栄養価が高く、ぎゅっと旨味が詰まってんだよ」

屋台の軒先に、大小さまざまな瓶や皿、ボウルが並んでいる。

「ほわ……きれい！」

赤やオレンジ、緑に黄色。色とりどりの果実が宝石のように艶めくさまに、双子たちは瞳を輝かせた。

もしかしたら、僕の暮らしていた世界とは製法が異なるのかもしれない。

どの果実も、今までに僕が見たどんなドライフルーツよりも、ずっと果肉が澄んでいて、発色も鮮やかだ。

着色料を使っているような、不自然な鮮やかさじゃない。果実のみずみずしさをそのまま凝縮したような美しさだ。

「干し肉や干し魚、乾燥野菜を扱った店もあるからな。遠慮せず、たくさん買うといい」

ルッカとソラは、ルビーみたいにつやつや光る、赤い果実が気になっているようだ。

瓶に入ったそれを、じーっと見つめている。

「これは紅玉桃を天日干ししたものだよ。味見してみるかい」

店員のご婦人に声をかけられ、ルッカとソラは顔を見合わせる。

ジーノの許可をもらわなくてはいけない、と思っているようだ。

うかがうような視線を向けるルッカとソラに、ジーノはやさしい声でいった。

「いただくといい」

「あじみ、させてくださいなのー!」

ぺこっと頭を下げた二人に、ご婦人は「かわいらしい双子ちゃんだねぇ」と目を細める。

「ほら、食べてごらん。おいしいよ」

差し出された赤い果実をおずおずと手に取り、二人はじっと見つめた。

「きれい！」

「いいにおい！」

翡翠色の大きな瞳を見開き、双子たちはぴんっと耳を立てる。

お忍びだった前回と違い、今回は耳も尻尾も隠していない。この国では神獣は珍しいようで、双子たちは注目の的だ。

「バルド殿下も召し上がりますか」

「おう、もらおうかな。こいつらにも頼む」

バルドは破顔して、手を伸ばす。

僕も彼に続き、紅玉桃の果実をつまんでみた。

赤く透明な乾燥果実。鼻先に近づけると、ふわりと甘い香りが食欲を誘う。

ひとくち齧(かじ)ると、口いっぱいに爽やかな甘酸っぱさが広がった。

「うまー！」

「おかわり！」

双子たちは大きな尻尾をぶんぶん振って、おかわりをねだる。

「ルッカ、ソラ、おやめなさい。乾燥果実は栄養価が高い分、適量を心がけなくては、栄養過多になってしまうんだ」

「相変わらず、ジーノは口うるさいなぁ。そんなにガミガミ叱ってばっかりだと、そのうち煙たがられるぞ」

双子たちのおかわりを止めたジーノに、バルドがツッコミを入れる。

「これくらい、大丈夫だよな。ルッカ、ソラ、今度はこっちを味見させてもらおう」

バルドが指さした瓶には、翡翠色と紫色、赤紫色と黄緑色の乾燥果実が入っている。

「干し葡萄、ですか？」

「ああ、翡翠葡萄や紅葡萄を乾燥させたものだな」

僕の知っている干し葡萄より、かなり粒が大きい。涙型のそれは、陽光を浴びてきらめいて見えた。

「ほしい！」

「ぶどう、だいすき！」

ぴょこぴょこ飛び跳ねるルッカとソラに、店のご婦人は翡翠色と赤紫色、対照的な二色の干し葡萄を差し出した。

「食べてごらん」

じーっと顔を見合わせ、ルッカもソラも同時に翡翠色の干し葡萄に手を伸ばす。

ルッカやソラ、ジーノの瞳の色にそっくりな、美しい葡萄だ。

「むぅ……」

二人はとても仲良しだけれど、食べ物に関してはこらえしょうがない。

どちらも引こうとしない二人を見やり、ジーノがパチンと指を鳴らした。

すると、翡翠色の干し葡萄がきれいに二つに割れる。

「ほぁ！」

「ジーノ、ありがと！」

満面の笑顔で、二人は干し葡萄に飛びついた。

あむあむと頬張り、「うまー！」と幸せそうに顔を見合わせる。

「今のところ、二人が本気でなにかを取り合うことって、まだないみたいだね」

「食べ物は切り分けられるからな。だが――世の中には、どんなに頑張っても分けあうことのできないものもある。そういうものを二人が同時に欲したとき、今のままの関係でいられるといいのだが……」

翡翠色の干し葡萄を食べ終えると、二人は赤紫の葡萄を自分たちで二つに割って、それぞれ頬張る。

無邪気にはしゃぐ双子たちを、ジーノは慈しむように見つめた。

「よし、乾燥果実を購入したら、次は干し肉だ。乾燥果実も至高だが、レントの干し肉は絶品だぞ！　一度食ったら病みつきだ」

バルドの案内で、今度は干し肉の屋台に向かう。

「うまー！」

「これ、だいすき！」

お肉大好きな双子たちにとって、パラダイスのようだ。

食べ過ぎてはダメだ、とジーノに注意されても、双子たちは試食をやめようとしない。

「そんなにたくさん食べたら、お腹を壊しちゃうよ」

双子たちを背後から抱き寄せ、離そうとしない干し肉をやんわりと取り上げる。

「やー！　たべるのー」

「もっとちょうだい！」

二人ともぴょこぴょこ飛び跳ねて、干し肉を取り返そうとした。

「ところで、転移魔法が使えないとなると、しばらく乾物で生活することになると思うんだけど。どれくらい用意したらいいのかな。ルッカとソラの足で山を越えるの、何日くらいかかる？」

僕の問いに、バルドは腕組みをして「うーん」と唸った。

「俺たち騎士団員でも、真冬のヴェスターヴォ山脈は未知の世界なんだ。訓練のために夏山は中腹まで登ったことがあるが、雪のない時期でも往復で五日かかったぞ」

日々訓練に明け暮れ、野営に慣れた体力自慢の騎士団員でさえ、夏山の中腹まで五日。

幼いルッカやソラを連れて冬山を越えるとなれば、いったい何日かかるのだろう。

「困ったな。そんなに長いこと乾物だけで生活したら、大人だって身体を壊しちゃうよ」

育ち盛りのルッカやソラにとって、相当負担になるのではないだろうか。

「なんとかして、旅程を短縮できる方法があるといいんだけど――」

途方に暮れた僕に、バルドが申し訳なさそうな顔をする。

「俺らが引率してやればいいんだが、遠征を控えていてな……」

「ヴェスターヴォ山脈は馬車が使えるような場所ではないし、別にお前たちが来てくれたところで、旅程の短縮にはならない。それよりは――」

なにかを思いついたような顔をした後、ジーノは口を閉ざして首を振った。

「ペザンテに、お願いしてみる……？」

「ダメだ。彼はラルゴの森の王なんだ。何日も森を離れるわけにはいかないだろう」

「ペザンテ！」

ぴょこんと飛び跳ね、双子たちはそろってポケットから木の実でできた笛を取り出す。

『私に用があるときは、この笛を吹け』とペザンテがくれた笛だ。

「ペザンテ、あいたいのー」

「ペザンテ、すき！」

大はしゃぎして、双子たちは笛を咥える。

「わ、ちょっと待って。こんなところで吹いたらダメだよ！」

慌てて取り上げようとしたけれど、遅かった。

ぷくぷくのほっぺたをパンパンに膨らませると、双子たちは勢いよく笛を吹く。

ぴぃいいいい！　と鋭い笛の音が響き渡った。

「まずい、ペザンテの野郎がここに来たら、大惨事だ！」

屋台の立ち並ぶ城下町は、レントの人々で賑わっている。

体長五メートルもある、巨大な白ぎつねが突然現れれば、パニックになるだろう。

「ルッカ、ソラ、やめるんだ！」

二人は物凄い力で笛を咥え、決して離そうとしない。

ぴぃいいいい！

数度目の笛の音が響き渡ったそのとき、青い疾風がぶわりと吹き抜けた。

「やかましいわ！　何度も吹くな」

叱咤の声とともに、青い光のなかから、白い毛に覆われた生き物が姿を現す。

「え……ペザンテ……？」

それは、僕の知るペザンテとはまったく違う姿をしていた。

勇猛で威厳のある姿をした巨大な獣の王、白狐ペザンテ。

目の前にいるのは、子犬ほどの大きさの、ちんまりした白ぎつねだ。

「ペザンテ！」

「かわいー！」

笛を吹くのをやめ、双子たちがちいさなきつねに駆け寄る。

「おう、ずいぶんとちいさくなったな。どうしたんだ、お前さん」

気安い口調で話しかけたバルドに、ペザンテはピンポン球くらいの大きさの青い光の玉をぶつけた。

「レントの民を怖がらせまいと配慮した、我の気遣いがわからぬのか」

サイズがちいさくなっても、誇り高き王であることに変わりはないようだ。

ふん、と鼻を鳴らすその姿は、神々しいまでの気品に溢れている。

「ペザンテ、やさしー」

「ペザンテ、だいすきー！」

ぎゅうっと双子たちに抱きしめられ、子ぎつねペザンテは苦しそうにもがく。

「お前たち。我を呼び出すのは構わぬが、時と場所は慎重に選べ。このような場所で安易に笛を吹くでない」

ペザンテの言葉を聞いているのかいないのか、ルッカもソラも子ぎつねペザンテにじゃれつくのをやめない。

「ちっちゃいペザンテ、かわいいのー」

「ぎゅーってしたいー」

「やめろ。苦しいわ！」

久々のペザンテとの再会が嬉しくて仕方がないのか、双子たちはペザンテから離れようとしない。

「で――なに用だ」

じろりと紅い瞳で睨みつけられ、僕はペザンテに告げた。

「ヴェスターヴォ山脈を越えたいんです。どうしても、その先にある理想郷に行かなくちゃいけなくて」

「チビたちを連れて、か？」

呆れた瞳で、ペザンテは僕とジーノを見る。

「どうしてもいっしょに行くといってきかないのだ。頼む。お前もいっしょに来てくれぬか。双子たちの足で山越えをするのは、かなり骨が折れると思うのだ」

ジーノに請われ、ペザンテは大きなため息を吐いた。

「断ったら、この幼獣たちは我を離してくれるのか」

「離さない、だろうな。残念ながら」

ジーノがちいさく肩をすくめてみせる。

「ペザンテー」

「すきー！」

ペザンテの美しい白い毛をもみくちゃにするみたいに、双子たちはペザンテに抱きついては、その身体を撫でまわしている。

「ああ、もう、うっとうしい。わかった。行けばいいのだろう、行けば」

尻尾を引っ張られたペザンテが、ぺしっと双子に子ぎつねパンチを食らわせる。

「はうっ」

「いたい。でも、すきー！」

それでも離す気はないらしい。

じゃれつき続ける双子たちに呆れながらも、ペザンテは理想郷行きを承諾してくれた。

コートができあがるのを待つあいだ、子ぎつねペザンテとともに、騎士団の宿舎で食事を摂ることになった。

買い出しを済ませて厨房に向かおうとしたそのとき、鮮やかな空色の鳥が音もなく、すうっと僕らに近づいてきた。

ジーノの肩に停まると、鳥はくちばしに咥えたちいさな巻物を差し出す。

「伝令魔鳥か。おぬしの国の紋章をつけておるな」

ふむ、とペザンテが鳥を見上げる。ジーノは無言のまま、鳥から受け取った巻物を広げた。

『王妃危篤、至急戻られよ』

そこに記された文字を見やり、ジーノが目を見開く。

「王妃って……ジーノのお母さんに、なにかあったってこと!?」

「なんでもない。——まずは、エリオ探しだ」

鳥から受け取った巻物を巻きなおし、ジーノはポケットにしまう。

必死で冷静さを保とうとしているようだけれど、その横顔は青ざめているように見えた。

「なんでもないわけがないだろ。行こう。ルッカ、ソラ、おいで。ペザンテも」

ルッカとソラを抱き寄せ、子ぎつねペザンテもついでに抱き上げる。

「ほら、急ごう」

戸惑うような素振りをしながらも、ジーノは僕たちに向き直る。

「すまない。ルッカ、ソラ。少しだけ、寄り道をさせてくれ」

「だいじょぶ。ルッカとソラのきょうだい、ようせいのおじーちゃんがみててくれるの」

こくっと頷き、ルッカとソラはジーノに向かって手を伸ばす。

「ちょっと行ってくる。すぐに戻る」

ジーノはバルドに告げると、長い腕を伸ばし、僕ら三人と一匹を丸ごと抱きしめて、転移の呪文を詠唱した。

第二章　病床の王妃ディアーナの元へ

向かったのはジーノの故郷、ヴェスタ王国の宮殿内。ジーノの母でこの国の第一王妃、ディアーナの私室だった。

第一王妃の私室というだけあって、扉の前にはずらりと衛兵が立ち並び、厳重な警備が施されている。

険しい表情の衛兵に腕を掴まれ、入室を咎められた僕を、ジーノが助けてくれた。

「この男は我が甥、ルッカとソラにとって欠かせない従者だ。彼の身元は私が全面的に保障する」

第一王子であるジーノの言葉は、この国では絶大な力を持つのかもしれない。

衛兵は僕から手を離し、「大変失礼いたしました」と姿勢を正した。

どっしりした木製の扉を開くと、そこは明るい日差しの溢れる、広々とした空間だった。

淡いベージュで統一された瀟洒な室内に、大きなベッドが設えられている。

ベッドに横たわった女性は、銀色の髪に透きとおるように白い肌をした、可憐な花のように美しい人だった。

ジーノによく似た、優美な顔だち。

病気のせいか青ざめているものの、とてもではないけれど、孫がいるようには見えない。

凛とした静謐さと、庇護欲をかき立てられるような儚げな佇まい。

『絶世の美女』というのは、彼女のような人のためにある言葉なのだろう。

「人の母親を、邪な目で見るな」

思わず見惚れてしまい、ジーノに足を踏まれて我に返る。

「べ、別に邪な目でなんて……っ」

「おばーさま！」

「おばーさま、だいじょぶ？」

心配そうに叫び、ルッカとソラがベッドに駆け寄る。

王妃に飛びかかろうとした二人を、ジーノが素早く抱き留めた。

「ルッカ、ソラ。おばあさまは病気なんだ。負担をかけてはダメだ」

「いいのよ、ジーノ。ルッカ、ソラ、そばにいらっしゃい。おばあさまに二人のかわいらしいお顔をよーく見せて」

白くなめらかな手を差し出し、王妃は双子たちを呼ぶ。

めいっぱいジャンプして、二人は王妃に顔を見せようとした。

　ぴょこぴょこと尻尾をふりふりジャンプを繰り返すけれど、どんなに飛び跳ねても、王妃のもとには届かない。

　僕がソラを、ジーノがルッカを抱き上げ、しっかり顔が見えるよう、二人をベッドに近づけた。

「ソラもルッカも、少し見ないあいだに、一段と愛らしくなって。二人とも、天使のようなかわいさね」

　やさしく微笑む王妃の手のひらに、ルッカもソラも甘えたように頬をすり寄せる。

「てんしじゃないのー。ルッカもソラも、おおかみのしんじゅう」

「そうね、おおかみさんなのよね。お耳も尻尾も、とっても立派だわ」

　耳や尻尾を褒められて誇らしいのだろう。

　ルッカもソラもぶんぶんと尻尾を振って、王妃に満面の笑みを向ける。

　しばらくニコニコ顔で王妃に頬や髪を撫でてもらったあと、ふいに二人そろって泣きそうに眉を下げた。

「おばーさま、びょうき、なおる？」

　王妃はなにかをいいかけ、口元にちいさな笑みを浮かべる。

　すべてを包み込むような、やわらかくてやさしい笑顔。顔だちはジーノそっくりなのに、その表情はまるで正反対だ。

もしかしたら、ジーノのお姉さんも、彼女のように、やわらかな雰囲気の人だったのだろうか。

ルッカもソラも、赤ちゃんがえりしたかのように、幼い表情で王妃に甘えている。

「どうかしらね……。こればっかりは、神さまにしかわからないわ」

彼女の表情に、すっと影が差す。

「やー、びょうき、なおすのー。ジーノ、なおして！」

双子たちにせがまれ、ジーノは無念そうに唇を噛んだ。

「私が、白魔法の名手であれば――」

悔しげにこぼしたジーノに、王妃はにっこりと微笑む。

「あなたには、誰にも負けない転移魔法の力があるわ」

「転移魔法なんか、いくら得意だって誰も救えない」

「そんなことないわ。あなたがその力で行った治水事業。おかげでたくさんの民の命や財産が救われたのよ」

「民を救えたって、母上を救えなければ、意味がない。姉上のことも、私は救えなかった」

ぎゅっと拳を握りしめ、肩を震わせたジーノに、王妃はやさしい眼差しを向けた。

「あのね、ジーノ。人にはそれぞれ、役割があるの。命の長短も生まれながらに定められたものよ。決して、運命に逆らうことはできないの」

ほろり、とジーノの頰を涙が伝う。

「あなたはご自分の死期が、わかるのですか」

ジーノの問いに、彼女は口元に笑みを浮かべた。

「未来視。それが、私の唯一の能力ですもの」

ルッカとソラは大きな瞳を見開いてジーノと王妃を見比べ、僕をふり返る。

「『しき』ってなに？」

無邪気な瞳で問われ、言葉に詰まった。

ソラを抱く腕に、ぐっと力をこめる。

そうしていないと、僕まで泣けてしまいそうだった。

「近いのですか」

ジーノの問いに、王妃は答えない。ジーノは指先が白くなるほど強く拳を握りしめ、振り絞るような声でいった。

「母上の、そばにいます」

王妃は、ちいさく首を振る。

ジーノの腕に抱かれたルッカが、心配そうに二人を見比べた。

「お行きなさい。ベアトリーチェ王妃と、この子たちのきょうだいの危機なのでしょう」

「なぜ、それを――」

「大丈夫よ。あなたは必ず、エリオに会える」

ジーノを見上げ、王妃はにっこりと微笑んだ。

「エリオなら、母上の病気を治せるのではないですか」

ジーノの問いに、王妃は答えない。

「最期に顔を見せてくれてありがとう。ジーノ、ルッカ、ソラ。みんな、私の宝物よ」

じっと二人のようすをうかがっていたソラが、潤んだ瞳で僕を見上げる。

「エリオ、おばーさまのびょうき、なおせる？」

未来を視ることのできる王妃が、『最期に』といった。

おそらく、彼女は自分自身の未来を予知しているのだろう。

「治せる、んじゃないかな……」

わかっていて、僕は嘘を吐いた。

嘘を、吐かずにはいられなかった。

「エリオ、さがすのー」

「ジーノ、はやく、エリオみつける！」

僕やジーノに抱かれたまま、ルッカとソラは短い手足をばたつかせる。

ジーノは唇を噛みしめ、無言のまま、ぎゅっとルッカを抱きしめた。

僕たちが王妃の部屋を出ると、白髪の男性が駆け寄ってきた。

「ジーノ殿下！」

六十歳くらいだろうか。白い口髭を蓄えた、長身痩躯の老紳士だ。

こちらの世界に来て、初めて眼鏡をかけている人を見た。きっちりと撫でつけた白髪と銀縁の丸い片眼鏡がとてもよく似合っている。

「なんだ、マヌエル。けたたましい声をあげて」

形のよい眉をひそめ、ジーノは老紳士を睨みつける。

「今日こそ各国の姫君の肖像画を見ていただきますぞ。貴殿との婚姻を望む国々から、大量に届いておるのです」

失礼、と告げ、マヌエルと呼ばれた老紳士はジーノの腕を掴む。

老紳士はジーノよりも背が高い。強引に引きずられそうになって、ジーノは彼から逃れようとした。

「こんなときに、なにを考えておるのだ。王妃が床に伏しているのだぞ」

「だからこそ、必要なのでございます。国王陛下があなたを寵愛しておられるのは、王妃殿下への愛ゆえです。万が一、王妃殿下の身になにかあれば――」

「無礼だぞ、マヌエル」

「無礼であることは承知しております。ですが、私どもは殿下の戴冠を心より望んでいるのです。そのためには、一刻も早く妃を選んでいただかなくてはなりません。王妃殿下の後ろ盾を失う前に――」

「やかましい」

ぴしゃりと言い捨て、ジーノはマヌエルの手を振り払う。

「母上の病は、必ずや治癒する。運命など、私の手で変えてやる！」

鋭く叫んだジーノの隣で、ルッカとソラがぴょこんと飛び跳ねる。

「おばーさまのびょうき、なおすのー！」

「きょうだいも、ベアトリーチェも、みんなたすけるのー！」

むいっと天に向かって、ルッカとソラが拳を突き上げる。

ジーノは瞳を潤ませ、二人の身体をぎゅっと抱きしめた。

第三章　出立の前に

ジーノの転移魔法で、レントの街に戻る。

仕立屋に依頼した防寒具ができあがるのを待つあいだ、騎士団宿舎の厨房を借りて、弁当や保存のきく携行食を作ることにした。

子ぎつねペザンテを厨房に入れるわけにはいかないから、彼には森に帰って旅支度をしてもらう。

ルッカとソラはいつもどおり、お手伝いを志願してくれた。

獣毛が落ちないように三角巾をつけ、大きな尻尾をズボンにしまう。

「じゅんびできたのー！」

かわいらしく片手をあげてポーズを決めたルッカとソラを連れ、厨房に向かった。

ジーノとバルドも、僕らの後をついてくる。

「なぜ、バルドまで来るんだ。お前は不要だ」

ジーノに冷たい眼差しを向けられ、バルドがむっとした顔をする。

「ここは俺たちレント王立騎士団の厨房だぞ。自分の宿舎の厨房に入って、なにが悪い」

「お前は手癖が悪すぎる。つまみ食いばかりして害悪だ。さっさと出て行け」

「なんだと。お前だってしょっちゅう……。お、悠斗、なにやら珍しいことをしているな。なにしてんだ、それ」

歓声をあげ、バルドが駆け寄ってきた。不思議そうな顔で、白い粒々の入った鍋をのぞき込む。

「リーゾを研いでいるんですよ」

この世界に定住すると決めたとき、僕が真っ先にしたのは、日本の『米』に似た食物を探すことだった。

なかなか見つからなかったけれど、やっとのことで食感も味も似た穀物、『リーゾ』に出逢えた。

研ぎ終わったリーゾを水に浸し、かまどに火をくべる。

しばらくすると、米の炊ける匂いそっくりな、ほのかに甘い匂いが鼻先をくすぐった。

鍋のふたを開くと、白い湯気がふわりと立ち上る。

「すげぇ旨そうな匂いがするなぁ」

くんくんと鼻を鳴らしながら、バルドが吸い寄せられてくる。

「匂いだけじゃなく、味もすごくおいしいですよ」

炊きあがったリーゾを皿に広げ、岩塩を振って、シンプルな塩むすびを作った。

「ほぁ、たのしそ。ルッカもする！」

「ソラも！」

つやつやとおいしそうなリーゾを前に、ルッカもソラも瞳をキラキラと輝かせる。

「僕は慣れているから大丈夫だけど。あちあちだから、二人は冷めるまで待ったほうがいいよ」

「あちあち？」

きょとんとした顔で首をかしげ、ルッカはおそるおそるリーゾに触れる。

「あち！」

「あち！」

ルッカが飛び跳ねた直後、ソラまでリーゾに触れた。

「熱いのがわかってて、どうしてソラまで触るの……？」

二人そろって指を押さえ、ぴょんぴょん飛び跳ねる双子たち。

そっと抱き寄せ、彼らの指を冷たい水に浸してあげた。

「ルッカ、いたいたい、かわいそうなのー」

ルッカだけ痛いのはかわいそうだから、自分も痛くしよう、というのだろうか。

「ソラ……。きょうだいを思いやるやさしさは、とてもいいことだけど、わざと痛い思いをするのは危ないからね。次からルッカが怪我をしたときは、同じことを真似するんじゃなくて、『痛いの痛いの、飛んでけー！』って、なでなでしてあげようね」

できる限りソラのやさしさを傷つけないよう、やわらかな口調で告げる。

ソラはこくっと頷き、やけどをしていないほうの手で、ルッカの髪を撫でた。

「いたいのいたいの、とんでけー！」

かわいらしい声で、歌うように叫ぶ。

「ソラも、いたい？」

心配そうな顔で、ルッカがソラの顔をのぞき込む。

「ソラ、へいき」

見分けるのが難しいほど、そっくりな容姿の双子たち。性格は、段々とそれぞれの個性が強くなっている。

元気いっぱいで人懐っこく、好奇心旺盛（おうせい）なルッカ。

人見知りが激しくて引っ込み思案だけれど、心優しいソラ。

二人とも、賢くて愛らしい、最高の王子さまだ。

「そろそろ触っても大丈夫な温度になったよ。やけどが辛くなければ、握ってみる？」

「にぎるー！」

ルッカとソラが、そろってぴょこんと飛び跳ねる。

「じゃあ、おててを水でよーく濡らして……」

手のひらにリーゾをのせ、握ってみせると、ルッカもソラも僕の動きを真似て、ぎこちなくおにぎりを握り始めた。

「ほかほかー！」

「あったかいのー！」

満面の笑みで、二人は歓声をあげる。

「できたのー！」

ルッカがちっちゃな手のひらを広げると、ちょこんとかわいらしいおにぎりがのっていた。

はにかみながら、ソラもできあがったおにぎりを見せてくれた。

「お、二人とも、うまく握ったなぁ」

「お前たちは本当に、なにをやっても飲み込みが早いな」

バルドとジーノが、感心したように双子たちを褒める。

「普段なら具を入れるんだけど。今回は長時間持ち歩くから、シンプルな塩おにぎりにしようね。あとはこうやって、この世界の豆を発酵させて作った味噌風のたれを塗って……」

ルッカとソラがおにぎりを握るあいだに、俵型のひとくちサイズのおにぎりを作る。

表面に手作りの味噌風だれを塗って、焼き網にのせて炙ると、ぱちぱちっと小気味いい音がして、香ばしい匂いが漂った。

「熱いから、はふはふしてから食べようね」

どんなに言葉で伝えても、ルッカは冷める前にかぶりついてしまう。

だから、ふうふうして適度に冷ましたあと、手渡してあげた。

「ほぁ、おいし！」

ぱくっとかぶりつき、ルッカとソラは目を丸くする。

「おにぎり、おいしーの！」

ぴょんぴょん飛び跳ね、二人は大はしゃぎした。

「二人とも、うまそうに食うなぁ。くぅ、腹が鳴るぜ」

羨ましそうな顔をするバルドとジーノにも、炙りたてのおにぎりを差し出す。

「おお、これはうまいな！　表面はかりっと、なかはふっくら。甘みのあるたれと、ほんのりしょっぱいリーゾのバランスが絶妙だ」

ひとくちで食べ終えたバルドが雄叫びをあげ、じっくり味わったジーノも「美味だな」と頷く。

「おにぎり以外にも、栄養価の高い餅や焼き菓子も作るね」

「もち？」

不思議そうな顔で、ルッカとソラが首をかしげる。

「ルッカとソラのほっぺみたいに、ふわふわやわらかくて、もっちりした食べ物だよ。とってもおいしいんだ」

米に似た穀物を探し求める過程で、餅米（もちごめ）にそっくりな穀物、『クタン』にも出会えた。

蒸したクタンを製粉用の臼（うす）に入れ、同じく製粉に使う杵（きね）でつく。

「よっしゃ、俺の出番だな！」

力自慢のバルドが、クタンをつく役を引き受けてくれた。

「力は入れなくて大丈夫ですよ。自然に下ろす感じで。力いっぱい振り下ろすと、杵も臼も壊れてしまいますから」

ぺったんと軽く振り下ろして、手本を見せる。手本をちゃんと見たはずなのに。バルドは思いきり振りかぶって、勢いよく叩きつけようとした。

「お前には学習能力がないのか」

ジーノに呆れた顔をされ、バルドは不服げに手を止める。

「うるせぇなぁ。わかってるよ。軽く叩けばいいんだろ。軽く」

ふん、と鼻を鳴らし、バルドは杵を振り下ろした。

どすん、と物凄い音がして、ぐらりと地面が揺れる。

「ほわ、じしん！」

ぴょこん、と飛び跳ね、双子たちが悲鳴をあげた。

「大丈夫だよ。地震じゃない。怖くないよ」

ルッカとソラを、二人まとめて抱き寄せる。

双子たちは「もちぺったん、したい！」と僕を見上げた。

「大丈夫かな。させてあげたいのは山々だけど……」

二人とも、バルド以上に力が強い。力まかせに叩けば、杵も臼も一発で壊れてしまうだろう。

キラキラした瞳でじっと見上げられ、断るのがかわいそうになってきた。

「わかったよ。させてあげる。だけどね、餅さんは痛いのが苦手だから、やさしくなでなでするみたいに、ぺったんしてあげようね」

「もちさん、いたいいたい、にがて？」

心配そうな顔で、二人は僕を見上げる。

「ルッカもソラも、痛いの好きじゃないよね」

「きらーい！」

こくっと頷き、二人は杵に手を伸ばした。

「二人でいっしょにぺったんするの？」

「いっしょ、するのー！」

僕の腕から抜け出し、二人はぴょこんと飛び跳ねる。

「合いの手は僕がするね。ついた餅さんを、ひっくりかえす係」

「危険だ、悠斗。一歩間違えたら死にかねない。私がしよう」

臼の脇にしゃがみこんだ僕を、ジーノが引き留めた。

「ジーノだって、双子たちに全力で叩かれたら死んじゃうよ」

「馬鹿をいうな。私をなんだと思っている。その程度の物理攻撃、簡単に防げる」

そっけない声でいうと、ジーノは呪文を唱える。

彼の頭上に光のバリアが現れた。

「そのバリアがあれば、僕でも安全なのでは――」

「うるさい」

どうやら、ジーノも餅つきをしてみたいらしい。普段はクールな瞳が、甥っ子のルッカとソラそっくりに、キラキラと輝いている。

「ほら、二人ともついてみろ」

ジーノに促され、双子たちは杵を振り上げた。

「やさしーく、やさしーくね。餅さん、痛くしたら泣いちゃうよ」

双子たちは僕を見上げ、真剣な表情でこくんと頷く。

「もちさん、やさしーく、ぺったんこー！」

愛くるしい声で歌いながら、双子たちは杵をふわっと振り下ろした。

ぺたん、とかわいらしい音がして、臼のなかの餅に杵が食い込む。

「じしん、ないない！　もちさん、ないてないね！」

ニコニコの笑顔で、双子たちは歓声をあげる。

「うん。泣いてないよ！　上手だね、二人とも」

「バルドより、よっぽど利口だな。さすがは我が甥だ」

自慢げな顔で、ジーノが双子を褒める。

「うるせぇ。お前こそ、ちゃんと合いの手入れられるのか」

「できるに決まっている。悠斗にできて、私にできないことなど——熱っ！」

ほかほかと湯気をたてる餅に触れ、ジーノが悲鳴をあげる。

「ささっとかえさないと、やけどしちゃうんだよ。こうやって手を濡らして……ほら」

ジーノの隣にしゃがんで、手早く餅をひっくりかえす。

むっとした顔をしながらも、ジーノは僕の真似をした。

「ルッカ、ソラ、もういいよ。ちゃんと待てておりこうだね。もう一度ぺったんしてごらん」

ジーノが退避したのを確認してから、双子たちに声をかける。

こくんと頷いて、双子は杵を振り下ろした。

「もちさーん、やさしーく、ぺったんこー」

「ぺったんこー！」

双子が楽しそうに餅をつき、ジーノが素早く合いの手を入れる。

さっきのやけどがよほど辛かったのだろう。腰が思いきり引けた謎の姿勢で餅をひっくりかえし、ジーノは得意げな顔をした。

顔だち自体は凛としていて、とても大人っぽいのに。そんな顔をすると、雰囲気が双子たちにそっくりになる。

「もちさーん、やさしーく、ぺったんこー」

「おいしくなーれ、ぺったんこー！」

むいっと杵を振り下ろすたびに、ぴょこぴょこと双子たちの尻尾が揺れる。

二人とジーノの奮闘のおかげで、おいしそうな餅ができあがった。

「できあがったら、まずは湯餅（ゆもち）にして食べようね」

「ゆもち？」

「ふわふわですごくおいしいんだよ！　ちぎった餅を、湯のなかに入れて……」

沸騰したお湯を木桶（きおけ）に注ぎ、つきたての餅を適当な大きさにちぎって次々と入れていく。

ほかほかと白い湯気をたてる餅入りの木桶に、自家製の醤油風（しょうゆふう）調味料に砂糖を混ぜた、あまじょっぱいたれを添えた。

「このたれをつけて食べてごらん」

手づかみで餅を取ろうとする二人を制し、フォークとスプーンで小皿に取り分ける。

「やけどしないように、はふはふして食べようね」

安全な温度になるまで冷まして、二人に小皿を手渡す。

ルッカもソラも瞳を輝かせて、ぱくっとかぶりついた。

「ほわ。やわらか！」

「ふわふわー！」

あむあむと噛んで、噛みちぎろうとするけれど、弾力のある餅は双子たちのちいさな歯では噛みきれず、びよーんと尾を引くように伸びる。

「むぅ……」

伸びるのが楽しいのか、ルッカとソラは顔を見合わせ、お互いに餅を咥えたまま、フォークを遠ざけてわざと餅を伸ばして遊び始めた。

「食べ物で遊んではダメだ。農家の人たちが大切に育ててくれた穀物だ。ありがたくいただきなさい」

ジーノに叱られ、双子はしゅんと肩を落として遊ぶのをやめた。

「おお、すげぇ伸びるな！」

双子たちに負けないくらい大はしゃぎで、バルドが咥えた餅をむいーっと伸ばす。

「やめろ。ルッカやソラが真似をする！」

すかさずジーノがバルドの後頭部を叩いた。

「いってぇ。いいだろ、ちょっとくらい」

「よくない。貴様の言動は、ルッカとソラの健全な育成に悪影響だ！」

いつもの言い争いを始めたジーノとバルドのあいだに、ちょこちょこと駆け寄ったソラが割って入る。

「けんか、だめなのー。なかよくおもちたべるのー！」

ソラにたしなめられ、ジーノもバルドもバツが悪そうに顔を見合わせた。

ルッカはそんなやりとりには見向きもせず、木桶からおかわりの餅を取り出して、おいしそうにもぐもぐ頬張っている。

「ルッカ、湯餅、すき？」

「らいふひー！」

あつあつの餅をはふはふしながら、ルッカは元気いっぱい頷いた。

「ソラもおいで。いっしょに食べよう」

ソラの分のおかわりを取り分け、自分の餅もよそう。

湯から引き上げたばかりの餅は、とてもやわらかくて、あまじょっぱいたれを絡めて味わうと、ほっぺたが落ちてしまいそうなおいしさだ。

「湯餅はつきたてのときしか味わえないからね。めいっぱい楽しもうね」

こくこくと頷き、ルッカもソラも黙々と餅をおかわりする。

木桶のなかの餅がみるみるうちに減ってゆくことに気づき、ジーノとバルドも慌てて参戦した。


仕立屋の弟子がやってきて、コートが仕上がったことを知らせてくれた。餅を食べ終えた後、仕立屋に向かう。

フードにもこもこのファーがついたかわいいコート。

ルッカとソラの獣耳に合わせ、フードの部分にぴょこんと三角の突起がふたつついている。フードを被っても獣耳がぴんと立っているように見えて、とても愛くるしい。

同じ素材で、ミトン型の手袋も用意してくれた。ちっちゃな手のひらに装着してあげると、ルッカとソラは大喜びで、手袋をつけたまま、ぱふぱふと手を叩いて飛び跳ねた。

双子たちはとても気に入ったようで、コートを羽織ったまま、鏡の前で歌いながらくるくると回った。

「こーと、とってもかわいいのー!」

「ほかほかあったかー!」

回り続ける二人は、ずっと眺めていたいかわいさだけれど、早めに止めないと目を回してしまう。

「すっごくよく似合うね。二人ともかわいいよ。おいで、抱っこしてあげるから」

僕が両手を広げると、二人は勢いよく飛びかかって来た。

「よし、さっそく出発しよう」

「ちょっと待て。もう午後だぞ。出発は明日の朝にしろよ。どちらにしたって、夜は移動できないだろう」

バルドは止めたけれど、ジーノは本日中に出るつもりのようだ。

「ゆっくりしている暇はないんだ。少しでも先に進みたい」

ベアトリーチェ王妃や、ルッカとソラのきょうだい。そしてジーノの母の容体（ようだい）が気になるのだろう。

焦る気持ちはわかるけれど、日没まであまり時間がない。

「バルドのいうとおりだよ、ジーノ。雪山での野宿は負担が大きすぎる。ルッカやソラのことを思えば、一泊でも減らすべきだ。その分、明日の出発に向けて、備えを万全にしよう」

ジーノはもどかしげな表情をしながらも、ルッカとソラを見下ろし、僕らの提案を受け入れてくれた。

第四章　極寒の地へ

翌朝、子ぎつね姿のペザンテと合流し、ヴェスターヴォ山脈に向かった。

ジーノの転移魔法で、まずはヴェスターヴォ山脈の麓(ふもと)にある集落へと移動する。

レントの街はすでに夜が明けていたのに。時差があるのか、それとも寒い地方だからなのか、集落は薄闇に包まれたまま、静まりかえっていた。

夜明け前の底冷えのする夜風にさらされ、ルッカとソラが「くちゅん！」とかわいらしいくしゃみをした。

ぶるっと身体を震わせ、二人はぴったりと身を寄せ合う。

「レントやレスティアと比べると、すごく寒いね。ルッカ、ソラ、おいで。コートの前をしっかり閉じようね」

真新しいコートのボタンをきっちり留めて、耳つきのフードも被せてあげる。

「ほわ、あったかー！」

双子たちは嬉しそうに、ぴょこぴょこと飛び跳ねた。

二人を見やり、ペザンテが、ふんと鼻を鳴らす。

「そんなものをまとわずとも、狼に戻ればよいだろう。獣毛があれば、少しも寒くないぞ」

ちまっとした愛くるしい子ぎつね姿なのに、声や話し方はきつねのときと同じ、威厳のある低声のままだ。

そのギャップが、なんだかとても愛らしい。

「ルッカ、おおかみ、なれないのー」

「ソラも、むりー」

自分の意思で子ぎつねに変化することのできるペザンテと違い、ルッカもソラも、自ら狼になることはできない。

子ぎつねペザンテをむぎゅうっと抱きしめ、双子たちは羨ましそうな顔をした。

「そのうち、自在に制御できるようになる。何事も鍛錬だ」

「たんれんー!」

ぴょこぴょこと飛び跳ね、双子たちは叫ぶ。

「お前たち、あまり騒ぐな。集落の人たちが起きる」

ジーノに叱られ、ルッカとソラは互いに顔を見合わせ、ちいさな手のひらで、ぎゅっと口元を押さえた。

「行くぞ。ヴェスターヴォ山脈は、あの森の先だ」

集落の先にある森を、ジーノが指さす。

ペザンテは周囲に人がいないことを確認した後、本来の大ぎつねの姿に戻った。

「ほぁ、おっきいペザンテ！」

「すき！」

ルッカとソラが、ペザンテの背中にもふっと飛びかかる。

「大きな声を出すと、またジーノに叱られるぞ」

やさしく目を細め、ペザンテはふさふさの尻尾でルッカとソラを慈しむように撫でた。

「お前たちも乗れ」

促され、ペザンテの背中によじ登る。

「ジーノ、はやく」

ルッカとソラに呼ばれ、ジーノも軽い身のこなしで僕らのうしろに飛び乗った。

夜空を仰ぎ見ると、山々との境目のあたりが、淡く色づき始めていた。

藍色の空をほんのり染める橙色。上空には、無数の星が瞬いている。

「ルッカ、ソラ、お空を見てごらん」

二人はそろって夜空を見上げ、「ほぁ！」と愛らしい歓声をあげた。

「おほしさま、いっぱい！」

「きらきらー、きれいなのー」

レスティアよりも夜の闇が濃いせいか、肉眼で見える星の数が格段に多い。

そのひとつひとつが、今までに見たことのあるどんな星よりも、美しく感じられた。

「ソラ、ルッカ、お星さま、好き？」

「すきー！」

元気いっぱい、二人は手を挙げる。

この世界の星の配列は、僕の暮らしていた世界とは大きく異なる。

星座を教えてあげたいけれど、どれも見たことのない、形ばかりだ。もどかしさを感じた僕の隣で、ジーノがすっと手を伸ばして夜空の一点を指さした。

「あのいちばん明るい星が、最北星だ。北の空に輝く星」

ジーノの指さす先に、ひときわ明るい星が見える。

「あっちが北なんだね」

「ああ、あの星の方角に向かって進むんだ」

しっかりとコートを着込んでいても耳たぶが痛くなるくらいに冷たい、夜の空気。声を出すたびに、もわりと白い湯気があがる。

「くもさん、もくもく！」

「もっくもくー！」

息が白くなるほど寒い場所に来るのが、初めてなのかもしれない。

ルッカもソラも瞳を輝かせ、はぁーっと何度も息を吐いた。

白く立ち上る息を見上げては、掴もうとしてめいっぱい手を伸ばす。

「ほぁ、くもさん、消えちゃう……！」

どんなに頑張っても捕まえられない白い湯気に、双子たちはしょんぼりと耳と尻尾を垂らした。

「そんなに捕まえたいのなら、捕まえられるようにしてやる」

パチンとジーノが指を鳴らすと、湯気が透明な球体に閉じ込められる。

ルッカもソラも、ぴょこんと飛び跳ね、素早くその玉を捕まえた。

不思議なことに、球体に閉じ込められた白い吐息は、時を止めたかのように消えることがない。

玉のなかをふわふわと舞う白いもやを眺め、双子たちは大はしゃぎした。

「お前たち、遊んでいないで、しっかり掴まっていろ。結界を越えるぞ」

ペザンテがふり返って双子たちに告げる。

「結界？　僕にはなにも見えないけど、ジーノにはなにか見えるの？」

周囲に目をこらしてみても、闇に包まれた静かな森が見えるばかりだ。

「私にも見えはしない。だが、感じることはできる。山を覆うとてつもなく強い結界だ」

ルッカとソラを抱き寄せ、ジーノはペザンテの背に伏せる。

ジーノを真似て、僕も姿勢を低くした。

ペザンテが力強く地面を蹴り、びゅうっと冷たい風が頬を刺すように吹き抜ける。

「はぅ！」

「むーっ」

双子たちが悲鳴のような声をあげた。

バチバチッとなにかが弾けるような衝撃が走る。青白い火花が飛び散り、闇夜を照らした。

大きく上下する、ペザンテの背中。温かな背中から振り落とされないよう、必死でしがみつく。

「結界を抜けるぞ！」

大きな尻尾で僕らを覆うようにして、ペザンテは叫んだ。

ごおっとひときわ強い風が吹き抜け、静寂が訪れる。

僕らを守ってくれていたペザンテの尻尾がゆっくりと離れてゆく。

おそるおそる顔をあげると、ちらほらと淡く光るものが視界に飛び込んできた。

「雪……？」

「いや。雪羽虫（ゆきはむし）だろう。雪はこんなふうに光らない」

手を伸ばし、ジーノが光るそれを、素早く掴む。

「ほら、よく見てみろ」

手のひらサイズの透明な玉に閉じ込めたそれを、ジーノは僕に放った。

顔を近づけてのぞき込んでみると、それは、本当にちいさな虫だった。

透き通った二枚の羽が、青白い光を放っている。

「ほぁ、ひかるむしさん？」

瞳を輝かせ、ルッカとソラが玉に飛びつく。

二人がしばらく観察したのを見届けてから、ジーノはパチンと指を鳴らした。

「あまり長いこと閉じ込めるとかわいそうだ」

球体がシャボン玉のように弾け、なかから雪羽虫がふわりと飛び出す。

ルッカもソラもぴょこぴょこと飛び跳ね、虫を捕まえようとした。

ふわふわと優雅に舞っているように見える雪羽虫は、意外とすばしっこく、二人には捕まえられない。

諦めきれず、飛び跳ね続ける双子たちを、ペザンテが呆れた顔でふり返った。

「そんなに暴れて、落ちても知らぬぞ」

名残惜しそうに雪羽虫を見上げながらも、ルッカとソラは飛び跳ねるのをやめた。

「こういう虫は、捕まえて手元に置くより、遠くから眺めるほうが、風情（ふぜい）があっていいのだ。ほら、見上げてみろ」

ジーノに促され、双子たちは空を見上げる。

星明かりの下、ふわふわと飛び交う雪羽虫。はらはらと舞う雪が光を放っているみたいで、儚げな光が幻想的だ。

「それにしても、ペザンテ。真っ暗なのに、よくこのスピードで走れるね」

生い茂る木々に覆われた森は、集落以上に闇が深い。

それなのにペザンテは、まったく迷いのない足取りで、木立の狭間を軽やかに駆け続ける。

「人間と違って、我ら四つ足は夜目の利くものが多いのだ」

「こんなに暗くても、ペザンテにはまわりが見えているってこと？」

ふん、と鼻を鳴らすと、ペザンテは当然のことのような声で答えた。

「我だけではない。双子たちにだって、見えているはずだ」

「そうなの？」

二人は僕を見上げ、かわいらしく首をかしげる。

「ゆーと、みえない？」

「なにも見えない。真っ暗だよ。ルッカやソラにはなにか見えるの？」

「みえるー。えっとねー、おっきなおっきな――」

双子たちが頭上を指さす。

つられるように仰ぎ見ると、突然、木々が激しく揺れた。

がさがさっと葉擦れの音がして、木々に積もった雪が、視界いっぱいに舞い散る。

「キィイイイ！」と耳をつんざくような奇声が響き渡った。

「しっかり掴まっていろ！」

ペザンテが鋭く叫び、素早く後ずさる。

頭上から、なにか、とてつもなく大きなものが降って来た。

「伏せろ！」

目をこらして姿を捉えようとしたけれど、それどころじゃなかった。

ペザンテの身体が大きく揺れる。

地面を蹴って飛び上がると、ペザンテは頭上から降って来たなにかに、勢いよく飛びかかった。

ペザンテの巨体に押さえつけられ、地面に伏したもの。

それは、つぶらで大きな黒い瞳の、リスのように愛らしい顔だちをした生き物だった。

顔はかわいらしいのに、大きさはちっともかわいくない。

体長三メートル近くあるだろうか。ペザンテほどではないにしても、僕やジーノなんかより、ずっと大きい。

白くてくるんとした尻尾に、ふわふわで純白の冬毛に覆われた短い手足。身体の形もどことなくリスに似ているけれど、広げた手足の狭間に、ふろしきのような膜がある。

「もしかして、モモンガ……!?」

僕の知っているモモンガとは大きさがまったく違うけれど、形はよく似ている。

「モモンガの魔獣だな。頭上から奇襲をかけてくるとは、いったいなんのつもりだ」

ペザンテに問われ、地面に押さえつけられたモモンガの魔獣はふてくされたように顔を背けた。

ペザンテの迫力に圧倒され、逆らう気力はないようだ。

「殺したければ、殺せ」と、かわいらしい声で呻いた。

「この魔獣、人間の言葉が喋れるんだね」

驚いた僕に、ジーノが怪訝な眼差しを向ける。

「人間の言葉なんか喋ってない。悠斗には、こいつの言葉が人間の言葉に聞こえるのか」

「嘘だ。人間の言葉だったよね?」

ルッカやソラが、きょとんとした顔で首をかしげる。

「にんげんのことば、ちがうー」

「けもののことばー」

「獣の言葉!? そんなわけないよ。僕は獣の言葉なんてわからないし……」

「殺せ――」

また、モモンガの魔獣が呻いた。

苦しげな目をしたモモンガの魔獣を、ペザンテが見下ろす。

「むやみな殺生は好まぬ。我らに害をなさぬ限り、殺す気はない。もう一度問う。なぜ、お前は我らを襲おうとした」

モモンガはふいっと顔を背けたまま、苦々しげに漏らした。

「この冬は普段以上に実りが悪いんだ。これ以上、森を荒らされたら、皆、飢え死にだ」

「これ以上、ってことは……この森は、よく荒らされるの？」

おそるおそる尋ねた僕を、モモンガは不服げに睨みつけた。

「なにを他人事のようなことを。お前たち人間はしょっちゅう森を荒らしに来るじゃないか」

「ごめん。僕ら人間が、荒らしているんだね。結界が張られているのに、破って入ってくるってこと？」

「さっきの結界は、おそらく『魔力を持つ者』の侵入や流出を阻むためのものだ。魔力を持たぬ人間には、なんの効果もない」

モモンガの魔獣が答えるより先に、ジーノが教えてくれた。

「きみたち魔獣は、結界の外に出られないの？」

僕の問いに、魔獣は苦々しげな顔で頷いた。

そんな表情をしても、顔だちは愛らしいままだ。

かわいらしい顔と巨大な身体。愛くるしい声と険しい口調。なにもかもがちぐはぐで、不思議な感じだ。

「じゃあ、この森の食糧が減ると、飢えることになっちゃうんだね」

人間たちは森のなかに入れるのに、魔獣たちは森の外に出られない。

そんな状況で森を荒らされては、たまったものではないだろう。

「きみたちは、なにを食べて生活しているの？」

「おもに、木の実や鳥、うさぎや鹿などだ」

「うさちゃん……！」

ぴょこんと跳び上がり、ルッカとソラが泣きそうな顔をする。

うさちゃん、うさちゃん……とうろたえる二人を、ジーノはおだやかな眼差しで見下ろした。

「ルッカもソラも、肉を食べなくては生きていけないだろう」

「うぅ……っ、でも、うさちゃん……かわいそうなのー」

ほろりと、双子たちの目から大粒の涙が溢れ出す。

「うさぎを食べるのも、牛や豚を食べるのも同じことだ。ルッカやソラが生きていく上で牛や豚の肉が必要なのと同じように、こいつらにとってうさぎや鹿は欠かせない食糧なのだろう。かわいそうだからといって食わなければ、こいつら自身が死ぬ」

　えぐっとしゃくりあげ、ルッカとソラは潤んだ瞳でジーノを見上げる。

「そもそも、牛や豚はよくて、うさぎや鹿はダメな理由はなんだ」

　ジーノに問われ、ルッカとソラは互いに顔を見合わせた。

「うさちゃん、かわいいのー」

「豚や牛だって、見る者によってはかわいく見えるだろう。『あれは食べていい』『あれは食べちゃダメ』。そんなふうに選り分けるのは、非常に傲慢で、愚かな行為だ」

「おろか……?」

　きょとんとした顔で、ルッカとソラが首をかしげる。

「ジーノ、いいたいことはわかるけど。そういうの、ルッカやソラには、まだ難しすぎるんじゃないかな」

　ジーノは形のよい眉をひそめ、ちいさく首を振った。

「ルッカもソラも、いつかは国を統べる王になるのだ。むしろ、心がやわらかな子どものうちに、世の理を知っておく必要がある」

「だけど――」

　双子たちにとって、衝撃的だったのだろう。

　うさちゃん、うさちゃん、と身を寄せ合うようにして震えている。フードの耳も、震えに合わせてぴょこぴょこ揺れた。

「かわいそうだと思うのなら、可能な限り、殺さないようにする。殺したら、その命に感謝して、余すことなく大切にいただく。我らにとって肉が命を保つために必要な食糧である以上、そうするしかないんだ。たとえば、うさぎを助けるために、悠斗が飢え死にすることになったら、ルッカもソラも嫌だろう？」

「やー！」

ルッカとソラが、飛び上がるようにして僕に抱きつく。

「うさちゃん、だいじ。ゆーともだいじ！」

「このモモンガの魔獣にも、お前たちにとっての悠斗のように、守りたい大切な相手がいるんだ」

双子たちはもう一度顔を見合わせると、じっとモモンガの魔獣を見つめる。

「モモンガさん、だいじだいじいるの？」

「当然だ。この森に住まうすべての獣が、私にとって守るべき大切な家族なんだ」

神妙な顔つきで、モモンガが頷く。

「モモンガさん、もしかして、この森の王さまなんですか」

「王もなにもない。人間と違って、我らには階級や王位などというものは存在しないからな」

「とはいえ、お前がこの森の『長』なのだろう」

ジーノに問われ、モモンガは、ふん、と鼻を鳴らした。

「ペザンテといい、モモンガさんといい、意外な生き物が、集落を統べているんだね」

「魔獣の強さは、魔力の強さによるからな。単純な腕力で強弱の決まる動物の世界とは異なるのだ」

「なるほど。このモモンガさんはペザンテと同じで、すごく魔力が強いんだね。それにしても、人間が森を荒らすせいで食糧不足になってしまうなんて……。ジーノ、どうにかしてあげられないかな」

ちらりと僕を見やり、ジーノが呆れたようにため息を吐く。

「また、悠斗のお節介が始まった」

「お節介なんかじゃないよ。僕ら人間のせいで困ってるんだ。お詫びに助けてあげなくちゃ」

ルッカとソラもちょこちょこと駆け寄ってきて、加勢してくれた。

「ももんがさん、たすけるのー！」

「はらぺこ、かわいそ。ごはん、わけてあげるの」

ジーノの魔法でちいさくした携行食の餅を、ソラはモモンガに差し出そうとする。

「ソラ、やさしく思いやれるのは、とってもお利口さんなことだけれど、餅は噛みきるのが難しいし消化も悪いから、むやみにあげたら危険だよ」

「きけん？」

「うん。魔獣さんが、安全に食べられるものを探そうね」

「あんぜん、さがすのー」

ぴょこんと飛び跳ね、ソラは力強く頷く。

「真冬でも得られる食糧か……。そうだ。ヴェスターヴォ山脈、冬場はたくさん雪が積もるんだよね。ということは、麓のこのあたりには雪解け水が流れつく、川や湖があるんじゃないかな。モモンガさんたちは、魚は食べないんですか？」

「食べなくはないが、冬場は湖が凍るのだ。魚を獲れなくなる」

「こおる……？」

きょとんとした顔で、双子たちが首をかしげる。

「分厚い氷に覆われて、魚はいなくなるのだ」

「おさかなさん、いない？　さむくてしんじゃう？」

ルッカとソラが二人そろって泣きそうな顔をする。

「たぶん死なないよ。このくらいの気温なら、湖が凍るのはおそらく表面だけだし、魚たちは氷の下でちゃんと生きているはずだ」

「おさかなさん、ぶじ！」

「よかった！」

ぴょこぴょこと飛び跳ね、ルッカとソラは大喜びする。

「モモンガさん、湖はどこにあるんですか？」

「俺はモモンガなんて名前じゃない」

不機嫌そうに、モモンガの魔獣が僕を睨む。

「じゃあ、なんと呼べば？」

「人間なんかに教える名前はない！」

不快そうに叫んだモモンガの魔獣に、ちょこちょこっと双子たちが駆け寄っていく。

じっと見上げ、二人は愛らしい声で問いかけた。

「おなまえ、おしえてほしいのー」

「しりたいのー」

つぶらな瞳でまっすぐ見つめられ、モモンガの魔獣はたじろぐ。

「おねがいするのー」

ルッカとソラは、二人そろって、ぺこっと頭を下げる。

かわいらしくおねだりされ、モモンガは困惑したように視線を泳がせた。

「おねがいするのー！」

何度も懇願され、ため息を吐いて目をそらす。

「――フィーネ」

不機嫌そうな声でぼそりと呟いたモモンガの魔獣、フィーネに、双子たちはもふっと飛びついた。

「わ、ダメだよ、二人とも」

不安になった僕をよそに、双子たちはフィーネにしがみつくようにして、やわらかそうな純白の冬毛に顔を埋める。

「フィーネ、すきー！」

「フィーネ、なかよししたいのー！」

心根のやさしい獣なのかもしれない。じゃれつく双子たちにうんざりした顔をしながらも、フィーネは彼らのしたいようにさせてくれた。

「湖はこっちだ。来い」

しがみつく双子をぶらさげたまま、フィーネは四つ足で歩き出す。

フィーネの後をついてしばらく歩くと、木立が途切れ、急に視界が開けた。

「わ、すごい……！」

星明かりを浴びて輝く、広大な湖。

水面に張った氷がキラキラきらめいて、とてもきれいだ。

「これだけ大きいと、魚もたくさんいそうだね」

僕の言葉に、フィーネは疑わしげな顔をした。

「氷の下で、魚が生き延びているとは思えん」

「生きていますよ、きっと。ジーノ、魔法で氷に穴を開けることはできないかな。拳くらいの大きさの穴でいいんだ」

「穴なんか開けて、どうする」

「魚を釣るんだ。小魚が食べそうな、虫やミミズを餌にしてね。フィーネ、きみは魔法で空中に浮かべる？」

「それくらい、できるに決まっているだろう。俺をなんだと思っているんだ」

腹立たしげに、フィーネは答える。

ルッカとソラがフィーネにむぎゅーっと抱きついた。

「フィーネ、ぷかぷかできる？　すごい！」

「ぷかぷか、みたいのー」

「離せ。危ない」

「やー、ぎゅーってするー」

「ルッカもソラも、フィーネといっしょにぷかぷかするのー」

離れようとしないルッカとソラに呆れながらも、フィーネはほんの少しだけ浮かび上がる。

「ジーノ、僕らも浮かぶことってできないかな。直接氷の上に乗ると、割れちゃうかもしれないし」

寒いのが苦手なのかもしれない。ジーノはぶるりと身を震わせると、コートのフードを深々とかぶり、呪文を詠唱した。

ふわりと僕とジーノの身体が地面から三センチほど浮かび上がる。

「ペザンテは、ちょっとここで待ってて。フィーネに釣りの仕方を教えてくるから」

森で見つけた蔦科の植物の先端に、木の枝を彫って作った即席の針をつけ、枯れ葉の下で見つけたミミズに似た生き物をひっかけてジーノの開けてくれた小穴に垂らす。

しばらくすると、くいっと蔦を引かれる感触があった。

「かかったよ……！」

そっと引き上げると、びちびちと暴れるちいさな魚が穴から姿を現した。

「ほぁ、おさかなさん。げんきいっぱい！」

「いきてた！」

ルッカとソラが手を叩いて大喜びする。

この魚がフィーネたちの餌になるのだと知ったらショックを受けてしまうかもしれないけれど、こればかりは仕方がない。

「ルッカとソラも、釣ってみる？」

「つってみるー！」

元気いっぱい叫び、双子たちはフィーネの身体から飛び降りた。

「危ない！」

ジーノが素早くソリのようなものを魔法で生み出す。

その上に、ルッカとソラはどすんと尻もちをついた。

「おさかなさん、みえる？」

小穴をのぞき込もうとして、ルッカが身を乗り出す。

「危ないから、身を乗り出してはダメだ。ほら、悠斗に釣りの道具を貸してもらえ」

こくんと頷き、ルッカが手を伸ばす。

僕は小魚を針から外して新しい餌をつけ、ルッカに手渡してあげた。もうひとつの蔦にも針と餌をつけ、ソラに手渡す。

「フィーネもやってみる？」

同じものを、フィーネにも差し出す。

フィーネは訝しげな顔をしながらも、それを受け取った。

氷上にあいた三つの穴。ルッカとソラ、フィーネがそれぞれ釣り糸を垂らす。

しばらくすると、最初にソラの蔦がくいっと揺れた。

「ソラ、おさかなさん、来たよ。ゆっくり引き上げてごらん」

「ほぁ！　ゆっくりー……」

そーっと蔦を引き上げると、元気よく跳ねる魚が水面から姿を現す。

「釣れたね！　ソラ、すごいよ。僕が釣ったのより、大きなおさかなさんだ」

「おさかなさん、うれしいのー」

ほっぺたを赤く染め、ソラは嬉しそうに微笑む。

「あ、フィーネのところにも魚が来たよ」

ぴくぴくと動く蔦。フィーネがくいっと引き上げると、活きのいい魚が姿を現した。

「おさかなさん、こないのー」

しょんぼりした顔で、ルッカが肩を落とす。

「ルッカ、じっとしていてごらん。蔦を動かしすぎると、おさかなさん逃げちゃうから」

「じっと？」

「うん。じっとおとなしくして待つんだ」

こくんと頷くと、ルッカは真剣な表情で穴のなかを見つめて動かなくなった。

しばらくすると、くいくいっと蔦が揺れる。

「今だ、ルッカ、おさかなさん、来たよ！」

「おさかなさん！」

ぴょこんと飛び跳ね、ルッカは勢いよく蔦を引っ張り上げる。あまりにも勢いよく引っ張ったせいで、逃げられてしまったみたいだ。

餌がくいちぎられた後の針だけが、星明かりに照らされた氷上で、ぶらぶらと揺れている。

「ほぁ……おさかなさん、ないない」

「逃げちゃったみたいだね。もう一度、今度はゆっくり、そーっと引き上げてみようか」

「ゆっくり。ゆっくり……そーっ」

針に餌をつけてあげると、ルッカはそろそろと慎重に穴のなかに蔦を垂らした。

むうっとしかめた眉と尖らせた唇が、なんだかとてもかわいらしい。

「ルッカ、がんばれ！」

ルッカの隣で、ソラが声援を送る。

じっとおとなしく待つと、くいくいと蔦が揺れた。

「ルッカ、やさしく、そーっと引き上げてごらん」

「そーっ、そーっ」

緊張した面持ちで、ルッカがそっと蔦を引き上げる。

ぴちぴちっと跳ねるちいさな魚が姿を現した。

「ほぁ、おさかなさん！」

大喜びして跳ねた拍子に、魚がべちんとルッカの額に当たる。

「あう！　つめたい！」

おでこを押さえたルッカは、蔦を手放してしまった。

しゅるん、と小魚が蔦ごと氷の上を滑る。

「ほわ、おさかなさん、にげないで！」

そりから飛び降りようとしたルッカを、ジーノが素早く魔法の光で包み込む。

光の玉に包まれたルッカは、玉ごと、すいーっと氷の上を滑った。

「ルッカ、たのしそ……」

羨ましそうに、ソラがそりから身を乗り出す。

「ソラ、危ないから、真似しないほうがいいよ」

くるんくるんと氷の上を転がるルッカの玉は、フィーネのもとに飛んでゆく。

フィーネはふさふさの尻尾で器用に玉をキャッチした。

玉のなかでくるんと一回転して、ルッカは「きゅうー」と目を回す。

「ジーノ。今の、わざとやったね？」

普通に浮かび上がらせてあげれば、こんなふうに転がったりしないのに。

あえてそうせず、玉のなかにルッカを閉じ込めたのだろう。

「当然だ。ルッカには、氷の上は危険だということをしっかりと教える必要がある。私の目の届かないところで、万が一のことがあっては取り返しがつかないのでな」

淡白なように見えて、ジーノはとても愛情深い男だ。ちょっとわかりづらいけれど、これが、かわいい甥っ子への彼なりの愛情の注ぎ方なのだと思う。

へろへろになったルッカを抱き上げ、ジーノは彼に釣果(ちょうか)を差し出す。

「ほら、お前が釣った魚だ。よく頑張ったな、ルッカ」

ルッカは、にへらっと嬉しそうに笑って受け取り、「フィーネにあげるの!」と誇らしげに魚を掲げてみせた。

「魚の数にも限りがあるし、獲りすぎたらよくないけれど。少量でも冬場の貴重なたんぱく源になるんじゃないかな。あとは寒くなる前に木の実や果実を収穫して、人間に奪われないように保管できる場所があるといいんだけど……」

「木の実はまだしも、果実は収穫後、長くはもたないだろう」

「種類によっては、ひと冬もつ果物もあるよ。もし、すぐに腐ってしまうのなら、保存の仕方に問題があるのかも。普段はどこに保管してるの?」

「人間どもに取られないように、木の上に隠している」

「木の上だと、鳥に狙われるだろう。日が当たれば、痛むのも早いだろうし」

ジーノに問われ、フィーネは神妙な顔で頷いた。

「ああ、鳥たちにつつかれる上に、すぐに腐ってしまうのだ」

「日が当たらなくて人の目の届かない場所に、貯蔵庫を作って保存できるといいんだけど――」

「地中に貯蔵庫を作るといい。幸いなことに、ここはまだ転移魔法が使えるようだ」

ヴェスターヴォ山脈の結界には、いくつかの段階があるのかもしれない。

湖から森に戻ると、ジーノは転移魔法で土を掘り起こし、木製の扉つきの収納スペースを作った。

そして、どこからか取り寄せた大量の蜜りんごや柑橘類を、そこに収納する。

「ジーノ、その果物、どこから取り寄せたの……？」

転移魔法は、無からなにかを生み出す魔法じゃない。

不安になった僕に、ジーノはそっけない口調で答えた。

「レント騎士団の食糧貯蔵庫だ」

「そんな……。勝手に持って来ちゃダメだよ」

「問題ない。対価としてレント国の金貨を送ったからな」

そういう問題だろうか。

空っぽになった食料庫を見たら、バルドが怒り狂いそうだ。

とはいえ、バルドたちはお金があれば、新たに食糧を手に入れられる。

今は、この森の魔獣や動物たちに寄贈することを、優先すべきかもしれない。

「扉を閉めて上に落ち葉を被せれば、人間に見つかることもないだろう。不安ならお前の魔法で封じておけ」

　ジーノの言葉に、フィーネは瞳を潤ませる。

「なにからなにまで、すまない」

「すまないもなにもない。我ら人間のせいで、お前たちは不利益を被っているのだろう」

　ジーノの銀色の髪に、ふわりとなにかが降ってくる。それは、雪のように真っ白な一輪の美しい花だった。

　見上げると、明るくなり始めた空を覆い隠すような木々の狭間から、大小さまざまな魔獣や動物が顔をのぞかせている。

　フィーネと同じモモンガ型の動物や、目の大きな猿、きつねやイタチに似た生き物もいる。

　感謝の気持ちを表しているのだろうか。

　彼らは、草花や鮮やかな色の落ち葉を僕らに向かって降らせている。

　朝焼けに染まる空と、朝日を浴びてキラキラと輝く樹氷。

　色とりどりの花々や落ち葉に、頭上を見上げたまま、見惚れてしまう。

「おはな、きれーー!」

「きらっきらー!」

ルッカもソラも大喜びして、ぴょんぴょんと飛び跳ねた。

「俺からも、礼だ」

そっけない口調でいうと、フィーネは前足で中空になにか模様のようなものを描く。

描かれた模様は銀色の光を放ち、その光に樹氷や雪が吸い寄せられてゆく。

まばゆさが和らぐと、そこにはちんまりとした、愛らしい雪うさぎがいた。

「ほぁ、うさちゃん！」

「うさちゃん！」

ルッカとソラが歓声をあげる。

「お前たちの好きな『うさぎ』だ。俺たちにとっては、食糧でしかないけれどな」

雪うさぎはぶるっと身じろぎして、雪の結晶をまき散らす。

「この雪うさぎは、俺の分身だ。こいつを連れていけ。ヴェスターヴォの山頂を目指すのだろう？　道案内くらいは、してやれるかもしれん」

ぴょこんと飛び跳ね、雪でできたうさぎはソラの肩に飛び乗る。

「うさちゃん、かわいいのー！」

「なでなでしたいー」

ルッカとソラに撫でまわされ、フィーネは物凄く嫌そうな顔をした。

「あまり撫でまわすな。溶ける」

「やー、溶けちゃだめー！」

「じゃあ、むやみに触るな」

ぽふっと尻尾でルッカとソラをやさしく攻撃すると、フィーネは軽い身のこなしで大木の枝に飛び乗る。

「この先は俺たちなんかとは比べ物にならないくらい、気性の荒い獣が多い。死ぬなよ」

「フィーネ、ばいばい、やー」

「もっといっしょに、あそびたいのー」

瞳に涙を浮かべ、ルッカとソラがフィーネを見上げる。

「俺たちは太陽の光が苦手なんだ。そろそろ寝床に引っ込む時間だ」

ソラの背中に乗った雪うさぎが、ぴょこんと跳ねる。

「ばいばい、フィーネ」

「またあそぼうね」

名残惜しそうに、ルッカもソラも頭上を見上げ続ける。

まばゆい朝日から逃れるように、フィーネも他の動物たちもそれぞれの寝床に戻っていった。

第五章　第二の結界

「きゅー！」

かわいらしい鳴き声をあげて、雪うさぎがソラの肩から飛び降りる。

ついてこい、ということだろうか。うさぎはぴょんぴょんと飛び跳ね、森の奥に続く道に僕らを誘った。

「ジーノ、この子についていって、大丈夫かな」

「問題ないだろう。方角的には正しい」

ちいさなうさぎなのに、とてもすばしっこい。僕らはペザンテの背に乗り、うさぎを追いかけた。

平坦だった道が、急こう配な上り坂に変わる。

うっすらと積もっているだけだった地面の雪が、いつのまにかペザンテの足首が埋まるほど厚くなっていた。

「しっかり掴まっていろ」

険しい坂道を、ペザンテは力強く雪面を蹴ってうさぎを追う。

「魔獣がウヨウヨいるって話だったけど、全然いないね」

やわらかな朝日に照らされ、キラキラときらめく雪面。僕の見える範囲には、脅威になるような魔獣や獣はいない。

「いないわけじゃない。恐ろしくて我々の前に出てこられないんだ。――ペザンテの強さは誰が見たってひと目でわかるからな。ほら、見てみろ。あそこにも、こっちにもいる」

ジーノが指さす先。木立に隠れるようにして、豹や猪のような獣がこちらのようすをうかがっている。

「ペザンテ、すごいのー！」

「かっこいいー！」

双子たちに褒められ、ペザンテは照れくさそうに、ふさふさの尻尾で二人を撫でた。

「また結界だ。伏せろ！」

ペザンテは背に乗った僕らを守るように、尻尾で覆い隠す。

「雪うさぎは大丈夫かな」

「念のため、保護しておくか」

ジーノが呪文を唱えると、雪うさぎの身体が青白い光に包まれ、一瞬のうちにジーノの腕のなかに転移する。

「転移魔法、まだ使えるんだね」

「まだ山の麓だからな。そろそろ使えなくなるかもしれない」

今度の結界も、僕にはなにも見えない。

だけど、先刻とは違い、肌がヒリヒリするような強い圧を感じる。

「抜けるぞ」

バチバチっと青白い火花が飛び散る。

暴風が吹き荒れ、ペザンテから振り落とされそうになった。

「ルッカ、ソラ、しっかり掴まってね」

二人をまとめて抱き寄せ、ペザンテの身体にぴったりと押しつける。

さっきの結界以上に、激しい風。少しでも気を抜けば、吹き飛ばされてしまいそうだ。

目を開けていることさえできず、必死でルッカとソラの身体に覆いかぶさる。

「ぐぅっ……！」

くぐもった呻き声をあげ、ペザンテの巨体がくずおれた。

僕らを守ってくれていたペザンテの尻尾が退き、中空に放り出される。

「うわぁっ！」

なんとしてでも、ルッカとソラを守らなくては。

暴風に煽られた小枝や木の葉、石ころが容赦なく全身に叩きつけてくる。

それらから守るように、僕はルッカとソラを抱きしめ続けた。

落下する身体。どすんと背中から地面に打ちつけられた。

背中に衝撃が走り、呼吸ができなくなる。

意識が遠のきそうになったけれど、双子たちを抱く腕の力は緩めない。

「ゆーと、だいじょぶ？」

ルッカとソラが、心配そうな声で僕を呼んだ。

自分たちだって怖いだろうに。悲鳴ひとつあげることなく、二人はしっかりと僕にしがみついている。

「だいじょ……ぶ」

声がうまく出ない。打ちつけた背中が焼けるように痛くて、まともに起き上がることさえできそうにない。

どうしよう。もしかしたら──骨が折れているかもしれない。

「ジーノ、ペザンテ、大丈夫か……？」

声の感じから、ルッカとソラは大丈夫そうだ。

地面に転がったまま、視線と首だけを動かして、ジーノとペザンテを探す。

けれども、どこにも彼らの姿はなかった。

「ジーノ、ペザンテ、どこにいる？」

もう一度、彼らの名を呼ぶ。身体を起こそうとして、全身を激痛が突き抜けた。

「痛っ……」

「ゆーと、おけが？」

僕の腕から抜け出し、双子たちは今にも泣き出しそうな顔で、僕をのぞき込む。

「大丈夫だよ。たいしたこと——」

起き上がろうとして、「うっ……！」と悲鳴が漏れた。

ルッカとソラは顔を見合わせ、僕にちいさなぷくぷくの手をかざす。

「ソラ、おてて、つなぐ」

ルッカに促され、ソラは僕に手をかざしたまま、もう片方の手でルッカの手をぎゅっと握りしめた。

「いたいの、いたいの、とんでけー！」

「いたいの、いたいの、とんでけー！」

僕の教えた言葉を、ルッカもソラも真剣な声で唱える。

二人の手のひらから、ふわりと黄金の光が放たれた。

あたたかな光が、僕の身体を包み込む。

「いたいの、いたいの、とんでけー！」

「とんでけー！」

もう一度、双子たちは同じ言葉を唱える。

黄金の光がより強くなって、まばゆさに目を開けていられなくなる。

ぎゅっと目を閉じて身を縮めると、のたうちまわりたくなるような背中の痛みが、いつのまにか消えていた。

おそるおそる身体を起こすと、わずかに痛みを感じるものの、なんとか起き上がれた。

「もしかして……二人が魔法で治してくれたの？」

僕の問いに、双子たちはきょとんとした顔で首をかしげる。

「まほう、むずかしいのー」

「ジーノのちから、ひつようー」

「今のはジーノ、手助けしてないんじゃないかな」

魔法の練習をするとき、いつもジーノはルッカやソラに呪文の唱え方を教え、うまく魔法が発動するよう、サポートしている。

「ジーノ、今の魔法ってルッカとソラだけで発動したんだよね？　ジーノは手助けしてないよね」

立ち上がって、周囲を見渡してみる。

けれども、どこにもジーノの姿はなかった。ペザンテもどこにもいない。

「ジーノ、ペザンテ、どこ？」

不安そうな顔で、双子たちがきょろきょろと周囲を見回す。

「やつらは、結界を抜けられなかったのかもしれないな」

足元から愛らしい声がした。

見下ろすと、そこにはちんまりとした雪うさぎの姿があった。

「うさちゃんー！」

ルッカとソラに飛びつかれ、雪うさぎは迷惑そうに、ぶるっと身を震わせる。

「むやみに抱きつくな。溶ける！」

「とけるの、やー」

悲しそうに眉を下げ、双子たちは、ぺたんと耳と尻尾を垂らした。

「じゃあ、離せ。うっとうしい」

二人の腕から逃れ、雪うさぎはため息交じりに呟く。

「雪うさぎ、喋れるんだね」

「魔力を消費するから、あまりしたくはないのだが。分身を介して喋るくらいのことは、俺にだってできる」

ふん、と不機嫌そうにいった後、雪うさぎ、もとい雪うさぎを介して会話してくれているフィーネは続けた。

「ガキのころ、年寄りの魔獣から聞いたことがある。『桁外れ（けたはず）に強い魔力を持つ者は、山頂には行けない』って」

「どうして？」

「さあな。俺たちが森の外に出られないのと、同じような理屈なんじゃないのか。誰がなんの目的で阻(はば)んでいるのかは知らないが」

「ジーノとペザンテは魔力が強すぎて、結界を通過できなかったのかな……。仕方ない。もう一度結界を抜けて、探しに行こう。ルッカ、ソラ、おいで」

ルッカとソラを呼び寄せ、三人でしっかりと手を繋ぐ。

今来た道を引き返そうとして、僕はさっきまでそこにあった道がなくなっていることに気づいた。

「あれ……どうして……？」

気づけば四方をぐるりと木々に囲まれている。

「ジーノ！」

「ペザンテ！」

双子たちが大きな声で呼んでも、なんの反応もない。

「いったいどうしたら……」

困惑する僕の肩に、雪うさぎがぴょこんと飛び乗った。

「手を出せ」

雪うさぎに促され、ソラと繋いでいた手を離して差し出す。

雪うさぎは思いきりジャンプして、木からなにかをもぎ取った。ぽとりと僕の手に落ちたそれは、ころんと丸い木の実だった。どんぐりのような茶色い実だ。

「地面に転がしてみろ。少しだけ俺の魔力を移植した。多少は結界に反応するはずだ」

促されるまま、木の実を転がしてみると、しばらく転がった後、バチバチっと青白い光に阻まれた。

「あれが、結界？」

「だろうな」

「あの向こうに、ジーノとペザンテがいるんだね」

「ジーノ！　ペザンテ！」

駆け出そうとしたルッカとソラを、雪うさぎが制した。

「危険だ。見ろ、その木の実を」

弾き飛ばされて地面に転がった木の実は、真っ二つに割れている。

「さっきは大ぎつねに護（まも）られていたから、無傷で通れたのだろう。生身で突撃すれば、木の実と同じ末路をたどることになるかもしれない」

神妙な顔つきで、雪うさぎは木の実を咥える。

それでも突進をやめようとしないルッカとソラを、僕は慌てて抱き留めた。

「ルッカ、ソラ、待って。危ないよ」

「やー、ジーノ、ペザンテ、さがすの！」

手足をばたつかせて暴れるルッカとソラを、二人まとめて抱え上げる。

「ルッカやソラも魔力が強いんだから。なんの策もなしに突っ込んだら危険だよ」

「ルッカ、じょうぶ！　だいじょぶ」

「ソラも、じょうぶ！　きけん、ないのー！」

暴れ続ける双子たちを、なんとかして結界とおぼしき場所から引き離す。

「魔力のない僕なら、通り抜けられるかもしれない」

木の実が真っ二つになった地点に視線を向けたそのとき、不穏な咆哮（ほうこう）が静寂を切り裂いた。

「ルッカ、ソラ、危ない！」

荒々しい獣の足音が迫ってくる。

僕はとっさに、二人を抱き上げたまま、逃げようとした。

「あぶない、ないのー」

「ゆーと、まもる！」

素早く僕の腕を逃れると、双子たちは道端の石ころに飛びつく。

止める間もなく、二人は大きく振りかぶって石を投げた。

びゅんっと勢いよく放たれた石が、足音のするほうにまっすぐ飛んでゆく。

「ぐぁあああ！」

肉を打つ鈍い音がして、悲痛な呻き声とともに、地響きのような衝撃が走った。

呻き声の聞こえたほうに視線を向けると、巨大なクマのような生き物が倒れている。

クマそっくりだけれど、ペザンテと同じくらい大きく、額に禍々しい二本の角が生えている。

見るからに凶悪そうな生き物だ。

「あんなに離れた場所から、角と角のあいだに命中させたの……？」

額にはルッカとソラが投げたとおぼしき二つの石がめり込んでいる。

石ころだけで昏倒させてしまうなんて、相変わらず、とてつもない破壊力だ。

「来たぞ、上だ！」

雪うさぎの声に頭上を仰ぎ見ると、そこには巨大な鷹のような鳥がいた。

迫りくる鋭い爪。ルッカとソラを守ろうと駆け寄ったけれど、双子たちは僕の何倍ものスピードで素早く走り、石ころを拾い上げて振りかぶる。

「キエエエェ！」

石ころが鷹の頭に命中し、悲鳴とともに巨体が降ってくる。

「危ない！」

僕はとっさに雪うさぎを抱き上げ、落下してくる鳥から身をひるがえした。

「とりさん、いたいいたい、ごめんねー」

「こてん、させてごめんねー」

かわいらしい声で謝りながら、双子たちは拾い集めた石を、次々とコートのポケットに詰め込んでゆく。

「ゆーと、うさちゃん、だいじょぶ？」

「おけが、ない？」

つぶらな瞳で見上げられ、ぎこちなく頷く。

「大丈夫。僕もうさぎも無事だよ」

無傷の雪うさぎを見せてあげると、ルッカとソラが、ぱぁっと笑顔になった。

「ルッカ、つよい。ゆーともうさちゃんも、あんしん！」

「ソラも、つよいのー」

えへ、と笑う二人は、ちっちゃな手のひらに野球ボールくらいの大きさの石を手にしている。

無邪気な笑顔と、凄まじい威力のギャップに、僕は思わず苦笑した。

「まただ。なにか来るぞ！」

うさぎの声に身構えると、今度は複数の足音が聞こえてきた。

一頭や二頭じゃない。無数の足音だ。

「群れが来る。危ない！　ルッカ、ソラ、逃げようっ」

いくらルッカとソラの投石の腕前がすごいからって、一度にたくさんの獣に襲われたら、勝てるわけがない。

「だいじょぶ。ゆーと、ルッカ、ソラ、しんじて」

「ソラ、ルッカ、つよいこ！」

ぴょこんと飛び跳ね、ルッカとソラは僕の前に躍り出る。

「ゆーと、さがって」

「ゆーと、うさちゃん、きのかげにかくれるのー」

双子を置いて隠れるなんて、そんなこと、できるわけがない。

困惑する僕に、雪うさぎが体当たりしてきた。

「お前がいると、チビたちの足手まといになるんだ。ほら、木に登れ！」

「え、木登りなんて、大人になってから一度もしたことないよ」

「つべこべいってないで、死にたくなかったらさっさと登れ！　お前が足を引っ張れば、チビも共倒れする羽目になるぞっ」

雪うさぎに物凄い力で蹴り飛ばされ、よろめいて木の幹に倒れ込む。

足音がぐんぐん近づいてくる。これ以上は危険だ。

後ろ髪を引かれながらも、必死で木によじ登る。

もう二十年近く、木になんて登った記憶がないのに。

身体が覚えているのか、勝手に手足が動く。

太い枝に乗り上げて眼下を見下ろすと、雪交じりの泥を蹴ちらし、突き進んでくる鹿の群れが見えた。

どの鹿もとても身体が大きく、鋭く凶悪な角を生やしている。

あんな角で突進されたら、ひとたまりもないだろう。

「ルッカ、ソラ、きみたちも逃げるんだ！」

いったい何頭いるだろう。ぱっと見ただけでも、十頭以上いる。

「ルッカ、つよいのー」

「ソラも、つよいのー」

力強く地面を蹴って、ルッカとソラが飛び上がる。

「しかさん、ばいばい！」

「ばいばい！」

ルッカが先頭を駆けてくる鹿の脇腹に、ソラがその隣の鹿の脇腹に、思いきり蹴りを入れた。

巨大な鹿の身体が中空に吹っ飛ぶ。

それを見た後続の鹿たちが怯み、一瞬たじろぐ。

動きを止めた彼らに、ルッカとソラは次々と蹴りを食らわせた。

一頭、二頭、三頭……片っ端から蹴り飛ばしてゆく。

あっというまに、すべての鹿が地面に突っ伏した。

「すごい……」

「とんでもない馬鹿力だな。あの子どもたち、いったい何者だ」

雪うさぎの問いに、僕らの登った木に駆け寄って来たルッカとソラが元気いっぱい答える。

「ルッカ、ソラ、しんじゅうおうの子どもー」

「おおかみなのー！」

胸をそらして答えた双子に、雪うさぎは驚きの声をあげた。

「レスティア国王、ヴァレリオの息子なのか⁉」

「知ってるんですか」

「神獣王ヴァレリオを知らない獣なんて、この大陸にいるわけがない。大陸最強と名高い獣人じゃないか」

呆れた声で、雪うさぎは答える。

「神獣王って、そんなに有名なんだ。ルッカ、ソラ、すごいね！」

ぴょこんと飛び跳ね、ルッカとソラはむいっと片手を天に突き出す。

「ちちうえ、すごいのー！」

普段は塩対応なことも多いけれど、双子たちなりに父親のことを尊敬しているようだ。

誇らしげに胸をそらす姿は、とてもかわいらしい。

「神獣王の才能をしっかり引き継いでいる、ということか。末恐ろしいな。まだこんなにちいさいのに、魔鹿の群れを一瞬で駆逐しちまうなんて」

雪うさぎは枝から飛び降り、ソラの肩に着地する。

ルッカがソラに駆け寄り、雪うさぎを撫でまわした。

「やめろ、ばか。溶ける！」

雪うさぎは怒りながらも、ルッカの手を振りほどいたりはしなかった。

おそるおそる木を降りて、僕も二人の元に向かう。

やっとのことで地面にたどり着いたそのとき、唐突にまばゆい光が弾けた。

ルッカとソラ、僕の身体が、金色の光る蔦のようなものにからめとられる。

「ルッカ、ソラ！」

なんとかして蔦を振りほどきたいのに、どんなに頑張っても引き剥がせない。

「ゆーと！」

めいっぱい手を伸ばし、ルッカとソラに触れようとする。

けれども蔦は僕を掴んだまま、どこかに引きずっていこうとする。

「やー、はなして！」

双子たちの力をもってしても、この蔦を引き剥がすことはできないようだ。

蔦に囚われたまま、僕らはずるずると、どこかに引きずられてしまった。

第六章　雪うさぎジーノと雪の精霊

「ルッカ、ソラ、大丈夫⁉」

物凄い力で雪面を引きずられながら、双子たちの無事を確かめようとする。

けれども、たちこめる雪煙が視界を遮り、どんなに目をこらしても彼らの姿を見つけられなかった。

「だいじょぶ！」

「へいきなのー」

元気いっぱい答えてくれたけれど、それでも不安は消えない。

なんとかして蔦から逃れたいのに。どうすることもできない。

両手で覆い隠すようにして、必死で頭を守り続ける。

巨大なザックを背負っているおかげで、背中は守られているけれど、岩や木にぶつかればひとたまりもないだろう。

せめて、双子だけでも助け出せたら。

己の無力さを、こんなにももどかしく思ったことはない。

「ルッカ、ソラ、近くにいる？」

「いるー」

「ゆーと、見えるのー」

双子たちとはぐれずにいられることだけが、せめてもの救いだ。

永遠に続くかと思った滑走。

突然、足に絡まっていた蔦の感触が消えた。

自由になった身体が勢い余って滑り、斜面を転がり始める。

加速する身体。どうしよう。このままじゃ危ない。

止まりたいのに止まれなくて、冷え切った手足はちっともいうことをきいてくれない。

「ゆーと！」

双子たちの叫び声がして、直後、ミルクみたいに甘い匂いを間近に感じた。

「わふーっ！」

左右から同時に飛びかかられ、ぐっと雪面に押しつけられる。

「助かったー……。ルッカ、ソラ、ありがと」

二人の身体を抱きしめ、軽く頭を振って前髪や顔にかかった雪を払い落とす。

ようやくまともに視界を確保できた。

情けなく雪面に転がったまま周囲を見渡すと、僕らのまわりを、中空に浮かぶ蔦が取り囲んでいるのがわかった。緑色の光を放つ蔦の檻が、行く手を阻んでいる。

蔦の前には、とんがった耳の生えた、ちいさな女性が立っていた。

積もったばかりの新雪のように白く輝く肌と、肩まで伸びた白銀の髪。背丈が僕の膝くらいまでしかない、真っ白な服をまとった美しい女性だ。

人形のように整った顔だち。ビー玉みたいな空色の瞳。底冷えのする眼差しで、僕らを睨んでいる。

「人間と獣の子どもが、我らの守る聖域にいったいなにをしに来た」

冷ややかな声で問われ、僕は身体を起こして、ルッカとソラを抱きしめる腕にぎゅっと力をこめた。

「あの……理想郷に行きたいんです。この子たちの兄弟や義理のお母さんが、凶悪な呪いをかけられてしまって。エリオという魔法使いに、呪いを解いてもらいたいんです」

無表情な女性の白い顔が、ぴくりと動く。

彼女はすぐに表情を消し、僕から視線をそらした。

「理想郷など存在しない。単なる幻想だ」

「嘘だ。今、エリオって名前に反応しましたよね。エリオのことを知っているんじゃないですか」

白い女性はなにも答えない。

「お願いします。会わせてください。エリオに会えたら、すぐに出て行きますから」

女性は片眉をあげて、「無理だ」と短く答えた。

「あの方は、むやみにあの場所を離れない。降りてくることなど、めったにないのだ」

「やっぱり、エリオのことを知っているんですね⁉」

僕の問いに、女性は突き放すような声で言い放った。

「諦めろ。あの方に会うなど、叶うはずがない」

「どうして、ですか」

「どうしてもなにも、あの方の元には、誰もたどり着けないのだ。見ろ。あの絶壁を」

女性が顎で示した先。そこには、天まで続いているかと思えるほど、高くそびえる氷壁が立ちはだかっていた。

分厚い雲や霧に覆われ、どんなに目をこらしても、頂上を見ることはできない。

「あの方のいる場所は、『理想郷』などではない」

「行ったことがあるんですか」

「あるわけがなかろう。この氷壁を越えねば、たどり着けないのだから」

氷壁を見上げ、女性は目を細めた。

「まほうで、びゅーん」

「エリオ、あいにいくのー」

ぴょこっと飛び跳ね、ルッカとソラが主張する。

「お前たちに、そんな魔力があるようには見えぬ」

「あるのー!」

「ソラもルッカも、まりょくいっぱい!」

双子たちは自信たっぷりに答えたけれど、女性は相手にする気配がない。

「チャンスをいただけませんか。決してこの地を荒らしたりはしません。僕らがあの氷壁に挑むあいだ、ここに留まらせてください。無理だとわかれば、おとなしく帰ります」

呆れたように、女性は僕らを見やる。

「我々は長い間、この地を治めておるが、山の外から来てあの氷壁を越えた者は、護人以外、誰ひとりとして見たことがない」

「試してみないと、わからないです」

「無理だ」

頭ごなしに否定され、それでも僕は引かなかった。

「やってみます」

「やってみるのー!」

「みるのー!」

ルッカとソラも、愛らしく天に拳を突き出して僕に加勢する。

「勝手にしろ。もし、少しでも我らに害をもたらすようならば、即刻排除する」

白い女性は険しい声で告げると、くるりと踵をかえして僕らに背を向けた。

「行こう。ルッカ、ソラ」

二人の手を取り、氷壁へと向かう。

針葉樹の森を抜けた先に、巨大な氷壁がそびえている。はらはらと雪の舞う林道を、やわらかな雪を踏みしめながら歩く。

歩くたびに雪に足を取られ、とても歩きにくい。

運動神経の差だろうか。しょっちゅう転びそうになる僕と違い、双子たちは乾いた石畳を歩くのと変わらない軽やかさで、すたすたと歩いてゆく。

しばらく歩くと、背後になにかの気配を感じた。

警戒しつつふり返ると、そこにはちんまりとした雪うさぎが、ちょこんと座っていた。

「うさちゃんー！」

ルッカとソラが雪うさぎに駆け寄り、ぎゅーっと抱きしめる。

「やめろ、溶ける！」

「どこにいっていたの。フィーネ」

「それはこっちのセリフだ。あんな恐ろしい女に掴まりやがって」

「恐ろしい？　あの人は怖い人なの？」

「あれは人間じゃない。この山に雪をもたらす雪の精霊だ。実物を見るのは俺も初めてだが、あのクソ偉そうな態度といい、ゾッとするような整った顔だちといい、雪の精霊の長、『ネーヴェ』に違いない。あいつらが遠慮なくばかすか雪を降らせるせいで、この山は毎年厳しい寒さに見舞われるんだ」

心底嫌そうな声で、フィーネは呟く。

「雪を降らせる精霊ってことは……この氷壁にも関係しているのかな」

「どうだろうな。そもそも、なんだってこんなところに、こんなばかでかい壁があるんだ？」

氷壁は高いだけでなく、幅もとても広い。見渡す限り、どこまでも続いているのだ。

「壁の端まで行けば、頂上に登れる通路がある、ってわけでもないんだろうね」

「よく見てみろ。こっちも、反対側も断崖絶壁だ」

雪うさぎは、僕よりずっと視力がいいらしい。分厚い雲に覆われた曇天。雪の舞うなかでも、遠方を見通せるようだ。

「どうしてもこの壁を登らなくちゃいけないんだね」

改めて、目の前に立ちはだかる氷壁を見上げてみる。

ルッカとソラも僕の隣に立って、天を仰いだ。

「まほう、つかうのー。びゅーん！」

「びゅーん！」

両手を広げ、双子たちは鳥のようにバタバタと翼をはためかせるようなしぐさをする。

さっきは魔法で僕の怪我を治してくれたけれど、いつでも自由に魔法を発動できるわけではないのかもしれない。

「ぱたぱた、びゅーん！」

「びゅーん！」

どんなに鳥の真似をしても、ちっとも飛べる気配がない。

しびれを切らしたルッカは、突然、壁に向かって全速力で走り出した。

「ルッカ、なにしてるのっ」

慌てて止めようとしたけれど、物凄い早さで駆けてゆく。

「かべさん、ばいばい！」

どすん、と物凄い音がして、雪煙が上がる。

視界を覆う雪煙が収まると、氷壁の麓に、こてんと転がったルッカの姿が見えた。

「わふー……」

雪まみれのルッカは、ぴょこんと雪面から立ち上がる。

ぶるんと勢いよく全身を回転させて身体や頭に積もった雪を振り払うと、僕のそばまで駆け戻ってきた。

抱き留めようとした僕の腕をすり抜け、またもや壁に突進してゆく。

「ちょっと待って、ルッカ！」

追いかけようとしたけれど、降り積もった雪に足を取られ、僕は派手に転んでしまった。

「っ――」

打ちつけた腰をさすりながら、ゆっくりと身体を起こす。

「ゆーと、だいじょぶ……？」

心配そうな顔で、ソラが僕のもとに駆け寄って来た。

ちいさな手のひらで、僕の腰をさすってくれる。治癒の魔法が発動しているのだろうか。

心なしか、痛みが引いた気がした。

どすん、とふたたび、とてつもない轟音が響いた。

物凄い音がしたけれど、氷壁はびくともしない。

かなり分厚く、堅いのだろう。

ルッカの怪力をもってしても、ひびひとつ入らない。

「ルッカ、危ないよっ」

止めようとしたけれど、ちっともいうことをきかない。

助走をつけては、勢いよく壁に体当たりし続けている。

「無理だよ、ルッカ」

「むり、ないのー！」

ひたすら体当たりを続けても、なんの効果もない。

何度もぶつかるうちに、疲れ果ててしまったのだろう。

「きゅぅー……」

と弱々しい声をあげ、ルッカは大の字になって雪面に倒れ込んだ。

抱き上げようとすると、その身体がしゅるんと縮んで子狼に変化する。

「ルッカ、大丈夫？」

子狼姿のルッカに手を差し伸べると、「くぅん」と愛らしく啼いて、濡れた鼻先をこすりつけてきた。

「ぐるぐるぎゅー……」

お腹がすいた、ということだろうか。

ザックから携行食を取り出し、ルッカに差し出す。

餅米に似た穀物で作った餅風の食べ物に、バターと砂糖を混ぜ込んだ自家製の『バター餅』。

バターのおかげで、つきたてのやわらかさが持続し、おいしくて栄養価の高い一品だ。

はむっとかぶりつき、ルッカは前足で押さえてあむあむと頬張る。

物欲しそうな顔をしているソラにも、僕は同じものをあげた。

「うまー！」

「もっとほしいのー」

あっというまに平らげ、双子たちは「わふー！」とかわいらしい雄叫びをあげる。

「喉に詰まらせると危ないから、よく噛んで食べてね」

さらに餅を手渡すと、一瞬にして二人の胃のなかに消える。

焼きおにぎりもぺろりと腹に収め、ルッカはいつのまにか人間の姿に戻った。

ぴょこんと飛び起き、また壁に突進しようとする。

「馬鹿な真似をするな。力まかせに壊そうとしても無駄だ」

どこかから、凛とした声が聞こえてきた。

とても聞き覚えのある声。ジーノの声だ。

「ジーノ⁉」

「ジーノ！」

きょろきょろと周囲を見渡し、双子たちはジーノの姿を探す。

けれども、どんなに探しても見当たらなかった。

「ジーノ、どこ⁉」

哀しげな声で、二人がジーノを呼ぶ。

「ここだ、ここにいる」

声のするほうに視線を向けると、そこには雪うさぎがちょこんとお座りしていた。

「ジーノ、雪うさぎのなかにいるの⁉」

「フィーネに頼んで、このうさぎを使わせてもらうことにしたのだ。魔核をこめたわけではないから、魔法は発動できないけれどな」

「ジーノの魔核は、僕のなかだもんな。わざわざ雪うさぎを使わなくても、僕を依り代にすればいいんじゃないのか。そうしたら、魔法も使えるよね」

「それも考えたが、うまくいかないのだ。お前と離れているせいで、依り代の魔法が発動しない。フィーネの魔力のおかげで、雪うさぎのなかに入ることはできたのだが……」

力なく答えた雪うさぎに、ルッカとソラが飛びつく。

二人に撫でまわされ、ジーノはぴょんぴょん飛び跳ねて抗った。

「あまりいじり倒すと、溶けるぞ！」

「やー！」

「じゃあ、むやみに触るな」

「さわりたいのー」

「うさちゃんジーノ、かわいいのー」

久々に対面するうさぎ型のジーノに、ルッカもソラも大はしゃぎだ。競いあうように抱きしめては、撫でまわしている。

雪うさぎジーノはうっとうしそうにぶるっと身震いし、じっと氷壁を見上げた。

「この壁の向こうに、エリオがいるのか」

「そうらしいよ。『理想郷なんてない』って、雪の精霊はいっていたけど……」

ちいさな精霊にいわれたことを思い出す。

もしかしたら、この氷壁の先にある世界は、僕らが思い描くような『理想郷』ではないのかもしれない。

獣も人も魔獣も、仲良く暮らす世界。

そんな世界は、どこにも存在しないのかもしれない。

だとしたら——エリオはどんな場所で暮らしているのだろう。

どうして国に戻らず、こんな僻地(へきち)に、留まり続けているのだろう。

「見たところ、生半可な厚さではないな。物理攻撃で壊せるとは思えない。かといって、魔法で溶かすのも骨が折れるだろう」

「ジーノなら、どうする？」

僕の問いに、ジーノは即答した。

「私なら、魔法で飛び越えるだろうな。転移魔法は使えないが、浮遊の魔法までは封じられていないだろうからな」

「ぴょーん！」

「ぴょーん！」

ルッカとソラが、鳥のように両手を羽ばたかせて飛び跳ねる。

「この子たちの発想は、正しかったんだね」

「ああ。無事に魔法を発動できれば、ルッカとソラも、この氷壁を越えられるかもしれない」

雪うさぎ姿のジーノは魔法を発動できないけれど、双子たちに魔法を教えることはできる。

ジーノはルッカとソラに、浮遊の呪文を教えた。

教えられたとおりに、双子たちは一生懸命呪文を詠唱する。

けれども、どんなに詠唱しても、少しも発動する気配がなかった。

「おかしいな。治癒魔法は二人だけで発動できたのに」

「二人だけで治癒魔法を……？　本当なのか」

「さっき、僕の怪我を治してくれたんだ。たぶん、骨折していたと思う。激痛でまったく起き上がれなかったのに、一瞬で治してくれたんだよ」

ふむ、と頷き、雪うさぎジーノはルッカとソラを見上げる。

「お前たちは、やはりエレオノールの血を濃く引いているのだな。治癒魔法は、お前たちの母親、エレオノールが、もっとも得意としていた魔法だ」

亡き姉を懐かしむような眼差しで、ジーノは甥っ子たちの姿を眺めた。

「かべさん、ぴょーんしたいのー」

一生懸命、ジーノに教えられた呪文を詠唱し続けるけれど、ルッカとソラの身体は、少しも浮き上がらない。

途方に暮れかけたそのとき、誰かが雪煙をあげて駆け寄ってきた。

「誰か、助けて！　助けてくださいっ」

血相を変えてやってきたのは、とんがった耳をしたちいさな少年だった。

この子も雪の精霊なのだろうか。透き通るように真っ白な肌と、白銀に輝く髪。先ほどの精霊と同じ、空色の美しい瞳をしている。

「どうしたの。なにかあったのかい」

「村に凶暴な獣たちがやってきて、大暴れしているんですっ。攻撃魔法の効かない獣ばかりで、魔法の蔦もちぎられちゃうんです。このままじゃ、みんな食べられちゃう」

えぐっとしゃくりあげ、少年は潤んだ瞳で僕を見上げる。

「行こう、助けなくちゃ」

「たすけるのー！」

ジーノに告げたつもりだったけれど、彼より先に、ルッカとソラが元気いっぱい宣言した。

雪うさぎジーノの身体を抱き上げ、二人は勇ましい顔つきで精霊の少年に歩み寄る。

少年は空色の目をぱちくりさせて、双子たちを眺めた。

「きみたち、身体はボクより大きいけど、まだ子どもだよね。物凄く凶暴な獣なんだ。危ないよ」

「あぶない、ないのー！」

「ないのー！」

拳を突き上げ、ルッカはかわいらしい雄叫びをあげる。ソラもルッカの隣でぴょこんと飛び跳ねた。困惑する少年に、僕は微笑みかける。

「大丈夫だよ。外見からは想像もつかないだろうけど。この子たち、物凄く強いんだ」

魔獣相手だと不安もあるけれど、魔法の使えない獣なら、おそらくどんな相手でも双子の圧勝だろう。

「本当に大丈夫かな……。すっごく強い獣ばかりなんだけど」

不安そうな少年を落ち着かせるように、そっと肩を撫でてやる。

「任せて欲しい。急ごう。早く、村の精霊たちを助けなくちゃ」

「ありがとうございますっ……」

深々と頭を下げ、少年は「こっちです」と駆けてきた道を指さした。

少年の案内で、精霊の村へと向かう。

針葉樹の森を抜けた先にある、こぢんまりとした村。僕らが住む建物の三分の一くらいの大きさだろうか。ミニチュアみたいなちいさな家々の立ち並ぶ村の広場で、凶悪そうなクマや猪が大暴れしていた。

精霊たちは村でいちばん大きな建物の屋根の上に集団で避難しており、その建物に複数の獣が体当たりを繰り返している。

「ルッカ、ソラ。あの獣たち、やっつけられるかな」

できることなら、危ないことなんかさせたくない。

だけど、このまま精霊たちを見殺しにするわけにはいかない。

あんなにすごい力で体当たりを繰り返されては、建物が壊れるのも時間の問題だ。

「やっつけるのー」

「おー！」

双子たちは全速力で獣に突進してゆく。

「くまさん、ばいばい」

勢いよく蹴り上げられ、巨大なクマが吹っ飛ぶ。

「いのししさん、おねんね！」

思いきり体当たりされ、猪が「ぐおおぉ！」と悲鳴をあげて倒れた。

ルッカとソラは次々と獣を蹴散らしてゆく。

あっというまに、すべての獣が地面に転がった。

先ほどの女性の精霊が、屋根から降りて僕らのもとにやってくる。

「我はお前たちにきつく当たったのに。わざわざ助けに来てくれたのだな。ありがとう。どれだけ感謝しても、しきれぬよ」

緑色に光り輝く蔦が現れ、獣たちを次々とからめとってゆく。蔦に引きずられ、獣はどこかに消えてしまった。

「感謝なんて必要ないです。行こう、ルッカ、ソラ」

もしかしたら、身体の大きな僕らのような生き物は、彼ら精霊から見たら、獣と同じように恐怖の対象なのかもしれない。

精霊の長とおぼしき女性以外は、屋根に身を隠すようにしたまま、じっと僕らのようすをうかがっている。

「待て。せめて、なにかお礼をさせてくれないか」

「お礼なんて、必要ないですよ」

「そういうわけにはいかない。我らのごちそうは、きっと人間や獣の子の口にも合うはずだ」

「ごちそう!?」

ぴこーんとルッカとソラの獣耳が反応する。

バター餅やおにぎりを食べたばかりなのに。二人はぴんっと獣耳を立て、ぶんぶんと尻尾を振って瞳を輝かせた。

「今夜は我が村の祭り、迎雪祭なのだ」

「迎雪祭？　どんなお祭りなんですか」

「雪の恵みを称える祭りだよ。たくさんの雪を降らせ、あの壁を厚く保つのが、我ら『雪の精霊』の務めだからな」

「どうして、そんなことを……」

「『あの地』に安易に足を踏み入れる者を阻む。それが門番たる我らに課せられた任務なのだ」

高くそびえる氷壁を見上げ、精霊は噛みしめるような声音で呟く。

「『あの地』、というのは、理想郷のことですか」

僕の問いに、彼女は禍々しいものでも見るかのような眼差しをした。

「理想郷、などという甘美なものではない。あれは――」

なにかをいいかけ、彼女は口を閉ざす。

「ぐるぐるぎゅー……」

ルッカとソラが、お腹を押さえてうずくまった。

「腹が減っているのだな。おいで」

精霊の女性に呼ばれ、ルッカもソラも瞳を輝かせて飛び上がる。

「あの、あなたが『ネーヴェ』さんですか」

先刻、フィーネに教えてもらった名前を告げてみる。

女性は片眉をあげて、「いかにも」と短く答えた。

くるりと踵をかえし、早足で歩き始める。

僕はルッカやソラと顔を見合わせ、彼女の後を追いかけた。

第七章　精霊の村とお菓子の家

案内されたのは、精霊の皆が避難していた、集落のなかでもひときわ大きな建物だった。他の建物にはどんなに頑張っても僕は入れなさそうだけれど、この建物だけは、天井も高いため、かがめばなんとか入れそうだ。

「私はここで待っている。溶けてはかなわぬのでな」

雪うさぎ姿のジーノは、建物の前に設（しつら）えられた、雪に埋もれた花壇の脇で丸くなった。獣に荒らされたのだろう。花壇はめちゃくちゃに荒れており、雪の下からのぞく白い花も、踏みにじられてくったりしている。

崩れたレンガを積みなおし、僕はそっとその花を撫でた。

「ジーノ、ひとりでおそと、さみしくない？」

レンガを積みなおすお手伝いをしてくれたソラが、心配そうに雪うさぎジーノの隣にしゃがみこむ。

「大丈夫だ。ソラ、遠慮なくごちそうをもらっておいで」

「ジーノは、もらわなくていいのか」

「どちらにしても、この姿では食事を摂れないのだ」

依り代だったうさぎのぬいぐるみと違い、雪うさぎはフィーネから借りた他人の分身だ。喋ることはできても、分身を介して食事を摂ることはできないのだそうだ。

心配そうな顔をしたソラは、しゃがみこんで雪でちいさな丸いなにかを作り、ジーノの前に置いた。

「ゆきだんご、つくったのー。おなかがすいたら、たべるのー」

雪でできたうさぎ。雪なら食べられると考えたのかもしれない。

実際には雪であっても、今のジーノには食べられないのだと思う。それでもソラのやさしさに応えたいと思ったのだろう。ジーノはぴょこんと飛び跳ね、「ありがとう」とソラに礼をいった。

「ソラ、いこ！」

ルッカに呼ばれ、ソラは何度もジーノをふり返りながら、建物の入り口に向かう。

「お前も行ってこい。ルッカとソラだけでは不安だ」

ジーノに促され、僕も双子たちの元へと向かった。

雪の降り積もった三角屋根のかわいらしい建物。分厚い木製の扉を開くと、ひまわりの花みたいに明るい黄色い壁の、広々とした部屋が現れた。

テーブルいっぱいに、ずらりとごちそうが並んでいる。そのどれもが、三角屋根の家や風車、時計台など、建物を模して作られていた。

お菓子の家やオードブルの家。この村を丸ごと再現したみたいな、豪勢で精巧な料理だ。

「ほぁ！」

「おかしのおうち！」

瞳を輝かせ、ルッカとソラがテーブルに飛びつこうとする。

「待って。きっとこれは、この村の人たちにとって、大事なごちそうだ」

慌てて双子たちを抱き留め、ネーヴェに視線を向ける。

「我ら村人の総意だ。村を救ってくれたお前たちに、迎雪祭のごちそうを献上したい」

「でも……」

扉のところに、そっとようすをうかがう、ちいさな精霊たちが集まっている。きっと、このごちそうを楽しみにしていた子どもたちだ。

ルッカとソラは互いに顔を見合わせ、精霊の子どもたちに、にっこりと笑顔を向けた。

「みんな、きて。いっしょにたべよ！」

「みんなでたべるのー」

尻尾をぶんぶん振って、双子は精霊の子どもたちを呼ぶ。

子どもたちはためらいながらも、建物のなかになだれ込んできた。

「やさしいのだな」

しみじみと呟くネーヴェに、ルッカもソラもにっこりと笑顔を向ける。

「ごちそう、いっぱい、だいすき！　だけど、みんなでたべると、もっとおいしいのー！」

「ゆーと、おしえてくれたの。ひとりじめ、だめ」

ネーヴェの瞳が、やさしく細められる。冷たい印象の美人だけれど、笑うととてもやわらかな雰囲気になった。

「半獣の子と人間。種族が違うのに、お前たちは血の繋がった家族のように仲がよいのだな」

「しゅぞく？」

不思議そうな顔で、双子たちが首をかしげる。

「生き物の種類のことだよ。たとえばルッカやソラは神獣で、僕は人間だ。『違う種類なのに仲がいいね』ってネーヴェさんは褒めてくれたんだ」

「しゅるい、ちがう、なかよくない？」

ルッカにじっと瞳をのぞき込まれ、ネーヴェは苦い笑みをこぼした。

「たいていはな。この村の精霊のなかには、人間に捕まり、二度と戻って来られなくなった者も多い。我ら雪の精霊の心臓は『長寿の薬』になるといわれているからな」

精霊の心臓を手に入れるため、過去には大規模な精霊狩りを行う人間もいたのだという。

「先代の『護人（もりびと）』は病気がちで、エリオさまが新しく護人になるまでは、結界も脆（もろ）かったのだ。そのせいで、幾度となく、魔法の使える人間が結界を破ってこの地に攻めてきたのだよ」

　哀しげに目を伏せ、ネーヴェは呟いた。

「だから僕らのことも、警戒していたんですね」

自分たちより身体が大きいから、というだけではなく、過去にされた仕打ちのせいで、人間を警戒するようになったのだろう。

「率直にいえば、人間という生き物に対して、よい印象がない」

身勝手な理由で一方的に狩られていたのだから、よい印象がないのも当然だ。

「すみません。僕と同じ種族の生き物が、酷（ひど）いことをして……」

「ルッカも、あやまるのー」

「ソラも、ごめんなさい」

「別に、お前たちが悪いわけではない。ほら、そんなことより、ごちそうを食べるといい。我が村の子どもたちも、待ちきれぬようすだ」

精霊の子どもたちは、おいしそうなお菓子の家を前に瞳を輝かせてそわそわしながらも、じっと僕らのやりとりを見守っている。

「あぁ、お待たせしてごめんね。いただこうか」

机の上に並んだカトラリーを、ルッカとソラが精霊の子どもたちに配る。

以前の二人なら、我先にとごちそうに飛びつきそうなものなのに。

いつのまにか、ずいぶん大人になったように感じられる。

「ごちそう、いただきます」

「いただきます！」

僕の食前の言葉を真似て手を合わせたあと、ルッカとソラは精霊の子どもたちといっしょに、ごちそうに駆け寄った。

「ほぁ、おいしそ！」

「とってもきれいなのー」

こんがりきつね色をしたクッキーの屋根に、ふわふわとやわらかそうな純白クリームの雪。

ちいさな星の形をしたキラキラ光る砂糖菓子をまとった樹氷に、つやつや輝く赤い果実が並ぶ花壇。チョコレートの煙突の立つ家の壁面には、色鮮やかな飴細工のステンドグラスがきらめいている。

どのパーツもとてもおいしそうで、子どもたちは目を輝かせてそれぞれ目当てのお菓子に飛びついた。

真っ先にチョコレートの煙突にかぶりつき、「あまーい！」と歓声をあげたルッカと、手が届かずに困っているちいさな精霊の少女に気づき、彼女を抱き上げて自分よりも先に選ばせてあげるソラ。

　顔だちのそっくりな双子なのに、ずいぶん個性が出てきたように思える。

「こちらの世界で固形のチョコレートを見るのは初めてだな。カカオに似た植物はあるし、液体にして飲む文化はあるようだけど。寒い地域では育ちそうにないし。いったいどこで手に入れたんだろう」

　不思議に思いながら、お菓子の城を観察する。どの城も細部まで美しく精巧(せいこう)に作られており、まるで洋菓子の本場、パリの一流パティシエが最新の技術を駆使して作り上げたかのように洗練されている。

「もしかして……この世界以外の技術が使われているのかな」

　僕が別の世界から来たように、誰か他にも別の世界から来た人がいるのかもしれない。

　周囲を見渡してみたけれど、そこには精霊の子どもしかいない。

　向こうの世界の人間らしい人は、誰も見つからなかった。

「我らの建物は背の高いお前には窮屈だろうが、お前も遠慮なく食べてくれ」

　背後から突然ネーヴェに声をかけられ、僕はびくっと身体をこわばらせる。

「あ、ありがとうございますっ。いただきます。えっと……あの子たち、食欲が物凄くて。かなりたくさん、食べてしまうと思うのです」

この場には子どもたちしかいない。おそらく、大人は子どもたちが食べ終えた後、食べることになっているのだろう。

そのころまで無事にごちそうが残っているかどうか、ちょっと怪しい。

かといって、大喜びで夢中になって食べる双子を止めるのも、かわいそうに思える。

「もしご迷惑でなければ、お礼になにか料理をお作りして、お返ししましょうか」

「気にすることはない。お前たちは命の恩人なのだからな」

「それとこれとは別です。お願いします。お礼のごちそうを作らせてください。せっかくのお祭りのごちそう。楽しみにしている人たちも多いですよね」

「確かにそうだが……」

「実は、山頂まで何日もかかるんじゃないかと思って、たくさん非常食を持ってきたんです。『餅』っていうんですけど……」

万が一、魔法でちいさくした食糧を元の大きさに戻せなくなったり、ジーノとはぐれたりした場合に備え、軽量化の魔法をかけたザックのなかに、そのままの大きさの餅や乾物をぎっしり詰め込んできた。

ザックから切り餅の詰まった包みを取り出し、ネーヴェに差し出す。

彼女は不思議そうに眺め、くんと匂いを嗅いだ。

「これ、食べられるのか？」

獣には難しそうだけれど、人間に形の似た精霊なら、きっと安全に食べられると思う。

「このままだと固いんですけど、煮るとトロトロにやわらかくなって、とってもおいしいんですよ。いっしょに煮る用に、よかったら、このあたりで採れる野菜や豆を分けていただけませんか」

「別に構わぬが……」

半信半疑の顔をしながらも、ネーヴェは集落の農民たちに声をかけて地場野菜や豆を集め、大きな鍋を貸してくれた。

第八章　迎雪ランタンとおしるこの夜

藍色の空に、はらはらと粉雪が舞っている。

ブーツを履いていても、つま先が凍えて痛くなるほど冷え込みの厳しい夜だけれど、精霊の村の広場はたくさんの精霊たちで賑(にぎ)わっている。

広場の中央には雪の結晶をかたどった見事な氷の彫像が置かれ、像を囲むように、ぐるりといくつものちいさなかまくらがこしらえてある。

ルッカとソラの背丈よりややちいさなそのかまくらのなかでは、オレンジ色の温かな光がゆらゆらと揺れていた。

純白の雪に覆われた世界を照らす、淡い光。心をほっこりと温めてくれる、やさしい光だ。

氷の彫像の前では、ネーヴェが夜空を見上げて祈りを捧げている。

大人も子どもも、精霊たちは皆、目を閉じ、胸に手を当てて祈りの言葉を復唱している。

厳(おごそ)かな祈りの儀式に目を奪われながらも、ネーヴェに用意してもらった野菜や豆を刻んだり、水で戻したりして、大鍋に放り込んだ。

広場の一角にこしらえた、即席のかまど。二つの大きな鍋がほかほかと湯気をたてている。

ひとつは、小豆に似た紅い豆、紅菜豆(べになまめ)に砂糖を加えてコトコト煮たもの。もうひとつは地場野菜を、持参したにぼしで取っただし汁で煮込んだものだ。

「ほぁ、おいしそう！」

甘い匂いに誘われて、ルッカが尻尾をふりふり近づいてくる。

「あちあちだから、近づきすぎないように気をつけてね」

「きをつけるのー」

心配したソラが、ルッカの腕をぎゅっと掴んで引っ張り、かまどから離してくれた。

「ルッカ、おてつだいしたい」

「ありがとう。じゃあ、このチョコレートを細かく割って欲しいな」

この村ではチョコレートづくりが盛んなのだそうだ。村のそこかしこから、チョコレートの甘い香りがする。

「寒い地域なのに、どうやってチョコレートの材料を手に入れているんですか。それに、この製法。固形のチョコレートは、こちらの世界では今まで一度も見かけたことがなかったです。いったいどこで、作り方を学んだんですか」

僕の問いかけに、ネーヴェはなにも答えない。

もしかしたら、ジーノの師匠、エリオや『理想郷』と関係があるのだろうか。

弟子のジーノが転移魔法の名手で、異なる世界と行き来できるのだから、師匠のエリオも同じことができるのだろう。

僕の暮らす世界や、それ以外の世界からパティシエを呼び寄せたり、こちらの世界の住人を別の世界に送り込んで技術を習得させたり、なんてこともできるのかもしれない。

チョコレートが大好きだというこの村の精霊たち。その製法や『チョコレート』という単語がどこから伝わってきたのか謎すぎるけれど、僕は村特産のチョコレートを使って、おいしくて身体がぽかぽか温まるおやつを作ることにした。

甘い匂いを漂わせるチョコレートの山を前に、ルッカは「おいしそう！」と瞳を輝かせる。

よだれを垂らし、かぶりつきそうになったルッカを、ソラが引き留めた。

「ルッカ、だめ。おりょうりするのー」

ソラにコートを引っ張られ、ルッカはしょんぼりと耳と尻尾を垂らす。

「ルッカ、どうしても食べたいのなら、少しつまみ食いしてもいいよ」

かわいそうになってそう告げると、ルッカの耳と尻尾が、ぴこーんと空を仰いだ。

「ただ、できあがったおやつのほうがきっとおいしいから、がまんしてお腹をすかせておいたほうがお得かもしれないなぁ」

「はぅ……おいしいおやつ……」

ルッカは困ったように眉を下げる。

「ルッカ、ゆーとのおやつ、きっとすっごくおいしぃよ」

ソラに説得され、ルッカは「つまみぐい、やめる」と手を引っ込めた。

二人のやりとりの微笑ましさに、思わず笑みがこぼれる。

ルッカもソラも真剣な表情で、チョコレートを細かくしてくれた。

「ありがとう。上手にできたね。二人のおかげで、なめらかでおいしく仕上がりそうだ」

褒めてあげると、ルッカは嬉しそうにぴょこぴょこ飛び跳ね、ソラは照れくさそうに頬を染めて、へにゃっと獣耳を垂らした。

「もっとおてつだい！」

むいっと拳を突き出し、ルッカはさらにお手伝いをしようとしてくれた。

「ありがとう。じゃあ、ちいさな精霊たちにも食べやすいように、切り餅をちいさく割ってほしいな」

乾燥した切り餅は、普通なら硬くてなかなか割れない。けれども、双子たちはまるで板チョコでも割るように、ぽきぽきと素手で割ってくれた。

「さすがだね、二人とも。その大きさなら、きっと小柄な精霊さんたちも安全に食べることができると思うよ」

ルッカとソラが細かくしてくれた餅を、それぞれの鍋に投入してゆく。

ぐつぐつ煮込むと、おしること雑煮のできあがりだ。

「次は村特産のチョコレートを使った、ホットチョコレートがけのチュロスを作ろうね」

双子たちに砕いてもらったチョコレートを湯煎で溶かし、牛の乳を加えて軽く煮る。

大きな鍋に油を熱し、チュロスの生地を絞って垂らす。さくっと小麦色に揚がったら、カップに注いだホットチョコレートを添えて完成だ。

「ふぁあああ、おいしそう！」

ホットチョコレートから立ち上る甘い香りに、ルッカが歓声をあげた。

お祈りを終えた精霊の子どもたちも、匂いにつられて続々と集まってくる。

「ルッカ、ソラ。たくさんあるから、まずは精霊の子どもたちに配って欲しいな」

ルッカはぐっとこらえるような顔をして、こくっと頷いた。

「ルッカ、えらいのー」

そんなルッカの髪を、ソラがやわやわと撫でる。

「みんな、ルッカよりちいさいの。ちいさいの、だいじだいじ」

お菓子の家を食べるとき、ソラが一生懸命子どもたちの世話を焼いているのを見て、ルッカなりに思うところがあったのかもしれない。

食いしん坊なルッカも、自分よりちいさな子にはやさしくしなくてはいけない、と感じているようだ。

「えらいね、二人とも。あとでいっぱいおいしいの作ってあげるね」

揚げたてのチュロスにシナモンシュガーを振って、ホットチョコレートに浸して食べるよう教えると、精霊の子どもたちは瞳を輝かせ、あつあつのチュロスをチョコレートに浸した。

とろりと濃厚なチョコレートをまとったチュロスに、ぱくりとかぶりつく。

雪のように白い子どもたちの頬がバラ色に染まって、次々と歓声があがった。

「ルッカとソラも、食べていいよ」

揚げたてを手渡すと、ルッカは大喜びでぴょんぴょん飛び跳ねる。

「あちあちだから、やけどしないようにね」

こくっと頷き、ルッカはチュロスをチョコレートに浸してかぶりついた。

「ほぁ、あまくてとってもおいしいのー！」

大喜びするルッカに、にこっと微笑みかけ、ソラもチュロスをチョコレートに浸す。

「ほかほかさっくさく。ゆーと、てんさい！」

はふはふしながらチュロスにかぶりつき、ソラは歌うような声でいった。

かまどから離れた場所にちょこんと座ったジーノに気づき、ソラはチュロスを手に駆け寄っていく。

雪うさぎジーノは食事ができない。そのことがわかっていながらも、放っておけなかったのだろう。

心配になって、僕もルッカを連れてジーノの元に向かった。

「こんなにうまそうな料理が作れるのに、なぜ今まで作らなかったんだ」

不機嫌そうに、雪うさぎジーノは僕を睨みつける。——実際には、雪うさぎには表情がないけれど、睨んでいるように見えるくらい、不機嫌さ全開の声だ。

「ごめん……。レスティアは温暖だから、思いつかなかったんだ。このおやつは、寒いところではふはふしながら食べたほうがおいしいからさ」

「転移魔法で寒い地方に行って食べればいい」

ふてくされた声で、ジーノはそんなことをいう。

寒い場所が嫌いなくせに。そこまでして食べたいなんて、よっぽど気になるのだろう。

「わかった。みんなで行こう。ジーノの大好きなフルーツを添えて、特別なやつを作るよ」

僕がそう提案すると、ジーノはようやく機嫌を直してくれた。

「ジーノ、ゆきだんごおかわり、つくるね」

ソラはジーノの脇にしゃがみこむと、雪でちいさなだんごを作る。

「ルッカもつくるのー」

二人そろって、次々とだんごを作ってゆく。ジーノのまわりが、雪だんごだらけになった。

「おい、かまどの前に行列ができているぞ。戻らなくていいのか」

ぴょこんと飛び跳ね、ジーノは人だかりができているのを教えてくれた。

「まずい、戻らなくちゃ。ジーノ、本当にごめん。行ってくる！」

かまどに戻り、チュロスのおかわりを作る。子どもたちには、おかわりも全員分、行き渡ったようだ。

「大人の方の分もありますので、甘いものの好きな方はぜひ召し上がってみてください。ちなみに、塩を振ってとろけるチーズに浸してもおいしいですよ」

砂糖の代わりに塩と乾燥ハーブを振って、溶かしたチーズに浸したチュロス。

甘いものが苦手な子にも、喜んでもらえた。

「飲み物はお子さまには、はちみつ入りのホットミルクを、大人の方にはホットワインを用意しています。ホットワインはドライフルーツをたっぷり入れて、スパイスをきかせた自信作ですよ」

元気いっぱい駆け寄ってくる子どもたちと違い、大人たちはなかなか近づいてきてくれない。そんななか、ネーヴェが塩味のチュロスを食べ、ホットワインを飲んでくれた。

「なんだ、このうまい葡萄酒は……！　皆も飲んでみるといい。まさか温めた葡萄酒が、こんなにもおいしいなんて……」

寒い地域だけれど、この地にワインを温める習慣はないようだ。

「果実とスパイスの風味が絶妙だな。この揚げ菓子も、初めて食べる味だが、非常に美味だ」

ネーヴェが絶賛してくれたおかげで、少しずつ大人の精霊たちも集まってきてくれた。

こわばっていた彼らの顔が、ホットワインを飲み、チュロスを食べることで、笑顔に変わってゆく。

「お口に合うようなら、こちらの煮物も食べてみてください。もちもちした食感の栄養価の高い食べ物なんです。僕が生まれ育った国の郷土料理で、甘いほうは『おしるこ』、野菜の入ったほうは『雑煮（ぞうに）』といいます。どちらも身体が温まりますよ」

一口大に割った餅の入ったおしること雑煮。ルッカとソラは皆に配り終えると、両方を食べたがった。

「たくさんお手伝いしてくれたもんね。両方食べていいよ」

「やった！」

「ゆーと、だいすきー！」

二人は大喜びで、まずは雑煮を器（うつわ）によそう。

「ほわ、やわらかいのー」

「いっぱいのびるね！」

はむっと餅にかぶりつき、フォークを引っ張って、むぃーっと伸ばす。

普段なら、「食べ物で遊んじゃいけません」と叱るところだけれど、今日はお手伝いをたくさん頑張ってくれたから、大目に見てあげようと思う。

「喉に詰まらせないように、よく噛んで食べるんだよ」

「かみかみ、かみかみ！」

あむあむとしっかり噛んで、ルッカとソラは雑煮を平らげる。

おしるこの入った器を差し出すと、二人はくんと匂いを嗅いで、「いいにおいー」と目を細めた。

いつのまにか、足元に雪うさぎジーノがいた。

物欲しそうに、じーっとおしるこの鍋を見ている。

「ごめん。ジーノも食べたいよね……」

「別に、食べたくなどない！　どんなものか、見に来ただけだ」

嘘だ。物凄く声が怖い。

「ジーノ、たべる？」

ルッカが雪うさぎにおしるこを食べさせようとして、ソラが慌てて止めた。

「きけん。ジーノ、とけちゃう」

雪うさぎジーノの赤い実の瞳が、なんだか恨めしそうに見える。

ちんまりとした愛らしい雪うさぎなのに。とてつもなく怖いオーラをまとっているように見えた。

「ごめんよ、ジーノ。おしるこも、今度必ず作るから」

「——今の言葉、絶対に忘れるな」

重々しい声でいうと、ほんの少し溶けかけた雪うさぎジーノはくるりと踵（きびす）をかえし、かまどから離れた場所に去っていった。

「ジーノ、かわいそうなのー……」

心配そうな顔で、ソラがジーノを眺める。

「大丈夫だよ。ジーノには、今度ちゃんと作ってあげるから。ほら、冷める前に食べなよ」

双子たちは互いに顔を見合わせると、こくっと頷いておしるこをする。

「ほぁ、あまーい！」

「とろうまー！」

歓声をあげた二人の隣で、ネーヴェが嘆息（たんそく）する。

「甘い豆料理なんて聞いたこともないし、いったいどんな味がするのかと不安だったが。まさか、我が村の豆を使ってこんなにも滋味（じみ）深い甘味を作り上げるとはな。寒い夜にぴったりの至福の味だ」

ネーヴェが絶賛してくれたおかげで、他の精霊たちも続々とおしるこに集まってきてくれた。

ほっこりと温まるやさしい甘さのおしるこに、皆、満足してくれているようだ。

真っ白な雪に覆われた広場に、楽しそうな声が溢れる。

ルッカにおしるこのおかわりをよそってあげたそのとき、リンゴーンと鐘の音が鳴り響いた。

チュロスや雑煮、おしるこを食べ終えた精霊たちが、広場の中央に戻ってゆく。

「なにが始まるのかな」

不思議に思いながら目を向けると、彼らは白い筒のようなものを空に掲げ始めた。

「ゆーと。あれ、なに？」

「ランタンじゃないかな。ほら、火を灯してるよ」

精霊の掲げた白い筒を指さし、僕はルッカに答えた。白い筒の中央には、オレンジ色の光が灯っている。

精霊たちは、次々と火を灯してゆく。

空に向かって掲げたそれは、ふわりと宙に舞い上がった。

はらはらと雪の舞う濃紺の空に、ひとつ、またひとつ、とランタンが舞い上がる。

「ほぁ、きれい！」

温かみのあるやさしいオレンジ色の光。

輝くランタンが、天を目指してゆっくりと舞い上がってゆく。

美しいその光景に、思わず息を飲む。

「我らの村には、雪の恵みのお礼に、輝く星を天に贈る習慣があるのだ」

ランタンを飛ばし終えたネーヴェが、僕らの元に戻ってきて、そう教えてくれた。

「すてきな習慣ですね。とてもきれいです」

じーっと空を見上げていたソラが、心配そうに呟く。

「やまかじ……しんぱい」

「心配は不要だ。あれは、魔法で灯した火なのだ。しばらくすると勝手に消えて、ランタンも地上に戻ってくるのだよ」

「よかった……きさん、もえない」

ほっとした顔で、ソラは胸を押さえる。

「やさしい子だな」とネーヴェがソラに微笑みかけた。

ソラはなにも答えず、照れくさそうにルッカの背後にぴょこっと隠れた。

無数のランタンが瞬く星のように舞う、美しい空。

誰からともなく歌を歌い始め、精霊たちは、輪になってダンスを踊り出す。

「お前たちも踊るか」

ネーヴェに誘われ、「おどるのー！」とルッカが元気いっぱいネーヴェに駆け寄る。ソラははずかしそうに、「おどり、にがて」と僕の背中に隠れようとした。

ぎゅっと僕のコートを握りしめたソラが、「ほぁ！」と飛び上がる。

「どうしたの、ソラ」

「うさちゃん……！　かわいいうさちゃん、いるの」

ソラが指さした先に、純白の毛をまとった愛らしいうさぎがちょこんと座っていた。

ソラの声に気づいたルッカがふり返り、全速力でうさぎに向かって駆け出した。

「うさちゃん！」

むぎゅっと抱きつこうとして、うさぎはルッカから逃れるように、素早く飛び退く。

「はうっ……！」

空振りして、ルッカは顔面から雪の降り積もった地面に突っ込んだ。

「ルッカ、大丈夫⁉」

「だいじょぶなのー！」

元気いっぱい跳ね起きると、ルッカはくるんと体勢を立て直し、ふたたびうさぎに抱きつこうとする。

「ルッカ、そのうさぎは本物のうさぎじゃない。やめておけ」

駆け寄ってきた雪うさぎジーノに止められ、それでもルッカはやめようとしなかった。

全力で飛びついたルッカから、白うさぎはまたもや軽やかに飛び退く。

「ふみゃっ！」

雪面に思いきりダイブして、ルッカが悲鳴をあげる。

僕はルッカに駆け寄って抱き起こし、雪まみれの顔を拭ってあげた。

「ご無沙汰しております。エリオ」

雪うさぎジーノが、白いうさぎに向かって話しかける。

「この人がエリオさん!? エリオさんって、人間じゃないの？」

「いや、本体は人間だ。エリオは魔力で作った依り代を、自在に操ることができるんだ」

「魔力で作るって……無から、このうさぎを生み出したってこと？」

フィーネが雪で作った雪うさぎと違って、目の前にいるうさぎは、どこからどう見ても本物のうさぎだ。

艶やかな獣毛に、冷たく輝く翡翠色の瞳。作り物だなんて信じられない。

「格が違うんだ。なにもかもが規格外の、とてつもない魔法使いなんだよ」

きょとんとした顔で雪うさぎジーノと白うさぎエリオを見比べた後、双子たちは、てとてとっと白うさぎのもとに駆け寄った。

「うさちゃん、エリオなの？」

ルッカに問われ、エリオは目を細める。

「きみたちは、エレオノールの息子だね。きみがルッカかな」

「あたりー！　ルッカなのー。エリオ、ぎゅーってしていい？」

無邪気な顔で両手を広げたルッカから、エリオはぴょんっと後ずさる。

「遠慮する。うさぎの身体は繊細だからね」

「ぎゅーっ、したいのー！」

勢いよく飛びかかったルッカから、白うさぎはひょいっと飛び退く。

「ソラも……うさちゃん、なでなでしたい」

控えめに手を伸ばしたソラが、そっと白うさぎに近づいた。

「ソラ、はさみうち！」

互いに顔を見合わせてこくっと頷きあい、双子たちは両手を広げて囲い込むように白うさぎに迫る。

「ジーノ。きみはこの子たちに、いったいどういう教育をしているんだい」

白うさぎに問われ、ジーノは困ったように眉を下げた。

「なでなでー」

「ぎゅーー！」

逃げ場を失ったエリオに、双子たちがにじり寄る。

今度こそ捕獲に成功するはず。そう思ったのに。エリオは忽然(こつぜん)と姿を消した。

「ほぁっ、エリオ、どこ!?」

きょろきょろと周囲を見渡す二人に、頭上から声がかかる。

「どこを見ているのかな。そっちじゃない。ほら、こっちだよ」

声のするほうを見上げると、そこには巨大なシロクマがいた。

「がおーっ！」と威嚇され、ルッカとソラは瞳を輝かせる。

「くまちゃん！」

同時に叫び、二人はシロクマに飛びついた。

「師匠……逆効果です。大きな生き物になれば怖がるとお考えになったのかもしれませんが、この子たちにとって、シロクマも『とてもかわいい生き物』なのですよ」

ジーノのいうとおり、ルッカもソラも突然現れたシロクマに大興奮だ。

ぷくぷくほっぺを桜色に染めて、ぴょんぴょん飛び跳ねて飛びつこうとする。

逃げるのが面倒になったのか、シロクマ姿のエリオは、呆れた顔で双子たちのされるがままになった。

「くまちゃん、かわいいのー！」

「いっぱいぎゅー！」

抱きついたりよじ登られたりしながら、エリオは恨みがましい眼差しをジーノに向ける。

「それにしても、派手に壊したね。きみのせいで、わざわざ結界の修復に出向く羽目になったよ」

「結界を壊したのは、私ではありません。私には破ることも、通過することもできませんでした」

雪うさぎジーノは、悔しそうな声でぼそりと呟く。

「なんだって……？　じゃあ、誰が壊したっていうんだ」

怪訝な顔で、シロクマエリオはジーノを見下ろした。

「私の身体は、今も通過できず、結界の外にあります。結界を壊したのは、この子たちですよ」

目を細め、疑わしげな顔でエリオは双子たちを見やる。双子たちは夢中になってシロクマエリオにじゃれついている。

「この子たちが、僕の作った結界を壊したっていうのかい」

「ご覧のとおり、まだ魔力はそれほど強くないのですが、彼らは妖精王コルダの結界も突破したそうです。もしかしたら、結界を打ち破る、なにか特殊な力を備えているのかもしれません」

「考えられないな。コルダが術を解いて、受け入れたのだろう」

「違います。双子たちが、自分の力で突破したんですよ。僕、その場にいたんです。コルダもすごく驚いていました」

僕がそう告げると、エリオはぶるっと身体を振って双子を払い落とした。雪面に突っ込みそうになった二人の身体を、青い光の玉に閉じ込める。

ふわりと浮かび上がった玉が、シロクマエリオの目の前でぴたりと止まった。

エリオは玉のなかの二人をじっと観察すると、「ふむ」と頷く。

「確かに。二人とも、珍しい色の魔核を持っているね」

「魔核？　双子たちは魔核を持っていないですよね」

僕の問いに、エリオではなくジーノが答えてくれた。

「いや、持っているよ。魔核がなければ、魔法は発動しないからな。ただ、未成熟なうちは体内に隠れているんだ。むやみに壊されることがないようにな」

魔核を失えば、二度と魔法が使えなくなってしまう。成長して自分で身を守れるようになるまで、決して体外に出てこないのだそうだ。

「それなのに、エリオさんには見えるんだね……。ジーノにも見える？」

「そんなものが見えるのは、エリオくらいだろう。師匠は、いろんな意味で規格外なのだ」

興味深げに玉のなかの双子たちを眺めるシロクマエリオに、ジーノが声をかける。

「師匠。あなたに頼みがあって、この山に来たのです。どうか、私といっしょに来ていただけませんでしょうか。この子たちの継母でレスティアの王妃、ベアトリーチェとお腹の子ども、そして、我が母、ディアーナが危険な状態なのです」

エリオはジーノを一瞥すると、そっけない口調で「断る」と即答した。

「お願いします。ベアトリーチェは、私には手に負えない凶悪な呪いに苛まれているのです。妖精王コルダでさえも解呪することができない呪いです」

普段は尊大極まりないジーノが、こんなにも必死で頼んでいるのに。エリオはまともに取り合うようすを見せず、双子たちを閉じ込めた玉を前足で小突いて遊んでいる。

切実な声で懇願するジーノを見ていられなくて、僕は彼の隣に膝をついた。

「お願いします、エリオさん。ベアトリーチェ妃もディアーナ妃も、一刻を争う状況なんです。力を貸していただけませんか」

「おねがい、するのー」

「たすけて、ほしいのー」

玉のなかのルッカとソラも、僕を真似て膝をつく。かわいらしい声で一生懸命お願いする双子たちを前にしても、エリオは態度を変えてくれるようすがなかった。

「残念ながら、僕はこの山を離れるわけにはいかないんだ」

「なぜですか」

「『護人』の役目を継いだからね」

「護人……?」

そういえば、先刻、ネーヴェもそんなことをいっていた。

「護人って、なんですか」

「その名のとおり、『世の秩序を護（まも）る者』のことだよ。この山は、魔獣の生まれる母なる山。生まれてくる魔獣のなかには、人や精霊、獣たちにとって脅威になる、とてつもない力を持った凶暴なものも存在する。そんな魔獣が凶暴なまま外の世界に出ないよう、調整を施（ほどこ）す。それが護人の務めなんだ」

「魔獣のいる世界って、色々と大変なんですね。僕のいた世界には、そういうの、いなかったからなぁ……」

思わず呟いた僕を、エリオがじっと見下ろす。

「魔獣のいない世界？　やはりきみは、異世界から来た人だね。地球の人かな」

そうです、と頷きかけたそのとき、雪うさぎジーノが思いきり顔面に飛びかかってきた。

冷たい身体で口を塞がれ、もごもごと口ごもる。

内緒にしておけ、ということだろうか。雪うさぎは僕の顎を後ろ足で思いきり蹴り上げ、エリオに向き直った。

「とりあえず、その話は後で！」

こほん、と不自然な咳払いをひとつしたあと、ジーノはかしこまったよそゆきの声で続ける。

「エリオ、あなたがなぜこの地を離れられないのか、理由はわかりました。確かに危険な魔獣を野放しにするわけにはいかない。ですが、そんなに危険なら、いっそのことすべての魔獣が外に出られないよう、この山全体を、魔法で封じてしまえばよいのではないですか」

ジーノの言葉に、エリオはちいさく首を振った。

「この世界は、僕たち人間だけのものじゃない。魔獣も獣も人も精霊も、皆、等しくこの世界で生きる権利があるんだよ。世界の秩序を乱すほど凶悪な魔獣は、調整を施す必要がある。だけどね、それ以外の魔獣まで排除するわけにはいかないんだ」

「ですが——」

「ジーノ、まちがってる。いいまじゅう、いるのー。ペザンテも、フィーネもいいまじゅう！」

「ペザンテ、すき。いないと、こまるの！」

ルッカとソラに咎められ、雪うさぎジーノは口ごもる。

しばらく押し黙った後、ジーノはエリオを見上げて尋ねた。

「護人の仕事が大切なものだということはわかりました。ですが、あなたにしかお願いできないことなのです。ほんのわずかな時間でも、ここを離れることはできないのですか」

「無理だね」

そっけない口調で答えた後、エリオはジーノに向き直る。

「ジーノ、きみはこの夏で幾つになったのかな」

エリオに問われ、ジーノは怪訝な顔をした。

「私の年齢と、あなたがここを離れられないことに、なんの関係があるのですか」

「いいから、答えなよ」

促され、ジーノは渋々答える。

「二十一です」

「きみの姉、エレオノールは、その年の頃にはすでに家を出て、レスティア王国に嫁いでいたね。きみはいつまで、半人前のままでいる気なのかな」

「私は半人前では――」

反論しかけたジーノの言葉を、エリオが遮る。

「大切な母親ひとり己の力で救えず、師である僕にすがりつく。それで一人前だって主張するのかい」

シロクマ姿よりも、うさぎの姿のほうが気に入っているのだろうか。

しゅるん、とクマの身体が縮み、美しい毛並みのうさぎに姿を変える。

ツンと澄ました顔で、白うさぎはジーノに言い放った。

「きみが僕にいうべき言葉は、『力を貸してください』なんて甘ったれた言葉じゃない。――わかるだろう。なにを請うべきなのか」

雪うさぎジーノの顔には、本物そっくりなエリオの白うさぎと違い、ほとんど表情がない。

それなのに、僕の目には、目の前のちいさな雪うさぎが、悔しさに唇を噛みしめているかのように見えた。

雪うさぎジーノはじっと白うさぎエリオを見上げると、振り絞るような声で請う。

「私に、白魔法を教えてください。あなたの知る、最強の白魔法を教えて欲しい」

ジーノの言葉に、エリオは満足げに頷いた。

「それでこそ、我が愛弟子（まなでし）だ。教えて欲しいのなら、今すぐ僕のところにおいで」

「ですが、氷壁が……」

「あんなものも越えられないような弟子に、教える魔法はないよ」

突き放すように、エリオは前足で、ぱんっと地面の雪を払い退けた。

「雪うさぎのままでは無理です。この依り代は仮のもので、この姿では魔法が使えないのです」

切実な声で答えたジーノに、エリオはなんでもないことのように言い放つ。

「それなら、実体のきみが結界を破ってなかに入ってくればいい。そうすれば、魔法も使い放題だ」

「ですから、私には――」

ジーノの言葉を、ルッカとソラが遮る。

「ジーノ、きょーゆー」

「ルッカとソラも、ちから、あるのー」

「そうだよ、ジーノ。魔力を共有して、みんなで力を合わせたら、結界を破れるんじゃないかな」

さっきは中途半端にしか壊せなかったから、魔力の強いジーノやペザンテは、なかに入れなかったんだと思う。完全に壊せば、入れるのではないだろうか。

「うさちゃんエリオ、これ、ないないして」

自分たちを閉じ込める光の玉に、ルッカとソラはもどかしげに体当たりする。

「ないないしたら、もう僕にまとわりつかないと誓うかい。僕はね、誰かを構うのは大好きだけど、構われるのは大嫌いなんだ」

不機嫌そうな声で、白うさぎエリオはいった。

「ちかうー！」

「ちかうのー」

むいっと二人が両手を挙げたそのとき、シャボン玉が弾けるように、光の玉がパチンと弾けて跡形もなく消えた。

「危ない！」

落下する二人を抱き留めようとしたけれど、雪に足を取られて間に合わない。

ルッカとソラは空中でくるんと一回転すると、体操選手のように、すたっときれいに着地した。

一目散に、白うさぎエリオに向かって駆けてゆく。

「おい、まとわりつかないと約束しただろう！」

「むりー！」

「うさちゃん、もふもふかわいいのー！」

不機嫌そうなエリオの悲鳴と、ようやく白うさぎに抱きつけて、大喜びの双子たち。

僕は雪うさぎジーノと顔を見合わせ、思わず声をあげて笑ってしまった。

第九章　氷壁を越えて

結界を挟んで向こうとこちら。力を合わせてエリオの結界に挑む。

「ゆーと、おてて、つなぐ」

ルッカとソラ、ジーノの三人で力を共有するのかと思ったのに。双子たちは僕にも参加するよう求めてきた。

「僕が加わっても、あんまり意味がないと思うんだけどな……」

思わずぼやいた僕に、雪うさぎジーノが答える。

「そんなことはない。お前が加わると、ルッカもソラも、格段に集中力が増すのだ。二人だけのときより、ずっと力を発揮しやすくなる」

「そうなの？」

こくっと頷き、ルッカとソラが無邪気な声で叫ぶ。

「しゅうちゅー！」

ぷくぷくのちいさな手のひらを差し出され、僕は右手でソラの手を、左手でルッカの手を握りしめた。

いったいどういう仕組みなのだろう。結界を隔(へだ)てた向こう側。景色は見えるのに、ジーノやペザンテの姿を見ることはできない。

ジーノも、僕らの姿が見えないのだそうだ。どんなに話しかけても、声も聞こえない。

「いったん、雪うさぎから出る。会話を交わせなくなるが、すぐそばにいるから、安心しろ」

ジーノは僕らに結界を破るための呪文を教えた後、脱力したように、こてんと雪面に倒れた。

「ジーノ！」

心配そうに双子たちは雪うさぎに駆け寄る。

どんなに名前を呼んでも反応はなく、雪うさぎはぴくりとも動かなかった。

「大丈夫。ジーノは無事だよ。彼のことを信じよう」

今にも泣き出しそうな双子の手を、ぎゅっと握りしめる。

「ジーノ、あいたいのー！」

「ジーノ、すき」

「うん。早く会いたいね。ジーノに会うためにも、頑張ろう」

まだ幼いのに。双子たちは、とても記憶力がいい。

ジーノに教えられた呪文を一語一句違わず、しっかりと覚えていた。

三人で手を繋ぎ、呪文を詠唱する。

一度目、なんの変化もない。

二度目、まだなにも起こらない。

三度、四度と繰り返しても、結界を破るどころか、ジーノの存在すら、感じられなかった。

心が折れそうになるけれど、凹んでいる場合じゃない。気弱になったことを、双子たちに悟られるわけにはいかないのだ。

「大丈夫。きっとできるよ！」

不安そうな二人を励まし、大きな声で呪文を詠唱する。

ルッカもソラも、真剣な表情で詠唱を続けた。

なんの変化もなくても、何度も、何度も、繰り返し唱え続ける。

すると、かすかにジーノの声が聞こえたような気がした。

「今、ジーノの声、聞こえたよね!?」

「ほんと？」

「ソラもききたいのー」

双子たちには聞こえなかったみたいだ。

「危ないから、結界に触れちゃダメだよ」

僕が止めるのも聞かず、二人は僕の手を離し、結界に向かって手を伸ばす。目に見えるものはなにもないのに。バチッと青い光が弾けて、ルッカとソラの身体が、吹っ飛ばされてしまった。

「二人とも、大丈夫!?」

「だいじょぶ」

「いたいいたい、ないのー」

ぴょこっと飛び起き、駆け戻ってくる。

「いま、ジーノ、みえたね」

「ちゃんと、いたね」

結界に触れたとき、二人には向こう側にいるジーノの姿が見えたのだそうだ。

こくっと頷きあい、二人は僕の手を掴んだ。

「ジーノの姿が見えなかったから、不安だったの?」

こくこくと頷き、双子たちは呪文を唱え始める。

すぐそばにジーノがいるとわかって、安心できたのだろう。不安そうだった先刻までと違い、力強さを感じさせる凜とした声だ。

舌っ足らずな普段のしゃべり方とは違う、頼もしい声。

何度も繰り返すうちに、呪文を唱える声に、僕らの声ではない声が、かすかに混ざり始めた。

「ジーノのこえ！」

「きこえるね！」

今度は、ルッカとソラにも聞こえるみたいだ。

ほっぺたを紅潮させ、瞳を輝かせている。

詠唱を続けるうちに、段々とジーノの声が、はっきり聞こえるようになってきた。

「ルッカ、ソラ、きっと、あと少しだよ。頑張ろう」

ちいさなルッカとソラにとって、集中を続けることは、負担が大きいのだろう。

ふらふらしながらも、ルッカもソラも詠唱をやめない。

「がんばるのー」

「ジーノに、あいたいのー」

気合いを入れるようにぎゅっと僕の手を握って、二人はもう一度、呪文を唱えた。

ルッカ、ソラ、僕、そしてジーノの声がぴったりと重なりあう。目の前の景色が、青白い光に包まれ始めた。

「ジーノ！」

光の向こうに、ぼんやりとジーノの姿が見える。

ルッカもソラも、駆け出しそうになるのを必死でこらえるかのように、強く僕の手を握りしめた。

「ルッカ、ソラ、悠斗。あと少しだ！」

ジーノの声に、双子たちはこくっと頷き、ふたたび呪文を唱える。

目の前の光が、より強くなる。

まばゆさに目を閉じたそのとき、突風が吹き抜け、吹っ飛ばされそうになった。

慌ててルッカとソラを抱き寄せ、雪面に伏せる。

「また派手に壊したねぇ」

呆れたような、誰かの声が聞こえた。

おそるおそる顔をあげると、そこにはジーノと白うさぎの姿があった。

「壊せといったのは、あなたですよ。エリオ」

「確かにそうだけど。ここまで派手に壊せとはいっていないよ。――まったく。きみたちは加減というものを知らないね」

白うさぎエリオはジーノに後ろ足で蹴りを入れ、僕らのほうに蹴り倒す。

ちいさなうさぎなのに、物凄い力だ。

よろめいて雪面に突っ伏しそうになったジーノを、ルッカとソラが素早く支えた。

「今夜はもう遅い。寝床を作ってあげるから、ひと晩ゆっくり寝て、魔力を回復させてか白うさぎが前足をちょん、と差し出すと、氷壁の脇に立派なレンガ造りの家が出現した。

「いえ、眠るわけにはいきません。一刻を争うんです」

真剣な表情で答えたジーノに、白うさぎエリオはふいっと背を向ける。

「今のきみの魔力残量じゃ、どんなに頑張ったって登れっこない。さっさと寝て身体を休める。それが最適解だ」

一方的に告げると、エリオは跡形もなく消えてしまった。

「ジーノ！」

「会いたかったのー！」

ルッカとソラが、ジーノにむぎゅっと抱きつく。ジーノが嬉しそうに破顔した直後、二人はペザンテを見つけ、彼に駆け寄っていった。

「ペザンテー！」

「すきー！」

まっしぐらに駆け寄り、飛びついてきたルッカとソラを、ペザンテはふさふさの尻尾で撫でる。

「ペザンテしっぽ、だいすきなのー！」

「もっふもふー！」

久々のもふもふ尻尾に大興奮の双子たち。ジーノがふてくされたように片眉をあげる。

「おい、雪うさぎ。お前は主の元に帰れ。結界が完成すると、戻れなくなるぞ」

雪面にこてんと倒れた雪うさぎに、ジーノは不機嫌そうな顔のまま手をかざす。雪うさぎはぴょん、と跳ね起き、元気いっぱい雪道を下っていった。

「ジーノうさちゃん……」

「かわいかったのに……」

残念そうな顔で、ルッカとソラが消えてゆく雪うさぎを見つめる。

「かわいくない私は嫌なのか」

眉間に皺を寄せたジーノに、ルッカとソラは複雑な顔で答えた。

「ジーノ、すき。うさちゃんジーノ、もっとすき」

ジーノの眉が、ぴくっと吊り上がる。

これ以上、ジーノを不機嫌にしたら危険だ。僕は慌てて彼らのあいだに割って入った。

「そ、そんなことよりっ、早くしっかり休んで回復して、エリオさんのところに行かないと……」

「遊んでいる場合ではないぞ」

ペザンテも加勢してくれたおかげで、ジーノも我に返ったようだ。

「行くぞ、ルッカ、ソラ」

ジーノに手を差し伸べられ、ルッカとソラはそれには答えず、ジーノの身体に直接むぎゅっとしがみつく。

「おてより、ぎゅーがすきー」

甘えた声で、ルッカがジーノの身体に頬をすり寄せる。

「ソラも、ジーノぎゅー、すき」

ソラも、同じようにジーノの身体に頬をすり寄せた。

不機嫌さ全開だったジーノの頬が、思いきり緩む。ジーノは愛しそうに、二人の身体を強く抱きしめかえした。


エリオの用意してくれた家でひと晩休んだ後、氷壁に挑む。

「それにしても、とてつもない高さだな」

立ちはだかる氷壁を見上げ、ジーノはため息を吐く。朝日を浴びてキラキラときらめくそれは、空まで届くほど無限に伸びているかのように見えた。

「ルッカ、てつだうのー！」

「ソラも、おてつだい！」

むいっと両手を突き出し、二人は力強く宣言する。

ジーノは微笑ましげに見下ろすと、双子たちを抱き寄せて頬にキスをした。

「ジーノちゅっちゅ、だいすき！」

「だいすき！」

勢いよくジーノにしがみつき、彼の身体をよじ登るようにして、ルッカとソラはジーノの頬にキスを返す。

構ってもらえないと拗ねるくせに。構われすぎるのも苦手なのだろうか。

ひたすらキスを繰り返す双子たちをやんわりと引き剥がし、ジーノは僕のほうに向けた。

「悠斗が羨ましがっている。やつにもキスしてやれ」

「ゆーと、ちゅー！」

ルッカとソラが両手を広げて、てとてとと駆け寄ってくる。

「えっ、僕はいいよっ。僕の暮らしていた国には、挨拶のキスの習慣はないんだ」

慌てて否定したけれど、双子たちの耳には入っていないようだ。左右から飛びかかられ、よじ登るようにして頬にキスをされた。

「ルッカ、ソラ、ペザンテがすっごく羨ましそうな顔してる」

永遠に続きそうなキスから逃れるために、僕はペザンテを指さす。

「う、うらやましくなどない！」

ペザンテは即否定したけれど、双子たちは気にも留めない。

「ペザンテー！」

てとてとっと駆け寄り、ペザンテに飛びついた。

「ぐぬぅっ！」

謎の悲鳴をあげたペザンテに双子を任せ、ジーノと氷壁を登るための作戦を練る。

「ジーノ、どう？　浮遊魔法で登れそうかな」

「エリオの結界のなかは、魔法の効きがいまいち安定しないのだ。この高さだ。万が一、浮遊魔法の効果が切れたときのことを考えると恐ろしいな」

「防御のために、光の玉を使うっていうのはどう？　浮遊の魔法と防御の魔法、いっぺんに効果が切れることもあるのかな」

「わからぬ。だが、複数保険をかけた方が安心だろうな。たとえば、私の作った光の玉の上から、ペザンテがさらに光の玉を作り、浮遊魔法も二重にかけるんだ」

「上に登るのは、お前たちだけじゃないのか」

双子たちのエンドレスキス攻撃に辟易（へきえき）しながら、ペザンテが会話に加わる。

「そのつもりだったが、エリオによると、この山の頂には魔獣の生まれる場所があるらしいのだ。そこは、お前にとって生まれ故郷なのではないか」

「わからぬ。物心がついたときには、あの森にいたからな」

魔獣は、生殖によって繁殖するわけではなく、火山口から生まれてくるのだそうだ。ある程度の大きさになると、生まれた地を出て、世に放たれる。

それぞれの魔獣の生育に適した場所を見定め、外の世界に送り出すのも『護人』の仕事なのだと、エリオはいっていた。

「しかし、我が同行すれば、消費する魔力は格段に増えるぞ」

身体の大きなペザンテ。確かに、彼を浮遊させるには、より多くの魔力が必要になるだろう。

「問題ない。お前は子ぎつねになれるだろう」

「こぎつねペザンテ、すきー！」

ルッカとソラが、大喜びでぴょんぴょん飛び跳ねる。

ペザンテは困ったような顔をして、双子たちを尻尾で撫でた。

「頼む、ペザンテ。お前の助けが必要なのだ。私だけでは、登り切れぬかもしれぬ」

ペザンテの瞳が大きく見開かれる。

僕も、思わずジーノの顔をまじまじと見つめてしまった。

「な、なんだ。二人そろって！」

照れくさそうに、ジーノが顔を背ける。

「ジーノがそんなふうに自分からペザンテに助けを求めるなんて。なんかすごく意外っていうか……」

「やかましい。それくらい、必死なのだ。エリオは一筋縄では行かぬ男だ。私たちだけでは足りない。味方はひとり、いや一頭でも多い方がいい」

「『私たち』っていうことは、ジーノは僕のことも、味方だって思ってくれてるってことか」

「ち、ちがっ……黙れっ、悠斗！」

白い頬を紅潮させたジーノに、双子たちが勢いよく飛びつく。

「ゆーともペザンテも、味方なのー！　だいじだいじ！」

「だ、だから違うといっているだろう。言葉のあやだ、あや！」

むぎゅーっと抱きつく双子たちに気圧されながら、ジーノが否定する。

ペザンテは双子にまとわりつかれるジーノの姿を一瞥し、ふん、と鼻を鳴らした。

「そこまでいわれたら、協力せざるを得ないな」

しゅるん、と身体が縮み、ペザンテが子ぎつね姿になる。

「こぎつねペザンテー、もっふもふー！」

飛びつこうとした双子たちを、ペザンテは素早く光の玉に閉じ込めた。

「玉を二重にするなら、我の玉が先のほうがいい。――お前の玉のほうが、丈夫そうだからな」

人間嫌いのペザンテだけれど、ジーノの魔法の才能は認めているようだ。

「双子たちの安全のためにも、できるかぎり強度の高いものを頼む」

ジーノに請われ、ペザンテはツンと鼻先をあげた。見た目がちんまりした子ぎつねだから、そんなしぐさをしても、なんだかとてもかわいらしい。

「お前にいわれなくても、とうにそうしておるわ。この子どもたちは、我にとって大切な友人なのでな」

ペザンテの魔法が、僕やジーノ、ペザンテ自身も包み込む。その上から、ジーノは個別の光の玉を被せ、さらに全員を包む大きな玉も作った。

三重の光に護られながら、てっぺんを目指して浮上してゆく。

さっきまで晴れていたのに。いつのまにか空は分厚い雲に覆われ、綿雪がしんしんと降ってくる。

氷壁の周辺は特に降雪が多く、木々に護られていた地上と違い、強い風が吹き荒れている。

視界を覆い尽くす真っ白な雪が、止めどなく光の玉に叩きつけてきた。

いったいどこまで続いているのだろう。

登っても登っても、壁が途切れるようすはない。

「さすがにきついな。風が強すぎて、浮遊を保つのにも骨が折れる」

ヴェスターヴォ山は、この界隈でも最高峰の山だ。

氷壁を登るうちに周囲の山々は消え、吹きっさらしの状態になる。

ごおごおと激しい風に襲われながら、ジーノとペザンテはひたすら浮上を続ける。

ルッカとソラもぎゅっと目を瞑り、ジーノたちの唱える呪文を復唱し続けた。

お腹のすいた双子たちは、途中で子狼姿になり、こてんと倒れてしまう。

「ちょっと休憩しよう。ジーノやペザンテも、そろそろ辛いだろ」

ジーノのポケットのなかには、魔法でちいさくした食糧が入っている。

元の大きさに戻し、僕らはおやつを摂ることにした。

今朝作った、炙った餅でチョコレートを挟んだ『モチサンド』だ。

チョコレートといっしょに、ピスタチオやヘーゼルナッツに似た木の実もトッピングしてある。ジーノの魔法で軽く温めると、とろりとチョコレートがとろけて、甘い匂いが漂った。

「あちあちだから、気をつけて食べようね」

ふうふうと冷ました後、ルッカとソラに手渡す。

ぱくっとかぶりつき、子狼たちは「わふー！」と愛らしい雄叫びをあげた。

ぶんぶん尻尾を振って、夢中になってモチサンドにかぶりついている。

いつのまにか、二人は子狼姿から、獣耳尻尾つきの幼児の姿に変化した。

「とろふわー！」

「ちょこもっち、おいしいのー」

二人そろって、「ちょこもっち、すきー」とぴょこぴょこ飛び跳ねる。

「よく噛んで食べるんだよ」

「かむかむー！」

もぐもぐと口いっぱいに頬張り、ルッカが答えた。

チョコレートで汚れた二人の口元を拭ってあげる。

「ジーノも食べる？」

「当然だ」

僕が勧める前から、ジーノは自分でモチサンドを温めていた。

「ペザンテは……餅は食べない方が安全だよね？」

子ぎつねに餅を食べさせるのもどうかと思い、僕はペザンテにはレントの国で購入した干し肉を手渡した。

ジーノは神妙な顔つきでモチサンドを頬張ると、大きく目を見開く。

「なんだ、このうまい菓子は……！」

あっというまに平らげ、ジーノは二つ目のモチサンドに手を伸ばす。

「ルッカも！」

「ソラも、ちょこもっち、ほしいのー」

ルッカとソラの分も、ジーノに温めてもらった。

「お前も食べた方がいい」

ジーノが僕に温めたモチサンドを差し出す。

ぱくりと頬張ると、やわらかくとろけた餅のなかから、濃厚なチョコレートがとろりと溶け出してきた。

「これは、確かにおいしいね！」

「どんな味がするのか知らずに作ったのか」

ジーノは呆れた顔で僕を眺める。

「なんとなく予想はついたけど、実際に作ったのは初めてだよ。とろとろチョコレートとナッツの小気味よい食感が、やわらかな餅とぴったりだね。これはおいしい」

「もっとほしいのー！」

ぴょこんと飛び跳ね、ルッカが叫ぶ。

再度おかわりを温めてもらい、僕らはふたたび氷壁に挑んだ。

永遠に続くかと思われた氷壁。

おやつ休憩で回復したおかげで、無事にてっぺんが見えてきた。

氷壁の上に、白く艶やかな毛に覆われた愛らしいうさぎがちょこんと座っている。

「うさちゃんエリオ！」

うさぎを見上げ、双子たちが歓声をあげた。

「ずいぶんと時間がかかったね」

白うさぎエリオが、ツンと鼻を持ち上げて僕らを見下ろす。

「どんなに時間がかかろうとも、無事にたどり着けたのだからよいでしょう」

凛とした声で、ジーノが答えた。

白うさぎは目を細め、くるりと踵をかえす。

「ついておいで。魔獣の生まれる場所に、案内するよ」

軽い身のこなしで氷壁を飛び降りたエリオを追いかけるように、ジーノは光の玉を浮上させ、ゆっくりと氷壁を越える。

氷壁を越えた先に広がる景色に、思わず僕は目を見開いた。

「すごい……！」

先刻まで一面の銀世界だったのに。

氷壁を隔てた内側には、まったく雪が降っていなかった。

分厚い雲はどこかに消え去り、抜けるような青空がどこまでも広がっている。

いったいどういう仕組みなのだろう。

激しく吹き荒れていた風がぴたりと止み、燦々と輝くまばゆい太陽の光が降り注いでいる。

青々と生い茂る木々と、色とりどりの花々や果実、鮮やかな原色の大きな鳥が、悠々と眼下を横切ってゆく。

「なにをぼーっとしているんだい。早くおいで」

目の前の情景に見蕩れたのは、僕だけではないようだ。

エリオにせかされ、ジーノが姿勢を正す。

「行こう。ここからは、まとめてひとつの玉で問題ないな」

ジーノとペザンテが、ひとりひとりを覆っていた光の玉を解除する。

個別の玉がなくなると、こわばっていた身体から力が抜けて、とても開放的な気分になった。

ほっとしたような顔でソラが深呼吸し、ルッカは「んーっ」と大きく伸びをして、玉のなかででんぐりがえしを始めた。

「こら、そんなことをして、目が回っても知らないぞ」

ジーノにたしなめられ、それでもルッカはやめようとしない。

ぐるんぐるんと転がり続け、指摘どおり目を回したのか、「きゅぅー……」と情けない声をあげて、大の字になって倒れた。

心配そうに、ソラがルッカのもとに駆け寄る。

「相変わらず、力が有り余っておるな」

双子たちを眺め、ペザンテが楽しそうに目を細めた。

ぐったりと倒れたルッカを、子ぎつねペザンテはふさふさの尻尾でやさしく撫でる。

くすぐったそうに身をよじって、ルッカは「ペザンテ、だいすきー！」と叫んだ。

大きな光の玉に護られながら、エリオを追って下降してゆく。

「とりさん、きれい！」

大の字になったまま空を見上げたルッカは、額に大粒の汗を滲(にじ)ませている。

僕は双子たちのコートと上着を脱がせ、自分のコートも脱いだ。

「とりさん、なかよし、したいのー」

手を伸ばし、ルッカは空を舞う鳥に触れようとする。

「きれいだが、安全とは限らないぞ。あれはただの鳥ではない。魔獣だ」

諭(さと)すような声で、ジーノがルッカに告げた。

明るい空色の頭に、真っ赤なくちばし。腹の部分はオレンジ色で、翼は目の覚めるような鮮やかな黄緑色。極彩色の羽に彩られたその鳥は、遠目に見ても明らかに巨大なことがわかる。アッサイ山の怪鳥よりも、さらに大きそうだ。

「そういえば、アッサイ山の怪鳥は、ヒナがいたよね？　あの怪鳥は、魔獣じゃないのか」

「魔獣は基本的に火口からしか生まれないが、魔獣のなかには、獣や鳥、人の子を宿すものもいるのだ。この世界には魔獣とその他の種族の、複合種が存在するのだよ。おそらくあのヒナは複合種だろう」

僕の疑問に、ジーノが答えてくれた。

生粋の魔獣と違い、複合種は魔法が使えなかったり、使えても魔力が弱い場合が多いのだそうだ。

体格もあまり大きくならないものが多く、一般的に魔獣ほど強くはないのだという。

「まじゅう、いっぱいつよいのー」

「ペザンテ、つよつよ！」

子ぎつねペザンテを抱きしめ、双子たちが叫ぶ。

ペザンテは目を細め、双子たちを慈(いつく)しむようなやさしい瞳で見上げた。

第十章　魔獣の生まれる場所

白うさぎエリオが向かった先は、木々の生い茂る豊かな森の先にある、巨大な火山だった。

火口から、もくもくと灰色の煙が上がっている。

瞳を輝かせ、ルッカとソラが火口を見つめている。

「あちあち……?」

「あちあちだ。危険だから、絶対に近づいてはダメだ」

ジーノにたしなめられ、ルッカとソラはぴんっと獣耳を立て、顔を見合わせた。

地表にはいくつもの亀裂が走り、オレンジ色に輝く溶岩が姿をのぞかせている。

亀裂の中央には円形の溶岩湖があり、ぐつぐつと煮えたぎるマグマで満たされていた。

溶岩湖のすぐそばに、白銀色のきらめく髪をなびかせた青年が立っている。

顔はよく見えないけれど、手足がとても長くて頭のちいさい、モデルのようにスタイルのよい男性だ。

白うさぎエリオは青年の近くにふわりと舞い降りると、すうっと消えてしまった。

これ以上、近づくのは危険だと判断したのだろう。ジーノは光の玉を溶岩湖から少し離れた場所に、ぴたりと静止させた。

「ジーノ、あの人、あんなところに立って、危なくないのかな」

「危なくないと思っているから、平気であんな場所に立っているのだろう。双子たちを近づける気にはならぬがな」

溶岩湖をじっと見つめていた青年が、顔をあげてこちらを見る。

雪のように白く透き通る肌と、翡翠色に輝く瞳。

思わず呼吸を忘れて見入ってしまうほど、ずば抜けて整った、華やかな顔だちの男性だ。

「ジーノに、似てる……？」

白銀髪の男性は、ジーノとよく似た顔だちをしていた。年齢は二十代後半くらいだろうか。ジーノよりいくらか年上に見えるけれど、もしかしたら彼の兄だろうか。

いや、ジーノは長男のはずだ。じゃあ、いったい誰なのだろう。

僕らと視線が合うと、青年はにっこりと笑顔になる。

その笑顔は咲き誇る花のように優美で、ジーノというより、ジーノのお母さま、ヴェスタ王国のディアーナ王妃にそっくりに見えた。

とてもやさしく、やわらかな笑顔だ。聖母のような笑みを湛えた彼は、双子たちを見やり、目を細める。

「よく来たね。エレオノールの息子たち。愛らしいそのお顔を、よく見せておくれ」

たんっと地面を蹴り、青年は宙に舞い上がる。

ジーノは素早く双子たちを抱き上げると、光の玉を再浮上させ、白銀髪の青年から遠ざかった。

「なぜ逃げる」

すうっと近づいてきた青年に光の膜ごしに話しかけられ、ジーノは表情を硬くする。

「理由はありません。ただ――本能が逃げるよう、私に命じるのです」

さらに遠ざかろうとしたジーノを、白銀髪の青年が阻む。光の玉が動かなくなって、ジーノの表情に緊張の色が走った。

「そんなに警戒しなくてもいいだろう。久々に師に再会したというのに。なんだ、その態度は」

白銀髪の青年は、すうっと膜のなかに手を差し入れる。

「おいで、我が姪孫（てっそん）」

膜のなかに入ってきた彼は、両手を広げてルッカとソラをハグしようとする。

ジーノは双子をぎゅっと抱きしめ、彼から遠ざけるように後ずさりした。

普段なら、誰に対しても警戒心なく飛びつくルッカとソラが、不思議そうな顔で白銀髪の青年とジーノを見比べている。

「ルッカとソラを姪孫、って呼ぶってことは……彼はジーノの叔父さん？」

「ああ、母上の弟で、我が師、エリオだ」

「物凄く若く見えるけど、ジーノのお母さんとはかなり年が離れているのかな」

目の前の青年は、どこからどう見ても二十代にしか見えない。おそらく、僕と変わらないくらいの年齢だろう。

「いや、母上とそんなに変わらないはずだ。魔力で若さを保っているだけで、実際には――ぐっ……」

なにかを言いかけたジーノの口を、突然現れた口枷（くちかせ）のようなものが塞ぐ。

「年齢の話は禁句だと、何度いえばわかるんだい、ジーノ」

足音もなくすうっと近寄ってきて、エリオはジーノの顎を掴んだ。

「相変わらず、かわいげのない弟子だね」

鼻先が触れるほど近く顔を寄せ、エリオは低く囁く。顔だけでなく、声もすごくきれいだ。耳がとろけそうな甘い声は、けれども毒を孕（はら）んでいるかのような、危（あや）うさを漂わせている。

「ジーノ、いじめちゃだめなのー！」

ジーノの腕から飛び出した双子たちが、エリオの身体をむいっと押しのけようとした。

素早くエリオが身をかわし、勢い余った双子が床に転がる。光の膜に直撃しそうになった二人を、大ぎつねになったペザンテが受け止めた。

「威勢のいい子どもたちだね。母親そっくりのその愛らしいお顔を、僕にもよく見せておくれ」

「やー！　ジーノいじめるひと、きらい！」

ぷいっと顔を背け、ルッカもソラもペザンテの後ろに隠れる。

「いじめてなどいないよ。かわいがっているんだ。久々の再会だからね。ほら、ジーノ。再会を喜びあおう」

ハグを求めるように両手を広げたエリオから、ジーノは後ずさる。

「再会を喜びあっている場合ではありません。どうか私に、今すぐ白魔法を教えてください」

「相変わらず、せっかちだね。ちょっと待ちなさい。もうすぐ新しい命が生まれるんだ。この場を離れるわけにはいかないんだよ」

「生まれる……？」

「新しい魔獣がね。ついておいで。魔獣の生まれる瞬間に、立ち会わせてあげよう」

にっこり微笑むと、エリオは蜘蛛の巣でも払うかのように、ひょいっと光の膜を手で払いのける。

その瞬間、僕らを包んでいた光の玉が跡形もなく消え去った。

「うわぁっ……！」

眼下には煮えたぎるマグマに満ちた溶岩湖。

あんなところに落ちたら、ひとたまりもない。

光の玉に護られていたときには感じなかった熱風に、全身の毛がぞわりと逆立った。

「ルッカ、ソラ！」

中空に放り出されながら、必死で二人の姿を探す。

「まずい、魔法が発動しない……！」

「我もだ……！」

ジーノとペザンテの切迫した叫び声が響く。

「たいへん。あちあちなの！」

普段は好奇心いっぱいの双子も、さすがに危険を感じているのだろう。

今にも泣き出しそうな顔で、ペザンテの背にぎゅっとしがみついている。

先刻までの雪景色から一転。肌が焼け焦げそうな熱風が吹き荒れる火口に、真っ逆さまに落ちてゆく。

死を覚悟したそのとき、ふいに熱さを感じなくなった。身体が中空でぴたりと止まり、落下しなくなる。

「ルッカ、ソラ、大丈夫っ⁉」

周囲を見渡し、声の限りに叫んだ。同じように、ジーノも双子の名を叫んでいる。

「美しいね。死の恐怖に直面しながらも、真っ先に案じるのは、己ではなく双子たちの安全、というわけだ」

歌うような声でいうと、エリオはペザンテのすぐそばに舞い上がり、双子たちを抱え上げた。

「やー！　いじわるさん、きらい！」

双子に頬を引っかかれ、それでもエリオは怯むことがない。

「ほら、見てごらん。魔獣の誕生だ」

エリオの指さす先に視線を向けると、溶岩湖の中心に強い光が見えた。

マグマの放つ赤々とした光とは違う、静謐(せいひつ)さを感じさせる、青白い光だ。まっすぐ伸びた光の柱。その中央に、ちいさなシルエットが見える。

エリオは双子たちを光の玉に閉じ込めると、青白い光の柱に向かって手を差し出した。

光のなかから、ちいさな生き物が浮かび上がってくる。ふわふわの白い毛に覆われた、ぽてっとした生き物。おそらく、アザラシの赤ん坊だ。

「ほぁ、とってもかわいいのー」

「あかちゃん、なでなでしたい！」

興奮したようすで、ルッカとソラがぴょこぴょこと飛び跳ねる。

エリオはにっこりと微笑み、白い生き物を二人に差し出した。光の玉は壊れていないのに。エリオは自在に手を入れられる。

「まだ生まれたてだからね。そっとやさしく触れるだけにしてあげないといけないよ」

こくっと頷き、ルッカとソラはおずおずと手を伸ばす。

そっと赤ちゃんの身体に触れ、「ほあほあ！」と目を輝かせた。

「ほあほあだね。今はとてもかわいいけれど、アザラシの魔獣は大きくなるし、凶悪に育つことが多いんだ。場合によっては『調整』が必要になるよ」

「調整……？」

「世界を崩壊させる危険性のある、凶悪な魔獣が生まれたときは、外の世界に送り出す前に、魔核を壊して魔力を封じるんだ。それが、護人である僕の役目なんだよ」

「どうしてそんな……」

人間の都合で、生まれたばかりの魔獣の魔核を壊す。

そんなこと、許されるのだろうか。

「きみ。今、『身勝手だ』って思ったでしょう」

エリオの瞳にまっすぐ射貫(いぬ)かれ、ぎこちなく視線をそらす。

「今から何千年も前。巨大で凶暴な魔獣が次々と世に現れ、人類や精霊、妖精や獣たち、魔獣以外すべての生き物が、絶滅の危機に瀕したことがあるんだ」

厳かな声で、エリオは語り始める。

自然と背筋が伸びるような、不思議な力のある声だ。

「わずかに残った人類のなかに、強大な力を持つ魔法使いがいた。初代護人、ヴィオラだ。彼女は魔獣と戦って打ち勝つのではなく、魔獣の入れない場所を作り、そこに身を隠して皆で生き長らえることを選んだ。それがこの山、ヴェスターヴォ山だ」

幾重にも結界を張り巡らせ、魔獣以外の生き物が安心して暮らせる場所を作り出した。

「魔獣たちが食糧を食い尽くし、共倒れするのを待つつもりでいたんだ。だけど、皮肉にも安住の地として選んだこの場所は、魔獣の生まれ出る場所だったんだよ」

外からの侵入は防げても、内側から生まれてくる魔獣を排除することはできない。

人々は魔獣の生まれる溶岩湖を塞ぐよう依頼したが、彼女はそれを受け入れなかった。

「『魔獣だって好き好んで、忌み嫌われる存在になったわけじゃない。魔獣のなかにも共存を望んでいる者はいるはずだ』って、ヴィオラは主張したんだ」

アザラシの赤ちゃんに夢中だったルッカとソラが顔をあげる。

こくっと頷き、彼らはペザンテのほうを見た。

「やさしいまじゅうさん、いるのー」

「ペザンテ、とってもいいまじゅう」

「そうだね。すべての魔獣が、我々人類や他の生き物たちに、害をなすわけじゃない。だからヴィオラは、どうしても排除しなくてはいけない危険な魔獣の魔核だけを壊し、共存する道を選んだんだよ」

「魔核を壊すだけで、魔獣を殺さなかったんですね」

「どんなに凶暴な獣でも、魔法さえ封じてしまえば、なんらかの方法で倒すことができる。彼女はそう考えたんだ。『凶暴かどうかを人間の側が判断するなんて間違っている』って感じる人もいるだろうけど、絶滅の危機に瀕してまで、きれいごとはいっていられないからね」

それぞれの種族がパワーバランスを保ちながら、共存できる世界。

彼女はそんな世界を目指したのだそうだ。

「幸いなことに、魔獣の生まれ出る場所は、この大陸にはヴェスターヴォ山以外存在しなかった。外の世界の魔獣たちは餌を奪い合って共倒れし、結界の外は誰もいない土地になったんだ」

人々や妖精、精霊や獣たちは、この山を出て外の世界で生活し始めた。

魔獣のいない安全な世界で、彼らは数を増やした。

やがて初代『護人』、ヴィオラは亡くなり、別の魔法使いが役目を継いだ。初代の遺志を受け継ぎ、彼もこの場所で魔獣の選定をした。

しばらくすると、温厚な魔獣や、凶暴だがあまり強くない魔獣は、少しずつ外の世界に放たれるようになった。

しっかりと土地に定着し、数を増やした人間や精霊、妖精、獣たちは、魔獣に駆逐されることなく、彼らと共存できるようになったのだそうだ。

「人間も魔獣も、獣も妖精も精霊も、みんなが共存できる理想郷って……もしかして、僕らの暮らす、あの大陸のことですか」

僕の問いに、エリオはおだやかな笑みを浮かべる。

「そうだよ。その理想郷を保つために、『護人』が必要なんだ。僕は先代の護人から『護人を継いで欲しい』と誘いを受けていた。だけど、実際にこの地を見るまで、彼女の話を信じていなかったんだ。自分たちの住むあの土地が、『理想郷』であることにも気づけなかった」

『理想郷を探しに行く』といって、国を出たエリオ。

実際にはそれは、理想郷の保ち方を知るための旅路だったのだという。

「魔獣誕生の間隔は、まちまちなんだ。一日に何頭も生まれることもあれば、何ヶ月も生まれないこともある。だから護人は、ここを離れるわけにはいかないんだ」

「エリオ、ひとりでずっとここにいるの?」

心配そうな顔で、ルッカとソラがエリオの顔をのぞき込む。

「危険な場所だからね」

生まれ出た魔獣は、外の世界に放たれるまでのあいだ、この山で過ごすことになる。

「赤子(あかご)のうちに外に出すと、獣や人間にやられる率が上がる。外の世界に出しても大丈夫かどうかを見極(みきわ)めるのと同時に、この地は魔獣の安全を守るための場所でもあるんだ。なかにはやんちゃな魔獣もいるから、この地に普通の人間を住まわせるわけにはいかないんだよ」

「エリオ。ひとりぼっち、さみしぃ?」

「この結界を僕が守っているからこそ、皆が平和に暮らせる。そう思えば、少しも寂しくないよ」

エリオはそう答えたけれど、ルッカもソラも納得しなかった。

「うそ。エリオ、さみしい！」

全力で指摘され、エリオは照れくさそうに頭をかく。

「まぁ、正直にいえば、たまには人恋しくなるときもあるよ。ここには人間の言葉を話す者はいないからね」

「ルッカ、エリオ、ともだちなる！」

「さみしい、ないないするのー！」

むいっと両手を突き出して宣言する二人を眺め、エリオはおかしそうに吹きだす。

「本当に、きみたちは母親そっくりだね」

「そうですね。非常によく似ています」

相づちを打つジーノの翡翠色の瞳が、なにかを懐かしむように細められた。

「ジーノ。魔法、あんまり急いで覚えなくていいよ。この子たちとしばらくいっしょに過ごしたい」

「そういうわけにはいきません。一刻を争う事態ですので。早く教えていただかなくては」

「ケチ」

ふてくされた顔で、エリオは唇を尖らせる。そんな表情をすると、自分よりずっと年上の大人の男性には、到底見えそうになかった。ジーノと大して変わらない青年に見える。

「まほう、おしえてほしいのー！」

双子たちにまでせかされ、エリオは肩をすくめて姿勢を正す。

「わかったよ。とびきりの白魔法を教えよう。僕の鍛錬は厳しいよ。泣き言をいっても知らないからね」

「構いませんよ。あなたの厳しさには慣れています」

「がんばるのー！」

ぴょこんと飛び跳ねた拍子に、ぎゅるぎゅるぐーと双子たちの腹の音が鳴る。

おやつを食べたばかりなのに。もうお腹が減ってしまったようだ。

ジーノや双子たちが魔法の鍛錬を積むあいだ、僕とペザンテは手持ちの保存食と、この地で採れる食材を活用し、彼らのために料理を作ることにした。

魔法でちいさくして運んできた、干し肉やドライトマト。

ぎゅっと旨味の濃縮されたそれらを使って、大鍋でスープを作る。

野生の果実や木の実だけでなく、エリオが育てている野菜やキノコも分けてもらうことにした。

「やっぱり。カカオの木がたくさん植えられてる」

自給自足の生活をするエリオ。彼の住居のまわりには、たくさんのカカオの木が生い茂っている。

「これ、異なる世界の植物じゃないですか」

僕の問いに、エリオは意味ありげに目を細める。

「やはり、きみはあの世界から来た人なんだね。――まったく。ジーノには、あれほど異なる世界と干渉してはならない、と言い聞かせてあったのに」

眉を吊り上げたエリオに、僕は慌てて事情を説明した。

「双子たちを守るために仕方なく、か。それなら仕方がない。だけど、異なる世界との干渉は、最低限に留めるべきだ。双子たちの安全が確保できた時点で、きみを元の世界に帰すべきだったのに。どうしてジーノは、きみを帰さないんだ」

「それは……僕の身体のなかに、ジーノの魔核があるからです。もし、僕を元の世界に帰したら、ジーノは魔法が使えなくなってしまうんですよ」

エリオは目を見開き、僕をじっと見つめた後、呆れたように大きなため息を吐いた。

「いったいなにをやらかしたんだ。ジーノは」

「ジーノが悪いんじゃないんです。ジーノは全力で止めたのに。僕が勝手に、彼の魔核を飲み込んで依り代になったんです」

ジーノや双子たち、ペザンテやバルドたちを助けるために、どうしても依り代になる必要があった。当時のことを可能な限り詳細に伝えた僕に、エリオは哀れむような眼差しを向けた。

「きみは本当にそれでいいのかい。向こうの世界にはきみの家族や、恋人や友だちがいるのだろう。どんなに望んだって、二度と会えないんだよ」

「わかっています。それでも、僕は双子たちやジーノを助けたかったんです」

こめかみを押さえ、エリオはふたたび深く大きなため息を吐く。

「ひとたび生きた人間が魔核を体内に取り込んで依り代になれば、その人間が死ぬまで、依り代で居続けなくてはならなくなるといわれている。――だけどね、実は依り代になった人間を害すことなく、魔核を取り出すことのできる能力者が、この世界にはいるらしいんだ」

「本当ですか!?」

「あとでジーノに詳しいことを話しておくよ。行って、自分の人生を取り戻すといい」

元の世界に戻れる。

喜ぶべきことだとわかっているのに。なぜだかわからないけれど、手放しに喜べない。

魔核を取り除き、向こうの世界に戻ったら――おそらく、二度と双子たちと、会えなくなってしまうのだろう。

「この世界には、他にも僕のように、向こうの世界からやってきた人がいるんですか」

「どうして、そんなふうに思うんだい」

「精霊の村で、固形のチョコレートを見たんです。この世界では一度も見たことがなかったのに。あれ、僕の暮らしていた世界の技術で作ったものですよね」

エリオはいたずらっぽい顔で、ちいさく微笑む。

「私は死ぬまでこの場所を離れられないんだ。ひとつくらい、楽しみを得たっていいだろう」

「やっぱり……。誰か、パティシエを呼び寄せたんですか」

「いや。カカオの苗と育て方、チョコレート職人の記憶を複写させてもらったんだ」

「記憶を複写？」

「腕のいい職人の記憶をね。それを、精霊たちに伝えた。彼らは人間を強く憎んでいるからね。おそらく、村の外にこの技術が漏れることはない。事実、こちらの世界に、固形のチョコレートはまだ存在しないだろう？」

エリオのいうとおり、確かに今のところ、一度も見たことがない。

「どうして、彼らに教えたんですか」

「この山に侵入者が来られないよう、彼らは無償で氷の壁を作り続けてくれているんだ。護人の仕事を手伝ってくれているんだよ。だから、今まで僕が食べたなかでいちばんおいしいと感じた甘味、『チョコレート』を、彼らだけに食べさせてあげたいと思ったんだ」

邪気（じゃき）のない笑顔で、エリオは答える。その笑顔は、双子たちに少しだけ似ているように思えた。

「ジーノには内緒だよ。よその世界の植物を持ち込むなんて、本当は絶対にしていいことじゃない。――ジーノがしたことも、僕は咎めない。だから黙っていて欲しい」

科学技術が発達している、僕の暮らしていた世界。たとえば、核兵器や高度な医療技術を持ち込めば、この世界を支配することだってできるだろうに。唯一こっそりと持ち込んだ技術が、固形のチョコレートを作ることだなんて。なんだかとても不思議な人だ。

「二人だけの秘密だよ」

そう言い残し、エリオは魔獣の生まれる火山口へと戻っていった。

山盛りのキノコと野菜を炒め、干し肉やドライトマトを入れてコトコト煮込む。

干し肉のうまみたっぷりで、短時間しか煮込んでいないのに、何時間も煮込んだかのような、こっくりと濃厚な具だくさんスープができあがった。

パンを焼くための窯やオーブンはないから、伸ばした生地を鉄鍋でこんがり焼いて、もっちりした食感のナンを作る。

そこに、ちいさくして運んできたじゃがいもを使って作ったジャーマンポテトを添えたら完成だ。

鍛錬でへとへとになった双子たちは、僕の作った料理を喜んで食べてくれた。

「保存食やあり合わせの材料だけで、これだけのごちそうを作るなんて。きみは天才だな」

久々においしい食事を食べたよ、とエリオも感心してくれた。

ペザンテも子ぎつね姿になって、あむあむとスープの干し肉にかぶりついている。

食欲旺盛な皆とは対照的に、ジーノだけが、あまり食が進んでいないようすだ。

「ジーノ、食欲がないのか」

心配になって、そっとデザートのシュトレンを差し出す。

レントの市場で購入したドライフルーツを使い、騎士団宿舎の厨房で焼いて、ちいさくして持ち運んできたものだ。

雪のような粉砂糖をまとったそれを、ジーノは浮かない顔をしたまま頬張った。

「なんだ、このすばらしい菓子は……！」

大きく目を見開き、ジーノが叫ぶ。

「シュトレンだよ。クリスマスっていう、僕の暮らしていた世界の神さまの降誕を祝う日に食べる、保存のきくケーキなんだ」

酵母（こうぼ）の入った生地にたっぷりドライフルーツを混ぜ込んで、焼き上げたお菓子。ルッカやソラの大好きなレーズンやジーノの好きな柑橘類のピールを多めに入れ、シナモン風のスパイスをきかせたそれは、焼いてから数日が経っているため、フルーツの旨味が生地にしっかり染み出し、濃厚さが増している。

口いっぱいに広がる豊かな味わいに、思わずおかわりしたくなってしまう一品だ。

「ほわ、ずるい！　ルッカもたべるっ」

「ソラも、ほしいな」

双子たちもめざとく見つけ、シュトレンを欲しがった。

「いいけど、ごはんが終わってからにしようね。ジーノは食欲がないみたいだから、先に少しあげたんだ」

ずるい、ずるい、と駄々をこねるルッカに、ほんのかけらだけあげると、ソラも羨ましそうな目でじっと僕を見つめてきた。

「ソラも、少しだけあげるね。でも、ごはんが先。おやつは心の栄養にはなるけど、身体の栄養はごはんから摂らなくちゃ」

むぅっとほっぺたを膨らませながらも、双子たちは食事に戻る。

「ほら。ジーノもお菓子を食べられたんだから、スープも少しだけでも飲んでみてよ。自信作なんだよ」

強引にスープ皿とスプーンを握らせると、ジーノは大きなため息を吐いた。

「うまいのはわかっている。お前の料理がうまくなかったことなんて、一度もないからな。だが――どうにも、食欲が湧かぬのだ」

形のよい眉を寄せ、ジーノはスプーンをテーブルに置く。

「魔法の鍛錬、うまくいっていないのか」

そっと尋ねた僕に、ジーノはなにも答えようとしなかった。

器になみなみとスープのおかわりをよそったエリオが、ちいさく肩をすくめてみせる。

「ジーノ。きみは気ばかり急いて、盛大に空回りしているね。苦手意識を捨てられないようじゃ、いつまで経っても習得できないよ」

いらついたように、ジーノは拳を握りしめる。なにも反論しない彼に、エリオはおだやかな声音でいった。

「きみに足りないのは、信じる心だ。『自分ならできる』。心からそう思えなければ、いくら呪文を唱えたところで、なんの意味もないんだよ」

瞳を伏せたまま、ジーノはきつく唇を噛む。エリオはうまそうにスープをすすり、口元をナプキンで押さえながら僕を見た。

「名料理人の悠斗。大切な友人のために、ひと肌脱ぐ気はないかな」

「その男は、友人などではない！」

反射的に叫んだジーノに、エリオは意味ありげな笑顔を向ける。

「へえ。じゃあ、悠斗が死んでも、なんとも思わないね」

パチン、とエリオが指を鳴らすと、突然、僕の首にぬらりと冷たい感触がした。本能的な恐怖が全身を駆け抜け、ぞくっと背筋が寒くなる。

冷たいなにかは僕の首をねっとりと撫でると、いきなり締め上げてきた。

「ぐぅっ……！」

苦しい。息ができない……。首に巻きついたなにかを必死で取ろうとして、僕はそれが生き物であることに気づく。太くて気持ちの悪い感触のそれは——おそらく巨大な蛇だ。

「ふぁっ、ゆーと、たいへん！」

ルッカが僕の首から、それを引き剥がそうとする。

「無駄だよ、ルッカ。その蛇は剥がそうとすればするほど、きつく巻きつく習性があるんだ」

エリオの声が、ぐにゃりと歪んで聞こえる。

ダメだ、意識が遠のいてくる。頭の芯がしびれたみたいで、目を開けているのも辛くなってきた。

ぐったりと机に倒れた僕の頭上で、またエリオの声が響いた。

「ほら、ジーノ。急がなくては、きみの大切な友人が死んでしまうよ」

「ふざけるなっ……！」

ジーノの声がする。だけど、いつもの凛とした声じゃなくて、水のなかで聞いているような、ぼやけて不鮮明な声だ。

「僕を怒鳴りつける暇があったら、さっさと解呪してはどうかな。顔が真っ青になってきたよ。持ってあと二十秒。いや、十秒かな」

ガタン、と机が大きく揺れる。

ジーノが呪文を詠唱する声が聞こえる。その声が、どんどん遠くなってゆく。

指先がすうっと冷たくなって、まともに動かせなくなった。

どうしよう、もう声さえ聞こえない。なにも、考えられない。

真っ白なもやに引きずり込まれるように、意識が遠のいてゆく。

意識を失いかけたそのとき、青白くまばゆい光が弾けた。

誰かが、なにかを叫んでいる。

かすかに聞こえたその声に、なんとか目を開けようとする。

だけどまぶたは泥のように重くて、息を吸うことさえできそうにない。

「悠斗……！」

頬に衝撃が走る。冷たいなにかが、僕の頬を叩いている。

「頼む。頼むから、息をしてくれっ……」

泣いているみたいに、歪んだ声。声の主は僕の胸ぐらを掴み、白いもやから僕を強引に引っ張り出した。

「悠斗っ！」

両頬を、ばしんと思いきり叩かれる。ようやく、まぶたを開くことができた。

目の前に、鬼気迫るジーノの顔があった。

普段から怖いけれど、普段の顔がやさしく感じられるくらい、とてつもなく恐ろしい表情だ。

「ジーノ……？」

いったいなにが起こったんだろう。

わけがわからず、困惑する僕に、もふっとなにかが飛びかかってきた。

「ゆーと、のろい、ないないした!?」

大粒の涙をぽろぽろと流し、ソラが僕に顔を近づける。

「呪い……？　え、なに。なにがあったの……？」

なにがなんだかわからないまま、僕は大泣きするルッカとソラにもみくちゃにされた。

「ほら、ちゃんと解けた。『できる』と思えば、なんだってできるんだよ」

はむっとナンにかぶりついたエリオに、ジーノが勢いよく飛びかかった。胸ぐらを掴まれて床に引き倒されたエリオは、ジーノを見上げてにっこりと微笑む。

「まさか、きみの涙を見られるなんてね。あの、氷の王子といわれたジーノが泣くなんて。人は変われば変わるもんだね」

「泣いてなんかいません……！　泣いているのは、ルッカとソラだけだ」

胸ぐらを掴んだまま締め上げるジーノの手を、エリオは赤子の手をひねるかのように、軽々と退けた。

「鍛錬終了。もう、きみに教えることはなにもないよ」

すくっと立ち上がると、エリオは背中や尻のほこりを軽く払い、乱れた髪を整える。

「食べ終わったら、帰りなさい。一刻を争うのだろう？」

椅子に腰かけ、エリオは何事もなかったかのように、食事を再開する。

スープの三杯目のおかわりをした彼から、ジーノはスプーンを奪い取った。

「いくら魔法を習得させるためとはいえ、今のは酷すぎます。次に同じことをしたら、あなたといえども絶対に許さないっ」

エリオはにっこりと微笑み、ジーノからスプーンを取り返す。

「許さなくて結構。人は大切なものを守りたいと切に願ったときにこそ、限界を超えられる。僕が悠斗に呪いをかけなければ、きみはいつまで経っても解呪の魔法を習得できなかっただろう」

ジーノはスープを飲もうとしたエリオから、今度はスープ皿を取り上げた。

「謝ってください。悠斗に。これは悠斗の作ったスープだ。謝らないのなら、一滴たりとも飲ませません！」

きっぱりと言い切ったジーノを前に、エリオは「おお怖い」とおどけてみせる。

僕に向き直り、エリオは「すまなかったね」と真摯な声で謝罪した。

「この子の殻を割るために、どうしても必要な行為だったんだ。許してほしい」

僕が答える前に、ルッカとソラが割って入ってくる。

「にどとしたらだめなのー」

「ゆーと、だいじだいじ」

僕にしがみつき、ルッカとソラは「がるるっ」と唸ってエリオを威嚇する。

「わかったよ。二度としないと誓う。だから、ちょっとだけでいいから、僕にもハグしてくれないかな。ほら、悠斗にしているように。頼むよ」

両手を広げてハグを請うエリオに、ルッカは「やー！」と叫び、ぷりっとかわいらしいお尻を向けて、ぶんぶんと尻尾を振る。

もしかしたら、僕らの世界の「あかんべー」のようなしぐさなのかもしれない。

「行儀が悪い。やめなさい」

ジーノに叱られても、ルッカはそのしぐさをやめようとしなかった。

強力な結界に守られたヴェスターヴォの山頂であっても、エリオ自身は転移魔法を使える。

僕らはエリオの魔法で、神獣の国、レスティア王国に戻ることになった。

食後のデザートを食べ終えた後もぷりぷりしているルッカと違い、ジーノは怒りを収めたようだ。

「教え方は感心しませんが、解呪の魔法を教えてくださったことには感謝します」

礼を告げたジーノに、エリオはシュトレンの粉砂糖で汚れた口元をナプキンで拭きながら、にっこりと微笑む。

「きみに足りないのは、『己を信じる心』だけ。同じ要領で集中すれば、ベアトリーチェの呪いだけでなく、姉上の病も治せるはずだ。不安なら、悠斗を病気にして実践してみるかい」

「遠慮します！」

きっぱりと言い切り、ジーノは僕を守るようにエリオと僕のあいだに割って入る。

「だめー！」

「ソラも、ゆるさないの！」

双子たちに睨まれ、エリオは肩をすくめた。

「冗談だよ。これ以上の鍛錬は必要ない。ジーノの白魔法は完ぺきだ。見事に弱点を克服したね、ジーノ。それでこそ、次期ヴェスタ王国の国王だ」

エリオの言葉に、ジーノは唇を噛みしめて目を伏せる。

じっと押し黙ったジーノに歩み寄り、エリオはそっと肩に手を置いた。

「どういう生き方をするか。選ぶのは、自分自身だ。周囲にどう思われようと、己の思うように生きればいい。一国の王子として、それが許されることなのかどうか、僕は知らないけれどね」

「あなただって、かつては一国の王子だったでしょう」

ジーノに睨まれ、エリオはひらひらと手を振ってみせる。

「第一王子のきみと違って、僕は出来損ないの四男坊だ」

「よくいいますね。すべての王子のなかで、あなたがいちばん優秀だったと、皆、口をそろえていいますよ」

かいかぶりすぎだよ、と笑って、エリオはジーノの肩を抱いた。

「ここでの暮らしが、性にあっているんだ。僕が年老いて魔獣の相手が手に余るようになったころ、まだきみが独り身だったのなら、ここに骨を埋めるのも、悪くないかもしれないよ」

ジーノはエリオの腕を払いのけようとしたけれど、エリオは決して離そうとしなかった。

「私は、そんな器（うつわ）ではありません」

ぎゅっと眉根を寄せたジーノを見やり、エリオはおかしそうに笑う。

「相変わらず、物を知らない子だね。——器なんてものは、成長とともにいくらでも大きくなるのだよ。大きさを決めるのは神じゃない。自分自身だ」

「私は『子』などといわれるような年齢ではありません」

「どうかな。もし僕に子がいたら、きみと同じくらいの年齢のはずだ」

この地で暮らしているということは、エリオは王族としての身分を捨て、妻を娶（めと）ることも、子を持つこともなく、たったひとりで生きているということなのだろう。

本当に、寂しいと思うことはないのだろうか。自分の選んだ道を、後悔したことはないのだろうか。

わからないけれど。彼の表情は清々しく、ここでの暮らしを楽しんでいるように見える。

「当分元気でしょう。あなたは、年を取らない」

そっけない口調で、ジーノはエリオに言い放つ。

「しばらくはね。だけど、僕は不死じゃない。心に留めておいてよ。いつかは、誰かが継ぐ必要のある役目だ」

ジーノはきつく唇を結んだまま、なにも答えなかった。

表情も硬いままだったけれど、エリオにハグをされても、その身体を押しのけることなく、素直にハグを受け入れていた。

第十一章　ひきこもり姫のためのはちみつミルクがゆ

「久々に外の世界を見たい」といって、エリオの分身である白うさぎも、レスティア王国についてきた。

人型のエリオのことは毛嫌いするのに、ルッカはソラと奪い合うようにして、白うさぎエリオを抱っこしている。

「うさぎ型なら、中身がエリオでも好きなんだね」

僕の問いに、二人はにこっと笑顔を浮かべた。

「うさちゃんにつみはないのー」

「かわいいは、せいぎなのー」

いったいどこでそんな言葉を覚えてきたのだろう。

ルッカもソラも、夢中になって白うさぎエリオをなでなでしている。大好きなペザンテが森に帰ってしまったから、余計にもふもふが恋しいのかもしれない。

神獣王とベアトリーチェ王妃の寝室に向かうと、そこには憔悴（しょうすい）しきった神獣王の姿があった。

目の下にはくっきりとクマが浮かび、疲れ果てた顔は無精ひげに覆われている。

「ルッカ、ソラ……！　無事だったか」

両手を広げ、神獣王は双子たちを抱きしめようとした。普段なら避けるルッカとソラが、今日はされるがままにハグを受け入れる。

「おひげ、ちくちく、いたいのー」

「おとうさま、くちゃい！」

文句をいいながらも、神獣王を押しのけるようすはない。

「なんと。お前さん、エリオじゃな」

神獣王の傍らに控えていた妖精王が、白うさぎを見て驚きの声をあげる。

「妖精王。あなたにも解けないなんて、厄介な呪いですね。もしかして、年のせいでもうろくしたのですか」

からかうような声で、白うさぎエリオはいう。

「やかましい。ワシは元々人間の呪いを解くのが苦手なのじゃ。人間ほど、業の深い生き物はおらぬのでな」

「妖精だって同じようなものでしょう」

僕の肩にぴょんと飛び乗り、エリオはベアトリーチェをじっと見下ろした。

「なるほど。これは『呪鎖（じゅさ）』だね」

「呪鎖……？」

「術者の魂を鎖にして発動する、命賭けの呪いのことだよ。通常の呪いよりもずっと強固で、解呪しづらいんだ。無理に解けば、術者は死ぬ」

ぴくり、とジーノの形のよい眉が動く。

ルッカとソラが、大きく目を見開いてジーノを見上げた。

「自業自得だよ。生まれてくる子の命と、その母親を殺（あや）めようとしたんだからね」

なんでもないことのように、エリオはさらりといってのける。

「あのおじさん、しんじゃうの……？」

継母や生まれてくるきょうだいに害をなした男。それでも、殺すのはかわいそうだと考えているのかもしれない。

ルッカとソラの瞳が、みるみるうちに涙で潤んでゆく。今にも泣き出しそうな顔で、二人はジーノを見つめた。

「さあ、ジーノ。呪いを解いてあげなよ」

エリオに促され、それでもジーノは動かない。固く拳を握りしめたまま、立ち尽くしている。

ルッカとソラの瞳から、ほろりと大粒の涙がこぼれ落ちる。ジーノはしゃがみこみ、二人をぎゅっと抱きしめた。

「あの男は、『神獣王のせいで娘が』といっていた。なにか事情があるのかもしれない。事情を聞かずに、殺めるわけにはいかない」

双子たちの濡れた頬を、ジーノが拭う。むぎゅっとジーノに抱きつき、二人は「ジーノ、だいすき」と呟いた。

ルッカをジーノが、ソラを僕が抱き上げ、囚われた術者、デーリオの国王、マッティアの元に向かう。

白うさぎエリオも、ぴょこぴょこと僕らの後をついてきた。

水上に新しく建てられたばかりの隔離牢。鉄格子ごしに対面したマッティアは、すっかり痩せこけていた。看守によると、食事はおろか、水もほとんど摂っていないのだという。

「まずいな。術者が死ねば、王妃と赤子たちの命も危ない。ジーノ、うかうかしていられないよ」

エリオに忠告され、ジーノは頷いた。

「教えて欲しい。お前は『神獣王のせいで娘が』といっていたな。神獣王は、いったいお前の娘になにをしたんだ」

自死を防ぐため口枷をされたマッティアは、うつろな瞳でジーノを見上げた。

差し出された返答用の紙と羽根ペンを一瞥しただけで、触れようともしない。

「おじさん、おしえてほしいの。おとうさま、わるいことしたのなら、ルッカ、あやまるの」

「おじさんのむすめ、たすけるの。ソラも、ごめんなさいする」

たどたどしい声で、ルッカとソラが一生懸命語りかける。

マッティアはちらりと二人を見て、すぐに目をそらした。

「おねがい、おじさん。しんじゃだめ」

「おじさん、しんだら、おじさんのむすめ、なくの」

びくっとマッティアの肩が動く。顔を伏せたまま、彼は小刻みに全身を震わせた。

「しんじゃだめなのー。ルッカ、おとうさましんだら、ないちゃう」

「ソラも、いやなのー。おとうさま、だいじ、だいじなの。おじさんのむすめ、おじさん、だいじだいじ」

マッティアの震えが、より大きなものに変わる。えぐっとしゃくりあげたマッティアを見やり、エリオがジーノに告げた。

「口枷を、外してあげなさい」

「ですが、あの男は自死を――」

「きみが外さないのなら、僕が外すよ」

白うさぎがぴんと耳を立てると、マッティアの口枷が跡形もなく消えてしまった。

マッティアは力なく顔をあげ、ルッカとソラを見やる。

ルッカもソラも、いつのまにかぽろぽろと大粒の涙を溢れさせていた。

「おじさん、いきて。おじさんのむすめ、おじさんにあいたいの」

マッティアが、ゆらりと首を横に振る。

「あの子は……会わない。私にも誰にも。あの部屋から出てきてはくれぬのだ……このま、あの部屋で衰弱して死んでしまう」

振り絞るような声で、マッティアは呟く。

「いったい、なにがあったんですか。娘さんが部屋から出てこないのと、神獣王が娘さんにしたことと、なにか関係があるんですか」

愛妻家の神獣王が、よその国の姫に酷いことをするとは思えない。思わず尋ねた僕に、マッティアは悲痛な声で訴えた。

「あの男は、我が娘の求婚を断ったのだ。妾でも構わないから娶って欲しいと懇願したのに。まったく相手にしてくれなかった」

「えっ……」

神獣王の愛妻家ぶりは、今に始まったことじゃない。前妻のころから、いっさい側室を持たないことで有名だったと聞いている。

「神獣王は、側室を持たない主義なんです。正妻以外には、いっさい興味を示さない。あなたの娘さんは、そのことをご存じないのですか」

「だからといって、ひと目会うくらいしてくれたっていいだろう。娘は物心がついたころからずっと、神獣王の妻になることだけを夢見て生きてきたのだ。それをあの男は、娘の顔を見ることさえせず、すげなく断った。娘は『私には、会う価値さえないのね』と自室に閉じこもって出てこなくなってしまったのだ。もう十日近く、食事も摂っていない」

「十日も!?　それはまずいのでは。マッティアさん、こんなところにいる場合じゃないですよ。早く帰って、娘さんを説得して、なにか食べさせないと」

「無理だ。娘は『自分が醜いせいで神獣王に相手にしてもらえなかった』といって、食事を摂ろうとしないのだ」

「神獣王があなたの娘さんに会わなかったのは、娘さんが醜いせいじゃありません。ちゃんと誤解を解いて、食事を摂らせなくちゃ。ジーノ、行こう。魔法で扉を壊せば、娘さんを外に出せるよね？」

「できなくはないが、食事を摂るかどうかは、本人の気持ち次第だ。『食べたくない』と突っぱねられたら、どうすることもできないぞ」

「そうだけど……放っておけないだろ」

「ほうっておけないのー！」

ルッカとソラも、僕に加勢してくれた。

「案内してください。娘さんのところに」

僕がそう告げると、マッティアは困惑げに視線をさまよわせる。

「娘さんに、もしものことがあってもいいんですか！」

思わず怒鳴りつけてしまった僕に、びくっと身を震わせ、マッティアはよろめきながら立ち上がった。

「マッティア。あなたの娘さんの部屋を思い浮かべるんだ。僕が一瞬で、あなたたち全員を、送り届けるから」

白うさぎエリオが、鉄格子の前にぴょこんと躍り出る。

「お願いします。早く娘さんを助けないと」

マッティアは戸惑いながらも、こくりと頷いた。

「ジーノが転移魔法を使うとき、手を繋いだりするよね？　エリオさんと手を繋がなくてもいいんですか」

「そんなもの、僕には必要ないよ」

ぴんっとエリオが耳を立てると、次の瞬間には僕ら全員、別の場所に移動していた。

やわらかな桃色の壁紙に彩られた、天井の高い部屋。ほのかに甘い香りが漂い、天蓋つきのベッドが置かれている。

白いレースに覆われたベッドから、ちいさな悲鳴が聞こえた。

「だ、誰……⁉」

かすれた声で、誰かが問う。

「彼女があなたの娘さんですか？」

床にへたりこんだままのマッティアに、僕は尋ねた。

「あ、ああ、そうだ……エミリー、会いたかったよ。かわいいエミリー」

よろめきながら、マッティアがベッドに駆け寄ろうとする。

「来ないでっ……！」

弱々しい声で、エミリーと呼ばれた女性が叫んだ。

女性。いや、女性というより、レースの向こうから聞こえてきたのは、まだ幼さの残る少女の声だ。

「それ以上近づいたら、舌を噛んで死ぬからっ……」

ぎゅっとレースにしがみつき、彼女は繭に閉じこもるかのように包まった。

「ちょっと待って。きみが死んだら、お父さんも死んでしまうよ。きみのために、彼は死のうとしているんだ」

「どうしてお父さまが……」

繭のなかの少女が弱々しく呟く。

「エミリー。お前のいない世界なんて、考えられないんだ。お前を傷つけた神獣王に同じ苦しみを味わわせて、私も後を追おうと思う」

「そんな。だめっ……あの方を傷つけるなんて、絶対にダメよっ……！」

叫び声をあげ、純白のワンピースをまとった少女が勢いよくレースの繭から飛び出してきた。飛び出した拍子に体勢を崩し、ふらりとベッドから落ちそうになる。

「危ない！」

とっさに、僕は彼女を抱き留めた。エミリーの頬が、かぁっと赤く染まる。

僕はエミリーをベッドに押し戻すと、慌てて手を離した。

その身体は華奢でちいさく、十五、六歳にしか見えない。

「きみ……いくつ？」

思わず年齢を尋ねた僕に、エミリーは思いきり枕を投げつけた。

「淑女に年を尋ねるなんて。なんて無礼な男なの！」

「や、えっと、他意はなくて……ただ、きみ、まだ物凄く若いよね？　神獣王は三十代半ばだ。彼から見たら、きみは娘のような若さだよ」

エミリーは眉を吊り上げ、澄んだすみれ色の瞳で僕を睨みつける。

「神獣王と同じくらいの世代でも、私と変わらない年齢の若い妻を娶る人はたくさんいるわ」

ぷいっと顔を背け、エミリーは唇を尖らせる。そんなふうにすると、十代半ばどころか、

十二、三歳ではないかと思えるほど幼く見えた。

「いるかもしれないけれど。それは、あまりいいこととはいえないよ。むしろ神獣王がきみのように幼い少女を妻にしたら、僕は彼を軽蔑するかもしれない」

「どうしてよ。妃を迎えるなら、できるかぎり若い方がいい。誰だってそう思うに決まっているわ。それなのに、私はあの悪妃に負けたのよ。あんな年増の、商売女のように派手な容姿の女に」

　吐き捨てるような声で、エミリーはいった。

「申し訳ないけど、僕は人の容姿や年齢をそんなふうにいう子を、神獣王が好きになるとは思えないな」

「なっ……。なんて失礼なことをいうの。どうせ神獣王は、私のことなんて眼中にないわ。私が醜いから。私があの女以下だから、相手にしてもらえなかったのよっ」

「違う。きみは醜くなんてない。ただ単に、きみが神獣王のことを知らなさすぎるんだ。あの人は、とても一途な人なんだ。どんな美人に求婚されたって、妾を持ったりしない。正妃一筋なんだよ。結婚したいほど好きな相手なのに。そんなことも知らないのかい」

　ぽろぽろとエミリーの目から大粒の涙が溢れる。

「そんなはずない。私が醜いからっ……もっと、もっと痩せてきれいにならないとっ……」

「そんな理由で、部屋に閉じこもって、食べるのをやめたの？　食べないでいたら、栄養が足りなくなって、髪も肌もボロボロになるし、せっかくの愛らしさが台無しになっちゃうんだよ」

「愛らしくなんてっ……」

またもや、枕が飛んできた。枕だけじゃない。エミリーは櫛や手鏡、手当たり次第にいろんなものを投げつけてきた。

僕はそれらを全部受け止め、彼女に向き直る。

「ほら、顔が真っ青だ。食べよう。断食を続けていたきみにも食べられるものを、今すぐ用意するから」

「いや！　食べない！　これ以上醜くなりたくないもの！」

泣き叫ぶエミリーに、ルッカとソラがてとてとっと近づいてゆく。

彼女の顔をじーっとのぞき込み、二人はこくん、と頷いた。

「エミリー、すごく、きれい」

「とってもきれいなのー。おとうさまには、もったいないのー」

うんうん、と頷きながら、双子たちは歌うような声でいう。

「お父さま？　もしかして、あなたたち、神獣王のお子さんなの……？」

大きく目を見開いたエミリーに、双子たちはにこっと笑顔を向ける。

「ルッカ、しんじゅうおうのこどもー！」

「ソラも、しんじゅうおうのこどもなのー」

「おとうさま、おじさん」

「あし、くちゃいくちゃい。からだ、もじゃもじゃ。おひげも、すぐもじゃもじゃなるの」

「エミリー、てんしみたい」

エミリーは目を見開いたまま、双子たちを見つめて口をぱくぱくさせた。

「わかくてかっこいい、ぴかぴかのおうじさまと、けっこんしたほうがいいのー」

口々にいわれ、エミリーは頬を赤らめる。

「そ、そんなの嫌っ。神獣王がいいの。神獣王以外、誰も好きじゃない！」

「エミリー、どうしてそんなに、おとうさま、すき？」

「ど、どうしてって……」

エミリーは真っ赤になって黙り込んだ後、ぽつり、ぽつりと語り始めた。

彼女が今より幼かったころ、どうしても外の世界を見たくて、こっそり城を抜け出したことがあるのだそうだ。

積み荷に紛れて馬車に乗り込み、生まれて初めて城の外に出た。

ガタゴトと馬車に揺られ続け、ずいぶん経ったころ、ようやく馬が足を止めた。幌からそっと顔を出してようすをうかがうと、そこは賑やかな喧噪に溢れた市場だった。

色とりどりの果実や、見たこともない形の野菜たち。威勢のよい声が飛び交い、どこかからおいしそうな食べ物の匂いが漂ってくる。

匂いにつられるように、そろりと荷台から這い出る。すると、周囲の視線が一身に集まってきたのだそうだ。

誰かがなにかを叫び、捕まえられそうになる。急いで逃げ出したエミリーを皆が追いかけてきた。

人混みをかき分け、ひたすら逃げ続ける。あっというまに馬車は見えなくなり、自分がどこにいるのかわからなくなった。それでも、彼女は足を止められなかったのだそうだ。ぜぇぜぇと息が上がって、胸が苦しい。足がもつれて転びそうになったそのとき、ひょい、と誰かに抱え上げられた。

『やめて、離して！』

手足をばたつかせて暴れたエミリーに、その人はにっこりとやさしい笑顔で問いかけた。

『離してやってもいいが、そなたはデーリオのエミリー姫であろう。こんな場所でなにをしている。迷い子にでもなったのか』

周囲の人々よりも、頭二つ分以上背の高い、がっしりとした体躯。小柄で中性的な男が多いデーリオの国ではまず見かけることのない、立派なあごひげを蓄え、小麦色に日焼けした精悍で男らしい顔だち。銀色の獣耳と大きな尻尾を生やした半獣人の姿に、エミリーの目は釘付けになった。

『もしかして、あなたは神獣王……？』

そっと尋ねたエミリーに、逞しい半獣人は小声で囁く。

『静かに。お忍びで、遊覧に来ておるのだ。正体がバレるとまずい』

凛々しい眉を寄せ、神妙な顔つきで呟くその姿に、エミリーは思わず吹きだしてしまったのだそうだ。

「幼い私の目から見てもひと目でわかるほど、彼は市場のなかで目立っていたわ。それなのに、正体を隠せていると思い込んでいるなんて、なんだかおかしくて」

懐かしむように目を細め、エミリーはくすくすと笑う。やつれているけれど、笑うとえくぼができて愛らしい。

「大人なのに。神獣王も、自分の国では自由に行動させてもらえないのですって。『きみが城を抜け出したくなる気持ちはとてもよくわかるが、かわいい淑女の一人歩きは危険だ』って、彼は私のことを心配してくださったの。いっしょに城に戻って、お父さまに『たまには外の世界を見せてあげてください』ってお願いしてくださったのよ。『心配で外に出したくない気持ちはわかるが、閉じ込めておけば、どうしたって外に出たくなる。ひとりで勝手に出られるより、ご自身や衛兵とともに散策したほうが断然安全でしょう』って」

神獣王の説得の甲斐あって、エミリーの父、マッティアは、定期的に彼女を外の世界に連れ出してくれるようになったのだそうだ。

「神獣王は私の恩人なの。あの日、彼が助けてくださらなかったら、どうなっていたかわからない。もし無事に帰ってこられたとしても、二度と外に出してもらえなかったと思うの」

それ以来、エミリーは神獣王の妻になることだけを夢見て生きてきたのだそうだ。

「第一王妃になれなくてもいい。何番目でもいいから、彼の妻になりたい。そう思って、一生懸命美容に励んで生きてきたのに――」

ようやく十六歳の誕生日を迎えた彼女は、父親に頼み、求婚の文を出してもらった。

けれども、神獣王から届いた文には『申し訳ないが、第二王妃を娶る予定はない。どうか、もっとよい縁談を見つけ、幸せになって欲しい』と書かれていた。

「妃を増やせないのなら、妾でもいい。そう文を送ったのに……返事は変わらなかったの。『私には、同時に複数の女性を愛することはできないのだ』って。そんなのってないわ。妾でもいいっていっているのに。それでも相手にしていただけないなんて。きっと私が醜いせいだ。私が、エレオノール妃やベアトリーチェ妃より劣っているせいだって思ったの」

「だから、食事を摂るのをやめたの……？」

瞳を潤ませたエミリーは、重々しく頷く。

「もっと痩せてきれいにならなくちゃって思ったの。だけど、どんなに食事をやめても、エレオノールやベアトリーチェみたいに、しゅっとした顔だちにはならないし、手足だってすらりと長くはならないの」

「エレオノールには会ったことがないけれど、少なくともベアトリーチェは『痩せているから魅力的』ってわけじゃないと思うな。確かに顔はしゅっとしているけれど、どちらかというと豊満(ほうまん)な感じの女性だ。それに――たぶん神獣王は、ベアトリーチェの外見だけに惹かれているわけじゃないと思う」

　エミリーが、不服そうに僕を睨みつける。

「男の人は、妻になる女を美しさで選ぶのでしょう。痩せていて美しいほうがいいに決まっているわ」

「どうかな。そもそも、痩せていれば美しいってわけではないと思うし。他の男の人がどうかはわからないけれど、少なくとも僕は、人生を共にする相手を美醜(びしゅう)で選ぼうとは思わない。いっしょにいて楽しいとか、幸せだと感じる事柄が似ているとか、好きな食べ物がいっしょだとか、そういうことのほうが、大事だと思うけどな」

「嘘よ。そんなことで妻を選ぶ男なんて、この世の中に存在しないわ！」

「するよ。っていうか、この世界がどうかは知らないけど。少なくとも僕の暮らしていた世界の男は、大半がそうだと思う。『美人は三日で飽きる』って言葉があるくらいだからね」

エミリーは「信じられない！」と目を見開き、大仰に天を仰いだ。

「信じられないなら、信じなくてもいい。とりあえず、ごはんを食べよう。話はそれからだ。ジーノ、蜜りんごとすりおろし器、食器を取り寄せてくれないか」

「そんなもの、どうするんだ」

「彼女は長いこと食事を摂っていないから、いきなり固形物を食べたら辛いと思うんだ。すりおろしりんごなら、きっと最初の食事として最適だよ」

「ルッカもおてつだいするのー！」

「ソラもおてつだいー！」

ぴょこんと飛び跳ね、ルッカとソラは張り切って尻尾をふりふりする。

「ありがとう。じゃあ、二人にはりんごの皮を剥いてもらおうかな」

「むきむき、するのー！」

ジーノが魔法で取り寄せてくれた真っ赤な蜜りんご。ルッカとソラはナイフを使って器用に皮を剥いてゆく。

「すごい。こんなにちいさな子が、りんごの皮を剥けるなんて……」

エミリーは二人のナイフさばきに感嘆の声を漏らした。

剥きおわったりんごをおろし器ですりおろして、エミリーに差し出す。

「神獣王の息子たちが剥いた蜜りんごで作った、おろしりんごだよ。まさか、この子たちが頑張って作ってくれた料理を、食べないなんていわないよね？」

エミリーの唇が、むうっと尖る。

「エミリー、おいしいよ！」

「がんばってつくったのー。たべてほしいのー」

双子たちにじっと見つめられ、エミリーは渋々皿を受け取った。

「わかったわよっ。食べればいいんでしょ。食べれば」

ふてくされた顔のままスプーンですくって、エミリーはすりおろしりんごをパクリとひとくち頬張る。

「おいしい？」

双子に問われ、エミリーはぽろりと大粒の涙を流した。

胃が刺激されたのだろう。きゅるる、とかわいらしいお腹の音が鳴る。

「パンがゆを作ってあげるよ。胃がもう少し落ち着いたら、食べるといい」

「いらない！」

「いるかどうか決めるのは、きみじゃない。きみの『身体』だ。すみません。厨房を貸していただけませんか」

マッティアにもすりおろしりんごを手渡し、僕はそう尋ねた。

「ぇ、あ、ああ……。好きに使ってくれ。案内する」

娘が食べ物を口にしたのが嬉しいのだろう。

呆然とエミリーに見蕩れていたマッティアが、よろめきながら立ち上がる。

「パンがゆ、つくるのー！」

「おー！」

ルッカとソラも、やる気いっぱい、ぴょこんと飛び跳ねた。

「なるほど。ジーノは悠斗に影響されて、変わったんだね」

黙ってようすを見守っていた白うさぎエリオが、しみじみした口調で呟き、ジーノと僕を見比べる。

「なにが、ですか」

「以前のきみなら、あの男を殺すことにためらいなど感じなかったはずだ。殺す前に事情を知りたいなんて、きみらしくないと思ったんだけど――悠斗みたいな男のそばにいれば、氷の王子といわれたきみの心だって、春の日差しに照らされた雪のように、溶けてゆくのだろうね」

「べ、別に私はっ……」

「ジーノ。ジーノも来てくれ。僕ひとりじゃ、ルッカとソラ、同時に面倒見られないよ」

「わ、わかった。行く！」

くるっと踵をかえし、ジーノは僕らのほうに駆け寄ってくる。そんなジーノを、白うさぎエリオは微笑ましげな瞳で見つめていた。

デーリオは、牧畜の盛んな国なのだそうだ。

デーリオ特産の新鮮な牛の乳で、ちいさくちぎったパンのやわらかい部分をコトコト煮て、パンがゆを作る。

はちみつをたらした甘いものと、すりおろし野菜を混ぜた塩味のもの。できあがったパンがゆを鍋ごとエミリーの寝室に運ぶ。

器によそって差し出すと、エミリーは表情をこわばらせながらも、空腹に勝てなかったのか、おそるおそるはちみつ味のパンがゆをひとくち頬張った。

こくんと飲み込み、目を見開く。

「おいしい……！　これ、本当にあなたが作ったの⁉」

「僕と双子たち、それから、ジーノで作ったよ」

「私は別に、なにもしていない」

そっけない声で、ジーノが否定する。

「嘘ばっかり。ちゃんと混ぜてくれていたじゃないか。パンをちぎるのも手伝ってくれた」

「ジーノが料理……！　人は変われば変わるものだね」

大げさに驚くエリオを、ジーノが鋭い眼差しで睨みつける。

「これは……！　なんというまさ。とろけそうにやさしい味がするな……」

塩味のパンがゆを食べ、マッティアが感嘆の声を漏らした。

「お口に合ってよかったです。この国のパンと牛乳がとても良質だから、すっごくおいしくできあがったんですよ」

「ゆーとのりょうり、とってもおいしいのー！」

はちみつ味のパンがゆを口いっぱい頰張り、ルッカとソラは嬉しそうにゆっさゆっさと身体を揺する。大きな尻尾がぶんぶん揺れて、たまらなく愛らしい。

「どれ、私もいただこうか」

「エリオさんには、チーズ入りのパンがゆを作りました。この国はチーズもすごくおいしいんですよ」

「なるほど。最高だね！　とろとろのチーズと牛乳スープの味が絶妙だ。ジーノ、きみも食べるといい」

「ジーノはチーズ入りよりも、はちみつ入りだよね」

「勝手に決めつけるな！」

不服そうな顔をしながらも、甘いものに目がないジーノは僕の手から素早くはちみつ味のパンがゆを奪ってゆく。

「ふむ。悪くない」

クールな声でいいながらも、顔が完全ににやけている。

よっぽど気に入ったのだろう。ジーノはあっというまに平らげてしまった。

黙々とパンがゆを食べていたエミリーが、突然顔をあげた。

「決めたわ！　私、お料理上手なお婿さんをもらう。お父さま、今すぐ彼を私のお婿さんにして！」

「えぇっ……!?」

エミリーに指さされ、僕は慌てて後ずさる。

「悠斗殿。我が娘、エミリーの婿になってくださらぬか」

「だめー！　ゆーと、ルッカの！」

「ソラの！」

ルッカとソラが、左右から僕の腕に飛びついてくる。

がるるっと威嚇する双子たちの隣で、ジーノが険しい顔で腕組みをした。

「この男は私の大切な右腕だ。悪いが、他国に嫁がせる気はない」

「いや！　絶対に彼がいいわ。悠斗と結婚する！」

「だめー！」

「だめなのー！」

「許さん！」

どうしよう。謎の抗争が始まってしまった。

十代の少女に求婚されるのはとても困るけれど、ルッカやソラ、ジーノと言い争う彼女は、先刻まで死にたがっていたとは思えないほど、活き活きとしている。

「あのっ、僕の国の倫理観では、いい年をした大人が十代半ばの少女と交際したり結婚するのは、許されないことなんです。だけど、ごはんを作りに来るだけなら、なんの問題もありません。もし、エミリーさんが望んでくれるのなら、時折、ごはんを作りに来ます。だから、たくさん食べて、元気に生きてくれませんか」

ぱぁあっとエミリーの顔が笑顔になる。

「やっぱり、彼がいい！　お父さま。私、悠斗と結婚してこの国を継ぐわ！」

「けっこん、ないのー！」

「だめー！」

ルッカとソラにしがみつかれた僕に、さらにエミリーとジーノまで突進してくる。

僕は四人から、もみくちゃにされる羽目になってしまった。

レスティアに戻ると、ベアトリーチェはすっかり回復していた。

マッティアが呪いを解いたおかげだ。

「あなたたちが助けてくれたのね。どれだけ感謝してもしきれないわ」

神獣王とベアトリーチェの寝室。ベッドに腰かけたベアトリーチェにハグされ、ルッカもソラも照れくさそうに、ぷくぷくのほっぺたを赤らめる。

「おかあさまも、あかちゃんも、ぶじでよかったのー」

ルッカとソラに『おかあさま』と呼ばれ、ベアトリーチェの瞳から涙がこぼれ落ちる。

「ルッカ、あかちゃんいっぱいかわいがる！」

「ソラも、あかちゃん、だいじだいじするのー」

「あとね、おかあさまのおてつだいも、いっぱいがんばるのー」

ちいさな手を伸ばし、二人はベアトリーチェのお腹を撫でた。

ベアトリーチェが、えぐっとしゃくりあげる。神獣王が彼女の肩をやさしく抱き寄せ、頬にキスをした。

「家族の団らんを、邪魔してはいけない。行くぞ、悠斗」

ジーノに軽く小突かれ、そっと寝室を後にする。

ルッカもソラも、今日は僕らを追いかけては来なかった。

第十二章　乗り越えるべきもの

「じゃあ、僕も帰るよ」

神獣王とベアトリーチェの寝室を出ると、エリオがぴんっと耳を立ててジーノを見上げた。

「待ってください。まだ、母の病が……」

引き留めたジーノに、エリオは背を向ける。

「僕の力なんて借りなくたって、きみならひとりでできる。いっただろう。己の力を信じれば、どんなことだって乗り越えられるって」

白いうさぎエリオのちいさな背中を見つめ、ジーノはぎゅっと唇を噛みしめる。

「じゃあね、ジーノ。悠斗、また遊びにおいで。きみの料理は、一度味わったら忘れられなくなりそうだ」

そう言い残し、エリオはふわりと舞い上がる。次の瞬間には、うさぎの姿は跡形もなく消えていた。

「ジーノ、行こう。お母さまを助けるんだ」

エリオの消えた場所を見つめ続けているジーノに、僕は声をかける。

「悠斗、お前もいっしょに来てくれるか」

「もちろんだ。急ごう！」

ジーノはちいさく頷いて、僕の手に触れようとした。

「ジーノは触りたくないんだよな、僕の手」

「当然だ。お前だって嫌だろう」

ツンとそっぽを向いて、嫌々、といった風情で、ジーノは僕の手を掴む。

「別に、僕は嫌じゃないよ。ジーノは大切な友だちだし」

ジーノの手が、僕の手を振り払う。

「お前と友人になったつもりはない！」

不機嫌そうに、ジーノは僕を睨みつけた。

「友人って、なろうと思ってなるものじゃないよ。気づいたら自然と、なっているものだ」

ジーノの手を掴み、ぎゅっと握りしめる。

ジーノは心底嫌そうな顔をして、転移の魔法を唱え始めた。

まばゆさにぎゅっと目を閉じ、おそるおそる開いたときには、そこはディアーナ王妃の寝室の前だった。

ずらりと立ち並ぶ衛兵たちに軽く挨拶をし、ジーノは緊張した面持ちで扉をノックする。

「大丈夫。ジーノなら、やれるよ」

そっと告げると、ジーノはいつもどおりの不遜（ふそん）な表情をして、「当然だ」と答えた。

扉が開き、不安げな顔をした侍女が僕らを出迎える。

「朝から熱が下がらないんです。ずっと、苦しそうにうなされていて……」

今にも泣き出しそうな侍女が、涙交じりに訴える。

ベッドに横たわった王妃は、ジーノに気づくと、よろめきながらも身体を起こそうとした。

「無理しないでください」

素早く駆け寄り、ジーノがやんわりと彼女をベッドに押し戻す。

「無事に、ベアトリーチェ王妃を助けたのね」

力なく微笑み、彼女は呟いた。

「残念ながら僕の手柄ではなく、この男の手柄ですけれどね」

ちいさく肩をすくめたジーノに、王妃はやさしい声で告げる。

「みんなで力を合わせて達成したのでしょう。あなたにすてきなお友だちができて、私もとても嬉しいわ」

王妃は瞳を潤ませ、ジーノを見上げた。

「もう、なにも思い残すことはないの。安心して、旅立てる……」

かすれた声で囁き、王妃は微笑んだ。病床に伏してもなお、その笑顔は大輪の花のように華やかで美しい。

「なにをいっているのですか。見えるでしょう、母上には。私が、母上を救う未来が」

彼女は左右に首を振って、「力を無駄遣いしてはいけないわ」と答えた。

「今のあなたには、負担が大きすぎるの。その魔法を使えば、あなたは倒れる。長いこと、眠り続けることになるわ。そこまでして、治してなんて欲しくない」

きっぱりと言い切った王妃に、ジーノはそっと顔を寄せる。

「問題ありません。たとえ私が倒れても、後のことは、この男がなんとかしてくれます。ルッカやソラのことも、母上のことも。この男になら、安心して任せられる。そうだよな、悠斗」

ジーノはふり返り、じっと僕の返事を待つ。

僕は王妃に向き直り、にっこりと微笑んでみせた。

「ご安心ください。あなたのことも、ルッカやソラのことも、ジーノのことも。ジーノが目覚めるまで、僕が守ってみせますから」

そういえば、怪鳥の怪我を治癒したときも、ジーノは意識を失い、しばらく目を覚まさなかった。

不治の病を治すには、怪我を治す以上にたくさんの魔力を消費するのかもしれない。

「いざというときは、妖精王やエリオさんもいます。だから、安心してジーノの治癒をうけてください」

王妃の瞳から、ほろりと涙が溢れる。

「エリオ……あの子、元気にしていたかしら」

「お元気そうでしたよ。ディアーナ王妃もですけれど、あまりにも若々しいので、ジーノのお兄さんかと思ってしまいました。エリオさん。ディアーナ王妃の、弟さんなのですね」

ちいさく頷き、王妃は目を細める。

「とてもやさしい子なの。皆を守るために、危険な場所にたったひとりで留まって頑張っているのよ」

「あなたは知っていたのですね。エリオが、あの場所で、なにをしているのか」

ジーノに問われ、王妃は申し訳なさそうな顔をした。

「教えれば、あなたはエリオに会いに行くでしょう。あの場所のことを知れば——きっとあなたは、自分も護人になろうとするわ。あなた、あの子にそっくりなんですもの」

形のよい眉を寄せ、王妃はきゅっと唇を噛みしめる。

ジーノは手を伸ばし、王妃の頬に触れた。

「母上の望む、息子になれなくてごめんなさい」

ジーノの手のひらが、かすかに震えている。

王妃はちいさく首を振って、「そんなことないわ」と答えた。

「エリオもあなたも、私の誇りよ。誰よりも誇らしくて愛おしい、大切な弟と息子なの」

大好きよ、と王妃がジーノの手に、そっと自分の手を添える。

ジーノはゆっくりとまぶたを閉じると、低く力強い声で、呪文を唱え始めた。

ディアーナ王妃の手のひらが、ぎゅっとジーノの手を握りしめる。

「大好きよ。ジーノ。あなたには、誰よりも幸せになって欲しい。あなたの望むとおりに、生きて欲しいの」

ジーノの手のひらから、白い光が放たれる。

王妃の頬を照らすその光は、まぶしいのにとてもやわらかくて、見ているだけで心があたたかくなるような、不思議なやさしさに満ちあふれていた。

ふらりと、ジーノの身体が揺らぐ。

「ジーノ……っ」

とっさに起き上がろうとした王妃を制し、僕はジーノの身体を抱き留めた。

「大丈夫です。きっと、眠っているだけです。いつものことなんです。少し経てば、目を覚ましますよ」

どんなに止めても、王妃は起き上がるのをやめない。ベッドから立ち上がって、ジーノを抱きしめようとする。

「お身体にさわりますっ」

心配した侍女が、王妃のもとに飛んできた。

「大丈夫よ。ほら、額を触ってごらんなさい」

促されるまま王妃の額に触れ、侍女が驚きに目を見開く。

「あんなに高かった熱が下がりましたね……」

「ええ。ジーノはね、とってもすばらしい魔法使いなの。誰よりもやさしくて、すてきな魔法使いなのよ」

噛みしめるように呟き、王妃は、僕の身体ごとジーノをぎゅっと抱きしめた。

第十三章　眠り続ける王子さまにキスを

王妃の病が治癒したあの日から一週間。ジーノはいまだに目を覚まさない。

心配したルッカとソラがレスティア王国から駆けつけてきて、毎日、ジーノのために顔や身体を湯に浸した布で拭ったり、きれいな銀色の髪を櫛でとかしたりして、かいがいしく身の回りの世話を焼いている。

眠っているあいだに栄養失調にならないよう、妖精王が魔法でジーノの身体に定期的に栄養を送ってくれた。

遠征中のバルドからは、ジーノの寝室に入りきらないほどたくさんの花や果実が届いた。果実の大半はルッカとソラの胃に収まってしまったけれど、ジーノの好物、パイナップルに似た南国の果実、夏鳳梨（なつほうり）だけは、二人とも手をつけなかった。

すっかり元気になったディアーナ王妃も、毎日訪ねてきては、ジーノの寝顔に話しかけている。

「ジーノ。あなたのおかげで、命を救われたわ。あなたは世界一の孝行息子よ」

ずば抜けた魔力を持つ姉に、負い目を感じていたジーノ。早逝した姉に、追いついたと思える日は、おそらくこの先も来ないのだと思う。

だけど王妃や僕やルッカやソラがそばにいて、彼を肯定し続けたら、彼の抱えるものは、少しずつ軽くなってゆくはずだ。

自分のことを、ちゃんと肯定できるようになるはず。

「ジーノ、はやく、め、さますのー」

「おはなししたいこと、いっぱいあるのー」

何度止めても、ルッカもソラも勝手にベッドによじ登って、ジーノのそばを離れようとしない。

「ルッカ、ソラ、あんまりやかましくしたらダメだよ。ジーノはまだ眠ってるんだから」

「やかましく、しないのー」

「しずかにおはなしするのー」

囁くような声で、ルッカとソラは答える。

近頃、ルッカもソラも、寝る前にお話を聞かせて欲しいとせがむようになった。

僕は、子どものころの記憶を必死でたぐり寄せ、子ども部屋の書棚にずらりと並んでいた、世界名作童話全集に掲載されていた物語を二人に語って聞かせている。

それらの童話に影響を受けているのだろう。

「おひめさまは、おうじさまのきすでめをさますのー」

ちゅう、っとジーノのほっぺたに、ルッカがキスをする。ソラも反対側の頬に、はむっと噛みつくようなキスをした。

「――なにをする」

低いうなり声がして、ルッカもソラも「うみゃっ！」と謎の声をあげて、獣耳と尻尾を逆立てる。

「ジーノ！」

「め、さましたのー！」

ジーノの身体に思いきり飛びつき、ルッカもソラも歓声をあげた。

「おお、目を覚ましたか！」

部屋の傍らで休んでいた妖精王も、飛び起きて室内を飛び回る。

ディアーナ王妃が感極まって大泣きし、ルッカとソラごと、ジーノを抱きしめた。

「ジーノ」

僕が名前を呼ぶと、ルッカやソラ、王妃にぎゅうぎゅうに抱きしめられたまま、ジーノは顔をあげた。

「やったな！　きみの魔法が、王妃を救ったんだ！」

軽く拳を突き出して賞賛すると、ジーノは誇らしげな顔で、「当然だ」と答えた。

『私を誰だと思っておる。魔法大国、ヴェスタ王国の第一王子だぞ』という、いつもの口上は出てこない。

「母上。ご無事でなによりです」

泣きじゃくる王妃を、ジーノは強く抱きしめかえした。

「ジーノ、すごいまほうつかい！」

「ソラも、ジーノみたいになりたいのー」

ルッカやソラに称えられ、くすぐったそうに目を細める。

「お前たちは、私などよりずっと偉大な魔法使いになるよ。その力を、神獣王と同じように、民を救うために使って欲しい」

双子たちの髪を、ジーノはやさしく撫でる。

「なるのー！」

「ジーノやエリオみたいな、まほうつかいになる！」

「エリオは余計だ。あれは見習わなくていい」

「エリオ、きらい。でも、まほう、すごいのー」

ぴょこんと飛び跳ね、ルッカが答える。

「魔法がすごくても性格がひねくれていたら、なんの意味もないぞ」

「えっと……ソラ、ゆーとみたいにやさしくて、ジーノみたいにすごいまほうつかいになる」

控えめに告げたソラに、ジーノが眉を吊り上げる。

「ソラ、それじゃまるで、私の性格に問題があるといっているようなものだぞ！」

「もんだい、ないのー」

「でも、ときどき、ちょっとこわい」

「ジーノ、ずっとうさちゃんだったらいいのに……」

「なんだって⁉」

双子とジーノのやりとりを前に、ディアーナ王妃がおかしそうに声をたてて笑った。

「あなたたち、本当に仲良しさんね。まるで年の離れた兄弟みたいだわ」

「なかよしー！」

「ジーノ、ルッカとソラの、だいすきなおにいちゃんなのー！」

「ゆーとも！」

満面の笑みで答えた双子の姿に、ジーノが涙ぐむのがわかった。誰にも悟られないよう、彼はさりげなく服の袖で涙を拭う。

一週間以上、寝込んでいたのに。この国の王であるジーノの父親も兄弟姉妹たちも、誰ひとりとして訪ねて来ず、見舞いの品さえ、ひとつも届かなかった。

ジーノの抱える孤独を垣間見たようで、胸が苦しいけれど。その孤独を癒やすくらい、きっとディアーナ王妃やルッカとソラが、ジーノにたくさんの愛情を注いでくれるはずだ。

「ずっと、大好きでいてあげてね。ジーノのこと。彼が寂しい思いをしなくても済むように。ずっと、ずっと好きでいてあげて」

ルッカやソラに、告げた言葉だと思う。

だけど王妃のやさしい声に、思わず僕まで頷いてしまった。

翌日、病み上がりのジーノを気遣ってディアーナ王妃が手配してくれた馬車で、僕たちはレスティア王国へと戻った。

ジーノが無事に目を覚ましたことが、嬉しくて仕方がないのだろう。

レスティアに着くまでのあいだ、双子たちは大はしゃぎで歌を歌ったり、ジーノや僕に甘えたりしていた。

帰還した僕らを、神獣王は盛大に出迎えてくれた。

「ジーノ、ベアトリーチェと生まれてくる我が子を助けてくれて、本当にありがとう。どれだけ感謝してもしきれぬ。お前は我が一家の恩人だ」

神獣王にハグをされ、ジーノは「違いますよ」と答える。

「あの呪いを解かせたのは、悠斗の力です。彼が頑なだったデーリオの王、マッティアの娘の心を解したおかげなのです」

「今回も、お前が助けてくれたのか。悠斗、正式に我が国の文官になってはくれぬか。私とともに、この国を盛り立てていって欲しい」

「ありがたいお言葉ですが、先約がありまして……」

ちらりとジーノをふり返ると、視界を遮るように、ルッカとソラが飛びかかってきた。

「ゆーと、ルッカの！」

「ゆーと、ソラのだいじだいじ！」

ぎゅうっと僕にしがみつき、双子たちは「がるるっ」と神獣王を威嚇する。

「悠斗は、私の大切な右腕です。お譲りするわけにはいきません」

きっぱりと言い放ったジーノを、神獣王はまっすぐ見据える。

「もちろん、お前も込みで、だ。悠斗もジーノも、ルッカとソラ、そして私やベアトリーチェにとって、大切な家族だ。できることなら、二人そろって、ずっと双子たちのそばにいて、支えてやって欲しいのだ」

もしかしたら、神獣王はジーノが父親や兄弟たちと、あまりうまくいっていないことを知っているのだろうか。

あたたかい眼差しで見つめる神獣王に、ジーノはツンとすました顔で答えた。

「考えさせてください。どんな身の振り方をするにしても、この先もずっと、ルッカとソラの味方であると誓います。誰よりも、彼らの幸せを願い続けると誓う。その気持ちだけは、絶対に変わりませんので」

「その言葉を聞いて安心したよ。頼むぞ、我が弟よ」

神獣王の言葉に、ジーノは照れくさそうに、けれども、とても幸せそうに笑って頷いた。

第十四章　大海の向こうに

神獣王とベアトリーチェ妃は豪勢なごちそうで僕らをもてなしてくれた。

娘を救ってくれたお礼に、と、牧畜の盛んなデーリオの国王から、最上級の牛肉がたくさん送られてきたのだそうだ。

分厚い牛肉をこんがり焼いたステーキや、ブラジル料理のシュラスコのように、牛肉の塊を串刺しにし、炭火でじっくり炙り焼きにしたこの国の伝統料理。すね肉をデミグラス風の濃厚なソースでコトコト煮込んだビーフシチュー風の煮物。

「ほぉ、おにくいっぱい！」

「とってもおいしそうなのー」

お肉大好きなルッカとソラは、大きな尻尾をぶんぶん振って大喜びした。

真っ先にステーキに飛びつき、手づかみであむっとかぶりつく双子たち。

「カトラリーを使えと、何度いったらわかる」

ジーノに叱られても、二人は聞き入れようとしない。

　夢中で頬張りすぎて、口のまわりもちいさな手のひらも、肉汁やソースでべたべただ。

「たまには大目に見てあげようよ。ジーノが眠っているあいだ、二人は食欲がなくて全然ごはんを食べられなかったんだ。ジーノのことを、すごく心配していたんだよ」

　片時もジーノのそばを離れず懸命に看病を続け、眠るときもジーノの部屋から離れようとしなかった。二人とも、心の底からジーノのことを大切に想っているのだと思う。

「仕方がないな……まったく」

　ちいさくため息を吐き、ジーノは病み上がりの彼のために特別に用意された具だくさんスープをすする。

「スープもいいが、例のちゅろすとやらを食べさせろ。お前が、精霊たちの村で作っていた甘い匂いのする菓子」

「チョコレートがけチュロス？　あれは揚げ物だからなぁ……。病み上がりには厳しいと思うよ」

　むっとした顔で、ジーノが僕を睨む。

「けんか、めーっ！」

　食べるのに夢中だったはずのルッカとソラが、僕とジーノのあいだに割って入ってきた。

「そうだ。長いこと寝込んでいたジーノにぴったりの、さっぱりしたおやつがあるんだ。暑い日によくあうデザートだし、厨房を借りて作ろうよ。ごちそうのお礼に、皆にも振る舞おう」

ルッカとソラの瞳が、大きく見開かれる。

「おやつ、おいしい？」

「とってもおいしいよ」

「ルッカとソラも、おてつだいできる？」

「できるよ。ジーノ、きみの魔法も必要なんだ。いっしょに来て欲しい。ごちそうを食べ終わってからでいいから」

そう伝えたのに、ルッカとソラはすっかり『おやつ』という言葉に夢中になってしまった。まだステーキを食べ終わっていないのに、『おやつ、おっやつー！』と謎の歌を歌っている。

ジーノまで、『おやつの分をとっておかなくては』と早々に食事を切り上げる始末だ。

「あら、二人とも、もういいの？」

ベアトリーチェに心配され、僕は双子たちにせめて皿の上のステーキだけでも平らげるように耳打ちした。二人とも大口を開けて残りのステーキを食べ尽くし、ぴょこんと飛び上がる。

失礼がないよう、僕とジーノも取り分けてもらったすべての料理を食べ終えてから、厨房に向かった。

厨房には、デーリオの国王から贈られた極上の牛の乳があった。

「この乳を使わせてもらってもいいですか」

宮廷料理長の許可を取り、僕はさっそくデザート作りに取りかかった。

「デーリオのおいしい牛の乳にはちみつを混ぜて……ルッカ、ソラ、まぜまぜできる？」

「できるのー！」

張り切って拳を突き出したルッカとソラ。ソラに木べらを手渡して混ぜるのを手伝ってもらう。

「ルッカはこっち。夏鳳梨（なつほうり）の皮を剥いて欲しいんだ。できる？」

「ルッカ、できるこ！」

さすがは力自慢のルッカ。パイナップルに似た南国の果実、夏鳳梨の皮を、まるでみかんの皮を剥くかのような調子で剥いてゆく。

僕は剥きあがった夏鳳梨をざく切りにして、砂糖を振って弱火にかけた。

「ジーノ、これを魔法で凍らせてくれないか」

ソラが混ぜてくれたはちみつ入りの牛の乳を、ジーノに器ごと差し出す。

「こんなもの、凍らせてどうするんだ」

「いいから、凍らせてみてよ」

怪訝な顔をするジーノを説得し、凍らせてもらう。

「凍ったら、今度は魔法で雪みたいに粉々に砕いて欲しい。できるかぎりちいさく、粉雪みたいにして欲しいんだ」

「なぜそんなことを……」

「いいから、やってみて」

人使いの荒い男だ、と文句をいいながらも、ジーノは凍った牛の乳を粉々にしてくれた。

「ほぁ、ゆきさん……！」

できあがったふわふわの氷の粒を見て、ソラが瞳を輝かせる。

「かき氷っていうんだよ。僕の暮らしていた国やその周辺の国々では、暑い日にはこれを食べるのが定番なんだ」

牛の乳とはちみつで作った、濃厚な氷。器に盛って、バルドが見舞いに持ってきた夏鳳梨を使ったソースをかけて、夏鳳梨のざく切りをのせる。

「ほら、食べてごらん」

まずはルッカとソラに、そして、半信半疑の目を向けてくるジーノに手渡す。

「ゆきさん……たべられる？」

心配そうな顔で、ソラが僕を見上げる。

「食べられるよ。とってもおいしいから、食べてみて」

僕が促すより先に、ルッカがスプーンなしで、ぱくっと氷の山に直接食らいつく。

「ほぁ、あまあま！　ゆきさん、あまあま！」

キラキラと瞳を輝かせ、ぴんっと尻尾を立てる。

おそるおそるスプーンですくって口に運び、ソラも「ほんと！　おいし！」と頬を紅潮させた。

「こんなものがうまいわけ……なんだ、これは……っ！」

渋々スプーンを口に運んだジーノが、大きく目を見開く。

「牛の乳とはちみつ、夏鳳梨が主材料だから。長い間寝込んでいたジーノの身体にも、負担が少ないと思うんだ。どれ、僕も食べてみようかな」

自分の分も器に盛って、スプーンですくってひとくち味わってみる。

デーリオ特産のコクのある牛の乳を使ったおかげか、ミルキーでとてもおいしいかき氷に仕上がっている。

「すごくおいしいね。夏鳳梨もいい具合に熟していて、最高の組み合わせだ！」

「ゆきさん、うまうま！　ふわってとけちゃうのー」

ジーノが細かく砕いてくれたおかげで、ふわふわ絶品のかき氷に仕上がった。

口のなかですうっと溶けてゆく軽さと、濃厚なミルク味のギャップが絶妙で、夏鳳梨の爽やかさと相まって口いっぱいに幸せを届けてくれる。

「妊婦さんの身体を冷やしたら、あまりよくなさそうだけど、ベアトリーチェ妃は食後のソルベが大好きだし、きっと気に入ってくれると思うんだ」

ベアトリーチェの分はちいさな器に、神獣王の分は大きな器に盛る。

おかわりを欲しがった双子たちの分をよそっていると、「私にもくれ」とジーノが空っぽの器を差し出してきた。

「よかった。ジーノも気に入ったんだね」

「お前はずるいな。こうやって、ルッカやソラや私に、今までに食べたこともないような美味を与え、お前なしではいられないように仕向けている」

「別に、他意があって、してるわけじゃないよ」

「黙れ。絶対に策略だ。実際に、悠斗が美味な料理をこしらえてばかりいるから、双子たちも私よりもお前に懐き始めている」

「そんなの言いがかりだよ。それより、溶ける前にかき氷を届けないと」

ふてくされるジーノを無視して、ルッカとソラとともに、神獣王夫妻のもとに戻る。

「ルッカ、おてつだいしたのー」

「ソラも、おてつだいしたよ」

ちょこちょこと器を運んできたルッカとソラを、神獣王もベアトリーチェも目尻を下げて『偉いな』『お利口さんね』と褒め称（たた）えた。

二人がかき氷を食べるのを、ルッカとソラはじっと見守る。

「なんだ、このうまい氷は……！」

「本当においしいわね。やさしい甘さのふわふわの氷に甘酸っぱいソースが最高」

神獣王とベアトリーチェが歓声をあげるのを見て、ルッカとソラは満面の笑みを浮かべる。

「あのね、ルッカもソラも、ゆきいっぱいのおやまにいったの」

「さむいさむいだったけど、とってもたのしかったの」

拙(つたな)い言葉で、一生懸命ヴェスターヴォ山脈での出来事を伝えようとする双子たちに、神獣王とベアトリーチェは慈(いつく)しむような眼差しを向ける。

「もしかして、雪山での旅の締めくくりの意味もあって、これを作ったのか」

おかわりを食べる手を止め、ジーノが小声で耳打ちしてくる。

「うん。大変なことも多かったけど、二人がいつかこの旅を思い出すときに、おいしいおやつの記憶といっしょに、少しでも『よい旅だった』って思い起こしてもらえるといいなあって、思ったんだよ」

ジーノの翡翠色の瞳が、にわかに潤む。

「お前というやつは――」

なにかをいいかけ、ジーノは長い睫(まつげ)を伏せて口を閉ざす。

「いいから、早く食べなよ。溶けちゃうよ」

軽くジーノの背を叩き、僕は自分の席に戻る。

食後のお茶をいただきながら、僕は身振り手振りを交え、旅での出来事やエリオと過ごしたときのことを楽しそうに両親に伝える双子たちの姿を、微笑ましい気持ちで眺めた。

満腹になったルッカとソラは、子狼姿になって眠ってしまった。

眠たくなると甘え癖が出るのだろう。ルッカはジーノの、ソラは僕の膝の上で丸くなる。

「相変わらず、私ではなく、ジーノや悠斗の膝で眠るのだな」

双子たちを眺め、神獣王が、がっくりと肩を落とす。

「申し訳ありません……」

頭を下げた僕に、神獣王はにっと笑ってみせた。

「正直、あまりいい気はしないが、愛情を注いでくれる大人が複数いることは、幼い子どもにとってなによりも幸せなことだ。どんなに大金を積んだって、愛情を買うことはできないからな。エレオノールを失ったときはどうなるかと思ったが――ルッカもソラも、皆から愛されるよい子に育った。ジーノ、悠斗。お前たちのおかげだよ」

おだやかな声音で告げられ、僕はちいさく首を振る。

「とんでもないです。ヴァレリオ陛下の血を引いているからですよ。ルッカもソラも、あなたに似て、まっすぐでとても一生懸命な、よい子なんです。愛さずにはいられない、すばらしい子です」

照れくさそうに、神獣王は頭を掻く。

「世辞をいっても、なにも出ぬぞ」

「お世辞ではありません。心からの言葉ですよ」

子狼ソラを抱き上げると、「むにゃぁ」とかわいく啼いて、僕の胸に頬をすり寄せてくる。

「おかあさま、ぶじでほんとうによかったのー」

むにゃむにゃと寝言をいうソラを見やり、神獣王とベアトリーチェが瞳を潤ませた。

「どうか、元気な子が生まれてきますように」

僕は彼らにそう告げ、ルッカを抱き上げたジーノとともに、双子たちの寝室に向かった。

ベッドに横たえても、ルッカもソラも僕やジーノを離そうとしなかった。

無理矢理引き剥がすのもかわいそうで、しばらくそのまま横になることにする。

双子たちを挟んで向かい側に、ジーノも身体を横たえる。

二人を起こさないよう、ちいさな声で、僕はジーノに尋ねた。

「ジーノ、浮かない顔だね。せっかくベアトリーチェ王妃やディアーナ王妃を救うことができたのに」

「別に、浮かない顔などしておらぬ。これが、私の素だ」

不機嫌そうに眉根を寄せ、ジーノは言い放つ。

「嘘ばっかり。なにか、悩んでるだろ」

宴の席でも、ジーノはあまり言葉を発しなかった。元々社交的なほうではないけれど、今日は特に不機嫌そうだ。

「家臣のマヌエルから、文が来たのだ。『ディアーナ王妃がお元気なうちに、どうかお世継ぎを』とな。あの男は『世継ぎ』『世継ぎ』と、四六時中それればかりだ」

心底嫌そうに、ジーノは呟く。

「それはたぶん、愛情から来ているんだと思うよ」

「どこが愛情だ」

険しい眼差しで、ジーノは僕を睨む。

「やたらと結婚をさせたがる人ってね、自分の結婚生活がうまくいっているんだよ。結婚して幸せになれたって心の底から思っているから、まわりの人たちにも、よい伴侶を見つけて、幸せになって欲しいって思うんだよ」

「大きなお世話だな」

「大きなお世話だよ。だけど、そうしなくちゃいられないくらい、ジーノのことを大切に思ってくれてるってことだ。マヌエルさんは、ジーノに幸せになって欲しいんだよ」

ふいっと顔を背け、ジーノはふてくされてしまう。

「ジーノはどうしてそんなに見合いをするのが嫌なんだ？」

僕の問いに、ジーノは顔を背けたまま、ぼそりと答えた。

「話したら、きっと笑う」

「笑わない」

信用していないのか、ジーノはなにも答えない。

「いいたくないなら、いわなくていい」

僕がそう告げると、ジーノはベッドから起き上がって窓際のソファに腰かけると、ぼそり、となにかを呟いた。

「ごめん、聞こえなかった」

不愉快そうに僕を一瞥すると、ジーノは誰にともなく呟く。

「子どものころ、乳母が寝る前に聞かせてくれたおとぎ話。どの物語も父親と母親はひとりずつで、子どもたちは兄弟仲良く、いつもいっしょに過ごしていたんだ」

普段と比べ、少し幼い感じの話し方。

訥々(とつとつ)と語るジーノの言葉に、僕はベッドから起き上がり、彼の向かいのソファに腰を下ろして耳を傾けた。

「物語と違って、私の父親はたくさんの妻を持ち、子も、それこそ全員の名前を覚えているかどうか怪しいくらい、たくさんいる」

ヴェスタの国王には十三人の王妃がおり、子は三十人以上いるのだと、以前、ジーノはいっていた。

「妃同士は仲が悪く、その娘や息子も、母親に影響を受けて、幼いころからいがみ合ってばかりだ。特に長兄の私は、なにかにつけて足を引っ張られ、失脚（しっきゃく）を望まれることが多い」

血を分けた兄弟に恨まれるって、どんな気持ちだろう。

僕の家もあまり兄弟仲はよくないけれど、仲良く遊ぶことが少なかっただけで、恨まれて嫌がらせをされるようなことは、一度もなかったと思う。

「母上は妃のなかでは大切にされていたほうだが、それでも新しい妃を娶ったあとは、父上はほとんど会いに来なくなる。何ヶ月も、会えないのだ。私以上に、母上が辛そうでな……。考えてもみろ。自分の大切な相手が、次から次へと妻を持ち、よそで子をこしらえ続けているのだ」

他の相手と子作りに励むパートナーと、家族で居続けなくてはいけないなんて。僕の暮らしていた世界では、考えられないことだ。

「私が王になれば、幾人もの妃を娶り、たくさんの子を持たなくてはならなくなる。父と同じ、伴侶を苦しめる人間になるのだ」

苦々しい声で、ジーノは吐き捨てる。今にも泣き出しそうに、その顔は歪んでいた。

「神獣王のように、ひとりの女性だけを娶ればいいんじゃないか」

「あの男のように、『どんなに周囲から批判されても愛を貫きたい』と思える相手ができればな。私に、そんな相手ができるとは思えない。恋というものが、わからないのだ。誰にも興味を惹かれない。私は欠落(けつらく)した人間なのかもしれない」

　振り絞るような声でいうと、ジーノは唇を噛みしめてうつむいてしまった。

「まだ出逢ってないだけじゃないのか。世の中にはいろんな女性がいるよ。ジーノが夢中になれる相手だって、どこかにいるはずだ」

　僕の言葉を最後まで聞くことなく、ジーノは食い気味に否定した。

「いったいどれだけ、求婚相手の肖像画を見せられたと思う」

「絵じゃなにもわかんないよ。伴侶は顔で選ぶものじゃない。実際に会わないと」

　やんわりと告げた僕に、ジーノはふてくされた子どものような口調で言い返す。

「会ったところで、好きになれるとは思えぬ」

「試す前から決めつけなくても……」

「うるさい。私のことに口を出すな！　私は人嫌いなのだ。誰のことも、好きになどならない」

　ジーノは険しい瞳で僕を睨みつけた。

「そんなのわかんないだろ。人嫌い人嫌いっていうけど。ジーノ、自分でいうほど、人間嫌いじゃないだろ。ルッカやソラのこと、こんなにもかわいがってるし。それに――」

「黙れ、といっているのがわからぬのか！」

部屋中に響き渡るような声で怒鳴ったジーノに、ベッドから飛び起きた双子たちが勢いよく飛びかかる。

「けんか、だめー！」

「めーっ！」

ルッカとソラに叱られると、ジーノは申し訳なさそうな顔で二人を抱きしめた。

「すまない。起こしてしまったな」

慈しむような声音で告げたジーノを、ルッカとソラはほっぺたをパンパンに膨らませたままじっと見つめる。

「けんか、ないないする？」

「ゆーとと、なかよしして！」

がるるっと威嚇され、ジーノは苦笑いをこぼした。

「わかったよ。もうしない。許してくれ、ルッカ、ソラ」

ジーノに髪を撫でられ、二人はようやく威嚇をやめる。

双子たちを見つめるジーノの目が、やさしく細められた。

もしかしたら自分では気づいていないのかもしれないけれど、少なくとも僕や双子たちは知っている。

ジーノは人間嫌いなんかじゃない。本当は、とても愛情深い男なのだ。

ぎゅっと双子たちを抱きしめ、ジーノはぷくぷくのほっぺたにキスの雨を降らす。

二人はくすぐったそうに身をよじって、「ジーノ、だいすき！」とジーノの左右のほっぺたにキスを返した。

双子たちにもみくちゃにされながら、ジーノは僕をふり返る。

目が合うと、彼はいつになく真剣な眼差しで僕を見据えた。

「伴侶を見つけるより、しばらくはルッカとソラの側にいたい。それに、できることなら私は、早くお前を解放してやりたいのだ」

エリオが『宿主を害することなく、魔核を取り除くことのできる能力者』のことを詳しく教えてくれたのだそうだ。

「そういえば、そんなことをいっていたね。その能力者、どこにいるの？」

「大海を越えた先にある島だ」

「それって、転移魔法で行けないの？」

「強力な結界が張られていて、魔法では上陸できないそうだ。エリオでさえも、行けないらしい」

「船で行かなくちゃいけないってこと？」

「そうなるだろうな。ベアトリーチェの出産が無事終わったら、さっそく向かおう。クジラたちとの約束もあるしな」

ジーノにじゃれついていたルッカとソラが、ぴたっと動きを止める。

二人はじっとジーノの顔をのぞき込んだ。

「ジーノ、どこいく？」

「ソラ、いっしょにいくのー」

「ルッカも！」

ぎゅっとしがみつき、二人はジーノにねだる。

「危ないからダメだ。お前たちは留守番していろ」

「やー、いくー！」

「おるすばん、きらいなの！」

双子たちは、むうっと口を尖らせる。

「いっしょに行こう、ジーノ。四人で行くんだよ」

「しかし……」

「ルッカ、つよいこ。げんきいっぱい！」

「ソラも、つよいこ。たくさんやくにたつのー」

ぴょこぴょこと飛び跳ねて主張する二人に、ジーノは困惑したように眉を下げる。

「悠斗」

いつになく改まった声で、ジーノが僕の名前を呼んだ。

「なに」

ジーノは目を伏せ、ためらうように口を閉ざす。

しばらく黙りこくったあと、ジーノはようやく顔をあげ、口を開いた。

「もし、無事に魔核が取り出せても――しばらくは、双子たちの側にいてやってくれないか。お前がいきなりいなくなったら、きっと寂しがる」

思い詰めた顔をして、いったいなにをいうかと思えば……。

あまりにも当たり前のことをいわれ、僕は呆れてしまいそうになった。

「当然だよ。まだちっちゃいのに、放っておけるわけがない。ジーノひとりじゃ、不安だ」

僕はそう答え、ルッカとソラの髪を撫でる。

二人は気持ちよさそうに目を細め、僕にしがみついた。

「なっ。私ひとりだって、別になんの不安もない！」

ふてくされた顔で、ジーノが反論する。

「ふあんー」

「ふあんなのー」

「なにをいうか！」

眉を吊り上げたジーノを見上げ、双子たちは笑い転げる。

ひとしきり笑ったあと、二人はそっとジーノの髪を撫でた。普段、自分たちがされるように、やさしく髪を撫でる。

ついこのあいだまで、甘えるばかりだったのに。

ジーノを見つめる二人の瞳は、少し頼もしく感じられた。

「ほんとはー、ふあんないのー。でも、ゆーと、ひつよう」

くるっとふり返って、ルッカが愛らしい瞳で僕を見上げる。

「ルッカもソラも、ジーノも。ゆーと、ひつようなの」

こくっと頷き、ソラも僕をじっと見上げた。

「わ、私は別にっ……！」

「ひつようー」

双子たちが、勢いよく飛びかかってくる。僕はしっかりと、その身体を抱き留めた。

「大丈夫だよ。ルッカとソラがいて欲しいって思ってくれるあいだは、ずっと二人の側にいるから」

二人を抱く腕に、ぎゅっと力をこめる。

ルッカとソラも、ぎゅうぎゅうにしがみついてきた。

「ずっとひつよう！」

「ひつようなのー！」

愛くるしい二人の声に重なるように、恨めしげな声が聞こえてくる。

「お前たち、悠斗にばかり懐きすぎだぞ」

僕の腕を掴んだまま、二人はジーノに向かって駆け寄った。

よろめきそうになりながら、僕も引きずられるままにジーノの元に向かう。

二人は僕ごとジーノに突進し、元気いっぱい叫ぶ。

「ジーノもひつようー！」

「ひつようー！」

「も、は余計だ。私だけで充分だろう」

「じゅうぶんじゃないのー」

「なに!? 充分なはずだ！」

「はずれー！」

「ジーノ、ゆーと、どっちもだいじだいじなのー！」

不服そうな顔をしながらも、ジーノは僕と手を繋いだままの双子たちを、ぎゅっと抱きしめた。

おしまい

コスミック文庫 α

異世界で双子の腹ぺこ神獣王子を育てることになりました。2

2022年11月1日　初版発行

【著者】　遠坂カナレ
【発行人】　相澤　晃
【発行】　株式会社コスミック出版
〒154-0002　東京都世田谷区下馬 6-15-4
【お問い合わせ】 ー営業部ー　TEL 03(5432)7084　FAX 03(5432)7088
ー編集部ー　TEL 03(5432)7086　FAX 03(5432)7090
【ホームページ】 http://www.cosmicpub.com/
【振替口座】 00110-8-611382
【印刷／製本】 中央精版印刷株式会社

ISBN978-4-7747-6424-5 C0193

コスミック文庫α好評既刊

可哀想な運命を背負った赤ちゃんに転生したけど、もふもふたちと楽しく魔法世界で生きています

ひなの琴莉

ことりカフェの店員・森田萌乃は事故にあい、可哀想な運命を背負った赤ちゃんに無理やり転生させられてしまった。女神に自分の力で運命は変えられるから生きることに執着しなさいなどと、なんともスパルタなことを言われたけれど、なんとかもふもふ動物に好かれて、美味しいお菓子を作れる能力をつけてもらったが、いきなり森に捨てられてしまった!! イケメンの騎士団員たちに拾われ、面倒をみてもらうことになった萌乃だったが——!?

騎士団のみんなに助けられて転生赤ちゃんはタフに生き抜く!!

コスミック文庫α（アルファ）好評既刊

植物ヲタな料理男子が、異世界で王立海軍の専属料理人になりました！

遠坂カナレ

料理研究家だった祖母が大切にしていたハーブ園で、木にひっかかっていた大きな翼が生えているうさぎを助けようとした高校生の優馬はバランスをくずして異世界に落っこちてしまう。うさぎは異世界の『生命の森』を守るために、優馬の祖母を勧誘しにやってきた天使らしいが失敗して優馬をつれてきてしまったのだ。あせる優馬だったが、とりあえず『生命の森』を破壊しようとする海軍から森を守るために、植物と料理が好きな優馬は、森の素材を使った料理で隊員達の病気を治す約束をしてしまい――!?

おっちょこちょいなうさぎの天使に異世界に落とされて!?

この作品は二〇〇九年五月に小社より刊行された『超戦闘空母「大和」』を再編集し、改訂・改題したものです。

なお本書はフィクションであり、登場する人物、団体等は、現実の個人、団体、国家等とは一切関係のないことを明記します。

超戦闘空母「大和」㊤
最強航空戦隊

野島好夫

コスミック文庫

目　　次

第一部　灼熱のミッドウエー海戦

プロローグ

インド洋はその日の夕刻から時化模様で、中近東に向かう基準排水量一万四〇〇〇トンの海上自衛隊新型輸送艦『あきつ』は、激しく揺さぶられていた。

二週間前、中近東某国で惹起した軍事革命騒ぎは、中近東各国をも混乱におとしいれた。

革命指導者の将官が好戦的なタイプであることもそうだが、激しい戦闘から逃がれるために、かなりの数の難民が周辺各国に流入したことは一部周辺国の首脳の頭痛の種になった。

オイルによって経済的基盤を盤石としている国はともかく、中近東のすべての国がオイル伝説に守られているわけではない。特に、二一世紀に入って頻発した民族独立運動によって生まれた小国群は、決して満たされた経済力を持っていなかった。

そのため、国にとって難民流入は、頭痛どころか国の命運を左右する危機だと認識する政府さえあった。

周辺国は、例によって国連に救援を求めた。国連はすぐに救援措置のための会議を開いたが、スムーズに進んだわけではない。ソ連崩壊以降、ただ一つの大国になったアメリカ合衆国が、これまた例によって建前では正論である国連主導をほとんど無視したからだ。

彼らの大義は常に自国の利益であり、それにかなうならば国連にも従うが、それに反するなら、アメリカの前には国連などまったくと言っていいほど無意味の存在に過ぎなかった。

結局はアメリカ主導による救援案が可決され、その中には日本の自衛隊による救援活動も繰り込まれていた。自衛隊及び日本政府もそれに応じ、今回の派遣となったのである。

自衛隊が組織した救援部隊主力は、実働部隊である陸上自衛隊員と輸送ヘリ、車両、物資などを積んだ新型輸送艦『あきつ』、補給艦『ましゅう』、そして護衛艦『ひえい』『あさぎり』であった。

新型輸送艦『あきつ』は、空母にいつでも転換可能なのではないかと一時期物議を呼んだおおすみ型大型輸送艦の改良型で、排水量、速度、兵装、装備（おおすみ型に搭載され評価の高かったホバークラフト艇・ＬＣＡＣが倍の四隻搭載された）などどれをとってもおおすみ型を凌駕（りょうが）していたが、『あきつ』の隠された性能は別にあった。それは、『おおすみ』と違い『あきつ』が、まさしく空母導入を視野に入れた実験艦だったということである。

むろん現状の『あきつ』にはまったくと言っていいほど空母としての能力はないが、輸送艦としては分不相応の装備が数多く施されていた。その一つが、ＣＩＣである。

ＣＩＣ＝Combat Information Center――戦闘に関するあらゆるデータが集められ、検討され、命令が発せられる場所だ。

戦闘艦の場合は「戦闘指揮所」と称されているが、ほとんど直接的な戦闘に参加しない輸送艦などでは装備も貧弱で「中央管理室」と言われることもある。しかし、『あきつ』のＣＩＣは間違いなく準「戦闘指揮所」と呼ばれる装備を搭載していた。

もっとも、『あきつ』の兵装はおおすみ型を上回っているとはいえ、とても戦闘艦と呼べる代物（しろもの）ではないため、文字通りここは実験場であった。

「こんなにすごい時化は、俺も初めてだよ、船務長」

『あきつ』のＣＩＣにある自席で、艦長の長田（おさだ）光起（みつき）一等海佐が苦笑しながら、隣の席にいる船務長の志藤雅臣三等海佐に言った。

「私もですよ。やはりこれも地球温暖化が呼び水となっている異常気象の一つでしょうかね」

志藤三佐がややうんざりとした顔で答えたが、不安がっている様子はない。

「とにかく、二〇世紀後半から始まった地球規模の異常気象は、信じられないことの連続ですからね」志藤の言葉に長田がうなずく。

確かに、台風、ハリケーン、地震、津波、洪水、厳冬、猛暑など……それらはまさに人類が有史以来未経験の規模と異常さで、地球を覆っていた。こと異常気象に関しては、これまでの常識はまったく通用しないと言って良いほどである。数年前に起きたスマトラ沖地震による被害の悲惨さは、それをまざまざと証明する悲劇の一つだった。地震による津波によって十数万の死者被害を受けるなど、誰が予測できたろうか……。

もちろん、そのすべてを天災に転嫁しようと言うのではない。人災の部分もあったことは明らかだ。人力で防げる被害もあったはずである。だが、それでもなお地球を覆いつつある異常気象は、人類の予測や推測を裏切り続けていた。

ただし、この状況が地球温暖化のせいだけと言い切れるどうかはまだ正しく解明されているわけではなく、もっと様々な原因があるというほうが正しいかもしれない。人類の獲得した知識や技術は、その意味でまだまだ未熟であった。

ともあれ、自然の狂態としか言いようない現況は人間にはまったく読むことができなかった。

そしてそれは突然に、またしても人類の常識をはるかに超える規模で起きたのである。

「艦長！　海底火山の噴火のようです」とのソナー室からの報告に、長田が目を光らせた。

「場所と深度は？」

「本艦より北西に二キロ、深度六〇〇です。護衛艦『あさぎり』が近接しています！」

「まずいな」

長田が首を振ったが、その表情にはそう大きな翳り(かげ)はない。

それは、横にいる志藤も同じだ。浅い海底での噴火の場合はともかく、深海の海底火山の噴火による直接被害（これによって起こる地震、津波などは別だが）はそう多くはないからだ。

というのは、海水の圧力で噴火のエネルギーが押さえ込まれているからで、その圧力は水深一〇メートルで地表の倍の力がかかると言われていた。もちろん噴火の規模にもよるが、六〇〇メートルの深さなら単純に計算して一二〇倍の圧力がかかり、海面に到達するときには相当にそのエネルギーは減じられていると長田は判断したのである。

これは常識であった。長田や志藤がそう判断したとしても、彼らを責めることはできないだろう。しかし、長田も志藤も忘れていた。今地球で起きている異常気象、そして狂気は人間の常識をはるかに超えていることを……。

グワァァ————————ンッ！

護衛艦『あさぎり』の左舷約二〇メートルの海面から激しく噴煙が噴き上げ、その威力と時化による波風が奇妙に一致して、『あさぎり』は右に大きく傾いた。無数と言える火山岩が『あさぎり』の艦体をガンガンと激しく突き上げる。

それでも『あさぎり』の復元力を越えることはなく、『あさぎり』がゆったりとしながら元の姿勢に戻ろうとしたそのとき、噴火はさらに激しさを増し、『あさぎり』の復元をさえぎった。

これが『あさぎり』の運命を決めた。

グババァ――――ン。

基準排水量三五〇〇トンの『あさぎり』の艦体が右舷から海面に着いた刹那(せつな)、ザガガガ――――ンという音とともに噴火と時化の巨大な波が『あさぎり』を一気に飲みこむや、海底に引きずり込んだのだ。

わずか瞬時のことである。恐るべき自然の驚異、恐怖であった。

「『あさぎり』が沈没しただと!」長田が悲鳴のような声を上げた。

「艦長。救助に!」志藤が叫んだ。

「もちろんだ」長田が大きくうなずく。

しかし、志藤を見る長田の目には、闘志より不安のほうが大きいと志藤は思った。時化の状況を考えれば、救助活動がそう簡単にできるはずはないことが志藤にもわかっていた。

「艦長っ!『ましゅう』の周囲にも激しい噴火がある模様です!」

通信士の悲痛な声がCICに響く。

「なんだと!『あさぎり』と『ましゅう』はかなり離れているはずだぞ!」

詰まらせたような声で、長田が呻(うめ)いた。

「それだけ噴火の規模がでかいということでしょうか」志藤が唸るように言った。

「そ、そんな話は聞いたことがない。こんな広範囲で同時に海底火山が噴火することなど」

長田が吐き出すように言う。

だが、今はそんなことを考えている暇はない。

「『ましゅう』に噴火による被害は？」

「今のところ報告はありません」

補給艦『ましゅう』は、自衛艦としては初めて基準排水量一万トンを超えた（一万三五〇〇トン）大型艦で、これまでにも実績を積んできた優良艦であった。

そのときだ。「艦長。本艦の近くでも噴火の前触れと思われる鳴動があります」

とソナー士が叫んだ。

「ば、馬鹿なっ！」

「来ます！　艦首前方およそ一〇〇メートル！」

「カメラを艦首前方に向けろっ！」

ＣＩＣの壁面に装備された巨大モニターに、ビデオカメラが映し出す暴風で荒れ狂う艦首前方を捉えた瞬間、すさまじい噴煙を上げる海面が見えた。同時に、グワァア――――ンッという噴火音がほぼ密閉されているＣＩＣにも届いた。

「何かにつかまれっ！」

押し寄せてくるはずの噴火による巨大な波から身を守るために、長田が命じた。

長田が言葉を終えた途端『あきつ』の艦体が艦首から持ち上がった。このまま艦尾から海底に突っ込むのかと志藤が恐れたほどに、『あきつ』は艦首を上に立ち上がった。

しかし、幸いにも『あきつ』は耐えきって復元した。CIC内に安堵の息が漏れた。

が、それもつかの間だ。噴煙の勢いはますます増しており、『あきつ』は哀れなほどに波に翻弄され、決して安全とは言えない状態に陥っている。

ゴガァ――――ン！

ズガガァァ――――ンッ！

強大な火山岩が『あきつ』の甲板に雨のように降り注ぐ。噴火を避けるべく転針を命じた長田だが、これまでのデータからしてその方向が絶対に安全な場所かどうかは言い切れない。

憔悴(しょうすい)する長田になにか言葉をかけようと思う志藤であったが、彼にはついにその言葉が見つけられなかった。

口を開いたのは長田だった。「悔しかったろうな……」

志藤は、長田の言いたい意味がわからず首をわずかに曲げた。

「『あさぎり』だよ。『あさぎり』の沈没だ。もちろん俺だって戦争がしたいわけじゃない。戦争なんて、しなくてすめばそれにこしたことはないと俺だって思っている。

そして、自衛隊は確かに軍隊ではないこともわかっているよ。しかし、法律や世論がどうあれ、自衛隊が戦うために作られた組織であることは事実だ。ならば護衛艦は、軍艦という呼称は使えなくとも戦闘艦であることもまた事実だろう。それが、自然という敵に対して一発の砲弾も一基のミサイルさえも発することを許されず沈んだんだ。戦闘艦にとってここまで不本意なことはあるまいと、俺には思えるのさ」

「わかります」

生で吐露(とろ)すれば誤解されそうな長田艦長の言葉だが、志藤にも艦長の言わんとしていることはよく理解できた。だから『あさぎり』乗組員に対しても深い同情と哀悼を感じたのだ。

しかし、同時に自分たちも『あさぎり』と同じ運命を迎えるかもしれないという思いが志藤船務長にはあり、彼の心は複雑だった。

大和型超弩級戦艦建造計画が作られたのは、一九三四（昭和九）年のことであった。

まだ多くの者たちが日露戦争における日本海海戦の勝利の記憶が生々しく、巨砲を積載した戦艦の建造こそが帝国海軍の戦力を上げることだと信じていた時代である。

従って、未曾有の巨砲四六センチ主砲三連装三基を積載し、総排水量七万二八〇〇トンになんなんとする超弩級戦艦『大和』は、まさに大艦巨砲主義者が多数を占める大日本帝国海軍が見た壮大な夢であった。

しかし、その夢を悪夢であり戯れ言と大上段に切って捨てた男がいる。計画が進んでいる当時の海軍航空本部長山本五十六中将、その人だ。

「なにが超弩級戦艦『大和』だ。四六センチ砲だ。愚の骨頂！　将来の海戦は、大砲ではなく航空機が主力になるのは明らかだ。未来を見据えれば、ばかでかい戦艦も巨砲も必要はない。その金を空母と航空機につぎ込むことが正しい使い道なんだ。どうしてそれがわからんのか」

山本は苦々しい顔で、そう言った。

だが、山本の怒り、あるいは祈りは、海軍上層部には届かず空回りするだけで、世界に比類なき四六センチの巨砲を積載する超弩級戦艦『大和』は、一九三七（昭和一二）年一一月、呉海軍工廠の『大和』建造用に特設されたドックで起工した。

一九三九（昭和一四）年一二月、日比谷の海軍省のある赤煉瓦ビルに、目つきの鋭さをのぞけば整った容貌を持つ将校が、外套を翻しながら玄関の階段をゆっくりと大股で登っていった。

軍令部第一部第一課員神重徳中佐である。

軍令部はこのビルの三階にあった。当時の軍令部は第四部まであり、神の所属する第一部は作戦部と呼ばれ、戦争指導・国防方針・用兵作戦・演習などを担当する部署であり、その中に第一課の他に第二課もあったが、主力は第一課で作戦課と称されていた。

第一課員の神重徳中佐は海兵四八期、海大三一期。海大は優等での卒業で、将来は海軍を背負って立つ男になるだろうと嘱望されている一人であった。

また、海軍でも陸軍でも駐独武官を経験している者がほぼそうであるように、ドイツに駐在を経ている神も親独派として有名で、激烈な開戦派としても知られていた。

その意味で言えば、親米派の代表格である山本五十六とはそれこそ互いに不倶戴天の敵同士のような関係だったが、面識のない二人の間にはなんの問題も起きていなかった。

まさに一八〇度も別の立場にいるような二人だったが、実は共通点が皆無というわけではない。それは、航空戦力に対する考え方だ。神もまた、これからは航空機の時代だと喝破していたのである。

ただし、神と考えを同じくする海軍開戦派のほとんどが筋金入りの大艦巨砲主義者であったため、神がそれを言い出すと彼らは途端に機嫌を損ねた。

「よしとけ、神。お前の言っておることは、あの山本と同じだぞ。これ以上言うと、お前の将来に関わるんだぞ」と、半ば脅すように言う将官さえいた。

神は、舌打ちして黙るしかなかった。彼には野望があった。出世して、海軍を改革したいという夢である。私心ではない。それが自分に課せられた海軍軍人としての使命であると確信していたのだ。自分は、決して将官に屈したとは思っていない。航空機のことはあくまで大事の前の小事と割り切ったのである。

（それに、あいつらがなんと言おうと巨砲なんぞ必ず要らなくなる。それまでのことだ）

神は胸で言うと、思いを腹に飲み込んだ。

「神。ソ連が動いたぞ。フィンランドに攻め込んだらしい」

軍令部の部屋に入るなり、第一課長中沢佑大佐が興奮した声で言った。

「やはり、やりましたか……ソ連が」神がボソリと言った。

この年の九月、アドルフ・ヒトラー率いるドイツ第三帝国は、ヨーロッパに向かって戦端を開き、破竹の進撃を続けていた。

「こっちも動かんと乗り遅れるぞ」中沢が、舌打ち混じりに言った。

ドイツは盛んに、日本も動くように要請してきている。ドイツには切実な理由があった。確かに欧州戦はドイツの一人勝ちのような様相だが、そのドイツとヒトラーにも心配がある。それは、経済と軍事の大国であるアメリカが、欧州戦に参戦してくることだ。

しかし、日米が開戦すればアメリカは欧州戦にまで手が回らないだろうと、ヒトラーは考えていた。

「結局、山本中将ですよね」神が鋭い目を光らせて、言った。

「それはわかっている」

「あの人に会ってみます。呉に行かせて下さい、課長」神が気負いもなく淡々と言う。

「お、おい。自分がなにを言っているのか、わかっているのか、神。あの人がお前に会ってくれるはずはないだろう」

中沢が白目をむいて神を見る。なにしろ、米内光政が恐れた不穏な動きの一人として神の名も上がっているのだ。神に確かめたわけではないが、酒宴の席で神は、『いざとなったら、山本さんを一刀両断にする』と言ったらしい。

「山本さんは肝の据わった人らしいが、それでもそんなことを言ったお前に会うとは、俺には思えんよ」

「……課長も、そんな噂をお聞きでしたか。しかし、それは私が言ったわけではありません。言ったのは石川さんです」

「えっ、石川さんが」

「ええ。まあ、いちいち否定するのも面倒でしたから噂に任せていましたが、私は山本さんが分厚い壁だとは言いましたが、切るだの、一刀両断だのと、考えたこともありません。まあ、剣道の腕は私のほうが石川さんよりは上ですから、それもあったのだと思います」

二人が名前を出した石川とは、石川信吾（しんご）海軍大佐。海兵四二期、海大二五期だから神や中沢の先輩に当たる人物で、このときは海軍省軍務局から興亜院政務部第一課長に転出している人物であった。

まだ作られたばかりの内閣直属の組織である興亜院とは、外交をのぞいた中国政策を担うための部署である。中国というキーワードからもわかるとおり、設置の主導は陸軍がとっていた。

この院に配属されたことで、もともと陸軍との関係が深かった石川は、ますます陸軍の代弁者のような存在になっていた。

「なるほど、石川さんだったのか」中沢がやや苦笑気味に、納得して見せた。

石川は剛毅なタイプで、しらふでもやたらに大言壮語を吐き出したが、酒が入るとそれに輪がかかり、法螺（ほら）に近いことでも平気で言い出す人物だったのである。

「しかし、今さらそれを言っても山本さんは信じないんじゃないか。一部の者はお前が言ったと思っているんだから」

今度は神がわずかに苦笑した。「そのときはそのときです。ただ、考えてみますと私は山本さんと面と向かって話したり議論をしたことがありません。ですから一度会っただけで山本さんを説得できるなどとは私だって思っていませんが、可能性がゼロだという気もしません」

神の言葉の重さを知って、中沢が小さくため息をつく。神重徳が、言い出したら滅多なことで自説を覆(くつがえ)すような人物ではないことを、中沢は十分すぎるほどに知っていた。

「長くは許可できんぞ」中沢が諦めたように、許した。

「ありがとうございます」神が颯爽とした声で、珍しく笑みをもらした。

中沢作戦課長の許可はもらったものの、軍令部内の事情もあり、神が広島湾柱島泊地に係留されている戦艦『長門』に置かれた連合艦隊司令部を訪れたのは、年も改まった一九四〇(昭和一五)年一月の中旬であった。

しかし、連合艦隊司令部が決して自分の来訪を歓迎していないということを、神は長官室までの経路で知った。案内をする士官たちは無礼な態度ではなかったものの相当に緊張しており、神の態度いかんではいつでも拘束するつもりなのが明らかだった。

長官室の前にいた従兵が、神たちが近づくのを知って長官室のドアをノックした。

「おう」伸びやかな声がしたあと、従兵がドアを開いた。

神は、周囲の気配に圧されることなく堂々と長官室に入った。

「刀はどうした？　それとも拳銃かな？」

伸びやかな感じでありながら、鋭さをうちに秘めた声が神に向かってきた。

「長官。私は……」

さすがの神も緊張して、伸びやかな声の主、連合艦隊司令長官山本五十六中将を見た。

「冗談だよ。まあ、座れ」

山本が笑みをこぼしながら長官室の隅にあるソファを示し、自分もそちらに向かった。

神が動くと、長官室に緊張が走る。従兵や案内してきた士官によるものだ。

「よせよせ。こんなところで俺を殺すほど、神は馬鹿じゃねえぞ。なにしろ海大首席なんだからな。心配はいらんから、お前たちは退席していい」

山本が従兵や士官たちを見ながら冗談とも皮肉ともいえる調子で言って、ソファに座った。

それでも従兵たちは安心ができないのか、動かない。

「おいおい。長官の命令だぞ」

そこまで言われ、従兵と士官たちが渋々と長官室を出ていった。

「お前も座れよ」まだ立ったままの神に、山本が声をかけた。

「失礼します」神がやっと緊張を解いて、ソファに座った。

「知ってるよ」山本が言った。

「えっ」

わけがわからず、神が眉を寄せる。

「俺を一刀両断にすると言ったのは、石川なんだろう」

「……ご存じでしたか」

「幸いというか、時には鬱陶しいというか、いろいろと言ってきてくれる連中がいるんでな」

「なるほど。正しい情報なら幸いですが、噂や信憑性の乏しい話は確かに鬱陶しいですね」

「そういうことだ。そして、お前についても二つの評価があった。実に嫌みなエリート官僚軍人という評価と、寡黙なために誤解されやすい軍人というものだ。後者であることを俺が結論したのは、ついこの間だ。となれば、俺を一刀両断するといったのが石川かお前なのかは自ずとわかるというものだ」

「有能かどうかは別でありますが、誤解されやすい質であることは承知しております」

「しかも、否定もせんから噂が一人歩きするというわけだ」

「必要な否定は致します。たとえば対アメリカ戦ですが、皇国にとっては絶対に必要であり、長官の意見を私は否定いたします」

「おいおい。一気に本丸をついてきたか」

「長官もお忙しいでしょうから、無駄な議論は無用と思いますので」

「うん。いいだろう。では、俺も言う。戦えば負けるぞ。それについてはどうだ？」

「戦う前から、そうおっしゃいますか」

「神よ。俺も軍人だ。戦うことがいやだと言っているんじゃねえよ。戦うべきときは戦う覚悟はある。しかし、皇国の力、兵力、経済力、技術力、いずれをとったにしても、皇国とアメリカの力の差は明らかだ。戦って、軍人だけが滅ぶのなら、百歩ゆずってそれもまた軍人の宿命と言えよう。しかし、負けはそれだけにとどまらねえんだ。戦敗は国を滅ぼす。国民たちを地獄に突き落とす。みすみすそれがわかっていながら、俺は開戦には同意できん」

「しかし……」

「お前は駐独武官としてドイツを見て、ドイツの優秀さを知っている。それに対し俺は駐米武官としてアメリカを見て、アメリカのすごさを知っている。そして二つの国を比べた場合、アメリカのすごさのほうが俺は恐ろしい……聞くが、神。お前はアメリカという国を詳細に研究したことがあるのか？ 色眼鏡を廃し、公平な目で見ているのか？」

神が詰まる。

「そうか。その様子では、まんざらアメリカのこと知らねえわけではないようだな。少なくとも現在の段階では、日本がアメリカに対して対等に戦うことは無理だってことは知っているらしいな」

「はい。確かに長官のおっしゃられるように、アメリカには力があります。しかし、長官。このまま座してアメリカの蹂躙(じゅうりん)を許しておけば、いずれ戦わずとも皇国は地獄に堕ちる、そうは思われませんか!?」言いながら神が山本を射るように見た。

「神よ。俺だってアメリカを許しているわけじゃねえ。アメリカの態度を苦々しく思っているし、できるなら頭の一つも叩いて、舐めるんじゃねえぞと啖呵(たんか)もきりてえさ。だがよう、神さん。それじゃあガキの喧嘩だろ。後先を考えねえ愚かな行為じゃねえか。国同士の戦いはよう、意地や陸軍さんお得意の武士の面子だけでおっぱじめるわけにはいかんだろうが、違うか？」

「そのことは承知しています。私も闇雲にアメリカに戦いを挑むのは愚策と考えています」

「うまい策がある、そう言いてえのか」

「それでも長期戦は難しいでしょうが、短期戦ならばと考えています」

「ほう」

「ただし、私がそれを言っても、私の同志の多くは賛成してくれないでしょうが」

「よくわからねえな……」

「航空兵力の拡充をすべきだと考えます」

「なんだと！」

山本が驚くのは無理もなかった。開戦を主張する海軍軍人のほとんどが大艦巨砲主義者で、その中心的人物と目される神が航空兵力を重視しているとは思ってもいなかったからだ。

「私は皇国がアメリカに対して少なくとも互角に戦うには、航空機しかないと考えております」

「なるほどな……その点は俺も同感だってのは、わかってるよな」

「承知しています」

「ならなぜ、お前さんの同志どもにそう言ってやらねえんだ? あんなでくの坊としか言いようがねえ超巨大戦艦は、屑鉄程度の価値だってよ」

「そう考えたことはあります。しかし無駄だと思いました。あの方々は目に見えないものは信じんのです。そしてあの方々の目に映っているのは、日本海海戦だけです。主砲によってロシア・バルチック艦隊を葬り去った連合艦隊の雄姿だけなのです。軍艦に比べてあまりにもちっぽけな航空機が将来の海戦において主役になるなどと、あの方々には想像もできないのです」

山本が、苦笑を浮かべてため息を吐く。

「まあ、そうだろうな。俺が叫んでも耳を貸さん連中だ。お前が言っても無理だろうな」

「しかし、方法はあると思います」

「方法?」

「長官が開戦に賛成することとです」

「だから、神。それは……いや、待てよ……俺が、開戦派か……」

「そうです。長官が、開戦は認めるがそれには条件がある、そうおっしゃれば……」

「超巨大戦艦の建造を止めさせ、その分を航空兵力の増強に……か」

「建造そのものの中止は、おそらく無理だと思われます」

「なんだと？」

「ただ、改装なら可能性はあると……」

「な、なるほど改装か……悪くねえな、神。細かいことはわからねえが、確かにそれなら、アメリカと短期なら戦えるかもしれんぜ」

「私も、そう思います」

「裏からお前も動いてくれるんだな」

「微力ですが、助力させていただきます」

「策士だとは聞いていたがよ、神重徳。その通りだな」

「策士と呼ばれることはあまり好きではありません。どうも、その言葉には小悪人というニュアンスが含まれますから」

「あははは。どうせなら大悪人がいいのか、神」

「それもちと困りますが」神がわずかに微笑んだ。

「まあ、そんな評価は後世の人間に任せればいいさ。俺たちは俺たちのできることをすればいい。国のために、国民のためにな……それが軍人の生き様だ」

もし歴史に音があるとするならば、このとき、大日本帝国、とりわけ帝国海軍の歴史は轟音（ごうおん）を上げてその将来の方向を変えたのであろう。

そして、海軍の歴史の転換がまず形となって現われたのは、呉海軍工廠に特設された巨大なドックからであった。

第一章　開戦

ズガガガガガガガガガッ！　ドガガガガガガガガガッ！

アメリカ軍が放つ高射砲と機銃が、数十の赤光の線列となって黒煙と白煙に満ちた上空に噴き上がってゆく。

しかし日本軍の攻撃からすでに一時間が過ぎ、パールハーバー上空には赤光の線列が撃ち砕く敵機がすでにないことをアメリカ軍射手の多くが知っていた。それでも射手たちの指が銃砲のトリガーから離れないのは、恐怖である。撃っていなければ自分がやられるという怯（おび）えだ。そして、もう一つが怒りであった。

一九四一（昭和一六）年一二月七日（現地時間）早朝から始まった日本海軍によるハワイ・オアフ島真珠湾基地への奇襲作戦は、ハワイ駐在のアメリカ軍も含めほとんどのアメリカ軍からすれば青天の霹靂（へきれき）であった。

しかしその一方で、アメリカにも、日本による攻撃を推測していた人物がいなかったわけではない。なにしろ、それまでアメリカ政府は日本を追い詰めるような政策を採り続けている。外交を少しでも知っている者からすれば、その結果、日本軍がアメリカに対し先制攻撃を仕掛けてくる可能性は容易に推察できたのである。が、そう考える者たちであっても、その矛先がハワイであると指摘する者はほとんどおらず、その意見は政府からも軍内部からも無視されていた。

「誰が予想できたというのだ！」

だから、ゴルフ場からとるものもとりあえず太平洋艦隊司令部に飛び込んできた太平洋艦隊司令長官ハズバンド・E・キンメル海軍大将が、誰にともなく叫んだのも当然と言えば当然だったろう。

キンメルにも「まずいことが起きた」という認識はあったが、このことの責任で自分の海軍軍人としての未来が閉ざされるとまでは考えていなかった。日本軍の攻撃による被害の大きさを、まだ十分に知らなかったこともその一因だろう。だが、次々に入ってくる報告に、キンメルは事態が想像していたものよりはるかに深刻であることを悟らざるを得なかった。

アメリカ太平洋艦隊はこの日の日本海軍の奇襲で、パールハーバー基地に係留させていたほとんどの戦艦を撃沈、あるいは大破されたのである。アメリカでもまだ海軍力は大艦巨砲と考えられている時代だから、戦艦の喪失はそのまま海軍の喪失と同じ意味であった。

「ただではすまないかもしれない……」

やっとそれに思いいたったキンメルは、長官執務室の椅子で、地獄の番人から死刑判決を言い渡された直後に吐くような、重く、冷たいため息をついた。

このとき太平洋艦隊麾下には『レキシントン』『サラトガ』『エンタープライズ』の三隻の空母があったが、任務中でパールハーバーを離れており、日本軍の攻撃から難を逃がれていた。

だが、軍人としては平凡な思考の持ち主でとても先見の明など持ち合わせていないキンメルは、当然のことに空母の重要性など気づいていなかった。空母が無事であることを自分の名誉を守るための道具にしようとする考えは持つことがなかったのだ。

「ブル」や「タトゥ（刺青）提督」の異名を持つ猛将ウィリアム・F・ハルゼー中将麾下のアメリカ太平洋艦隊第一六任務部隊が日本軍によるパールハーバー奇襲攻撃を知ったのは、ウエーク島の海軍基地に戦闘機を輸送したその帰路だった。

「パールハーバーが攻撃を受けただと！」

第一六任務部隊旗艦空母『エンタープライズ』の司令部で第一報を聞いたハルゼー提督は、信じられないというように眉を寄せた。ハルゼーも日本軍の攻撃を予知しながら、それがハワイだと考えていない一人だったのだ。

しかしそれがまぎれもない事実と判明すると、ハルゼーはただでさえ酒焼けをした赤い顔をどす赤黒く変え、「ジャップめ。ぶち殺してくれる！　参謀長。急いで敵艦隊を探し出すんだ！」と叫んだ。

命じられた参謀長マイルス・ブローニング大佐は一瞬口を開こうとしたが、止めた。

ブローニング参謀長にしてみれば、もし敵艦隊を見つけることができたとしても、ハワイを攻撃して壊滅的な被害を与えた日本艦隊と、わずかに空母一隻、巡洋艦五隻、駆逐艦六隻にすぎない第一六任務部隊が対等に戦えるとは思えない。下手をすれば、こちらが壊滅させられる可能性さえあった。だから、敵を見つけるどころか、自艦隊をできるだけ安全な位置に導きたいのがブローニングの本音だ。

とはいえ、ハルゼー提督の性格をすっかり飲み込んでいるブローニングには、今それを言いだしてもハルゼーが絶対に言うことを聞かないことはわかっていた。

それどころか、下手に反対すれば逆に意固地になり、ブローニングを司令部から追い出しかねず、そうなれば熱くなったハルゼーを冷静に見る人物がいなくなって、それこそ第一六任務部隊は迷走してしまうだろう。ブローニングには、そのほうが恐ろしかった。

（それに、これまでの情報から、我が部隊と日本艦隊との距離は相当にあるはずだから、ここは提督に逆らわないほうがいいだろう）という読みもブローニングにはあった。

数分後、空母『エンタープライズ』から偵察の任を与えられた三機の艦上戦闘機グラマンF4F『ワイルドキャット』、二機の艦上爆撃機ダグラスSBD『ドーントレス』が飛び立った。

ハルゼーはもっと大々的な索敵を実施しようとしたが、

「提督。それではいざ戦うときの戦力が落ちてしまいます」とブローニングが具申した。

ウエーク島への輸送用の戦闘機を積んでいたため、このとき『エンタープライズ』に搭載されていた攻撃機が通常の半分程度であったことはハルゼーも知っており、このブローニングの具申を入れた。

冬の北太平洋は霧が濃い。霧という言葉から受ける穏やかさはここにはなかった。激しく強い烈風が霧を漂わせておかず、高速で吹き荒れているからだ。遠くから見れば一面の乳白色に見えるが、いったんその中に入れば霧は凶器となって、すべてのものをなぎ倒すようにすさまじい速度で流れていた。しかも烈風は霧を凶器に変えるだけではない。波をもまた恐怖にする。烈風の作る荒い波は、時によっては小型船を奈落に引きずり込むことさえあるのだ。

それほどの残虐な牙を剝く北太平洋洋上に、今、重く鋭いエンジン音が吹きすさぶ烈風や荒れ狂う波音に負けじと響いてゆく。

霧の薄くなった部分にエンジン音を轟かせる主が、まるで幻のように見えた。広い飛行甲板が見えるから、艦種は空母だろう。

とはいえ、舷側などにズラリと装備されているおびただしい機銃群の数を見ると、この艦がこれまでの空母とはまったく別の思想をもって建造されているのがわかる。

今までの空母が、「動く飛行場」として機能を重視し、守備機能を中心に設計されていたのに対して、この艦は艦自身で戦える機能を持っていることを目標としていたのである。

ゆえにこの新しい機能を誇る艦種は「戦空母艦」と呼ばれていた。しかし、ある意味ではそれも当然かもしれない。なぜなら、この異形の艦はそもそも戦艦として建造がスタートしていたからだ。しかも、主砲に四六センチという未曾有の巨砲を積むことから、新型超弩級戦艦は世界一の基準排水量六万九一〇〇トンを誇り、全長は二六三メートルの巨体であった。

その超弩級戦艦が、超弩級戦空母艦に建造を変更されたのは、連合艦隊司令長官山本五十六中将の主張があったからだった。山本は、非開戦の意を翻す条件として、建造が進んでいた超弩級戦艦を空母に変更することをぶちあげた。

当然のことながら、山本のこの主張は大艦巨砲主義者の多い開戦派から激しい反発を呼んだ。それを見事に山本の主張どおりに導いたのは、軍令部総長永野修身大将である。

海軍開戦派の首魁の一人であると同時に反山本派と知られるだけに、永野総長の山本擁護論は周囲を驚かせた。

だが魁偉とも言える容貌の永野の、「実戦を任せるのに山本以上の者はおらん。その山本が積極的に対米戦を指揮するというのなら、それにこしたことはない。艦種変更程度で山本を使えるのなら、なんの問題もない」という言葉が反山本派の将官たちを押し黙らせた。

もっとも永野のこの言葉の背後に、軍令部作戦課員神重徳がいる。

神は全身全霊をもって、永野を説得した。当時の永野は全盛期に天才と呼ばれた鋭さを失ってはいたが、やはり「腐っても鯛」である。神の意見に皇国海軍の未来を予見し、神の意見を入れたことは、永野の海軍軍人としての最後の輝きだったのかもしれない。

「いたか」

日本帝国海軍連合艦隊最新鋭戦空母艦『大和』（超戦闘空母）の艦橋で、『大和』航空戦隊参謀長神重徳大佐が珍しくホッとしたように言った。

「さすがじゃねえか、神参謀長。いいカンしてやがるな」

伝法な口調で言ったのは、『大和』航空戦隊を指揮する司令官の千崎薫中将だ。

千崎司令官は小柄だ。神参謀長の肩程度の身長しかない。しかも童顔なためか実年齢よりずっと若く見え、駐米武官当時、彼を見たアメリカ要人は千崎に「ボーイ」というニックネームをつけた。少年という意味も当然あったが、使用人としての「ボーイ」の意もあり、このニックネームは要人たちが千崎を舐めている証でもあった。

しかし、それはアメリカ要人たちの明らかな誤りであった。伝法な口調で一見がさつな性格に見える千崎だが、彼の本質は外見とはまったく別の緻密な計算のできる男だった。だから、アメリカ要人たちの無礼な対応に怒る部下たちに、「ほおっておけ。舐めてくれて、こちらを甘く見てもらってるほうがあいつらは油断する。一時(いちじ)の恥辱なんざ屁でもねえさ」と、千崎は笑って言った。

事実、千崎を舐めた結果、アメリカ要人たちは普段なら漏らさないほずの情報なども、千崎の前で話したりした。

もっとも、千崎を舐めているのはアメリカ要人だけではなく、日本海軍の首脳の中にも多くいて、それが千崎の出世に影響しているのもまた事実だった。

「私が、ですか」

それだけに、戦隊指揮官の拝命は千崎自身を驚かせた。しかも指名したのが山本自身であると知り、千崎は二度驚いた。

千崎を呼びつけた連合艦隊旗艦戦艦『長門』の長官室で、山本が話し出した。

「『大和』航空戦隊はな、ある意味では実験なんだよ。超戦闘空母『大和』を主力に、二隻の小型空母、四隻の巡洋艦、九隻の駆逐艦で編制したこの航空戦隊は、おそらく世界に先駆ける本格的機動部隊だ。この戦隊の主砲は航空機だ。航空機を砲弾に変え、敵を殲滅（せんめつ）するのだ」

そこまで言って、山本はニヤリと笑った。

「と、口で言うのは簡単だが、正直なところ本格的な機動部隊の運用の具体策など誰にもわかってはおらん。まさに実験だよ。そんな仕事は、これまでの常識に縛られた連中には任せられねえんだ。できるとしたら、柔軟な頭を持つ非常識人こそふさわしい。俺はそう考えたのさ」

「私は、非常識人ですか」千崎が苦笑した。

千崎は自分を常識的な人間とは思っていないが、さりとて非常識とも思ってはいない。

「俺とお前の伝法同士とはいえ、言葉が気になるのなら型破りと言い換えてもいいぞ。もっとも、本質はかわらんがな。融通が利かず、規則書通りの策しか持っておらん奴には『大和』航空戦隊は動かせんよ」山本が、意味ありげな視線を千崎に向けた。

「結構ですよ、長官。非常識人でも型破りでもなんでもかまいやしません。やっと一国一城の主（あるじ）にさせていただけるんです。千崎薫、アメリカ野郎の度肝を抜いてご覧に入れますよ」

「うん。それでいい」山本が会心の笑みを浮かべて続けた。「それともう一つ、お前に言っておくことがある」

山本は笑みを納めてから、隅にいた従兵に、「奴を呼んでくれ」と、言った。

やがて現われた人物は、神重徳だった。そして、「千崎。こいつがお前の参謀長だ」と山本に言われた千崎は、非常識人と言われたとき以上に驚愕した。

当然、千崎も神は知っている。開戦推進派で理論家、頭は切れるがガチガチの常識屋――それが千崎の神に対するイメージだ。それは山本が千崎に求めたイメージとは、まったく違うものだった。

「お前の持つ神へのイメージは間違ってるよ」千崎の腹の中を見透かしたように、山本が言った。

「神は常識屋じゃない。そもそも『大和』航空戦隊の骨子を考えたのは、この神だし、そして司令官としてお前を推挙したのも神自身なんだよ」

「なんですって！」千崎が思わず声を大きくした。

「千崎中将の私へのイメージが、まったく違うとは私も思いません。山本長官は常識屋ではないとおっしゃいましたが、時には自分でもいやになるくらいの常識的な人間ですよ、私は。

ですが、単純な頑固者だとも思ってはいません。融通の利かない傾向があることは認めますが、間違えていると悟れば撤回するだけの勇気は持っているつもりです」

神の、よく通る声が千崎の耳に響いた。

（ほーっ。確かに、俺の抱いていた神は別人だったようだな）

千崎は即座に感じた。

「それにな、千崎。お前に足りぬものがあるとすれば、それは航空戦だ。正直に言うと、神がお前の名を出したときそれが不安だった。だが、神はこう言ったんだ。なまじ航空戦の知識を持っている人間よりも、知らないほうがいい。なぜなら『大和』航空戦隊には航空戦でもこれまでの常識を覆すような策が必要になる、とな」

「基本的なことは、僭越（せんえつ）ながら私が教授させていただきます。しかし、千崎中将。私なんぞの常識にとらわれる必要はありません。あくまで指揮官は千崎中将であります。『大和』航空戦隊を動かすのは、中将です」

語っている内容はずいぶんと熱いのに、神の言葉自体にはさほどの熱はない。おそらく、こんなところが神が誤解される一因でもあるのだろうと、千崎は思った。

しかし、神への見方を変えた千崎には、神の熱情が十分に感じられた。

「ワクワクしてきましたよ、長官。軍人にしか感じられない昂揚かもしれません」

千崎の言葉に、山本は大きく、神はわずかに、うなずいた。

一年ほど前の話である。

「ヨークタウン級空母となると、乗ってるのはブル・ハルゼーだな」

攻撃部隊の出撃を命じたあと、千崎司令官が神参謀長を見た。

「間違いないでしょう」神が短くうなずいた。

真珠湾を直接叩いてアメリカ太平洋艦隊の戦力を削ぎ、戦意を失わせてから日本側に有利な講和に結びつける。山本の目論んだ対米戦の要項は、ここにある。

中でも、空母を殲滅することが山本の眼目であり、それは神の考えでもあった。

これからの海戦が、空母を主力とした航空戦に有り、と見抜いている二人だからこそそれに固執した。

真珠湾基地のあるハワイ・オアフ島にはそれなりの人物を送ってアメリカ太平洋艦隊の動静を探らせてあり、湾内に艦隊主力艦艇が集結していることは日本海軍にもわかっていた。

とはいえ、その艦艇の中に必ず、眼目の空母がいるという保証はなかった。

山本はそれを恐れた。神も案じた。

「『大和』航空戦隊を、奇襲部隊が取り逃がすかもしれない空母殲滅作戦に使わせて下さい」と言い出したのは、神だ。

山本は即座にはうなずかなかった。山本の頭には〈真珠湾奇襲作戦〉部隊の一翼として、『大和』航空戦隊はガッチリと描かれていたからだ。

当初の計画では、空母『赤城』『加賀』を擁する第一航空戦隊、『蒼龍』『飛龍』によって編制された第二航空戦隊、そして超弩級戦空母艦の超戦闘空母を主力とする『大和』航空戦隊によって機動艦隊を編制し、真珠湾基地を空襲することになっていた。

もしこの中から『大和』航空戦隊を抜けば、新鋭空母『瑞鶴』『翔鶴』によって創設したばかりの第五航空戦隊を当てるしかない。

このときの山本の腹づもりでは、奇襲作戦の実施はこの年、昭和一六（一九四一）年の末。

今から第五航空戦隊に奇襲作戦の訓練をさせるには、時間的に大きな不安があった。

「だからといって、新米の第五航空戦隊に空母殲滅作戦を命じるのは、もっと難しいだろうな。となれば、『大和』に命じるしかないのか……」

二日後、山本は、第五航空戦隊に奇襲作戦に対する訓練を行なうように命じた。

もし、真珠湾に空母がいなかった場合、という山本と神の想定において、二人が一番悩んだのは、ではどこにいる可能性が一番高いかだった。

「遠くにはいないはずだ」山本が断言した。

「うちも同じだが、どこの国でも陸軍と海軍の仲はよろしくはない。中でもハワイはかなりひどいらしい。本来ハワイ駐屯軍の総指揮は陸軍にあるのだが、現太平洋艦隊司令長官のキンメルはそれが面白くないと海軍を勝手に動かしているから、ハワイのアメリカ陸海軍は互いを無視する傾向にあると言うんだ。となれば、キンメルにすれば、いざというときの航空戦力を陸軍に期待できんから自前でカバーしなければならん。むろん基地にもそれなりの航空戦力は残しているだろうが、空母の航空戦力は無視できないからそう遠くには行かせられまい。少なくとも二隻ぐらいは、ハワイ諸島近辺の任務しか与えられんだろう」

「それは同感です。そしてその任務も、ハワイ諸島と、アメリカ軍の駐屯軍のいるミッドウエー島、ウエーク島を結んだライン近辺にいる可能性が高いと私は思います」

神の具申に山本は了承し、神と千崎はその線で作戦案を練った。

千崎の称した神のカンは、それを意味していた。

「まあ、『大和』航空戦隊の初陣の相手としては不足はねえな」千崎中将が嬉しそうに言う。

「猛将対猛将ですね」神が言った。

「ありがてえお言葉だが、ハルゼーに比べれば俺なんざまだまだひよっこよ。それでも、腹も気力も負けているつもりはないがな」千崎が不敵な笑みを浮かべた。

「結論が出るのはもうすぐですよ、司令官」神の目が薄く光った。

航空機にとって、風は重要な要件である。特に烈風というほどの強い風になれば、新米操縦員では空母からの離着艦はもちろん航行自体も難しい。

だが、『大和』航空隊の精鋭陣はそれを難なくやって見せていた。

このとき編制された『大和』攻撃部隊は、零式艦上戦闘機一二機、九七式艦上攻撃機二一機、九九式艦上爆撃機二一機の、計五四機である。

攻撃部隊を指揮するのは、艦攻部隊の指揮官を兼ねる『大和』飛行隊長水戸勇次(ゆうじ)

郎（ろう）中佐であった。水戸は一見すると温厚な性格だが、胸の奥には火の玉のように燃えたぎる闘志を抱くベテランである。しかも〈真珠湾奇襲作戦〉の成功を知っているだけに、九七式艦攻の偵察席に座る水戸の闘志は、これ以上ないくらいに燃え盛っていた。

水戸に負けぬほどに紅潮しているのは、『零戦』部隊を指揮する『大和』分隊長室町昌晴（むろまちまさはる）少佐だ。室町は『大和』航空戦隊司令官千崎中将の遠縁に当たり、彼の興奮はそこにもあった。

千崎という男は、縁類だからと贔屓（ひいき）するような人物ではなく、逆に室町に対しては一線を引いているような態度さえあったが、室町はそれが千崎一流の愛情表現であることを知っていた。

「司令官に手柄を立てさせてやりたい」

室町の胸には、そんな思いが渦巻いていたのである。

『大和』攻撃部隊（『零戦』部隊）を最初に発見したのは、偵察を終えて母艦空母『エンタープライズ』に帰還しようとしていた艦上爆撃機ダグラスＳＢＤ『ドーントレス』であった。

「なにっ！　日本軍の戦闘機部隊だと！　間違いないのか！」

偵察機からの報告に、ハルゼー中将は赤らんだ顔面を蒼白にした。

「おそらく一五分後には、本隊に到着します」

「ブローニング参謀長。迎撃は？」

「四機はスクランブル体制にありますからすぐに発艦できますが、後続は一〇分はかかります」

ブローニングが唇を嚙んだ。

彼にすれば、日本軍攻撃部隊の登場は青天の霹靂である。もちろんこの部隊は距離から考えて奇襲部隊とは別の部隊だろうが、ブローニングの頭には別働隊の存在など一度として浮かんでくることはなかったのだ。当然、迎撃のこともブローニングは考えていなかった。

「とにかく急がせろ！　戦闘機部隊がいるのなら爆撃部隊もいるはずだからな」

怒りで紅潮した赤鬼のような顔で、ハルゼーが再び叫んだ。

ブローニングが弾かれたように顔を上げ、ハルゼーの命令を復唱した。

『大和』攻撃部隊の獲物は、敵空母だけである。ところがその空母に到達するには、ならない。

空母を援護するように周囲を固める援護艦の対空砲火の弾幕をくぐり抜けなければ

しかし、この時期のアメリカ海軍の巡洋艦や駆逐艦に搭載されている対空砲はそう強力なものではなかったのも事実だ。それでも攻撃を仕掛ける側にとっては安全というわけではない。

ドドドドドドドドドドドッ！　ババババババババババッ！

噴き上げる対空砲をぬいながら、攻撃はまず九七式艦攻の水平爆撃から始まった。

ヒュ――――ン。ヒュ――――ン。

九七式艦攻の放つ八〇〇キロ爆弾が、『エンタープライズ』めがけて降り注ぐ。

ズゴゴゴ――――――――ン！　ドゴォ――――――――ン！

むなしく海面を叩いた八〇〇キロの外れ爆弾が、攻撃を避けるためにジグザグ航走をする『エンタープライズ』の周囲に次々に水柱を上げる。

当時、航空戦力を認めない理由に、航空機の放つ爆弾など逃げる艦艇に命中するはずはないというものがあった。それは一面正しい。艦攻の行なう水平爆撃は高度一〇〇〇メートル以上の上空から実施されるため、落下時に風の影響などをもろに受け、よほどの幸運に恵まれない限り命中率は低かったのである。真珠湾における水平爆撃の成功は、あくまでアメリカ軍艦艇が真珠湾内に係留されていたからである。

命中率の高いのは艦爆による急降下爆撃だ。高度数千メートルから敵を捕捉して数百キロのスピードで降下し、高度四〜五〇〇メートルで爆弾を放つため水平爆撃とは比べものにならない命中率を示す。しかし敵に近づく分だけ、撃墜される可能性も飛躍的に高くなる。

「艦爆隊はな、臆病者にはつとまらねえのよ」

この日、艦爆部隊を指揮する『大和』分隊長山根和史少佐の口癖の一つだ。

しょせん航空機乗りは、艦爆であろうと艦攻であろうと戦闘機であろうと臆病者にはつとまるはずはないのだが、山根少佐は部下を鼓舞するためにあえてその言葉を吐いた。

高度三〇〇〇メートルで急降下に入った山根機に向かってアメリカ軍の対空砲火が集中する。

「ちっ。そんなヘロヘロ弾が当たるかい！」悪態をつきながら山根が愛機を操る。

ズガガガガッ！　ドドドドドッ！

弾丸、砲丸が、アメリカ軍の憤怒の証でもあるかのように真っ赤に燃えて、山根機の左右を流れてゆく。

山根機の偵察員である吉岡民雄一飛曹が、奥歯を思い切り嚙む。吉岡ももちろん臆病者ではない。だが、恐怖がないはずはなかった。それを振り払うように叫びながら吉岡が前方を見る。後部座席だから、前部座席に遮られてまだこの高度からは敵艦は見えない。しかし高度が下がるにつれて敵艦が見えてきた。それはまるで子供のときに作った模型の船のように見えた。

「一〇〇……八〇〇……六〇〇……撃っ」

山根が、腹に抱えていた二五〇キロ爆弾を放つ。投下誘導アームから投げられた二五〇キロ爆弾が、ヒュゥ――――ンという唸り上げ、敵艦めがけて走る。

ズガガガ――――――――――ンン!

命中した。山根の投じた爆弾は、『エンタープライズ』の左舷機銃座を吹き飛ばしていた。

紅蓮の炎が上がり、ちぎれたアメリカ兵の体が壁面にこびりつく。熱風が辺りを吹き抜けていた。

「被害を知らせろっ!」

初めての着弾に、『エンタープライズ』の艦橋にいたハルゼーの脳裏を嫌な予感が走った。

まだまだ大艦巨砲主義が色濃く蔓延するアメリカ海軍の中にあって、ハルゼーは数少ない航空戦力派の一人である。それだけに、航空機から受けた被害に敏感になったのかもしれない。

二発目の着弾は、前部飛行甲板右寄りだった。火柱と白煙が同時に上がり、基準排水量一万九八〇〇トンの『エンタープライズ』はわずかに震えた。

着弾させた日本軍艦爆が『エンタープライズ』を飛び越え、低空飛行で逃げ去るのを見つけたハルゼーが、「撃てっ。撃って、叩き落とせっ！　ブッ殺せ――っ！」と、絶叫した。

しかし、まだこの時期の対空砲（特に高角砲）は砲身を下げるのに限界があり、低空の敵に対する攻撃は不十分であった。それがわかっていての、低空飛行である。

追うのは機銃だ。

ズガガガガガ！　ガガガガガガガッ！

搭載されている四〇ミリ四連装機銃と二〇ミリ連装機銃が火を噴く。だが、まだまだ熟度が上がっていない射手の腕が、やすやすと敵機を逃がしてしまう。

「くそったれめ！　ジャップめ！」

ハルゼーの憤怒の雄叫びが、むなしく艦橋に響き渡った。

最初に『エンタープライズ』を飛び上がった四機のグラマンF4F『ワイルドキャット』を率いるのは、イグジェリー・ガードナー中佐である。敵の攻撃を受けるなどということは、予想していなかったガードナー中佐は、迎撃の命令を受けるとかなりあわてた。

しかもこれまたあわてた通信員にも錯誤があり、ガードナー隊が指示されたのは、日本軍攻撃部隊が接近してくるのとはまったく違う方向だった。

敵に遭遇せずジリジリしていたガードナーに命令変更の報が入ったのは、日本軍攻撃部隊がアメリカ艦隊に攻撃を開始したのとほぼ同時刻であった。

「ふざけやがって！」ガードナーは憤懣を口に出し、反転した。

二〇分後、ガードナー隊は本隊から西方一〇マイルにあった。

「隊長。一〇時の方向に機影です！」部下のミラー少尉の無線が響いたのは、本隊から西方に一〇マイルでの空域だった。

ガードナーがミラーの言う方向に視線を集中させた。まだポツンとした黒い点だが、ガードナーにもそれが機影であることを確認できる。

「かっ飛ばすぞっ！」言って、ガードナーがスロットルを開けた。

グラマンF4F『ワイルドキャット』は、グラマン社が艦上戦闘機に『〇〇キャット』と名づけた最初の機である。全幅一一・六メートル、全長八・八メートルというずんぐりとした機体はとてもスマートとは言えないが、その分頑丈さには定評があった。最大速度は五一二キロ、兵装は一二・七ミリ機銃六丁である。

接近してくる機影に、『零戦』を駆る横原唯樹一飛曹は涼やかな笑みを浮かべた。

ある程度予想はしていたが、アメリカ軍迎撃に飛び上がることを横原が命じられたのは、アメリカ艦隊攻撃をほとんど終えて帰還する艦爆や艦攻隊の護衛のためである。血の気と闘争心の充満する横原にすれば貧乏くじを引かされたような気分でいただけに、突然の敵機の接近はまるで降って湧いたような幸運に感じられた。

そしてその思いは、横原とともに護衛を命じられた他の二機の『零戦』操縦員も同じだった。

「やったろうかい」

横原がスロットルを開けようとしたとき、その横を僚機が全速力で追い抜いていった。

「ちっ、負けるか」

横原がスロットルを目一杯に開けた。零式艦上戦闘機二一型に積まれた栄一二型空冷式複列星形一四気筒エンジンが小気味よく唸ると、横原機を一気に加速させた。

後に決定的な差が露呈し、『零戦』に対して一機対一機のドッグファイトを徹底的に避けることになる『ワイルドキャット』だが、開戦当日のこの日はまだアメリカ軍もガードナー中佐もそのことを知らない。また、敵が三機なのに対して、味方四機であることもガードナー隊に余裕を生んでいた。

互いが視認できる距離にまでに接近したとき、『零戦』がすがるような感じで上昇した。

「ちっ、結構速いじゃねえか」アメリカ機の誰もがそう思った。

エンジンの出力は『零戦』が九五〇馬力なのに対し、『ワイルドキャット』は一二〇〇馬力とはるかに強力である。だが、機体の自重は、『零戦』が一六七一キロなのに比べ、『ワイルドキャット』は二六一二キロと一〇〇〇キロ近く重い、様々な装備を搭載した全備重量になると一〇〇〇キロ以上の差が出る。むろん重量だけで操縦性能をウンヌンできるわけではないが、重い飛行機より軽い飛行機のほうが素早く動けるのはあたりまえである。

もっとも、この重量の差が搭乗員に対する安全性の差であることも、事実だ。

『ワイルドキャット』は無駄に重いのではなくその重さで搭乗員の安全を守り、『零戦』は搭乗員の安全を犠牲にすることで操縦能力を向上させていたのである。

そしてこのときは『零戦』の高性能が『ワイルドキャット』の安全性をうち破る。上昇するやいなや『零戦』部隊は、すぐさま体制を戻すとあっという間に『ワイルドキャット』部隊の後方に回り込んだ。後方からの攻撃はドッグファイトにおいては絶対的な作戦である。爆撃機や艦爆、艦攻ならば後方機銃の備えもあるが、単座の戦闘機には後方に牙を向く兵装を搭載しているものはない。従って、回り込まれたら、逃げるか巧みに旋回して逆に回り込むしかないのだ。

横原に回り込まれたガードナーは、やっと自分が『零戦』を甘く見ていたことに気づいた。

即座に旋回したガードナーだが、後方に吸い付いた『零戦』はまったくそれを許さなかった。

速度にも差があり、『零戦』は徐々にその距離を縮めてくる。ガードナーの背中に、冷たい汗がどくどくとあふれ流れた。こめかみがピクピクと緊張で痙攣(けいれん)する。どんなことをしてもまったく振り払うことができない敵機に対し、ガードナーに諦めが広がった。煙草が欲しいな。ガードナーは思った。それが彼の最後の思考だった。

　ズガガガッ！

『零戦』の機首に固定されている二挺の七・七ミリ機銃が火を噴くと、『ワイルドキャット』の機体に吸い込まれてゆく。いかに頑丈を誇る機体であったとしても、銃撃に完璧に耐えられるように作られているわけではない。数十発の機銃弾を撃ち込まれた機体は、それでも横原の予想よりも少し長めに耐えたが、限界を越えると機体からあふれる燃料に引火して炸裂した。

　残りの三機の『ワイルドキャット』のうち二機の運命も、ガードナーとさして変わりはない。

　グワワァァ――――ン！　ズガガガ――――ン！

　轟音（ごうおん）を上げ、空中で炸裂した。一機だけが違っていたのは、空中で炸裂したのではなく、翼を射抜かれてバランスを崩し、錐もみしながら落下、海面に激突したのだ。

　三機の『零戦』にまったく被害はない。

　それでも横原の機嫌は悪かった。一機しか敵を撃ち落とせなかったからだ。もっともそれだけガードナーの腕が良く、横原にしても撃墜するのにそれだけ手間取った証拠でもあった。

激しい振動が空母『エンタープライズ』の艦橋に伝わってきてハルゼーは少しよろけた。

「ついに喰らったか！」ハルゼーの口から声が漏れた。

これまで獅子奮迅の操船で避けていた魚雷を、とうとうもらったのである。だがそれは、序章に過ぎなかった。一発目の魚雷によって浸水を始めた『エンタープライズ』は、艦体の傾斜を防ぐために反対側に注水して傾斜は避けられたが、その結果、自慢の速力を犠牲にせざるをえず、それが日本軍艦攻部隊に有利を与えたのだ。

ズドガガ――――――ン！

『エンタープライズ』が二発目の魚雷を受けたのは、一発目から十数分後だ。

直撃場所は左舷のほぼ中央、その奥には艦の心臓とも言える機関室がある。機関室に被害を受ければ、『レンジャー』の後継として設計、建造され、『レンジャー』に比べればはるかに高性能空母であるヨークタウン級空母（『エンタープライズ』は二番艦）と言えども、ただではすまない。それはハルゼーにもよくわかっている。

「提督。機関室に火が回ったそうです」

艦長が額にべっとりと脂汗を浮かばせた疲労まみれの顔で、声をかすれさせて言った。

「消火はできんのか！」無駄と知りつつも、ハルゼーが確かめる。

「消火班は、直撃弾を受けて炎上する箇所の消火作業で手一杯です……」

案の定、艦長から戻ってきた言葉はハルゼーの期待を断ち切った。

「提督。そろそろ見切り時かもしれません」

ブローニング参謀長が、意を決したように発言した。退艦のタイミングを間違えれば、二〇〇〇人に及ぶ乗組員を失いかねないのである。

「ジャップめ……」

ハルゼーは、ブローニングの問いには答えず呻くように言った。

「ワシは、許さん。許さんぞ、ジャップ。このハルゼーを怒らせたらどういうことになるのか、必ず思い知らせてくれる」

悪鬼と見まごうばかりの形相（ぎょうそう）で足を踏ん張って天井を睨みつけるハルゼーは、まるで伝説のモンスターのようだとブローニングは思った。

「参謀長」やがてハルゼーの口から不自然なほどに醒めた声が漏れた。

ブローニングが、はっとしたようにハルゼーを見た。ハルゼーの顔からはさっきまでの鬼のような怒りが消え失せており、そこには冷徹とも言える凍りついた表情があった。ブローニングにはその顔のほうがはるかに恐ろしいもののように思え、身震いさえした。

ハルゼーは、ブローニングの思いなどまったく気がつかないように、「総員退去、だ。司令部は重巡の『ペンサコラ』に移す」と冷たい声で続けた。

未曾有の超弩級戦空母艦、超戦闘空母である『大和』を主力とする『大和』航空戦隊の編制は、小型空母『龍驤（りゅうじょう）』『瑞鳳（ずいほう）』、重巡洋艦『利根』『筑摩』、軽巡洋艦『多摩』『木曽』の他に、第一〇一駆逐隊＝駆逐艦『嵐』『初風』『萩風』、第一〇二駆逐隊＝駆逐艦『山雲』『夏雲』『峯雲（みねぐも）』、第一〇三駆逐隊＝駆逐艦『黒潮』『早潮』『夏潮』の計九隻の駆逐艦であった。

全艦が新鋭高性能艦『大和』に呼応させるため、速力、兵装などに大きな改装が加えられていた。たとえば基準排水量八〇〇〇トンだった小型空母『龍驤』は、機関などを強化したために一万二〇〇〇トンになり、二九ノットだった速力も三五ノットに引き上げられている。

しかし、最高速力三八ノットを獲得している『大和』に比すれば、それでもまだ十分とはいえないというのが『大和』航空戦隊司令官千崎薫中将と参謀長神重徳大佐の本音だった。

「やっと一隻だな、参謀長」

アメリカ軍空母『エンタープライズ』に致命的な打撃を与え、撃沈は間違いないとの報告に、千崎は不満そうな顔した。

「真珠湾に一隻もいなかったのが大きな誤算でしたからね」

応じた神の顔にも、喜びの色はなかった。もっとも、神という男は多少のことでは己の感情を表面に出すタイプではなく、この後も神の歓喜の表情に接した者は少ない。

出撃の頃に比べれば風もずいぶんとおさまり、波も穏やかだ。

しかし、一番の変化と言えばあれほど周囲に立ちこめていた霧が晴れ、まだ厚い雲の合間から数条の陽光が『大和』を照らしていることであった。

「戻ってきたようです」艦橋の窓から双眼鏡で天空を覗いていた先任参謀が、振り返って報告した。むろん、攻撃部隊の帰還である。

収容作業が終わらなければ正確には言えないだろうが、ここまでの報告によると、攻撃部隊の被害は戦闘機一、艦爆二。それくらいならば最小限と言っていいだろう。

天候の回復によって収容作業は予想以上に順調に進み、完了したのは一時間と少しであった。

収容完了の報告を受けた千崎は戦隊に転針を命じた。

許されるなら残りのアメリカ軍空母を探し回りたかったが、このとき『大和』航空戦隊は作戦の成功とは裏腹に大きな問題を抱えていたのである。

それは燃料だ。もともと補給艦不足気味の日本海軍だが、今回の長距離作戦の実施には相当数の補給艦が必要だったのにもかかわらず、不十分なまま出撃した。『大和』航空戦隊でもそれは変わらず民間の輸送船を徴用したのだが、悪天候と機関の故障で三隻の給油船を失い、帰還するには真珠湾奇襲部隊に付随する補給部隊に燃料を分けてもらったほどである。

「申しわけありません。私がもっと気をつかうべきでした」

頭を下げた神に、千崎は首を振って笑った。

「気にすることはねえさ、参謀長。戦争なんてものは、どうやったって完璧にやれるもんじゃねえんだからな。どれほど細心で確実な作戦だろうと、一つや二つの齟齬（そご）は必ずあるもんだ。なにせ相手がいるんだからな。こっちの思うとおりにゃはなっからいくわきゃねえのさ。問題はよ、そのミスや失敗を最小限に抑えるってこった。そしてだ、それをどれだけうまくこなすか、それもまた指揮官の、司令部の腕だろうよ」

自分の腕をポンポンと叩く千崎を見て、神は千崎を推挙した自分の目に狂いがないことを改めて思った。

おそらく、部分的な能力を見れば、千崎に優る提督は日本海軍にも多いだろう。作戦に秀でた提督、肝の据わった提督、人心掌握が巧みな提督。もちろんそれらが優れた提督の条件であることは間違いない。しかし千崎が言ったように、戦争がそうであると同じで、それらのすべてを兼ね備えている人物は皆無だろうし、神も望むつもりはない。

それならば、足りない部分を複数の人間で補えばいいのだ。その意味で千崎という人物は、神がほとんど持っていない能力を逆にほとんど持っている男だった。

思考や思索を得意とする神は、時において考えすぎて優柔不断になる。しかし千崎は、そんなとききっぱりと正しい断を下すだろう。理屈や理論には難があると言えば言える千崎だが、代わりに軍人としての鋭い感性を持っていた。先見的な目と言ってもいいものを、だ。

また、部下をねぎらう優しさや、逆に失敗をしたときに豪快に叱って後に遺恨を残さない豪胆さも、神にはないものだった。

神は、部下を褒めるにしても叱るにしても感情を表に出すのが苦手だから、部下にしても褒められているのか、叱られているのか判断ができないときがあるらしい。「あの人はわからないよ」とか「どうも陰険でいけないね、神さん」など、部下たちが裏で噂しあっていることを神は知っていた。

噂自体は、神も気にはしない。噂程度で自分の信念をどうにかするほど神は柔ではないのだ。言いたい奴には言いたいように言わせておけばいい。神はそう思っている。

学生や下級士官のときは、それでも良かった。しかし、地位が上がるにつれ、それではまずいことに神は気づいた。人間というものは、神のように理屈でやりこめるだけでは、自分の思ったとおりに動いてくれないのだ。ときには、いわゆるアメとムチを巧みに使う必要があるのだが、それが神にはできなかったのである。

できるのは、千崎だ。神が言えば角がたつ言葉は、千崎にかみ砕いて言ってもらえばいいと、神は考えていた。

「ちょいといいかい、参謀長」海図室で作業を行なっていた神の背後で千崎の声がした。

「そろそろ終わろうと思っていたところです」

神が振り向くと、トレイにコーヒーカップを二つ乗せた千崎が立っていた。

「そろそろ飲みてえんじゃねえかと、参謀長と仲のいい先任参謀が言っていたんでな」

「わざわざありがとうございます」

カップを受け取り、神がカップに口を付けた。熱々のコーヒーが食道から胃に落ちてゆくのを、神はゆっくりと楽しんだ。その温かさは千崎の温かさかもしれない、と思い、神は腹で苦笑した。まったく自分らしくない感慨だったからだ。

ズゴゴゴ――――ン！　ガグワァア――――ン！

天空に届くばかりの紅蓮の炎が噴き上がった。『エンタープライズ』最後の断末魔の声だ。将旗を掲げた重巡洋艦『ペンサコラ』の艦橋にも、その声は届いた。

ハルゼーは、微動だにせずに椅子に座っている。

「キル・ザ・ジャップ……」

「はっ」ブローニングがハルゼーを見た。

「キル・ザ・ジャップだよ、参謀長。俺は必ずあのイエローモンキーどもを皆殺しにしてやる。このブルを怒らせるとどういうことになるか、思い知らせてやるんだ！　少しの容赦も必要ない。徹底的に、残虐なまでに俺はジャップどもを追い詰めるつもりだぞ。ブローニング」

バンッ！　ハルゼーの拳がデスクを叩きつけた。灰皿が飛び、灰が舞い散った。

「沈みました……」

艦橋の窓から双眼鏡で『エンタープライズ』の動向を窺っていた艦長の悲痛な声が流れた。

「キル・キル・キル・ザ・ジャップ！」

この後ことあるごとに繰り返し、ハルゼーの代名詞とさえ言われる言葉であった。

「ありがとう、みなさん」

提出した日本との開戦決定が会議で承認を受け、アメリカ合衆国第三二代大統領フランクリン・デラノ・ルーズベルトが複雑な顔で言った。

日本は動く。ルーズベルト大統領はそれを確信していた。精度を深めつつある日本国政府の外交暗号の解読も、それを示唆している。

（当然だろうな）ルーズベルトは内心でそう思っている。

（我々は、そうなるように動いたのだからな）そうもルーズベルトは考えていた。

明治維新という内乱を経て誕生した大日本帝国は、日清・日露という二つの戦いに勝利し、第一次世界大戦では戦勝国に与したこともあって、着実に力をつけている。その結果、日本は中国大陸や東南アジアをその野望の向け先にしつつあった。

極東の貧乏国がなにを意気がっているのだ。アメリカをはじめ欧州列国は当初そんな気でいた。ところが近頃の日本の動きは、ほおっておけなくなってきたのである。

日本の野望をここいらで叩き折っておきたい。ルーズベルトと彼のブレーンたちはそう考え、日本との外交交渉に入った。

アメリカからすれば当然と思える数度の要求をいくつか連ねたが、日本はそれを蹴った。それだけならまだ交渉の余地は残されていたのだが、日本の軍部、特に陸軍がアメリカとの武力抗争も辞さない意志があるという情報が、ルーズベルトの政府を硬化させた。

なにを生意気な。ルーズベルトはそう思ったのだ。

弱小国が、武力で我が合衆国に抗せるはずはない。これはルーズベルトの確信だ。

そっちがその気なら、戦ってもいいとルーズベルトは思い始めた。

しかし、ルーズベルトの最大の敵は国内にあった。アメリカ国民そのものである。合衆国第五代大統領ジェームズ・モンローは、一八二三年にヨーロッパ列国に対し、アメリカ大陸（南北アメリカ）とヨーロッパとの相互不干渉を宣言した。砕いて言えば、アメリカはヨーロッパのやることに口を出さないから、そっちもアメリカ大陸にチョッカイを出すな、ということである。ある種の孤立外交だが、この後からこの政策がアメリカ外交の基本となり、今に続いている。

ドイツ戦に疲弊するイギリスをはじめとした連合国が盛んにアメリカの参戦を求めてきているが、アメリカ政府が応じないのも、国民の多くがモンロー主義をいまだに支持しており、ヨーロッパの戦争には干渉すべきではないという意見が多いからだ。

とはいえ、アドルフ・ヒトラーの率いるナチス・ドイツにヨーロッパを渡すわけにはいかず、合衆国政府は経済援助や武器貸与によって連合国を支援しているが、一部の国民にはそれさえ反対する者もいる。そんな状況の中、ルーズベルトが日本と開戦すれば、連続大統領就任を狙っている彼には致命的なマイナス要因となる可能性が高かった。

（こちらから手を出さずに、あちらから手を出すのならかまわないかもしれない）

天啓のようなひらめきを得て、ルーズベルトはその実現案を彼のブレーンとともに謀（はか）った。

外交でギリギリまで日本を追い詰め、「窮鼠（きゅうそ）猫を嚙む」の状況に追い込む。ルーズベルトとブレーンの結論が、これだ。

どうせ、日本の攻撃など大したことはあるまいと、ルーズベルトたちは高（たか）をくっていた。

ところがどうだろう、アメリカは太平洋艦隊の虎の子と言うべき戦艦を多数失い、人的被害も推測をはるかに超えていたのだ。

（だが、考えてみれば、それで良かったのかもしれない。被害が大きかった分、国民の怒りも大きく、開戦決議もすんなりといった）ルーズベルトはそうも考えていた。

（あとは、国民の昂揚気分をあおることだ）

拍手の波がおさまったのに気づき、ルーズベルトは顔を上げた。そして、言った。

「リメンバー・パールハーバー！」

再び、拍手がわき起こった。しかも、今度は声も加わっていた。議員たちは、口々に言った。

「リメンバー・パールハーバー！」

「偶然が二度重なっただけだと思いますがね」

海軍大臣嶋田繁太郎大将がつまらなそうに言ったのは、軍令部総長の執務室でのことだった。

「偶然か……偶然なあ」軍令部総長永野修身大将が、首を傾げるように言った。

昨日の一二月一〇日、海軍基地航空部隊（第一一航空艦隊麾下）がマレー半島沖合において、イギリス東洋艦隊の新鋭艦で不沈戦艦とまで呼ばれていた『プリンス・オブ・ウエールズ』と精鋭巡洋戦艦『レパルス』を撃沈させるという壮挙を成し遂げたのである。

〈真珠湾奇襲作戦〉に続いての海軍航空戦力の華々しい活躍は、海軍航空戦力派の言う、これからの海戦は航空戦力こそが主体である、という言葉を証明しているかに見えた。

実際には大艦巨砲主義的傾向が強いながら、ことの成り行き上、山本五十六大将の主張である超弩級戦艦を空母に改装するという案に協力して実現させた永野にしてみれば、いささか片腹痛い気持ちはあるにせよ、二度の航空戦力の快挙は、改装策を面白く思っていない大艦巨砲主義者からの責めをかわす十分な成果に思えた。

だがそれを、嶋田は偶然だと言っているのだ。

「こんな偶然で海軍の力を考え違いすると、将来に悔恨を残すことになりますぞ」

嶋田が、たたみかけるように続けた。

そこまで言われると、永野も困惑を感じざるを得ない。嶋田の言うことも、もっとものような気がするのだ。それに、海兵の後輩ではあるが現首相東条英機陸軍大将に気に入られて海軍大臣に登用され、今や飛ぶ鳥を落とす勢いのある嶋田に対して必要以上に逆らうことは、老いが目だち、やや気力の衰えさえ感じ始めている永野には少々しんどいことでもあった。

ただし、嶋田繁太郎海軍大臣がガチガチの大艦巨砲主義なのか、ということになるとそれは違うだろうと永野は思う。というよりも、嶋田という男にはいわゆる男らしい一本筋の通った、信念のようなものが存在しないのだろうと、永野は考えていた。

優れた軍人というよりも、有能な官吏であり老獪な政治家的傾向の強い嶋田は、そういった人間の多くがそうであるように、信念をもつよりも巧みに時の流れに乗ってゆく生き方をしているように見えたからだ。

そういったタイプの人間は、朝令暮改が多く、時の流れによっては、昨日まで言っていたことを今日は一八〇度変えることすらままある。

（もっとも、大艦巨砲主義は別にしても、戦艦改装策だけは嶋田は最後までこだわるのだろうな）と、永野は思っている。

理由は、山本五十六にあった。嶋田と山本は海兵三二期の、同期である。だが、海軍軍人に「海兵三二期の人物とは誰か？」と問えば、「山本五十六大将」とほとんどの者が答えるだろう。少なくとも、嶋田繁太郎の名をあげる者は決して多くないはずだ。

それほどに、山本五十六という男は、海軍軍人として尊敬も憧憬もされている、ある種の英雄的な人物なのである。

しかし、嶋田はそれに承服しない。「皆は、騙されておる」とまで考えている。事実、海兵でも海大（ただし山本一四期、嶋田一三期で同期ではない）でも、成績は嶋田のほうが上だったのだ。

「皆は、山本のホラ話と乱暴な行動を武人だと勘違いしているに過ぎない」と、断じ切った。

これほどまでに強い嶋田の山本に対する反感は、山本への羨望や嫉妬、そして、自分よりも山本を認める海軍に対する苛立ちなどがない交ぜになったものだろう。

また嶋田が、「東条の副官」とか「海軍内陸軍大将」などの陰口を叩かれるほど陸軍寄りになったのは、自分を認めない海軍及び海軍軍人に対する彼の不満から来ていたのかもしれない。

もちろん、開戦派と非開戦派の抗争がなかったとするなら、現在、海軍大臣の座にあるのは山本五十六であっただろうことは、嶋田も認めざるを得なかった。

そしてまたここで山本の主張する大艦巨砲無用論が認められるようなことになれば、ますます山本の株は上がるだろう。いやすでに〈真珠湾奇襲作戦〉により、海軍ばかりでなく陸軍にまで「さすが山本大将だな」という賞賛の声がわき上がっており、嶋田の機嫌をそこねていた。それだけに、どうしても航空機の力を嶋田は認めることができなかった。

「もうこの話はやめにしよう」

自分から持ち出した話を、永野が打ち切った。それをしおに嶋田も総長室を辞そうと、椅子から立ち上がる。

当時、海軍省と軍令部は日比谷にある通称「赤煉瓦」と呼ばれたビル内にあった。

そのため両方の職員はいやがうえにも面つきあわす状況にあったし、それは海軍大臣にしても軍令部総長であっても変わらない。とは言え、海軍大臣の場合は常時赤煉瓦に詰めているわけではないから、一般職員のように軍令部総長と出合う機会は少なかった。

（それが救いだな）と、永野は思った。

外野では永野と嶋田を同じ開戦派として関係良好と見ているようだが、実際のところは、他が思うほど二人の意見がピッタリとしているわけではない。砂浜の砂が同じように見えても、一粒一粒はまったく別物であるのと同じだ。同士と言えど、中身を詳しく見れば、開戦に賛成する理由もその方向性も、永野と嶋田では相当に違っている。

「だいたいにして、嶋田は信念があって開戦を主張したわけではないしな。あいつの開戦は陸軍の東条に引きずられ、同調しただけに過ぎん……」つぶやいて、永野は一つ空咳をした。

永野の脳裏に、軍艦に乗って意気揚々としていた若き日の自分の姿が浮かんだ。夢があり、希望があった時代だ。もちろん当時の夢と希望を永野はほぼ手中に収め、現在、ときには海軍大臣以上の権力を行使できる軍令部総長の座にある。

しかし、その座にいる時間もそう長くはないだろう。もちろん権力の座に未練はあるし、できる限り長くそれを握ってはいたいが、それは難しいかもしれない。ならば今あるすべてを投げうって若き日のはつらつとした自分に戻り、前線で大砲を撃ってみたいと突然に思った。

そんな自分に、永野は苦笑した。

「やはり俺は軍人だな……嶋田のように己の野心のためにありもしない信念を転がしたりはせんからな」

窓辺に寄ると、戦勝を祝う市民の提灯行列が見えた。

「山本か……いやがうえにもあいつが海軍のトップに来る時代がくる。それも、すぐにだ……」

再び永野の脳裏に、映像が浮かんだ。ふてぶてしく、剛毅なくせに、笑うと妙に人なつこい思いを抱かせる山本五十六の姿だ。

「動けよ、山本。お前の海軍なのだからな」

永野は言って、ため息とも安堵の息ともつかない大きな息を吐いて目を閉じた。

第二章　時の漂流者

海上自衛隊新型輸送艦『あきつ』の船務長、志藤雅臣三等海佐は、肌が焼けつくように熱くて飛び起きた。海が見えた。記憶が怒濤のように志藤の脳に甦ってくる。

（そうだ。俺たちは海底火山の噴火に巻き込まれたのだ！）

それでも、どうやら沈没は免れたらしい。どう見てもここは海底ではない。

周囲を見る。『あきつ』の艦橋だ。海底火山の噴火の影響か床には様々なものが散乱しているが、あることをのぞけばいつもとまったく変わらない艦橋だった。

「誰かいないのか！」叫んだ。そう、志藤の視界の中には誰の姿もなかったのである。

志藤は、人の姿を求めて走った。艦橋中を、人を求めて捜し回った。

「こんな馬鹿なことがあるか」志藤が、絞り出すように言う。

ＣＩＣ（戦闘指揮所）の発達によって現代の戦闘艦の艦橋はその重要度を薄れさ

せ、詰めている乗組員は少なくなっているが、しかし無人ということは有り得ない。

「とにかくCICに行ってみるか」

押し寄せてくる奇妙な不安を押し払うように、志藤はCICに繋がるエレベータに乗った。ウィーンと軽い降下音がしてすぐに止まり、エレベータのドアが開いた。

CICに飛び込むや、「な、なんだっていうんだよ!」

またしても志藤が絶叫した。そこにも誰もいなかったのだ。

しかし、噴火の影響か床やデスクの一部が乱れてはいるものの、計器などは被害がなく通常に作動している。ただ、それを使う人の姿は一人もなかった。

混乱と不安が志藤を押しつぶす。動悸が乱れ、呼吸も苦しい。

志藤は電話に飛びつくと、艦内の部署の思いつくナンバーを次々に押した。しかしただの一本も繋がらず、志藤に聞こえたのは白々しい呼出音だけであった。次に外線の番号を廻し始めた。日本にいる友人の番号だ。通信衛星を介して艦艇からでも世界のどこにでも電話は繋がる。

ところがどうだ。今度は呼出音さえ鳴らない。

「くそっ!　この電話、故障してやがる!」受話器を叩きおいた。

「そうか。携帯だ」あわてていつも携帯電話を入れているポケットを探る。ない。

「部屋だ」

志藤はＣＩＣを飛び出し、自分の部屋に飛び込んだ。携帯電話はベッドの脇のテーブルの上で充電器におさまっていた。ボタンを押す。だが、状況はＣＩＣの電話と同じだ。

「畜生っ！　いったいどうなってんだ！」

志藤は自室を走り出た。同僚の部屋、上官の部屋、部下の部屋、食堂、娯楽室、そして機関室。『あきつ』の艦内をそれこそ狂ったように人の姿を求めて探し回り、走った。が、志藤の願いは叶わなかった。

精神的な疲労に肉体疲労が重なり、志藤は動く気力が失せていくのを感じながら自室に戻った。時間を正確に計っていたわけではないが、艦橋で目を覚ましてからすでに二時間以上は経っているだろう。ベッドに転がる。空腹も感じたが、食欲はない。目を閉じる。考えることさえ嫌だが、考えずにはいられない。

「……そんなはずはない。有り得ないさ。当然だろう。『あきつ』には、海自と陸自と合わせて二〇〇〇人近くが乗り込んでいたんだぞ。なにがあったか知らないが、それだけの人間が消えるだなんて、そんなことは絶対に有り得ない……」

ここまで調べた中で、むろん十分とは思えないが、新鋭輸送艦『あきつ』が海底火山から何らかの被害を受けた形跡は見つからなかった。

しかし、考えてみればそれも不思議と言えるかもしれない。志藤の記憶の中にあるあの海底火山の噴火は未曾有とも言える強さであり、あの噴火に巻き込まれた『あきつ』がまったく無傷であるほうが逆におかしいとも思えるのだ。

しかし、それがなんなんだという思いも一方では、ある。すべてが不思議ですべてが奇妙なのだが、まったく答えが見つからない。

疲労で志藤はいつしか眠り込み、目が覚めたのは五時過ぎだった。自室を出る。誰もいない食堂に入った。料理をする気にはなれず、調理場の冷蔵庫からすぐに食べられそうなものを取りだし、テーブルに並べて食べ始めた。味は感じない。それでも空腹感は満たされ、ほんのわずかだが志藤の苛立ちが治まった。

廊下に出た。相変わらず人の姿はない。

これからどうするか、少し悩んだ。まだ探していない場所は多くある。そこに他の乗組員がいる可能性にすがりたいと思うが、無駄だろうと諦めている自分もいる。強い孤独感が、志藤を襲った。寂しさに抗しきれずまたＣＩＣに入ってみた。やはり誰もいない。

ここの装置や機械で、志藤が満足に動かせるものはそう多くはない。通信機の前に座った。これならどうにかなる。電話が駄目なら、これを使ってみようと思ったのだ。

しかし、それも徒労に終わった。どことも連絡がつかないのだ。それでも一応、救助を求める通信を送った。壊れているのは『あきつ』だけで、こちらには聞こえないが誰かが気づいてくれるかもしれないと思ったからである。

コトン。背後の音に、ビクリと志藤が振り返った。

「誰かいるのかっ！」志藤の声に、怯え（おび）と同時に期待が混じった。

だが、またしても志藤の期待は幻となった。音は、床に落ちていたカップが艦の揺れで椅子の足に転がりぶつかったものだったのだ。

通信機の椅子から立ち上がった。無駄かもしれないが、捜索を続ける気になった。志藤が心を凍り付かせるほどの孤独感から逃げるには、淡いと知りつつもその希望にすがりつくしかなかったのである。

〈真珠湾奇襲作戦〉に別働部隊として参加し、空母『エンタープライズ』を葬り去った『大和』航空戦隊は開戦二日後には太平洋上で奇襲部隊本隊と合流し、燃料の補給を受けて本隊とともに母港である呉港に帰還した。そして『大和』航空戦隊が再び呉港を出撃したのは、年が改まった一九四二（昭和一七）年一月下旬である。

任務は、陸軍が主体となって作戦遂行中の〈蘭印作戦〉の支援であった。蘭印とは現在のほぼインドネシア地域を示し、この地域には多くの地下資源が埋蔵されていると言われ、資源の乏しい日本にとっては戦争継続のために絶対に獲得しなければならない地域である。その作戦遂行において日本軍の前に立ちはだかることが予想されたのが、ＡＢＤＡ艦隊と異称されるアメリカ、イギリス、オランダ、オーストラリアの四国の海軍からなる連合艦隊であった。

一方、日本海軍連合艦隊はこの地域に目だった部隊を送っておらず、一部の駆逐隊を陸軍の上陸部隊や物資輸送をする輸送船団の護衛などに当たらせていたのみで、航空戦力はフィリピン占領後、フィリピン・ミンダナオ島のダバオに司令部を進出させた海軍基地航空隊の第一一航空艦隊に委ねていた。開戦初頭とあって日本軍の作戦は多方面に渡っており、連合艦隊がそれらすべての地域、海域に十分な部隊を送ることは最初から無理だったのである。

だが、作戦域の広さや距離を考えると、すべての作戦を基地航空隊に任せることはどだい無理だろうと判断した連合艦隊司令部は、〈真珠湾奇襲作戦〉を終えた航空戦隊を各地域に分散させることを決定し、すでに第一航空戦隊と第二航空戦隊を主力とする機動部隊はラバウル攻略支援のために出撃していた。『大和』航空戦隊の蘭印派遣もその一環であり、本来はラバウルに出撃した機動部隊と同時期の出撃を予定されていたが、軍令部と連合艦隊の間につまらない行き違いがあり調整が難航して出撃が遅れたのであった。

さて、『大和』航空戦隊が戦うことになるＡＢＤＡ艦隊について、少し補足しておこう。

ＡＢＤＡ艦隊といかにもな名称を冠されたこの艦隊だが、正直に言ってさほど強力な部隊とは言いかねた。

まず問題になるのは言葉である。アメリカ、イギリス、オーストラリアの各軍の言語は英語だからそのまま通じるが、オランダ軍との間の意志疎通となると、これが難しい。しかも、蘭領という事情もあって、この四国連合艦隊の指揮を執るのがオランダ艦隊司令部だったため作戦がスムーズに進まないのは当然であった。

ＡＢＤＡ艦隊指揮官カレル・Ｗ・Ｆ・Ｍ・ドールマン少将の発するオランダ語の命令が英語に訳され、残り三国の司令部に通達される。ときにはアメリカなどの反論などもあるためそれがまたオランダ語に訳されドールマン少将に伝えられることになり、これでは時間がかかるばかりではなく、誤訳もあって艦隊の作戦行動を混乱させた。

言葉と指揮の問題にはアメリカ軍も早くから不満を持っており、この地域の連合国海軍を指揮するオランダ海軍のコンラッド・E・L・ヘルフリッヒ中将に、せめて艦隊の指揮権だけは英語をしゃべる国から出したいと申し入れた。実現すれば、少なくとも三国はスムーズに連係プレーをとることができるだろうと考えたからである。

しかし、誇り高きオランダ海軍軍人ヘルフリッヒ中将は、あくまで首を横に振ってオランダの権利を譲らず、残りの三国はしかたなくそれに従うしかなかった。

二つ目の問題も大きい。このＡＢＤＡ艦隊には空母がなく、イギリス軍の降伏、撤退などもあって満足な航空支援を受けられなかったのである。

まだ大艦巨砲主義が幅を利かせ航空戦力に対する理解がなかったからだろうが、後から見ればこの艦隊は間違いなく欠陥艦隊と言えた。

ＡＢＤＡ艦隊内では南方のオーストラリア軍からの航空支援を期待していたが、これも甘い。日本軍はとっくにそれを読んでおり、蘭印とオーストラリアを遮断するためにオーストラリアの北に位置するインドネシア諸島のアンボン島やチモール島を虎視眈々と狙っていたのである。

そこに、敵空母発見の報が入った。位置的にもおかしい。『大和』航空戦隊は現在フィリピン海のルソン島北東の沖合にあるが、敵の空母がそんな場所の近くにいるとはどうしても考えられなかったのだ。

続報によって、千崎も神参謀長もますます首を傾げた。続報はその正体不明の空母にはまったく護衛がついていないばかりでなく、動いてもいないというのだ。従来の空母よりははるかに戦闘能力の優る戦空母艦『大和』であったとしても、護衛艦をつけずに単騎航行するのは実に危険な行動だ。それなのに、二万トンにも満たない、それも索敵機からの報告によるとさほど重兵装ではない中型空母が漂っているなどというのは、千崎や神からすればもってのほかである。潜水艦などから見れば、これ以上に食いやすい獲物はないだろう。

「どうしますか、司令官」

さすがの神参謀長も判断に窮したのか、困ったように千崎を見た。

「報告をしてきた索敵機の搭乗員はベテランだ。その男が判断できねえんだからな、困ったもんだぜ。しかし、ほおっておくのも良策じゃねえよな。まずありえねえが、アメリカやイギリスのもんだという可能性もまったくねえわけじゃねえ。もしそうなら、やはり攻撃しておくべきだろうからな」千崎の言葉も歯切れが悪い。口では アメリカやイギリスの艦の可能性も言っているが、どう考えてもそうであるとは神にも思えなかった。かといって、神に矛盾なくそれについての説明ができるわけではない。

「司令官。妙な無線が入っています。それも、暗号などではありません。生の日本語です」

「な、なんだと！」千崎と神が驚いたように顔を見合わせた。

「とにかく、読んでみろ」

「はい。こちらカイジョウジエイタイジエイカンタイ所属の輸送艦『アキツ』。海底火山の噴火により遭難した可能性大。最寄りの艦艇は至急救援に向かわれたし。位置は……」

「お、おい、参謀長。無線が言っている位置は、あの正体不明の船の位置じゃねえのか⁉」

「どうも、そのようですね。しかし、司令官。索敵機は空母と言っていますから、別の船である可能性が高いのでは……新米ならともかく、ベテランが空母と輸送船、そんな初歩的なミスは犯すとは思えません」

「そ、そうだよな。よし、索敵機に空母の周囲を調べるように言え。輸送船を探すんだ」

一五分後、索敵機から、空母の周囲には輸送船は見あたらないという報告が入った。

「どうする、参謀長。無線で確かめるのが一番手っ取り早いが、一応無線封鎖を命じられているからなあ……」

「……はあ」千崎は腕を組んでいたが、やがてそれを解くと言った。

「とにかく遭難船に無線を飛ばそう。やはりほおってはおけねえよ」

「いいでしょう。周囲に敵がいるとは思えませんから、よしんば無線を傍受されたとしても大きなことはないでしょう」神がうなずいた。

「こちらは連合艦隊麾下の『大和』航空戦隊旗艦戦空母艦『大和』。貴艦の状況を知らせよ。危機的状況なりや……」

飛び込んできた無線に、志藤は飛び上がった。この三日間、志藤はあらゆる通信手段や考えられる方法を試していたのだ。艦内はほぼ完全に捜索を終え、『あきつ』にいるのが自分だけであることを確かめた志藤にできることは、それしかなかったからだ。

そして、それは報われた。ただ、相手がふざけているようなのでそれが不安だった。自衛艦と名乗ったからだろうか、よりによって戦艦『大和』などというとんでもない名で答えてきたことに対してである。

だが、それにこだわっていてもしかたがないと思い、志藤は返事を返した。

「ありがとうございます。私は、『あきつ』船務長の志藤三等海佐です。信じられないことがあって、本当は詳しくお話したいのですがそれは後にさせていただきます。とにかく、本艦には私一人しかいないのです。『あきつ』は優秀な艦で、ただ動かすなら三〇名ほどで足りるでしょうが、さすがに一人では不可能です。また、無線機や他の通信機にも不具合があるらしく、二日間やって初めてそちらとの連絡ができました。ご足労とは思いますが、そちらから自衛艦隊本部に連絡をお願いできないでしょうか」志藤は一気に言った。だが、返事がない。まさかまた連絡がつかなくなったのではないだろうかと、志藤に不安が広がる。

「あの」

「……あなたは日本人ですよね」相手の声が変わった。

「もちろんです。志藤雅臣、出身地は横浜の元町で……」

「シトウさん。わかりました。ただ、正直に言ってこちらでは意味がわからないことが多々あるのです。センムチョウ、サントウカイサ、ジエイカンタイホンブなどがそれです」

「意味がわからない？」

「申し遅れました。私は大日本帝国海軍連合艦隊『大和』航空戦隊参謀長神重徳大佐です」

「あ、あの、失礼ですが、そちらこそふざけているのではありませんよね。私は戦史についてそう詳しいほうではありませんが、知っている限り『大和』航空戦隊という名は聞いたことがありませんし、大佐は旧軍の呼び方ではありませんか」

そしてまた、沈黙。

「神……大佐」自分で否定しておきながら、志藤は相手をそう呼んだ。

「話がどうもかみ合いませんね。ただ、先ほどの連絡によると、あなたは一人だという。となると、あなたにお目に掛かるにはこちらから行くしかないようですね。駆逐艦では時間がかかりますから艦攻を一機行かせますので、できうる範囲でかまいませんので着艦の準備をお願いします」

「ちょ、ちょっと待って下さい！　今、艦攻とおっしゃったようですが、それって、その、艦上攻撃機、ということですか？　九七式艦攻とか言う、あれの簡略形」

「その九七式艦攻で行きます」

「無理ですよ。確かに『あきつ』は広い甲板を持っていますしヘリポートがありますのでヘリコプターなら離着艦させることはできますが、航空機を離着艦させる装備はありません」

「……シトウさん。実は、我々はすでに一時間近く前に貴艦と思われる艦を索敵機によって発見しています。その搭乗員が空母と報告してきたのですが」

「ああ……それはあり得る話です。『あきつ』の前型である『おおすみ』が導入されたとき、アジア各国は自衛隊もついに空母を持つのかといろいろと言われましたから。しかし、『おおすみ』はもとより『あきつ』にも空母としての能力はありません。特にシーハリアーが垂直離着陸なんぞしたら、甲板に穴が開きますよ」

これには少し嘘がある。『おおすみ』はそうだが、『あきつ』の場合は少し手を入れればシーハリアーの離着陸は可能だった。しかしそれを今、説明する気にはなれなかった。

「いくらでも意味不明の言葉が出てくるようですね、シトウさん。しかし、それは後にしましょう。くどいようですが、本当に空母ではないのですね、貴艦は？」

「はい。『あきつ』は輸送艦です。それは直接ご覧いただければわかることです」

「……わかりました。それでは駆逐艦を行かせましょう」

無線が切れた。正直に言って、志藤は複雑だった。助かったという喜びはあるにはあるのだが、素直に喜べない困惑も大きいのだ。はじめは相手がふざけていると思ったのだが、神大佐と名乗る人物の言葉からはそういう軽さは感じられなかったのである。

「しかし、『大和』航空戦隊はねえよなあ……」志藤がため息をついた。

一五分で、『大和』航空戦隊麾下第一〇一駆逐隊の『嵐』が『あきつ』に接近してきた。

『嵐』は陽炎型駆逐艦の一五番艦だが、『大和』航空戦隊に配属されたほかの陽炎型駆逐艦と同様に大きな改装が加えられており、基準排水量は陽炎型の二〇〇〇トンに対し二四〇〇トン、最高速力も三五ノットから『大和』と同じ三八ノットに引き上げられていた。

神は、苦笑気味の千崎に見送られて『嵐』の内火艇に乗り込んだ。

自分が行く気になったのは、シトウサントウカイイサと名乗る、悪く見れば少しおかしいのではないかとさえ感じられる人物と、索敵機の搭乗員が空母と言いシトウ自身は輸送艦と言うその艦を、一刻も早く自分の目で確かめてみたかったからである。

東方に走るとようやく問題の艦艇の姿を確認できるようになり、神は双眼鏡をつかんだ。双眼鏡を使ってもまだ細かいところまでは判明しないが、神は「なるほどな」とうなずくように言った。確かに外形は空母に見えないことはない。上空からだと、よりそう感じたかもしれない艦形である。

ところが、詳細に見える位置にまで近づくと神は首を捻(ひね)った。戦闘艦特有の迫力のようなものがその艦には感じられないのだ。兵装がほとんど見えない。

甲板に人が立っていた。一人しかいないというのだから、それがシトウサントウカイサという男なのだろう。

その志藤は、混乱している。それは『嵐』が接近してきたときから始まった。

戦史には詳しくはないと自分で言った志藤だが、そこは海上自衛隊の隊員である。接近してきた駆逐艦や、そこからやってくる内火艇が現代のものではないことはわかる。おそらくは、第二次世界大戦当時に使用されたものであろうとも想像できた。

無線の相手が盛んに自分を第二次世界大戦の時代の人間に擬そうとしていることと同じラインだとは思うが、問題はなぜそんなことをしてみせる必要があるかということだった。

今日がエイプリル・フールで、誰かが自分を騙すためにこんな大がかりな芝居をしているわけではあるまい。じゃあ、なぜだ。志藤の思考は空回りをするだけで、結論らしきものはかけらほども湧かない。

内火艇の中の人物の様子がわかるようになってきた。先頭で腕を組み、こちらを睨むように凝視している男がいる。

「あれが参謀長だと名乗った神大佐だろうか。そして、俺をからかっている男……」

だが、考えはここでも見えてこない。

「……そう、結局ことの真意は彼自身に聞いてみるしかないだろう」志藤はそう決めると、準備してあるタラップに急いだ。

『あきつ』に接舷した内火艇から、志藤が神大佐ではないかと考えた人物が三人の従兵を伴って上ってくる。目つきが鋭く、決して冗談や悪ふざけが得意な人物には見えなかった。

「シトウさんですね」神が言って、敬礼をした。「私は、大日本帝国海軍大佐、神重徳です」

神が醸し出す雰囲気に、志藤も誘われるように敬礼をして「海上自衛隊三等海佐、志藤雅臣です」と、応対した。

志藤は、相手の芝居に引きずり込まれたような気がしないでもなかったが、不思議に無視はできなかった。神という人物には、そんなオーラがあった。

そこで志藤は、自分の身分が海上自衛隊というところの三等海佐であることをかいつまんで説明した。黙って聞いていた神大佐だったが、志藤の言葉を信じている様子など微塵(みじん)もない。ただ、信じているふりをしているだけだ。

「わざわざご苦労様です」

様々な言葉が志藤の脳裏には駆けめぐっていたが、結局、口から出たのはそんな言葉だった。

「それは、あなたも同じでしょう」

そう答えた神の目が一瞬和んだように見え、志藤は奇妙な安堵感に包まれた。

「お茶でも飲まれますか？　インスタントが中心ですが、一応なんでも揃っていますが」

（また、意味不明の言葉だ）と、神は思った。

駐独武官を経験している神だけにある程度ドイツ語には通じていたが、英語は得意なほうではなかったから、「インスタント」がなにを意味しているか彼にはわからなかったのである。

「いえ。よろしかったら先に艦内を見せていただけますか。外形から見ても、私はそれに強く興味を感じていますので」

「……ああ、そうでしたね。しかし」

(そろそろ種を明かして下さいよ)志藤はそう言おうとして、その言葉を飲み込んだ。神の瞳があまりにも真剣で迫力があり、それに気圧されるように感じたのである。

「まあ、それはかまいませんが、どこをご覧になりたいのですか」しかたなく志藤が聞いた。

「どこでも結構です。この『あきつ』という艦の最も『あきつ』らしい場所を見せていただければ」

ＣＩＣかなとまず志藤は思ったが、自衛艦らしい節度がその考えを捨てさせた。『あきつ』の心臓の一部であるＣＩＣは、それだけ極秘扱いなのだ。それを正体もよくわからない男に見せることには、ためらい以上の拒否感がある。迷った末、志藤は神たちを艦橋に案内した。

艦橋に一歩踏み込んだ途端、神や彼の従兵は立ち尽くした。彼らがまず感じたのは、違和感だ。そこはあまりにも彼らの知る艦橋とは違っていたからである。

神たちが理解できる装置や装備もわずかにはあったが、残りのほとんどはなんのための装置か、どう使うのかさえ皆目見当がつかない装備や計器ばかりであった。

しかしこの違和感は、すでに艦内に入ったときから神は感じていた。違うのだ。どこがどうとはっきりは指摘できないのだが、この艦は明らかに神の知る艦艇とは異質だった。

「参謀長。なんだか未来の艦のようですね」従兵の中村守二等水兵が面白そうに言った。中村は、前に読んだ戦記を題材とした科学小説の中に登場したシーンを思い出したのであろう。意味不明な装置や装備、計器から受けた感想でもあるが、それ以上にこの艦橋の持つ内装の感じが、いかにも明るく現世を逸脱したイメージがあったためだ。

カン、ともう一人の従兵の安藤洋介二等水兵が、散乱する床を歩いて行く際になにかを蹴ってしまった。蹴られたものは、テーブルの足にぶつかり止まった。

（腕時計か？）安藤はそう思ったが彼の知る物とはずいぶん違うように見え、拾い上げて首を捻った。針がないのだ。その代わりに見慣れない数字らしい物があり、右隅の小さな数字は次々と数を変えていた。

「どうした？」神が声をかけると、「これはなんでしょうか、参謀長……」と、安藤は手にしていたものを示した。

神がそれを覗いた。

「……腕時計……そうですね、志藤三等海佐」

なにをそんなことを今さらという表情で、志藤がうなずいた。

「この数字が時間と分を、右隅の数字が秒というわけだ……」

神がつぶやくように言って、それを横のテーブルに置いた。神の目に海底火山の噴火の際の衝撃で倒れた小型の卓上カレンダーが目に入ったが、視線はすぐにそれから離れた。だが、次の瞬間、視線が卓上カレンダーに舞い戻った。そして卓上カレンダーを取り上げ、凝視した。

「ありえん……」神が唸るように言う。語尾は震えていた。

「しかし……だが、そうならば、この違和感と異質感とつじつまが合う。だが、そんなことが、あり得るはずはない……」

神の視線は、カレンダーから離れない。

「どうされたのですか、参謀長？」神の異様な様子に気づいた中村が、聞いた。

それには答えず、神は窓際にいる志藤に歩み寄った。

「志藤三等海佐。あなたは横浜のご出身だと言われていたが、生まれは何年ですか？」

「今度は誕生日ですか」

志藤の声には棘（とげ）があった。からかわれているという思いが依然としてあったし、それを質（ただ）そうとするたびに神という人物に気圧されてしまい言い出せない自分に腹が立ち始めていた。

「教えて下さい」

また神に従わされたような気がして、志藤は憮然とした表情で答えた。

「一九六八年ですよ。昭和で言えば四三年の五月一〇日です」

「やはり、そうですか……」

「なにが言いたいのですか、神大佐」

しかし神は自分の考えに没頭していて、志藤を見てすらいなかった。

「いい加減にして下さい！　いったいあなたたちは何者なんです！　さも太平洋戦争時の軍人を演じられているようですが、それはなぜです？　どんな意味があるんですか！　私をからかうのがそんなに面白いのですかっ！」溜まっていたものを吐き出すように、志藤が一気に言った。だが、神は沈黙を続けた。

「神大佐。いや、神さん。なんとか言って下さいよ」

「なにがあったのです？　詳しく聞かせて下さい」

「えっ？」

「信じられないこと、そう、あなたがさっきおっしゃったことです」

「よして下さいよ、今はそんなことは関係ないでしょう。私はですね」

「志藤三等海佐。多分、関係はあると思います。そう、間違いなく関係があるはずです。それをお聞きすればおそらくあなたの疑問にも答えられるかもしれません。ですからお願いします」

神の、強い凝視。志藤はまた押し切られるような圧迫感を感じた。

（くそっ！　なんだってえんだ……）志藤が腹で叫ぶ。（待てよ。話せば疑問に答えられるとも言っているんだぞ）

「海底火山の噴火ですよ、それが始まりだったんです」

志藤が苦い思いを抱えたまま話し出した。

「ありがとうございました」志藤が話し終えた後、神が心からの感謝を示すように言った。

「話しましたよ、神さん。さあ、今度は私の疑問に答えていただきましょう」

「お答えしましょう、志藤三等海佐。多分信じられないでしょうが、今日は昭和一七年、西暦で言えば一九四二年一月二八日です」

「……一九四二年ですって？　昭和一七年ですって？　もういい加減にして下さいよ！　まだ戯れ言で私を！」

「事実です。あなたが信じるかどうか、いや、多分信じられないでしょうが事実なんです」

神がピシャリと言った。だが、怒り心頭に発している志藤は今度は負けなかった。

「もう、結構です。あなたに期待した私が馬鹿だったんだ。説明はいりません。その代わりに、近くの港まで送って下さい。本当ならあなたになんか頼みたくもありませんが、私一人で『あきつ』を動かすことは不可能ですからね」

そこまで言って、志藤の形相が変わった。

「まさか、ここに置き去りにしようなんていうことをあなたは考えていませんよね！　もしそんなことをすれば！」

今にも神に摑みかからんばかりの志藤の前に、スッと中村と安藤が割って入った。

「邪魔をするなっ」拳を振り上げようとした志藤の腹に、中村のパンチが入った。

志藤が床に崩れ落ちそうになるのを神が受け止め、床に寝かせた。

「彼の混乱も当然だよ。俺だって彼の立場だったら冷静ではいられんだろう。お前は未来から過去に時間を飛んできた、なんて言われれば、だ」

「じ、時間を飛んできた……？」

「信じられんだろう、中村。正直に言って俺だって自分でそう言いながら半分は懐疑的なんだ。あり得るはずはないって思っている。だが、そう考えないと説明できんのだよ。この艦のことが、未来の艦『あきつ』のことが、な」言ってから神が大きく息をし、失神している志藤を見た。

「とにかく、志藤三等海佐をここに一人で置いていくわけにはいかないだろうから『大和』に運ぼう。彼が信じるか信じないかは、また別の話だからな」

「この艦は、どうされますか？」

「捨てる気にはなれないよ。まだまったく未知の存在だが、捨てるにはもったいないだろうし、ほおっておいて敵の手に渡ることを考えると実におしいじゃないか。もっとも、そのためには志藤三等海佐の協力が必要なんだがな」

そう言って、再び神は苦悶の表情で床に転がっている未来から来た男を見た。

第三章　蘭印血風戦

日本軍の蘭印攻略は、まず石油資源の確保、次に蘭印とオーストラリアの遮断、そして最後に蘭印の中枢であるジャワ島の占領という順序で計画されていた。

一月一一日、海軍陸戦隊の落下傘部隊が蘭印セレベス島メナドに降下したのも、その作戦の中の一つであった。続く二五日、陸軍第一六軍坂口支隊が蘭印ボルネオ島バリクパパン占領に成功した。ここは油田地帯である。

日本軍の進攻に守勢一方の形勢に追い詰められるつつある連合国軍側の状況のなか、オランダ艦隊司令官兼ABDA艦隊司令官であるカレル・ドールマン少将はジリジリとしながら反攻の機会を窺っていた。

日本軍がバリ島のデンパッサル飛行場占領を狙っているという情報を、ドールマン少将が得たのは二月初旬だった。少将は、日本軍の野望を阻止すべく自艦隊を出撃させた。ドールマン少将は、直率に軽巡『デ・ロイテル』『ジャワ』、駆逐艦『ビートハイン』『フォード』『ポープ』を、そして別働隊として軽巡『トロンプ』、駆逐艦『スチュワート』『パロット』『エドワーズ』『ピルスベリー』という陣営を組んだ。

一方、上陸部隊を乗せた船団を護衛する日本海軍の陣営は、第八駆逐隊の『朝潮』『大潮』『荒潮』『満潮』の四隻の駆逐艦である。いずれも朝潮型で、基準排水量二〇〇〇トン、全長一一八メートル、最高速力三五ノット、兵装は六一センチ四連装魚雷発射管二基、一二・七連装砲三基六門、一三ミリ連装機銃二基四挺であった。朝潮型は戦争前期においては日本海軍を代表する駆逐艦と言われていたが、単純な数の比較では日本軍不利と見て間違いなかった。しかし、海戦は意外な様相を呈した。

先に仕掛けたのは、ABDA艦隊の『デ・ロイテル』と『ジャワ』だった。

ズガガ――ン、ドガガガ――――ンと二艦の主砲が火を噴き、『朝潮』に対して砲撃が開始された。

『朝潮』が応戦を始めると、僚艦の『大潮』が駆けつけて砲撃と雷撃で攻撃した。

戦力に不安を抱えるドールマンは、着弾を知るとこれ以上の被害になることを恐れ、反転して後方に下がる命令を出す。

「臆病者めっ！」

敵の動きを知ったもう一隻の僚艦『荒潮』の駆逐艦長が、続けざまに雷撃を命じた。

バシュッ！　バシュッ！

放たれた九三式酸素魚雷が、雷跡も見せず海中を突き進む。

ドグワァァ――――ン！

九三式酸素魚雷の血祭りに上がったのは、ＡＢＤＡ艦隊の殿を目くらまし用の煙幕を吐きながら疾走していた駆逐艦『ビートハイン』だった。ただでさえ防御の薄い駆逐艦である。そこにすべての面で世界最高水準の能力を持つ九三式酸素魚雷をまともに喰らった『ビートハイン』は、紅蓮の炎を天高く噴き上げる間もなく撃沈した。

目の当たりに『ビートハイン』の惨劇を目撃した『フォード』『ポープ』の二隻の駆逐艦は、速力を上げた。煙幕の間に逃走する二隻を発見した『荒潮』が砲撃を開始する。

ズガガガ――――ン！　ズガガガ――――ン！

だが、今度は攻撃に失敗し、逃走を許してしまった。

海戦第二波は数時間後のことだった。ABDA艦隊別働隊の登場である。このときは日本海軍が先手を取った。軽巡『トロンプ』を捕捉した『大潮』が砲撃を開始した。

ズガッガガ――――ン！　ズガガガッガガ――――ン！

一二・七センチ砲という駆逐艦の非力な攻撃ではあったが見事に命中弾を与え、『トロンプ』は『大潮』の砲撃で中破した。しかし『大潮』も着弾を受け小破する。そこに島陰から『スチュワート』『エドワーズ』の二隻が飛び出し、日本艦艇を砲撃した。最後の僚艦『満潮』がこれに応戦する。

ドガガガ――――ン！　ズガガガッガガ――――ン！

双方の砲弾が交錯し、外れた砲弾が幾重にも水柱を噴き上げ、灼熱した砲身に降りかかってジュッと音を上げて蒸発した。

『満潮』の甲板があわただしい。負傷者が呻き声を上げ、次々に看護兵が治療しながら「傷は浅いぞ、死にはしないさ」などと激励の声を上げる。

着弾のあった場所では消火が始まり、熱風と水が狂ったように舞っている中、ズドドドド――――ンと激しい炸裂音がし、『満潮』が振動した。直撃弾を受けたことは、誰もがわかった。兵たちの顔が、炸裂音のしたほうに向く。黒煙が上がっている。

「まずいぞ。機関室をやられたかもしれん」兵の一人が叫んだ。

それは正しかった。『満潮』は機関室に直撃弾を受けて、大破の被害を受けていたのである。

ABDA艦隊では、『スチュワート』が小破したのを境に撤退を始めていた。まさに鼠が猫を食ったような戦いは、ここに終末を迎えたのであった。

この戦いの結果で、ドールマン少将は他の国の提督たちから不興を買った。

特にアメリカの提督などは、「持てる戦力を小出しにするから、こんな結果になったのだ。別働隊など作らず一気に攻撃を仕掛けていたなら、わずか四隻の駆逐艦部隊など殲滅できたはずだ。今日の戦いは、力で負けたのではない。敗因は頭だ。能力のない誰かの大いなるミスが、勝利のチャンスをドブに捨てたのだ」と口汚く罵った。

ドールマンは反論したらしいが、記録にははっきりと残っていない。おそらく言い訳に近かったのかもしれない。誰も負けた理由など聞きたくないし、そんなものはまともに聞いてもらえなかった。軍人はいつだって、結果だけでしか評価されないのである。

後に日本側では〈バリ島沖海戦〉と呼ばれることになるこの海戦の情報を聞いた『大和』航空戦隊司令官千崎薫少将は、やや同情を込めて笑った。

しかし、「楽勝ですね」と発言した参謀には、「思い上がっちゃいけねえよ。余裕と油断はいつだってとなり合っているもんさね。今回のドールマンはそのいい例かもしれねえよな、参謀長」とたしなめるように言った。

「同感ですね、司令官。おそらくドールマンは、日本海軍の駆逐艦部隊など軽巡二隻でどうとでもなるとたかをくくって作戦を練ったのでしょう。だから、別働隊はあくまで予備と考えていたはずです。ところが意外にも手痛い反撃を受け、もともと戦力不足だからとっさに撤退を命じた。本来ならここで我慢すべきだったのです。もちろん軽巡の被害はもう少し大きくなったかもしれません。しかし、我がほうの被害も拡大していたはずですし、ここに別働隊の攻撃を受ければそれこそ全滅さえしていたかもしれませんからね」

「おそらく、そうだろうな。そして、ある意味じゃこれからのＡＢＤＡ艦隊は手負いの獣（けもの）のような気分でいるはずだ。いいか、手負いの獣っていうのはな、ときとして普段以上の力や凶暴さを出すんだぜ。そいつを忘れて余裕ぶっこいていると、痛い目にあうことになる。そこを勘違いするんじゃねえぞ」

千崎の参謀を見る目が、優しい。参謀があわててうなずいた。

（これが私にはできない。最初にどかんと脅かして、最後は諭（さと）すように、柔らかい）

そう思って神重徳参謀長は、すでに二週間以上経っているというのに与えられた部屋に閉じ籠もったまま出てこようとしない未来から来た男、志藤雅臣三等海佐のことを考えた。もしあのとき千崎が行っていたら、もっと違う状況になっていたかもしれなかった。

「参謀長。未来人のことを考えているのなら、そう心配はいらねえと思うぜ」

悩みが顔に出てしまっていたのだろう、千崎が巧みに神の気持ちを読んだように言った。

「ええ。私があれこれと考えたとしても、無駄なことはわかっているのですが……」

「正直、俺はまだ半信半疑だが、あの『あきつ』っていう艦に乗り込んで調べ回っている連中に言わせると、詳細は依然として不明だがなにかとてつもねえ艦だってことは間違いねえと言ってたぜ。特に後部格納庫に入っている奇妙な艇は、おそらく空飛ぶ船かもしれねえってな」

「それは、私も聞いています。船底から空気を吹き出して船体を浮かべ、後方のプロペラで前進する。水の抵抗がないから、ひょっとすると驚くべき速力を出せるかもしれないそうです」

「らしいな。もっとも、操縦のしかたもまだよくわからねえし、武器は機関銃程度だっていうから、兵器とは言えずおそらく輸送艇だろうとも言っていたよ。が、まあ、焦ることはねえ。未来人、志藤三等海佐がその気になれば、そのあたりはスッキリするさ。とにかく、あいつが自分を取り戻すのを待つこった」

「わかりました。しばらく忘れましょう。それでなくても仕事は山積みなんですからね」

いよいよ、蘭印攻略作戦の最終目標と言うべきジャワ島攻略作戦が始まった。

日本軍は上陸部隊を東と西の部隊に分け、ジャワに向かわせる作戦をとった。

海軍は、東側から進む部隊の護衛として、次の隊を編成した。

◇東方支援隊（指揮官＝高木武雄少将）

第五戦隊　重巡『那智』『羽黒』

第七駆逐隊第一小隊　駆逐艦『潮』『漣』

　東方支援隊付　駆逐艦『山風』『江風』
◇第二水雷戦隊（指揮官＝田中頼三少将）　軽巡『神通（旗艦）』
　第一六駆逐隊　駆逐艦『雪風』『時津風』『天津風』
◇第四水雷戦隊（指揮官＝西村祥治少将）　軽巡『那珂（旗艦）』
　第二駆逐隊　駆逐艦『村雨』『五月雨』『春風』『夕立』
　第九駆逐隊第一小隊　駆逐艦『朝雲』『野分』
◇別働部隊（指揮官＝高橋伊望中将）
　主隊　重巡『足柄』『妙高』
　別働部隊付　駆逐艦『雷』『曙』

また、西側から進む部隊の護衛として、

◇西方支援隊（指揮官＝栗田健男少将）
　第七戦隊第一小隊　重巡『最上』『三隈』
◇第三水雷戦隊
　第一九駆逐隊　駆逐艦『敷波』
◇第三護衛隊（指揮官＝原顕三郎少将）

第五水雷戦隊　軽巡『名取（旗艦）』

第五駆逐隊　駆逐艦『朝風』『旗風』

第二二駆逐隊　駆逐艦『皐月』『水無月』『長月』『文月』

第三水雷戦隊

第一一駆逐隊　駆逐艦『初雪』『白雪』『吹雪』

第一二駆逐隊　駆逐艦『白雲（しらくも）』『叢雲（むらくも）』

不思議なことに、この中に派遣されているはずの『大和』航空戦隊の名が無い。

その理由は、やがてわかることになる。

日本陸海軍東方船団がバリクパパンを出撃したのは、二月二五日であった。

一方のABDA連合海軍司令部でも日本軍のジャワ上陸は既定の事実と考え、艦隊をジャワ島スラバヤに集結させて警戒させていた。

二七日、ABDA艦隊艦隊麾下（きか）のオランダ艦隊を率いて周辺警戒を終えてスラバヤに戻った艦隊司令官ドールマン少将に、連合国海軍司令部から緊急連絡が入った。

「日本艦隊がジャワに急接近している。即座に出撃し、殲滅せよ」というのがその内容であった。

「そうか。ついに来てしまったか……」ドールマン少将が、わずかに表情を歪(ゆが)めた。

スラバヤ入港後、それまでも決して良好な関係ではなかったアメリカ艦隊指揮官でアメリカ海軍重巡『ヒューストン』の艦長でもあるアルバート・H・ルックス大佐との確執が深まったがために、艦隊運営は危機的状況をむかえており、出撃に対してドールマンは少なからず不安を抱いていた。が、今さらそれを言ったところでどうなるものではない。ドールマンは各国艦隊に出撃の命を発した。

細かい作戦は、ない。どうせ提案したところでまとまるはずもなかったからである。

従って、命令の内容も短い。「我に続け！」それだけだった。

スラバヤを出撃したＡＢＤＡ艦隊の兵力は、

ＡＢＤＡ艦隊（指揮官＝ドルーマン少将）

オランダ海軍

　旗艦軽巡『デ・ロイテル』『ジャワ』

　駆逐艦『コルテノール』『ヴィテ・デ・ヴィット』

イギリス海軍

重巡『エクゼター』
駆逐艦『エレクトラ』『エンカウンター』『ジュピター』
アメリカ海軍
重巡『ヒューストン』
第五八駆逐隊　駆逐艦『ジョン・D・エドワーズ』『ポール・ジョーンズ』
第五九駆逐隊　駆逐艦『ジョン・D・フォード』『アルデン』『ポープ』
オーストラリア海軍
軽巡『パース』

予想される日本艦隊の戦力を考えれば十分ではなかったが、これもまた今さら言ってもどうにもなることではなかったし、ドールマンは不満をもらせなかった。〈バリ島沖海戦〉後に彼に貼られた〝臆病者〟というラベルを剝がすには、不服など言えるはずはなかったのである。

「いざとなれば、この身を持って恥辱を晴らすのみだ」誇り高きオランダ海軍軍人は、部下にそう言い残している。

ドールマン少将の手腕は確かに並はずれたものではなかったろうが、言葉の問題や国による作戦に対する違いなどを調整しながら戦わなければならなかったことを考えると、彼を一言で無能と決めつけるわけにはいかないだろう。

そして結局、これらの問題がＡＢＤＡ艦隊の生死を最後まで左右することになったのである。

占領したばかりのラバウルがアメリカ太平洋艦隊の機動部隊の空襲を受けたのは、二週間ほど前の二月上旬だ。

なりをひそめていたアメリカ軍の再稼働は、連合艦隊司令長官山本五十六大将に締めつけるような胃の痛みを感じさせた。しかも機動部隊であることが山本の胃をより強く虐めた。

「結局、真珠湾は、周囲が喜ぶほどには成功ではなかったということだな」こういう後悔は、後ろは振り返らない楽天家と言われる山本にすれば実に珍しいことであった。

アメリカは黙っていない。必ず反撃してくるだろう。そう予想はしていたが、それだけアメリカ海軍の新たな蠢動(しゅんどう)は、山本には驚異と恐怖ということであった。

ラバウルに攻撃を仕掛けたアメリカ太平洋艦隊第一六任務部隊は、珊瑚海を南下してアメリカ軍の前進基地が多い南太平洋に向かっていた。

第一六任務部隊の中央をゆっくりと進むのは、撃沈された『エンタープライズ』に代わって新たに第一六任務部隊の旗艦になったレキシントン級空母の二番艦『サラトガ』であった。基準排水量三万六〇〇〇トン、全長二七〇・八メートル、搭載機数は機種によって九〇〜一二〇機と、日本の超戦闘空母『大和』が登場するまでは世界最大の航空母艦であった。

ただし、アメリカ側にはまだ『大和』についての詳しい情報は渡っていないから、この時点では第一六任務部隊指揮官のウィリアム・F・ハルゼー中将も、同部隊の参謀長マイルス・ブローニング大佐も、レキシントン級こそが世界最大の空母であることを疑っていなかった。

レキシントン級が巨大空母であることはそれなりに間違いではないのだが、能力という点から見ると、いくつかの問題があるのも事実だった。

それは一番艦の『レキシントン』の艦種記号が「CV—2」、『サラトガ』が「CV—3」であることを見ればわかる。アメリカ海軍の使う「CV」とは、空母を表わす記号、数字は建造順であるから、『レキシントン』は二番目、『サラトガ』は三番目に建造された空母で、簡単に言えば老朽化が目だち始めているということだった。

一度の大改装が行なわれているが、それ以後レキシントン級に対して大きな改装の話はない。もともとレキシントン級空母は比較的欠点の少ない艦と言われ、これ以上改装をしても飛躍的に向上する点も少ないという意見が強かったからである。

それは、事実でもあった。乗組員からの大きな不満もなかったし、排水量と大きさのわりには最高速力も三四ノットを誇り、これはレキシントン級以降に建造された空母と比較しても速いくらいである。要するにレキシントン級は良く言えば完成した軍艦であり、悪く言えばこれ以上はいじりようのない成長の終えた軍艦とも言える存在だった。

また、ハルゼーは『サラトガ』の艦長だったことがあり隅々まで知り抜いていて、「まるで古女房だぜ」と得意がってみせることさえあった。

その意味で、『サラトガ』が旗艦となったことに、艦の能力は別にしてブローニングにはホッとした面もある。『サラトガ』の艦橋にいるときのハルゼーが、『エンタープライズ』のときよりも楽しそうだったからだ。

だが、それが甘い考えだったとブローニングが痛感したのは、第一六任務部隊がソロモン諸島のガダルカナル島沖にいたった頃であった。

「本気ですか、提督」ブローニングが渋面を作って言った。

ハルゼーが、「参謀長。俺はこのまま南太平洋に向かうのはやめにした。寄り道をしていくぜ」と、まるで会社の帰りにバーにでも寄って行くように軽い調子で言ったのである。

「しかし、それではニミッツ長官が」

「クビが心配か、マイルス」一本気なハルゼーらしくない、やや皮肉気味の調子で言った。

「ご冗談を。私のクビならすでに提督にお預けしています。地獄にでもどこにでも、提督のお供をいたしますが」

「そ、そうか。うん、お前なら必ずそう言ってくれると思っていたよ。ありがとう、ブローニング」

「しかし、提督。提督を地獄に向かわせないようにするのも、私の……」

「言うな、参謀長。俺はもう決めている」

ハルゼーの断固とした言葉に、ブローニングは沈黙するしかなかった。

「ブル」とあだ名される激しい性格を持つ猛将ハルゼーだが、ハワイ沖での一方的な敗戦がその性格を増強させた。それまでも「ブル」と呼ばれてはいたが、それなりの節度があった。しかし敗戦以後そのたがが外れてしまったかのように、ハルゼーの言動は荒くなっていた。

そしてその性格が、ハワイを攻撃された責任をとらされて更迭されたハズバンド・E・キンメル大将に代わり、アメリカ太平洋艦隊司令長官に大抜擢されたチェスター・W・ニミッツ大将との軋轢を生んでいた。

ニミッツ長官はテキサス州の出身で、名前からもわかるとおりドイツ系移民の子孫である。海軍に進んだのは、船長だった祖父の影響を受けたのかもしれない。潜水艦長、潜水艦隊参謀、潜水戦隊司令、巡洋艦戦隊司令、戦艦戦隊司令などを経て、前任は海軍省航海局長、階級は少将であった。長官職は階級は大将だから、ニミッツは就任前に中将を飛び越して大将に昇任しての長官就任であった。大抜擢とはこれを指している。少し線が細い感じはあったが、性格は温厚で礼儀正しく、紳士の典型だと多くの者が言った。

ところが、野人的な傾向を深めていたハルゼーから見れば、紳士であり行動に対して慎重さを重視するニミッツは軟弱に見えたらしく、就任後数日でニミッツを見限って、それればかりか軽んじ、独断的な行動をとることも多かった。新参者だという遠慮もあったのだろう。ハルゼーの勝手な振る舞いにニミッツは強く言うことがなく、それがまたハルゼーを増長させた。

参謀長のブローニングなども、「まったく情けない長官だぜ。これではどっちがトップかわかりゃしないじゃないか」とニミッツの弱腰を嘆いたくらいであった。

しかし聡明なブローニングは、やがてニミッツという人物がその外見から受ける印象とは違い、実は腹の底に意外にも太いものを持っていると気がつき、あわてた。

「提督。長官を舐めないほうがいいかもしれませんよ。一度、じっくりと話をしてはいかがでしょうか」とさえブローニングはハルゼーに助言した。

しかし一度こうと決めると転換することが下手で頑固者でもあるハルゼーは、「なにを今さら」と、ブローニングの言葉を一蹴したのだ。

思いあまったブローニングは、ニミッツ自身にハルゼーとの関係修復を相談した。

「私はハルゼー中将の武人としての能力は高く評価しているし、関係が修復できるのならそれなりの努力はするつもりだよ」

ニミッツはいつものように冷静に紳士らしくブローニングに答えただけではなく、「ハルゼーくんが羨ましいな、君のような部下がいて」とおだててさえ見せた。

しかし、その後もニミッツのほうから、ハルゼーに対し修復のための行動をしているようには見えなかった。いやそれどころか、これまでハルゼーと親交の深かった何人かがニミッツとの関係を深めていることを知った。

間違いなくニミッツはハルゼーの力を奪おうとしているのだと悟り、ブローニングは慄然としたのだ。ニミッツが紳士であることは間違いないだろう。しかし、決して世間一般が思っているような単純な紳士ではなく、紳士の裏に策謀家の顔を隠したいわば仮面紳士なのだと、ブローニングは思った。

(それはそうだ。考えてみれば当然なのだ。単純な紳士が、裏のない良い人が、二階級特進で太平洋艦隊司令長官の座に着くはずがないのだ)

ブローニングは、自分の迂闊さを呪った。

「どこへ向かわれるおつもりですか。南太平洋には行かず……」不安を押し隠すようにして、ブローニングが聞いた。

「俺の行くところは決まっている。憎きジャップのいるところだ」ハルゼーがこともなげに答えた。

「わかりました。そうですね、オーストラリア本土のブリスベーン辺りで一度補給しましょう。それでよろしいですか」

「細かいことは、君に任す。俺の目的は、キル・ザ・ジャップ! イエローモンキーをぶち殺すことだけだ」ハルゼーが拳を振り回しながら叫ぶように言った。

（地獄か……）ブローニングは、心で言って艦橋の外を見た。水平線が揺れているように見えた。まるで、ブローニング自身の心中のように……。

二月二七日深夜、まだ深い闇の中で超戦闘空母『大和』の飛行甲板だけが煌々と照らされており、飛行甲板にズラリと並んだ攻撃機がエンジン音の唸りを轟かせていた。

『大和』の索敵機がマドラ海峡を航行するＡＢＤＡ艦隊を発見したのは、三〇分前だ。

「いいタイミングだったな、参謀長。海峡を出られちまうと行方を追うのがちと厄介だからな」

手にしていた煙草を灰皿に押しつけて消した『大和』航空戦隊司令官千崎薫中将が、満足そうに言った。

「まったくですね」答える神重徳参謀長の表情にも、心なしか安堵の色があった。

飛行甲板から聞こえていたエンジン音が、鋭い音に変わった。千崎が艦橋の窓に歩み寄って飛行甲板を見下ろすと、神もならって千崎の横に立った。

ゴゴゴ――――ッとエンジンとプロペラの回転音を上げながら、艦上戦闘機の一番機が飛行甲板を滑走し始めたところだった。一番機がブンと飛行甲板を蹴り、二番機が続く。

最後の一機が離艦を終えるまで、千崎と神は敬礼を続けたままであった。

旗艦軽巡『デ・ロイテル』を先頭に、ABDA艦隊は縦陣で進んでいた。縦陣のほぼ中央にはアルバート・H・ルックス大佐が艦長のアメリカ海軍重巡『ヒューストン』があった。

『ヒューストン』はノーザンプトン級重巡の五番艦で、基準排水量九〇五〇トン、最高速力三二・七ノットである。兵装は二〇・三センチ三連装砲三基九門、一二・七センチ単装高角砲八基だが、二月上旬の日本軍との小競り合いで第三砲塔主砲のうち二門に損傷を受け、修理の時間がないために使用不能のままになっていた。

ルックス大佐とABDA艦隊総司令官ドールマン中将の確執の始まりは、この砲の損傷時から始まったと言っていいだろう。しかも、後から冷静に調べれば互いに責任がないことがわかることであった。ドールマンの命令を、通訳が誤ってルックスに伝えたのである。命令に対しルックスは首を捻った。命令通りに行動すれば、

『ヒューストン』は本隊から取り残される状況になり、下手をすると敵の集中攻撃を受けるからだ。かといって、確かめているだけの時間的な余裕もない。なにしろ通訳を通すために細かいニュアンスが繋がらず、下手をするとそれを説明するために時間をとられることさえあった。

ルックスは疑念を抱きながらも、ドールマンの命令に従った。案の定『ヒューストン』に日本海軍基地航空隊の陸攻が集中攻撃を仕掛けてき、それによって損害を受けたのである。

帰港後ルックスはドールマンに対し説明を求めたが、ドールマンはそのような命令を出していないと否定した。少し考えて通訳を交えれば、この段階で誤解は解けていたかもしれない。ところが、当日ドールマンとルックスの間を通訳した人間が戦闘中に負傷して医務室に運ばれており、このときは別の人間が通訳をしたために話がなおこんがらがり、最終的には決裂のような状況で終演した。

おさまらないルックスは、イギリス、オーストラリアの指揮官に不満をぶちまけた。それがまたドールマンの感情を逆撫でした。なぜ二人の問題に他人を巻き込むのかというわけである。

戦時で互いが忙しいこともあって話し合う機会もないから、こうなると収拾がつかなくなって現在にいたっていた。

「ドールマンのあれはなんだ、副長。我に続けだとさ。作戦のさの字もありゃしねえ。それが艦隊指揮官の言うことかよ。まったく、ハワイでも大西洋でもどこでもいいから、ここ以外のどっかに配転してもらいたい。一刻も早くな」

ルックスが副長相手に愚痴をこぼしているところに報告が入った。

「艦長！　偵察機が敵航空攻撃部隊を発見しました！」

「敵は陸攻だな。問題は数だが……」ルックスが言った。

日本海軍陸攻部隊の攻撃を舐めるつもりはルックスにもない。自艦も被害を受けているし、イギリス東洋艦隊の壊滅も日本海軍航空基地隊の陸攻部隊によるものだ。

しかし陸攻による水平爆撃は、敵の数が少ないのならそう恐れる必要はない。命中率が悪いからだ。怖いのは雷撃で、一発でも食らうと被害が大きい。

ところが通信室から戻ってきたのは、意外な返事だった。

「陸攻ではありません！　戦闘機に守られた艦爆と艦攻のようです！」

「な、なんだと！」

もちろん基地航空隊にも戦闘機、艦爆、艦攻は配備されるが、これまでそういう編制の攻撃をＡＢＤＡ艦隊は受けたことがない。そしてそういう編制は、一般には空母から出撃してきた攻撃部隊と考えるほうが自然である。

「しかし、艦長。敵艦隊に空母はいないはずですよ」副長が青い顔で言う、

「くそめ。これだから慣れねえ連合国軍司令部は当てにならねえってんだよ。ドールマンがドールマンなら、連合国軍司令官のヘルフリッヒだって同じオランダ人だ。間違いや見過ごしがあっても俺は驚かねえさ。だが愚痴ってる時間はねえ。空母の攻撃隊だったら陸攻のよりも細かい攻撃がある。油断するなと艦隊全部の艦に怒鳴ってやれ！」ルックスが悲愴な顔で叫んだ。

『大和』攻撃隊の攻撃は、ルックス艦長の不安をよそに、先頭を進むオランダ艦隊の『デ・ロイテル』から開始された。軽巡『デ・ロイテル』は、基準排水量六四四二トンで最大速力は三三ノット、兵装は一五センチ連装砲三基六門、一五センチ砲一基一門、四〇ミリ連装機銃五基一〇挺、一二・七ミリ連装機銃四基八挺だった。

攻撃の先陣を切ったのは艦爆隊だった。三〇〇〇メートルの上空から急降下爆撃を開始した。

ズガガガ――――――ンン！

初の直撃弾は、煙突の下横にあったカッターを粉砕した。砕け散ったカッターの

一部が炎上したが、被害は大きくはならなかった。

二発目は煙突の後部を吹き飛ばし、バランスを失った煙突がグワリッと転倒した。僚艦『デ・ロイテル』の危急に気づいた同国の軽巡『ジャワ』が全速で駆けつけてくる。だが飛んで火にいる夏の虫の状態になった。たちまちマストを叩き折られた『ジャワ』は、他人のことより自分の始末を見なければならなくなった。

もちろん、オランダ艦隊も無抵抗であったわけではない。

ズガガガガガッ！　ドドドドドドドッドッ！

ババババババババババッ！

持てる火砲のすべての力を、憎き日本軍攻撃機に叩き込んだ。

だが、まだ対空対策が不備なオランダ海軍艦の抵抗は限られていた。

「なにっ！　『大和』航空戦隊がＡＢＤＡ艦隊と交戦中だと！　くそっ。先じられたか！」

怒声を発して重巡『那智』の艦橋で地団駄を踏んだのは、第五戦隊指揮官で東方支援隊の指揮官も兼ねる高木武雄少将だった。ある意味では、高木少将の怒りは当然かもしれない。なぜなら、距離からすれば東方支援隊のほうがはるかにＡＢＤＡ艦隊と近い位置にいる。

その距離三四カイリだ。『大和』航空戦隊との距離は一三〇カイリだから、東方支援隊の三倍以上の距離から『大和』航空戦隊はＡＢＤＡ艦隊を攻撃しているのだ。

これはまさにこれからの海戦が航空戦であることを如実に示していた。例えば一三〇カイリの距離から攻撃が可能な大砲は、理論上は造れたとしてもそれを積んだ戦艦の排水量はどれほどになるだろう。そう考えれば答えは当然不可能と言うべきである。

重巡『那智』が搭載する二〇センチの主砲の最大射程距離は、二万八九〇〇メートル。カイリに換算するとおよそ一五・六カイリである。しかし、命中率を考えればもっと近づきたいのは当然だ。九三式酸素魚雷のほうはもう少し長い射程距離で三万メートルだが、これとて状況を変えるほどではない。

また、大和型戦艦が搭載する予定だった世界最大の四六センチ砲の射程距離は四万五〇〇〇メートルだと大艦巨砲主義者たちは鼻高々に言ったが、そうであったとしても航空機の航続距離に優るはずはないのだ。

「急げ。とにかく急ぐんだっ！　『大和』航空戦隊だけに甘い汁を吸わせてたまるか！」

高木は大声で命じたが、射撃可能な距離ギリギリに近づくにしてもまだ二〇カイリ以上はあって、時間にすれば一時間弱が必要だった。

「被害の広がりはどの程度だ？」

そう大きなものではないが各所から炎と煙を上げている『デ・ロイテル』の艦橋で、ドールマン提督が歯を食いしばるようにして聞いた。

「まだ旗艦への致命的な被害はありませんが、速力が少し落ちるようです」

「となると、魚雷か……」

「はい。ジグザグ航走はまだできますが、苦しくなったことは事実です」参謀長がうつむいた。

「いいか、全力を尽くそう！　そこにこそチャンスは巡ってくるものだ！」

ドールマンが最後の力を振り絞るように声を張り上げ、幕僚たちを見た。幕僚たちも、ドールマンの闘志に応じるように大きく首を縦に振る。

そのときだ。「左舷前方、魚雷接近っ！　数二！」見張員の絶叫が、響く。

「面舵、一杯っ！」艦長の声も震えている。

『デ・ロイテル』が、右に艦体を大きく傾がせて魚雷を回避すべく大きく回る。

「あっ」見張員の悲鳴。

「どうしたっ！」

「左舷からも魚雷、三つ！」

「なにっ！　あ、そうか。こいつは罠だったんだな、参謀長！」

「そのようです、提督。右からの攻撃は囮、我々の転針を読んでの攻撃です！」

「小賢しい真似を！」

「取り舵っ！」無駄と知りつつも、艦長が叫んだ。

「駄目だ。命中する！」見張員の声は絶望に満ちていた。

ドッガガガ――――――ンッ！

ズガガガガ――――――ンッ！

相次いで二本の魚雷が『デ・ロイテル』の左舷を裂いた。

哀れな『デ・ロイテル』が左舷に大きく傾いたとき、艦橋が大音響とともに炎に包まれた。

『大和』航空戦隊の九九式艦爆が落とした二五〇キロ爆弾が、艦橋を直撃したのである。

この瞬間、ドールマン中将以下のオランダ海軍司令部員は全員死亡した。

「見つけたそうだ」

寝入りばなを起こされて目をしょぼつかせた第一六任務部隊指揮官ハルゼー中将が、のそりという感じで艦橋に入ってきた。

「はい。それも、とてつもない奴を見つけたという報告ですよ、提督」

参謀長ブローニング大佐が、驚きの表情を隠しもせずにハルゼー中将に告げた。

「とてつもない奴だと?」

ドスンという感じで椅子に座ったハルゼーは、従兵にコーヒーを命じた。

「聞こうか」

「はい、提督。実は私たちは、これまでレキシントン級空母こそが世界最大の空母だと考えていましたが、どうも違ったようです」

「違う?」

「はい。偵察機が発見した敵の主力空母は全長三〇〇メートル以上あり、排水量はおそらくこの『サラトガ』の倍はあるかもしれないと言ってきました」

「全長三〇〇メートル以上あって、『サラトガ』の倍だと! それは本当なのか!」

ハルゼーの目がギョロリと光る。

「なるほど、そりゃあ驚く話だ。だが、ブローニング。それが来たから俺が撤退する、と思ったりはしておらんだろうな」

ハルゼーがつまらなそうに言って従兵の持ってきたコーヒーをごくりと喉を鳴らして飲んだ。

「それはもちろんですよ、提督。大きければ強いと思うほど私も単純ではありませんから」

「そういうことだ。で、敵はこっちに気づいていないだろうな」

ハルゼー中将が、コーヒーを飲み干したカップをテーブルに置いて聞いた。

「それは問題ないと思います。まさかアメリカ艦隊がこんなところにまで進出してくるなんて、日本軍は夢にも考えていないはずですからね」

「だろうな」

そこで初めてハルゼーは、彼らしい獰猛(どうもう)な顔を作った。

「フフッ。アメリカ軍だって奇襲ぐらいできるってことを教えてやるさ。なにも奇襲作戦はジャップの十八番(おはこ)じゃないってことをな。そうだよな、ブローニング」

「ええ。その通りですよ、提督。今度は私たちが日本軍に痛い思いをさせてやる番ですからね」

ブローニングも笑った。

そしてこの瞬間に、ブローニングの脳裏から、ハルゼーがこの無謀な作戦を言いだしてから常に苦い顔でブローニングを責め続けていた太平洋艦隊司令長官チェスター・W・ニミッツ大将の姿が消え、その代わりに〈Win＝勝利〉の文字が点滅を開始していた。

そう、勝利以外には、自分にもハルゼーにも海軍軍人としての未来がないことをブローニング参謀長は確信していた。

相手が見たこともないほど巨大空母だというのなら、勝利になお拍車を掛けることになるはずだった。

「キル・ザ・ジャップ……」ブローニングがつぶやくように言った。

小さな声だったが、ハルゼーには聞こえたのだろう。ニヤリと笑い、「キル・ザ・ジャップ！」と声を張り上げた。後は合唱だ。第一六任務部隊旗艦空母『サラトガ』の艦橋は、「キル・ザ・ジャップ！」の声に満たされたのである。

『デ・ロイテル』の沈没から、『ジャワ』と同国駆逐艦『コルテノール』の撃沈まではそう時間がかからなかった。

後方につけていたオランダ艦最後の生き残り駆逐艦『ヴィテ・デ・ヴィット』と、

イギリス艦隊とアメリカ艦隊の前方にいた艦艇が全速力で飛ばしてきたが、到着したときにはすでに『大和』航空戦隊の攻撃は終わっており、硝煙の臭いと重油が燃える臭いの充満する海面には不気味な死体と沈没艦の漂流物が蠢くように漂っていた。

アメリカ艦隊の残りとオーストラリア海軍の軽巡『パース』もすぐに到着して生存者の収容を行なったが、その数の少なさにＡＢＤＡ艦隊の残存艦隊は驚きと衝撃を感じた。

まさに、完膚無きまでの敗北だった。三艦隊の首脳は急ぎ合議を行ない、アメリカ海軍のアルバート・Ｈ・ルックス大佐に指揮権を委ねた。

「わかった。ドールマン少将とはいろいろあったが、こうなれば彼の分までやらせてもらう」

ルックス大佐の言葉に、イギリスとオーストラリアの首脳は拍手を送った。

後方の海域に、空母一隻、巡洋艦六隻、駆逐艦一〇から一二隻で編制されたアメリカ軍の機動艦隊が発見されたという報告が入ったのは、オランダ艦隊を殲滅した攻撃部隊が次々と『大和』着艦を始めたときであった。

これにはさすがの千崎も神も顔色を変えた。

「アメリカに間違いないんだな」慎重な神が、確かめる。

「空母はレキシントン級で間違いないと断言しておりますし、今、空母を動かせるのはアメリカ軍しかないはずですから……」

「そういうこったよ、参謀長。イギリス海軍にも空母はあるが、今どきこっちに回している余裕なんぞあるわけがねえのはお前さんも先刻承知だろ」

千崎の言葉に神が小さくうなずいて、「どうもくどい性格なんですよ、私は」と苦笑した。

「ともあれ、こうなっちゃＡＢＤＡ艦隊は後回しにするしかねえな」

「そうですね。心配なのは、敵に発見されているかどうかと、発見されているなら、敵の攻撃部隊が今どこにいるかです」

「発見されたものとして考えておいたほうがいいだろうな。とにかく、帰って来た連中はできるだけ早く収容してまずは迎撃体制をとろうぜ。敵艦隊への攻撃部隊を発進させてるときに来られたんじゃ、目も当てられねえからな」

千崎の判断は、早い。そして、正しかった。

『零戦』九機からなる迎撃部隊を出撃させた直後、敵艦隊方面を索敵していた偵察機から、敵攻撃部隊の本隊到着は十数分後と思われるという報告が入ったのである。確かに、攻撃部隊を動かしていたらちょうどそのときに敵部隊が到着していたかもしれないのだ。

「脱帽です」神が素直に言った。

「年の功さ」千崎が照れたように笑った。

「それに、考えようによっちゃあ対空戦のいい訓練になるかもしれねえさ」

「なるほど、転んでもただは起きない。そういうことですね、司令官」

「訓練と実戦は違う。そいつをしっかり学んでもらおうってことよ」

千崎の余裕ある態度はどこから来るのか、神をもってしてもまだその謎は解けなかった。

ハルゼーが差し向けた第一六任務部隊の攻撃陣は、グラマンF4F『ワイルドキャット』艦上戦闘機一二機、ダグラスSBD『ドーントレス』艦上爆撃機二四機、ダグラスTBD『デバステーター』艦上攻撃機一八機の五四機だった。このアメリカ軍攻撃部隊を率いるのは、『ワイルドキャット』に搭乗するアーネスト・サイモン大佐である。

『サラトガ』暮らしの長いサイモン大佐は、ハルゼー提督が『サラトガ』艦長時代にも乗艦していて旧知の仲だった。もっとも当時はまだ一兵卒だが、ハルゼー好みの豪胆な性格で、その頃からハルゼーには可愛がられていた。そのハルゼーの下で働くことはサイモンにとってはこの上ない幸せであり、ハルゼーのためなら命をも投げ出す覚悟でいた。

「隊長。敵がいます」

「おう。俺にも見えてるよ。いいか、ビビるんじゃねえぞ、先手を取ったのはこっちなんだからな。かといって、舐めるんじゃねえぞ。『エンタープライズ』の話じゃあ、『ゼロ』っていうあれは結構やるようだからな。それに、無駄に動くな。俺たちの任務で一番大事なのは、艦爆と艦攻を敵艦隊の頭上に送り届けることだ」

ベテランらしい檄(げき)を飛ばすと、サイモンは操縦桿を引いて上昇した。

狙いは二つあった。敵を上からの攻撃することと、味方の艦爆、艦攻隊から敵の迎撃部隊を遠ざけることだった。

五機の『零戦』を率いて迎撃に飛び上がったのは、千崎の遠縁に当たる『大和』分隊長室町昌晴少佐だ。ＡＢＤＡ艦隊攻撃にも参加していたため連投になるが、士気は盛んだった。

敵機の上昇を見て、室町はサイモンの『ワイルドキャット』の狙いを一瞬で見抜いた。

「ベテランらしいな。油断をすると痛い目にあいそうだ」

室町は自分にそう言い聞かせると、愛機の操縦桿を引いた。

二兎追う者一兎も得ずのたとえに従い、まずは敵戦闘機部隊の殲滅を考えたのだ。

結果的にはこれが裏目に出る。室町自身が見抜いていたとおり敵はベテランが多く、室町の率いる『零戦』部隊は意外な苦戦を強いられ、敵艦爆、艦攻隊を予想以上に取り逃がしたのであった。

全幅一二・六六メートル、全長一〇・〇九メートル、全高四・一四メートルという艦上爆撃機としては小柄な『ドーントレス』だが、搭乗員からは操縦性能や運動性の良さを認められ信頼された優秀機である。ただし空母搭載用という考えが重要視されなかった時期の設計のため、この後の空母搭載機の常識にもなった翼をたたむという性能がなくその点が後に問題になるが、日本の九九式艦爆に劣らぬほどの有能さを見せることになる。

その『ドーントレス』隊が襲いかかったのは、もちろん超戦闘空母『大和』であった。

「フフッ。いいじゃないか。でかければそれだけ命中させやすいってもんだ」

そう言ってほくそ笑んだ『ドーントレス』パイロットもいたが、それがとんでもない誤解であることを彼はその身で知ることになる。

まずアメリカ軍を恐怖におとしいれたのは、その対空砲火のものすごさであった。

超戦闘空母『大和』は、基準排水量七万一〇〇〇トン、全長三〇一・四五メートル、幅四五・三四メートルの巨体に、一二・七センチ連装高角砲一二基二四門、四〇ミリ三連装機銃二五基七五挺、二五ミリ三連装機銃四〇基一二〇挺、一二センチ一六連装噴進砲六基という、重兵装で身を包んでいるのだ。

ドッドッドッ！　ドドドドドドッ！

ズガガガガガガッ！　ガガガガガガガガガッ！

重兵装が、安易に飛び込もうとしてきたアメリカ軍艦爆を、引き裂き、砕き、消滅させた。

グワワァァ――ンッ！　ズグワァーン！

その圧倒的な火力に、急降下を中断するアメリカ軍艦爆が続出した。

艦爆隊のだらしなさを知って、次にチャレンジャーになったのは艦攻隊である。

『デバステーター』艦上攻撃機は『ドーントレス』と同じダグラス社製だが、こちらは『ドーントレス』ほどの信頼を得ていない。

もともとアメリカ軍は雷撃よりも派手な急降下爆撃を好み、効果もこちらのほうがあると考えていた。当然、航空機の開発も艦爆のほうに力が入っており、雷撃をやる艦上攻撃機の開発は疎んじられていた。だが、時代の趨勢は艦攻を求めており、その反省の元に開発されたのが『デバステーター』であった。そんな経緯が『デバステーター』の開発をおざなりにしたというわけではないだろうが、彼女はすでにこの時期、老朽機のレッテルを貼られ始めていた。

『デバステーター』隊は、定法通り『大和』に向かって低空で侵入した。当時の艦砲は砲身が下方にあまり下がらず、低空から侵入してくる敵への反撃が苦手だったからだ。

安全策である。だがそれは、『大和』には通じないことを『デバステーター』隊はすぐに知る。全部ではないが、『大和』に搭載される機銃の一部は、低空で攻撃してくる敵に対応できるように対策がなされていたのだ。航空戦力こそが次の時代の主力と睨み、考えに考えた者たちが設計に関わった結果であった。

ズガガガガガガガッ！　ガガガガガガガガッ！

そうとも知らずに接近した『デバステーター』が機銃弾に吹き飛ばされてバランスを崩して海面に激突、粉々になって四散した。

何機かが同じように日にあうと、『デバステーター』隊も迂闊に近寄ることができず、遠方からの魚雷をせざるを得ない。結果、当然のことに命中は難しくなった。

だが、アメリカ軍にも猛者はいる。一機の『デバステーター』が、すさまじい機銃弾の嵐をぬって接近して魚雷を放った。

シュワァァ――――ンンと白い雷跡を残し、魚雷が『大和』を目指す。

しかし、巨艦にしては身軽な『大和』の動きがアメリカ軍の魚雷を難なく回避した。

超戦闘空母『大和』の持つ能力のすごさを示したことには間違いないが、艦上攻撃機の開発を見てもわかるように、アメリカ軍は雷撃に不熱心だったため魚雷の開発事体もおこたっており、雷速はおよそ三五ノットしかないのだ。『大和』の最高速力は三八ノットだから、単数での追尾なら追いつかれることもないのである。

二〇分ほど続いたアメリカ軍攻撃部隊の攻撃は、『大和』航空戦隊に対してほとんど被害らしい被害を与えられずに終了した。重巡『利根』が直撃弾を一発喰らい、内火艇を一隻失ったのが、被害というなら被害と言えた。

「やれやれというところだな」千崎司令官が、胸をホッとなで下ろす。

訓練だの経験だのと口では言っていたが、敵の攻撃を受けるのだ。司令官たるものすさまじいプレッシャーがあって当たり前だろうと、千崎を見て神は思った。

「こちらの攻撃はいかがしますか」参謀が聞いた。

「当たり前だろ。お返しはさせていただくさ。攻撃隊の準備、急がせろ」

「ほとんど被害を与えられんかっただと！」

帰還を急ぐ攻撃部隊からの報告に、ハルゼーは獰猛な顔を怒りに染めて怒鳴った。

しかもそのとき、「提督。ハワイから入電で、即刻帰還せよの命令です」通信参謀が報告する。

「ふざけるな。ここまで来て結果を残せんで帰れるものか！」ハルゼーが怒声を上げる。

「提督。お気持ちはわかりますが、攻撃は一度と決めてあったはずです」ブローニングが、無念そうに言う。彼は一瞬見た夢が幻に終わったことを悟っていた。

「ブローニング」

「駄目ですよ、提督。最初にも申し上げてあったように、攻撃を仕掛ければ我々の存在はバレます。そうなったら、この付近に点在する日本陸海軍基地航空隊からも狙われることになります。そうなれば……」

「しかし、参謀長。このまま帰ったらニミッツの奴が黙ってはおらんぞ！」

「それはしかたありませんよ、提督。そのリスクはあらかじめ覚悟の上ではありませんか。それよりも、これ以上深追いしたらそれこそ太平洋艦隊の機動部隊は壊滅し、我々の名誉や責任どころの騒ぎではなく合衆国自体が窮地に追い込まれます。諦めましょう」

ブローニングが珍しく強い口調で言った。

「くそっ！　ジャップめ！」ガンと、ハルゼーが椅子の足を蹴った。

「それに、提督。確かにニミッツ長官は、私たちに厳罰を用意しているでしょう。しかし、私たちをほおり出すことまではしないような気がしています」

「希望的観測だよ、参謀長。ニミッツという奴は、そんなに甘くはないさ」

「そのときは、提督だけはお守りします。私の首をかけて」

ブローニングの強い視線が、ハルゼーをとらえる。

「……そこまで言ってくれるか、参謀長」

「もちろんですよ、提督。私ごとき人間はいくらでも換えが利きますが、〝ブル・

ハルゼー〟は太平洋にかけがえのない人材です。ニミッツ長官にもそのくらいはわかっているはずです」

とは言ったものの、ブローニングに成算があったわけではない。いや、二人して首を飛ばされる可能性が高いだろうとも思っていた。しかし、ここでの深追いはわずかに残っているその可能性さえ奪うことになると、ブローニングは思っていた。

「よし。反転だ」ハルゼーが力無い声で言った。

アメリカ艦隊の反転を知った千崎は、今や飛び立とうとしている攻撃部隊にストップをかけた。攻撃が不可能な距離ではない。だが、ギリギリの距離では攻撃に使える時間を十分にとれそうもなく、そうなれば戦果も大きくは期待できないだろうと考えたのである。

同時に、日本海軍の致命的欠陥である油不足も千崎の頭にはあった。

今回の作戦はＡＢＤＡ艦隊への攻撃が目的であり、その分の油はほぼ使ってしまっている。戦果を十分に期待できるのならそれこそ残りの油を使い切ってもいいが、それが望めないのなら自重すべきだろうと判断したのだ。

「私も賛成です、司令官。蘭印の油が手に入るようになれば、こちらの作戦にも余裕ができます。それに、アメリカ艦隊の存在は基地航空隊も察知したはずですから、彼らに任せてもいいでしょう」神も千崎の判断に同調した。

「では、引こうか。そろそろ護衛艦隊もＡＢＤＡ艦隊と接近しているはずだ。こっちも後は彼らに任せよう」千崎が断を下すと、こちらも転針を始めた。

ズガガガ――――ン！　ズドドド――――ン！

ＡＢＤＡ艦隊を発見した高木武雄少将が指揮する東方支援隊麾下の第五戦隊と第二水雷戦隊が、激しい砲撃を始めた。今度の戦争で初めてと言っていい本格的な艦砲決戦である。

高木はこちこちの大艦巨砲主義というわけではなく、ここまでの一連の航空兵力の活躍も十分に認めていた。しかし、『大和』航空戦隊に先を越されたという苛立ちは大きく、同時に艦砲決戦の意義をこの戦いで示してみたいという気持ちもあり、第五戦隊旗艦重巡『那智』の艦橋で仁王立ちになって戦況を見守っていた。

「イギリス重巡に着弾っ！」の報告に、艦橋に歓喜の声が木霊する。

「一気に叩け！　全弾撃ち込んでもかまわん！　撃沈せよっ！」高木が檄を飛ばす。

ズガガガ――――ン！　ドドドド――――ン！

『那智』の、そして僚艦『羽黒』の、主砲の砲声が轟き渡る。発砲のたびにすさまじく揺れ、揺れが海面を逆巻いて大きなうねりを作り、白い飛沫が風に舞って吹き上がる。

「敵が煙幕を張り出しました！」

「くそっ。逃げるつもりなのか」高木が焦りを声に滲ませる。すでに『大和』航空戦隊が、オランダ艦三隻を撃沈しているらしいという報告があるからだ。

そのとき、煙幕の中を激しく発砲しながらこちらに突進してくる駆逐艦があった。無謀ともいえる行動だ。たちまちに砲撃がこの駆逐艦に集中し、駆逐艦は数発の直撃弾をくらってあっという間に沈没した。この無謀な駆逐艦は最後のオランダ艦『ヴィテ・デ・ヴィット』であった。

『ヴィテ・デ・ヴィット』の撃沈は、日本艦隊の士気を一気に上げた。形勢の不利を悟ったＡＢＤＡ艦隊新司令官ルックス大佐はひとまず引いて体勢を立て直す策に出るが、ここでＡＢＤＡ艦隊の足並みが乱れた。イギリス艦隊の指揮官が、これ以上の海戦は無理だからと撤退を主張したためだ。

「馬鹿を言うな。ここで引いたら、ジャワ島はやすやすと日本軍の軍門に下る」

ルックス大佐が必死に考え直すように打電したが、イギリス艦隊は決定を覆さなかった。大佐はついに万策尽きたことを確信し、自艦隊の撤退を決める。

一方、東方支援隊は闇の降りた海面で、必死にＡＢＤＡ艦隊を追った。『大和』航空戦隊に比べて戦果が少ないという苛立ちもあったが、ここでより多く敵艦を叩くことによって、この地域で日本軍の安全をより確保できると思ったからだ。

翌未明、高橋伊望中将指揮の別働部隊が、疾走する敵艦隊を発見して追尾に入った。発見されたのは、いち早く撤退を開始していたイギリス艦隊だった。

ズガガガ――――ン！　ドガガ――――ン！

別働部隊主隊麾下の重巡『足柄』『妙高』からは二〇センチ砲が、別働部隊付きの駆逐艦『雷』からは魚雷が放たれた。

逃げを打っていたということは、戦力喪失状態である。イギリス艦隊も必死の攻防を試みるが、それには限界があった。重巡『エクゼター』、駆逐艦『エレクトラ』は砲撃で、駆逐艦『エンカウンター』と『ジュピター』は雷撃によって撃沈された。

この〈スラバヤ沖海戦〉において栄光を重ねてきたイギリス海軍は、完全にアジアから消滅した。

イギリス艦隊とたもとを分かったアメリカ艦隊とオーストラリア海軍の軽巡『パ

ース』は、バタビア沖にいた。その偵察機が「日本軍の輸送船団」を発見したのだ。ここで初めてルックス司令官は、日本軍が東西二つの部隊によってジャワ上陸を敢行したことを知った。そこでルックス司令官はアメリカ艦隊の艦長たちと相談し、こちらの艦隊を攻撃することを決定した。

一方、アメリカ艦隊発見の報に、西方支援隊指揮官栗田健男少将は即時に結論を出そうとしなかった。栗田という人物は、良く言えば慎重、悪く言えば消極的なタイプである。だから、積極的に攻撃を仕掛けるべしという参謀に対し、栗田は、

「焦るな。俺たちの仕事は、上陸部隊を無事に上陸させることだ」とたしなめた。

「しかし、司令官！　攻撃は最大の防御だとも言います。先制攻撃を仕掛けて後の憂いを断つ。そうすべきではないでしょうか！」参謀の一人が粘る。

「東方の部隊によれば敵は逃げたのだという。そういう連中なんだ。仕掛けてこずこのまま逃げてゆくかもしれん。それに対して無闇に仕掛け、こちらの戦力を失うのを俺は好かんのだ」

「ですが、司令官」別の参謀が発言しようとしたのを、栗田は止めた。

「まあ、聞け。相手が仕掛けてくるなら、それには応戦する。だから、もう少し様子を見る。それが結論だ」

しかし、敵艦隊が間違いなくこちらに目指していることがわかり、栗田もついに重い腰を上げた。

アメリカ艦隊は、短期戦を狙っていた。〈スラバヤ沖海戦〉で、すでに弾薬等が不足していたのだ。一気に仕掛け、結果はどうあれその後は撤退するつもりだったのである。

一方の日本艦隊は、『大和』航空戦隊の活躍、東方支援部隊の戦果、そして栗田によって抑えられていた力が一気に爆発した。

ズガガガ――――――ン！　ドグワァ――――――ン！

第七戦隊第一小隊の重巡『最上』『三隈』が主砲を叩き込み、水雷戦隊の魚雷が交錯する。

アメリカ艦隊も応戦するがそこには明らかに勢いの差があった。まず着弾を受けたのはオーストラリア軽巡の『パース』だった。第三護衛隊第五水雷戦隊麾下の駆逐艦複数から四発の魚雷を受け、絶叫の火柱を上げつつ沈没。ＡＢＤＡ艦隊司令官ルックス大佐座乗の重巡『ヒューストン』は、七発の直撃弾を受けて航行不能に陥ったところを魚雷でとどめを刺された。

指揮官を失った残存アメリカ艦は、ほうほうのていで逃げ出した。

参謀たちは追尾して完全な殲滅を主張したが、栗田は首を横に振った。

「上陸部隊の上陸成功こそが、我が部隊の主眼である」栗田はそう言って部下たちを抑えた。

西日が超戦闘空母『大和』の艦橋に射し込んでいる。戦隊は補給とアメリカ艦隊が再びラバウルに来る可能性を考え、ラバウルを目指していた。

ラバウル行きにはもう一つ理由があった。ラバウルには、あの未来艦『あきつ』を預けてあったのだ。

「よろしいですか」

背後の声に、『大和』航空戦隊司令官千崎薫中将と同参謀長神重徳大佐が、振り返った。

未来から来たという海上自衛隊の志藤雅臣三等海佐が、今にも死にそうな顔で立っていた。

「もちろんです」神が言って、しんどそうな志藤に椅子を勧めた。

「どうも、私が……過去に来てしまったことは……間違いないようです……ね」志藤が切れ切れに言った。

「残念と言うべきなのかどうか私には判断できませんが、そうです、あなたは昭和一七年にいます。戦渦の太平洋にです」

「それを納得するのに、一〇日かかりました」

「ほう、一〇日でですか」神が不思議そうな顔をしたのは、志藤がこの『大和』にやってきて一カ月ほどが経っているはずだったからだ。

「どうすべきかで……また、一〇日かかりました……死ぬ、ということも考えました……一番つらい時間でした……」

「気がついていました。そして私も考えましたよ。あなたがそう選択した場合、私はどうすべきなのか、とね」

「でも、死を選べませんでした。生に未練がありましたから。しかし、じゃあ、どうやって生きてゆくのか、生きていけるのか、自分のアイデンティティを全うできるのか……この異世界で……それでまた、一〇日です」

「アイデンティティ？」

「自分が自分であり続けられるかどうかですよ。精神的にも、肉体的にも、です」

「そして、結論が出たのですね」

「ええ、出ました。前にも少し話しましたが、もっと詳しくお話しします。未来において私が所属していたのは、自衛隊という国を守る組織です。今のこの戦争後に生まれたもので、軍隊ではない軍隊です」

「軍隊ではない軍隊？」

「専守防衛。攻撃を受けたときのみ、自衛のために戦える組織です」

「ほう。これまたずいぶん不自由そうな組織ですね」

「しかたないのです。日本はアメリカに負けて戦争を放棄しました。国際紛争を武力によって解決しない。そう決めたのです」

ここで志藤の言葉に、『大和』の艦橋が一瞬ヒンヤリした。

「ええ。私のいた未来の過去において、日本はアメリカとの戦争に負けています」

「ふざけるな！　我が大日本帝国がアメリカに負けただと。この野郎っ！」先任参謀が血相を変える。

「事実です。ただし、繰り返しますが、これは私のいた未来の過去であって、今、私がいるこの世界とは別のもののような気がします」

「なんだか話が難しくなってきたな、志藤三等海佐。お前は日本人だろ？　だから当然、お前の言う過去はこの世界だろう。違うのかな？」千崎が困惑した顔を作った。

「似ています。すごく似ているんです。しかし、違うところもたくさんあります。たとえばこの『大和』です。私のいた未来の過去では、戦艦です。戦艦『大和』です」

「世界が二つあると言いたいのかね」

「もっとあるのかもしれません、参謀長。私もそういうことには詳しくはないんですが、この世界にはよく似た世界が無数にあって、それぞれが別の流れとして存在しているという説があります。この戦争を例にとれば、私の未来の過去のように日本が負けた歴史を持つ世界……日本が勝った歴史を持つ世界……あるいは、ソ連に支配された世界……まだまだ可能性だけなら無数に考えられるはずです」

「似ていて、似ていない世界か」

「ええ。ですから、私はここを、過去とは言わず異世界と言いました……超弩級戦空母艦『大和』のことを、私は知りません、言い換えれば、私は結局この世界の未来から来たのではないということでしょう。よく似てはいるが、別の世界の未来です」

「異世界か」

「その通りです、参謀長……」

「帰りたいかな、君の本当の世界に」

「それはもちろんです。帰れるのなら帰りたいですよ。でも、その気持ちではこの世界では生きていけません。決心しましたよ、参謀長。私はこの世界で生きてゆきます。兵士としてです。他に生き方を知りませんからね」

志藤が初めて、弱々しいものではあるが笑みを作った。

「受け入れていただけますか？」

「面倒なことは、参謀長、そっちに任せる。俺はいいと思うぜ」

「そうですね。まあ、そう、いろいろと面倒はあるかもしれません。同じ世界ではないにしても、未来から来た人間なんてこと信じるほうが難しいですし、下手をすると狂人扱いされかねませんからね」

「無理ですか？」

「いや、なんとかなるでしょう。戦時下ということも、好都合かもしれない」

「よろしくお願いします」

「ところで志藤三等海佐。その三等海佐とは、ひょっとするとこっちで言う海軍少佐かい？」

「ご明察通りです。自衛隊を組織する際に旧名を使うのはまずいと判断され、大中少を一等二等三等で表わしました」

「じゃあ、これからは志藤少佐でいくぜ」

「はい」

「確か、役職は船務長だとか言ってたよな」

「旧軍……すいません、日本帝国海軍にはなかった役職名で、航海、電測、通信、電子整備、気象海洋などの各科を束ねていました。ですから航海長が近いかもしれません」

「なるほど。どうされますか、司令官」

「司令部付きでいいだろう。まあ先行きはあの『あきつ』関連の部署についてもらうことになるだろうがな」

「『あきつ』は、これから行くラバウルでしたね」

「よく知ってるじゃねえか」千崎が楽しそうに言った。

「船務長というのは、船内の便利屋でもあります。聞いていないようでいろいろと聞いているのも仕事ですから」言って、志藤が苦笑した。

「なるほどな」千崎も苦笑する。

「多分、『あきつ』は皆さんを驚かせるでしょう。別の世界ではあったとしても、あれが未来の軍艦の一つであることは間違いないですからね。もっとも、使えない機能も多いと思います。なにしろあの時代の軍艦は、通信衛星とリンクすることによってその能力が発揮できるようになっていますから」

「また意味不明の言葉だな、志藤少佐。だが、それはおいおい聞かせてもらおう。まあ、ともあれ超弩級戦空母艦『大和』は君を喜んで迎えいれるだろう」

「ありがとうございます、神参謀長」

志藤が司令部の者たちに敬礼をすると、皆がそれに応じた。

大日本帝国海軍、志藤雅臣少佐が誕生した瞬間であった。

第四章　アメリカからの悪夢

　予想以上の速度で進む蘭印攻略に、日本軍、特に陸軍は戦況の見通しは明るいと判断し、自信を深めていった。永田町にある首相官邸の執務室で、〝カミソリ〟とあだ名され、野望のためならばどんな悪辣非道なことでもやってのけると言われる男、陸軍大将にして大日本帝国首相兼内相兼陸相東条英機もことのほか上機嫌であった。

「この分で行くと、二年もあればアメリカは我が帝国にひれ伏すでしょうな」

　これまた自信タップリに言ったのは、陸軍参謀総長杉山元大将である。武士と呼ばれることが好きな古いタイプの人間である杉山は、陸軍開戦派の首魁の一人であった。

「ドイツ如何でしょうね、総長。ドイツが欧州で暴れまくれば暴れまくるほど、我が帝国との戦いと同時にドイツとも参戦に踏み切ったアメリカの力は分散しますから」

「問題は、総理。山本の切り時ですぞ。これ以上あいつに勝手なことをさせていると、海軍はますます大きな顔をして陸軍に盾つくことになりますからね」

突如話題を変えたのは、海軍大臣嶋田繁太郎大将であった。

「しかしなあ、嶋田海相。この帝国の大驀進が、山本の力であることもまた事実ではないのかなあ。まあ、俺だって、考えがまるで違う山本を捨てられるなら捨てたいさ。しかし現在、あれに代わる者はいるのかい、海軍に」

「お言葉ですが、総長。山本程度の男なら何人もおりますよ」

嶋田がすらすらと三人ほどの名前をあげた。

「なるほど」言ってから、杉山は少し首を傾げた。納得していない表情だ。

「まあ、その連中の力を俺も認めんとは言わんよ。しかし、どうもなあ。山本が持っている、こう、人をグイグイと引っ張る力を持っているかとなると、今ひとつ足らんような気がするのですが、総理はどう思われますか」

杉山の言葉に、東条が眼鏡の奥の目を細める。その細い目に人を圧倒する冷たい光があった。

「嶋田海相。君の気持ちは私は十分にわかっているし、必ずや海軍が君のものになるよう私は全面的に協力する。しかし時期というものがあるんだよ。今の山本は昇竜にまたがっているのだ。下手に棹を差せば、棹のほうが折れる。そんなつまらんことになっては、海軍の頂点にはなれないよ」

穏やかな口調だが東条の言葉には人を斬りつけるような鋭さがあり、嶋田は唇を舐めた。

「まあ、今は山本に好きなようにやらせておくほうがいいと私は思っているし、わが帝国にとってもそれのほうがいいはずだ」

「そ、そうですか」嶋田は小さくうなずいた。

「しかし、嶋田海相。運とか勢いというものは、永遠に続きはしないものさ。間違いなく、凋落の兆しがある。狙うのはそこだ。そのときこそ山本を一気に叩き落とせばいい。だが、今は違う。いいね、嶋田海相。今は違うんだよ」言って、東条が意味ありげに嶋田を見た。

その目を見て嶋田が声にならない声を上げた。山本を面白く思っていない者はむろん嶋田だけではないし、面白くないどころか深く怨みを抱く者もいる。嶋田は近頃そんな者たちを身辺に引き寄せていた。彼らを使い、山本謀殺を含めて、なんとかできないだろうかと考えていたのである。そんな嶋田の動きを東条が察知しているらしいと、このとき気づいたのだ。

「いいかね、嶋田海相。私は刃を使うことを悪いとは言わない。必要があれば存分にやればいいと思っている。しかし、海相。刃というやつは使い方を誤ると自分も傷がつくんだ。そのあたりを慎重にやってもらわなければならない。なにせ、今、君の周辺にいる刃たちは見境のない者が多いらしいじゃないか」

嶋田は、背中に冷たい汗が流れるのを感じた。東条が、察知しているどころかかなり詳細な部分まで知っていると気づいたからだ。確かに東条の言うとおり、嶋田の身辺にいる者の中には、軍人崩れや凶暴な右翼、ほとんどやくざだろうと言える者たちがいた。

「申しわけありません、総理。至急、身辺を整理いたします」嶋田は、額に噴き出した脂汗をハンカチで拭きながら言った。

「そうしてもらおう。私も君が傷つくところなんか見たくはないからね」

東条が口元をわずかに歪ませた。それは東条をよく知らない者には、笑みに見えた。

いや、笑みは笑みだったかもしれない。しかしそれは、冷笑、嘲笑（ちょうしょう）といった類（たぐい）のものであり〝笑〟という文字を使うのがはばかられるほどに悪意が込められた表情であった。

嶋田はそそくさと立ち上がり、首相の部屋を出た。

嶋田が後ろ手でドアを閉じ終えようとしたとき、嶋田は、鼻白(はなじろ)んだ。杉山の豪快な笑い声が聞こえた。まるで自分が笑われているような不快さを感じた嶋田は、鼻白んだ。

海軍大将嶋田繁太郎は、「東条の腰巾着(こしぎんちゃく)」「東条の副官」などとあだ名され、東条の側近中の側近とも言われ、自分でもそう思ってはいたが、時折り自分は東条にとってはしょせん道具に過ぎないのではないかという危惧も抱いた。

(東条が真に信頼しているのは杉山だけか、あるいはその杉山さえ道具で、東条が信じているのは自分自身だけなのかもしれない……)と嶋田は思いながら首相官邸の廊下を歩いた。

(だが、それしかできなかったじゃないか。海軍軍人らしい軍人と称される山本と並ぶか追い越すには、彼を支持する海軍に期待することはできなかった。だから俺は、東条を、陸軍を、利用するしか道がなかったのだ……)

これが嶋田の真意だが、そんな彼も苦い後悔を抱くときがある。結局自分は、海軍からも陸軍からも弾かれた存在ではないか、と。苦しくとも海軍に固執すべきではなかったのか。

（だが、もう遅い。このまま走るしかない）それもまた嶋田の真実であった。

ウィリアム・F・ハルゼー中将率いる太平洋艦隊一六第任務部隊が、蘭印からハワイ・パールハーバー基地に帰還したのは三月の中旬である。

太平洋艦隊司令部にマイルス・ブローニング参謀長を伴って現われたハルゼー提督の表情は、当然重苦しく暗かった。執務室で書類に目を通していた太平洋艦隊司令長官チェスター・W・ニミッツ大将は、ハルゼーとブローニングが入って来ても軽く一度だけうなずいただけで書類を読むことをやめようとはしなかった。ソファに座れとも言われない二人はただ立ってその場にいるしかなく、顔を見合わせた。

「ソファに」ニミッツがやっと言ったのは、ハルゼーとブローニングが執務室に入ってから一五分後のことだった。黙ったまま二人が椅子に座ると、ニミッツは書類を持ったままソファのほうに来て二人の前に座った。

「私は自分をないがしろにされて黙っているような人間ではないつもりだが、中将はそれをまさか知らなかったわけではありませんよね」粘着質の、湿った声でニミッツが聞いた。

「覚悟はできておりますし、言い訳をするつもりもありません」ハルゼーがきっぱりと言った。
「質問の答えにはなっていないような気がするんだが、中将」また絡みつくように
ニミッツが言う。
「それでしたら、イエスです。もちろんあなたが私と同じように、プライドを無視
されて黙っているような人間だとは思っていません」ハルゼーが自分自身を引き合
いに出す挑戦的な答えを返した。
「わかっていただけているのなら、結構。ただし、私はこれでも我慢強い男でもあ
るのです。それも承知しておいて下さい」
ニミッツの言葉に反応したのはブローニングだった。（我慢強いとは……それは
俺たちの責任を問わないという意味なのか）ブローニングには、ニミッツの言葉が
そう聞こえた。
「わかったようですね、参謀長。私の言葉の意味が」
ニミッツが薄く冷たい笑いを浮かべながら、ブローニングを見た。
「どういうことだ、マイルス？」
ニミッツの真意を見抜けていないハルゼーが、疑わしそうにブローニングに聞い
た。

「長官は、今度のことに対して責任を問わないとおっしゃっておられるのではないかと」

「責任を問わない？　まさか」ハルゼーが驚いたように顔をニミッツに向けた。

「正確には、違うよ。君たちのしでかした命令違反と勝手な行動に対する責任は当然あるし、私はそれを問わないなどというお人好しでもない。ただ、それを先に延ばす。そういうことだ」

ニミッツの言うことがよく理解できず、ハルゼーは唸って見せた。

「時間がないんだよ。誰か別の人間を指揮官にすることも考えたが、現在ハワイにはハルゼー中将に優る人間はいない。本国から呼ぶことが本筋だろうが、残念だがそれでは間に合わないんだ。だから君たちの懲戒処分は延期する。それぐらいの我慢は私はできる。そういうことだ」

「私たちに、新しい任務があるんですね。それをすませるまでは、処分は延期。そういうことですね、長官」

「その通りだよ、ブローニング参謀長」

「新しい任務ですと？」話をやっと飲み込めたハルゼーが、困惑げに言った。

「そう。それもかなり難しい飛びきりの極秘任務だ。でなければ、私はとっくに君たちのクビを切っている」ニミッツの声には、皮肉がまぶされている。

新しい任務の話が舞い込むまでニミッツはハルゼーを罵倒し続けており、舞い込んだ後も、ハルゼー以外の誰かでは任務をこなせないものかと何度も考えた。

しかし結局ニミッツが言ったとおり、相当の困難が予想されるその任務をこなす人材として、ハルゼー=ブローニングのコンビ以上の人間をニミッツは見出し得なかったのである。

「残念だが、ハルゼーにやらせるしかない」ニミッツは怒りと苦渋に満ちた声でそう結論した。

「ただし、ハルゼー中将。今度の任務では、君の身勝手な判断は厳禁だ。もしそれができないというのなら、降りてもらってかまわない。いや、降りて欲しい。それほど今度の任務は微妙なタイミングが必要だということだ。どうだね」

ニミッツの言葉に、ハルゼーは渋面を作った。

「おそらくそれは、作戦の内容によると思います」答えたのはブローニングだ。

「それをお聞きしなければ、中将にはお答えできないのではと……」

「馬鹿らしい」ニミッツが吐き出すように言って、首を何度も振った。

「参謀長。私は言ったはずだよ。飛びきり極秘の任務だってね。話した後に、おまえさんたちの条件を聞くつもりはないね。いいかい、おまえさんたちに今できるのは、イエスかノーだ。イエスなら私の作戦通りに動いてもらう。ノーならばさっさと荷物をまとめるんだな。ハワイにはおまえさんたちのいる場所はないんだ」

常に紳士としての姿勢を崩さず言葉付きも丁重なニミッツから吐き出されたぞんざいな言葉は、ニミッツがこれまで見せなかった一面だし、彼がそれだけ怒り苛立っている証拠だった。

「帰るぞ、ブローニング」ハルゼーが憤然と言って立ち上がった。答えがノーだったからだ。ところが、ブローニングは違った。

「提督。私も侮辱を我慢してまで、ハワイにいるつもりはありません。しかし長官は、私たちを侮辱しているつもりはないと思います」

「マイルス。なにが言いたい」

「簡単ですよ。この任務ができるのは提督しかいないことは、長官自身が認めておられるのです。ならば、やるべきでしょう。ハワイから去るのは任務をこなした後でもかまわんじゃありませんか。いえ、見事にそれをこなさなければ、私たちはハワイから逃げたことになるとは思われませんか」

「う、うむ……」ハルゼーが虚を突かれたように唸った。それから考える。確かにブローニングの言葉には説得力がある、とハルゼーは思った。思うのだが、なんだかニミッツの思い通りの展開になったようで、ハルゼーは素直にうなずけない。

「提督……」ブローニングが、焦れたようにハルゼーを見る。

「わかったよ、マイルス」ハルゼーはうなずくと、ニミッツを見た。

「うかがいましょうか、長官」

「逃げられないぞ」

「この〝ブル・ハルゼー〟に、そんな言葉は必要ありませんよ」

「よし」

ニミッツが話し出した。それはまさに驚天動地の作戦だった。聞きながらハルゼーは、自分がどんどん興奮していくのを感じた。

「どうかね、中将。私がタイミングを重視している理由もわかってもらえたはずだが……」

「そう。確かにタイミングですな。同時に、二度とはできない作戦でもある」

ハルゼーは腕を組んで天井を睨むと、ニミッツの言った作戦をもう一度、頭の中で反芻した。

成功すれば、憎しも憎いジャップどもの度肝を抜くことだけは間違いなかった。

「長官。やらせていただきましょう。作戦が始まったら、私自身の勝手な行動は慎みましょう。それはお約束します。マイルス。これでいいな」

「ええ、提督。しかし、聞けば聞くほどこの作戦は長官のおっしゃるとおり提督のお仕事です。いや実に興奮しますね」

冷静な性格を持つブローニング参謀長でさえが、明らかに興奮していた。

「マイルス。頼むぞ」ハルゼーが瞳を光らせて言った。

二人の様子を見ながら、ニミッツは満足さと不安を同時に感じていた。

ハルゼーを好きか嫌いかは別にして今回のこの作戦にハルゼーを外せないのは事実だ。だが、その事実と同じ程度に、ハルゼーに裏切られるかもしれない不安を消すことができないのだ。

ハルゼーたちを送り出したニミッツは、自分の椅子に深く座った。

去年の一二月八日、ハワイ奇襲。

同月一六日、太平洋艦隊司令長官に任官。

同じく三一日、パールハーバー基地到着。

それから三カ月、戦況はいっこうにニミッツが望む方向に展開することはなかった。本国では、「やはりニミッツでは荷が重かったのでは」と言い出している軍首脳もいるらしい。

「冗談ではない」と、ニミッツは思う。

長官職と大将への二階級特進――確かにそれは職業軍人にしてみれば恵まれた状況と言えるだろう。とはいえ、戦時の最前線であるハワイへの就任は、かなりの苦労を要するだろうことは容易に想像ができた。

それでも引き受けたのは、ニミッツにとってはこれが大将への最後のチャンスかもしれないと思ったからだ。平時では定例の昇級しかありえず、ニミッツにも可能性はまだ残ってはいたが、それを確実にしたかったのである。当然、リスクはあった。特進などという異例の出世は周囲に羨望と嫉妬を生み出すし、失敗による影響は通常の昇進以上に出る。

「その重要なポイントに、ハルゼーか……」ニミッツがうんざりとした口調で言った。

成功すれば、ハルゼーの命令違反を考慮する必要があるだろうし、逆に失敗したらそれはニミッツ自身の失敗でもあった。

志藤雅臣少佐が驚いたのは、この時代の人間たちが未来艦『あきつ』を意外にも短時間で航走させられるようになったことである。七〇年近い隔たりがあり、技術では相当の違いはあっても、艦を動かす基本というものは同じなのかもしれないと志藤は思った。

ただしそれは、あくまで走らせるという部分や、七〇年経っても基本は同じという部分であって、コンピュータやそれに制御されているシステムの多くは志藤自身の知識も限られており、手つかずに残されていた。

だが、ラバウルにいた『あきつ』の調査を任された海軍の技術者の能力の高さを見れば、内地に戻って本格的な調査が始まれば近いうちに克服されるだろうと、志藤は思っていた。

「志藤少佐。これを見てくれないか？」

ＣＩＣのコンピュータに向かっていた『大和』航空戦隊参謀長神重徳大佐が言った。

二一世紀の英知の集合体である『あきつ』の様々な機械、システム、技術などの中で、神が一番に興味を示したのはコンピュータであった。志藤もそこそこの知識と技術を持っていたため、今では神は志藤のコンピュータ・スクールの優秀な生徒である。まだ数日しか経っていないが、神の驚くべき頭脳と鋭い勘は日進月歩の速度でコンピュータを修得しつつあった。

「それでいいと思いますよ、参謀長。問題はありません。ただし、時どき休まれたほうがいいです。私の世界でも、コンピュータにつきあいすぎると体にいろいろと問題が出ますからね」

「なるほど。それでは区切りの良いところで休むことにしようか」と、神がうなずいた。

二〇ノットの速度で海面を滑るように走って行るのは、『あきつ』搭載の輸送艇であるエアクッション艇（ホバークラフト）のLCACであった。全長三〇・二五メートル、全幅八メートルとおおすみ型輸送艦に搭載されていたものよりはわずかに大型になっているが、最大速力は五四ノット（およそ一〇〇キロ、旧型は四〇ノット）と大幅に向上しており、積載能力もおよそ五〇トンから六〇トンに増えていた。

「安藤少佐。もう少し速力を上げてみます」操縦員を任された高木和夫一等機関兵曹が、LCACの指揮官である安藤信吾機関大尉に叫んだ。

軽やかだった推進用プロペラの回転音が切るように鋭くなり、LCACがグンと加速された。

「二一……二四……二八……三〇ノット」高木の刻む声が艦橋に響く。

「四〇まで行ってみるか」安藤が言った。

グヴィィ――――――ンと、LCACが滑らかにスピードを上げてゆく。

安藤が驚くのは、そこまで高速航走をしながらもLCACの揺れが少ないことだ。一般の艦艇で三〇ノットの速力で走れば、海水や波の影響を受けていやになるほどに揺れるものなのである。

それは機関員である三杉邦正一等機関兵も同じらしく、「大尉。まるで海の上を走っているようですな。船とは思えません」と感心したように言った。

「ふふっ、三杉。忘れたのか。この艇は実際に海の上を浮いているんだぞ」

「あ、ああ、そうでしたね」言って三杉が頭を掻く。

もちろん三杉もこのエアクッション艇の構造はわかっている。空気を艇の下方に噴き出すことによって艇は浮いているのだから、安藤の言うとおりこの艇は海の上を浮きながら疾走しているのだ。しかし、頭でわかっている理屈と肌で感じる感触がまだ三杉の中では一致していなかったのである。ともあれ自分の乗ることになったこの驚異のエアクッション艇のすごさに、三杉一等機関兵は無条件で魅かれる自分自身を感じていた。

「あれを単なる輸送艇にしておくにはおしいよなあ、参謀長」

『あきつ』から超戦闘空母『大和』の艦橋に戻った神参謀長に、ＬＣＡＣの疾走を双眼鏡で見ながら『大和』航空戦隊司令官千崎薫中将が言った。

「司令官もそう思われましたか」さすがだとばかりに神がうなずいた。ＬＣＡＣについては志藤少佐も隅々までわかっているわけではなく不明な部分も多々あるが、この時代では信じられぬ速力を持つあの輸送艇を戦闘艇に流用ができないかと神も考えていたのである。

「駆逐艇、あるいは水雷艇、もしくはもっと別の発想の戦闘艇に代わる可能性もあると俺は踏んでるんだ」神も同意見であると知り、千崎が嬉しそうに続けた。

「ええ、その可能性は大いにありますね。なにしろ我々にとって、志藤少佐が言うあのエルキャックという輸送艇はまだまだ判明していない部分も多いですからね」

「司令官。『あきつ』から連絡です。東南一四〇カイリに敵と思われる機影を発見したとのことです」

「またまた敵さんの陸軍航空部隊のご登場か。よし、すぐに迎撃部隊を出撃させろ」

苦笑を浮かべながら、千崎が命じた。

ＬＣＡＣもそうだが、『あきつ』はまだまだ信じられない能力を秘めた艦で、そのレーダー装置の性能を志藤から聞かされたとき、千崎も神もにわかには理解できないほどであった。

「水平距離では一〇〇マイル程度が限界でしょうが、高度があれば一五〇マイルから二〇〇マイルぐらいなら、敵の接近がわかるはずです」

志藤はこともなげに言ったが、イギリスとドイツで研究が進んでいるというレーダーは日本ではまだ開発途上にあると言っていい技術で、搭載している艦艇さえない。それが一〇〇カイリから二〇〇カイリ先の敵が発見できるという志藤の言葉は、千崎や神にはにわかには信じられなかった。

ところが一昨日、志藤の言葉が眉唾でもなんでもないことが証明されていた。一昨日、『あきつ』からも同じような報告がなされた千崎は、半信半疑ながら迎撃部隊を出撃させて迎撃に成功していたのである。

「敵さんも驚いたろうなあ、いわば待ち伏せをされていた状態なんだからよ」

迎撃成功の報告を受けた千崎は、驚きを隠さずに言った。

「驚くと同時に、運が悪いと思ったのではないでしょうかね。なにしろ連中には一二〇カイリの距離で自分たちが捕捉されているとは思っていないのですから。突然現われた我々との遭遇は偶然にしか感じられなかったでしょう」

「確かにそうだろうなあ」千崎が感心したように言った。

そして発見から四五分後、迎撃部隊が一昨日と同じように敵攻撃部隊の迎撃に成功したとの報告を受け、千崎と神は思わず顔を見合わせて会心の笑みを浮かべた。

「油断大敵なのは十分に心得てはいるつもりだがよ、参謀長。我が『大和』と『あきつ』が十分な連携をとれるようになったら、こりゃあ無敵かもしれねえぞ」

「ふふっ。無敵は少しオーバーでしょうが、敵にとっては相当に恐るべき存在になるのは間違いないでしょうね」

未曾有と言っていいほどの力を得た『大和』航空戦隊の首脳二人がほくそ笑んだ。

しかし、いみじくも千崎が言ったように、慎重な二人でさえやはり油断だったと後悔させる突拍子もない事態が、このときすでに動き始めていたのである。

開戦前、「アメリカ軍の本土攻撃の可能性」を連合艦隊司令長官山本五十六大将が言い出したとき、多くの海軍首脳は「まず、有り得んだろうな」と否定した。

だが、自分自身がハワイ奇襲作戦を思考していただけに、日本ができることをアメリカができないはずはないと考え、持論を強硬に主張。これによって大日本帝国海軍の警戒範囲は、それまで以上に広げられた。

しかし、とてつもない広さを持つ太平洋にまんべんなく哨戒部隊を派遣することなど到底無理な話だったし、哨戒部隊の司令官や指揮官自体が自軍たちの任務をどれだけ自覚していたか、はなはだ怪しかった。

怒濤の快進撃の末蘭印の占領に成功し、アメリカ極東陸軍司令官ダグラス・マッカーサーを駐屯地のフィリピンから追い出すことに成功した大日本帝国陸海軍は、戦争が第一段階を大成功のうちに終了し、第二段階に移行することを宣言した。

だが、別の意見を持つ者もいる。山本五十六その人もそんな一人だ。

「優勢な状況を土台に、有利な講和に持ってゆくべきだ」山本はそう主張した。

しかし、山本が推測した以上の大勝利の前には、山本の主張は多くの支持を得るにはいたらなかった。それは山本にもわかっているらしく、不承不承にだが自説を保留した。

もっともこのとき、山本の心の奥底に「アメリカに勝つことはしょせん無理だろが、もう少し攻め込んでより有利な条件をアメリカに対して提示する可能性はあるのではないか」という気持ちがなかったと言えば嘘になる。

山本さえ油断するほどに、このときの日本軍の状況は大きく優勢に傾いていたのである。

ゴゴゴォォ――――――ン。グゴゴォォ――――――ン。

北太平洋、大日本帝国の帝都東京から北におよそ七〇〇マイル弱の海上――今ここで世界の作戦史上有り得なかった作戦が実行に移されていた。それは、空母から陸軍の爆撃機が発進するという信じられない作戦だった。

山本が恐れたように、アメリカ軍には「日本本土空襲案」を練る人物がいた。アメリカ海軍の作戦参謀フランシス・L・ロー大佐と彼の部下たちである。

基本構想は、元から決まっていた。空母をできうる限り日本本土に接近させ、そこから攻撃部隊を発進させて日本本土を空襲することだ。

しかし、日本海軍の哨戒範囲が広がったがために、たやすく日本に接近することは計画立案当初よりも難しくなっていた。海軍機の航続距離は最大に工夫しても三〇〇マイルが限界で、しかもそれだけの燃料を積むと肝心の爆弾が小型のものしか積載できず、望むべき攻撃の規模自体が相当に小さくなることは明らかだった。

「もっと近づけないか」

「それは無理だ。三〇〇マイルだって敵に発見される可能性があるのだ。それ以上に近づいたらまず間違いなく発見され、攻撃どころかその前に撃墜される」

「結局この作戦は無理だ。それが結論だな」

白熱していた議論が、急速に醒めてゆくそのときだった。

「陸軍の爆撃機だったら五〇〇マイル以上あっても出撃できるんじゃないか」

言い出したのはロー大佐だった。

「無茶ですよ、大佐。爆撃機を空母から発進させるなんて、そんなことができるはずはありません。それに、陸軍が海軍の作戦に協力をするはずはありませんよ」

「やってもみないでそう言い切れるか。大型爆撃機はまあ無理だろう。しかし、軽爆撃機なら試してみる価値はあると俺は思う。陸軍が協力をしないというのも同じ理屈だ。はじめからできないと言っていたら、できることもできないだろうが」ロー大佐は譲らなかった。

「中型であろうと、爆撃機を空母から発進させるなどできるはずはないだろう」

これに対してロー大佐はしれっと言った。「それは陸軍のパイロットの腕が、海軍のパイロットの腕より劣っているとお認めになったと解釈して良いのですね」と。

「ならばできますから」

「ならば爆撃機だけを貸して下さい。海軍のパイロットにならできますから」

「ば、馬鹿を言うな！　海軍の作戦に爆撃機を貸すなどと、そんなことができるはずはない。それに、海軍のパイロットにできることが陸軍のパイロットにできぬはずはない」

「ならば、証明して下さい。陸軍のパイロットの腕を、です」

陸軍航空部隊の首脳は、即答はせず部隊に打診した。

意外にも返事は、できるというものだった。こうして陸軍の爆撃機を海軍の空母から発進させて日本本土を爆撃するという、信じられない作戦がスタートしたのである。

一六機の軽爆撃機ノースアメリカンB25『ミッチエル』を運んできた空母『ホーネット』から最後の『ミッチエル』が飛び立つのを確認して、作戦艦隊の総指揮官ウィリアム・F・ハルゼー中将は旗艦空母『サラトガ』の艦橋で不安そうに目をしばたかせた。

最後の最後で、作戦にやや齟齬があったからだ。それは距離である。

作戦では五〇〇マイルの位置から発進を予定していたが、心労を重ね航行してきた最後で日本の哨戒艇らしい漁船に発見され、およそ七〇〇マイル弱での作戦決行がなされたのだ。

もっとも航続距離だけなら問題はなかった。『ミッチエル』は、それ以上の距離でも作戦の遂行自体は可能だった。

問題は、時間である。日本の漁船は撃沈したが、彼らが情報を本土に連絡していることは十分に考えられた。もしそうであった場合、一六機の『ミッチエル』が爆撃前に発見され、撃墜されるかもしれない。ハルゼーの不安はその一点にあった。

「やるべきことはやり切ったと思います、提督。これ以上のことは神の領分です」

ハルゼーの横で、ブローニング参謀長が暴風の吹き荒れる天空を睨むようにして言った。

「そうかもしれんな、参謀長。あとはドーリットルたちに託すしかない。そういうことだな」

ハルゼーはそう言って、空襲部隊を指揮するジェームズ・H・ドーリットル陸軍中佐の不敵な顔を思い浮かべた。

爆撃機の出撃後、敵の守備範囲のど真ん中にいる空母『サラトガ』『ホーネット』を主力に編制された機動部隊は、空襲部隊を回収せずに撤退することになっており、空襲後の爆撃機は日本本土を通過して中国本土に着陸する計画であった。

生還率の極めて低いこの作戦に参加した陸軍兵士は、すべて志願兵である。

アメリカ陸軍首脳とてこの危険極まりない作戦を命令することはできないため、志願を募り、もし人員が集まらない場合は、計画そのものに協力ができないと海軍に言ってきた。

これほど危険とわかる作戦に志願兵が集まるはずはないと陸軍首脳は考えており、持ち出したこの条件は陸軍首脳の拒否を意味したものだった。

ところが、陸軍首脳の目算は外れた。なんと、必要な人員の十倍近い兵が志願してきたのである。陸軍首脳は、複雑な思いを感じた。危険を恐れぬ志願兵たちの武勇は誇りと感じたが、そんな彼らを危険な作戦に参加させることに対する痛みも感じた。

結果から言えば、一六機の『ミッチエル』は日本本土上空では一機の被害も出さず、一五機は中国に、一機はソ連のウラジオストックに着陸した。

中国に着陸を目指した中の二機は、協力を約束していた中国側の手違いから攻撃を受けて強行着陸をしたが、何人かはその前に落下傘で降下して日本軍に捕まった。

結局、作戦に参加した陸軍兵士八〇人のうち九人が、墜落死、溺死、処刑、獄死で亡くなった。

のちに〈ドーリットル空襲〉と言われるこの作戦による実質的な日本側の被害は、そう大きくはなかった。しかし、ロー大佐たち作戦部の狙いははじめからそこにはない。彼らの狙いは、日本に対する精神的被害だったのだ。

アメリカは、日本本土に直接攻撃を仕掛けることができるという可能性を示して、日本軍首脳陣を恐怖におとしいれる。それこそがロー大佐たちの目的であり、その意味で言えば、〈ドーリットル空襲〉はロー大佐たちが予想した以上に大成功を収めた作戦であった。

「恐れていたことがついに起きてしまった。下手をすれば、これが戦況を変えてしまうかもしれない」とまで山本五十六は言った。

「これに対する対処はどうされますか」青い顔で聞く連合艦隊参謀長宇垣纏中将に対し、山本はきっぱりと答えた。「攻めるしかないな。アメリカが日本本土に直接攻撃などしている余裕はないことを、わからせるぐらいにだ」

山本の、そして『大和』航空戦隊の新たなる戦いが始まろうとしていた。

第五章　怒濤の珊瑚海

　ドーリットル空襲時、『大和』航空戦隊は母港の呉にあった。休暇を楽しむといったようなだらけた気分ではなかったが、それでも事態の大きさに超戦闘空母『大和』の艦橋で報告を受けた司令官千崎薫少将は、「ふ、ふざけやがって」と腹から声を絞るように言った。

　神重徳参謀長も、同じだ。普段は強気と言われる彼でさえが、消沈したように「予測は……できてたはず。だからこそ、哨戒部隊も派遣してあった。それがまったく機能しなかったということか……」と、顔を蒼白にさせて言った。

「この段階では哨戒部隊の動きはわからねえから俺の想像なんだが、連中はアメリカ軍が本当にやってくるなんぞとは、考えてなかったんじゃねえかな。だから、任務に対してもおざなりだったのかもしれねえぞ」千崎が悔しそうに言う。

「それもありますが、報告を受けた内地の司令部が真剣になって聞かなかったことも考えられますね。連中もアメリカ軍の帝国本土空襲など考えられぬと、心配する山本閣下を笑ったらしいですから。あの阿呆どもは」言葉の荒いことが、神の受けた衝撃の強さの証明だった。

そして、二人の想像と推測はほぼ当たっていた。

実は、撃沈された哨戒部隊の漁船以外にも、ハルゼーの隠密艦隊は哨戒部隊の艦艇にかいま見られているのだ。が、まさかアメリカ艦隊の軍艦とは思わず、報告をおこたっている。

報告を受けた内地の司令部も、同じだ。報告相手の内容に切迫感のなかったこともあって見過ごしてしまい、反応したのは撃沈された漁船の報告あたりからであった。

しかもなお悪いことに、司令部から連絡を受けた基地航空部隊が、アメリカ海軍機の航続距離から見て、攻撃はもっと本土に接近してからだろうと勝手に判断してしまい、攻撃部隊を出撃させなかったことだ。まさかアメリカ軍が航続距離の長い陸軍爆撃機を投入してくることなど、基地航空隊の司令部はまったく予測さえしなかったのである。

といった具合に、日本軍の対応はこれ以上ないくらいの後手を踏んだのだ。

「やっぱりこりゃあ、油断だったのかもしれねえな、参謀長」千崎が自戒の言葉を吐く。

「ええ。その意味で言えば、私たちにも哨戒部隊や内地の司令部を強く非難する資格はないかもしれません」神の言葉にも力がない。

「まあ、いい。起きちまったことを悔やんでもしかたねえやな、参謀長。大切なのはこれからだ」千崎が己も含めて鼓舞するように言うと、神も小さくうなずいた。

「となるとだ。山本閣下の次なる一手を早急に実施する必要があるな、参謀長……」

「ええ」神がうなずいた。

千崎の言った山本の次なる一手とは、〈ポート・モレスビー攻略作戦〉〈ミッドウエー攻略作戦〉〈アリューシャン攻略作戦〉〈ニューカレドニア・フィジー・サモア攻略作戦〉〈ハワイ攻略作戦〉だったが、軍令部と参謀本部はあまりにも壮大すぎるということで是とはしていなかった。

「アメリカ相手の戦じゃないか。チマチマとやっていたらいつまで経っても戦争は終わらず、帝国は経済的に追い詰められるだけだ。常日頃は、精神力だと大げさに叫んで精神力さえあればなんでもできそうなことを言っている参謀本部の奴らは、いかに自分たちの精神論が脆弱であるか肝に命ずればいいのだ」山本はそう言ったという。

「問題は、陸軍ですね。この空襲で気持ちをよりちぢこませるか、逆に山本閣下の言う先制攻撃こそ勝利の道であるという論に傾くか……」

「難しいとこだな。山本閣下の言うように、日頃精神論を振り回している連中に限って小心者が多い。吠える犬ほど臆病だというあれさ」千崎がつまらなそうに言った。

「結局は、東条閣下の腹かもしれません」

「参謀長のほうからも、なんとか言ってやったらどうだ。海軍が開戦に踏み切った裏には、参謀長の力もずいぶんとあるらしいじゃねえか」

「その点については私もそれなりの自負があるのですが、どうやら連合艦隊に転出したことが山本閣下寄りになったと見る向きが多くて、親しかった者たちから敬遠されているようです」

「そうなのか」

「私はいっこうにかまいませんよ。人がどう思おうと、私は私の信じる道しか歩くつもりはありません。山本閣下に協力をする気になったのも、それが皇国にとって今は一番意義があると考えたからです。それ以上でもそれ以下でもありませんか

「フフッ、相変わらず参謀長は強いな。しかし、それでいいと俺も思うぜ。小難しい理屈を並べ立てて机の上で戦争をしている連中とは、参謀長は違うからな」

千崎の言葉に、神は思わず苦笑した。

確かに、机の上だけで戦争ができないのは神もわかっている。しかし、机の上で戦争をしてみることが無駄だとは思っていない。それも必要な方法論ではあるのだ。

神がそう考えている証拠の一つが、『あきつ』のコンピュータを使っての模擬戦の展開だ。

あの装置を内地にも何台かおいて大いに利用したいとさえ、神は考えていたほどである。

しかしだからといって、神が千崎の考え方を頭から否定しているわけではない。戦争の現場では、千崎のような男こそが絶対に必要なのである。開戦から数カ月、実戦の場での経験が神にますます強くそれを教えていた。

要は、適材適所。戦争というダイナミックな動きは、様々な能力の人間たちをいかに配置するか、それにかかっている。問題は、誰がそういう大局から人を見、配置できるかであった。

山本しかり、東条しかり、だと神は今は思っている。問題は、その時点時点で誰をトップに置くかだが、残念だが神にもまだそれを解き明かすことはできていない。
子供の頃から神童と言われ、海大も首席で卒業したこの天才は、今、新しい殻を脱ぎ捨てる寸前にいたっているようであった。

「アメリカが直接皇国を攻める」山本のこの言葉に対し、大日本帝国総理大臣東条英機陸軍大将は、嘲笑を込めて「ありえん」と言った。
しかし今や山本の言葉が正しく、自分の嘲笑は自分に向けられたのだと、東条は思っている。自分の過ちをほとんど認めようとはしない東条がこう考えたほど、彼にとって〈ドーリットル空襲〉は衝撃であり、恐怖でさえあった。

「連合艦隊案を採用されるというのですね」
突然の首相の参謀本部来訪に参謀総長杉山元陸軍大将はそれだけでもあわてたのに、東条の口から漏れた言葉に困惑と混乱を感じた。

「なにも無条件でと言っているわけではありません。あくまで基本構想としての連合艦隊案を受け入れるということですよ、参謀総長。細部についてはむろん参謀本部としての見解を付し、譲れぬものまで譲る必要はありません」

「はあ……」杉山は答えたが、具体的にはどこをどういじって連合艦隊案と参謀本部の主張を折衷させればいいのかまったく思いつかない。それも当たり前で、杉山自身は作戦会議にほとんど出ておらず、参謀本部が考えている作戦案の全貌も連合艦隊案の全貌も知らないのだ。

杉山が了解しているのはともに概論であり、おおよその違いでしかない。東条は当然そんなことは知っていて、杉山に答えを求めているわけではなくそう連絡せよと言っているのだ。

やっとそれに気づいた杉山は、「承知しました」と返事した。

東条の豹変に海軍軍令部もあわてた。軍令部ではこのとき、連合艦隊案と参謀本部案のそれこそ折衷案を作成している最中だったが、東条の豹変によってこれまでのものはまったく無駄になってしまったからだ。

「やってられんなあ」作戦課長富岡定俊（さだとし）大佐は太い嘆息を吐いた。

「課長。どうしますか?」書類を作成していた課員が情けない声を出した。課員の苦労を知っているだけに、破棄しろとは言い出しにくかったのだ。

「破棄するしかないさ」別の課員が富岡の代わりに答えた。

「やっぱり、そうだよなあ」

聞いた課員が書類を丸めると、くず箱にほおり込んだ。

「課長。近頃の軍令部ってなんですかねえ。勝手なことばかり言ってくる連合艦隊と、陸軍に都合の良いことばかりを押しつける参謀本部の間で、両方がどうにか納得する折衷案を作り上げる。こんなことが軍令部の仕事でしょうか……」

富岡には返す言葉がない。まさにその通りなのだ。いや、裏がわかるだけに富岡の屈託のほうが深く大きい。しかし嘆息するのが限界で、富岡にはそれ以上の愚痴は許されない。言えばただでさえガタがきている作戦課のたがが完全に外れ、作戦課自体が壊れるかもしれないのだ。

「ここは我慢してくれ。こんな状態がいつまでも続くはずはない。必ず、軍令部がするべき仕事をさせてやるから」

それはいつだと聞かれても富岡には答えはないが、それを察してくれたのか課員からはその問いはなかった。

いたたまれなくなって富岡は部屋を出た。廊下に出ると、「くそったれがっ！」と壁を蹴った。それが富岡の怒りの表現であり、結局その程度しかできない自分の情けなさに気づいた富岡は、その場に立ち尽くした。

アメリカ太平洋艦隊司令長官チェスター・W・ニミッツ大将にとって、東京空襲作戦の成功は、彼が太平洋艦隊に着任して初めて愁眉（しゅうび）を開いた一件であった。

中国に見事逃げ延びたジェームズ・H・ドーリットル陸軍中佐からの報告を得たニミッツは、ジッと執務室で一人喜びを噛みしめた。誰彼かまわず吹聴（ふいちょう）して回りたい気分がないではなかったが、それを始めると妙にはしゃぎ出してしまいそうだったのだ。それでは長官としての威厳を保てなくなると、一人で喜ぶほうを選んだ。

しかし、ニミッツが何もしなくても、その話題はあっという間にハワイ・オアフ島中を駆けめぐることになる。

情報源は、陸軍。考えてみれば当然である。ドーリットルの報告は、ニミッツよりも先に陸軍にもたらされているはずだからだ。だからニミッツの執務室にお祝いを言うために一番先に飛び込んできたのは、人が良いことだけが取り得のハワイ方面陸軍司令官だった。ついで現われたのは、ニミッツが懇意にしている陸軍の将官たちである。やがて情報は海軍にも広まり、結局ニミッツは長官としての威厳を必要以上に保つことを諦め、祝福してくれる部下たちに投げキッスまでして見せた。

祝福の嵐は夜まで続いた。パーティにまではならなかったが、酒臭い者がいたことも事実だった。

その中に、フランク・B・フレッチャー少将がいた。ニミッツは、ウィリアム・F・ハルゼー中将麾下の第一六任務部隊の他に、残存兵力を結集させて新たに第一七任務部隊を編制し、この酒好きだが意外に胆力もあり頭も切れる巡洋艦部隊指揮官にその指揮を任せようと考えていた。

ハルゼーにはあえて相談しなかった。相談をすればハルゼーなりに誰かを推挙してくるだろうが、それではもう一人のハルゼーを作りかねず新たな火種を抱えてしまうかもしれない。

なにもハルゼーと対抗させようとまでは思っていないが、いざというときには新しい任務部隊指揮官に、自分とともにハルゼーに抗して欲しかったことも、ハルゼーに相談しなかった理由の一つであった。

だからといって無能な人物では当然困るわけで、パールハーバーで見つけられなければ本国から呼び寄せようかとまで思っていたニミッツが、フレッチャーに目を留めた。すでに内示は与えてあり、フレッチャー自身も自分の部隊を作るための人選作業を行なっていた。

「水くさいですな、長官。私にも教えていただけなかったようですな」

言葉に皮肉があるが、フレッチャーの本心でないのはその笑みでわかった。

「フフッ。独り占めする気はなかったが、うまいものはまず一人で食べてみたかったのさ。ところが、抜けていたよ。このデザートは陸軍製でもあることをすっかり忘れていた。他意はないから許して欲しいね、フレッチャー少将」

「もちろんですよ、長官。それに、今あまり騒ぐと帰途にあるハルゼー中将がへそを曲げるかもしれません。主役を待たずになんだ、とです」

「有り得るな、少将。それではこの続きはハルゼー中将が戻ってきてからにしよう」

そう言ってニミッツは、集まっていた者たちに丁重に礼を言い、続きはハルゼー中将が戻ってからにしようと告げた。

ハルゼーの名はてきめんで、ニミッツの執務室からあっという間に喧噪が消えた。

ニミッツはホッともしたが、ハルゼーの名前の大きさに少し呆(あき)れもした。

「〝ブル〟は偉大なりか」ニミッツはそういうと、紳士らしくない舌打ちをした。

東ニューギニア・パプア湾に面したポート・モレスビーには、アメリカ、イギリス、オーストラリアの連合国軍基地がある。日本軍は、ラバウルに進駐した直後からこのポート・モレスビーに再三に渡って空襲を敢行していた。

東ニューギニアに進攻した陸軍にとっても、ラバウルに基地を構えて米豪遮断作戦を狙う海軍にとっても、ポート・モレスビーの基地は鬱陶しいと同時に危険な存在だったからである。その意味では、〈ポート・モレスビー攻略作戦〉、暗号名〈MO作戦〉は日本陸海軍にとっては意味のある作戦だったと言えた。

参謀本部の後退によって、〈MO作戦〉の準備はかなり順調に進んだ。もともと連合艦隊に腹案があったからである。

この作戦にソロモン諸島にあるツラギ島の攻略を加えようという案が出たのは、ほぼ参加艦艇が決まっていた四月下旬のことで、目的は〈MO作戦〉の実施に際して南太平洋にあるアメリカ軍拠点の動きを牽制するためであった。

同じ頃、ハワイ・パールハーバーの太平洋艦隊司令部の会議室は熱気が充満していた。

「信憑性は、大丈夫なのでしょう?」新生第一七任務部隊指揮官の任命を正式に受けたばかりのフランク・B・フレッチャー少将が、疑念を込めた目で言った。

この日、日本軍の暗号解読に当たっているパールハーバー無線監視局通信局がまとめた解読文がニミッツに届けられ、ニミッツはこれに呼応する形で会議を開いたのである。解読文の内容は、ソロモン諸島の珊瑚海近辺において日本艦隊が新たな作戦を行なうというものであった。

当時アメリカ軍の暗号解読がかなり進んでいるのは事実だったが、まだ完全というにはほど遠く、内容が誤っていたり不十分である場合も多かった。そのため、解読に不安や疑問を持つ将官もおり、フレッチャーもその一人だった。

「一〇〇％というわけにはまいりませんが、それなりの自信は持っていますよ、少将」

パールハーバー無線監視局通信局の情報参謀ジョセフ・J・ロシュフォート少佐である。声が固いのは、フレッチャーが自分たちの解読に対して前から信頼を置いていないことを知っているからだ。

「それなりにかね。では聞こう、ロシュフォート少佐。まず実施日に関してだが、どうしても特定できないのか？」

「その点は推測をしようと思えばできますが、あえて記載しませんでした。曖昧な情報は載せるべきではないと判断したからです」

「しかし、敵の投入空母数は二隻から四隻というのは書いてある。これは曖昧ではないのかね」

「曖昧だと言われれば、そうかもしれません。しかし、日時については具体的な数字が判明していないのに比べ、空母を含んだ艦艇の数字については、これまでの蓄積によってある程度つかめています。記載した数字はそれによっておりますが、我々が入手した暗号は一つではなく、暗号によって数は微妙ながら変化があり、我々として許容範囲の数としてそのような表現をとりました。敵が参加させる空母は多くても四隻、そう考えていただければと思います」

「二隻と四隻では、ずいぶんと違うんじゃないかと思うがな」

「それはそうでしょうが」

「フレッチャー少将。そう責めるもんじゃないよ。彼らだってできうる限りの努力をしているんだし、今の時点で完全な暗号解読を求めてもしかたあるまい。情報がまったくないのとは、ずいぶんと違うはずだよ」ニミッツがロシュフォートを庇(かば)うように言った。

「それは私も承知しております、長官。それに、ロシュフォート少佐らの努力を認めていないわけではありません。ただ、まだ不十分な暗号解読に頼り切ることに不安を感じているのです。それでついきついことを言ってしまいましたが……ロシュフォート少佐。他意はないんだ。これもジャップを叩きたい闘志と考えてくれたまえ」フレッチャーが自らまとめるように言うと、ロシュフォートが小さくうなずいた。

このときニミッツは心にわずかな不安が湧き上がるのを感じた。なにに関してなのか、そこまではわからない。曖昧な暗号解読にも不安はあったし、自ら能力有りと考えて任命したフレッチャーだが、任務部隊の指揮官としてやはり新米（ルーキー）だという不安があったかもしれない。

ニミッツは、東京空襲からまだ戻っていないハルゼー中将がいてくれたらと、このときほど思ったことはなかった。人間的にはどうしても認めがたい男ではあるが、軍人としての信頼感はやはりフレッチャーに比べると数段上の男であった。

〈MO作戦〉参加艦艇の編制は、

◇MO攻略部隊主隊（指揮官＝五藤存知（ごとうありとも）少将）

本隊（指揮官＝五藤兼務）

第六戦隊　重巡『古鷹（ふるたか）』『加古』『青葉』『衣笠』

空母『祥鳳（しょうほう）』駆逐艦『漣』

攻略部隊（指揮官＝梶岡定道（さだみち）少将）

第六水雷戦隊　軽巡『夕張』

第二九駆逐隊『追風』『朝風』

第三〇駆逐隊『睦月』『望月』『弥生』『卯月』

敷設艦『津軽』

支援部隊

第一八戦隊　軽巡『天龍』『龍田（たつた）』

飛行艇母艦『神川丸』『聖川丸（きよかわまる）』

◇MO機動部隊（指揮官＝高木武雄中将）

本隊（指揮官＝高木兼務）

第五戦隊　重巡『妙高』『羽黒』

第七駆逐隊『曙』『潮』

航空部隊（指揮官＝原忠一（ちゅういち）少将）

第五航空戦隊　空母『瑞鶴』『翔鶴』

第二七駆逐隊『白露（しらつゆ）』『時雨（しぐれ）』『有明』『夕暮』

である。

また、急遽作戦が決まったツラギ攻略部隊としては志摩清英少将麾下に、第一九戦隊の敷設艦『沖島』と第二三駆逐隊の『菊月』『夕月』があった。

〈MO作戦〉は四月三〇日、MO攻略部隊主隊の本隊がトラック泊地を出撃することから始まった。翌五月一日には、同じトラック泊地からMO機動部隊が白波を蹴立てて外洋に向かった。

五月三日、海軍陸戦隊主力のツラギ攻略部隊がツラギに接近、上陸にした。駐屯していると予測された連合軍の反撃はまったくなく、まさに日本軍は無血占領を成功させたのである。

「なんだとっ！」

日本軍のツラギ占領を知って、第一七任務部隊指揮官フレッチャー少将は顔色を変えた。暗号の解読文にはツラギのことはまったく触れられておらず、フレッチャーにすればまさに寝耳に水であった。

「思った通りだ。暗号解読など当てになるはずはない！」

空母『レキシントン（旗艦）』『ヨークタウン』、重巡『ミネアポリス』『ニュー・オーリンズ』『アストリア』『チェスター』『ポートランド』『シカゴ』『オーストラリア（オーストラリア海軍）』、軽巡『ホバート（オーストラリア海軍）』、駆逐艦『モリス』『アンダーソン』『ハンマン』『ラッセル』『フェルプス』『デューイ』『ファラガット』『エイルウィン』『モナハン』『パーキンス』『ウォーク』『シムス』『ウォーデン』、水上機母艦『タンジール』などによって編制された第一七任務部隊は、日本艦隊を求めて北上中であったため位置的にはツラギとは離れてゆく状況だったのである。

フレッチャーは、迷うことなく自艦隊をツラギに向け転針させた。

ゴッゴッゴッと怒濤のエンジン音を上げて輪陣形の中央を切るように海原を疾走するのは、基準排水量七万一〇〇〇トンと巨体を誇る超戦闘空母『大和』であった。

その後方には、唯一輪陣形から外れているものの『大和』に付き従うように航走してゆく未来から来た輸送艦『あきつ』がある。まだまだこの時代の人間が『あきつ』が持つ本来の能力のすべてを生かし切っているとは言えないが、比類無きレーダー、ソナーなどその探知能力はすでに『大和』航空戦隊参謀長神重徳大佐の作戦頭脳の一部となっていた。作戦上、『あきつ』は不可欠であると考えたのである。

もちろん戦隊司令官千崎薫少将も神を支持していた。

「そこで、司令官。考えたことがあります」神が千崎に向かっていった。

「フフッ。連合艦隊と一緒には動きたくない、そうじゃねえのかい」千崎がズバリと言った。

「お見通しでしたか」神がわずかに口元を緩めた。

「当然じゃねえか。艦隊にしろ組織にしろそうだが、団体行動ってやつは、結局のところ能力の一番低いものに合わせて動かなきゃならねえ。そうじゃなきゃ、団体の統率が乱れるからだ。ということは、この二つのすさまじい力を持つ二艦を擁する我が『大和』航空戦隊も、それに合わせて動かなければ宝の持ち腐れってことよ。となりゃ、連合艦隊に縛り付けるよりも自由に動ける遊撃部隊として行動したほうが連合艦隊のためにもなる。そう考えたんだろう、参謀長」千崎が、どうだとばかりにニヤリと神を見た。

「驚きました。司令官がそこまでお見通しだったとは」

神は、本心から驚いた。司令官として、戦のリーダーとしての能力については、もちろん神は千崎を認めているし尊敬もしている。だが、作戦全般に対しては、神は自惚れではなく自分のほうが千崎より優れた資質を持っていると考えていたからだ。

「だろう。とはいえ、じゃあ具体的にどう動かすのかまでは頭が回ってるわけじゃねえ。言ってみりゃ、カンだよ。参謀長がそう考えているんじゃねえか、とな。だから、後は頼むぜ」

「承知しました。いや、その後まで司令官にやられてしまっては私のやることがなくなります」

「それだけは絶対ねえよ。俺はこれでも身の程を知ってる。考えるのは、参謀長、そっちの仕事だ」千崎が豪快に笑った。

『大和』航空戦隊の要望を、連合艦隊司令長官山本五十六大将は一応、幕僚会議にかけたが、はじめから腹は決まっていた。

反対に回ったのは、艦隊の統率を重視する連合艦隊参謀長宇垣纒中将らである。

「勝手な行動は軍を乱します。乱れた軍に勝利はありません」宇垣が鉄仮面とあだ名される表情のない顔で言った。

「逆じゃないでしょうか。あの戦隊を押さえつけるような真似をすれば、かえって乱れるような気がしますが……」作戦参謀の意見だ。

「そろそろ結論を出そう」あらかたの意見が出切ったと判断した山本が、論争を切るように言った。

「『大和』航空戦隊は遊撃部隊にする」

「しかし、それは長官」宇垣の眉がひくりと動いた。

「いざというときは俺が全責任を負うさ、参謀長。俺が腹を切るよ」

山本がそこまで言えば決定だ。

反山本派の将官などからは独断過ぎるという意見もあったが、戦時のリーダーは、良きにつけ悪しきにつけその傾向が強いのはしかたないだろう。逡巡や迷いで無駄に時間を費やせば、戦況はあっという間に変わるのである。

旗艦空母『レキシントン』の艦橋で、フレッチャー少将はご満悦だった。

ツラギの日本上陸を知らせてきた重巡『ミネアポリス』の偵察機によれば、ツラギ島に上陸中の日本軍の規模はそう大したものではなく、この部隊が日本軍が企てる作戦の主力ではないことは明らかだった。だからといってフレッチャーは見過ごすつもりはないが、主力ではないということは別に主力がいるということを意味しているわけであり、『レキシントン』からダグラスF4F『ワイルドキャット』艦上戦闘機八機、ダグラスSBD『ドーントレス』艦上爆撃機八機を空襲部隊として出撃させたのだが、その部隊が敵の駆逐艦を一隻撃沈したと報告してきたばかりだったのだ。わずかな戦果だが、機動部隊指揮官として初めての手柄だけにそれはそれで満足できるものだった。

しかし、フレッチャーの喜びはすぐに消える。『レキシントン』自身の偵察機が、北西に空母三隻を持つ敵の主力部隊と思われる日本艦隊を発見したからである。その距離二六〇マイル。

「しかも、提督。敵はハルゼー中将を苦しめた噂の巨大空母の模様です」

「それはかえって好都合じゃないか。その巨大艦を叩いて私の名を轟（とどろ）き渡らせてやる。攻撃隊の準備、急がせろっ！」フレッチャーが目を見開いて命令を叫んだ。

零式艦上戦闘機一五機、九九式艦上爆撃機三〇機、九七式艦上攻撃機二七機（うち一五機が雷装、一二機が爆装）の計七二機で編制された『大和』航空戦隊攻撃部隊の眼下は、黒々とした雨雲が絨毯（じゅうたん）のように覆っている。

「海はスコールか。荒れているんだろうな」

攻撃部隊指揮官で艦攻部隊の指揮も執る『大和』飛行隊長水戸勇次郎中佐の声には、どことなく不安が滲んでいた。

『大和』航空戦隊航空隊の搭乗員はベテランが中心だから、腕に関しては水戸は一欠片の不安もない。ただ、存外強くない敵に対し、搭乗員、特に戦闘機乗りの間に楽勝感が漂いだしてきたことが妙に水戸の心に引っかかっているのだ。相手を舐める気持ちは油断に繋がったし、一瞬で勝負の決まる航空戦で油断は死を意味する場合が多いのだ。

「室町も若いからな……」

室町とは『零戦』部隊を指揮する『大和』分隊長室町昌晴少佐のことで、千崎司令官の遠縁に当たり、それもあってか開戦当初は張り切りすぎではないかと思えるほどに緊張していたのだが、近頃は余裕タップリの態度である。

水戸がそれとなく注意をし、室町もわかっていますという言葉を返してきたが、水戸は室町から手応えを感じずそれがまた水戸の不安を増幅させたものの、それ以上くどく言う気にはさすがにならかった。しかし今それを思いだし、もうひと押ししてもよかったかもしれないなと水戸は悔やんだ。

水戸の不安は当たっていたかもしれない。室町少佐の指揮する『零戦』部隊には昂揚感はあったが、緊張感は足りなかったのだ。搭乗員の多くが、「今日は何機を落としてやろうかなあ」などとすでに勝ったような気になっていたのである。室町自身も、水戸の忠告を「相変わらず慎重な人だな」と感じただけであった。

室町も慎重であることを悪いとは思っていない。だが、慎重過ぎるのは戦闘機乗りにはかえって邪魔だ。なにせ戦闘機乗りは、いつだって目前の敵と命のやりとりをする肉弾戦なのだ。慎重すぎて闘志を失っちゃあそこで空中戦自体が終わりだ、とも思っていた。

一面の真実ではあるだろう。それほどに空中格闘戦は非情で過酷な戦いだからだ。

しかし、戦闘機乗りたちが思っているほどに艦攻乗りや艦爆乗りとの差はない。

だが、戦闘機乗りたちは自分たちの言い分を撤回はしないだろう。彼らにとっては、それがプライドのよりどころだったのだ。

「来たな」前方にポツンとある黒点を発見し、室町はニヤリと笑った。

隣にいる部下が、自機の翼をバンクさせた。彼も黒点を発見したのだ。室町もバンクを返す。

ほぼ同時に、アメリカ軍迎撃部隊も『大和』航空戦隊『零戦』部隊を発見していた。

一八機のグラマンF４F『ワイルドキャット』を率いるのは、『レキシントン』

のジャック・ディフォード中佐である。

ディフォード中佐は、これまでの戦いで、『ワイルドキャット』が『零戦』に比べると能力で劣っていることを熟知していた。だが、使える戦闘機が『ワイルドキャット』しかない以上それでなんとか戦わなければならないのだ。それはディフォードに限らず、『ワイルドキャット』を駆るすべてのパイロットたちの命題でもあった。

そしてこの日、ディフォード中佐はある作戦を試そうと考えていた。

その作戦は、苦戦を強いられてきた者だからこそ到達した秘策でもあった。

『ワイルドキャット』部隊が一斉に上昇を始めた。

「馬鹿な奴らだ。今までで上昇速度で勝てないことぐらいわからないのか」

室町はうそぶくと操縦桿を引いた。ウィイィ――――ンと鋭くエンジン音が上がり、『零戦』部隊も上昇しながら『ワイルドキャット』部隊に接近した。

その瞬間、『ワイルドキャット』部隊が急降下したのだ。

「馬鹿じゃねえのか！　あれじゃあ、俺たちに後ろをとってくれと言ってるようなもんだぜ」

室町が、操縦桿を今度は倒した。

ゴゴゴォォ――――――ンッ！　ググワォォ――――――ン！

二つの部隊がすさまじいスピードで急降下して行く。

そのときだった。愛機がガタガタと震えているのを室町は知ったのだ。

「くそっ！」室町が舌打ちした。軽快さと抜群の操縦性能を誇る『零戦』だが、それらはギリギリに重量を絞った機体が生みだしていたと言っていいだろう。が、それゆえに『零戦』は決定的な欠点を抱えている。強度不足だ。それが今、『零戦』部隊に襲いかかっていた。

「畜生。これ以上速度が上がると機体がいかれるかもしれん」

室町が無念そうにゆっくりと操縦桿を引く。

室町機がゆっくりと水平飛行に戻りだしたときである。

ガガガガァ――――ンと二時の方向で炸裂音がした。ちぎれ飛んだ翼に記されているのは、日の丸。

「やられたのかっ！」そう叫んだ室町が凍りついた。ゆっくりと水平に戻ろうとする部下機の上空に、突っ込んでくる『ワイルドキャット』が見えたからだ。

「くそっ。急降下したのは全機ではなかったのかっ！」

そんなことすら確かめずに動いたことが、室町にどす黒い後悔を生んだ。

ドガガガガッ！　ズガガガガガガッ！

『ワイルドキャット』の六挺の一二・七ミリ機銃が火を噴いた。

グワァア――――――ンッ！

撃たれ弱い『零戦』が一瞬にして吹き飛んだ。

「くそったれがっ！」

室町が部下の仇を討とうと機銃を放った後、そのまま降下を続ける『ワイルドキャット』を追った。しかし、すでに室町はその敵機に追いつけないことを悟っていた。

ズガガガァア――――――ン！

三機目の『零戦』が撃墜された。そして逃げてゆく『ワイルドキャット』。

「俺のミスだ……」室町が呻く。まんまと罠にはめられた自分が、とんでもないうすのろの間抜け野郎に思えた。

室町の脳裏に、鮮やかに水戸の言葉が蘇った。「室町。油断だけはするなよ」という言葉が。

しかし、後悔ばかりしてはいられない。降下した『ワイルドキャット』部隊が、艦攻、艦爆隊に襲いかかろうとしているはずなのだ。室町は自分を呪いながら愛機を反転させた。

「指揮官。一一時の方向に敵機らしき機影です」

操縦員の怒鳴り声に水戸中佐がうなずき、「広がれ。時間を稼いで『零戦』の援護を待つんだ」と、命じた。

「司令官。『あきつ』のソナーが、島陰から出てきたらしい敵潜水艦を捉えました。本艦後方一万四〇〇〇メートル東南です」

艦長の言葉に、千崎少将が苦笑しながら第一〇三駆逐隊の駆逐艦『黒潮』『早潮』『夏潮』に敵潜水艦殲滅を命じた。

「末恐ろしいな、参謀長。これでもまだ『あきつ』の能力の何分の一だと言うんだからよ」

「ええ。しかし、『あきつ』に搭載されているものを一刻も早く複製してこの『大和』にも搭載すれば、戦はもっと楽になるかもしれません」ノートパソコンと奮闘している神参謀長が言った。

「よし。これでいい」

神がノートパソコンを閉じて椅子から立ち上がり、千崎に並んだ。

「司令官。どうしてもお嫌ですか、コンピュータをいじるのは」

神が言ったとき、「司令官。『あきつ』が、敵攻撃部隊が一二〇カイリに迫ったと言っています」

「よし。迎撃部隊を出撃させろ」千崎が力強く言った。

後に「ヒット・エンド・ラン（一撃して逃げろ）戦法」と名づけられる戦法によって『零戦』三機をほぼ一瞬で鮮やかに撃墜したディフォード隊だが、水戸中佐が攻撃部隊を散開したためにこちらの攻撃には手間取った。

そのうちに傷心の室町少佐が率いる『零戦』部隊が戻り、突っ込んできた。不利を悟ったディフォードはひとまず戦場を離れるように命じた。

『零戦』を叩いたわりには、ディフォード隊が日本軍の攻撃部隊全体に与えた被害はそう多くはなかったが、『零戦』が無敵ではなく十分に欠点も持つ戦闘機であり、戦い方によっては『ワイルドキャット』にも勝機があると証明したことは、それなりの戦果と考えていいとディフォード中佐は思っていた。

『ワイルドキャット』部隊の脅威が消え、水戸中佐率いる『大和』航空戦隊攻撃部隊が第一七任務部隊に殺到したのはそれから一〇分後であった。

ズガガガガ――――――――――ンン！

左舷に受けた魚雷で、空母『ヨークタウン』が大きく振動した。

ガガガ――――――ンッ！

二発目の直撃弾は、『ヨークタウン』の艦橋上部にあるマストを吹き飛ばしたばかりでなく、艦橋にいた乗組員たちを壁あるいは床に叩きつけて死者を数人出し、残った者のほとんども大きく傷ついた。艦長は即死は免（まぬが）れたものの体中の骨という骨が砕け、失神して倒れた椅子の間に頭を突っ込んでいた。

指揮機能を一瞬にして失った『ヨークタウン』は、迷走する。そこに二本目の魚雷が艦尾を直撃したため舵とスクリューが損傷し、『ヨークタウン』は航行不能に陥った。

直撃弾をなお数発受け、『ヨークタウン』の飛行甲板が裂けてそこから白煙と炎が噴き出した。

異常事態に気づいた士官が旗艦空母『レキシントン』のフレッチャーに退艦の許可を求めたときには、『ヨークタウン』は全身から煙と炎を揺らめかせ、艦尾から沈み始めていた。

「しかたないな。退艦を許可しろ」ツラギ攻撃の戦果とはまったく帳尻の合わない結果に、フレッチャーは憮然とした顔で言った。

「ツラギなどに気を取られたからだ」

フレッチャーが、冷静に判断すれば理屈にならない愚痴を吐く。

「私もそう思いますよ、提督。結局、提督がおっしゃっていたように、暗号解読なんぞに期待したこと自体が間違っているんですよ」巡洋艦部隊時代から参謀長を務める典型的なイエスマンであるオリバー・ヒューン大佐が、おもねるように言った。

「そういうことだ」フレッチャーが決めつけるように言って、腕を腰に当てて首を上下させた。

だが、第一七任務部隊のおかれているこの事態は愚痴を吐いている余裕はない。『ヨークタウン』の喪失は第一七任務部隊にとっては大打撃であり、このまま日本艦隊との対決を続けるかどうかをフレッチャーに問うていた。

雲海の中から突如現われた『零戦』部隊にアメリカ軍攻撃部隊はあわて、混乱して錯綜した。その中を『零戦』が悪魔のように飛び込んだ。

ズガガガガガガガッ！　ドガガガガガガガガガッ！

零戦の放つ機銃弾が、『ワイルドキャット』をまず血祭りに上げる。ここではデイフォード中佐が試みた戦法などとっている余裕もなく、次々と『ワイルドキャット』が炸裂した。

戦闘機援護部隊の壊滅を知った艦爆、艦攻隊から、一気に戦意が消し飛んだ。

恐ろしいほどに強い『零戦』のことは、アメリカ軍艦爆、艦攻隊にも深く浸透している。

このまま突っ込めば、〝凶鳥ゼロ〟の餌食になるしかない。艦爆、艦攻隊は我先に逃げ出した。そこに、『ワイルドキャット』部隊を葬り去った『零戦』部隊が到着した。

ドドドドッ！

七・七ミリ機銃弾をほぼ使い尽くした『零戦』迎撃部隊は、残しておいた二〇ミリ機関砲弾を的確に艦爆、艦攻に叩き込む。二〇ミリ機関砲は命中すればその威力はすさまじいが、命中率となると七・七ミリ機銃には劣るのだ。だから、動きの素早い対戦闘機戦には七・七ミリ機銃を、動きの鈍重な艦爆、艦攻には二〇ミリ機関砲をと、『零戦』部隊は見事に使い分けたのだ。

グワァァ――――ン！　ドグワァアン！

炎の華となって散ってゆく僚機を目の前にして、アメリカ軍艦爆、艦攻隊の恐怖は限界を超えた。彼らは反撃もほとんどせずに逃げ回ったのである。そして、この行動が己の地獄を大きくしたのであった。

鮮やかな『零戦』迎撃部隊の活躍は、雲海から飛び出すという奇襲が成功の一因であることは間違いない。しかし、『零戦』部隊の待ち伏せを可能にしたのは未来艦『あきつ』の超高性能レーダーによるところが大きかったことも、事実だった。

攻撃部隊の打撃を知ったフレッチャー少将は、言葉を失った。それに拍車をかける情報がフレッチャーを奈落に突き落とした。

「提督。ツラギ南方に別の敵機動部隊です！」

「な、なに？」

「空母二隻、重巡二隻、駆逐艦六から七隻」

「そんなところにも敵が……」

「しかし、提督。これも暗号解読とは違いますよ」ヒューン参謀長が唇を尖らせる。

「違う？」

「はい。暗号解読によれば日本軍が投入する空母は二隻から四隻ということでしたが、実際には二つの機動部隊の空母を合わせると五隻になるんですよ、提督」

「そ、そうか。暗号解読なんぞでたらめだったのだ。それに依存した今度の作戦は、結局、曖昧な暗号解読に振り回されたというわけだな、参謀長」

「その通りだと思います」

『ヨークタウン』を失ったこの海戦の責任をゼロにすることは難しい。しかしフレッチャーは、その責任の一翼を暗号解読の不備に押しつけられる可能性を知った。フであれば、撤退したとしてもそれもまた暗号解読に押しつけることができる。フレッチャーは腹でほくそ笑むと「ヌーメア港に戻るぞ」と、オーストラリア本土東方のニューカレドニア島にありもともとはオーストラリア軍の小さな駐屯地であったものを、現在ではアメリカ軍が一大軍港を目指して造営に力を入れている港の名を命じた。

「してやられたか！」

ツラギ空襲を聞いて急ぎ駆けつけたMO機動部隊指揮官高木武雄中将は、『大和』航空戦隊とアメリカ艦隊の海戦の報を知り、第五戦隊旗艦重巡『妙高』の作戦室で悔しそうに吠えた。

「索敵は続けますか」航空参謀が高木に聞いた。

「……そうだな。後、数時間やってみよう。ここまで来て手ぶらで帰るのも片腹痛いからな」高木が渋面のままで言った。今回の作戦の主役は自分たちだろうと考えている高木にすれば、当然だったかもしれない。

しかしMO機動部隊の索敵機はついにアメリカ艦隊を発見できず、本来の任務に戻った。

四日後、〈MO攻略作戦〉が実施され、ポート・モレスビーにある連合国軍の基地は攻略部隊の攻撃で半壊した。上陸部隊はいったん上陸に成功したもののそこで連合国軍の反撃が予想以上に激しく、陸軍上陸部隊と海軍陸戦隊の合同部隊は思わぬ打撃を受けた。

原因は、陸路ポート・モレスビーの背後から攻撃をするはずだった陸軍攻略部隊の遅延であった。慣れないジャングル進攻と病魔、そして現地人と連合国軍がチームを組んだゲリラに、陸軍攻略部隊は苦戦を強いられたのである。

これ以上の無理押しは被害を大きくするだけだと判断した大本営陸軍部は、一応の成果を上げたと考えてこの攻略戦を継続作戦に切り替えた。

その裏には、連合艦隊司令長官山本五十六大将の判断も加えられている。山本は、次なる大作戦を敢行するためにポート・モレスビーにいつまでもかまってはいられなかったのである。

その大作戦こそが〈ミッドウエー攻略作戦〉であった。

珊瑚海での第一七任務部隊の敗北は、太平洋艦隊司令長官チェスター・W・ニミッツ大将にとっても辛い結果だった。フレッチャーの報告してきた暗号解読の不備も、ニミッツに大きな痛手を与えていた。

だが、これは違う。フレッチャーと彼の参謀長ヒューン大佐の指摘した敵空母の数は、MO攻略部隊航空部隊麾下の第五航空戦隊の『瑞鶴』『翔鶴』という二隻の空母と、MO攻略部隊主隊本隊麾下の新鋭空母『祥鳳』を意味しており、解読の結果である二から四隻の範疇に入っているからだ。

しかしこの一件で、解読班の努力を知っているだけにニミッツは信じたいのだが信じにくくなったと、暗号解読の結果から一歩引き下がった姿勢を見せることになる。

イギリス東洋艦隊を葬り、その本拠地であるシンガポールのセレター軍港を手中にした日本軍は、シンガポールから南方におよそ一〇〇カイリにある南北およそ四八カイリ、東西およそ二七カイリの広大な海域に泊地の設営を始めた。これがリンガ泊地である。

巨大なドックや油槽施設などを備えているセレター軍港が背後に控えていることで、リンガ泊地は他の泊地とはひと味もふた味も違う施設として造営中で、豊富な油は内地さえ上回っていた。また、広い海域を使って他の泊地ではできない訓練も行なう予定だった。

『大和』航空戦隊がリンガ泊地に入って、三日が経っている。しかし、巨艦超戦闘空母『大和』の姿はそこになかった。『大和』は今、セレター軍港の巨大ドックでその疲れた体を癒す作業に入っていたのだ。

竣工を急いだ関係で、致命的ではないものの『大和』にはいくつかの問題が発生しており、来たるべき大海戦を控え、少しでもその問題を解決しようとしていたのである。

その間、戦隊司令部は未来艦『あきつ』に移されていた。

『大和』航空戦隊司令官千崎薫中将と神重徳参謀長がリンガ泊地を選んだのは、『あきつ』自身に隠された能力を解明するのにはここが最良だと考えたからである。

当然ながら、同時に他の艦艇による訓練もあわせて行なわれていた。

「好きだなあ、参謀長。お前さんはあの部屋にいるのがよ」

ＣＩＣから戻ってきた神に、千崎がからかうように言った。神の後ろには、『あきつ』の副長を務める志藤雅臣少佐がいた。一応、副長ではあるが、実質的な『あきつ』の総責任者である。

「入るたびに新しい発見がありますよ。いくつか『大和』に転用可能なものがありますから、それをどうするか志藤少佐と詰めておるんですよ」神が、彼にしては明るさのこもった声で言った。

それほど楽しいということか。千崎は思い、少し羨ましかった。彼とて新しい技術や新しい設備に興味がないわけではない。しかし『あきつ』のそれは千崎の手に余ったのである。

志藤によれば、『あきつ』のＣＩＣは空母への移行を念頭に入れてあり、前型の輸送艦であるおおすみ型よりは戦闘指揮所としての機能が充実しているが、それでも戦闘艦に比べれば貧弱だという。

それでさえ千崎には手に余るのだから、未来の戦闘艦には自分のいる場所はないのかもしれないと千崎は内心で思っていた。

「本当は、『大和』のためにはもう少し時間が欲しいのですがね。山本閣下の考えも一理ありますから、しかたないんでしょう」神が話題を変えた。

「山本閣下には、例の東京空襲が相当にショックだったんだろうな。一刻も早く戦争を終わらせたいと思っているのだろう。そのためには〈真珠湾作戦〉以上の戦果が欲しいということだ」

「もし勝てば、その可能性はかなり高いでしょうね」

「で、志藤少佐。お前のいた時代では結果はどうなったんだい」

「多分、意味はないと思いますね、私の知っている結果は。なぜなら、先日の、おそらくは〈珊瑚海海戦〉と呼ばれることになるかもしれない海戦の結果は、私の知っているそれとはまるっきり違うからです。いや、ひょっとすると〈珊瑚海海戦〉とさえ呼ばれないのかもしれません。従って私の知る〈ミッドウエー海戦〉で日本海軍が負けるかどうかは、私はまったくわかりません」

「……そうか。お前さんの世界では、俺たちは負けるのか……」

歴史が違う。千崎はそれを十分に理解してはいるが、それでも日本が負けたという歴史があることは、奇妙な、喜べないことではあった。

そして改めて思うのだ。「俺たちの歴史では、負けるわけにはいかないんだぜ」

と。

完全ではないが一応の戦傷が癒えた超戦闘空母『大和』が、未来艦『あきつ』、小型空母『龍驤』『瑞鳳』、重巡『利根』『筑摩』、軽巡『多摩』『木曽』、それに第一〇一駆逐隊、第一〇二駆逐隊、第一〇三駆逐隊を引き連れて外洋に消えた。行き先を知る者はない。

第六章　ミッドウエーの秘策

ガガガガ――――ン！　ズガガガ――――――ン！

超戦闘空母『大和』の対空砲が、天空に槍のように鋭く列を作って噴き上げてゆく。

グワァァン！

高角砲弾に射抜かれたダグラスＳＢＤ『ドーントレス』艦上爆撃機が、一瞬で吹き飛び、ちりぢりなって消えた。

アメリカ海軍の攻撃が始まったのが、一五分前である。超戦闘空母『大和』の艦橋で、『大和』航空戦隊司令官千崎薫少将が余裕の表情で天空を見上げていた。

「うまくかかってくれたようですね」

千崎の横にいた同戦隊参謀長神重徳大佐にも、まるで攻撃を受けている重圧はないようだ。

「魚雷！」見張員からの報告が入る。

千崎が報告のあった方向に双眼鏡を当てると、アメリカ軍の艦上攻撃機ダグラスTBD『デバステーター』の放った魚雷が二本、白い雷跡を作っているのが見えた。

「取り舵」と、『大和』の艦長がこれまた落ち着きある声で命じる。

巨艦がゆっくりと動いてゆく。ただし、それは見かけの姿である。巨艦ゆえにゆっくりと見えるが、実際はその大きさからは信じられないほど素早く『大和』は転舵しているのだ。艦攻の放った魚雷は、かすりもせずに『大和』の後方へ消えていった。

連合艦隊司令長官山本五十六大将の企てた未曾有の攻略作戦である〈ミッドウエー攻略作戦〉は、参加艦艇総数は三五〇隻余、参加航空機は一〇〇〇機以上、そして参加将兵は一〇万人を超えるという文字通りの前代未聞の大作戦であった。

しかし、これだけの大規模な戦力を集中させてもなお山本は十分とは考えていなかった。特に山本に不安を感じさせているのは、アメリカに暗号を読まれている形跡があることである。

中でも〈珊瑚海海戦〉時のアメリカ軍の待ち伏せではないかと思わせる動きは、その証明のような気がしていた。もしそうだとしたら、〈ミッドウエー攻略作戦〉

も敵に知られている可能性もなくはない。

しかし、作戦そのものはすでに動き出しているし、協力を求めてやっと承諾にこぎつけた陸軍に対し、さしたる証拠も無しに延期や中止は山本にもできなかった。それにもし中止になどした場合、もう陸軍の協力を得ることは難しいかもしれないという気持ちも山本にはあった。大規模な上陸作戦を含むこの作戦を遂行するには、海軍陸戦隊程度の数では難しく、陸軍の力は不可欠なのである。

ではどうする……。悩んだ山本は、ある秘策を思いついた。

ミッドウエーとは別の海域に日本艦隊を出現させ、もしアメリカ軍が暗号を解読して〈ミッドウエー攻略作戦〉を見抜いていたとしても、その暗号の信憑性を崩してアメリカ軍に疑心暗鬼を抱かせるというのが、それだ。

そしてわざと自分の存在海域を知らせて敵を引きつける囮艦隊は、『大和』航空戦隊の他にあろうはずはなかった。他の航空戦隊では、囮のまま殲滅される可能性さえあったのである。

山本の秘策を、千崎と神が拒否するはずはなかった。

「こういう任務こそが、俺たちの本道だぜ」

千崎が会心の笑みを浮かべると、「同感です」と神が表情も崩さずにうなずいた。

山本が読んだとおり、太平洋艦隊司令長官チェスター・W・ニミッツ大将にはミッドウエーの情報が入っていた。

しかも今回は偽の情報を送り、それを知らない日本軍が応答したことから不明だった攻撃目標をミッドウエーと確認したこともあり、その信憑性は前のときよりも数段に上がっていた。

「なるほど。前のときよりは信じられると長官はおっしゃるんですね」

第一六任務部隊指揮官ウィリアム・F・ハルゼー中将は納得してうなずいたが、第一七任務部隊指揮官フランク・J・フレッチャー少将は違う。

「ハルゼー中将は暗号で痛い目にあっていないから信じられるのでしょうが、私はなおも懐疑的ですね」と、応じた。

ニミッツもそう言われると迷いが出る。

「いいじゃないですか、長官。間違いだったら、それはそれで。もし正しかったらえらいことになるんですからね」

ニミッツが迷いを吹っ切ったのは、ハルゼーのこの言葉だった。

そうなのだ。もし暗号解読が正しく、みすみすミッドウエーを奪われれば戦況優勢をアメリカ軍が維持していくのは難しいだろう。なにしろミッドウエーはハワイの喉元なのだ。そこに日本軍が進出するということは喉元にナイフを突きつけられたのと同じことである。

「わかった。ハルゼー中将。君の言うとおりだ」

ニミッツは珍しくハルゼーを支持し、フレッチャーを説得した。

フレッチャーは当然、渋った。しかしニミッツは譲らず、作戦を指示した。

フレッチャーも結局は応じたものの、参謀長のオリバー・ヒューン大佐には、

「ミッドウエーと決めつけるのは危険だと私は思うがな」と告げた。

その上に、アメリカ軍はもう一つの不具合が生じていた。ハルゼー中将が、疲労性とは思われるが正体のわからない皮膚病にかかって発熱したのである。

ハルゼーは出撃を求めたが、ニミッツはストップをかけた。原因がわからず、他の人間に感染するかどうかもわからないのである。もし司令部の中で感染でもしたら、とんでもないことになると危惧したのだ。

ハルゼーも、感染という説得には抗することができなかった。そこでハルゼーが自分のピンチ・ヒッターに選んだのが、彼の巡洋艦隊の指揮官であるレイモンド・A・スプルーアンス少将だった。

「スプルーアンス少将？」

ニミッツが首を傾げた。もちろん名前は知っているが、ニミッツの知るスプルーアンス少将は、堅実だがあまり目だたない人物で、ハルゼー艦隊を指揮するほどのリーダーシップがあるとは思えなかったのだ。

「他にもいるのではないのかね、ハルゼー君」

「問題ありませんよ、長官。スプルーアンスでは頼りないのでしょうが、彼が目だたないのは私の下にいるからです。私の傘が取り除かれれば、あいつはできる男です」

「しかし、なあ……」

「いいですか、長官。スプルーアンスでなければ、私の幕僚どもは従いませんよ。これははっきりしていることです」

ハルゼーに脅かされているようでニミッツは面白くなかったが、ハルゼーの言うとおりになる可能性も高かった。

「本当に、本当に大丈夫だろうね」

ニミッツは不安を残したままだが、受け入れるしかなかったのである。

アメリカ太平洋艦隊麾下の二つの任務部隊が、ミッドウエーにやってくると推測される日本艦隊を待ち伏せするために相次いでパールハーバーを出撃したのは、五月の下旬であった。

ところが出撃後の六月二日、ジョンストン島基地が日本艦隊の無電を傍受して偵察機を飛ばしてみると、なんとジョンストン島西方五〇〇マイルに日本艦隊を発見したのである。

「思った通りだ！」

発見情報を得たフレッチャー少将は、飛び上がった。そして迷わずに、その日本艦隊の方向に転針した。無線封鎖を命じられているためにニミッツに確かめることはできないが、明らかに敵がいることがわかっているのだ。ニミッツが文句を言うはずはないと、フレッチャーは確信していたのである。

一方のスプルーアンス少将は、悩んでいた。

「どう思うかね、ブローニング参謀長」

「困りましたね。日本艦隊がいるのがわかったのですから、そちらに向かうべきかなという気持ちは私にもあります。しかし、ちょっとうまく行きすぎているような気もします。その艦隊が無線を飛ばしたことも気にかかります」

「陽動作戦の可能性だね」

「何パーセントかはあると思いますが……ね」

「フレッチャー少将は、まず間違いなく行ったろうね」

「それは一〇〇パーセント、そう思います」

「ならば、私たちはミッドウエーに行こう。正直に言って、ジョンストン島付近の敵は今すぐに叩かなくてもいいと私は思うんだ。もしそれがジョンストン島攻略を狙っているとしてもだ。あそこも確かに重要拠点ではあるが、ミッドウエーとは比べられないからね」スプルーアンスがきっぱりと言った。

「そうですね。重要さで言ったら、ミッドウエーです。そうである以上、やはり日本が狙うのはミッドウエーだと提督は思われるのですね」

「新米の指揮官の言うことで不安はあるだろうが、責任は私がとる」

「無用なご心配はなしですよ、提督。我々にとっては、ハルゼー提督もスプルーアンス提督も同じ指揮官なんですから」

ブローニング参謀長の言葉に、他の幕僚たちも賛同した。

「ありがとう。ハルゼー中将には及ばないだろうが私も努力は約束する。そして言わせて欲しい。キル・ザ・ジャップ！」スプルーアンス少将が言うと、幕僚たちがその言葉を繰り返した。

昨日の出来事である。

日本艦隊に接近したフレッチャー少将は、ここでも迷わずに攻撃部隊を出撃させた。それが今、『大和』航空戦隊を攻撃している部隊だ。

ズガガガ――――――ンン！

『大和』の飛行甲板に、アメリカ軍艦爆の放った五〇〇ポンド爆弾が炸裂した。

重装甲がそれを跳ね返し、『大和』はまったくの無傷である。

ドドドドドドッ！

『大和』の四〇ミリ機関砲が、逃げようとしたアメリカ軍艦爆を蜂の巣にした。

ドグワァァ――ン！

アメリカ軍艦爆が『大和』の歩行甲板に激突し、砕け飛んだ。

アメリカ軍の狙いは、はじめから『大和』だ。敵の正体が『大和』航空戦隊であるとわかった瞬間、フレッチャーの視界の中には『大和』しか入らなくなった。

「こいつだ。とにかくこいつを叩けば、我が合衆国の戦いはこれから楽になるはずだ！」

フレッチャーはそう叫ぶや、第一七任務部隊の旗艦空母『レキシントン』と大西洋から補充されたばかりの中型空母『ワスプ』の二隻から、艦戦二八機、艦爆三六機、艦攻四八機の合計一一二機を出撃させた。このときの第一七任務部隊の航空戦力は一九〇機であったから、フレッチャーはほぼ六割の航空機をつぎ込んだわけである。

アメリカ軍の攻撃はほぼ三〇分ほどであったが、攻撃目標が『大和』に限られていたこともあって、航空戦隊の受けた被害は『大和』の援護に回った軽巡『木曽』と第一〇一駆逐隊の駆逐艦『萩風』が各々二発の直撃弾を受けただけだった。『萩風』の被害は少し大きかったが、『木曽』は小破程度である。

「『萩風』は走れるのか？」

多少の被害は覚悟していた千崎少将だったが、『萩風』のことを案じた。

「速力は少し奪われたようですが、航行に問題はないとのことです」

「そうか。じゃあ、逃げるか」千崎がつまらなそうに言った。

千崎は、できるだけアメリカ艦隊をミッドウエーから引き離すつもりなのだ。もちろん攻撃こそ最大の防御という言葉どおりに反撃をする手もあったし、千崎にも神にもアメリカ艦隊を潰す自信もあった。しかし、ジョンストン島の基地兵力を考えると、できる限りジョンストン島から離れてからの反撃のほうが確実だと神が提言したのである。

それでも、なんとかなるだろうと千崎は思ったが、無駄な被害は少ないほうがいいことも事実だった。

「日本艦隊が撤退しているだと！」フレッチャーがギリギリと歯がみした。

「逃がすかっ！　絶対に逃がさんぞっ！」フレッチャーが再び叫んだ。

翌四日未明、ミッドウエー島基地北東に陣取ったスプルーアンス少将指揮下の第一七任務部隊は、わずかな苛立(いらだ)ちを感じながら戦闘態勢をとっていた。

「来ますよ、提督。きっとね」ブローニング参謀長が力づけるように、スプルーアンスに言った。

「笑われるかもしれないが、私は今それを疑っていないよ。指揮官が予感だのカンだのを持ち出すのは良いことではないと、私も承知している。だから話すのは君だけだが、ここが戦場になると私のカンがそう言ってるんだよ」

「なるほど。確かに指揮官がそんな非合理的なもので判断をするのは、私も反対です。しかし、提督。ハルゼー提督も、時折りそんなことをおっしゃいますよ。ブローニング、虫の知らせなんだが、とね。そして、意外にそれは当たります。カンに依存したり予感に判断を委ねるのは愚か者のすることですが、優れた指揮官にはそういうときがあるということを、私も否定するつもりはありません」ブローニングがまじめな顔で答えた。

スプルーアンスは、言葉では答えずに指をパチンと鳴らした。

〈ミッドウエー攻略作戦〉の機動部隊（第一機動部隊）を任されたのは、〈真珠湾奇襲作戦〉に続いて南雲忠一中将である。

ただし、第一機動部隊の編制は、第一航空戦隊（空母『赤城』『加賀』）と第二航空戦隊（空母『飛龍』『蒼龍』）で、真珠湾に参加した第五航空戦隊は〈ポート・モレスビー攻略作戦〉に参加した際に多少の被害を受けており、大事をとって内地でドック入りしていた。

第一機動部隊旗艦空母『赤城』の艦橋で、南雲は決意を表わすかのように腕を組んで霧が流れる外を睨んでいた。その迫力は、声をかけようとした参謀長の草鹿龍之介中将を躊躇させたほどである。

（『大和』航空戦隊のことが気にいらないんだろうな、やはり）草鹿は腹で考えた。『大和』航空戦隊が囮になった作戦行動は南雲にも知らされておらず、第一七任務部隊との交戦も、二つの艦隊から発せられた無線の傍受で知ったくらいなのだ。『大和』航空戦隊の動きが陽動作戦であることは、もちろん南雲にはすぐにわかった。それはそれでいいと南雲も思う。問題は、そのことを自分が知らされていなかったということだ。

敵を欺くのは、まず味方から。山本長官は、そう言いたいのかもしれない。

そう理解しようとは、南雲も思う。だが、それがなかなかできなかった。自分は信用されていないのではないかということが、どうしても頭から離れなかったのである。

「草鹿参謀長」南雲がどすのある声で言った。

「ここにおります」

「完全に叩くよ。完膚無きまでにだ。真珠湾での私の作戦終了時期が早かったとか、二次攻撃が必要だったとか言って私を臆病者のように言う者もいるらしいが、それが間違っていることを必ず証明してやるつもりだ。頼むよ、君も」

「承知いたしました、長官。自分のすべてを長官のため使います」

草鹿が、普通なら歯の浮くようなことを言っても、この場ではそれが自然に感じられた。

「攻撃部隊、出撃開始ッ！」

四日深夜、ジョンストン島から十分に離れたと確認した『大和』航空戦隊司令官千崎薫少将が、満を持していたように命令を発した。

グワァォ――――ンン。ゴゴォ――――ンン。

闇をぬって超戦闘空母『大和』から飛び出したのは、二一機の零式艦上戦闘機であった。

指揮官は『大和』分隊長室町昌晴少佐である。先日のことを自分のミスであると考えている室町の顔には、決死の覚悟の色がある。

千崎から、あまり思い詰めるなとは言われていたが、それができないのが室町という男の短所であり長所でもあった。千崎もそれを知っているから、あまりグダグダとは言っていない。言えば言うほど室町が思い詰めるだろうからだ。

「大丈夫でしょう」艦戦部隊の発艦が終わったとき、神参謀長が言った。

「駄目なら、それはそれでいいよ。あいつはその程度の男だったというだけだからな」

千崎が無理に笑って見せた。

「そうですね」神は逆らわない。

飛行甲板では、艦戦に続いて艦爆の発艦が始まった。

第一七任務部隊と『大和』航空戦隊との間の距離は常に四〇〇マイル強で、その距離では現在のアメリカ海軍の攻撃機の航続距離では攻撃を行なえないでいた。『大和』航空戦隊が本来の速度で撤退すれば、その距離はすぐに五〇〇マイルにも六〇〇マイルにもなるだろう。だからもしそれだけ離れたり敵を見失ったりしたら、フレッチャー提督は追走を諦めたかもしれない。だが、あと五〇マイルほど追いつければ攻撃が仕掛けられる。それがあるから、フレッチャーは焦燥しつつここまで追走してきたのだ。

とはいえそれも限界に近づいていると、ヒューン参謀長は敏感に感じ取っていた。

「参謀長。どうかな……」フレッチャーが弱音を吐くように言った。

「……一つ案があるのですが」

「聞こう」

「追うから、逃げる。ならば、こちらが撤退して見せたらどうでしょう。もしかしたらそのまま敵に逃げられるかもしれませんが、このまま追っていっても追いつけないかもしれないんですから、結果は同じことのように思います」

「追うから、逃げるか。確かにそうかもしれないな、参謀長。その手があるかもしれない」

「提督。レーダーが敵機らしき機影をとらえました！　本隊から三時の方向。距離はおよそ一二〇キロです！」

「ば、馬鹿なっ！　敵の攻撃だとっ！」

まったく予想していなかった状況に、フレッチャーは思わず椅子から立ち上がって艦橋の窓から外を見た。一二〇キロ先の敵が見えるはずはないが、かといって一二〇キロという距離は攻撃機ならば十数分もあれば襲ってこられる距離である。

「参謀長。迎撃部隊は⁉」

「三個編隊が一〇分で出撃可能です」

アメリカの一編隊は四機だから、一二機である。

「何機でもいい。とにかく出撃させて時間を稼ぎ、増援部隊を出撃させるんだっ！」

フレッチャーは言ってから、息を整えるためか大きく息を吸って再び椅子に疲れたようにどっかりと座った。

混乱と困惑がフレッチャーの脳裏を走り抜けている。とにかく逃げるだけだった日本軍の突然の反撃が理解できないのだ。

「ひょ、ひょっとすると、罠だったのかもしれませんよ……」

ヒューン参謀長が、蒼白な顔をフレッチャーに向けた。

「罠？」

「今、気がついたのですが、会敵したあのポイントはジョンストン島基地の援護が得られる海域でしたが、現在のここはそれが得られません。だからジャップは、我々をここに導いたのでは……」ヒューンも自信があるわけではないらしく、自分に問うような調子で言う。

フレッチャーを衝撃が襲う。

「参謀長。それだ！　く、くそっ。考えればわかったはずだ。私たちを苦しめ続けたあの艦隊が、反撃もせずに逃げるだけだったことに不審を抱くべきだったのだ」

そして、フレッチャーを地獄に突き落とす報告が入った。

「提督。日本艦隊の、おそらく別働隊と思われる艦隊がミッドウエーの北東に現われました！」

「日本軍がミッドウエーに……」フレッチャーがそこで詰まった。状況を正確に把握できているわけではないが、フレッチャーは自分がとんでもない錯誤の中にいることだけはわかった。間違いなく自分が罠に陥ったのだ。

それに比べて、迎撃を命じられた一二機のダグラスF4F『ワイルドキャット』の指揮官ジョニー・ボーグナイン少佐には、一点の迷いも混乱もない。戦う心構えはできていたし、緊急発進も戦場では当たり前のことだ。直情型で単純で異常なほどに自信過剰気味だと部下に噂されるボーグナイン少佐は、自分が負けるなどということはこれっぽっちも考えていなかった。

「ジャップめ。地獄ってえのがどんなものか、教えてやるぜ！」

闘志を過剰なまでに奮い立たせ、ボーグナイン少佐は操縦桿を握っていた。

ミッドウエー島基地襲撃に向かった第一機動部隊の第一次攻撃部隊は四空母あわせて一〇八機で、艦戦三六機、艦爆三六機、艦攻三六機である。指揮官は九七式艦攻を駆る『飛龍』飛行隊長友永丈市(ともながじょういち)大尉であった。

ミッドウエー島基地には、基地自身を空母に見立てた太平洋艦隊司令長官チェスター・W・ニミッツ大将の命で集められた百余機の陸海軍航空兵力があったが、日本艦隊発見の第一六任務部隊の報告によって、攻撃回避あるいは日本艦隊攻撃のためにもぬけの殻であった。

基地はまだ闇の中ではあったが、いち早く事態を悟った友永大尉は落胆の表情を見せつつも、攻撃部隊にはミッドウエー島基地への徹底的な空襲を命じ、司令部には「二次攻撃の必要有り」と、打電した。

ところが南雲は、友永の要請に迷った。

準備の進む第二次攻撃部隊は駆けつけてくるはずのアメリカ艦隊への攻撃を予測して艦隊攻撃用の兵装、すなわち九七式艦攻のほとんどが雷装（魚雷装備）だったのであるが、基地攻撃となると爆装（爆弾装備）へと兵装交換の必要があった。兵装交換には少なくとも数十分かかるが、その間にアメリカ艦隊を発見する可能性もあるのだ。だが、決断への時間はない。

「長官。半数を爆装にしてはいかがですか」草鹿参謀長が意見を出した。その手もあることは、南雲も承知している。しかし、中途半端な結果になることは目に見えていた。

「爆装っ！」南雲は、迷いを振り払うように命じた。運命の決断だった。

太平洋艦隊第一六任務部隊の二隻の空母、旗艦『サラトガ』と『ホーネット』から出撃した攻撃部隊も順風満帆というわけではなかった。北太平洋上空に吹き荒れるすさまじい向かい風に速度を奪われ、方向を定めるのに苦労していたのである。

『ホーネット』隊の指揮官（艦爆隊指揮兼務）パット・ドイル少佐は、苛立ちを抑えるためにパイロットとともに大声で歌っていた。

怯えもあったのかもしれない。第一七任務部隊が日本艦隊を発見したことでミッドウエーにはいないことを知っており、自軍の戦力が日本軍より劣っていることも知っていたのだ。

「くそっ！　ゼロめっ！」

『零戦』に瞬く間に六機の部下を撃墜されたドイル少佐は、憤怒で操縦席の床をドンと踏み叩いた。

ガガガガッ！

わずかに明け始めた天空に、『零戦』の放つ七・七ミリ機銃弾が炎の帯のようにF４F『ワイルドキャット』に襲いかかるのが見えた。

グワァン！

七機目の『ワイルドキャット』が火を噴きながら錐もみで海に落ちてゆく。しかし、ドイルには部下に同情している暇はなかった。背後にピッタリと張りついた『零戦』がいたのだ。

ドイルが、操縦桿を押す。急降下によって『零戦』を振り払えることは実証されており、ドイルはそれを狙ったのだ。

ギュゥ――――――――――ン。

『ワイルドキャット』の頑丈な機体が、落ちるように急降下する。

だが、少し遅かった。

機体が限界に達する前に、『零戦』が二〇ミリ機関砲を撃ってきた。まともに喰らったドイル機の機体後部が裂け、木の葉のように乱舞して空中で炸裂した。

二〇ミリ機関砲の発射レバーから指を離した室町が暗い笑みを浮かべながら「日本では馬鹿の一つ覚えと言うんだよ。いつまでも同じ手が通用すると思ってもらっちゃ困るぜ」と言った。

増援部隊になるはずだった攻撃機が格納庫にしまわれてゆく作業を、フレッチャー少将は無念そうに見ていた。

しかたないことはわかっていた。出撃準備中に攻撃を受ければ、攻撃機や搭載している爆弾、魚雷が誘爆を起こして敵の攻撃以上の被害になるのだ。

こうなったら、とにかく対空砲でなんとかしのぎ、敵が去った後に改めて出撃の準備に取りかかるしかなかった。とはいえそれも敵の二次攻撃がない場合に限られる。

「先手を取ったのはこちらだったはずなのに、いつの間にか後手後手を踏んでいる。罠にかかったのだと言えばそれまでだが、な」フレッチャー少将が愚痴った。

ヒューン参謀長は黙っていた。いや、言うべき言葉がなかったのだ。

ズォォ――――ンと炸裂音がするや、僚艦がいるあたりに爆弾が海面を叩いた証拠である水柱が上がった。

「始まった……」フレッチャーが言って奥歯を嚙みしめた。

荒い波が機体の腹を叩きそうなくらいに、九七式艦攻が低空飛行を続けてゆく。腹に搭載された九一式航空魚雷が、風を切り裂いている。まだ存在に気づかれてないのか、九七式艦攻に対する砲撃はない。

「距離八〇〇」操縦員が、絞るように言う。

この距離でも的中させる自信はある。しかし、近ければ近いほど命中率は上がる。

（五〇〇まで行きたい。それなら外すほうが難しい）

ヒュンヒュンヒュンと機体の横を機銃弾がかすめ飛ぶ。ついに敵も気づいたのだ。

ヒュンヒュンヒュンヒュンヒュン。

機銃弾の数が一気に増えた。

「五〇〇！　喰らいやがれっ！」

叫ぶと同時に、操縦員が魚雷の発射レバーを引いた。機体から放たれた九一式航空魚雷が、海中にいったん沈む。そして推進装置が動きだし、スクリューが一トン近い体を強烈に進める。魚雷は浮上しながら、敵艦に向かって走る。

狙われた『ワスプ』が身を震わせながら体を捻っている。しかし間に合わない。

ドドドドドーーーーーーーーーーン！

左舷中央に強烈な一撃を受けた『ワスプ』が、激しく振動した。

「艦長。機関室に浸水です。炎上もしているようです」

「復旧は？」切羽詰まった声で『ワスプ』艦長が言った。

「まだわかりません」

「とにかく復旧を急がせろ！」艦長の声が轟（とどろ）いた。

やや左側に傾いた『ワスプ』は、それによって右舷が広くなった。そこに九九式艦爆の放った二五〇キロ爆弾が直撃した。

ズガガガ――――――――ン！

『ワスプ』の水中防御は軽い。それがもろに出て舷側が裂けた。ゴゴゴゴッと海水が一気に『ワスプ』の中に流れ込む。ガクンと『ワスプ』の速力が落ちた。

ガガガガ――――――――ン！

ズドドドド――――――ン！　ボゴォォ――――――ン！

そこを待っていたかのように、日本軍攻撃部隊が集中攻撃をかける。わずかの間に『ワスプ』は魚雷四本と直撃弾六発を受け、炎と煙に包まれた。艦の最後を悟ったアメリカ兵の多くが、次々と海中に身を投げる。

そのときだ。

グゴゴゴ――――――ンと弾薬や爆弾が誘発して、哀れ『ワスプ』は艦体中央から真っ二つに割れて海中に飲み込まれた。

攻撃開始からわずかに八分。艦長が退艦の許可を出す間もなく、『ワスプ』は沈没した。乗組員一八〇〇名余のうち、生存者はわずかに百数十名に過ぎなかった。

『ワスプ』のあまりにも早い撃沈は、第一七任務部隊指揮官フレッチャー少将を震撼とさせた。

「次は私の艦だ」

フレッチャーは、これまでに感じたことがない恐怖が体を包み始めるのを感じた。指揮官の感情は、ほとんどの場合周囲に感染する。ハルゼーの皮膚病のように目には見えない感染だけに、厄介さはこちらのほうが大きい。

「提督。撤退はお考えになりませんか」生来、臆病なヒューン参謀長が言った。

「参謀長。馬鹿なこと言うな！」フレッチャーが怒鳴りつける。

「も、申しわけありません」イエスマンは首をすくめる。

だがフレッチャーは、幕僚たちの多くがヒューンの意見に反対ではないことを肌で感じた。いや、ひょっとするとそれは自分自身の感情だったのかもしれない。

『ワスプ』撃沈せり。

攻撃部隊の報告に、『大和』航空戦隊司令官千崎薫少将は会心の笑みを浮かべた。

「参謀長。第二次攻撃隊を出撃させよ。今日は完膚無きまでに叩くぞ。爆弾、魚雷、弾薬はわずかに残しておくだけでかまわねえからよ」

「わかりました、司令官」参謀長神重徳大佐が、いつもの彼らしく表情も変えずに答えた。

アメリカ軍攻撃部隊の接近を第一機動部隊が知ったのは、地上攻撃用の爆装がほぼ終了する頃だった。

南雲をはじめ司令部の幕僚は、それは友永が報告してきたミッドウエー島基地の航空兵力だろうと判断した。しかし続報からそれが空母から発進した部隊の編制だとわかり、司令部はあわてた。そうならば、近くに敵艦隊がいることになるからだ。

〈ミッドウエー攻略作戦〉には二本柱の目的があった。一本はもちろんミッドウエー島基地の攻略、そしてもう一本が敵艦隊の殲滅、特に空母を叩くことである。

山本は、どちらを優先せよとは命じていない。だが言うべきだった。南雲のようなタイプは二つを同時にこなすことが苦手だからだ。

「ともあれ、迎撃部隊を」

南雲は、第二次攻撃用に準備してあった艦戦部隊を出撃させた。

そこについにアメリカ艦隊発見の報告が飛び込んできた。

「敵攻撃部隊はどのくらいで到着する？」南雲が聞いた。

「迎撃部隊次第もありますが、二〇分から三〇分の間でしょう」源田実航空参謀が答えた。

「兵装交換はギリギリだな」

「長官。第二航空戦隊の山口司令官から打電です。『爆装のまま攻撃を敢行すべし』、以上です」

「無理だ」南雲が言下に否定した。

艦攻の半数は水平爆撃用の爆弾を搭載しており、それらは艦隊攻撃に対してはまったくと言っていいほど通用しないからだ。

「しかし、長官。マレー沖海戦の例もあります。あのときは水平爆撃もある程度有効だったという報告もあります」源田航空参謀が言う。

「あれは運だ。それにマレーのときには魚雷もあったから比較にはならん。少なくとも半数には魚雷を積ませねば、攻撃しても無駄になるだけだ」

「しかし、長官。交換中に攻撃を受ければ……」

その様子が目に浮かんだのか、源田が眉をひそめた。

「だから間に合わせるのだ。それが軍人だ」

無茶だなと、南雲以外のほとんどの者が思った。しかし、長官の命令は絶対だった。

日本軍攻撃部隊が去ってゆく。

「攻撃機を格納庫から出せ。準備が出来次第攻撃部隊を出撃させる」フレッチャーが命じた。

撤退の気持ちも腹にはある。だがそれを言えば、フレッチャーは臆病者あるいは卑怯者と呼ばれるだろう。それがわずかにフレッチャーの軍人としてのプライドを保っていた。

「提督。日本軍の新たな攻撃部隊を偵察機が発見しました。到着まで三〇分」

「提督！」ヒューン参謀長が悲鳴のような声を上げる。

「……わかった。しかし、撤退とは言っても航空機の速度に艦艇の速力がかなうはずはない。出せるだけの迎撃部隊ともう一度対空砲火で耐え、その後に撤退する」

フレッチャーは言いながら、自分の軍人としての人生が尽きようとしていることを知った。

『大和』航空戦隊第二次攻撃部隊は、数の面からすれば第一次攻撃部隊ほどはない。しかし、空母を一隻葬られているだけに第一七任務部隊の航空戦力は半減しており、対空砲火にさえ気をつかえば攻撃はむしろ楽だろう。

攻撃目標は当然、残った空母『サラトガ』だ。任務部隊の護衛艦艇は、『サラトガ』を守るべく取り囲むような陣形で日本軍攻撃部隊を待った。

「来ました」通信参謀が力のない声で言った。

アメリカ攻撃部隊が到着したのは、第一機動部隊攻撃部隊の艦戦部隊の出撃が完了した直後だった。

南雲は、艦隊攻撃を諦めて上空の艦戦すべてに迎撃を命じた。それでも日本海軍は第二航空戦隊麾下の空母『蒼龍』を失い、『飛龍』が中破した。

源田航空参謀が案じたとおり飛行甲板に並んでいた艦攻が誘爆したがために『蒼龍』はあっという間に炎に包まれて沈没し、『飛龍』は飛行甲板が使い物にならなくなったのである。

自分の攻撃部隊のほとんどが殲滅されたことを知ったスプルーアンス少将は、撤退を決めた。彼には攻撃を続けるだけの航空戦力がもう残されていなかったし、ここで空母を失えば次にあるかもしれない日本軍の〈ハワイ攻略作戦〉迎撃に支障を来たすと判断したからである。

アメリカ艦隊の撤退を知った南雲は、ミッドウエー島基地攻略を続行した。敵の航空戦力は基地部隊だがしょせん烏合の衆で、『零戦』の前に次々に撃ち落とされていった。

ガガガガ！　バリバリバリッ！　ズドドドドドドドドッ！

すさまじい対空砲火が、押し寄せる『大和』航空戦隊第二次攻撃部隊に浴びせられる。しかし、護衛艦艇の対空砲火の壁を抜ければ危険は一気に去るのだ。

四機の九七式艦攻が、ほぼ同時に九一式航空魚雷を放った。『レキシントン』の艦橋では次々に転舵の命が出されるが、四方向から来る魚雷をすべて避けることは不可能に近い。

ゴッドドドドーーーーーーーーーン！

艦首を直撃した魚雷によって、『レキシントン』の艦首がわずかに浮いた。

「被害の報告しろっ！」ヒューン参謀長が怯えた目で叫ぶ。

「浸水があります」艦長が言った。

「致命的なのか、艦長」

「『レキシントン』は、そんな柔(やわ)な艦ではありませんよ」艦長が笑顔で答える。しかし恐怖に支配されているヒューン参謀長には、それが無理に作った笑いに見える。

「あのとき、あのとき撤退していれば良かったんだ」ヒューンがぼそぼそと言う。

「見苦しいぞ、参謀長」フレッチャーの叱声に、ヒューンが口を閉じる。ヒューンの無様な態度を見ているうちに、不思議とフレッチャーに落ち着きが戻ってきた。反面教師というものなのかもしれない。あいつのようにはならん。そういう意地がフレッチャーの萎えたプライドを刺激したのだ。

とは言っても闘志のすべてが戻ってきたわけではなく、なんとかうまく逃げ延びたいというのがフレッチャーの本音であることに変わりなかった。

ガガ――――ン！　ガガガァ――――ン！

今度は九九艦爆の急降下爆撃だ。直撃を受けた飛行甲板がめくれ上がっている。逃げ延びたとしても、もはや航空機を離発艦させるには難しい。

ズガガガ――――――――ン！

これまでのものとは比べものにならないほど大きな炸裂音に、フレッチャーが顔色を変える。

「艦長。あれは」

「はい。火薬庫に火が回ったようです。今のは魚雷が誘爆したのかもしれません」

グゴォォ――――――ン！　ズババァァ――――ン！

炸裂音とともに『レキシントン』の艦体がすさまじく揺れる。火薬庫に火が回ったことは、この揺れからして間違いなかった。

「終わりかな、艦長」

「限界でしょう」艦長が肩をおとして言った。

「わかった。総員の退艦を許可する。艦長。護衛艦に救助を求める連絡だ」

フレッチャーが、艦橋の隅で放心したように力の抜けた顔でいるヒューン参謀長を見た。

（あの顔だけはすまい）と再び自分に言い聞かせて、フレッチャーはため息をついた。


「『レキシントン』は燃え続けているようです」

報告に、千崎がうなずいた。

「一応、仕事は終わったようだな、参謀長」

「ええ。ミッドウエーのほうも攻略作戦は順調のようです」

「フフッ。参謀長が不満なのは、空母を取り逃がしたことだな」

「これからの戦いは航空戦です。ひと昔前までは戦艦が主役でしたが、これから海戦の主役の座に座るのは空母と航空機です。従って空母を叩くことこそが勝利と呼ぶべきだと思いますね」

「その意味で言えば、山本閣下と参謀長が、戦艦を、この戦空母艦『大和』に造りかえたのは大正解ってことだな」

「自惚れではなく、私はそうだと思っています。ただ、『大和』一隻では心許ない気がしますし、未来艦『あきつ』の力を少しでも多く『大和』に移してやりたいと思います。そして多分それができたとき、『大和』はまさに超戦闘空母『大和』になるはずです」

「おいおい。それは、参謀長。この戦が長期戦になるって読みかい？」

「私は、そこが山本閣下と違います。なにも長期戦を望んでいるわけではありませんし、山本閣下のお望みである短期決戦を望んでいないわけでもありません。ただ、私のほうが山本閣下より少しリアリストなのかもしれません。短期決戦が好ましくはあるが、長期戦の可能性はやはり消せませんからね」

「……まあ、そうかな」

「志藤少佐が言うように、歴史はたくさんあるのかもしれません。アメリカが勝った歴史、日本が勝った歴史、そのことで少し気になったことがあります。私たちの歴史はどうなるんだと……。しかし、無意味なことですよね。未来から来た志藤少佐にも、この世界の未来はわからないんですから。結局、未来は自分で作ってゆくしかないんでしょうね、司令官」

「まあ、そういうこったな。俺たちで作るしかねえのさ」

千崎が気持ちよさそうに笑った。

ミッドウエー島基地を奪われてから、五日が過ぎている。フレッチャーに代わり第一七任務部隊の指揮官に就任したスプルーアンス少将は、ミッドウエー反攻作戦に着手していた。

「敵は補給がもたないはずです。時間をかければ奪還はそう難しくはないと思います」スプルーアンスが自信たっぷりに言った。

太平洋艦隊長官ニミッツ大将にも、それはわかる。しかし、その前に日本軍がハワイ攻略に動いた場合、決して負けないとニミッツも思ってはいるが、アメリカもかなりの代償を支払わされるだろう。

いやその前に、合衆国政府が日本との講和条約に向かう可能性もまったくないとは言えなかった。ジャップ憎しの国民も多いが、無駄に血を流すよりも政治的解決を望む声が増えているからだ。

ニミッツはどちらが最良か計りかねていた。だが、戦争を続けるなら政府はもっと本腰を入れて大増援を行なうべきである。そうでない限り、太平洋の中央で星条旗が翻り続けるのは難しそうだった。

ニミッツは司令部の建物から外に出た。南国の陽光はまぶしいが、眼下のパールハーバー基地は往時に比べ寂しい。

多くの艦艇、多くの航空機、そして兵士を失っていた。

「ビールでも飲むか」ニミッツは声に出して言ってみた。

「アメリカからですか、米内閣下」

東条英機首相が目の前に座る海軍の重鎮米内光政を見た。

「非公式だし、条件などもずいぶん曖昧だから鵜呑みにする必要はないよ、首相。しかし、アメリカにも戦を止めたいと思っている動きがあることだけは承知しといて欲しいな。

それに、あんただってこれ以上兵たちの血は流したくないだろう。兄や弟を、夫を失い、悲しみにくれる人の姿をもう増やしたくないんだよな、俺は……」

米内が、性格なのだろう深刻な内容にはとても聞こえない調子で言った。

「アメリカ次第ですな」東条が短く言った。

戦はもっと日本に有利になるはずだと東条は読んでおり、講和だの休戦だのはそれからだというのが本心だ。戦争を止める気は、東条にはまったくと言っていいほどなかった。

米内もそれを悟ったのだろう。椅子からゆっくりと立ち上がった。

「東条さん。国破れて山河ありなんていうのはロマンチックではあるかもしれんが、山河から国をつくるのは……」

東条がそっぽを向いているのに気づき、米内はそこで口をつぐんで廊下に出た。

米内が歩き出すと、首相官邸に冷たい靴音が響く。

「山本。すまんがもうひと踏ん張り頼まにゃいかんようだよ……」

第二部　空飛ぶ魚雷「快天」、ホーネットを撃沈

第一章　講　和

ギシッギシッと椅子がきしむ音がする。不機嫌な顔で椅子をきしませているのは、連合艦隊司令長官山本五十六大将だ。広島、呉湾の沖合にある連合艦隊の泊地の一つ、柱島泊地に係留されている連合艦隊旗艦戦艦『長門』の長官室である。

先ほど、日米間で極秘に進められていた講和条約の交渉が完全な暗礁に乗り上げ、講和条約はほぼ不可能になったことを東京から連絡を受けたばかりだった。

知らせてきたのは、帝国海軍の重鎮米内光政(よないみつまさ)大将である。米内自身は日本側交渉団の一員ではなかったものの、実力者らしく海軍の交渉団員から豊富な情報を得ており、彼はその内容を逐一、呉の『長門』で結果を待ちわびる山本に流していた。

「ともに愚かだな。日本もアメリカも」山本が吐き出すように言った。

正直言って、今回の結果は、交渉開始数日後にはすでに山本の目に見えていたのである。

戦況優勢に驕り、山本から見れば無理難題に見える条件を突きつけた陸軍を中心とした日本側。現況は不利とはいっても長期戦になれば日本などに負けるはずはないと考え、大きな譲歩に難色を示し続けるアメリカ政府。そこには互いが譲歩し、この戦争を終わらせる気持ちが双方に希薄であると、山本に感じさせずにはおかなかった。

それでもなお、山本は講和を期待し続けたのである。今度の戦争継続が、日本とアメリカ両国にとって決して大きなプラスにはならないと考えていたからだ。

「理性的で冷静な判断があれば、それは自明の理のはずだ」

山本は進まない交渉に苛立ちを覚えながらも、そう自分に言い聞かせていた。だがそれも、結局期待はずれに終わったということだった。

「となれば、俺に残された道は一つしか残っていないようだ……。それは俺たちができる限りの力でアメリカを叩き、日本との戦争が決して安上がりではないことを思い知らせることだ」

戦争継続がアメリカ側だけではなく日本にとっても廉価ではないことを、山本は知っている。無駄な戦争によって、勝利しながらも国情が傾いた例はこれまでの歴史の狭間にいくらでも見える事実であった。

「しかし、負けるわけにはいかない。負ければ日本はアメリカの属国に堕し、数千年の歴史が色あせるだろう」

意を決めれば、山本に躊躇はない。すでにこのときの山本の頭には、これからの戦争に対しての様々な策が蠢き始めていた。そしてその中心にあるのは、波荒い太平洋を切り裂くように疾走する『大和』航空戦隊旗艦超戦闘空母『大和』の威風堂々とした艦影であった。

『大和』がいくら優れた超戦闘空母であり、異次元と時空間を越えて登場した高性能未来輸送艦『あきつ』を加えた『大和』航空戦隊が世界一の艦隊であったとしても、それだけで日本の有利が続くはずはないことぐらい山本はわかっている。『大和』は象徴なのだ。少なくとも何年かアメリカ軍に対して互して戦い続けるための、象徴だったのである。

やがて、山本の脳裏に『大和』の艦橋に立ち尽くす二人の人影が浮かび上がった。一人は『大和』航空戦隊司令官千崎薫中将、そしてもう一人は千崎の懐刀である同戦隊参謀長神重徳大佐だ。

「頼むぞ、千崎、神。どんなに最高の兵器や武器があろうとも、結局最後に戦を左右するのは人間だ。お前たちの双肩に、皇国の未来が委ねられていると言っても決して言いすぎではないと、俺は思っているんだ」言ってから、山本は唇を噛みしめ南西の空を睨んだ。その空の下に今、『大和』航空戦隊は、いた。

シンガポール南方に位置する帝国海軍のリンガ泊地にしては、この数日間、珍しく荒天が続いている。波は荒く、白い飛沫があちらこちらに波の曲線を作っていた。

そのざわめく海面を、未来輸送艦『あきつ』に搭載されているエアクッション艇（ホバークラフト型）＝LCAC（エルキャック）一号艇が疾駆していた。速度は四〇ノットを超えている。

「面舵一杯！」一号艇艇長で、LCAC隊指揮官でもある安藤信吾（しんご）機関大尉が命じた。

ヴウィ――――ンと、一号艇が艇尾を振るようにして見事な小回りの転舵を見せる。ほぼ完璧にLCACの操縦性を修得した操艇員ならではのスゴ技だ。

「射撃開始っ！」安藤大尉が続けて命じる。

ズガガガガガガッ！　ドガガガガガガガガッ！

改装によって配備されたLCACの機銃群が、標的に向かって火を噴く。

二一世紀の海上自衛隊に所属する『あきつ』が輸送艦であるように、『あきつ』

に搭載されているＬＣＡＣもまた高性能の輸送艇であり、当然戦闘艇としての装備は施されていない。しかし、ＬＣＡＣの性能を、太平洋戦争が繰り広げられている時代の者が見れば、これを単なる輸送艇にしておくにはあまりにも惜しいと思うのは当たり前と言っていいだろう。

『大和』航空戦隊司令部もそうだ。

なかでも未来技術に対してひとかたならぬ興味と驚異を感じている参謀長神重徳大佐は、ＬＣＡＣの有効利用が自戦隊の戦力を飛躍的に伸ばすことを疑っていなかった。

　問題は有効利用である。ＬＣＡＣをどう使うかだ。司令部からも別の部署からも様々なＬＣＡＣの利用案は出ていたが、この時点ではまだ神参謀長を納得させるまでには至っていない。

「あれだけの艇だぜ、戦闘艇への転換などはいとも簡単だと考えていたんだが、思ったより難しいようだな、参謀長」超戦闘空母『大和』の艦橋で、双眼鏡を使ってＬＣＡＣの訓練シーンを注視していた司令官千崎薫中将が、いつものように伝法（でんぼう）な口調で言った。

「『あきつ』に艦載されているＬＣＡＣは四艇、それぞれ違った型に改装したらという案も提出されております。実験的な意味を込めて、どれがあの艇に適切であるかを探るためです……しかし」神が考えるようにして言う。

「……時間的な余裕がねえってことだろ、参謀長」

「そうです。平時なら試験的にいろいろやってみることも悪くありません。いや、本来ならそうしたほうがLCACの真の力を導き出せるはずです。しかし戦時中の今は、そんな悠長なことは言っていられません。今、私たちの欲しているのは即戦力ですから」

「そうだよな」

「かといってあれやこれやと迷っているのも、これまた時間の無駄です。どこかで妥協しなければならない……そうは思っているのですが」

神ほどの決断力に富む男がこれほどに悩むことが、千崎には少し面白かった。

「まあ、まずい物を造って造り直すよりはいいわな。幸いと言っていいのかどうか、ミッドウエーの後、日米間では講和についての交渉が行なわれているらしいとの噂もあり、戦は小康状態が続いているからな」

「ええ。結局、講和ということになれば、それはそれで当面LCACの活躍の場はなくなりますからね」神が複雑な顔で言った。

「多分、講和は無理じゃねえかと俺は思ってるんだ」

千崎の伝法言葉で、神は思考の底から現実に引き戻された。

「陸軍の連中はもともと欲張りだから、我を譲ることができねえ上に、戦況は今のところこっちに有利だ。とてもじゃねえが、こっちから、アメリカさんがよろしいと言ってみせるような条件を持ち出すとは思えねえからな。まず間違いなく、あれもよこせ、これもよこせ、こっちも譲れ、そっちも譲れとばかりの強引な論を展開していると思うよ」

「アメリカもそうかもしれませんね。私は親米派の山本閣下のように、アメリカの内情についてそれほど詳しく知っているわけではありませんが、あの国は日本に限らずアジアを劣等地域と考えているようです。平身低頭してすり寄ってくる分にはそれなりの対応をとるでしょうが、戦勝気分で高飛車な態度をとった場合、言下にこちらを切り捨てるかもしれません」

「ありそうなこったな。すると、参謀長。そっちも講和の可能性は薄いと……」

「ええ。そう考えています。それだけにＬＣＡＣのことは間違えたくないと思っているのです」

話題が元に戻り、二人の視線は再び海面を疾走するエアクッション艇に戻った。

二人が話している間にLCACは三艇に増えており、三艇が見事な連携行動を見せていく。

そのとき『大和』の飛行甲板から零式艦上戦闘機のものらしいエンジン音が緩やかに響いてきた。航空機の訓練が開始されたのだろう。

神が艦橋の窓辺に寄って、飛行甲板を見下ろした。飛行甲板に並んでいる十数機の『零戦』が、次々とエンジンを始動させ始めている。それが合図だったかのように、三隻のLCACが母艦である未来輸送艦『あきつ』に戻っていくのが見える。

こちらに見せている『あきつ』の艦尾が開いているため内部の格納庫が見え、LCACがその格納庫に吸い込まれていった。

あと数日で月が変わる。それが新たな戦闘の開始になるような気が、神はしていた。

「それでは、失礼します」

アメリカ太平洋艦隊第一六任務部隊指揮官ウィリアム・F・ハルゼー中将と、第一七任務部隊指揮官レイモンド・A・スプルーアンス少将の妙に張り切った声に、太平洋艦隊司令長官チェスター・W・ニミッツ大将は憮然たる表情でうなずいた。

二人が長官執務室を出ていった後、ニミッツ長官は強気な表情を崩して大きなため息をついた。日本との講和条約交渉の不調が二人の指揮官にとって歓迎すべきものであることは、ニミッツにもわかっている。もし講和条約が成立し、戦争が終結すれば二人の指揮官は被った汚名を晴らすチャンスを失うことになるからだ。

それはプライド高きアメリカ軍人にとって、我慢しきれるはずはなかった。その点でいえば、ニミッツとて同じだ。

日本軍のパールハーバー攻撃を許し、その責を問われて更迭されたハズバンド・E・キンメル大将の後任として太平洋艦隊長官に任じられたニミッツも、ここまでの経緯を見れば本国政府首脳陣の期待を満たしたとは決して言えず、彼もまた汚名に喘(あえ)ぐ一人ではあったのだ。

「しかし、これ以上戦を続ければ、その汚名に汚名を重ねてゆく気がしてならんのだ……」

ニミッツが葉巻に手を伸ばしてゆっくりと火を着け、吸った。紫煙を吐き、またため息。

もともとニミッツという男はハルゼーのような猛将と言われるタイプではないが、だからといって気弱な人物ではない。いつになく弱気の自分自身に腹も立ててはいるのだが、先ほど口に出した不安をぬぐい去ることは結局できなかった。

苛立たしげに葉巻を灰皿にこすりつけて消すと、ニミッツは椅子から立ち上がって窓辺に歩み寄り、外を見た。南国特有の激しいスコールで煙り、普段なら眼下に広がるパールハーバー基地はまったく見えなかった。まるで自分の未来を暗示するようだと、ニミッツは思った。

スコールは、ハルゼー中将とスプルーアンス少将の乗る車の進行も妨げていた。

「近くのレストランに」ノロノロとしか進まない車の運転手に、ハルゼーは命じた。

「いいな、レイモンド」ハルゼーは一応聞いたものの、スプルーアンスが反対するはずなど有り得ないという気持ちが、ハルゼーの声にはあった。

「結構です」スプルーアンスも逆らわずに言った。

小さなレストランは閑散としていた。隅の席に座ると、ハルゼーはここでもスプルーアンスに確かめもせずに二人分の食事とビールを注文した。長いつきあいからハルゼーはスプルーアンスの好みも熟知していたため、スプルーアンスは一言も言わない。

「見たか、レイ。長官のあの無様な顔を」ビールが来る前に、ハルゼーが吐き出すように言った。スプルーアンスが小さくうなずく。猛将で太い性格だから細やかなことには疎（うと）いと思われているハルゼーだが、むしろ人の顔色をよく見ることや鋭い洞察力を持っていることを、ハルゼーの下で長く働いているスプルーアンスは知っていた。

　ジョッキに満たされたビールが来た。ハルゼーがググッと一気に干す。

「もう一杯だ」と店員に告げたあと、「あの男は講和を期待していたのだ。ジャップとの戦いを避けようとしていたのだ。前任者のキンメルも遊び好きの腰抜けだったが、ニミッツという男も紳士面（づら）をしているとんだ食わせ者さ」ハルゼーは激しい言葉でニミッツを罵った。

　スプルーアンスもほぼハルゼーと同じ評価をニミッツに下していたが、ニミッツの苦悩をまったく理解していないわけではなかった。自分たち前線の指揮官は勝ち負けだけが評価の対象だが、長官ともなれば政治的な判断も下さなければならない。そして政治とは、大局的な勝利を得るために、ときには小さな勝利より小さな敗北を甘受することもあるのだと、政治的野心も心に秘めているスプルーアンスは理解できた。

「ふざけるなってんだ。このまま講和でもしてみろ。俺は敗軍の将として歴史に刻まれるんだぞ。ウィリアム・F・ハルゼー中将は太平洋戦線においてジャップどもにさんざんに叩かれ、ミッドウエーを奪われた無能な提督だと評価されるのだ。そんなことを俺は絶対に許すわけにはいかん」

ハルゼーが拳を突き上げたとき、料理が運ばれてきた。まさに食らいつくという様子でハルゼーが料理を噛み砕いてゆくのを見て、スプルーアンスは密かに苦笑した。この店の味が自分向きではないこともあったが、今の精神状態では料理を堪能できるものではなかった。

「どうした、レイ」スプルーアンスのフォークの動きが鈍いことに気づいたハルゼーが聞いた。

「少し私には味が薄いようです」

「フフッ。お前はグルメだからな」ハルゼーが冗談っぽく言って、ニヤリと笑う。スプルーアンスも笑みで応じた。

指揮官に饗される艦内料理は、通常一般の兵よりは水準が高い。しかし、長期の作戦になれば材料も底をつき、普段ではとても食べられない料理も出てくる。それでもあえて食べなければならないのが軍人というものだ。決して軍人は真のグルメなどになれるはずはないし、なってはならないとスプルーアンスは考えていた。

「問題は新型空母だ」ハルゼーが話題を転じた。

開戦時、合衆国海軍は『ラングレー』『レキシントン』『サラトガ』『レインジャー』『ヨークタウン』『エンタープライズ』『ワスプ』『ホーネット』『ロングアイランド』という九隻の空母を、太平洋、大西洋、アジア海域に展開させていた。

しかし、日本海軍のためにすでにこのうち『レキシントン』『ヨークタウン』『エンタープライズ』『ワスプ』の四隻を失っている。残る空母戦力は五隻だったが、『ラングレー』『ロングアイランド』の二隻は能力的にいって前線への参加は難しく、戦力として本当に機能する合衆国海軍の空母はこのときわずか三隻に過ぎなかった。

それに対し日本海軍は、超戦闘空母『大和』をはじめ『鳳翔』『赤城』『加賀』『龍驤』『飛龍』『瑞鳳』『翔鶴』『瑞鶴』『大鷹』『祥鳳』『隼鷹』『雲鷹』の一三隻を保有している。

数が戦力の優劣を示しているわけではないとしても、日本海軍対合衆国海軍の空母戦力の差は歴然としていた。これには、しばらくの間、合衆国海軍が空母建造に積極的ではなかったことも災いしており、開戦時においてさえ、合衆国海軍の空母戦力を日本海軍と比較した場合、軍事力の規模から考えて当初から貧弱だったのである。合衆国海軍も自軍の空母戦力の弱さには気づいており、三万トンを少し下回る排水量の新型空母数隻の建造に着手してはいたものの、まだ竣工には至っていない。

それが以前からハルゼーたち前線指揮官には苛立ちであり、不安でもあったのだ。

「あと三カ月はかかるという話ですが……」スプルーアンスが忌々しげに言った。

現在の合衆国太平洋艦隊には『サラトガ』と『ホーネット』の二隻の空母しかなく、スプルーアンスの第一七任務部隊の旗艦は、第一六任務部隊の所属から移った『ホーネット』だった。『ホーネット』は、ヨークタウン級空母の三番艦だが、正確に言えばヨークタウン改級というべき空母で、排水量で一〇〇〇トン、全長が一・六メートルほど、一番艦の『ヨークタウン』と二番艦の『エンタープライズ』より増加している。

もっとも、この違いが『ホーネット』にとっての大きなリードというわけではなく、能力的に言えばそう大きな違いがあるわけではなかった。

「本国でも海軍省が相当にプレッシャーをかけているとは聞いているが、その三カ月が合衆国の命運をどれほど左右するのか、腹の底から理解している首脳陣が何人いやがるのか……」

二杯目のビールを飲み干したハルゼーは、追加するかどうかを悩むように唇をとがらせた。

おそらく三杯目で心を決めるだろうと、ハルゼー自身が知っている。三杯目を飲めば、それは四杯目、五杯目の呼び水となり、完全に酔いきるまでハルゼーは唇からジョッキを離せなくなるだろう。止めるのなら、今だった。

「時間はありますよ、提督」スプルーアンスがいたずらっぽい目で言った。

「うん？」

「間違いなくビールに酔ってなどいられない時期が来るはずです。飲むのなら今のうちです。介抱なら任せて下さい」

スプルーアンスの言葉に、ハルゼーは苦笑した。さすがにつきあいが長いだけに、スプルーアンスはハルゼーの迷いを読んでいたからだ。

「やめておこう、レイ。考えてみれば、今の俺は美酒に酔っている余裕などありはせんのだ。ジャップどもの艦艇を太平洋の海底に並べるまでは、俺がうまい酒を飲めるはずなどないんだからな。キル・ザ・ジャップ……日本人を叩き殺したとき、我を忘れるまで飲むとしよう」言うと、ハルゼー中将は屹然と椅子から立ち上がった。

「同感ですね」うなずき、スプルーアンスも立ち上がった。

気まぐれな南国のスコールはすでに上がり、路上にできた水たまりに強い太陽光線がキラキラと輝いていた。スプルーアンスが振り返って上空を見た。ハワイ名物の虹でも出ていればいい絵になるだろうと思ったのだ。しかし、真っ青の空にはその欠片(かけら)さえもなかった。

「まあ、いい」小さく言うと、すでにハルゼーが乗り込んでいる車の後部座席に滑り込んだ。

（まだこっちにツキは巡ってきてないのかもしれない）

スプルーアンスは後部座席に揺れながら、ビールの酔いもあってか軽い寝息を立て始めたハルゼーを見た。

しかしアメリカの神様は、スプルーアンスたちにも軽い微笑みを見せてくれたらしい。旗艦空母『ホーネット』の艦橋に入ったスプルーアンスに参謀が走り寄ってきて報告した。

「提督。司令部からの連絡がありました。新型空母の建造予定を二カ月短縮し、あと一カ月で二隻の新型空母が竣工し、パールハーバーに向かってくるそうです」

「本当か！」

「はい」

「虹が出てるぜ」艦橋の隅で、小さな声が挙がった。スプルーアンスは窓辺に駆け寄った。淡く頼りなげではあるが、確かに天空には虹が架かっていた。

「キル・ザ・ジャップ」

スプルーアンスの突然の叫びに、司令部員たちが驚いたように顔を向けてきた。スプルーアンスは無神論者ではないが、こちらが望めば神がなんでもいうことを聞いてくれると思っているほど、お人好しではない。しかし、このときは違った。

「虹だ。この虹は神が我らを祝福して下さっている証だ」

レストランの入口でのスプルーアンスの思いを知らない司令部員たちは、当然スプルーアンスの真意がわかるはずはなく、互いに顔を見合わせ、首を捻った。

「キル・ザ・ジャップ。神は私たちに、ジャップを叩きつぶせと微笑んでおられるのだ」

スプルーアンスがかまわずに続けた。「キル・ザ・ジャップ」

こうなると、司令部員たちも黙ってはいられない。彼らとて、日本軍への怨みは深いのだ。一人がスプルーアンスに唱和すると、別の二人が続いた。司令部員たちの憎悪を、怒りを、闘志を肌で感じながら、スプルーアンスは絶対に講和などなるかと腹で叫んだ。

帝都東京は七月中旬から暑い日が続き、夜になってもその熱気は去らず、連夜、熱帯夜のようであった。しかしここ総理官邸の応接室は冷たい火花を散らせているためか、室温はともかく会談を続ける出席者の体感温度は決して高くなかった。

「これほど言っても譲歩する気はないと言うんだな、総理」

帝国海軍の重鎮米内光政海軍大将の言葉に、時の総理大臣東条英機陸軍大将は黙ったままで米内から顔を背けた。

「米内閣下。あなたの話をお聞きしていると、まるで悪いのは我が国のように聞こえますな」

参謀総長杉山元(はじめ)陸軍大将が、皮肉をまるっきり隠しもせずに米内を睨みつけた。

米内は嘲(あざけ)るように軽く鼻を鳴らすと、東条のほうに前のめりになっていた姿勢を元に戻した。

「馬鹿を言っては困るな、杉山さん。痩せても枯れても俺は日本海軍軍人だ。滅多なことを口走ると、俺にだって覚悟はあるぜ」

米内の語気にはまったく威圧するような力はない。しかしそれでいて、なんともいえないような圧迫感を杉山は感じた。杉山は、すぐに悟った。自分が圧迫されているのは言葉ではなく、自分に向けられている米内の目であることに。

米内という人物は言葉に限らず仕草などにしても穏やかで良く言えば紳士、言い方を変えれば飄々（ひょうひょう）としてとらえどころのない男だから、彼をよく知らない者は米内を軽んじることがある。ところが彼を知るようになると、米内の飄々さの中に実は決して揺れることのない強い意志と、穏やかな言葉の裏に信念のためならば一命さえ投げ捨てる覚悟があることを知るのだ。

そんな米内が態度としてわずかに自分自身の真意を表面に表わすのが、目であった。目の奥に密かに見せた米内の、下手に触れれば両断するほどの鋭い光に杉山は圧倒されたのだ。背中が泡立つほどの冷たさと息苦しさを感じて、杉山は米内の視線を避けるようにうつむいた。

「東条さん……」米内が催促をするように、姿勢を再び前に傾けた。

「検討の余地はありません、米内閣下。ここで譲歩すれば、ほとんど開戦時の状況と変わりません。それではなんのために戦争を始めたかわからないではありませんか。それはご理解いただけるはずですがね、あなたにも」

「そんなことはないだろう。東条さんが開戦時の状況をどうとらえていたかわからないが、アメリカは、十分とは言わないまでも、私には譲歩したように見えている。

あとわずかにこちらが譲れば、話は続けられるはずだ」

「見解の相違でしょうね」東条が、反論は受けつけないとばかりに決めつけるように言った。

「……そうか」米内が、さすがに肩を落とす。

「もっともあちらさんはもう少し交渉を続けたい意向を見せおりますから、そのくらいはこちらでも譲るつもりでおりますがね」

東条が抑揚のない調子で言ったとき、部屋の隅にある電話が鳴った。

従兵が出てすぐに、「総理。陸軍省からです」と、告げた。

「うむ」口の中で言って、東条が受話器を受け取るために立ち上がった。

「帰れ、ということか」米内が少し口元を歪（ゆが）める。

電話は偶然かもしれないが、米内には、東条が自分を居座らせないために弄した策のような気がした。米内の面会要請に対してあれやこれやと理由をつけ二週間以上東条は避け続けてきたのだから、それぐらいのことはするだろうと思ったのである。

電話をする東条を背に、米内は応接間の扉を開けた。廊下に出て大きく息を吸い、凝った肩を二度三度回した。それによって米内を包み込もうとしている絶望が、少し薄らいだ。

米内は知っていた。どんなに困難な状況になろうとも、米内や山本が絶望することは、彼ら個人の問題としてではなく皇国の良識の一つの絶望になることを。

大統領執務室に、キュルキュルキュルと車椅子の車輪がきしむ音が静かに響いていた。

アメリカ合衆国第三二代大統領フランクリン・デラノ・ルーズベルトは、一九二一（大正一〇）年、三九歳のときにポリオにかかって下半身の自由を奪われ、いったんは政界を引退したものの不屈の闘志で復帰し、車椅子の大統領となった。

「そろそろ幕引きの時期のようだな……」不屈の大統領ルーズベルトは、嘲笑を浮かべながらつぶやく。日本との講和交渉打ち切りのことだ。

ルーズベルトは、日本と講和を結ぶつもりなどはじめから毛頭ない。

ルーズベルトの真意は、日本を徹底的に叩き、日本がアジアに向けた欲望を潰すことにある。それがなされない限りルーズベルトは振り上げた拳を下げるつもりはなかったが、それでも開戦当初のように居丈高に高く上げるわけにはいかない状況になっていた。

極東アジアの劣等国である日本などたやすく叩けるだろうというルーズベルトの目算がもろくも崩れたどころか、逆に太平洋の戦いは押されに押されて苦境に立っているのだ。

この事態によって、もともと開戦に否定的だった勢力や彼らを支持するマスコミがルーズベルトを追及し、国民の間にも厭戦(えんせん)気分が広がった。そこでルーズベルトの取ったマスコミ収拾策が、日本との講和交渉である。しかしこれがルーズベルトの真意でないことは、日本側としてもアメリカ側が示す条件でわかるだろう。開戦前のそれよりは多少緩んでいたが、依然として日本側にとって飲みにくいものであろうことに変わりはなかったのだ。よって交渉は、日本側から決裂することになる。

ルーズベルトはそう目論(もくろ)んだのである。

実り無い交渉の幕が開き、ルーズベルトはおおいに苦笑した。日本側の示した条件は、どう逆立ちしてもアメリカが了承できるものではなかったからである。

「これじゃ、講和などできるはずはないではないか。このままでは即時決裂は間違いない」

ルーズベルトは彼の側近に言った。

ルーズベルトの読み通り、日本側は即時に交渉中止を表明した。しかしルーズべルトは即時中止に反対し、アメリカ側は譲歩の可能性の旨もあることを交渉団に命じた。

いかにもアメリカ合衆国、すなわちルーズベルトが講和交渉に腐心しているかを、国民及びマスコミに見せるためのポーズであった。事実ルーズベルトはいくつかの譲歩を交渉団に許しているが、それは日本が決して満足する範囲にないことを熟知した策であり、マスコミはルーズベルトの姿勢をいくぶんか認め、その分日本側の態度を責めた。

依然として国民の間にある厭戦気分が解消したわけではないが、戦いたがっているのはアメリカではなく日本だという空気が広がりつつあったのも事実だ。日本が戦いを挑んでくる以上、アメリカはそれに背を向けないぞ、という空気だ。そしてこれこそが、ルーズベルトと彼の側近が練りに練った厭戦派に対する作戦だったのである。

「そろそろ国民に向かって語りかけるタイミングのようだな」

ほくそ笑んでからルーズベルトは、側近に向かってラジオ局に連絡するように命じた。

ラジオによって、あるときは語りかけ、あるときはアジるように国民を鼓舞するのは、ルーズベルトの得意中の得意技である。

ルーズベルトはデスクに頬杖をつくと、眉間に薄くしわを作って演説原稿の草案を考え始め、やがて良いアイデアでも浮かんだのかニッコリと笑った。

「どうかな」

大日本帝国海軍超性能兵器研究所の技術責任者小島弘文技術大佐が、得意満面な顔で言った。

「お考えは素晴らしいと思います。しかし、時間的にどうでしょう。技術的にも苦しくはありませんか、小島大佐」

小島の部下で、小島が一番買っている技術者の北城陽司技術少佐が首を傾げながら言った。

大日本帝国海軍超性能兵器研究所の、彼らが図書室と呼んでいる部屋である。

「その問題は確かにある。しかし、北城。それに挑戦するのが俺たち技術者じゃないのか」

そう言われると、北城も答えに窮する。北城自身も自分が夢追い人だと自覚していたが、小島と出会って、自分がまだまだ小さな夢を追っていただけだと思い知らされた。そう考えを変えさせたほど、小島という男の夢は大きく、不思議だった。

「それにな、実はロケットではないんだが、別のもので似たような研究したことがあるんだよ。ドイツ時代にな」

「そうなんですか」

「ああ。ドイツ人の技術者と共同で行なっていたんだが、ところがある日その男が消えた」

「消えた？」

「ユダヤの血がわずかに混じっていたことがわかって、処刑されたと後で聞いたよ。まったくくだらん話だ。どんな血が混じっていようが、どんな家から出ようが、人間は人間だ。優れた知恵や技術は血も出自も超越したものだ。ドイツ人を俺は嫌いではないが、ヒトラーに洗脳されたドイツ人はどうにもならん。最悪最低の駄人だよ」

そこまで言って、小島はやっと自分が興奮しすぎたことに気づいて息を整えた。

「悪かったな。興奮した。だがまあ、そんな経緯があってこの研究は封印していたんだが、さっき天啓のようにこれは使えると思ったんだ。そして、それによって彼らとの研究にもやっとケリがつけられそうだとな」

「わかりました。大佐がそこまで意気込んでおられるというのなら、意外に時間は必要ないかもしれませんね」

「徹夜が続くぞ」

「覚悟してます」

「そうだ。志藤少佐を呼ぼう。あの男が協力してくれればもっと開発は早まる」

「来てくれますかねえ」

「来るさ。あいつだってこっちの仕事に興味があるに違いないからな」

自信タップリに言った小島の推測は当たる。数日後、志藤雅臣少佐の姿が横須賀の大日本帝国海軍超性能兵器研究所にあった。それほどに小島のアイデアは画期的だったのである。

第二章　蹉跌(さてつ)

訓練を終了した『大和』航空戦隊が波穏やかなリンガ泊地を立ったのは、一九四二（昭和一七）年八月三日である。まだ日米間の講和交渉は完全に決裂したわけではないが、両国政府が新たな戦いへの覚悟を決めた時期であった。

ボルネオ海、南シナ海、バシー海峡、フィリピン海を北上して『大和』航空戦隊が母港である呉港に入港したのは一週間後。投錨(とうびょう)してすぐに、『大和』航空戦隊司令官千崎薫中将と同戦隊参謀長神重徳大佐は、呉鎮守府に向かった。

鎮守府で二人を迎えたのは、鎮守府司令長官豊田副武(とよだそえむ)大将だ。豊田は海兵三三期、海大一五期で、連合艦隊司令長官山本五十六大将、元首相米内光政大将、第四艦隊司令長官井上成美(しげよし)中将らと同じ海軍非戦派の一人であり、千崎とは知己の仲であった。

「ご苦労だが、千崎。休みは二日で、そのあとに横須賀に向かってもらいたい。なんでも、例の未来から来たっていう輸送艦『あきつ』の輸送艇に搭載する新兵器の試作ができ上がったから、急いで実験や改装がしたいらしいんだ」

「なるほど、そういうことでしたら二日も要りませんよ、長官。明日にでも出航させてもらいます。私らも、LCAC搭載の新兵器は一刻も早く見たいですからね。いいよな、参謀長」

千崎が意気込んだように、かたわらの神を見た。神が黙ってうなずく。神の脳裏には、LCAC搭載の新型兵器開発の協力のためにリンガ泊地には同道せず横須賀入りしている志藤雅臣少佐の得意げな顔があった。

「おいおい。お前たちはそれでいいだろうが、兵たちは少し休みたいんじゃないか。小康状態が続いているんだから、そう焦ることもないだろう」豪放な性格ながら部下思いとの評判のある豊田が、苦笑しながら言った。

「まあ、それはそうですね」千崎も苦笑を浮かべて頭を搔いた。

「神もそれでいいな」豊田が、千崎に向けるよりはいくらか固い声で言う。

神が、噂されるような陰険な性格ではなく山本とも腹を割って話し合い理解し合ったという話を聞いているし、事実千崎とのコンビで華々しい活躍を上げていることも知ってはいるが、直情的傾向の強い豊田は、自分たちの敵のような存在であった開戦派若手の神に対してまだ完全に胸を開ききってはいないのだ。

「むろん異論はありません。リンガは居心地がよく、激しい訓練のわりには兵たちも大きな疲労を残してはいないと思いますが、やはり内地とは違いますから兵たちも喜ぶでしょう」

「うん、俺もそう思う。千崎。そういうことなので、今夜はつきあえ。うまい酒を飲ませる場所は減ったが、ないというわけではない」豊田が相好を崩して腹を揺する。

「承知しました」千崎は一瞬、神もと言おうとしたが、やめた。二人が座をともにする酒宴は結局、豊田にとっても神にとっても好ましいものにはならないと判断したからだ。

（もう少し時間をおくっきゃねえな。ここで無理をしてもしかたねえしな）そんな思いで千崎が神を見ると、神は千崎にわかるように小さくうなずいて見せた。

鎮守府で千崎と別れた神は、この男らしく街で遊ぼうともせずに呉港に戻り、豊田が名をあげた未来輸送艦『あきつ』に乗艦した。

神が入ったのは、最低限の人間だけが残っている閑散とした『あきつ』のＣＩＣである。あらゆる点でこの時代の軍艦とは違う装備と装置を持つ未来輸送艦『あきつ』の中でも、このＣＩＣはその代表格だろう。コンピュータ・システム、様々なデータを表記する巨大なモニター、計器、情報機器等々と、初めてここに入った頃の神は、ここが軍艦の一室であることを理解できなかったほどである。

神はいつも座る椅子に腰を下ろすと、コンピュータを立ち上げた。ブーンと唸りを上げ、モニターが明るくなった。神がかなりの速度でキーボードに指を走らせる。志藤をも驚かせた巧みな指さばきだ。次々と現われ出るデータに視線を走らせ、神の脳はそれを分析してゆく。

神がコンピュータから離れたのは、三時間後だ。さすがに肩が凝ったと指で肩をほぐしながら、禁煙のＣＩＣを出て廊下の隅にある喫煙場所のベンチに座り、紫煙を吐いた。

空調のせいかゆらゆらと上ってゆく紫煙を見ながら、神の脳裏に開戦から今日までのことが流れるように浮かんできた。

始まりは、非戦派の巨頭山本五十六大将との会談だ。意見をまったく別にしながら、神と山本はこれからの海戦は航空機にある点では一致した。もちろんその一点だけで二人が理解し合ったわけではないし、今でも神と山本の考えがまったく同じというわけではない。突き詰めればずいぶん違うだろうと神は思っているし、山本もおそらくそうだろう。それでもなお二人が共同歩調をとったのは、海軍首脳陣が押し進める超弩級戦艦『大和』の建造が、皇国海軍にとって未来を危うくするほどの愚挙だったからである。

神は山本が開戦を検討し直すことを条件に、山本が熱望する『大和』の空母への改装プランに協力を約した。二人の計画は実を結び、超戦闘空母『大和』誕生となる。そして、開戦。博打的とも言われた山本の〈真珠湾奇襲作戦〉の敢行。それは見事なまでの成功と言われた。

しかし、山本自身は世間が言うほどにはこの作戦を成功とは思っていない。作戦上の主要な目的の一つだったアメリカ海軍空母を撃ちもらしたからである。航空機こそがこれからの海戦の主役と考える山本にすれば至極当然のことで、その点は神も同意見であった。その意味で超戦闘空母『大和』を旗艦とし、神が参謀長を務める『大和』航空戦隊の主眼は、敵艦隊の航空戦力を削いで戦を有利に進めることにほかならなかった。

そんな戦の中に突如として現われ出でたのが、未来輸送艦『あきつ』である。唯一の乗務員である志藤雅臣少佐（実際は三等海佐）は、未来の日本の戦闘組織である「自衛隊」の一員だと名乗った。にわかには信じられないことだったが、『あきつ』の想像を絶する性能はそれを信じざるを得ないものにした。

ただし、志藤が語ったところによれば、確かに彼は未来人ではあるが、今、神たちが生きている時代の未来ではないらしい。実によく似てはいるが、細部に渡って違う世界だと。

訝しがる神たちに、志藤はこの不可思議な状況を「パラレル・ワールド」という概念で説明して見せた。実は歴史とは、世界とは、たった一つではなくその数は無数にあり、それらの中にはごく似ている世界もあるし、まるで違う世界もあると言うのだ。これまたそう簡単に理解できる話ではないし、志藤自身も完全に説明しきれる概念でもなかった。

「そうとでも考えなければ説明できないのです」志藤自らもそう言って、首を傾げた。

神は、それでいいだろうと思った。もちろん志藤同様、神にも果たして「パラレル・ワールド」なるものが存在するのかどうかわかりはしない。しかし、現実にこの時代の科学力や技術力をはるかに凌駕する『あきつ』は存在している。それ自体が人智を超える存在である以上、理解はできなくとも認めることに神はやぶさかではなかった。

「理屈はやがて歴史が証明してくれるでしょう」と言った神と志藤の言葉に、『大和』航空戦隊司令官千崎薫中将も素直に納得し、「人間が森羅万象すべてを理解することなんてできやしねえってことよ。要は、俺たちはとんでもねえ兵器を手に入れたってわけだから、これをありがたく使わせていただくってことさ」と、締めた。

「そう。そういうことだ」神は改めてそうつぶやいて、横須賀に準備されているという新兵器に思いを馳せたのであった。

アメリカ海軍は最初、グラマンＦ４Ｆ『ワイルドキャット』の後継艦上戦闘機としてヴォート社製のＦ４Ｕ『コルセア』を予定していた。二〇〇〇馬力の強力エンジンと、主翼に逆ガル・ウィングを持つ特徴高いこの戦闘機は、試験飛行で時速六四〇キロを示した高速と高性能によって、海軍首脳がこの時点で生産注文を出したほどである。

しかし、『コルセア』の空母搭載はすぐに見送られることが決まった。高速高性能機であることには違いないのだが、視界性能の悪さ、失速速度性の高さ、主翼折り畳み機構が無いことなどが、艦戦としての条件を満たせなかったからである。

代わりに『ワイルドキャット』の後継機に決まったのは、『コルセア』と同時期に開発が進んでいた『ワイルドキャット』の弟機に当たる同じグラマンのＦ６Ｆ『ヘルキャット』であった。『ワイルドキャット』の欠点をカバーし、なおかつすべての面で強化が施されたこの弟艦戦は、『コルセア』と同じ二〇〇〇馬力のエンジンを積み、速度の点では『コルセア』に後れをとっていたものの、艦戦造りに精通しているグラマン社らしく性能が安定しているとの評価が高く、艦戦パイロットの多くが期待を寄せていた。

しかし、彼らパイロットがもっとも新鋭艦戦『ヘルキャット』に求めたのは、憎き『ゼロ（零戦）』と十分に戦える能力を持っているかどうかであった。『零戦』によって現役機の『ワイルドキャット』で完膚無きまでに叩かれ続けている彼らにとっては、まさにその一点こそが最大にして最高の希望であり期待だった。

そしてこの『ヘルキャット』がハワイに増援されてくる新型空母の艦載機と決定し、小康状態の続くハワイ・オアフ島パールハーバー基地の艦戦パイロットたちは、

「新型機の最高速度は六〇〇キロを超えるそうだ。ゼロの最高速度は五〇〇キロ強だから、逃げられるってことはなさそうだ」「頑丈さもすごいらしいぞ。ゼロの二〇ミリ機関砲弾では貫通しないって話だからな」「とにもかくにもだ。太平洋の空を『ゼロ』の墓場にしてやるぜ！」「そうだ。これまでの借りを倍にして返してや

るんだ！」などと熱く語り合い、闘志と憎悪を燃やしつつ新型機の到着を待ちわびていた。

しかも、熱く燃えているのは一般の兵士だけではない。首脳陣も例外ではなく、なかでも太平洋艦隊第一六任務部隊指揮官であるハルゼー中将の意気込みは特にすごかった。

「野郎ども。ついに俺たちの積年の恨みを晴らすときが来たってわけだ。遠慮も良心もいらねえ。ジャップを一人残らず皆殺しにしてやるんだ」

第一六任務部隊旗艦空母『サラトガ』の作戦室で、幕僚たちを前にして力強く宣言した。

「イエッサー」と幕僚たちが応ずるが、一人だけ難しい顔をしている人物がいた。同部隊参謀長マイルス・ブローニング大佐だ。ブローニングにも期待はある。新鋭の空母と艦戦の投入は、これまでよりは我が合衆国軍の戦いを楽にするかもしれない。データとして伝えられている新戦力は、それだけのものはありそうだった。

しかし、多くの者たちが考えているように一気に戦況が転換するかどうかとなると、ブローニングは確信が持てないのである。参謀長という立場と慎重な自分の性格があることも間違いないだろうが、それだけではない。

（特にあいつの存在が私を不安にさせている……）

ブローニングは、自分の不安のわけをそう分析した。そして、唇を嚙みしめる。

あいつとはもちろん世界最強最大の超戦闘空母『大和』のことだ。

アメリカ軍の開発した新鋭空母もそれなりの能力を持っていることはブローニングも認めるが、まだあの『大和』の超戦闘空母型に比較すれば不十分としか見えないのである。

しかし正確に言うなら、それでもブローニングの認識は甘かったかもしれない。なぜなら『大和』航空戦隊の真の力には未来輸送艦『あきつ』の力が大きく関係しているのだが、まだこの時期ブローニングの視界には『あきつ』の存在が正しく認識されていなかった。だからもしこのときブローニングが『あきつ』の力を知っていたならば、彼の不安は不安ではなく、もっと大きな危機として捉えられていたはずである。

とはいえブローニングは、自分の真意を他人にわかるような態度や言動で示すことはしない。せっかく盛り上がっている司令部や部隊の士気を低下させかねないし、なによりハルゼー提督から無用な不興を買うのが嫌だった。更迭という不名誉を恐れたわけではない。もともとブローニングはプライドや出世や名誉に固執するタイプではないから、自分の力量が無くて更迭されるのならそれもやむをえないと受け入れるほうだ。

しかし、そんなものごとに固執しないブローニングでも、太平洋で日本海軍から受けた屈辱の汚名をそそぐことに対しては大いにこだわっている。ややオーバーかもしれないが、今やそれこそがマイルス・ブローニング参謀長の生きている目標と言えた。そしてブローニングのこの目標をかなえさせてくれる人物は、ハルゼー提督以外にはいないのだ。

「参謀長。どうした、元気がないぞ」ハルゼーの言葉にブローニングはあわてて笑顔を作り、「今朝のハムエッグの卵がどうやら古かったのではないかと思いましてね」と腹を撫でた。

真意を態度に出さないようにしているつもりだったが、ブローニングをよく理解しているハルゼーはさすがに鋭い。

そのとき、『サラトガ』の飛行甲板に艦戦のものらしいエンジン音が響いた。

「始まりましたね」ブローニングが艦橋の窓辺に向かった。ハルゼーも誘われるようにブローニングの横に立った。

「連中も闘志満々だな」ハルゼーが嬉しそうに言った。

「キル・ザ・ジャップですね、提督」

「ああ。そういうことだ」ハルゼーが拳で壁をゴンと叩いた。

「提督。ニミッツ長官からの連絡で、参謀長とともに午後に司令部へ来るようにとのことです」

「わかった」ハルゼーがゆっくりと首を振った。

午後、ハルゼーとブローニングが長官室に入ったときには、すでに第一七任務部隊指揮官レイモンド・A・スプルーアンス少将と彼の参謀長であるドナルド・H・キャスター大佐がソファに座り、太平洋艦隊司令長官チェスター・W・ニミッツ大将と話していた。

「遅れて申しわけありませんな」

ハルゼーの詫びにニミッツは少し眉をひそめたが、何も言わず指でソファを示した。

ハルゼーとブローニングがソファに座ると、ニミッツが話し出した。

「諸君も知っての通り、増援として近々新型空母がハワイにやって来る。新鋭艦戦を載せてだ。それの到着がおそらく我が軍の反攻作戦の再開になるだろう。それはいいね」

ニミッツが確かめるように部下たちを見た。四人が力強くうなずいた。

「そこで問題になるのは、無事にこの二隻の空母をハワイに到着させることだ」

「増援部隊を日本軍が襲撃するかもしれないということですね」スプルーアンスが言った。

「情報が漏れているということですか、長官」ブローニングがやや強い調子で続ける。

「情報が漏れているかどうかは不明だ。暗号の解読でもそれらしいことを日本軍は言っていない。だが、漏れていないという保証はないし、はっきり言って増援部隊にもしものことがあれば、反攻作戦が遅れるだけではなく我々は防御だけしかできないことになる。そうだろ、ハルゼー中将」

「そうとばかりは言えんとは思いますよ、長官。十分とは言いませんが、ひと泡程度ならふかせてやります」ハルゼーは強気に言ったが、語尾が揺れているのは言葉ほどには自信がない証だ。

「ハルゼー中将の闘志は私も認めるし、それは嬉しくもある。しかし、中将。私は臆病者だから、慎重策を取りたいんだ」ニミッツの言葉にはわずかにだが皮肉が込められている。ハルゼーのこめかみがピクリと動くのを見てブローニングが唇を開きかけたが、ハルゼーは大丈夫だとばかりにブローニングに顔を向けた。

「お聞かせ下さい、長官。その慎重策を」

「第一七任務部隊をソロモンに派遣して動いてもらい、我がほうの狙いがその方面にあると日本軍に思わせて敵艦隊をそちらに引きつける策だ」

「陽動作戦ですね」スプルーアンスが思慮するように目を細めた。

「もっとも、現在の第一七任務部隊の戦力ではさほど大きな作戦行動はとれないだろうから、陸軍に協力を求める必要があるがな」

ハルゼーとブローニングが顔を見合わせた。フィリピンから逃亡し、現在オーストラリアのブリスベーンに司令部を置く陸軍の最高指揮官はダグラス・マッカーサー大将であるが、この人物とニミッツの関係は良好とは言えず、マッカーサーが素直にニミッツの要請を受け入れるとは思えなかったからである。

「君たちの心配はわかる。私が協力を求めても、マッカーサーが快く承諾するはずはないからね。それなりの飴をしゃぶらせる必要はあると思っているよ」ニミッツが苦々しげに言った。

「飴というと？」ハルゼーが訝しげにニミッツを見た。

「いくつかあるが、一七任務部隊の指揮権の一部をマッカーサーに移すことがその一つだね」

「な、なんですと。指揮権をマッカーサーにですと！　そんなことは認められませんぜ、長官。そんなことをすれば、マッカーサーは海軍を陸軍のために使いますよ。そんなことは認められるはずがない」ハルゼーが噛みつかんばかりの「ブル」の顔で言った。

「中将が言った可能性が高いことは私だってわかっている。しかし譲れる部分を譲らなければマッカーサーは動かないし、全部を与えるわけではないよ」

「どの程度までマッカーサー大将に譲られるおつもりですか」スプルーアンスが不審げに問う。マッカーサーに指揮される当事者なのだから、当然の表情だ。

「海軍に著しく不利な情勢にならない程度の指揮権だよ、スプルーアンス少将」

「著しくですか……曖昧ですね」スプルーアンスは不満そうにつぶやく。

「では、他に良い策があるかね、少将。むろん他の者でもいいが、どうかな？」ニミッツが感情を抑えた調子で聞いた。

四人が詰まる。突然に言われても策が出るはずもないし、ニミッツがそこまで言うからには生半可な策では彼を納得をさせるのが難しいことを、四人は知っていた。

「では決定するよ」ニミッツの言葉に、四人は軽く首を縦に動かした。

占領したミッドウエー基地の守備部隊は、海軍陸戦隊をメインにし、それに陸軍部隊を加える形で編制されていた。しかし、ミッドウエー基地自体が広い場所ではないこともあって、駐屯した戦力もさほど大きいものではなかった。それを補助するために、連合艦隊は第三艦隊を派遣して海上からの守護に当たらせていた。

この第三艦隊を指揮するのは、小沢治三郎中将である。前職の南遣艦隊司令長官時代に、海軍基地航空部隊と連携した〈マレー沖海戦〉において、イギリス東洋艦隊の主力である戦艦『プリンス・オブ・ウェールズ』と『レパルス』を撃沈させ、イギリス東洋艦隊殲滅の功労者として一躍名を馳せた人物である。

冷静沈着という評価のある小沢だが、本質的にはそうではない。数多くある若い頃の武勇伝がそれを証明していた。今風の言葉で言えば「キレる」状態になると手がつけられないと証言する者もいた。そしてそれが、今だった。

〈マレー沖海戦〉の功名を背に華々しい海戦を予想して意気揚々と第三艦隊を率いてきた小沢だったが、到着して数カ月というものまったく海戦は行なわれていない。

講和交渉が行なわれていることは小沢も知っているが、アメリカ太平洋艦隊がここまで沈黙を保つとは小沢にも予想外だったのである。

「参謀長。このままハワイに奇襲をかけるというのはどうかな」小沢が厳(いか)つい顔を硬直させ、まんざら冗談でもない調子で吐き捨てるように言った。

「まあまあ、長官。焦りは禁物ですよ」落ち着いて答えたのは、第一航空艦隊の参謀長から移ってきた草鹿龍之介(くさかりゅうのすけ)参謀長である。地味ではあるが〈真珠湾奇襲作戦〉〈インド洋作戦〉〈ミッドウエー海戦〉などに参加して活躍してきた男だけに、これまでは小沢も草鹿の意見を意外なほど素直に受け入れてきたが、このときばかりは違った。

「別に俺は焦っているわけではない。しかし、講和交渉は暗礁(あんしょう)に乗り上げているんだし、このまま結ばれるとはとても思えん。となれば、先手必勝が戦の常識だ。いや、それはアメリカ軍とて同じだろう。今ごろ奴らはこちらに向かっているかもしれんのだぞ」

「それは私も否定はしませんよ、長官。しかし、それなら待ち受けて叩けばいい。本来、我が艦隊の任務はそれなのでありますから」草鹿も簡単には譲らない。

「手ぬるいことは言うなよ、参謀長。現在のアメリカ艦隊は弱小だ。しかし、時間をおけば増援されるだろう。そうなる前に叩くほうが得策じゃないか」

「しかし、ハワイに奇襲をかけるなどというのは無謀に過ぎます。それは納得できません」

「じゃあ、どうせいと言うのだ」

「私にもすぐには策は思いつきませんが、長官も納得できる策があるかもしれません」

「あるのなら急いで考えてくれ」小沢は憮然として腕を組んだ。

「機関を停止させろ。これ以上日本艦隊に接近したら、攻撃してくる可能性が高い」

アメリカ太平洋艦隊麾下のタンバー級潜水艦『グレイバッグ』艦長のロバート・ヘイズ少佐がいまいましげに言った。

日本艦隊偵察の任に当たっている潜水艦『グレイバッグ』の舵が故障したのは、一〇分前である。すぐに修理を始めさせたが、その修理が思うようにまかせず日本艦隊との距離が縮まり始めたのだ。艦長は浮上しての修理を決めたが、なんと浮上装置もいかれていたのである。

「とにかく急いで修理だ」

「艦長。敵艦隊が針路を変えました。こちらに向かって来るようです」ソナー士が怯(おび)えたように言った。

そうなると、機関を停止させていたとしても『グレイバッグ』と日本艦隊の距離は近づくことになる。「敵に発見されたのでしょうか」副長のショーン・ボルダー中尉が、ギラギラした声でヘイズをのぞき込んだ。

「それはないだろう、副長。ジャップのソナー（水中探信儀）は劣悪だからこの距離なら見つかるとは思えんし、もし存在を知られたとしても正確な位置までわかるはずはない。転針は別の理由だろう」ヘイズは言下に否定した。

「しかし、艦長。修理が間に合わないうちに近づかれたら、厄介ではありませんかね」ボルダー副長がしつこい。

「それはこっちの責任じゃないわい。それに講和交渉があるんだから、ジャップだって滅多に攻撃は仕掛けてこないはずだ」

「そうでしょうかね……ジャップはパールハーバーに奇襲をかけてきたような連中ですよ。どこまで信じられますかね」

「君はなにが言いたいんだ」ヘイズが不愉快そうに言った。

実はヘイズには、ボルダーの言いたいことが推察できていた。ミッドウエー海戦で親友を失い、その復讐を常々隠そうともしないボルダーは、先に攻撃を仕掛けようと言いたいのだ。しかもボルダーは豪胆な性格が自慢で、平素から慎重なヘイズに対して皮肉や反対意見を述べることも少なくなかった。

舵の仮修理が終わったのは二〇分後だ。ヘイズは迷った。日本艦隊との距離は二〇〇〇メートルを切っている。下手にここで動いたら、日本艦隊に発見されるのは間違いないだろう。いくらソナーの性能が悪くとも、そのくらいはできるはずだ。しかし、もしすでに発見されていたとしたら今すぐ逃げ出さなければ逃げ切るのも難しい。

「艦長。敵駆逐艦が速度を上げました」ソナー士の報告に艦内に緊張が走った。

「発見されたようですね」相変わらず皮肉の口調でボルダーが言った。

「とは限らないだろう」

「冗談じゃありませんよ、艦長。指揮官っていうのは、常に最悪の状況に則して行動するもんです。希望的観測では命がいくつあっても足りませんよ」

そんなことはわかっていると言おうとして、ヘイズは息を飲んだ。乗組員の多くがボルダーの味方らしいと気づいたのだ。

「攻撃をしろというのか、君は」

「やられる前にやるしかないでしょう」ボルダーの声は凍りついた炎のように冷たくてそれでいて熱かった。

「私も副長に賛成です」それまで黙っていた航海長が、ボルダーに味方した。

「下手をすれば、死ぬぞ」ヘイズが喘ぐように言った。

「艦長。私たちは戦争をしに来ているんですよ。命を捨ててもいいとは言いませんが、臆病風に吹かれていては犬死にです」

ボルダーの言葉がヘイズの胸を刺す。

「やれやれ、長官はここでも手柄が欲しいようだな」

駆逐艦『磯風』艦長飯田一哉（かずや）中佐が、苦笑混じりに言った。

このとき『磯風』に下されていた命令は、今までよりもアメリカ側の守備範囲に踏み込めというものである。司令部というより第三艦隊司令長官小沢治三郎中将は、そうすることでアメリカ側の出方を探ろうとしたのであった。そしてこの『磯風』こそが『グレイバッグ』のソナーがとらえた日本海軍駆逐艦だったのだが、アメリカ軍の読みとは違って『磯風』の水測室は『グレイバッグ』をまだ捕捉してはいなかった。

日本海軍攻撃艦が搭載している対潜探知装置には、水中聴音機と水中探信儀がある。

水中聴音機はマイクによって敵艦の発する音、つまりスクリュー音やエンジン音をとらえて敵を発見するものであり、一方の水中探信儀は自分から音波を発進し、その音波が敵艦などにぶつかり跳ね返ってきたものをとらえて敵艦との距離や形状を確認する装置だが、日本海軍のこの手の装置の能力はアメリカ軍に比べて数段劣っていた。

兵器開発は国の方針や民族性を強く反映するもので、たとえばアメリカ海軍は雷撃よりも急降下爆撃を重視したため、この時期のアメリカ海軍の魚雷が低性能であったことは有名である。

それに比して、『零戦』を典型とするように日本軍は防御より攻撃を第一にした。結果、日本軍の兵器はおおむね防御が甘い傾向があった。日本海軍が対潜探知装置の開発を怠ったのも、その例の一つかもしれない。

ともあれ、『磯風』の艦橋には欠片ほどの緊張もなかった。それを日本軍の驕りと言えば言えたし、油断であるとも言えた。それが『磯風』の悲劇の原因であった。

水深を七〇メートルにとった『グレイバッグ』は、八ノットというほぼ最高の速力で『磯風』に接近しつつあった。

「魚雷発射準備よしっ」魚雷室からの報告に、ヘイズ艦長は未練げにうなずいた。

ボルダー副長や他の乗組員たちに押し切られた感が強く、内心では忸怩（じくじ）たる思いはあるが、ここで下がるような態度はヘイズの軍人としてのプライドを大きく傷つけてしまうと、彼は判断したのである。

「一番、二番、三番、四番、一気に行け！」ヘイズが命じる。

すでに述べたように、アメリカ海軍の魚雷の性能は悪く、命中率もさることながらしばしば不発のときもあるし、命中しても敵に被害を与えられないケースも多かった。しかし、およそ二〇〇〇メートルの距離ならその命中率も問題にならない。

シュンッ。シュンッ。シュンッ。シュンッ。

圧搾（あっさく）空気によって海中に放りだされた魚雷は、すぐにスクリューを回転させて自走を始める。

その速力はおよそ三〇ノットで、四〇ノットを超える日本海軍の魚雷と比べるべくもない。しかし、接近していることに相手が気づかない場合では低速力のハンデも消える。

「敵潜水艦発見！　魚雷を発射しました」水測室からの報告に、飯田駆逐艦長は思わず息を飲んだ。敵艦を発見できなかったことへの後悔もあるが、敵が攻撃を仕掛けてきたことにも驚愕したのだ。

方角と距離の報告を受けた飯田は、『磯風』に転舵を命じた。

魚雷を発見しようとして海面を見つめる見張員が「くそっ」と舌打ちしたのは、波立つ海面が西日によってキラキラと輝き、魚雷の発見に大きな妨げになっていたためだ。

それでもベテランの見張員は見にくい海面に白い雷跡を発見すると、「右舷五時の方向に魚雷二！」と絶叫したが、その距離に絶望した。

ズゴゴゴ――――――――ン！

一発目は右舷後方ほぼ艦尾に炸裂した。速度を重視した駆逐艦は、当然、重量軽減のために防御が薄い。引き裂かれた舷側から、ゴゴ――――ッと海水が『磯風』の艦体を侵す。

ズゴォ――――――――ンン！

二発目は外れたが、三発目は右舷の中央だ。一発目でほぼ虫の息になった『磯風』

は、この三発目の魚雷で瞬く間に傾いた。

次の瞬間、ドゴゴォォ————ンと、『磯風』のほぼ中央から紅蓮の火柱が上がった。三発目の魚雷が『磯風』の機関室を直撃したための爆発である。中央から二つに裂けた『磯風』は、炎に包まれながら海底へと没した。乗組員二三六名のうち生存者三名だけという『磯風』の悲劇は、着弾からわずか五分で終焉をむかえた。

『グレイバッグ』の報告に、アメリカ太平洋艦隊司令長官チェスター・W・ニミッツ大将は露骨に顔を歪めた。明らかな命令違反だったし、ミッドウエーに日本軍の目が集まることは、ニミッツが画策している陽動作戦の少なからず支障になるだろう。

しかし、『グレイバッグ』に対する大きな処分はしないほうがいいともニミッツは思っている。

日本側に押されっぱなしのアメリカ軍にすれば、『グレイバッグ』の戦果は久し振りに喝采すべき出来事だったため、パールハーバー基地の士気も上がっており、それに水を差すような処分は避けるほうがいいと判断したのだ。

ともあれ、戦争が新しい局面に転換したことだけは間違いなかった。

首相官邸の会議室に入った総理大臣東条英機陸軍大将は、参集した閣僚や陸海軍の首脳陣を流すようにゆっくりと見てから椅子に座った。会議室に籠もっていた熱気が一瞬だけ冷えたように感じたのは、東条の瞳が発する憎悪のせいかもしれなかった。

「すでに各人ともに報告を受けておるでしょうが、二日前に我が帝国海軍の駆逐艦がアメリカ軍の潜水艦によって撃沈されました。これは明らかにアメリカの裏切り行為であり、講和を自ら否定したものと言っていいでしょう。もはや我々に言葉は必要はありません。戦争の再開を私はここにお伝えするとともに、皆さんのご協力を念願するものです」

東条の言葉使いは丁寧で、語気からも鋭さのようなものは感じられない。が、それが逆に東条の不退転の決意を秘めているのだと、参集者たちは感じた。

「疑義や御意見のある方はおりますか」

東条の顔が向けられたのは、講和を積極的に支持した者たちである。向けられた者の多くが、反論する術（すべ）もなく顔を背けるしかなかった。

「それでは、これで解散でよろしいですね」

「異議なし」東条の問いに凜とした声で応じたのは、参謀総長杉山元大将である。

「支持いたします」杉山に負けまいとばかりに声を張り上げたのは海軍大臣嶋田繁太郎大将だった。

陸海軍の実力者の発言によって、会議は完全に終了した。

神楽坂にある馴染みの料亭の奥まった一室で、海軍の重鎮米内光政は床の間に背中を預け、一人手酌酒を飲んでいた。さばけた着物姿だが、動きには物憂げな様子がうかがえた。

「皆様がお見えです」障子の外で女将が言った。

すぐに障子が開き、疲れた様子の男たちが卓の前に座った。軍服の男もいれば、背広姿の者もいる。いずれも先ほどまで首相官邸の会議室にいた男たちである。

「東条さん、得意げだったのだろうな」

米内が軍令部に所属する男に向かって徳利を上げた。男は猪口に酒を注いでもらいながら深いため息を吐き、言葉を選ぶように天井を見た。

「なにも聞きたかねえよ。『磯風』が撃沈されたと聞いたとき、今日の会議がどんな風になるか十分に推測できたことだ。今さら詳しいことを聞いても胸くそが悪くなるだけだ」米内が首を振りながら言った。

「私もそう願えればありがたく思います。御報告をするのが嫌ですから」軍令部の男が言って、くいっと杯を干した。

「そうだ。お前、千崎を知っていたな」

「はい。海兵の同期です」

「近いうちに横須賀に来るぜ」

「『大和』航空戦隊が、という意味ですか？　それともあいつだけが？」

「航空戦隊ぐるみだ。お前も、海を走るっていう信じられねえ輸送艇の話は聞いているだろ」

「詳しくは知りませんが、とてつもない速力を持っているそうですね」

「俺もまだ直接見たわけじゃねえが、山本が電話で餓鬼のように喜んでいたよ。まあ、あいつがあれほど惚れ込むんだ。大したものには違いねえとは俺も思っている。その海を走る輸送艇を、あそこの神参謀長が輸送艇としてではなく戦闘艇に改装したいと言い出したらしい。それの改装のために、これまた能力を秘める母艦『あきつ』を伴って横須賀に来るんだよ」

「ほう」

「どうでい。一緒に見にいかねえか。どうせお前も今回のことで軍令部の隅っこに追いやられ、時間はたっぷりあるってことになるんだろ」

米内の言葉に、軍令部の男の顔にこれ以上ないくらいの苦い笑いが浮かび上がった。

「講和のために、反対する連中とずいぶんやり合いましたからね。閣下のおっしゃる通り、閑職に追いやられるのは間違いないでしょう」言ってから軍令部の男は、一緒に来た男たちのほうを振り向いて同意を求めた。

「お前たちもそうだろう」男たちは顔を見合わせてから力無くうなずいた。

「よし。物見遊山とは言わないまでも、横須賀詣でと洒落ようか」米内が、杯を干すようにうながしながら言った。

気温は高いが、居並ぶ男たちの胸には刺さるように冷えたものがずっしりと沈殿していた。

第三章　暗転

『大和』航空戦隊が呉から横須賀港に入港したのは、日米講和交渉が決裂した二日後の深夜であった。未来輸送艦『あきつ』のみが入港せずに造船所のドックに向かったのは、新型兵器を搭載する予定のホバークラフト方式のエアクッション艇LCAC(エルキャック)を改装するためである。

改装に要する工期は二週間だから、この時期の技術力から考えると相当に早い。新兵器の開発を担当した大日本帝国海軍超性能兵器研究所の努力の成果と言えよう。

当初はその二週間に『大和』航空戦隊の兵たちには休暇と訓練が予定されていたのだが、ミッドウエーの海戦を受けて予定が変更された。休暇は短縮され、改装中の『あきつ』を残してミッドウエーに進撃することが決まり、千崎たちと新兵器の対面も先に延びることになった。

「それだけじゃねえんだ。この時間を利用してお前さんと米内閣下にゆっくり話し合って欲しかったんだが、どうもその時間はとれそうにねえな」

投錨作業の続く超戦闘空母『大和』の司令官室で、『大和』航空戦隊司令官千崎薫中将は口をへの字に曲げ神重徳参謀長に言った。

「私も残念ですよ。米内閣下には一度お声をかけていただいた程度で、腹を割ってお話をさせていただいたことがありませんから」神も残念そうに首を振った。

「まったく、アメリカ野郎め。余計なことをしてくれるぜ。米内閣下のことは次の機会に回せばいいが、ミッドウエーに行くのに『あきつ』を置いていくというのは正直しんどいからな」

「そうですね。我が戦隊の運用に『あきつ』は不可欠になりつつありますから」

神も軽く舌打ちして応じたが、「しかし、こちらにも問題はあります」と不満そうにもらした。

「小沢中将か……」

同じ気持ちなのだろう、千崎の顔も冴えない。

駆逐艦を撃沈された第三艦隊司令長官小沢治三郎中将の怒りはすさまじく、救援艦隊が来なかったら単独でもハワイに向かうつもりだと、連合艦隊司令部に連絡してきた。

それを聞いた連合艦隊司令長官山本五十六大将は、唸った。

小沢が言っていることが無謀なのは明らかだ。「馬鹿なことを言うな」と怒鳴りつけたいところだが、攻撃を受けておきながらなにもしないでは海軍全体の士気に関わることも事実だったし、〈マレー沖海戦〉の英雄である小沢の願いを無下にするわけにもいくまいと思ったのだ。

山本は苦慮の末、『大和』航空戦隊のミッドウエー派遣を決めた。

もちろん、小沢が言うようなハワイへの直接攻撃を許可するつもりはない。いかに強力な『大和』航空戦隊が救援に向かったとしても、わずか二つの艦隊程度の戦力でハワイ攻略などできるはずはない。山本が考えたのは、『大和』航空戦隊をミッドウエー守護に回し、小沢の第三艦隊をハワイ沖に進出させてアメリカ艦隊をおびき出し、一戦巡らそうというものである。

「アメリカ艦隊が出てくるとは限らない」

小沢は不満だったらしいが山本もそれ以上譲る気はまったくなく、小沢もそれを察したのだろう、不承不承ながら山本の策を受け入れたというわけである。

「小沢中将という方は、もう少し慎重な人だと思っていたのですけどね」神がうんざりした表情を作る。

「うん。そうだな。ひょっとするとだが、マレー沖での手柄が小沢さんを少し勘違いさせているのかもしれねえ。確かにあの海戦でイギリス東洋艦隊がアジアから一掃されたのは事実だし、小沢さんの手柄をどうのこうの言うつもりもないが、イギリス東洋艦隊とアメリカ太平洋艦隊とは明らかに力が違うと考えるべきだ。ところが小沢さんは、あの勝利でアメリカ太平洋艦隊もイギリス艦隊のように簡単に太平洋から追い払えると考えているのかもしれん。それも自分の力でだ。小沢さんほどの人でもそんな勘違いをする。戦ってのは怖いもんだなあ、参謀長」

千崎の言葉がやや沈んだ調子なのは、自戒を込めているからだ。

自信と驕りはいつだって裏と表だ。わかっていながら人間は、ちょっとすきを作るとその境目を誤解したり勘違いしたりする。千崎は小沢の力を認めているし愚かな人間だとも思っていないが、やはりそんな気がしていた。

「小さな戦なら多少の勘違いはかまいませんが、今度の戦争は皇国の未来を決めます。それを思うと、小沢中将にはもう少し理を持って考えていただきたいですね」

神の言葉は手厳しい。

「あちらに着いたら会う機会を作ろう。あの人だって馬鹿じゃねえ。ちゃんと話せばわかってくれるだろうよ」

千崎の言葉に神はうなずいたが、不安が消えたわけではない。前半生を賢人として名を馳せながら、後世で愚人に堕した例はいくらでもある。クレオパトラに迷ったローマのシーザー、楊貴妃に迷った唐の玄宗、愛児秀頼への溺愛で判断に狂いが生じた豊臣秀吉……などだ。

　人間は弱いものだ。神はそのことをよく知っていた。だからこそ強くありたいのだ。それが神の信念の一つであった。

「やれやれ」第三艦隊旗艦であり第一航空戦隊の旗艦を兼ねる空母『赤城』の自室に戻った第三艦隊参謀長草鹿龍之介少将は大きなため息をついた。

『大和』航空戦隊の派遣が決まり、小沢の要望は完全にではないが連合艦隊司令部の認可を受けた。それで少し溜飲（りゅういん）が下がって冷静に戻ると思われた小沢長官が、まだ荒れている。

「ハワイを叩かねば借りは返せない」小沢が言いたいことは、それであった。

　草鹿も理屈で小沢を説得をしようとしていろいろと言っている。たとえば、

「確かに、長官。敵太平洋艦隊の戦力は落ちていますが、オアフ島にいるのは海軍だけではありません。陸軍の航空戦力も侮れません。先般の奇襲作戦ではその航空

戦力を叩けたことが作戦成功の一因でありますが、現在の我が戦力ではそこまで手が回りませんから、山本長官のおっしゃるように敵艦隊をおびき出すしかないと思います」

「それは俺だってわかっている。しかし連合艦隊司令部にも言ったが、敵の太平洋艦隊が出てこなければこの作戦は意味がないではないか。それならば多少の危険はあるだろうが、ハワイ本土爆撃を行なおうと言っているのだ。これは戦争だぞ、参謀長。常に危険はあるのだ」

「しかし」

「もちろん俺だって、先般の奇襲作戦のような戦果が上げられるなどと考えているわけじゃない。しかし、精神的なダメージはかなり与えられるはずだ。俺の狙いはそこにある」

小沢はそう言い続けた。そしておそらくは『大和』航空戦隊が到着するまで言い続けるだろうと、草鹿の気持ちを暗くさせるのであった。

レイモンド・A・スプルーアンス少将指揮の太平洋艦隊第一七任務部隊主力は、旗艦空母『ホーネット』、重巡『アストリア』『チェスター』『シカゴ』『ポートランド』、軽巡『セントルイス』『フェニックス』、駆逐艦『モリス』『アンダーソン』『ハンマン』『ラッセル』『ヒューズ』『グウィン』『カニンガム』からなる部隊である。

　数日前にパールハーバーを出撃した部隊は、舳先(へさき)を南西にとって現在は南太平洋サンタクルーズ諸島東方にあった。天候に恵まれてここまで順調に航海をしてきた第一七任務部隊だったが、目的地のニュー・カレドニア島ヌーメア軍港が近づくにつれ、旗艦『ホーネット』に座乗するスプルーアンス少将は胃が重くなっていくのを感じていた。

　戦場が近いからではない。スプルーアンスは闘将や猛将と言われるタイプではないが、戦いを目の前にして胃が重くなるほど柔(やわ)な男ではなかった。それどころか、彼の胃を重くしている原因は敵ではなく味方であった。ヌーメア軍港における陸軍大将ダグラス・マッカーサーとの会談が、滅多なことでは後れをとらないスプルーアンスを憂鬱(ゆううつ)にしていたのだ。

　今さら書く必要もないだろうが、ダグラス・マッカーサー大将はウエスト・ポイント陸軍学校を首席で卒業し、出世の階段をアメリカ陸軍史上最年少で上り詰めた英才である。最年少記録としては陸軍士官学校校長、少将昇進、陸軍参謀総長就任などがある。

その人気はすさまじく、国内にも多くのシンパを抱えていた。ところが、同時に裏の多い人物としても一部では有名であり、「詐欺師」「ペテン師」「極悪人」あるいは「守銭奴」などと蛇蝎のごとく嫌われているのも事実である。

マッカーサーにとって軍隊とは、彼の野心、野望、権力、資産奪取のための道具にすぎない。それは彼自身が頂点にいる陸軍だけではなく、海軍にも言えた。しかし、組織上独立している海軍がマッカーサーの介入を排除したのは当然である。マッカーサーは怒った。怒って理不尽にも海軍を屈服させようといろいろと動いたから、海軍はますますマッカーサーを嫌った。

そのマッカーサーの一部とはいえ麾下に入るというのだから、スプルーアンスではなくとも胃が重くなるのは当たり前だろう。ニミッツ長官の作戦を受け入れることを了承してここまでやっては来たが、スプルーアンスは後悔さえ感じ始めていた。

「戻りますか」参謀長ドナルド・H・キャスター大佐が、まんざら冗談ではない調子で言う。マッカーサー嫌いという点では、キャスターはスプルーアンス以上だった。キャスターの縁類で陸軍軍人だった男が、マッカーサーの罠にかかって出世の道を閉ざされているのだ。そして結局陸軍を退役し、悲嘆のうちに病没した。

「マッカーサーに殺されたんです」キャスターはそう言ってはばからなかった。

「ふふっ、キャスター参謀長。ジョークはそこまでにしようぜ。確かに私だって本当は戻りたいよ。わずかの間としても、マッカーサーの部下になることなど反吐(へど)が出そうだからね。しかし、ジャップから受けた屈辱はそれ以上だ。この屈辱を晴らすためなら、反吐を吐きながらだって私は戦ってみせるさ」

　スプルーアンスの熱い決意に、キャスター参謀長が初めて顔を崩した。

「そうですよね。マッカーサーへの怨みを勝利の美酒で消し去ることができるかどうかはわかりませんが、今はとにかくジャップを叩く、それに集中すべきでしょう」

「フフッ。わざと言ったな、参謀長。私の口からやる気を言わせるために」

「さあ、それはどうでしょうか。そういう気持ちも確かにありました。鬱々(うつうつ)とする提督のお口から決意を引き出そうというつもりは……しかし、もし戻ると言われるのなら、それもいいか、という気もなかったわけではありません」キャスターが複雑な表情で言った。

「なるほど」スプルーアンスは軽く一つうなずくと、吸うのを控え気味にしている煙草を取り出してキャスターにもすすめた。二人の吐く紫煙が、南の陽光に満たされた艦橋の天井に揺らめきながら上ってゆく。

その二日後、皮肉というか偶然というべきなのか、第一七任務部隊の各艦船が入港したヌーメア港はそれまでの好天とはうって変わり、スプルーアンスの心中のようにどんよりと曇って今にも雨が降り出しそうであった。

キャスター参謀長をはじめとした何人かの幕僚を連れ『ホーネット』から港に降りると、そこには陸軍が差し回した黒塗りの公用車が数台止まっていた。

陸軍兵の開ける後部ドアから後部座席に乗り込んだ刹那、まさにバケツをひっくり返したようなスコールが公用車の屋根を叩いた。無理をすれば走れないことはないだろうが、「すぐにおさまりますので、少しお待ちいただけますか？」公用車の運転手がすまなそうに聞いた。

「ああ。無理をする必要はないよ」スプルーアンスが短く言った。

（恋人に会いに行くわけではないんだからね）後の言葉を腹の中で言った。

運転手の言葉通り雨足は五分ほどで衰え、公用車がマッカーサーの待つヌーメア司令部に向かって走り出した。しかしいったん収まったスコールが再び激しくなり、公用車は道ばたで停車した。なんともいえない苛立ちが第一七任務部隊幕僚たちの胸の奥に沈殿し始めていた。だがそれは、スプルーアンスたちが感じることになる不愉快なシーンのほんのプロローグだった。

公用車が司令部に着いて司令官室に入ると、スプルーアンスはとんでもないことを知らされた。この方面の総司令部（連合国軍南西太平洋方面司令部）のあるオーストラリアのブリスベーンから来て待っているはずのマッカーサーが、まだヌーメア司令部に到着していないというのである。

「提督」キャスター参謀長の言葉の奥に暗い怒りがある。「ブリスベーンまで来いというマッカーサーの要請を私たちが断わったことへの、あの男らしい姑息な対応だよ」スプルーアンスが、やや怒りの強い苦笑を浮かべながら言った。

スプルーアンスがブリスベーン行きを拒否したのは、決してマッカーサーに対しての当てつけだったわけではない。あくまで純粋に作戦面から考えての判断だ。少しでも時間を無駄にしたくなかったのである。

マッカーサーもそれは理解したと応答してきていた。しかし実際はどうも違うらしい。改めてスプルーアンスは、マッカーサーという男の度量の狭さというか自己顕示欲の強さを感じた。

マッカーサーがブリスベーンから軍用機でヌーメアに着き、司令部に現われたのはスプルーアンスたちが到着してから四時間後である。

「よく来てくれたね」

司令官室に入ってきたマッカーサーはまったく悪びれた様子も見せず、また謝罪の一言もなく大きな手のひらをスプルーアンスに伸ばした。

スプルーアンスは諦めたように、マッカーサーの手を握った。じっとりと濡れていていささか気持ちが悪かったが、表情に出すようなバカな真似をスプルーアンスはしない。

「海軍はこれまで大いなる誤解をしていたのだ。ニミッツ長官もやっとそれに気づいたらしい」

マッカーサーが満足そうな顔で、スプルーアンスに椅子を示しながら続けた。

「この戦争がパールハーバーから始まったことで、海軍の怒りが大きいことは理解できるし同情もしているんだよ。しかし、これまでの戦い方を見ると、まるで今度の戦争は海軍が主役だと、ニミッツも海軍首脳も考えていたようだな。だが、それは違う。まったく違う。いいかね、戦争というのは結局陸軍が主体なんだよ。だから海軍力によって小さな島の一つや二つを押さえたところで、戦況が大きく変わることはないんだ」

マッカーサーが得意げに鼻をうごめかすのを、スプルーアンスは冷えた心で見つめた。スプルーアンスのささくれた心の動きなど気づきもせずに、マッカーサーの饒舌は止まらない。

「戦況を変えるには、敵の押さえているメインの地域を奪取すること以外にはない。ニューギニア、セレベス、ボルネオ、スマトラ、そしてフィリピンを奪い返すことだ。それがなって初めて戦況が動くのだ。そしてそれらの主要地域を奪還することができるのは、陸軍だ。もちろん海軍の力が無用などという自惚れは言わんよ。君たち海軍には陸軍を十分に補佐する力がある。大切な脇役としての仕事は演じてもらわねばならんからな」

なるほどとスプルーアンスは思った。マッカーサーの言い分に納得したわけではない。

確かに言葉の中には理解できる部分もあるにはあるが、裏に隠されたマッカーサーの真意はちがうとスプルーアンスは思っている。

マッカーサーという男は、功罪の激しい男だ。その中の一つに、地位や権力を利用して資財を蓄えるというものがある。そして、その多くが彼が軍事顧問、陸軍大将を経て、アメリカ極東軍司令官として赴任していたフィリピン時代にあると言われていた。すなわち、彼にとってフィリピン奪還こそが、今回の戦争でまず行なわなければならないことなのだ。

主要地域の奪還に対しては作戦的に多少の問題はあるとは思っているが、基本的にはスプルーアンスも反対ではない。だが、マッカーサーの口からそれが出ると、作戦がどうのこうのというより彼自身の野心のためにアメリカ軍は戦わされるという思いが消せなかった。

「まあ、これからは私の指示に従って動けばいい。今日からアメリカ太平洋艦隊第一七任務部隊は、私の艦隊だ。そう、マッカーサー艦隊だよ」嬉しそうに言ってマッカーサーが笑った。

ピクリとキャスター参謀長の拳が動いた。スプルーアンスがひじでキャスターの腕を軽く突つく。キャスターが唾を飲み込む音がした。

「お言葉はうかがいました、マッカーサー長官。私ども海軍は、陸軍に対する協力を惜しむ気は毛頭ありません。よろしくお願いします」

「うん」マッカーサーが満足そうにうなずいた。

「それでは今夜はこれで失礼します。作戦については明日にでも詳細を」

まだなにか話そうとするマッカーサーの機先を制して、スプルーアンスが立ち上がった。キャスターが続く。マッカーサーが大きな舌打ちをしたが、止めることはしなかった。

司令部の外に出ると、意外に冷たい風がスプルーアンスとキャスターの頬を撫でた。

「できぬ我慢までしろ、とは私は言わんよ、キャスター参謀長。君の限界が来たら遠慮なくあの男に逆らっていい。殴りたいと思ったら、殴ってもけっこうだ。ただしそのときは私も一緒をさせてもらう。一緒に殴らせてもらう。それでいいね」

スプルーアンスの言葉に、キャスターがハッとしたように上官を見た。

「申しわけありません、提督。もし提督のほうが先にお怒りになられたときには声をかけて下さい。必ずお供します」

スプルーアンスが小さくうなずいた。

〈ミッドウエー海戦〉の後、日本軍はソロモン諸島のガダルカナル島に上陸して飛行場の設営を始めた。来たるべき南太平洋方面攻撃の前進基地にするためである。

この作戦の一翼を担ったのが、〈MO攻略作戦〉で日本軍が占領したツラギ基地だ。同基地はガダルカナル島南方にあるツラギ島、ガブツ島、タナンボコ島、マカンボ島という小島をあわせた地域で、航空隊と海軍陸戦隊将兵のおよそ七〇〇人が駐屯しており、偵察の任務を主眼とする飛行艇基地があった。

アメリカ軍も当然それを見抜いていて、時折り陸軍航空部隊の爆撃機がツラギ基地や飛行場設営の始まったガダルカナル島を空襲したが、アメリカ軍の戦力は十分ではなく、日本軍に大きな被害はなかった。

「アメ公なんぞ恐るに足らず」

ツラギでもガダルカナルでも、そしてラバウルでも日本軍将兵はそううそぶいていた。

もっともアメリカ軍の爆撃部隊がうっとうしい存在であるのは事実で、ガダルカナル基地飛行場の設営が順調に進むことを阻(はば)んでいた。

「いらしたようだな」

ツラギ所属の九七式大型飛行艇（大艇）の機長が、前方を睨みつつ落ち着いた声で言った。

前方に十数機からなる敵爆撃部隊とおぼしき機影を発見したのだ。

「通信員、連絡しろ。おそらくエスピリトゥ・サント島所属の陸軍航空部隊だろう」

機長の命令に、通信員が無線機に向かった。

九七式大艇からの連絡によって、ツラギ及びガダルカナル島の部隊が迎撃の準備に入り、周辺の航空基地から迎撃機が飛び立った。

このとき、この方面の守護を命じられていたのは新設されたばかりの第八艦隊であった。

三川軍一（みかわぐんいち）中将に率いられる第八艦隊は、艦隊直率の旗艦巡洋艦『鳥海』、第六戦隊の重巡『青葉』『衣笠』『加古』『古鷹（ふるたか）』、第一八戦隊の軽巡『天龍』『夕張』、駆逐艦『夕凪（ゆうなぎ）』の他、空母を持たない代わりにラバウル航空基地の基地航空部隊の一部を麾下に置いていた。

正直なところ、とても強力な艦隊とは言いがたい陣容だ。特に基地航空部隊を麾下に置いているとは言っても、すでに航空戦力こそが海戦の主眼とわかりつつあっただけに、空母を持たない艦隊というのはやはり問題があったろう。確かに、この方面のアメリカの海軍力は弱いという読みと、空母の数が少なくて派遣が難しいという現実はあったが、それでもなお空母がないということは連合艦隊司令部のミスだったかもしれない。

ガダルカナル島守護を命ぜられて母港ラバウル港を早朝に出撃した第八艦隊が、九七式大艇からの情報を受けたのはブーゲンビル島沖合を航行中であった。

「間に合わんな」旗艦重巡『鳥海』の艦橋で、第八艦隊司令長官三川軍一中将が無念そうに言った。

「無理ですね」穏やかな表情で答えたのは、同艦隊参謀長大西新蔵少将である。大西は性格は温厚だが、親分肌の面も持っており馴染みやすいタイプだと言われていた。

「しかし、なにもせんわけにはいくまい」三川はつぶやいて、自艦隊の速度を上げさせた。

ズガガガ――――――ン！　ゴガガ――――――ン！

アメリカ陸軍航空部隊の主力爆撃機であるボーイングB17『フライング・フォートレス』が放つ五〇〇ポンド爆弾が高空からガダルカナル島の飛行場設営地に落ちてくるが、効果的な着弾がないのは爆弾を放つ位置が高すぎるからだ。

そしてその距離によって、『フライング・フォートレス』は海軍陸戦隊を主力とする日本軍守備陣の撃つ高射砲弾から身を守れている。

「くそったれがっ！」

悠々と上空を展開する『フライング・フォートレス』を見上げて、日本軍射手が侮蔑の絶叫を上げると同時に高射砲のレバーを引いた。

ドッドッドッ！　ズゴゴゴゴゴッと高射砲弾が噴き上げ、上空を黒煙が覆う。

そのときだ。高射砲の黒煙幕を巧みについて二機のカーチスＰ40『ウォーホーク』が飛び出すや、急降下して一気に低空に侵入してきた。

ギュ――――――ン。

「ジャップめ。思いしれっ！」

ズガガガガガガッ！

『ウォーホーク』の叩き出す六挺の一二・七ミリ機銃弾が、日本軍の対空砲火陣を襲う。グワッという絶叫とともに日本軍の二五ミリ連装機銃の射手が血しぶきを上げ、吹き飛んだ。

「なめんなよ。この野郎っ！」

急ぎ砲身を下げた二五ミリ連装機銃が、怒りの銃弾を放つ。

グワァァン！

二五ミリ弾を主翼横を直撃された『ウォーホーク』が前のめりに地面に激突し、

砕け散った。燃料が地面に流れ、炎と黒煙を激しく上げる。

僚機の撃墜に恐怖したのか、残りの一機が急上昇に移った。それが彼の死期を早めた。上空の敵に見切りをつけたわけではないだろうが、日本軍の数挺の機銃が侵入した二機を追っていたからだ。

ドドドドドッ！　ズガガガガッ！

ただでさえ、急上昇は遅い。頑丈でなるアメリカ陸軍機だが、複数の二五ミリ機銃弾をまともに喰らえば持ちこたえろというほうが無理なのだ。

四散した『ウォーホーク』の機体が、宙空を焦がした。二機の援護戦闘機を失ったことでアメリカ陸軍爆撃部隊は撤退を決めたらしく、瞬く間に白い雲海に消えて行った。

「やれやれ」

塹壕（ざんごう）から出た設営隊の土工員が、うんざりと爆撃の跡を見た。大きな被害はないが、それでも無傷というわけにはいかない。

「これでまた工期が遅れるな」別の土工員が言った。

飛行場を設営するために、日本軍がガダルカナル島に送ったのはおよそ三〇〇〇人。うち土木作業にあたる海軍設営隊（この時期は軍人、技官と軍属＝土工員など

が人〇〇四り残、で どほ人〇〇六二そよおが）るいてれさ成構で＝心中が員業作の
守備を任とする海軍陸戦隊である。

人数的にさほど手薄とは思わないが、それでも飛行場設営が遅々として進まなかったのは、作業がほとんど手作業で行なわれていたからだ。海軍首脳部でも、土木作業において重機を使えば手早く進むことを知らなかったわけではない。それでも導入しなかったのは、当時の日本では人件費が安く重機を製造するより経済的だったからである。

平時ならそれでもいい。敵の攻撃もないし、遅れたら人員を増やすことで対処は可能だ。しかし、戦時ではそうも言っていられない。まず戦略的意義からも、一刻も早く完成することが大事なのだ。それに遠く離れた外地となれば、人的にも兵糧的にも、足りないからすぐに増やすというわけにはいかない。

戦争に突入してからというもの、設営隊幹部もそれを痛感し、海軍首脳に重機導入を懇願した。首脳部も反対ではなかったが、当時の技術では優秀な重機の製造がそう簡単に行なえなかったこともあったし、種々の製造工場のほとんどが武器と兵器製造に奔走していたため余裕がなく、設営隊への重機導入はほとんどストップしている状態であった。

単純な計算だが、当時の日本軍設営隊とアメリカ軍のそれにあたる人員を比較すれば、一対一〇〇ほど離れていた。日本軍が一〇〇人でこなす作業を、アメリカ軍は重機の利用によって一人でこなせたというのである。ここにも日本とアメリカの経済的格差を見ることができるのだが、戦争推進をとなえる日本軍首脳はそれでも勝てると考えていた。

第八艦隊がガダルカナルを目指しているのは、アメリカ軍の攻撃を少しでも防ぎ、飛行場設営の遅れを取り戻すためであった。

一方、ヌーメア軍港を出た太平洋艦隊第一七任務部隊にまず与えられたのは、日本海軍が設営を行なっているガダルカナル島の飛行場の粉砕だった。

マッカーサーは前々からそれを狙っていたが、戦力不足はいかんともしがたく作業の遅延程度にとどまっていた。それを第一七任務部隊によって一気にひっくり返そうと考えたのだ。

マッカーサーはスプルーアンスに作戦案なるものを示したが、スプルーアンスは一目でそれが海軍を陸軍のために利用する作戦と見抜いた。いや、彼でなくともそれは一目瞭然だったろう。

しかし、マッカーサーには、それが海軍にどういう感情を抱かせるかなどということは、念頭にないようだった。

マッカーサーにとって、陸軍が海軍を利用することは当然であり、そこにはなんの違和感もないのだと、キャスター参謀長は唇を嚙んだ。

「それもあるだろう。しかし、マッカーサーの狙いはそれだけではないと思う」

ヌーメア軍港司令部での作戦会議から『ホーネット』の艦橋に戻ったスプルーアンスは、キャスターに言った。

「それだけではないとおっしゃいますと？」

「あの男は、私たちを試しているのだ。ここまであからさまな作戦を示し、それが我々にできるかとね。口ではいろいろと甘いことを言っているが、信じていないんだよ、私たちを」

「なるほど」

「だから今回はマッカーサーの作戦で行く。別にあの男の信頼を勝ち取りたいわけではないし、この程度のことで信頼するほどマッカーサーは甘い男ではないはずだ。しかし、あちらがこちらを利用したいように、私たちもあちらを利用したいんだ。少なくともしばらくの間は協力関係を作っておきたいからだ」

「そういうことですか、提督。わかりました。ここしばらくはマッカーサーの小間使いを勤めましょうか」

「頼むよ。ハワイに戦力が調い、日本軍と真っ正面から戦えるようになれば、マッカーサーなどこっちからお払い箱だ」そう言って、スプルーアンスが遠くを見る目で沈み始めた太陽に顔を向けた。

第八艦隊の登場は、ガダルカナル島に駐屯する兵や作業員の士気を上げた。ガダルカナル島の守備戦力は、すでに述べたように四〇〇人足らずの海軍陸戦隊と武装した設営隊の一部だけで、重火器も決して十分ではなかったところに、重巡五、軽巡二、駆逐艦一である。まさに安全が保証されたような気になったとしてもしかたないだろう。

また、飛行場の整備がもう少し進めば、大型機は無理としても戦闘機、艦爆、艦攻程度なら離着陸が可能になり、ラバウル航空基地から航空戦力を呼び込むことができる。

そうなればアメリカ軍に対する反撃力が増加し、それがまた飛行場建設を順調に進めることができるはずだった。

「小沢さんも、困った人だぜ」

『大和』航空戦隊旗艦超戦闘空母『大和』の艦橋で、『大和』航空戦隊司令官千崎薫中将は珍しく唇を歪めた。

今、『大和』航空戦隊はミッドウエーからほぼ四五〇カイリ西方にある。巡航速度というべき一八ノットの速力でおよそ丸一日の距離だ。ところが『大和』航空戦隊が到着してから動くはずだった小沢治三郎中将麾下の第三艦隊が、すでに動いたという連絡が入ったのである。

「速力を上げますか？」神重徳参謀長が聞いた。

「そうだな。燃料を無駄にはしたくねえが、二五ノットに上げよう。留守宅に敵の野郎が忍び込んでこねえという保証はねえんだからな」

それでもミッドウエー到着には一八時間程度かかる。その間、千崎が言う通りミッドウエー周辺は留守番がいなくなる。しかも千崎は、小沢に直接会ってあまり無謀なことしないように言うつもりだったのだが、その計画も飛んだ。

「滅多なことはねえとは思うが、あんまり舐めてると痛い目にあう。そんな気がしてならねえんだよ」

東京の下町育ちでいつも伝法な口調と些事にはこだわらない男なのだが、このときばかりは千崎は妙にこだわるように言った。動物的カンというべきか、軍人としての勝負感なのか、千崎はどうも嫌な予感がしてならなかったのである。

ただしそれは、千崎の見ている方向とは違っていた。もちろん、神でも仏でもない千崎に見通せなくてもしかたないことではあった。

そもそも第三艦隊は、第一航空戦隊と第二航空戦隊を中心に、第一一戦隊、第七戦隊、第一〇戦隊からなる堂々たる機動艦隊である。その編制主力は、

第一航空戦隊＝空母『赤城（旗艦）』『加賀』
第二航空戦隊＝空母『飛龍』『隼鷹』
第一一戦隊＝戦艦『比叡』『霧島』
第七戦隊＝重巡『熊野』『鈴谷』『最上』
第一〇戦隊＝軽巡『長良』
第一二駆逐隊＝駆逐艦『叢雲』『東雲』『白雲』
第一六駆逐隊＝駆逐艦『初風』『雪風』『天津風』『時津風』
第一七駆逐隊＝駆逐艦『浦風』『谷風』『浜風』『夕風』

であった。

ミッドウエーを発って一日半、第三艦隊はオアフ島の北西五五〇カイリの海面にあった。

「もう少し近づきたいな、参謀長」小沢がふてぶてしい顔で言った。

「……これ以上、ですか」参謀長草鹿龍之介少将が憮然とした表情で言った。

当然かもしれない。もともと『大和』航空戦隊を待たずしての出撃そのものが、草鹿は反対だったのである。無謀に過ぎるというのが、草鹿参謀長の偽らざる思いだ。

（これではまるで血気にはやる小僧じゃないか。南雲さんのわがままや頑固につきあってきた俺でも、さすがについていけないいな）草鹿はそうとまで思い始めていた。

しかし、小沢を止められずここまで来てしまったからには、自分にも責任があると思っている。

（ともあれ、もし一海戦あるのなら思う存分暴れてみよう。それが俺がやらねばならん道のようだからな）そう腹を決めると、草鹿にも不思議と度胸が生まれてきた。

「あと二、三〇カイリですよ、長官。それ以上をお考えならば私を解任していただきます」

常にない草鹿の口調に、小沢は驚いたように相手の顔を見た。

「いいだろう」小沢がはにかんだように笑ってうなずいた。


オアフ島のパールハーバー基地を出撃した太平洋艦隊第一六任務部隊は、オアフ島西方一〇〇マイルの海面をエンジンを響かせて進んでいた。

「意外に動かないな、参謀長」

第一六任務部隊旗艦空母『サラトガ』の司令官室で、指揮官ウィリアム・F・ハルゼー中将が複雑な顔で言った。

ソロモンに派遣された第一七任務部隊が動くまで第一六任務部隊は自重の予定だったが、潜水艦による日本海軍撃沈がその予定を狂わした。報復としてミッドウエーにいる日本艦隊が動く可能性が出てきて、急遽第一六任務部隊も哨戒行動をとらざるを得なくなったのである。

しかし、すでに数日が経っているが、日本艦隊が動く兆候はまるでなかった。

戦力不足の第一六任務部隊にすれば、日本艦隊との真正面からの海戦を避けたいというのが本音だが、「ブル」とあだ名される猛将ハルゼーにすれば、それはそれで歯痒(はがゆ)い気持ちなのだ。

「お気持ちはわかりますが、新鋭艦の到着までどうか我慢をお願いします」参謀長マイルス・ブローニング大佐は恐る恐る言う。

わかっているはずだとは思いながら、ハルゼーという男は時として信じられないほどの闘志を燃え上がらせ、無茶な行動をとることがよくあったからだ。そうなってしまうとハルゼーは、参謀長であるブローニングの諫言（かんげん）なども絶対に聞こうとはしないのである。

「わかっているよ、マイルス。私だってそれほど愚かじゃない」

ハルゼーがうなずきながら言ったが、ブローニングは完全に安心はできそうにないと思った。

小沢は投入した索敵機二〇機をあらゆる方向に向かわせたが、アメリカ艦隊発見の報は入ってこなかった。

夜になっても小沢は艦橋から動かず、腕を組んで海面を見つめ続けていた。新月を過ぎたばかりのため海面にはわずかな月明かりもないが、満天の星が揺らめいているのが見えた。

「長官。少しお休みになられたらいかがですか」草鹿はあまり期待せずに声をかけてみた。

「そうしようか」意外な返事に草鹿のほうが驚いた。思った以上に疲労が溜まっていたのだろうか、振り返った小沢の顔には重い空気が漂っているように見えた。

「じゃあ、後は頼む」小沢が短く言って長官室に去ったあと、草鹿は久し振りにほっとした気分を味わった。

そのときだ。「参謀長！　一五番索敵機が敵艦隊を発見したようです！」

「いたか！」

艦橋にすさまじい緊張が走った。「従兵。長官を！」草鹿が切るような声で命じた。

まだ着替えも済んでいなかったのだろう、やや乱れた服装の小沢が艦橋に飛び込んできたのは一分も経っていなかった。

「やるぞ、参謀長。攻撃隊の準備しろ！」

「命じてあります」草鹿の声が響く。

「よし！」

「詳細はまだか！」小沢が苛立たしそうに言った。

ところが、「なに！　見間違っただと！」

「どういうことだ、通信参謀！」小沢が摑みかからんばかりに、通信参謀に詰め寄る。

「申しわけありません。発見したのは近くの島から流れ出した流木の塊りだったようです」

通信参謀がオロオロした声で言った。小沢は肩から一気に力が抜けていくのがわかった。

「許してやって下さい、長官。一五番機の偵察員は経験がまだ十分ではありませんし、一五番機が索敵を行なっている周辺には霧が出ているようですので……」草鹿がかばった。

草鹿に答えず、小沢が煙草の箱を取り出して一本引き抜いてくわえると、従兵がマッチを擦った。紫煙がゆっくりと昇る。

誰も口を開かない。沈黙は小沢が煙草を消すまで続いた。

「間違いはしかたあるまい。ただし、間違いを繰り返す者は軍人として失格だ。それだけは言っておきたい」怒りを押さえ込んだような声で、小沢が立ち上がった。

小沢が再び艦橋を後にすると、「申しわけありません、参謀長」と通信参謀が草鹿に頭を下げた。

「答えは長官と同じだ。誤った報告は、生死を分けることさえある。偵察員がそんなことは百も承知なのは私にもわかっているが、今一度それを徹底してくれ。気持ちがゆるんでいるとは言わないが、どこかに油断のようなものがあるのかもしれない」

「徹底させます」通信参謀が言った。

艦橋の窓に寄った草鹿は、自分の言った言葉を自分自身に繰り返した。

（俺は油断などしていないはずだ）草鹿は自分に言ってみた。しかし、酒に酔っている者が自分は酔っていないと言い続け、酔いを自覚しないことに思い当たり、首筋がザワリとするような気がした。

ガダルカナル島東方の沖合を航走する日本連合艦隊第八艦隊を発見したのは、アメリカ陸軍航空部隊所属の偵察機だった。報告を受けたマッカーサーは少し迷ったが、結局は第一七任務部隊の任務をガダルカナル島爆撃から第八艦隊殲滅（せんめつ）に変更し、命じた。

この変更はスプルーアンスと彼の部隊にとってはありがたいものだった。陸地に対する攻撃もできないわけではないが、対艦攻撃のほうが得意であるのは当然だったからだ。しかも敵艦隊に空母がいないと知ったスプルーアンスとキャスターは、チャンスとばかりにほくそ笑んだ。

発見の報告から二時間後の未明、第八艦隊に向かって太平洋艦隊第一七任務部隊旗艦空母『ホーネット』の飛行甲板を飛び立った第一攻撃隊は、グラマンＦ４Ｆ『ワイルドキャット』艦上戦闘機一二機、カーチスＳＢ２Ｃ『ヘルダイバー』艦上爆撃機一六機、グラマンＴＢＦ『アベンジャー』艦上攻撃機一二機、合計四〇機であった。

アメリカ軍第一攻撃隊がガダルカナル島東方から一直線のコースをとったのは、時間的に一番効率が良かったからである。当然、発見される可能性も高かったが、敵艦隊に航空勢力がないためにそれでもいいとスプルーアンスは決断したのである。

案の定アメリカ軍第一攻撃隊は、ツラギ基地所属の九七式大艇に、第八艦隊から一〇〇マイルの上空で発見された。しかしアメリカ軍第一攻撃隊の指揮と艦上攻撃機隊の隊長を兼ねるエドワード・コネリート大尉は、九七式大艇を発見しても表情もコースも変えなかった。

敵機発見の知らせを受けた第八艦隊司令長官三川軍一中将もあわてた様子を見せなかったのは、敵機がアメリカ陸軍航空部隊所属の攻撃部隊だと考えたからである。

陸軍の爆撃機は水平爆撃を得意としており、ジグザグ航走をしていれば滅多に直撃弾を受ける心配はなかったのである。ただ、少し気になるのは、これまでの攻撃部隊からするとその数が多かったことだが、これもアメリカ軍が第八艦隊の存在に気づいたために戦力を増やしたのだろうと理解した。

そこに九七式大艇からの続報が入った。

「敵攻撃部隊は、艦戦、艦爆、艦攻と見ゆ！」

「なんだと！」

さすがに三川の表情が変わった。艦戦、艦爆、艦攻なら敵は海軍攻撃部隊だからである。となれば、急降下爆撃もあるし雷撃もある。厄介だなと三川は思ったが、怯(ひる)んだわけではない。

「作戦に変更はなし。対空砲火で敵機を葬り去れっ！」

三川もこれからの海戦が航空兵力中心になるだろうという思いは当然あったが、まだ砲での戦いがまったく通じないとまでは考えていなかったのである。

アメリカ軍第一攻撃隊の攻撃は、『ヘルダイバー』艦上爆撃機による急降下から始まった。

上空から急降下する『ヘルダイバー』に向かって、第八艦隊の対空砲火も始まる。

ガガガガガガガガッ！　ズガガガガガガガガガッ！

すさまじい数の銃砲弾群が、『ヘルダイバー』を打ち砕くべく噴き上げる。

艦爆パイロットは、恐怖と戦いながら操縦桿を前に倒し続ける。風を切って、翼が啼く。落下の圧力で機体が軋む。パイロットの目は高度計に釘付けだ。一秒でも早く発射レバーを押し、この場を離れたい気持ちがせり上がってくる。

「くそっ」パイロットが呻いたのは、熱気でゴーグルが曇ったせいだ。

高度計の針が許可を出した。

「ファイヤーッ！」パイロットが叫びながら爆弾投下レバーを引く。

グンッと機体から爆弾が放たれ、艦爆は荷重から解放されて身軽になる。

ヒュ――――――ンと黒色の悪魔が敵艦を追うが、パイロットはそれを確かめもせずに敵艦上空をすり抜け、そこで上昇に転じた。

爆発音はない。外れたのだ。パイロットは舌打ちをして、重い操縦桿を引き続けた。

ガガガガガ――――――ン！

炸裂音と同時に、艦隊の先頭を進んでいた第八艦隊旗艦重巡『鳥海』が激しく震えた。

「被害を報告しろ」振動がおさまり、三川が言った。すぐに報告が届く。後部甲板左舷に直撃弾を受けたものの、大きな被害ではないことが判明した。

「うん」

三川の余裕は、崩れない。

が、「魚雷接近！　一〇時の方向一、九時の方向二！」恐怖に満たされた見張員の声が響く。

「取り舵、いっぱ～い」三川の鋭い声が、艦橋にこだました。

ララララッと、機関士が力を込めて転蛇する。

ゴゴゴゴゴッ。ザザザァァ――――ン。

『鳥海』が右に尻を振るようにして、左に傾く。司令部の幕僚たちが息を飲んで、左舷を注視する。白い雷跡が迫ってくるのが見えた。

「ギリギリか……衝撃に備えろ」

三川の命に、幕僚たちが直撃弾の衝撃から耐えるために身近なものにすがりついた。

一本目が舷側ギリギリをすり抜けてゆく。そして二本目も避けるのに成功し、司令部に安堵の空気が流れた。

ドドドド――――ンと、『鳥海』の後方で爆発音。

「どの艦だ⁉」その爆発音が魚雷だと見抜いた三川が聞く。

「『古鷹』です！」悲痛な声は大西参謀長だ。

古鷹型重巡洋艦は、今や「造船の神様」とも言われる平賀譲（ひらがゆずる）造船中将が中心となって設計された巡洋艦で、七〇〇〇トンクラスの基準排水量では無理であろうと言われた二〇センチ砲を搭載した画期的な艦であった。そのために平賀は、設計するに当たり徹底的な軽量策を取ったが、当然のこととして古鷹型は防御を犠牲にしていた。古鷹型もまた日本の兵器に共通する悪しき策、攻撃性能を得るために防御に目をつぶって誕生した艦だったのである。

「沈み始めています……くそっ」双眼鏡で後方を見つめていた大西が、唸（うな）るように言った。

「長官。『古鷹』から打電。左舷に魚雷二発直撃、機関室浸水、です」

「総員を退艦させろ！」三川が叫んだ。

（遅いかもしれない）双眼鏡で『古鷹』を見ている三川は、そう思った。それほどに『古鷹』は大きく傾き沈み込んでいたのだ。

グワワァァ―――――ン！

『古鷹』の艦体中央から、天空に向かって火柱が突き上げた。爆発の大きさから見て、弾薬庫に火が回ったに違いない。真っ赤な炎が『古鷹』の艦体を包んでいる。しかしそれも瞬時のことに過ぎず、あっという間に『古鷹』は海底に没した。時間にして一〇分も経っていない。『古鷹』のあまりにもあっけない最期に、三川の胸に苦い思いが広がった。

わかっていなければおかしいことだった。アメリカ軍攻撃隊は艦爆の攻撃によって日本艦隊の注意と反撃を天空に向けさせ、そのスキをついて艦攻の低空雷撃策を行なったのだ。攻撃方法としては基本中の基本である。その作戦に第八艦隊はみすみす引っかかってしまった。あまりにも初歩的なミスだ。

（俺が迂闊だったのだ。なんでこんな失策を）三川はおのれを激しく責めた。

「長官。『天龍』が直撃弾を受け炎上中です！」

『古鷹』のことが脳裏にあり、三川は『天龍』に対して早めの退艦を命じた。そのためもあって、この後沈没する『天龍』乗組員のうち半数以上が生き残った。しかし、その程度のことでは三川の慚愧の念を払えなかった。

「長官。ガダルカナルがアメリカ陸軍の航空部隊の攻撃を受けています！」

「くそっ！　アメ公め！」

三川が唇をワナワナと震わせた。翻弄されている。三川は改めて自分の甘さを罵（ののし）った。

ドガガガ――――ンと近くで炸裂音がして、砂塵がザザザーッと塹壕の中に降り注ぐ。

口に入った土を「ペッ」と吐き出し、「畜生。いつもの倍の数だぞ！」爆弾が落ちてくる天空を睨み、中年の海軍設営隊土工員が恨めしそうに言った。

土工員の言葉通り、この日ガダルカナル島日本軍飛行場設営地上空に現われたアメリカ陸軍航空部隊の爆撃機の数は、いつもの倍以上の十数機である。

「その分、着弾数も多いけど大丈夫すかね、猪木（いのき）上等兵……」

若い土工員が、目を閉じて唇を真一文字に閉じている第二中隊の古参兵に聞いた。

猪木上等兵が、ゆっくりと目と口を同時に開いた。

「心配するな。なあに、アメ公のヒョロ爆弾なんかいくら増えようと大したことはないさ」

古参兵は断じるように言ったが、若い土工員は不安が完全には去らないらしく、震えをおさえるためか腕を自分の体に回した。

「しかし、猪木上等兵。第八艦隊はなにをやってるんですか」

第八艦隊の状況はまだほとんどの者が知らず、土を吐き出した中年の土工員が不満げに言った。

「それは俺にもわからん」猪木が苛立ったように首を振った。その質問は自分自身の不満でもあり、疑念でもあったからだ。

ドドド――――――ンと、新たな爆発音に続いて対空砲火砲の射撃音がする。

しかし、機銃と高射砲の射程距離ギリギリの空域を飛行するアメリカ軍爆撃機を、なかなかとらえられない。

「今日は相当にやられるかもしれない……」

猪木の無念そうな言葉が、爆弾の炸裂音によってかき消された。

「攻撃を中止せよだと」

時には冷徹と言われるほどに、感情を露(あら)わにすることが少ないスプルーアンス中将のまなじりが上がった。

「なにを考えているんだ、あの男は！」

キャスター参謀長の顔は、こらえようのない怒りで朱に染まっている。

第一七任務部隊の第二次攻撃隊は、すでに準備完了に近づいている。第一次攻撃隊の報告によって日本艦隊のうち二隻の巡洋艦にとどめを刺し、一隻の巡洋艦に大きな被害を与えていた。二次攻撃を加えればほぼ全滅ができると読んでいただけに、突然のマッカーサー大将からの攻撃中止命令に第一七任務部隊司令部はまず茫然と<ruby>し、続いて爆発するような怒りに包まれた。

「無視しましょう、提督。こんな絶好のチャンスを自分から棄てるなんて、軍人としてできるはずはありません」激したキャスターが挑むようにスプルーアンスに言う。

しかし、一瞬怒りを露わにしたスプルーアンスだが、今は普段の冷徹な表情に戻っていた。

「結局これもあの男一流のテストなんだろうな……」

「これもですか……ここまでして、マッカーサーという男は自分の言うことをきかせようというのですか！」

スプルーアンスの言葉で別の怒りに火がついたキャスターが、恨めしそうに天井を睨む。

「それともう一つ、私たちがこれ以上活躍すれば陸軍の仕事がかすんでしまう。あの男はおそらくそんなことも考えているはずだ。もともと今日の作戦は、我々海軍が先陣を切ってガダルカナルの飛行場を叩き、その後に陸軍航空部隊が仕上げをするというものだった。しかし、敵艦隊の登場によって我が部隊が艦隊攻撃を行なったために、予定されていた陸軍航空部隊の戦果はさほど目覚ましいものにはならないはずだ」

「ガダルカナル島の日本軍飛行場設営地にとどめを刺したのは陸軍であるという手柄を挙げ損なった上に、これ以上我が海軍が大きな戦果を挙げれば……」

「そうだ。いかに戯れ言を並べても、ごまかすのは難しいだろう」

「なんという男だ。勝利のチャンスさえ、自分の利益に反するのなら失ってもかまわないというのですか」

「……そういう男だ。しかしそれだけに、私たちが下手に動けば思いもつかない結果を生むかもしれない。いずれはマッカーサーと決別しなければならないが、今はそのときではない……そういうことだ。それに、不満足とはいえそれなりの結果を出した。これで日本軍は、ミッドウエーにかかりきりにはなってられないはずだからね」

気持ちを切り替えたのだろう、スプルーアンスの口調から熱気が消えていた。

「そういうことなら、私が申し上げることはなにもありません。第一攻撃隊が帰艦次第、撤退しましょう」キャスターの言葉からも熱気は消えていたが、その分苛立ちが滲んでいた。

ラバウルから第八艦隊の受けた被害の報告を聞いた山本五十六連合艦隊司令長官は、冷水を浴びせられたようにブルブルと肩を震わせた。

手薄のソロモンに対してアメリカ軍がなんらかの仕掛けをしてくるかもしれないという疑念は、なかったわけではない。しかし、限られた戦力で広い太平洋のすべてを完全に守備できないことは、はじめからわかっていた。第八艦隊に空母を付けてやりたい気持ちも十分にあったが、これまた広い立場から見ると難しかったのである。

「それにしても、アメリカは本気でガダルカナルを叩いてくるつもりなのだろうか」

山本の脳裏を占めたのは、そのことだった。

「もしそうならば、ほおってはおけない。南太平洋を制しあわよくばオーストラリアを無力化することができれば、当初考えていたよりはもう少し時間稼ぎができるはずだからだ」

山本は凝った肩を拳でコンコンと叩き、首を回した。固まった神経がゴリゴリと音を立てたような気がした。

「かといって、ミッドウエーも怖いが……」椅子に背を預け、沈考する。

結論がすぐに出ず、喉がいがらっぽくなっているのに気づいて、デスクの上の水差しからコップに水を注ぎ一気に飲んだ。

立ち上がろうとして、よろけた。一気に意識が遠のいた。

（なにが起きたのだ）山本は自分に問い、闇に沈んだ。

運び込まれた呉の病院の検査によって山本に脳内出血が発見され、今すぐに生命がどうのということはないが相当の入院加療が必要だと判明した。

山本長官が倒れたことはトップシークレットだったが、海軍が嵐に包まれたのは当然であろう。現場から山本を失うことはもちろん、では誰に山本の仕事を預けるかが最大の問題だった。正直なところ山本に匹敵するだけの力量を持つ将軍は、このときの海軍には皆無(ゼロ)であった。

しかも、海軍の案件でありながら海軍だけでは結果が出せないことが、後任人事決定を複雑にした。陸軍と東条英機首相の横槍である。

平時なら多少の時間の余裕はある。しかし、現在は戦争のまっただ中だ。連合艦隊の長官がいなくてはにっちもさっちもゆかない。しかも別の問題もある。山本ほどの男が入院するのだ。いつまでも秘密にしていられるはずはなく、発表の前に秘密が露呈すれば、海軍だけではなく日本軍そのものの士気を低下させる可能性もあった。

非戦派時代の山本ならばともかく、現在は連戦連勝を続け、一部の狂信的な山本支持者だけではなく国民の間でも「軍神」と呼ぶ者がいた。

「古賀くんで行こう」

山本が入院した三日目の極秘会議で、軍令部総長永野修身(おさみ)大将が疲れたように言った。

「しかし、総長。古賀さんでは、海軍も陸軍も、政府筋もいい顔をしませんよ」海軍次官が投げるように言った。

「……それが狙いだよ。いい顔をしないことがな。連合艦隊司令長官にするには力量不足。帯に短し、たすきに長し。中途半端。これらがおそらく古賀峯一大将に対する一般的な評価だ。しかし、そこそこの力を持つ者では、いい顔どころか、あちらこちらから強硬な反対が出てくる。ならば、いい顔をされない程度で済ませたい」

「その線で行きましょう。就任後それこそ不適格だと言うのなら、そのときはそのときでもう一度考えることにしましょうよ。陸軍は私がなんとかしてみます」

嶋田繁太郎海軍大臣が、さほど自信ありげな表情ではなく言った。

軍令部と海軍大臣の意見が一致したことと、時間的なこともあって、会議の出席者たちに反対はなかった。

永野の読みが当たり、確かにいい顔はされなかったものの絶対に反対だという声もなかった。

やれやれと海軍首脳は胸を撫で下ろしたが、またまた問題が起きた。当の古賀峯一大将が、連合艦隊司令長官就任を固辞したのである。

「私には務まりません」それが古賀の固辞の理由だったが、永野は違うと踏んだ。

「あいつはおそらく秘密会議の内容を誰かに知らされたか、なにかのきっかけで知ったんだ。お前が選ばれたのは、中途半端だったから……誰も信頼していないし、かといって大きな反対もないとな」

「もし聞いたことが事実としたら、確かに固辞するかもしれませんね」軍令部次長伊藤整一少将が、うんざりするように言った。

「だが、時間がないんだし、逆に俺は古賀でいいと思ったよ」

「本当に中途半端な人間なら、固辞はしないと」

「いや。そこまではどうかなと思う。多くの者が古賀を中途半端と考えているのなら、多分そうなのだろう。しかし、人間は位が作るという言葉もあるじゃないか。それまで大したことがないと思われていた人間が、高い職に就いたらそれなりの仕事をした。そういう意味の言葉が」

「古賀さんがそうだと？」

「その可能性があるということだ……よ」

「しかし、本人はどうでしょうかね」伊藤が首を捻る。

「俺が直接会うよ。呼んで、いや、俺が出向こう。横鎮（横須賀鎮守府）に連絡してくれ」

「わざわざ申しわけありません」

横須賀鎮守府の司令長官室に永野軍令部総長を迎えた司令長官古賀峯一大将は、気弱な笑みを浮かべて挨拶をした。

「はじめから山本五十六になれるはずはない」部屋の隅のソファに座るなり、永野は言った。

「はっ？」

「だが、諦めてもらっちゃあ困るんだよ。なぜなら山本がいないからだ。それは知っているな」

「……はい。急病で入院したと」

「で、皇国はどこに行く？」

「…………」

「お前は、中途半端だと言われたことに抵抗したのか？　舐めるなよ、と怒ったのか？」

「そ、それは……」

「なら、見返してみせろ。そうじゃないと証明しろ。どうだ」

古賀はすぐに口を開かなかった。永野も根気よく待った。

「正直に申し上げて、怒りもありましたし不満もありました。しかし同時に、自分という男が連合艦隊を率いる力がないことも痛感しております。そして多分そんな男だからこそ中途半端と言われるのではないか、そんな気もしてお断わり申し上げました。それが真実であります」

「皇国を棄てるのか」

「それはまた別の話です」

「違う。現実問題として今、連合艦隊司令長官に就任して、どうにかあっちこっちのわがままを抑えられるのはお前だけなんだ。確かに誰からも望まれてその座に着くのなら、お前も気持ちがいいだろうし、俺だって頼みがいがある。しかし、古賀。今そんな奴はおらん。お前がやらねば連合艦隊司令長官は穴が開いたままだ。そんなことでこのまま戦争が遂行できると思うか」

「しかし……」

「そうなれば、日本は負ける。だから皇国を棄てるのかと、言っている」

「総長。それは……」

「苦労をかけることになるとは思う。しかし、もう一度言う。お前しかいない」

古賀は立ち上がると、歩き出した。顔には複雑な色が浮かび、消え、また浮かぶ。

（駄目かな）永野が諦めかけたとき、「ご心配をおかけすることになるかもしれませんが、古賀峯一、皇国を守るために軍人になったことを忘れておったようです」と古賀が言った。

「じゃあ、古賀」

「総長。過分の期待をされぬ……いや、はじめから期待をする者は少ないのですから、気が軽いと言えば言えますが、ともあれ粉骨砕身この命を連合艦隊にお預けしましょう」

古賀が緊張した顔で言った。


「長官がご病気だと」

昼食から戻った超戦闘空母『大和』の艦橋で、山本の入院と古賀峯一大将の新連合艦隊司令長官親補を知った『大和』航空戦隊司令官千崎薫中将は、思わずその場に立ち尽くした。

二日前にソロモンにおける第八艦隊の大敗北とも言える敗戦を聞いていただけに、相次ぐ不幸に千崎は眉を曇らせた。

「長官のご容体はむろん心配ですが、同時に長官無しにこれから戦争をどうやって遂行するかも考えなければいけませんね。特に太平洋の戦いは長官の指揮が命といいう面もありますから」

一緒に食事から戻った神重徳参謀長が彼らしく口では冷静に言ったが、その瞳にはさすがに不安の影があった。

「それに、俺たちにも大きな影響があるかもしれねえぞ、参謀長。ある程度、俺たちが自由に動けるのも山本長官のおかげだ。その点、古賀長官がどこまでやらせてくれるか……下手をすると解任だ、転任だなんてことも有り得るかもしれねえしな」

司令官用の椅子に座り、千崎はそんなことまで口にした。

「古賀新長官は、山本閣下とは比較的近い関係だと承知しているのですが」神が、問う。

「うん。仲は悪くねえし、山本閣下も古賀さんの誠実なところや見識はお認めになっている。その点では、古賀さんが山本閣下がやろうとしてきたことを一八〇度ひっくり返すとは俺も思わねえが、あの人はちょっと押しの弱いところがあってな。陸軍や海軍の強硬派にガガッとやられると、そっちに流されるんじゃねえかと……ま、そういう不安はあるな」

「なるほど。山本閣下なら跳ね返したはずの嶋田海相あたりの重圧も、古賀長官では少し難しい、そういうことですね」

「うん。俺としたら豊田大将なんぞが新長官になって下さればありがたかったが、あの人は陸軍に受けが悪いから無理だったんだろうな」千崎が残念そうに言う。

「嶋田海相は、自分で動きたかったのではありませんかね。山本閣下のやり方にははじめから反対のようでしたから」

「それは米内閣下やあの方に近い連中が反対するよ。俺ももちろん反対だしな」

「それやこれや問題があって、古賀長官が選ばれたのでしょうね」神はさすがに見抜いていた。

「結局、ポイントは山本閣下のご容体だな。復帰が可能な程度なのか、考えたくはねえがそれが無理なのか」

「病名さえわからない状態ですからね」神が腕を組みながら言った。

第四章『快天』

ミッドウエーにいた『大和』航空戦隊に、連合艦隊新司令長官古賀峯一大将の名で第八艦隊支援のためにソロモンへの転針命令が下ったのは、九月の上旬である。

『大和』航空戦隊司令官千崎薫中将は、連合艦隊司令部からの命令自体に不満があったわけではないが、めまぐるしく変わる転戦命令にわずかな違和感を感じていた。

これまでソロモンでは、二度にわたってアメリカ艦隊とアメリカ陸軍航空部隊との合同襲撃があり、ほころびの走っている第八艦隊では旗艦重巡『鳥海』が中破し、ラバウル港から動くのがやっとであった。連合艦隊新司令部は急遽トラック泊地から第四艦隊の一部をソロモン支援に向けたが、第四艦隊自体が強力な艦隊とはいえず、しかもその一部だけでは焼け石に水のため、あらたに『大和』航空戦隊の派遣を決めたのだ。

「その代わり一気にガダルカナルの飛行場を完成させる」

古賀新長官は、トラックにいる設営隊をガダルカナルに送ることも同時に決定した。

ミッドウエーからトラック泊地に入ると、そこには待望のものがあった。改装を終えた未来輸送艦『あきつ』が新兵器を載せて待っていたのだ。第四艦隊司令部には未来人志藤雅臣少佐も『あきつ』と共に来ており、久方ぶりの再会であった。

「空飛ぶ魚雷の『快天』ですよ」新兵器の正体を聞かれた志藤少佐は、こともなげに言った。

「ロケット兵器であることはお話ししてありましたが、まあ、口で言っても納得しづらいでしょうから、明日、実際に飛ばせてお見せします」

いたずらっ子のように目をキラキラとさせた志藤は、それ以上は言おうとはしなかった。

「いいだろう。君は意外に頑固だからな」

この時代の位(くらい)としては二階級下の少佐ではあるが、未来技術については師匠格にあたる志藤に対して、参謀長神大佐の言葉は穏やかだった。

もっとも、厳密に言えば、本来海上自衛隊員であり三等海佐なのだから、二人の間にはこの時代の階級による上下は無意味だったのかもしれない。

事実、千崎などとはそれを理由に、「未来の少佐だが、こっちの時代でそれ以上の働きをしているんだから神と同じ大佐にしろと山本閣下に言ってもいいんだぜ。大佐なら『あきつ』の艦長もやらせられるしな」とさえ言ったが、「艦長はもう少し先の話にしていただけませんか。艦長になるとどうしても艦に縛られます。私としては、まだ自由に飛び回りたいものですから」と、志藤は断わった。

「なら、艦長は遠慮しておいて、大佐にだけ任官すればいいのではないのかな」

神はそう言ったが、「大佐が二人いたら『あきつ』の艦長がやりにくいでしょう」と、志藤は笑って取り合わなかった。

もちろん志藤とて自衛官を職業に選んだくらいだから、昇官への気持ちがないではない。しかし異邦人とも言える自分が無闇にこの時代で出世することに、なんとも言えない抵抗感があったのである。

本人がそこまで言う以上、千崎も神も無理強いは無用と、話はそれで終わったが、

「気が変わったら、いつでも言えよ」と千崎はつけ加えていた。

翌朝、志藤少佐に案内されて、千崎司令官と神参謀長は四隻のＬＣＡＣ（エルキャック）が二列に

並ぶ未来輸送艦『あきつ』のLCAC格納庫に入った。

「こちらへ」

後部に停泊しているLCACの甲板で手を振ったのは、LCAC隊の指揮をとる安藤信吾機関大尉である。千崎と神は甲板の中央に案内された。

「これだね、志藤少佐」神がやや驚いたように言った。

「はい、参謀長。こいつが新兵器のロケット兵器である空飛ぶ魚雷『快天』です」

志藤が示すそれはほぼ三〇度の角度に作られた鉄格子製の台に乗せられており、確かに外形は魚雷によく似ているが違う部分も多々あった。

まず大きさだ。航空機が使う九一式航空魚雷は、型番によって少し違うがほぼ五メートル強。艦艇から発射される九三式酸素魚雷は、それより長くて九メートルある。だが『快天』の長さは、九三式をはるかに上回り一二メートルもあるのだ。太さは九三式よりやや太い一メートル一五センチだから、結構スマートには見えた。

しかし最も魚雷と違う点は、尾部に飛行機の操縦席のようなものがあり、普通、魚雷の姿勢を安定させるために装着されている翼も『快天』のそれは倍以上の大きさがあることだ。

また、翼はそれだけではなく機体前部にも装着されていた。これこそが、『快天』

を開発した大日本帝国海軍超性能兵器研究所の小島弘文技術大佐の画期的なアイデアだったのである。

「志藤少佐。出発します」安藤大尉に言われ、志藤が手を挙げた。

志藤は二人を一号艇の艦橋に誘った。当然広くはないがこの時代の発想で設計されていないことだけは千崎にもよくわかり、興味が持てる。神は志藤とともに何度か乗船していたが、千崎はＬＣＡＣに乗船するのは初めてなのだ。興味が深くなっても当然であろう。

ウィイイイ————————ン。

空気を激しく噴き出すような音がして、ＬＣＡＣ一号艇は少し揺れながら上昇した。

ギュ————ンという後部での唸(うな)り声は、推進用のプロペラが回転を始めたからだ。軽い振動とともに、一号艇はゆっくりと後退を始めた。そして穏やかなトラック泊地の海面に出ると、一号艇は速やかに速度を上げ始める。背後には二号艇が付き従っていた。

速力は瞬く間に五〇ノットを超えた。千崎も四〇ノット程度の高速を出す小型艇に乗った経験はあったが、五〇ノット以上の速力は初めてだった。

「いかがですか、司令官」志藤が言った。

「悪くないな」海の男は嬉しそうに笑った。

「ここいらでやるぞ、高木」

かなり広い水域に到着するや、安藤大尉が一号艇の舵を取る高木和夫一等機関兵曹に叫んだ。

「了解しました」答えた高木が二号艇に連絡を送ると、二号艇は一号艇を追い抜いていった。

「どうぞ」言って、安藤が甲板に出た。速力は四〇ノットに落としているが、風圧は結構ある。

「榎波少尉」

『快天』のところまで来て安藤が呼びかけると、『快天』の陰からやや重装備と思われる飛行服をつけた兵士が現われた。

「搭乗」安藤が命じると、『快天』に立てかけてあった梯子を榎波一友少尉が昇り、風防を前にずらして操縦席に潜り込んだ。

「戻りましょう。発射のときにここにいては危険ですから」安藤が言いながら艦橋に戻った。

「それでは始めてくれ」

安藤の命令で、艦橋の左部分やや高い位置に座っていた兵士が目の前にある機械を操作し始めた。

兵士・恩田卓上等兵の頭には現代でいうインカムのようなマイクが着いていて、操縦席の榎波と会話ができるようになっている。インカムで一言二言話し合うと、

「発射します」と恩田が静かに言った。そしてガフンと爆発音がして振動したかと思うと、次の瞬間『快天』がゆっくりと鉄格子の発射台の上を滑って行く。

「おお」千崎が思わず声を上げた。が、滑っていたのも長い時間ではない。すぐさま『快天』は恐るべきスピードで天空に飛び出していったのである。

「ＬＣＡＣを離れた『快天』は、操縦士によって最高速度約八〇〇キロで敵艦のおよそ一五〇〇メートルから一〇〇〇メートル程度まで接近し、操縦員はその時点で操縦席ごと本体から後方に離脱、着水して、戦闘後に来る母艦（ＬＣＡＣ）や他の艦の救助を待ちます」

「先ほど追い越していった二号艇はそのためなんだな」千崎が聞いた。

「その通りです」

「炸薬量は？」これは、神。

「九〇〇キロです。これは九三式酸素魚雷を上回っていますから、かなりの威力であると開発者の小島技術大佐は自信満々で言っていました」

「だろうな……」満足したように神が大きくうなずいた。

「ただし『快天』はまだ完成品ではありません」

「というと？」

「無人化ですよ、参謀長。今の形ですと正直なところ操縦員への危険性はかなりありますからね。別の方法で敵艦を正確に捕捉することです」

志藤の頭にはもちろんミサイルがある。小島にもアドバイスはしているが、その方面の専門家ではない志藤の知識ではまだ完成に至ることができていない。しかし自信はあった。志藤のアイデアに見事に対応してゆく小島に、志藤は大きな期待をしていたのである。

「そう遠い話ではありませんよ、ミサイルの完成もね」志藤がこともなげに言う。

「ミサイル？」

「ええ。私の世界ではそう呼んでいます。誘導弾という言い方もありますが、ミサイルのほうが一般的ですね」

神が小さく笑った。神が、志藤に対し未来人であると強く感じるのはこういうときだ。未知の語句、未知の知識、それらをまるでこともなげに言ってのけるときである。

「戻ります」安藤がテストの終了を告げるように、一同に言った。

「来るのでしょうね、新手は」

太平洋艦隊第一七任務部隊参謀長ドナルド・H・キャスター大佐が不安そうに言ったのは、同部隊の旗艦空母『ホーネット』の艦橋でのことである。

「焦るなよ、参謀長。必ず来るよ。幸い敵艦隊との二度の戦いは、今度の戦争では初めてと言っていいほどの完勝だった。こんな結果を日本軍が許せるはずはない。必ずこれまでとは違った強力な艦隊を派遣してくるはずだ」

指揮官レイモンド・A・スプルーアンス少将の声はいつも通りに静かだ。

「強力な艦隊ですか……」

「空母を主力とした機動力のある艦隊だろうと思う」

「ひょっとすると、例のばかでかい空母がいる艦隊でしょうか」

キャスターが眉をひそめたのは、これまでその艦隊つまり『大和』航空戦隊から受けた手痛いダメージを思い出したがために、恐怖と憎悪がいっぺんに噴き出したからである。

「可能性はあるな」

「そ、そうなると、提督。かなりの苦戦は免れませんね。今の我が部隊の戦力では……」

「ああ。あの艦隊ではないとしても、日本軍が本腰を入れてくれれば、どのみち楽に戦えないのは初めからわかっていたことだ」

「だからこそ屈辱に耐えているのですからね……あいつの」

「そういうことだ」

「しかしあの男、マッカーサーは今度はどんな仕打ちをしてくるつもりでしょうかね」

ほとんど苦痛に耐えるような声で言ったキャスターが、テーブルの足を憎らしげに蹴った。

「彼がなにを考えているか想像もつかないし、想像もしたくないね」

スプルーアンスが切り捨てるように言った。

トラック泊地を出港し、ラバウル港には寄らずガダルカナル島を目指した『大和』

航空戦隊の索敵機が、深夜、第八艦隊を発見し、翌日の早朝には『大和』航空戦隊と第八艦隊はガダルカナル島沖合で出会った。任務交替の会議が開かれたのは、『大和』の会議室であった。

訪れた第八艦隊司令長官三川軍一中将のやつれかたを見て、『大和』航空戦隊司令官千崎薫中将は思わず息を飲んだ。

第八艦隊旗艦重巡『鳥海』は二度の海戦で傷を負い、本来なら急ぎ帰港して修理しなければならないほど傷んでいたが、三川はそれに劣らぬくらいにやつれていた。

そのやつれた顔に浮かべた三川の笑顔が、より千崎の胸に響いた。

「後は頼むぞ、千崎」

階級は中将で同じだが、三川は海兵三八期、千崎は三九期と一期後輩である。

最前線で派手な酒宴などもとよりできるはずもないが、千崎は第八艦隊司令部の幕僚たちのために、許されるギリギリの範囲でもてなした。

「これからは、航空戦隊のない艦隊を、決して前線に送り出すべきではないのです」

第八艦隊の幕僚たちを送り出した後、『大和』航空戦隊参謀長神重徳大佐は悔しそうに言った。

開戦からすでに一〇カ月近く経ち、これからの海戦は航空戦である、という千崎や神の意見が明らかに的中している。だから空母の増産を、と千崎や神だけではなく、前線でアメリカ軍と実際に戦っている指揮官の多くが内地に向かって進言している。内地でもその方向に向かっていることは間違いないのだが、それでもなお依然として「大艦巨砲主義」の迷路をさまよう海軍首脳も少なくない。

彼らは、「空母は造る。しかし、そのために戦艦や巡洋艦の建造を減らすのはいかがなものか」などという戯れ言を言っているのだ。

なかでも神を怒らせているのは大和型超弩級戦艦の二番艦と三番艦の空母への改装計画が、遅々として進まないことだ。超戦闘空母『大和』の活躍でいかにこの改装が意味あるものかわかっているはずなのに、資金的な面や他の計画とのかねあいを理由に動きが鈍いのだ。

「それにだ、神。『快天』を開発した海軍超性能兵器研究所なんぞへの予算もかなり不十分らしいぜ。未来人の志藤に言わせれば、豊富とは言わないまでももう少し増やしてやれば相当なものが造れるということだからな。まったく頭の固い連中なんぞ一人残らず海軍から叩き出してやりゃいいんだ」かなり乱暴なことさえ千崎は言った。しかし、それが前線の指揮官の正直な思いだろう。

翌日、手負いの艦を多く抱えた第八艦隊はソロモンという舞台から降りていった。第八艦隊が再び表舞台に登場することは、ない。この日から二カ月後、第八艦隊はその名を抹消される。

翌日午後、ガダルカナル島南方一〇〇カイリにいた超戦闘空母『大和』に所属する五番索敵機が、ソロモン諸島最南端のサンクリストバル島東方を航行中のアメリカ艦隊を発見した。

「ヨークタウン級空母一、巡洋艦六、駆逐艦六から七」

「距離は？」

「およそ三五〇カイリです」

「よし。攻撃準備なせ！」千崎中将の声が鋭く飛んだ。

「参謀長。あれを試すぜ」

「『快天』ですね」

「おうよ。ただし初陣だ。無理をせず、航空隊が撃ち漏らした敵を忍者のように密やかに葬り去れと言ってやれ」

「承知しました」

超戦闘空母『大和』の命令はすぐさま未来輸送艦『あきつ』のCICに伝えられ、志藤雅臣少佐はそれをLCAC隊に告げた。

安藤信吾機関大尉を指揮官とするLCAC隊が初陣の緊張をおさえながら格納庫に続くエレベータに飛び込むや、たちまちのうちに『あきつ』の格納庫は浮上用と推進用のエンジンが炸裂する音に満たされた。出撃は四隻あるLCACのうち三隻である。

安藤大尉は、計器をチェックする一号艇操縦士高木和夫一等機関兵曹、機関員の三杉邦正（みすぎくにまさ）一等機関兵、『快天』との連絡係である恩田卓上等兵らの肩をポンポンと叩き、「力を見せてくれ」「ついに来たぞ」などと言葉を添えて回った。

十分な訓練はしてきたつもりだが、誰にとってもホバークラフト方式によるエアクッション艇LCACはそれこそ突然に目の前に現われた未知の艦艇だ。自分たちでは気づかなかった不測の事態が起きないという保証はない。もちろん、未来人で、LCACとともにこの世界にやってきたと言われる志藤少佐からはいろいろと聞いているが、志藤自身が言っている通り彼はLCACの専門家ではないのである。LCACのすべてを知っているわけではない。

「俺らしくもねえな」

安藤大尉は苦笑した。自分でも神経は太いほうだと思っていただけに、今さら案じてもどうにもならないことに、いつまでもぐずぐずと不安がる自分が滑稽に思えた。

ゴ――――ッとエンジン音が上がったとき、ふと視線に気づいた安藤が振り返る。

視線の先で、操縦員控所にいるはずの『快天』操縦員榎波一友少尉が笑顔で敬礼する。

(まったく、あいつのほうが不安が大きいはずなのに、あの笑顔だぜ。恥ずかしい話だよな。指揮官である俺が自信を持たなくってどうするっていうんだよ)

安藤は姿勢を正すと榎波に敬礼を返した。その姿にはさっきまであった迷いが消えていた。

グギュゥゥ――――――ン。

ＬＣＡＣたちが、少しずつ、大洋を、戦場を、目指して動き始めた。

「敵艦隊を発見しました！」

『大和』航空戦隊から遅れること二五分、第一七任務部隊の重巡『アストリア』の偵察機からの報告が旗艦空母『ホーネット』の艦橋にもたらされた。

「敵の陣容の詳細を」参謀長ドナルド・H・キャスター大佐がせっつく。

「大型空母一隻、小型空母二隻、巡洋艦四ないし五隻です」

「提督！」キャスターが叫ぶように言った。

「ああ。間違いないな。急いで攻撃部隊を準備させるんだ！」

命じてからスプルーアンス提督は腹にグッと力を込めた。萎（な）えそうになる気持ちを引き立てようとしたのだ。それほどに敵は強い。


ＬＣＡＣ隊に続いて旗艦超戦闘空母『大和』と小型空母『龍驤』『瑞鳳』から攻撃部隊がアメリカ艦隊殲滅（せんめつ）の命を受け、出撃した。陣容は、零式艦上戦闘機二四機、九九式艦上爆撃機二七機、九七式艦上攻撃機二七機（うち一八機が雷装）の合計七八機であった。攻撃部隊を率いるのは、『大和』飛行隊長水戸勇次郎（ゆうじろう）中佐である。水戸は艦攻部隊の指揮官も兼ねていた。

攻撃部隊の先陣は艦戦の『零戦』部隊だ。指揮官の『大和』分隊長室町昌晴（むろまちまさはる）少佐は、司令官千崎薫中将の遠縁に当たり、それが災いしたのか開戦当初の指揮では小さなしくじりをいくつかしでかして落ち込んだ。しかし、水戸ら暖かい先輩たちの励ましと、講和交渉で戦闘が小康状態にあったことで自信を回復させている。

攻撃部隊の中盤に位置するのは、これまた『大和』分隊長の山根和史少佐であった。山根は「火の玉隊長」とあだ名されるほどの闘志あふれる人物だが、面倒見がよく、時には艦戦操縦士や艦攻隊の搭乗員などからも、悩みの相談を受ける親分肌の男である。

ともあれこのときの『大和』航空戦隊飛行隊は、充実を極めていた。

ゴゴォ————ン。ゴゴォ————ン。ゴゴォ————ン。

最後のグラマンF4F『ワイルドキャット』艦上戦闘機が発艦し、艦上爆撃機カーチスSB2C『ヘルダイバー』の離陸が始まるのを『ホーネット』の艦橋で指揮官スプルーアンス少将は貧乏揺すりをしながら見つめていた。

日本艦隊発見から三〇分近くが経っている。遅れた原因は、離陸しようとした『ワイルドキャット』が車輪の軸を折って飛行甲板上に立ち往生したがためだ。発艦システム自体にはなんの問題もなく、故障した『ワイルドキャット』を撤去してすぐに発艦は始まったが、それでも十数分以上遅れた。

「致命的な遅れにならなければいいが……」

ものに動じないスプルーアンスだが、このときばかりは心が泡立った。こちらが日本艦隊を発見した時間でさえ後れをとったかもしれない上に、この遅れだ。落ち着こうと思っても、さすがのスプルーアンスでさえ不安は隠しきれなかった。

「提督。コーヒーが入りました」

一瞬ムッとしたスプルーアンスは、コーヒーカップをテーブルに置いたキャスター参謀長を見た。しかし、屈託のないキャスターの顔を見たスプルーアンスは気を取り直した。冷静さを取り戻したと言っても良かった。

「ありがとう、参謀長。そうだよな。賽は投げられてしまったのだ。今さら後悔をしてもしかたがない。いや、それどころか冷静さを失ってはミスにミスを重ねることになる。私としたことが、そんなことにさえ気づかなかったただなんて恥ずかしいよ。改めてありがとう」

そう言って、スプルーアンスがコーヒーカップに口をつけた。キャスターはただ黙ってうなずくと、自分もコーヒーを飲んだ。

二〇〇〇メートルの高度を保ったまま、艦爆、艦攻隊につきそう六機を除いた一八機の『零戦』部隊はアメリカ艦隊に接近していた。眼下の海は、低くなった太陽の影響か黄金色に照り返している。風は微風で航行に問題はなく、ここまでは順調であった。

戦いが近いことを悟り、室町少佐がそれに備えるために計器を再チェックし始めたとき、

「隊長。一一時の方向に敵影です」編隊無線に部下の声が響き、室町少佐は言われた方向を見た。わずかに黄色を帯びた雲を背景に極小の黒い点がある。

室町は愛機の翼をバンクさせた。「攻撃準備」の合図だ。

第一七任務部隊の迎撃部隊もほぼ同時に『零戦』部隊の接近を確認し、八機の『ワイルドキャット』が臨戦態勢に移った。互いに視認ができる距離に近づき、『零戦』部隊が急上昇に入る。『ワイルドキャット』が編み出した上空から急降下して攻撃する〝ヒット・エンド・ラン戦法〟を封じるためである。ただし、全機ではなく半分の九機だ。

『零戦』部隊の作戦を見て、『ワイルドキャット』隊は左に大きく針路を変えた。降下攻撃を避けるためだ。

合わせるように、上昇をしなかった『零戦』が針路を右に変えた。

わずか数分で九機の『零戦』と八機の『ワイルドキャット』が急接近した。『ワイルドキャット』がすぐに急降下に入る。

が、『零戦』は追ってこない。耐久性で『ワイルドキャット』に劣る『零戦』は急降下が苦手なこともあるが、『ワイルドキャット』隊の狙いが見えていたからだ。

『ワイルドキャット』隊は、追ってくるのなら戦うし、追ってこないのなら『零戦』部隊後方にいるはずの艦爆、艦攻隊に低空から接近して叩こうと狙ったのだ。

『零戦』隊が追ってこないのを見た『ワイルドキャット』隊は体勢を引き起こし、水平飛行に移るやスロットルを開けた。いったん上昇した室町の率いる九機は、戦闘が起こらないことからこちらも『ワイルドキャット』隊の意図を見抜いた。

「なら、それでもいいわい」

室町は残虐にも見える笑顔を浮かべながら、部下の八機に反転の命を送った。

低空飛行から日本軍の艦爆、艦攻隊を求めて上昇した『ワイルドキャット』隊が、背後に気づいて青ざめる。いつ接近したのか、背後に、嘲笑うかのように『零戦』隊が近づいてくるのが見えた。このままでは背後をとられると、『ワイルドキャット』隊は旋回した。

しかし、耐久性では劣るものの操縦性能と旋回性能において、『零戦』は『ワイルドキャット』の敵ではない。『零戦』隊がスッポンのように『ワイルドキャット』隊の背後に食らいつく。

「喰らえっ！」

室町が、機首に埋め込まれた二挺の七・七ミリ機銃の発射レバーを絞る。

ガガガガガッ！　ガガガガガッ！

赤い、流れる帯のように、機銃弾が『ワイルドキャット』に吸い込まれてゆく。頑丈な『ワイルドキャット』の機体は、それでも数秒耐えた。

「とどめだっ！」室町が発射レバーを二〇ミリ機関砲に変えて放つ。

ドッガガガガガガッ！

命中率は七・七ミリ機銃に劣りはするものの、威力はすさまじい二〇ミリ機関砲弾が『ワイルドキャット』を裂いた。

ドグワァァ――――――ン！

一瞬にして『ワイルドキャット』の機体が乱れ散った。

室町が会心の笑みを浮かべ、次の獲物を求めて操縦桿を右に切っていく。

『零戦』に尾翼を吹き飛ばされた『ワイルドキャット』が錐(きり)もみをしながら落下し

ていくのが見えた。機体の尾部から、燃料タンクに損傷を受けた証の黒煙が筋になって引いていく。

わずかの間に室町の率いた『零戦』隊は敵の五機を撃墜した。三機の『ワイルドキャット』はかろうじて逃げたが、うち一機は機体の異常からパイロットは脱出した。

迎撃部隊のあっけない壊滅に、スプルーアンスはそれでも動揺を見せず対空砲火陣に檄を飛ばした。敵が『大和』航空戦隊である以上、スプルーアンスには迎撃部隊の災厄は想定のうちであったのだろう。

室町の『零戦』隊の活躍によって難なく第一七任務部隊の上空に侵入した艦爆隊は、高度三〇〇〇メートルで急降下爆撃に入った。時速五〇〇キロ近い速度で降下する九九式艦爆の機体が、空気の圧力でガタガタと揺れる。

ボンム。ボンム。ボンム。

左右でアメリカ軍艦の放つ高射砲弾が炸裂する。直撃を受けたら九九式艦爆はひとたまりもないだろう。そんな押し寄せる恐怖と戦いながら、九九式艦爆が二五〇キロ爆弾を放った。

キュ────────ン。

二五〇キロ爆弾が、風を切って獲物の空母『ホーネット』の飛行甲板を目指す。

だが、外れた。海面に叩きつけられた二五〇キロ爆弾が爆発し、水柱が上がる。

ザザザ────────ン。

爆発で弾けた大量の海水が『ホーネット』の舷側に虚しく叩きつけられた。

「死ねっ、ジャップ！」

旗艦『ホーネット』を守る任のある重巡『ポートランド』の機銃手が、必死に引き金を引く。

ダダダダダダッ！

彼の二五ミリ機銃弾が、爆弾の投擲を終えて低空飛行で戦場から離脱しようとしている九九式艦爆を追う。しかし『ポートランド』は、攻撃を避けるためにジグザグ航走しているために照準が定まらず、銃弾は海面を叩くだけであった。

ガガガガ────────ン！

瞬時後の激しい衝撃に、『ホーネット』艦橋にいるスプルーアンスは鉄パイプを両手で掴んだ。

「どこだっ！」キャスター参謀長が叫ぶ。

「艦橋の前方舷側に直撃弾です」

「被害は？」スプルーアンスが冷静に問う。

「衝撃ほどの被害はありません！」

「よし」

敵の狙いが空母にあることは、すでに常識だ。第一七任務部隊も、陣形は空母を護衛艦が取り囲む形を取っている。ただし、いつも同じ形ではない。記したように、攻撃を避けるために各艦がジグザグ航走をしているからだ。まったく離れ離れになるということはないが、それでも流動的な形にならざるを得ないのだ。

グワァァ――――ン！

『ホーネット』に寄り添うように航行していた駆逐艦『ヒューズ』の甲板に、火柱が上がった。

「提督。『ヒューズ』は駄目なようです」

「退艦の許可を出したまえ。無駄な戦死者は出したくない」スプルーアンスの判断は早い。

続いて被害を受けたのは、軽巡『セントルイス』だ。日本軍艦攻の魚雷を左舷に受けたのである。致命的な被害ではないが、沈没を防ぐために注入したがために速度をグッと落とした。

「速度の低下はいけないですね。攻撃を受けやすくなりますから……」キャスターが唇を噛む。

そのときまた、ガガガ――――――――ンッ！

『ホーネット』が二発目の直撃弾を浴びた。飛行甲板だが、使用不可能なほどの被害ではない。護衛艦たちの必死の努力によって『ホーネット』自体への攻撃は散発的だが、その分護衛艦の被害は確実に増えていった。

それはそれでいいと、スプルーアンスは割り切っている。

現在アメリカ太平洋艦隊に在籍する空母は、この第一七任務部隊の『ホーネット』と第一六任務部隊の『サラトガ』のわずか二隻に過ぎない。増援されてくる新鋭空母が到着するまでは、巡洋艦や駆逐艦を犠牲にしてでもスプルーアンスは『ホーネット』を守りきる覚悟でいた。

ズガガガガッ！

機体に『零戦』の機銃弾をまともにくらったグラマンＴＢＦ『アベンジャー』艦上攻撃機が、燃料を噴き出した。黒い燃料が風にあおられて舞い、火花によって激しく炎を上げた。操縦システムが破損したのだろう、『アベンジャー』は、大きく右に傾げた瞬間、炸裂し四散した。

「攻撃だ！　攻撃しろ！」

やっとのことで敵艦隊上空にたどりついたアメリカ軍攻撃部隊指揮官アトレイ少佐は、機内で絶叫した。誰にも届くはずはないが、叫ばなければ我慢できなかったのだ。

アメリカ軍攻撃部隊は、ここまでですでに日本軍迎撃部隊の『零戦』のために四分の一が撃墜され、四分の一が攻撃から身をかわすために爆弾や魚雷を海に投げ捨て、攻撃機としての機能を失っていた。

そして、『大和』航空戦隊の激しい対空砲火が始まった。

ガガガガガガッ！　ドドドドドドドドッ！　ババババババババババッ！

グワァァン！　ズガガ――――ンッ！

対空砲火弾をまともに受けた艦爆と艦攻が、無惨にも撃墜されてゆく。

「意気地なしどもが！」アトレイが怒鳴って愛機を降下させた。

彼の乗る『ワイルドキャット』にも爆弾を搭載することはできるが、それはほとんど陸上攻撃のときで、今は積んでいない。だから『ワイルドキャット』ができるとしたら機銃掃射ぐらいだが、そのためには相当に接近する必要があり、下手をすれば敵対空砲の集中攻撃を受けかねなかった。それでもアトレイは降下を止めない。

ババババッ！　ガガガガガッ！

敵の対空砲弾が左右を過ぎていく。カンと鳴ったのは、機体をかすった機銃弾だろう。

「ガッデムッ！」と叫ぶと同時にアトレイは機銃の引き金を引いた。

ズドドドドドッ！

『ワイルドキャット』搭載の六挺の一二・七ミリ機銃弾が火を噴く。だが、はるか射程外だ。

対空砲火の弾幕が厚くなったため、さすがのアトレイも操縦桿を引いて急上昇に移行した。しかし、敵の前で航空機が無雑作に腹を見せるのは無謀すぎる行為だ。標的を大きくしてしまう。アトレイがそのことを知らないはずはない。

ダダダダダダッ！

機銃弾がアトレイ機に殺到するが、命中弾はない。もし運命の女神が本当にいるとすれば、このとき彼女はアトレイに微笑んでいたのかもしれない。

二分ほどで高度四〇〇〇メートルに達したアトレイは、愛機を水平に戻した。

「ジャップめ。俺を落としたかったら全部の砲弾を俺だけに集中させるんだな」

アトレイがニヤリと笑う。ところがすぐに、その瞳が見開かれた。燃料が急激に減ってゆくのだ。風防越しに振り返ると、機体から燃料が細い筋となって流れてゆくのが見えた。

「くそっ!」

運命の女神は確かにアトレイに微笑んではいたろう。しかし、勝利の女神は違ったようだ。

アトレイは愛機を反転させた。この後アトレイは完全に燃料がなくなるまで母艦へのコースを飛び続け、その後脱出して一命を取り留めたばかりかわずかの療養で現場に復帰している。

「しょうがねえな」

指揮のため上空にとどまっていた艦攻部隊長水戸勇次郎中佐は、歯ぎしりをした。

味方の攻撃部隊がだらしないのではないことはわかっている。彼らは彼らなりに相当に踏ん張っているのは上から見ていてもよくわかった。海面のいたるところでアメリカ艦戦が炎上の黒煙を上げているのがその証拠だ。しかし肝心の空母への攻撃がうまくいっていないのだ。

「アメ公がそれだけ頑張っているということなんだろうが、そうも言ってられねえんだよな」

水戸が、今度は舌打ちして眼下を睨んだ。

ウィィ――――ン。

これ以上の低空飛行はあるまいという低さで疾走するのは、杉本武俊（たけとし）二飛曹が操縦桿を握り、鈴木太郎一飛曹が偵察、稲垣哲夫三飛曹が電信員として乗り込む艦攻である。低空飛行のため敵の対空砲火をかなり避けられているが、その分海が敵になっている。荒い波がプロペラを叩けば艦攻は一瞬にしてバランスを崩し、海面に叩きつけられ、三人は生きて母艦に帰れないだろう。

杉本と鈴木はこれまで何度も危険な戦いに参加し気心の知り合った仲だが、稲垣は違う。この機の電信員が昨夜発病し、急遽交替したばかりなのである。それだけに杉本の腕を信じてはいるが、無謀ともいえる飛行に、稲垣は息も絶え絶えであった。

「もう少し我慢しろ！」稲垣の心中を読んだ偵察員の鈴木一飛曹が、大声を張り上げた。

むろんどれほどの大声だろうと、飛行中それも戦場にいる機内では聞き取れるはずもない。

それでも感じ取った稲垣は、「だ、大丈夫であります」と答えた。

ガッと機体の底で鈍い音と振動がした。魚雷を発射したのだと、稲垣は悟った。

機体が右、敵艦の艦尾のほうに滑っていく。逃走に入ったのだ。

ギギギギッと艦攻の翼が軋む音がし、機体が徐々に高度を上げてゆく。

「よし。終わった!」また鈴木一飛曹が叫んだ。安堵の汗がドッと稲垣の体中から噴き出した。

ドドド――――――ンッ!

「やったぞ!」「やった!」鈴木と杉本が同時に歓声を上げた。

稲垣があわてて背後を見る。敵空母『ホーネット』の左舷に、白煙が激しく上がっているのが見えた。

「命中だ! 命中したんですね!」稲垣も遅ればせながら歓喜の声を上げた。

左舷に受けた魚雷は、『ホーネット』に致命的ではないが安心はできない被害を与えていた。

「提督……」

「ああ。残念だがこれ以上の攻撃を受けたら『ホーネット』は危なそうだな」スプルーアンスが肩を落として言った。

幸い日本軍攻撃部隊は爆弾と魚雷を使い果たしたとみえ、戻っていく。少なくともこれ以上の被害は食い止められそうだ。日本艦隊に向かった攻撃部隊を回収したら、撤退しようとスプルーアンスは決心した。

バンバンバンバンバンバンバンバンとすさまじい射撃音を上げたのは、超戦闘空母『大和』の左舷に搭載された一二センチ一六連装噴進砲である。

噴進砲とは小型ロケット弾を一六本並べて一気に吐き出す『大和』の新兵器であり、散弾を込めたロケット弾一基の威力はそれほどないものの、ほぼ扇状に発射するため狙われたら逃げるのは非常に困難だった。

今ここで狙われたのは、『大和』の激しい対空砲火をかいくぐって五〇〇ポンド爆弾を放ったカーチスＳＢ２Ｃ『ヘルダイバー』艦上爆撃機である。対空砲火をかいくぐるという奇跡を演じた『ヘルダイバー』だったが、命中させる幸運にまでは恵まれず、爆弾を放った直後に機首を上げて『大和』の飛行甲板上空をすれすれに越え、反対側に出た。このまま低空飛行を続けて敵艦から遠ざかり、安全な地点で上昇するのが艦爆の逃走方法の常識だ。ところが、『ヘルダイバー』もそれを実行しようと反対側、すなわち左舷に出たところを噴進砲の出迎えにあった。

バリバリバリバリッ！

小型のロケット砲弾が『ヘルダイバー』の機体を突き破る。命中は八発だが右翼に受けた一発の被害が致命傷になった。穴が開き、散弾で裂かれたため風圧に耐えきれず右翼がちぎれ飛んだ。揚力を失った『ヘルダイバー』は、おじぎをするように機首から海面に激突した。

衝突によって機体は真っ二つに折れ、沈みながら炸裂した。

アメリカ軍の攻撃は、これが最後だった。というよりも、攻撃を加えることができたアメリカ軍攻撃機の数は十数機で、アトレイ少佐の例を見るまでもなく攻撃前に相当数が攻撃機として正常に機能しなかったのである。

三隻のＬＣＡＣが海面を滑ってゆく。母艦を出陣してから四時間が経つ。計算上では、敵艦隊から八〇カイリほど西方にいるはずであった。アメリカ艦隊が大きな被害を受けていることは、無線の傍受で知っていた。

「どうします、隊長。航空部隊は敵の空母に大きな被害を与えた模様ですが、撃沈にまでは至っておりません」言って、操縦員の高木和夫一等機関兵曹が安藤隊長を見た。

初陣の安藤指揮のLCAC隊に与えられた目標は、航空部隊が撃ち漏らした残存艦だ。

命令の中身には、空母は航空兵力が叩いてあるはずだという前提がある。ところがその空母を航空部隊が撃ち漏らしたのだから、俺たちがやりませんかという意味の響きが高木の言葉の中にはあった。

「うん」安藤の返事には困惑がある。安藤にもその気がないわけではない。

『大和』航空戦隊の狙いは常に敵空母の殲滅であり、今回もその例には漏れないから、航空部隊が撃ち漏らしたのなら自分たちがその任務を遂行したところでかまわない気がするし、その能力もあると安藤は思っていた。しかし命令違反になる可能性もあると、安藤は思う。

気心の知れた高木他数人なら安藤も遠慮なく多少の命令違反を頼めるが、新しく創設されたLCAC隊だけに搭乗員全員の心根を完全に掌握できているわけではないので、無責任な行動はとれないという気持ちも強い。特に『快天』の操縦員たちは、『快天』の搭載から『大和』航空戦隊に配属されており、一番の危険を冒すのは彼らだから無茶をさせるのは気が引けた。

「隊長。よろしいですか」

奥の搭乗員控所から出てきて声をかけてきたのは、誰あろう今安藤が気に掛けている榎波少佐をはじめとした『快天』操縦員たちであった。

「空母をやりましょう」榎波がきっぱりと言った。

「聞いていたのか」安藤が苦笑する。

「私たちのことが気にかかっているのなら、ご無用に願います。私たちとて雑魚を叩くより大物を潰したいですからね」榎波の言葉に他の操縦員たちもうなずいた。

机上の計画では榎波たちを回収できるようになっているが、彼らの任務が相当に危険であることは間違いない。それだけの危険を冒すなら、小物よりは大物をと彼が考えるのはごく自然のことかもしれない。だが初陣だ。うまくまとめてそつなく任務をこなしたいという気持ちも、安藤にないといえば嘘になる。

こちらから司令部に確かめるわけにはいかない。無線を打てば自分たちの位置をむざむざと敵に教えることになる。

『快天』という驚異の新兵器を搭載するＬＣＡＣだが、単なる戦闘艦として見た場合は相当に非力で、駆逐艦相手でも艦砲戦を戦うのは無理だろう。ＬＣＡＣは、あくまで隠密裡の行動でその真価を発揮するのだ。

「隊長。司令部から暗電です」

それこそ、絶妙のタイミングだった。

「空母攻撃を許可する」通信員の言葉に、ＬＣＡＣ一号艇の艦橋にどよめきが起きた。

「神参謀長ですね、おそらく。こっちの気持ちを見抜いたのは」高木が嬉しそうに言う。

「だろうな」安藤もうなずく。

参謀長神重徳大佐の先を読み抜く鋭い目は、誰もが知っていた。

「とにかく許可は出た。榎波少佐。行くぜ」

「任せて下さい」

ＬＣＡＣの『快天』は一基、すなわちこのときの搭載数は三基であった。ところがここでＬＣＡＣ隊に不幸が見舞った。三号艇の『快天』発射装置に故障が発生し、発射ができなくなったのである。それでも安藤はこだわらない。新兵器の初陣である。なにからなにまでうまくいくほうがおかしいと思っているからだ。

安藤がそれを言うと、高木も大きくうなずいて、「それに二基あれば十分じゃないですか」とつけ加えた。

「予定ではどのくらいかな?」

千崎が聞いたのは、LCAC隊の攻撃開始時間である。

「おそらく後三〇分ほどだと」神が時計を見ながら言った。

LCAC隊に敵空母を狙わせようという神の意見は、すんなりと全員が賛成したわけではない。新型兵器に対する不安もあったし、二次攻撃部隊を出撃させたほうが確実ではないかという意見も少なくはなかった。

「確実さを取るなら、私もそう思う。そしてこの一戦にすべてを賭けるというなら、二次攻撃部隊を使うほうがいいだろう。だが、私は二つの理由でLCAC隊に命じたいんだ」

神が反対意見を持つ者のほうを見た。

「一つは、アメリカ陸軍航空部隊の動向だ。二回にわたる第八艦隊との戦いがアメリカ軍から仕掛けてきたものだとはいえ、陸海軍が協力して攻撃を行なったというのに今回はまったく敵陸軍は動いていない。ひょっとすると、こっちが二次攻撃部隊を出すことを待っている可能性がある」

「それは俺も参謀長に賛成だな。確かに不気味ではあるぞ。敵陸軍の沈黙は」

千崎司令官が賛同を示した。

「もう一つは、いずれＬＣＡＣ隊には主要な作戦を任せる予定だが、これはそのためには絶好の機会だと思う。細かい任務をこなさせ、徐々に重要な任務を任せるのが普通だが、私はそんなにまだるっこしいことをしている時間はないんじゃないかと思っている」

「どういうことです？」

「アメリカがこのまま黙っているはずはない、ということだ。いつになるかむろんわからないが、いずれアメリカは強烈な戦力を投入してくるはずだ。ひょっとするとあの講和交渉だってアメリカの時間稼ぎだったかもしれないとさえ、俺は考え始めているんだ」

「講和交渉が時間稼ぎですって！」作戦参謀が顔色を変えた。

「確証があるわけじゃないし、はじめはアメリカも講和をするつもりだったのかもしれない。しかし日本とは条件で折り合いがつかないと覚悟した時点で、それならば戦力増強の時間稼ぎをと考えたのかもしれないだろう。可能性はいつだっていくつもある。その中で最良の選択をどうやって見つけるかだ。そして私は今回ＬＣＡＣ隊に空母を攻撃させることを選んだのだ」

「よし、決まりだ。通信員。ＬＣＡＣ隊に暗電。空母を撃て。以上だ」

千崎司令官が結論を告げた。

「とうとう陸軍は動きませんでしたね」キャスター参謀長が不満たらたらに言った。

陸軍が救援をしてくれるとは、はなからキャスターは期待などしていない。しかし、今日の局面で自分たちが日本艦隊と戦端を開いたと知った時点で、ガダルカナル島なりツラギなどを急襲すれば、日本艦隊の動きは間違いなく牽制できたはずである。キャスターはそれが言いたかったのだ。

「マッカーサーに文句を言いたいのかね」

「嫌み程度ですけどね」

「無駄だよ。あの男ならこう言うはずだ。陸軍は存在するだけで牽制になっている。君たちが大きな敗北をしなかったのは、陸軍がいつ攻めてくるかわからないと日本艦隊が怯えたからだとね。そして、それは間違いではない。日本艦隊が二次攻撃を仕掛けてこなかった理由は、おそらくそこにあるのだろうと思う。陸軍航空部隊が動くことを考えて自重したのだろうとね」

「しかし、提督。それは詭弁ですよ。実際に陸軍航空隊が動いていたら、局面はまったく別のものになった可能性だってあると思います」

「そうさ。詭弁だよ。あの男のね」スプルーアンスが吐き捨てるように言った。

「しかし、協力を求めたからには、それは飲み込まなければならんのだよ」

スプルーアンスが言いながら、血の色に変わった海を見た。

わずかな救いは、『ホーネット』を失わずに済んだことだ。大きな修理が必要のようだが、まだ戦いを続けることはできそうであった。

ＬＣＡＣ一号艇のレーダー画面には、アメリカ艦隊の艦影がくっきりと映っている。

ＬＣＡＣ隊とアメリカ艦隊の距離は二〇キロだ。『快天』の射程距離は一〇キロだから、もう少し近づく必要があった。

アメリカ軍のレーダーに捉えられる可能性はかなり低い。ＬＣＡＣ自体が小型なため捉えられにくいこともあるし、この時代のアメリカ軍のレーダーの性能では五〇ノット以上で走る船舶を鋭敏に映し出す力はない。

「そろそろ行くぞ」

距離を確かめながら、安藤大尉が恩田卓上等兵を見る。

「計器のチェックは終わっています」

恩田が『快天』の操縦席にすでに乗り込んでいる榎波一友少尉の情報を伝える。

「距離、よろし」レーダー員が告げる。

「発射っ」恩田がインカムに告げた。

グォンッ！

榎波の『快天』が発射台を滑る。やや遅れてLCA二号艇の『快天』も天空に放たれた。二基の『快天』は、数秒後には時速一〇〇キロを超える。急激な加速がすさまじいGとなって操縦員を苦しめる。

グォ――――――――ン！

速度はすでに五〇〇キロを超えている。一旦高度一〇〇メートル程度まで上昇したが、その後降下し現在は二〇メートルほどだ。速度がまた上がり、七〇〇キロを超えた。

ポツンとだが敵の空母が榎波にも視認できた。狙いは舷側のほぼ中央。そこに空母の心臓たる機関室がある。

榎波は最後の軌道修正をすると、脱出装置のスイッチを入れた。

ボンッム！

火薬の着脱装置によって『快天』に装着されていた操縦席が後方に弾き飛ばされる。

重量の軽くなった『快天』はなおも速度上げ、着弾時には八〇〇キロを超えるはずだ。

考える間もなく操縦席が海面に激しく着水した。衝撃に、榎波は顔を歪めた。

数メートル離れた場所で着水音が上がった。二号艇の『快天』の操縦席だ。

操縦員にはもうすることはない。自分の操ってきた『快天』の結果と、操縦席に取り付けられている電波発信機の電波を辿って母艇が救出に来てくれるのを待つだけであった。

(この時間が一番辛いかもしれないな)と榎波は思った。

ドグワァ――――ンとすさまじい炸裂音がし、『ホーネット』は信じられないほど大きく揺れた。

艦橋にいたスプルーアンスは、一瞬、宙を飛び、床に叩きつけられ、腰を強く打った。

壁に叩きつけられたのはキャスターだ。腕が奇妙に曲がっているのは、骨折したのだろう。

腰をさすりながらスプルーアンスは、ようやく立ち上がった。キャスターは激痛のためか、立ち上がることもできずにいる。

「船医長！　キャスターを見てやってくれ」

命じたスプルーアンスは、艦橋の窓に張りついた。なにが起きたのか、スプルーアンスにはまったくわからない。ただ、異常事態が起きたことだけははっきりしていた。

「提督。機関室から報告。機関室は完全に破壊されています！」

「なんだ。なにが起きたんだ！」

「わかりません……」

左舷に爆弾が叩き込まれたらしいとわかったのは、数分後だ。ところが爆弾を落とすような航空機を、レーダー室でも見張員も確認していない。

「爆弾は横から来た模様です」

「横から、だと？　どういうことだ！」

スプルーアンスが珍しく怒鳴った。いかに混乱し、困惑しているかの証拠だ。

「詳細はわかりません」

ギギギッと、『ホーネット』の艦体が軋み、大きく左に傾いた。

「浸水が止まりません！」絶望的な報告が届く。

「消火が間に合いません！　炎は火薬に迫っています」

迷っている時間はなかった。

「総員退去せよ！」スプルーアンスが命じたとき、ドドドォ――――――ンと『ホーネット』の飛行甲板から垂直の火柱が天空をついた。

火薬庫に火が回ったのだ。その熱風が、一〇〇メートル以上離れている重巡『アストリア』の甲板でも感じられた。

爆発はそれだけでは終わらない。

ゴゴォ――――ン！　ズガガガ――――――ンッ！

大きい爆発、小さい爆発が相次ぐ。最後の爆発は、左舷を完全に海面に着けた『ホーネット』が左右に裂かれるときに起こった。次の瞬間、まさに飲み込まれるように『ホーネット』は海中に消えていった。

「わからない……」

避難した『アストリア』の艦橋から『ホーネット』の最期を見た第一七任務部隊指揮官スプルーアンス少将は消え入りそうな声で言った。

彼の横にキャスター参謀長はいない。腕の骨折だけではなくあばらの骨折もあり『アストリア』の医務室に運び込まれている。

「なにが、起きたのだ……」

もう何度この言葉を繰り返しただろうか。おそらくスプルーアンス自体が意味を意識さえしていなかったろう。答えさえ求めていなかったのかもしれない。

「提督。よろしいですか」遠慮がちな声がスプルーアンスの背後でした。

憔悴を隠しもせずスプルーアンスは首を捻って振り返った。声の主は『アストリア』艦長フランシス・W・スカンランド大佐であった。

「なんだね、艦長」

「実に奇妙なことなのですが……多分、見間違えかもしれませんが、その、複数の報告が来ているのです」

「言ってくれたまえ」

「……魚雷が飛んできて、『ホーネット』の左舷を直撃したと言うのです」

スプルーアンスは、言葉が見つからないのか唇を何度も舐めた。スカンランド艦長も、自分で自信がないだけに言葉をつなげることができない。

「魚雷が飛んできただと？　よく意味がわからないのだが……」

「報告者の言葉をそのままお伝えするとすれば……すさまじい速度の魚雷らしきものが二基低空で飛んできて、まるで左舷に突き刺さるようだったと申しております」

再び沈黙が落ちる。いつものスプルーアンスならもっと的確に事態を把握できただろうが、このときの彼は通常な判断力を失っていた。

「二つ理解できんな。一つ、魚雷は飛ばない。そして、魚雷は早くても四〇ノット程度だ。四〇ノットをすさまじい速度とは言えないだろう」

「……はい」

スプルーアンスの言っていることが正しいのだ。そんなことは自分でもわかっている。やはり余計なことを言ったのかもしれないと、スカンランドは口を閉じた。

「……まあ、いいよ、艦長。戦場に混乱はつきものだ。見えないものを見たり、聞こえない音を聞いたりするものだ。この件は保留だ」

スプルーアンスが話題を切った。スカンランドはホッとしてスプルーアンスから離れ、自分の任務に戻った。

闇色の海原にサーチライトが交錯する。丸い光の中に手を振る人物がいた。『快天』操縦席の風防を開けた榎波である。

『ホーネット』の最期を遠くからではあったが確認した榎波の顔には、満面の笑みがあった。

LCA一号艇の甲板に引き上げられた操縦席の中から榎波が出てくると、居並ぶ乗組員たちが一斉に榎波に向かって敬礼した。榎波があわてたように、敬礼を返す。

空飛ぶ魚雷『快天』が戦史にその名を刻んだ瞬間だった。

もっとも、アメリカ軍が『快天』の名を知り、正体を悟るのはずっと後のことだ。

「二人の操縦員は無事に回収を終えたそうです」

神参謀長の報告に『大和』航空戦隊指揮官千崎薫中将はホッとしたようにうなずいた。

『ホーネット』を葬り去ったことはむろん嬉しいが、もし操縦員の回収に失敗していたらその喜びは半減するだろう。いや、喜ぶことすらできなかったかもしれない。

「まあ、ひとまず片はついたから、後はガダルカナル島の飛行場が完成することだな」

「しかし、設営隊を増援しても完全にでき上がるには後二週間。口惜しいですが、アメリカなら四、五日もあれば完成させてしまうでしょうね」

「開戦前には予想できなかった事態なのかもしれねえが、正直なところ我が軍が戦争遂行に対して十分な準備をしてきたとは思えんな」

「ええ。そのあたりのことは私も忸怩（じくじ）たる思いがあります」

開戦派だっただけに、神には少し痛い言葉だった。しかし、神を少し弁護すれば、神自身は無条件で開戦を言ったわけではない。彼は最後まで、だからこそ十分な準備をすべきだと言い続けている。超戦闘空母『大和』誕生に力を注いだのも、その証拠の一つだった。

「まあ、それはいいだろう。俺たちが愚痴っても戦（いくさ）が有利になるわけじゃねえんだしな」

「ありがとうございます」神が素直に頭を下げた。

「うん。ところで、参謀長。さっきの話の関連だが、俺たちは飛行場が完全にでき上がるまでここにいる必要があるのかな」

「というより、いるべきじゃないとお考えなのではありませんか」

「そうか。参謀長も頭にはあったんだな。この一連のアメリカ軍の動きが少しおかしいと……陽動策かもしれんとは考えていた。確証もねえし、確信もできなかったんで話さなかったがな。それに第八艦隊のこともあった。陽動策だったとしたら、第八艦隊をほおってはおけんだろう」

「私も同じ気持ちでした。ソロモンでのアメリカ艦隊の動きは、ガダルカナル島の飛行場設営阻止が目的でありながら、同時に日本艦隊の戦力をソロモンに振り向けることによって、ミッドウエー及びハワイから目を背けさせる目的もあるのではないかと……とはいえ第八艦隊のことも無視はできませんから、連合艦隊司令部の命に従う道を選びました……」

「アハハハッ、参謀長。どうやら俺たちはニミッツの野郎にしてやられたのかもしれねえな」

「そうでもないでしょう。今や虎の子とも言える空母の喪失は、かなりの痛手ですからね」

「なるほど」

「もっとも、ニミッツのことですから空母を失う可能性も折り込み済みだったかもしれません」

「それに見合うだけの増援ができる当てがあるとニミッツは考えていた。そういうことだな」

「ええ。ですから私たちは、いつまでもここにいるべきではないかもしれません……」

「北太平洋危うし……参謀長はそう読むのか」

千崎が、考えるために腕を組んだ。

「ですから、最低でも戦闘機が離発着できる分を先行させて、航空戦力を充実させるべきでしょう。それができれば、第八艦隊程度の艦隊に空母を一隻ほど編入させれば、当面はこちらは大丈夫だと思います」

「わかった。連合艦隊司令部に具申してみよう。ただし山本閣下なら俺も心配しねえが、古賀さんだからなあ」

千崎が眉を曇らす。

「大丈夫でしょう。古賀長官もそこいらにいるボンクラ将軍とは違うはずです」

「うん。そうだな」

迷いを振り払うように、千崎中将が腕組みを解いた。

ハワイがアメリカ領になったのは一八九八（明治三一）年のことで、一九〇〇（明治三三）年には準州になった。

歴史的に見ると、アメリカはハワイを支配するために結構悪辣な行動をしている。当時ハワイにあったいくつかの王国を裏から扇動し、争わせ、その混乱に乗じてハワイ支配に成功しているのだ。そこまでしてアメリカがハワイを望んだのは、ハワイが「太平洋の十字路」と呼ばれるように軍事上からも交通上からも太平洋を支配するキー・ポイントだったからである。

しかし、アメリカ海軍がハワイのオアフ島の戦力を充実させたのはさほど古いことではない。それは日本という国をアメリカが意識し、敵視してゆく過程と同じである。いわばパールハーバー基地の増大は、まさに日本の脅威から太平洋を守るという側面が大きかったのである。

「逆に言えば、ハワイを日本に奪われることは、我が合衆国が太平洋に営々として築き上げた覇権を失うことと同義なのだ」

オアフ島にある太平洋艦隊司令部の長官執務室で、ニミッツ長官は数人の幕僚たちに苦々しげな顔で言った。

千崎や神は空母を失うことをニミッツは折り込み済みなのではないかと疑ったが、当のニミッツはそれほど剛毅（ごうき）ではなかった。出撃前にニミッツはスプルーアンスに対し、「撤退のチャンスを読み間違えないようにして欲しい」とわざわざ言っている。

「諸君、私は改めて言っておきたい。ハワイは死守する。どんなことがあっても日本には渡さない。くどいと君たちは思うだろうが、私は何度でも言うつもりだ。君たちの脳髄の底の底に、この言葉を叩き込んでおいてもらいたい。そうすれば、行動にも自（おの）ずと慎重さと冷静さが生まれるはずだ。以上」

幕僚たちが帰った後、ニミッツはこれ以上ないくらいの大きなため息をついた。

スプルーアンスを責めるべきではないことは、自分でもよくわかっていた。

ソロモンへは他の誰を派遣したところで、おそらくは今回のような結果になっていただろうし、マッカーサーを利用するためには冷静沈着なスプルーアンス以外にはなかったろう。

他の者だったら少しは我慢できたとしても、傍若無人で、自分勝手で、ペテン師のような性格のマッカーサーと衝突するのは目に見えていた。

「だから、私の人選は間違っていない。これはこれで最良の策だったのだ」とニミッツは自分自身に言い聞かせるのだが、『ホーネット』の喪失だけはニミッツを叩きのめすのだった。

そして、「後一〇日、どうにか踏ん張っていてくれれば……」などと新たな愚痴がニミッツの脳裏をよぎり、また大きなため息を繰り返した。

当然と言えば当然なのだが、同じ情報を受けていながら第一六任務部隊指揮官ウィリアム・F・ハルゼー中将と同部隊参謀長マイルス・ブローニング大佐になると、感想も興味も違ってくる。

『ホーネット』を失ったことはもちろん二人にもかなりの打撃ではあるが、失ったものは失ったものだ。どんなに悩んだところで戻っては来ない。

それよりも二人が興味を示すのは、いかにして第一七任務部隊が敵艦隊に敗れ去ったかだ。それを知ることが次の戦いでの糧になるからだ。

「提督。これをどう思われますか？」

ブローニング参謀長が首を捻ったのは、『ホーネット』が撃沈されることになった原因だ。それが曖昧なのだ。

『雷撃の可能性が一番高いと思われる』とはあるが、同時に、『ソナー士は接近する魚雷のスクリュー音を確認せず』なのである。

『爆撃の可能性は低い。レーダーも敵影をとらえていないし、損傷箇所は明らかに横からの攻撃によるものである』と続く。そして参考のメモとして、『すさまじい速度で魚雷が飛んできたのを目撃した報あり』というものがあった。

「バカバカしい」

ハルゼーは一笑に付した。ブローニングもそう思う。有り得ない話なのだ。

だが、なぜかブローニングにはこのメモが気になった。理由は本人にもよくわからない。カンというしかないのだが、それでは他人を納得させることは難しい。

「そうですよね。結論はスプルーアンス少将にお会いすればわかるでしょう」

ブローニングも固執することをやめた。

無理もないだろう。『快天』とはそれほど常識を超えた新兵器だったのである。

「提督。駆逐艦『ファラガット』が日本軍の潜水艦を発見しました！」の声に第一六任務部隊旗艦空母『サラトガ』の艦橋は瞬時に戦いの空気が充満し、研究会は終わった。

「どこだ！」ハルゼーが怒りもあらわに叫んだ。

「『ファラガット』の東方、距離五二〇〇です」

「よし。近くの駆逐艦に攻撃命令を出せ。いいか。逃がすなとつけ加えるんだぞ！キル・ザ・ジャップだとな！」

一時間後、第一六任務部隊麾下の駆逐艦隊は日本軍潜水艦の追撃に失敗し、ハルゼーを赤鬼に変えた。

第五章　前　夜

「これはいかがなものでしょうかね」

連合艦隊司令部参謀長の宇垣纏中将が、手にしていた具申書をほおるようにしてテーブルに戻し、口をへの字に曲げながら言った。連合艦隊旗艦戦艦『長門』の会議室である。

その具申書は、『大和』航空戦隊参謀長神重徳大佐が提案したものであった。

「問題があるというのかね、参謀長」

自分ではもっともと思っていただけに、古賀峯一連合艦隊司令長官は宇垣の対応を訝しんだ。

「まず一つ、神はガダルカナル基地を軽んじています。あの地はこの先、ラバウル航空基地以上の意味を持つ拠点になる可能性が高いと私は思っています。それ故、ガダルカナル飛行場完成前に『大和』航空戦隊を移動させ、その後に襲撃を受けたりして飛行場完成の日程が遅れれば、海軍だけではなく日本軍の戦争計画全体に多大なる影響を与えかねません」

「しかし、参謀長。神も言っている通り、航空戦力をラバウルから移せるのならその問題は解決が可能でしょう。アメリカ陸軍航空部隊は軟弱ですし、今回『大和』航空戦隊は敵空母を撃沈していますから、太平洋艦隊の航空戦力も無視していいはず……」

連合艦隊航空乙参謀内原義隆大佐が反論した。

「言い切れるのか」宇垣は内原のほうを見ようともせずに言った。

「と思います」

「ほう。アメリカ海軍は再び来ない、とお前は言い切れるというのだな」

内原は内心で、なにが言いたいのだ、誰だってわかっていることだろうとは思ったが、あえて説明を始めた。なにかにつけ権威を振りかざす宇垣を内原は嫌っていた。

「ご承知のように、アメリカ太平洋艦隊の残存空母は二隻。うち一隻が今回の海戦で撃沈。残るは一隻で、それは間違いなくハワイにいるはずです。いくらなんでもその一隻をソロモンに回すとは考えられません」

「そうかな。第八艦隊をソロモンに送ると決めたとき、太平洋艦隊は来ないという意見が大勢を占めたと俺は記憶しているが、結果を見ればそれは間違っていたではないか。頭からそれはない、これはない、と決めてかかるのは危険ではないのか」

「その点については認めますが……」

（よく言いますな。太平洋艦隊は来ないと参謀長自身が言っておったではありませんか）

内原はそう言ってやりたい誘惑にかられたが、耐えた。どのみちあれやこれやと屁理屈をつけるのは、宇垣の得意技だからだ。

「太平洋艦隊に何隻空母がいるかが問題なのではない。決めてかかることが問題なのだ」

（ずいぶん強引な論理だなあ）とは内原だけではなく、出席した幕僚の多くが抱いた思いだ。だが宇垣はそんなことは気にせず、次に移った。

「二つめは、山本長官のときはともかく一航空戦隊が自分勝手に動くことはいかがなものか、ということだ。確かに『大和』航空戦隊は遊軍的傾向の強い戦隊で、それが特色だという意見があるのは知っておる。しかし、長官」

ここで初めて宇垣は古賀のほうを見た。

「軍隊にとって、統率とは基本的で重要な要件であります。『大和』航空戦隊のみにこのような自由を与えていては、やがて統率を欠くことは間違いないと推察するところであります」

この問題は少し複雑だった。『大和』航空戦隊の遊軍的性格自体は、反対する者はいない。これまでの同戦隊の活躍からしてその性格が大きいことを知っているからだ。

しかしそれは山本五十六というカリスマ性の強い人物が長官の座にあって、遊軍とは言いながらも彼の指導力が『大和』航空戦隊の上にあったからこそ皆が許していたのであるが、古賀という新長官が『大和』航空戦隊に対してどれほどの影響力を持つかは不明だったし、古賀には無理だろうと考えている者も少なくなかった。

そうなると『大和』航空戦隊の行動はそれこそ自分勝手の行動に見え、海軍自体の統率が崩れる可能性は確かにあるかもしれなかった。

「参謀長のお言葉を否定するつもりはありませんし、『大和』航空戦隊が単純にわがままな行動をとるのならそれは許されませんが、実際、あの戦隊は相当の戦果を挙げておりますし、ここで下手な拘束をすれば逆効果になることも考えるべきではありませんか」

航空甲参謀江尻佑（たすく）大佐が、参謀長を刺激しないように言葉を選びながら反論した。

「実績は認めよう。しかし、艦隊指揮下におくとあの戦隊の力が本当に落ちると思うかね」

「それは、どうでしょうか」江尻が言葉を濁す。まだそのような状態に置かれたことがないのだから、江尻にも答えられるわけはないのだ。

「だろう。俺は大丈夫だと思う。いや、そのほうがあの戦隊はもっと活躍するだろう。そう思わんか」宇垣が座をまとめるように、一同を見回した。

（なんだか宇垣が長官のようだな）堂々とした宇垣の態度に、古賀は少し鼻白（はなじろ）んだ。

長官が新任されるときは、参謀長も変えるのはよくあることだった。

事実、古賀にも、どうするか？　という話はあったが、古賀は宇垣でいいと答えた。この男を参謀長にという人物はいなかったし、ここまで山本の下でそつなくこなしてきた宇垣を変える理由もなく、彼の経験も尊重した。それだけに古賀には、宇垣に対して多少の遠慮がある。宇垣は古賀のそういう態度を敏感に感じ取ったのか、慇懃（いんぎん）ではあるがその裏に尊大なものを隠していた。

（しかし、これ以上宇垣の力が強くなるのはやはり困るな。中途半端かもしれないが、長官は俺なのだからな）さすがの古賀も、宇垣の専横ぶりを不快に感じた。「参謀長。君の言っていることもわかるが、『大和』航空戦隊のことは前長官の山本閣下がお決めになったことだ。なにか不調があれば変えることも考えなければならないが、今のところ問題なしなのだからいじることはないだろう」これまでにない古賀の言葉に、宇垣は眉をしかめた。

当初、古賀は宇垣を山本の下でそつなくこなしてきたと考えた。一面、それは正しい。しかし、山本が宇垣に作戦面や人事面で相談を持ちかけたり協力を要請したことはほとんどなかったのである。ほとんどの案件を山本は自分自身で行なってきたし、足りない部分は宇垣よりもその下の参謀たちを使ったのだ。かといって山本は宇垣をぞんざいに扱ったわけではなく、相応の礼を持って接していたから、表面的には古賀が見たようにそつなく参謀長をこなしているように見えたのである。

宇垣にとって、古賀の長官就任はチャンスだった。古賀は性格的にひ弱で押しに弱いと聞いていたから、強気に出れば、自分を無視はできないだろうと考えたのだ。

事実、宇垣の策は成功し、まるで長官は宇垣のような雰囲気が現連合艦隊にはあった。

それに対し今、古賀は反旗を翻したのだ。もっとも、完全な反旗ではなかったが。

「ただし、神の具申書については参謀長の意見に理があると判断した。それでいいね、参謀長」

「承知しました」

宇垣がやや憮然とした表情で鷹揚にうなずいたのは、ここで力みかえってもしかたなかったし、軽い長官でも長官だ。無謀な反抗では自分の首が飛ぶ可能性もあるからだ。

「よし。神の具申の件と『大和』航空戦隊の件はこれで終わり、次の議題に移って下さい、参謀長」

「わかりました。では」宇垣が話し出した。

「司令部には目の見える人がいないようですね」

自分の具申書に対する連合艦隊司令部の回答を知った『大和』航空戦隊参謀長神重徳大佐は、怒りより落胆のほうが強いのか情けなさそうに目を細めた。

「古賀さんかな」千崎薫司令官が、こちらは怒りのこもった声で言う。

二人の気持ちとは裏腹に、現在『大和』航空戦隊が航行するソロモン諸島東方の太平洋はやや波は荒いものの天候は快晴で、雲一つない熱帯の青空が気持ちよいくらいに広がっていた。

第一七任務部隊との海戦の後、アメリカ軍の動きは陸軍航空隊を含めてまったくと言っていいほどない。二度ほど未来輸送艦『あきつ』のソナーが遠方の海中に敵潜水艦のスクリュー音を捉えたが、攻撃を受けることも、こちらから攻撃を仕掛けるのにも距離が離れすぎており、攻撃に向かう命令は出なかった。その潜水艦も数十分後には消えた。

二〇〇〇人の増援があったガダルカナル島飛行場建設はそのために急ピッチで進み、予定よりは数日早い完成が待たれていた。

「明日には艦戦程度なら離着陸できる滑走路ができるようです」

通信員が工事現場からの情報を伝えた。

「ラバウルからはどの程度の戦力が来るのでしょうかね」超戦闘空母『大和』艦長庄司丈一郎(しょうじじょういちろう)大佐が言った。

「最初は一航空隊程度を考えていただけだが、この地域の重要性が増したために複数の航空隊を派遣すると聞いてはいる。これは前長官のときの計画だから現司令部がどう判断するかによって変わるかもしれんな。今回の具申書の例から考えると、目の見える人が少なそうだから少し心配だがね」

神の目が鋭い。愚痴を言うような男ではないが、司令部の判断が戦況を変えるのだから、司令部に対する見方が辛くなるのは当然だ。

「やはり山本閣下の病状が気になるぜ。古賀さんも長い目で見りゃあそこそこの長官にはなれるかもしれねえが、戦時中だからなあ」

無い物ねだりだし、愚痴に近いことは、言った千崎が一番よく知っている。それでも口をついて出てしまったほど、千崎は戦の先行きに不安を抱いていた。

山本五十六という男の戦線離脱は、千崎にとってはそれだけ大きかったのである。

二日後、ガダルカナル航空基地ルンガ飛行場と呼ばれることになる基地の滑走路に、初めて『零戦』部隊が着陸した。

同じ時間、レンネル島北方を航行していた『大和』航空戦隊麾下の未来輸送艦『あきつ』のレーダーが、ツラギ基地を目指しているらしいアメリカ軍の機影をとらえた。

千崎司令官は即座に迎撃を命じた。三〇分の後、サンクリストバル島上空で、アメリカ陸軍航空部隊に、一二機の『零戦』によって編制された『大和』航空戦隊迎撃部隊が襲いかかった。

ガガガガッ！　ドガガガガガガガッ！

六機の『零戦』の放つ七・七ミリ機銃と二〇ミリ機関砲が、面白いようにグラマンF４F『ワイルドキャット』の機体を引き裂き、撃墜した。残りの六機は、高度七〇〇〇メートルの高空でノースアメリカンB25『ミッチェル』中型双発爆撃機に襲いかかっていた。

ドドドドドドッ！

急接近して二〇ミリ機関砲を放った『零戦』が、応戦する敵の機銃を避けながら旋回する。と同時に、二〇ミリ機関砲弾が『ミッチェル』の機体に書かれた星マークを斜めに引き裂いていた。

頑丈なアメリカ軍機だ。二〇ミリ機関砲弾を受けても大きな被害はないのかと見えたその刹那(せつな)、ブワッと炎に包まれた。二〇ミリ機関砲弾は燃料タンクを直撃しており、漏れた燃料が引火したのである。

逃げて風の力で炎を消そうというのか、『ミッチェル』が速度を上げる。しかし、炎はもうエンジンを侵している。

右のエンジンが爆発するやすぐに右翼が吹っ飛んだ。一瞬にしてバランスを崩した『ミッチェル』は緩やかに回転しながら落下してゆき、途中で轟音を上げて炸裂した。

八機いた『ミッチェル』のうち四機が撃墜され、一機は明らかに挙動がおかしい。完全に戦意を失った三機の『ミッチェル』は反転して逃げ出した。

『零戦』隊は追わない。追えないのだ。丈夫な爆撃機が相手だったこともあり弾薬が尽きていた。

眼下でも似たような状況になっていた。一二機の『ワイルドキャット』のうち七機が撃墜され、五機が逃げ出した。追撃した『零戦』隊だが、雲海の中に逃げられたため諦めて反転した。

『零戦』隊の被害は撃墜一機、被弾二機。完勝であった。

オーストラリアのブリスベーンにある連合国軍南西太平洋方面司令部の長官室で、ダグラス・マッカーサー長官は手に持っていたビール瓶を床に叩きつけた。ガシャンと瓶が砕け、シュワーッと白い泡が床に広がってゆく。ガダルカナル島爆撃に向かった陸軍航空部隊の結果を受けての態度だ。

空母を失ったがためにハワイに戻る、と申し入れてきた第一七任務部隊指揮官レイモンド・A・スプルーアンス少将に対して、マッカーサーは帰還停止を命じた。「今、第一七任務部隊は俺の麾下にあるのだから勝手は許さない」というわけである。

マッカーサーはその旨をニミッツにも連絡した。ところがニミッツからの返事が遅れた。

マッカーサーはもちろんガダルカナル島爆撃を実施したいと考えているが、このときの彼の頭には第一七任務部隊の存在が十分にあった。もしそれがなくなったら作戦は作り直さなければならないし、戦力的にも大きく低下する。陸軍航空部隊の攻撃が停滞したのは、こういう理由があったからである。

遅れに遅れたニミッツの返事も、マッカーサーを激怒させた。

「空母のない部隊を、空母のある敵艦隊に差し向けるのは自殺行為であって、それは日本連合艦隊の第八艦隊と我が合衆国第一七任務部隊の戦いを見ればわかるはずである。司令官としてはそのような戦いに部下を投入させることはできない。また、陸軍にとっても負担をかけることになるのは間違いない」というものだった。

それでもマッカーサーは第一七任務部隊の帰還を阻止しようとしたが、スプルーアンスはマッカーサーを無視して帰ってしまった。

これで、前の攻撃方法を再開するしかマッカーサーには残されていなかった。それが今日の攻撃だ。そして予想以上の被害を受けたのである。しかも敵は日本艦隊の艦戦であることが、マッカーサーの怒りをより強くさせていた。

「やはりB29ですな」副官が言った。

新しく導入される予定のボーイングB29『スーパーフォートレス』は、ボーイング社が生産中の四発の超重爆撃機である。

全長およそ三〇メートル、全幅は四〇メートルを超える大型機だ。爆弾搭載量は約九〇〇〇キロといわれ、機内は気密室になっているため高度一万メートルでも乗組員は酸素マスクをせずに素のままで行動できるのだ。そして驚くべきはその航続距離である。『スーパーフォートレス』のそれはおよそ六〇〇〇キロ以上。これが投入されれば、海軍がチマチマと島嶼占領に四苦八苦している上空を悠々と飛び越えてゆけるのだ。マッカーサーの狙いであるフィリピンが奪還できれば、フィリピンから直接、日本本土爆撃さえ可能なのである。

「そうなれば海軍なんか要りませんから」副官が続けた。

もちろんそれはオーバーすぎる話で、『スーパーフォートレス』を投入したところで海軍が要らなくなるなどということは有り得ない。副官はただおもねっただけだ。しかし陸軍の戦力が大きくアップするのは間違いなく、海軍に対する依存度が減るのも明らかだ。

「だがな、副官。まだここには『スーパーフォートレス』はないんだ。それまで俺は貧弱な戦力とウスノロで能なしの陸軍兵だけで、陸軍の名誉と合衆国の栄光を守らなければならないんだ。まったく言語道断の話だよ。天才、合衆国不世出の最高の陸軍大将の名誉と栄光を、無視していいってのか！　冗談じゃない。私はそれらのただ一つでも失う気はないんだ。それを邪魔する奴は誰であろうと絶対に許さんぞ！

ニミッツよ、スプルーアンスよ。この私を敵に回したことをタップリと後悔させてやる。この俺をコケにしたらどういうことになるか、必ず思い知らせてやる！

副官。ビールだ！」

言いたいだけ怒鳴って喚いて、マッカーサーは長官の椅子にどかりと座った。

黒い憎悪の炎がマッカーサーを包んでいるに違いないと、副官は思った。

「副官。ビールはまだかっ！」副官があわててビールを取りに走った。

ガダルカナル島のルンガ飛行場が完成したのは、九月の中旬であった。

神参謀長が案じていた通り基地航空隊は一隊しかなく、その代わりに第二艦隊麾下の第五航空戦隊（空母『翔鶴』『瑞鶴』）、第四戦隊と第四水雷戦隊とで編制されたソロモン艦隊が、『大和』航空戦隊と交替する形で守護に当たることになった。

「不思議なもんだぜ。一刻も早くここを離れたいと思っていたのによ、いざ離れるとなると妙に寂しい気持ちがしやがる」千崎司令官が複雑な表情で言った。

「ルンガ飛行場でしょう。補給や作戦の相談に何度か行っていますし、設営隊の連中や陸戦隊の人間にも、馴染みとまでは言えませんが顔見知りができましたからね」

時には冷たい性格だと評価される神参謀長だが、それが間違っていることを示すように彼の目は穏やかだ。

「そうかもしれねえな。しかし、あの連中だってもうそろそろガダルカナル島を出ていくんだよな。工事が終わればここにいる必要がない者たちなんだからよ」

「……そうですね。しかしまたどこかで会うことになるかもしれませんよ」

「そうだな。できるなら戦場ではないといいんだがな」

千崎は自分が感傷的に過ぎるような気がした。軍人らしくないと。だが、一方ではしばらくはそれでもいいかとも思った。

千崎が双眼鏡を目に当てた。かすむようにガダルカナル島があった。

二日後、ソロモン艦隊が到着すると『大和』航空戦隊はラバウル港を出航した。行く先はトラック泊地。補給のためである。そして三日間の補給が終わると、『大和』航空戦隊は静かにトラック泊地を後にした。嵐の前の静けさ、そんな言葉がふさわしい旅立ちであった。

「参謀長。連合艦隊司令部はなにを考えているのかな」

ミッドウエー島沖を航行する第三艦隊旗艦空母『赤城』の艦橋で、第三艦隊指揮官小沢治三郎中将は苛立ちと皮肉と不満の入り交じった気持ちを意識的に押さえ込むようにして、草鹿龍之介参謀長を見た。

草鹿には、小沢が言いたいことがよくわかっている。「俺にも戦わせろ」ということだ。

『大和』航空戦隊のソロモンでの活躍が、小沢の闘争心をより強くしている。その点は草鹿にもわからなくはないが、簡単に同意はできない。今の小沢はふくれきった風船と同じだ。下手につついたりしたら即座に破裂するだろう。かといって、無闇に押さえるような言葉も禁句だ。反発を呼び、同じ結果になりかねない。だから草鹿は慎重に言葉を探している。

しかし、小沢は草鹿の答えなど求めてはいなかったのだろう。

「あのとき動くべきだったのだ。山本長官が止めさえしなければ、ハワイに攻め込めたのだ。いやいや、『大和』航空戦隊をここに残して我が第三艦隊をソロモンに派遣してくれてもよかったのだ。そうじゃないかね、参謀長」

「……え、ええ。その策はあったかもしれません」本心は少し違うが、草鹿はあえて逆らわずに言った。こんな状態のときの小沢に、理屈など通用はしないからだ。

草鹿に賛同された小沢は、何度も大きくうなずいている。

「ところで、参謀長」小沢が考えるように顎を撫でた。

「古賀長官だが、あの人なら俺を使ってくれるんじゃないかなあ」

「長官を？」意味がわからず、草鹿が聞いた。

「だから、俺をだ。第三艦隊をだ。こんなつまらん任務から解放してくれるんじゃないかということさ」

「さあ、それは……古賀長官とはそう親しくしていただいておりませんし、それと長官もご存じと思いますが、古賀長官という人はなにを考えているかわからないところがちょっとありますから、私にはわかりかねますけど」

「うむ。確かにな。しかし、内地に聞いてみる価値はあるだろ。あの人だって俺のような男をこんなところに置いておくのはもったいないと思うはずだ。いや、思わないようなら大した人物ではないということだ」

話しているうちに、自分の言葉に昂揚したのだろう、小沢の鼻息はドンドン荒くなってきた。

「とにかく内地にお伺いをたてることにする」

小沢は一人で決めて一人で納得した。草鹿はそんな小沢を見ているしかなかった。

今回パールハーバーに入港してきたのは、エセックス級のネームシップである一番艦の『エセックス』と二番艦の『ヨークタウンⅡ』で、二カ月先には四番艦と五番艦も太平洋艦隊に編入されることになっていた。また、搭載機であるグラマンＦ６Ｆ『ヘルキャット』は兄貴分にあたるグラマンＦ４Ｆ『ワイルドキャット』をほとんどの面で上回っており、『零戦』と互角以上に戦える性能を持つと言われていた。

それともう一つ、太平洋艦隊には新参者があった。護衛空母と呼ばれる小型空母である。

今回、太平洋艦隊に編入されたものはボーグ級で、基準排水量わずかに七八〇〇トンである。最高速力も一八ノットと遅く、戦闘能力は駆逐艦と同程度で艦隊と一緒に行動すること自体が難しかった。しかし護衛空母構想ははじめから戦闘艦という意味は薄く、輸送船団の護衛や動く格納庫として発想された空母なのである。要するに戦闘は正規の軍艦に任せ、通常は攻撃を受けることがない位置に控えていて、たとえば艦隊の航空戦力が海戦などで失われた場合、わざわざ基地に戻らなくてもこの空母から補充しようとアメリカ海軍は考えたのである。

むろん正規空母が多ければそれに超したことはないが、正規空母は建造費も高いし工期も長い。それに対して貨物船などを改装した護衛空母は「安く」「早く」造ることができた。

小型だから搭載機数（二八機）は多くはないが、それは数でカバーできると考え、今回も『カード』『コパヒー』『ナッソー』の三隻がパールハーバーに入港していた。

「どうだい、スプルーアンス少将。あれを見ると力が湧いてくるんじゃないかな」

司令部長官執務室からパールハーバー基地に係留された増援艦隊を見下ろしなが

ら、太平洋艦隊司令長官兼太平洋方面総司令官チェスター・W・ニミッツ大将が隣にいる第一七任務部隊指揮官レイモンド・A・スプルーアンス少将に言った。

「壮観ですなあ」スプルーアンスが力を込めて言った。

三日前にソロモンからパールハーバー基地に帰港したスプルーアンスは、内地に戻されることを確信していた。ところが、ニミッツに呼ばれて長官執務室に行くと、「引き続き君には第一七任務部隊を指揮してもらうからそのつもりで」と留任が許されたのだ。

あまりにも意外なニミッツの言葉に、スプルーアンスはすぐには信じられなかった。

「正直に言って、ミッドウエーのときにハルゼーから君を推薦されて、私は不安だったよ。冷静沈着で鋭い頭脳を持っていることは認めるが、線の細さは否めなかったからだ。しかし、君は苦汁を舐めてもくじけなかったし、内に秘めた闘志も感じた。そこに君の可能性を見たんだよ。だが今回のソロモンでの結果は、さすがの君も相当にまいったようだね。違うかい？」

「はい……」

「解任も覚悟したたね」

「当然かと……」

「だから、留任を決めたんだよ」

「えっ？」

「挫折は人を強くもするし、腐らせもする。そしてそこが軍人の分かれ道なんだと私は思っている。君はどっちの道を行くのか、その答えを私は見てみたいんだ」

「長官。私は……」

「ただし、ラスト・チャンスだ。次はない。健闘を祈る」

「ありがとうございます」

天国と地獄とはまさにこのことだと、スプルーアンスは素直に思った。自分でも現金だとは思うが、ソロモンからの帰路の落ち込みようが嘘のような気がした。

すぐに脳裏を占めたのは、怪我でしばらく動けないキャスター参謀長の後釜だった。

「参謀長。見えるか」

パールハーバーに帰港してきた第一六任務部隊旗艦空母『サラトガ』の艦橋で、双眼鏡を目に当てていた指揮官ウィリアム・F・ハルゼー中将は喜々とした声を上げた。

「見ていますよ、提督。あれが新鋭空母の『エセックス』ですね」

ハルゼーの横で、これまた双眼鏡を覗いていたマイルス・ブローニング参謀長が興奮気味に応じる。まるで長い間会えなかった恋人と再会したような気分だと、ブローニングは思った。

「これで十分というわけではないが、こっちも戦えるだけの力を取り戻したというわけだな」

「そういうことですね、提督」

ハルゼーにとって湾内のスピード制限がこれほど腹立たしく感じたのは、今が初めてだった。

トラック泊地を出てから一週間、『大和』航空戦隊は太平洋のほぼ中央を北東に向かっていた。このまま進めばアメリカ海軍の基地があるジョンストン島とミッドウエー島の東方にあるレイサン島の間を切り裂くコースだ。切り裂いた先の東にはハワイ諸島がある。

「そろそろアメリカ太平洋艦隊が動き出すはずだがな」

これが『大和』航空艦隊司令官千崎薫中将と神重徳大佐の一致した意見だった。そしてもし動くとしたら、アメリカ艦隊はこれまでの戦力ではなく増強されている可能性が高いというのも同じだった。

「そうなると第三艦隊だろうな、狙いは」

「敵の増強がどのくらいの規模かで変わるでしょうが、ニミッツのことです。全戦力を投入して、一気に第三艦隊を叩きつぶそうとするかもしれませんよ」

「ああ。十分に考えられるぜ。だが、第三艦隊を潰されるわけにはいかねえし、敵が出てきてくれるというのなら、それはそれでこっちのチャンスでもあるわけだ」

「決まりですね」

「決まりだな」

ソロモンを発つ前の二人の会話である。

その『大和』航空戦隊の航行を妨げるように、季節は、荒い波と激しい風、そして濃霧を課している。基準排水量六万九一〇〇トン、未曾有の排水量を誇る旗艦超戦闘空母『大和』でさえも落ち葉のように嬲られていた。

後方を行く駆逐艦群にも、地獄のような揺れがたえまなく襲っている。それでも弱音を吐く乗組員はいない。戦いとはそんなものだと誰もが知っているからだ。

未来輸送船『あきつ』も喘いでいた。揺れ動く『あきつ』のCIC（戦闘指揮所）で、未来人志藤雅臣少佐はコンピュータのモニターを睨み、深いため息を吐いた。『あきつ』のすべての機器を使って天候の予測作業をしているのだが、なかなかうまくいかないのだ。志藤がいた時代なら、通信衛星が刻々と地球規模で気象情報を送ってくるから天候の予測はそう難しいことではない。しかし通信衛星のないこの時代には、それは望むべきものではなかった。

「難航しているようだな」背後から声をかけてきたのは『あきつ』艦長山辺敬三大佐だ。

「はい。『あきつ』はこの時代にあっては確かに卓越した艦です。しかし万能というわけではありませんからね。自ずと限度というものがありますよ」

「うん。それはそうだろうな。俺はいまだに『あきつ』の全貌がわかっているわけではないから大きなことは言えないが、『あきつ』にだってできんことがあって当然だろう。そして、それはそれでいいんじゃないかな」

「そうですね、艦長」志藤が明るく笑い、山辺が志藤の肩をポンと叩いた。

はじめから二人の関係がこうだったわけではない。『あきつ』の艦長を打診されたとき、山辺は激しく首を振った。当然だろう。見も知らぬ構造も性能も良くわからない艦の艦長になれと言われて、おいそれと引き受けられないのが普通というものだ。

「だが、お前しかいない。本当なら志藤少佐がその任に当たればいいと俺も思っているのだが、しかし、どこの者とも知らぬ人間に乗組員がついてくるはずもないのは、お前にもわかるはずだ。もちろん実際上の指揮は志藤に任せればいい。だから頼む」神参謀長はそう言った。

しかし、その言葉が逆に山辺の拒否反応を生んだ。まるで名前だけの艦長になれと言われているような気がしたからだ。山辺は温厚な性格で我慢強いほうだが、プライドがないわけではなかった。

「山辺。誤解するなよ。参謀長はな、お前を馬鹿にしているわけでも軽く見ているわけでもねえんだぜ。逆だよ、逆。おそらくは困難になるであろう『あきつ』艦長という職務は、お前にしか任せられない、そう言っているんだ。忍耐力ではお前に匹敵する者はおらんからな」千崎が神をフォローした。

「そうか。すまん、山辺。どうも俺という人間は人を説得したり理解させることがうまくないようだ。言葉が足りないとしたら詫びる。司令官のおっしゃる通りなんだ。性能も能力も定かではない艦の艦長は、間違いなく辛い仕事になるだろう。しかもお前が誤解したように名前だけの艦長と見られる可能性もある。だが、それだけしんどい仕事は、責任感が強く逆境に強いお前にしか頼めないと思ったから選んだんだ。決してお前を軽く見たわけじゃない」

神が深く頭を下げた。

「あ、いや、参謀長。頭を上げて下さい。困ったな……」

「なにを困ることがあるんだ。俺からも頼むよ、山辺。『あきつ』の艦長をやってくれ」

今度は千崎を頭を下げる。

二人にそこまでされたら、いかに不満があろうとも、戦隊から出ていく覚悟がなければ断わることはできない。

だが山辺は『大和』航空戦隊から出ていくつもりはなかった。納得したわけではないのだが、とにかく山辺は『あきつ』の艦長を引き受けた。そして今では断わらなくて良かったと心底から思っている。名目上の艦長であることは今でも変わらないが、名前だけというわけではない。それは、志藤という男が決して出しゃばらずなにかにつけて山辺を立てるからだ。志藤の気遣いは、ときとしてそこまでしなくてもいいと山辺が思うほどに細やかであった。

しかし、山辺が『あきつ』艦長に満足しているのは志藤の存在だけではない。

『あきつ』という艦を知れば知るほど、船乗りとしての興味が尽きなくなっているのだ。

今では反対に、『あきつ』の艦長を辞めろと言われても、決して辞める気はなかった。

「なんだと！」

第三艦隊司令長官小沢治三郎中将は、内地からの暗号電報に一瞬、顔色を変えた。

だがすぐに小沢の顔に朱が差し始めた。

「来たな、参謀長」小沢はニヤリと笑うと草鹿参謀長を見た。

「待ったかいがありましたね」草鹿がホッとしたように言った。

「アメ公め。目にもの見せてやるぞ」

小沢が拳をギュッと握った。

まだ風は多少あるものの、昨夜の荒れ模様に比べれば波は穏やかさを取り戻したと言っていいだろう。『あきつ』から荒天は去ったという報告が入っており、超戦闘空母『大和』の飛行甲板では、訓練のために次々と格納庫から攻撃機が引き出されている。

艦橋にいる『大和』航空戦隊司令官千崎薫中将の顔は、常になく鋭く引き締まっていた。千崎に並ぶ参謀長神重徳大佐は相変わらずの無表情だが、よく見れば瞳の奥に揺れる炎があるのがわかった。

背後に並ぶ幕僚たちの表情も同じだった。それは新たなる戦いへの決意の表われそのものであった。

「見ろ。あれはどう見ても日章旗やで」参謀の誰かが言った。

「おう」というどよめきが艦橋に起こる。

天空の雲が切れ、陽光が数条のすじとなって輝いている。確かにそれは日章旗のようだった。

「お天道さんが祝福してくれてるんや」大阪出身の参謀が感極まった声で言う。

もう、誰も何も言わない。ただ、巨大な日章旗と化した天空を見つめ続けるだけであった。

一九四二（昭和一七）年一〇月の初旬のことである。

第六章　決　戦

　太平洋艦隊第一六任務部隊の新旗艦空母『エセックス』の艦首が切り裂く波が、白い飛沫になって日光にキラキラと煌（きら）めきながら舞っていた。

「船出良好だな」

　第一六任務部隊指揮官ハルゼー中将の顔も、これ以上にないくらいに輝いていた。

「まるで子供のようですね、提督は……」

　ブローニング参謀長さえ呆れたほどに、ハルゼーは上機嫌だった。

「当然だろ、参謀長。やっとジャップどもに借りを返せるんだ。これほどの喜びはないぞ。それとも、お前は違うとでも言うのか」

　ハルゼーが表情を変えて、ブローニングを睨む。もちろん本気であるはずはない。

「違うわけはありませんよ、提督。私だってジャップにはずいぶんと怨みがあるんですからね」

「アハハッ。そうだろうともよ」

そのとき、飛行甲板にすさまじいエンジン音が響き始めた。

ハルゼーとブローニングが、艦橋の窓辺に寄って飛行甲板を見た。回転を始めた新型艦上戦闘機グラマンF6F『ヘルキャット』のプロペラが、空気を切り裂いている。洋上飛行訓練が始まったのだ。

「始めるようだな」

F4F『ワイルドキャット』と兄弟機ということもあって『ワイルドキャット』を操縦していたパイロットたちにはほとんど戸惑いも違和感もないらしく、この新型機にそう苦労はしていないようだ。しかしまったく同じわけではないのは当然で、なかには強力になったエンジンや操縦性に追いつけない者も若干いた。この訓練はそういう者たちの修練の場であった。

ググゥォ――――――ンと二〇〇〇馬力のエンジンのピッチが上がり、ずんぐりとしてあまり見かけは良くないものの、それだけに頑丈な機体を天空に誘った。また一機、次の一機と天空に駆け上ってゆく『ヘルキャット』を、ハルゼーが頼もしげに見つめていた。

「そろそろスプルーアンス少将もパールハーバーを出る頃でしょうね」

甲板にいた『ヘルキャット』の離艦がひとまず完了し、飛行甲板が静かになってからブローニングが言った。

新生ともいえるアメリカ太平洋艦隊の二つの任務部隊が、まず作戦を練り上げたのは、ミッドウエーを守護する日本軍の第三艦隊撃滅だった。作戦は、第一六任務部隊がミッドウエーの西方に回り込み、遅れて出撃する第一七任務部隊と挟撃するというものである。

まさかこのとき、その第三艦隊もアメリカ軍に決戦を挑むべくハワイに向かって出撃していたなどとは、さすがのハルゼー司令部も気づいていなかった。

「新しいというのは、いいもんですねえ」

パールハーバーから外洋に出る第一七任務部隊の新旗艦『ヨークタウンⅡ』の艦橋で、前参謀長が負傷療養のために臨時参謀長として就任したアーノルド・キャプラン中佐が言った。

「確か君は『レキシントン』にいたことがあったはずだね」

物珍しげに『ヨークタウンⅡ』の艦橋内を見回すキャプランに、スプルーアンスが言った。

「はい。ただしほんの三カ月ほどですぐに巡洋艦隊に戻りましたから、そう詳しく知ってはおりません」

「うん。それはいい。しかし、すまないが今度も短期間だと思うけど、よろしくお願いするよ」

「問題はありませんよ、提督。それどころか、空母に乗せていただくことで新しいことをたくさん学べますから、ありがたいお話です」

キャプランの言葉に、スプルーアンスが満足そうにうなずいた。

（案外に拾いものかもしれない。常識を絵に描いたような人物には違いないが、逆に言えばなんでも吸収してゆくから、化けて優れた参謀になることもある）そう思って、スプルーアンスはキャプラン参謀長を見た。

「くそっ。アメ公め。まだ出てこないのか」

第三艦隊司令長官小沢治三郎中将が、苛立（いらだ）しそうに言った。

ミッドウエーを発（た）って二日、第三艦隊はハワイ諸島の北西五〇〇カイリにいた。〈真珠湾奇襲作戦〉の日本艦隊出撃ポイントとほぼ同じだ。予定通りならば、『大和』航空戦隊もハワイ諸島南西のほぼ等距離にいるはずであり、動き出したアメリカ艦隊を上下から迎撃しようというのである。

第三艦隊が索敵を強化したのは昨日からだが、結果はまだ出ていない。

「敵は戦力が調わなくて出てこれないとは考えられませんか」言ったのは航海参謀である。

アメ公にはそんな力がないんじゃないか、と参謀の一部には言う者がいることを、草鹿参謀長は知っていた。そのため、「よさんか。まだ索敵を始めてからわずか一日じゃないか」と、小沢に気を遣いながら、参謀に、よせとばかりに目で合図を送った。だが遅かった。

「やる気のない奴は、司令部から出ていってもかまわんぞ。そういう奴は邪魔になるだけだ」

小沢がおさえた声で言う。かえってこういうときのほうが小沢の怒りが激しいことに、草鹿は気づいていた。

「あ、いえ。その、あの、申しわけありません」航海参謀があわてて頭を下げた。

「腰抜けが」

「あ、長官。航海参謀も別に戦うことが嫌で言ったわけではないと思いますので」

草鹿がかばう。

「当たり前だ！　本気でそんなことを言ったのだとしたら、俺がぶん殴ってやる」

小沢の怒りが爆発し、草鹿はまた余計なことを言ってしまったかと腹で唸った。

「参謀長。あと何機か索敵機を増やしてくれ。奴らはいる。必ずいるんだ」

小沢が自分に言い聞かせるように、命じた。

「承知しました」草鹿が応じる。

今でも専門の偵察機は出払っており、旗艦空母『赤城』と『加賀』の艦攻と艦爆を索敵機に回してもいた。正直なところこれ以上索敵に回すと、いざというときの不安がないでもなかったが、これ以上小沢に荒れられたらかなわんと、無理を覚悟した。

それだけの措置をこうじながらも、先に敵を発見したのは第一六任務部隊の偵察機だった。しかし発見した位置があまりも推測と違っていたために、逆にハルゼー提督の司令部は困惑した。

「どういうことだ、ブローニング参謀長。こちらの推測では、敵艦隊はもっと南西にいるはずではないのか？」

「そうです、提督。これじゃあ、ミッドウエー基地守護を放棄したとしか思えませんね、敵艦隊は」

「なんのためにだ」

たぶん、答えはハルゼーも知っていたはずだ。だが、ブローニングの口からも答えを聞きたかったのだろう。

「こちらを攻撃するためにです。他に考えられません」

「ということは、別の艦隊がミッドウエー守護に回ったということか」

「おそらくそうでしょうね」

「第一七任務部隊との距離は？」

「後方に三五〇マイル程度だと考えられます」

「となると、敵第三艦隊と第一七任務部隊との距離は四五〇マイルか……先手は我が第一六任務部隊で、こっちが攻撃を終えた頃には第一七任務部隊の攻撃部隊が到着する。そういうことだな」

「間違いありませんね」

ブローニング参謀長はそう答えたが、ほんのわずかに胸の奥でカサリとする音がした。なんともいえない苦さを持つ音……。

後で思えばブローニングはもう少しそれに固執すべきだったのだろうが、「攻撃部隊準備！」というハルゼーの凜とした命令が、ブローニングからそれにこだわる気持ちを吹き飛ばした。

一方、最初に不幸に見舞われたのは、アメリカ艦隊第一六任務部隊を発見した第三艦隊である。

「いたか！」

小沢は狂喜し、北方にもう一つのアメリカ艦隊がいることなど考えもしなかった。しかも距離が四五〇カイリだったことで、攻撃の準備が遅れたのである。

だが、不幸だったのは第一七任務部隊も同じだ。第三艦隊を発見したことで挟撃ができると確信し、その後の偵察を怠っていたのである。

「全速前進。この距離ではこっちの攻撃部隊は日本艦隊に届かない」

スプルーアンス提督が、敵のいるはずの方向を睨んで命じた。

先に出撃したのは『エセックス』と『サラトガ』の第一六任務部隊の攻撃部隊であった。

攻撃部隊は新鋭艦上戦闘機グラマンＦ６Ｆ『ヘルキャット』二〇機を先頭に、二四機のカーチスSB2C『ヘルダイバー』艦上爆撃機、そして二〇機のグラマンTBF『アベンジャー』艦上攻撃機の計六二機で編制されていた。

遅れること一〇分で、第三艦隊の空母『赤城』『加賀』『飛龍』の三隻から零式艦上戦闘機二四機、九九式艦上爆撃機三六機、九七式艦上攻撃機三六機、あわせて九六機の大編隊が第一七任務部隊に向かって天空に舞った。

一方、第一七任務部隊の攻撃部隊が『ヨークタウンⅡ』から飛び立ったのは、第三艦隊から遅れることなお一五分である。

午後五時三〇分、薄闇が降り始めた海原を、この時代では異形としかいえない艦艇が三隻、縦に並んで滑るように唸りながら疾走してゆく。そう、『大和』航空戦隊麾下(きか)の未来輸送艦『あきつ』搭載のホバークラフト方式のエアクッション艇LCAC(エルキャック)隊である。

「隊長。今日は三艇とも成功したいですね」

『大和』航空戦隊LCAC隊一号艇操縦員高木和夫一等機関兵曹が、正面を見据えて言った。

「初陣は終わったし、点検は十分にした。今日は大丈夫だろう」

ＬＣＡＣ隊長安藤信吾機関大尉が、レーダーの画面を覗きながら自信に満ちた表情で答える。

『大和』航空戦隊の索敵機が第一七任務部隊を発見したのは、第一六任務部隊を発見した時間をわずかに遅れたくらいである。距離は五〇〇カイリ。航空攻撃には距離がありすぎたが、千崎司令官は前回の海戦で華々しい戦果を上げたＬＣＡＣ隊の出撃を命じた。

バババババババババッ。バババババババババッ。

超秘密新兵器である空飛ぶ魚雷『快天』を載せたＬＣＡＣ隊が、風を切って獲物の待つ戦場にまっしぐらに進んでいく。

「長官。北方に機影です！」通信参謀が困惑の声で報告した。

「北方に機影だと？」小沢長官が首を傾げる。

「敵ですよ、長官。それは敵です」草鹿参謀長が鋭く言った。

「敵？」

「長官。敵も複数だったんですよ。敵の艦隊も複数だったんです」

草鹿の言葉で小沢の顔に驚愕が走る。

「迎撃だ！　参謀長。今すぐに飛ばせるのは何機だ！」

「『加賀』に三機一小隊が緊急に備えているはずです！」

「よし。その連中をすぐに離艦させ、後続部隊を急いで準備しろ！」切迫した声で小沢が叫んだ。

「くそっ。なんでそのことを考えていなかったんだ。こっちが複数なら、敵だって複数である可能性は考えておくべきだった」

小沢は後悔で身を切られるような痛みを感じていた。

「敵の数はわかるか？」

「先頭の、おそらく戦闘機部隊でしょうが一五、六機はいると思います」通信参謀が怯えた声で言った。

「三機対一六機か、いかな『零戦』でも苦戦は免れんな……」小沢が唇を引きつかせるようにして、言葉を漏らす。

「一五分です、長官。連中が一五分耐えてくれれば後続部隊が飛べます」

航空参謀は言うが、声には明らかに苦悩がある。なぜなら、その一五分があれば、敵戦闘機部隊の後方に控えている艦爆隊、艦攻隊も到着するかもしれないからだ。

それは小沢も気がついているのだろう。航空参謀に軽くうなずいた。

「参謀長。対空砲火の準備はいいな」

「全艦が敵さんをお待ちしていますよ」

草鹿は気持ちを引き上げようと軽い調子で言ってみたが、効果はあまりなかった。

敵が『ワイルドキャット』ではないことに気づいたのは、空母『加賀』から飛び立った『零戦』三機を率いている小隊長の土佐一蔵少尉である。敵艦戦は外形は『ワイルドキャット』とよく似ているが一回り大きく、より堅固に見えた。

「新型機か……」土佐はつぶやいて、正面からの攻撃を控え、旋回して上昇した。新型機なら当然『ワイルドキャット』の能力を上回っていると見るべきだし、それならばできるだけ敵の能力を見定めようと思ったのだ。

部下二機も土佐に従い、旋回に移る。

『零戦』の旋回を見て、『ヘルキャット』隊を指揮する『エセックス』隊のディビッド中尉はニンマリと笑った。

「馬鹿じゃねえようだな。こっちが『ワイルドキャット』じゃねえのに気づいて逃げようとしてやがる。まあ、『ワイルドキャット』ならそれもできねえ話じゃねえが、『ヘルキャット』のスピードは『ワイルドキャット』より一〇〇キロ以上も速いんだ。逃がしゃしねえぞ」

ディビッドが操縦桿を引いてスロットルを開くと、ブゴゴゴ――――ンと二〇〇〇馬力のエンジンが全開して『ヘルキャット』が加速、急上昇した。

チラリと背後を見た土佐が舌打ちした。土佐が直感した通り、新型機はまず速度が『ワイルドキャット』を超えていることがわかったからだ。

（しんどくなりそうだな）そう思って、愛機を横に滑らせた。

『ヘルキャット』が追おうと機体を滑らせたが、それはややぎこちない。

「こういう動きは少し鈍いが、即断はできないな。操縦員の腕かもしれない」

ベテランらしく土佐は油断しない。

「くそっ、ゼロめ。相変わらずチョコマカとうるせえぜ」

『ワイルドキャット』時代にも操縦性能で苦戦させられてきただけに、ディビッドの頭に血が上った。

「面倒くせえ。一気に行ってやる！」

ディビッドが再びスロットルを全開にして、『零戦』を追った。みるみるうちに土佐機とディビッド機の距離が縮まる。次の瞬間、土佐機が急旋回した。

「ちっ。いつもいつも同じ手ばっかりだな。そうやって背後に回ろうってえんだろうが、そうはいかねえよ」言うと、ディビッドは速度を上げた。逃げたわけではない。

土佐はすぐに気づいていた。ディビッド機の背後にはまだ二機の『ヘルキャット』があり、旋回してディビッド機の背後につこうとすればその二機に自分が背後をつかれるのだ。数に優る『ヘルキャット』の小憎らしいほどの連係プレーだ。

土佐は途中で旋回をやめ、背面飛行のまま離脱をはかった。ところがこんな行為はベテランの土佐ならではのことで、部下の二機には無理な芸当だった。

ドガガガガガガガッ！

連係プレーの罠から脱出できなかった二機が、瞬く間に『ヘルキャット』の放つ一二・七ミリ機銃の餌食になり、撃墜された。

相次ぐ部下の撃墜で、土佐の怒りが一気に爆発した。編隊を組んで悠々と迫ってくる『ヘルキャット』隊に、土佐のほうから飛び込んでゆく。これだけ数の差があればどうにもならないことはわかりきっているが、尻尾を巻いて逃げるには土佐は侍すぎた。

「馬鹿な奴だ」

『ヘルキャット』の優秀さを確認したディビッドが、薄笑いを浮かべる。

「チャーリー。あれは！」

高度四〇〇〇メートルで降下を始め、途中にあった雲海を抜けた第一七任務部隊の偵察機のパイロットが悲鳴のような声を上げた。

自分たちよりおよそ五〇〇メートルほどの下の高度二〇〇〇メートルを、二〇機以上の『零戦』が轟音を響かせて編隊を組んでいたのだ。

「電信員。旗艦に連絡。我、敵戦闘機部隊発見、数およそ二〇、だ」

「敵戦闘機、部隊？」

偵察機からの報告に、第一七任務部隊指揮官スプルーアンス少将はスッと目を細めた。

「なるほど。敵は一つではないということか」

スプルーアンスのつぶやく声に、キャプラン参謀長が青ざめた。

第一七任務部隊の空母は、エセックス級正規空母『ヨークタウンII』と格納庫代わりのボーグ級護衛空母『コパヒー』『ナッソー』だった。

この日の『ヨークタウンII』は二八機の艦上戦闘機を積んでおり、うちの二四機が『ヘルキャット』で残りの四機が『ワイルドキャット』だった。二隻の護衛空母にも合わせて一二機の艦戦を搭載しているが、これも全機が『ワイルドキャット』である。

「キャプラン参謀長。護衛空母に連絡して艦戦をこちらに呼び、艦爆を新しい敵艦隊を探すために出撃させるように命令してくれ」

「承知しました」

スプルーアンスは、敵第三艦隊攻撃部隊のガードとして一二機の『ヘルキャット』を随伴させており、残った『ヘルキャット』のうち八機と四機の『ワイルドキャット』で迎撃部隊を編制していたが、二方向から攻撃を受けるとそれでは間に合わないのは当然だった。

一応の命令を終え、スプルーアンスが大きく息を吐いた。

「なかなか楽はさせてもらえないようだな」

目まぐるしく変化する戦況に、スプルーアンスは愕然(がくぜん)とする思いだった。

ガガガガ――――ン！　ズガガガガガ――――――ン！

第一六任務部隊攻撃部隊の艦爆機カーチスSB2C『ヘルダイバー』が放った五

〇〇ポンド爆弾が、空母『飛龍』を援護する戦艦『比叡』の甲板を相次いで直撃した。

直撃弾は機銃座を破壊したものの、さほど大きな被害は受けていない。しかし、左舷に受けた魚雷はそうもいかず、舷側を裂かれた『比叡』は艦体が傾くことを避けるために反対側に注水してバランスを保った。ところがバランスは保てたものの、注水は『比叡』から速力を奪った。三〇ノットを誇る高速戦艦の速力が、今では二〇ノットを切っている。

爆弾と魚雷の攻撃を避けるために、『比叡』艦長は絶叫しながら右に左にと乙の字に転舵を繰り返させた。

フラフラとしながらではあるが、『比叡』はすさまじい対空砲火で敵に報いた。

ドドドドドドッと高角砲が唸る。

ズガガガガガガガッと機銃がけたたましく啼き続ける。

ドグワァ――――――――ン！

艦尾に二発目の魚雷を受けた『比叡』は一瞬、海原から持ち上がるように見えた。

「か、艦長。舵をやられたようです。転舵ができません！」

「そうか」艦長が顔を曇らせる。

先に速力を奪われ、今度は操縦を奪われた。悪い予感が艦長の脳裏に広がってゆく。

ガガッガガァ―――ンッ！

五〇〇ポンド爆弾が二本ある煙突の間のマストの根元を叩く。衝撃でマストが傾き、煙突にぶつかった。

「司令官に総員退去の許可を……」艦長が静かに命じた。

退去は即座に許され、艦長は疲れた表情でゆっくりと煙草に火を着けた。艦長は艦と最期を共にする気なのだ。副長が灰皿を艦長のほうに押した。

「なにをぐずぐずしている」

副長を叱る。

「お供させていただきます」

「いかん」

「いえ」

「わからん奴だな。死ぬのは俺だけでいい。艦と最後を共にするのは一人だけでいいんだ。それ以上の者の死は、犬死にだ。お前の使命は、新たな艦で指揮を執ることだ。そしてもしその艦の最期が来たら、今度はお前が死ねばいい。だから今は死ぬな」

「か、艦長」

「戦は人でやるものだ。だから失うのは少なければ少ないほうが、いい」

「艦長……」

「いつか、会える。焦ることはない」艦長が優しく笑った。

敵を撃墜して反転しようとした『大和』航空戦隊『零戦』部隊指揮官室町昌晴少佐の愛機の背後に回り込んだ敵機が、機銃弾を発射した。機銃弾が機の横をかすめる。室町は不敵に笑うなり愛機を旋回させた。

攻撃失敗を悟った『ワイルドキャット』が急降下に移る。

「くそっ！」

構造がひ弱な『零戦』は、急降下する『ワイルドキャット』を追えない。

そのときだ。『ワイルドキャット』が降下した先に『零戦』が見えた。

自分の二番機の柳一飛曹だと知った室町が、苦笑する。まだまだ未熟だと思っていた柳の成長を見て、頬に思わず笑みが広がった。

接近した柳機が二〇ミリ機関砲を放った。

ドグワァン！　強烈な一撃が『ワイルドキャット』を吹っ飛ばした。すぐに柳機が上昇してくる。室町が、よくやったとばかりに翼をバンクさせると、柳がそれに応じて翼を揺らした。

室町隊が第一七任務部隊の迎撃部隊を蹴散らし終わった頃、『大和』分隊長山根和史少佐が率いる艦爆隊が第一七任務部隊に襲いかかっていた。

ズドドドドドドドッ！　ガガガガガガガッ！

旗艦空母『ヨークタウンⅡ』を守る重巡『アストリア』、軽巡『セントルイス』、駆逐艦『モリス』らの対空砲火が九九式艦爆に集中する。

ボン、ボンム、ボンと機体の周囲で高角砲弾が炸裂し、衝撃が九九式艦爆を襲う。

それをものともせずに、命知らずたちが駆る艦爆が爆弾を放った。

ガッガァ――――ン！

二五〇キロ爆弾を受けた『アストリア』の艦体が振動した。

『ヨークタウンⅡ』は魚雷を避けるために、ジグザグ航走を続けている。

「提督。『モリス』が撃沈されました！」

「そうか」言ったスプルーアンスが苦渋の顔になった。

味方艦の沈没は、むろん血の出るほどに怒りを誘う。しかし今それ以上にスプルーアンスを苛立たせているのは、もう一つの敵艦隊の行方がまだわからないことだ。もっとも、発見できたとしても、第一七任務部隊にはすぐに反撃できるだけの戦力は残っていなそうではあった。

「司令官。索敵機が敵の小型空母二隻を発見しました」の報告に、千崎が神を見た。

「護衛空母でしょう。大西洋でドイツのUボートを相手にして、かなりの活躍を見せているという話を聞いています。空母自体の戦闘能力は駆逐艦程度のようですが、走る格納庫の存在はこれで結構厄介かもしれませんね」

「なるほどな」

「司令官。その護衛空母の位置ですが、どうもＬＣＡＣ隊の針路の先です」

「どうする、参謀長。ＬＣＡＣ隊に無線を飛ばせば自分からこっちの位置を明かす危険はあるが、厄介者は叩いておきたいよな」

「それでいいと思います。発見されていないとしても、どのみち時間の問題でしょうからね。それよりも、敵の戦力を削いでおくほうが賢明な策でしょう」

「よし。通信参謀。ＬＣＡＣ隊に打電。敵の小型空母を殲滅せよ、だ」

『ヨークタウンⅡ』に最初の一撃を浴びせたのは、九七式艦攻の雷撃だった。直撃に『ヨークタウンⅡ』は大きく揺れたが、さすがに新鋭空母、防御が厚く大きな被害はなかった。

九九式艦爆の急降下爆撃は一段落したようで、これからは雷撃が中心になると読んだスプルーアンスは、見張員とソナー士に檄を飛ばした。

スプルーアンスが読んだ通り日本軍の攻撃は雷撃に移り、『ヨークタウンⅡ』を守るように魚雷を受けた軽巡『セントルイス』と駆逐艦『モリス』が相次いで撃沈された。

他にも重巡『アストリア』『チェスター』が小破していた。

第一六任務部隊と第一七任務部隊の攻撃部隊に連続攻撃を受けた第三艦隊の被害も少なくなかった。すでに重巡『比叡』を失い、今は第二航空戦隊の改装空母『隼鷹』が炎上しているという報告が入り、小沢を唸らせていた。

「撤退すべきです」次々に飛び込んでくる被害報告に、草鹿参謀長が進言した。

「『大和』航空戦隊の攻撃が始まったため南の敵からの二次攻撃はないかもしれませんが、北からの脅威は無視できません。ここはいったん引いて体勢を立て直すべきです」

草鹿が、ここは引き下がりませんよとばかりに強い表情で小沢に迫る。

草鹿の意見も一理あることは小沢にもわかる。だが、草鹿も言う通り南の敵に対し『大和』航空戦隊の攻撃が始まっており、ここは逃げずに戦いたい気持ちも強いのだ。

小沢のそんな未練を断ち切らせたのは、『隼鷹』の沈没と『飛龍』中破の報告であった。

「是非もない」と口にして、小沢は攻撃部隊の帰艦後、撤退を命じた。

「隊長。いました！」ＬＣＡＣ一号艇のレーダー員が報告した。

司令部から小型空母殲滅への命令変更を受けたＬＣＡＣ隊は、当初の針路よりやや右にとっていた。

「距離は？」

「後一五分で『快天』の射程に入ります」

「発射の準備はできてるな」連絡係の恩田卓上等兵に、高木隊長が確認をとる。

「いつでも大丈夫です」恩田上等兵が答えた。

一五分後、ゴゴゴゴゴ――――――――――ッと三基の空飛ぶ魚雷『快天』が天空に飛び出す。

安全圏にいるはずだった二隻のボーグ級護衛空母『コパヒー』と『ナッソー』は、新たな敵艦隊の出現によって、安全とは言い切れなくなったことを知っていた。

ボーグ級護衛空母の兵装は、一二・七センチ単装高角砲二基二門、四〇ミリ連装機関砲五基一〇門、二〇ミリ単装機銃一〇基一〇挺と砲の数では並の駆逐艦よりはましなように見えるが、鈍足を考えるとやはり駆逐艦と同程度の戦力しかない。

二隻の護衛空母の援護に二隻のシムス級駆逐艦『ラッセル』と『アンダーソン』がいるにはいるが、本格的な海戦は避けたいというのが本音だった。

ガガ――――――――――ンと左舷に炸裂音がして、軽量の『コパヒー』が激しく振動した。

ドガガガ――――――――ン！　ドガガガ――――――――――ン！

続いて二発の炸裂音。一発は『ナッソー』、もう一発は駆逐艦『ラッセル』の舷側だ。

攻撃を受けたという認識は、アメリカ軍兵の誰にもあった。しかし、ではどういう攻撃を受けたのかを正確に証言できる者はいなかった。

それは、被害を受けてから三隻が沈没に至るまでの時間があまりにも短かったことにもある。

三隻の生存者は数えるほどであり、攻撃を受けなかった駆逐艦『アンダーソン』の乗組員も、あっという間に炎上して海中に没してゆく三隻をただ茫然（ぼうせん）と見ていただけであった。

生き残りの『アンダーソン』からの報告を聞き、スプルーアンスは茫然とした。十分とは言えない報告ではあるが、空母『ホーネット』の最期のときとの共通性を感じたからだ。

敵の正体はスプルーアンスにも喝破（かっぱ）はできないが、そこに存在する事実は受け入れざるを得なかった。それは、「魚雷が飛んできた」という事実である。どんな形だか、どのようにして飛ばせるのかはわからなかったが。

答えの一端をもたらしたのは、意外にも常識人のキャプラン参謀長であった。

「提督。それはロケットではないでしょうか」

「ロケット！」

ロケット自体のことはスプルーアンスも聞いたことはあった。しかしスプルーアンスがそれに気づかなかったのは、「空飛ぶ魚雷」という言葉に囚（とら）われすぎていたからかもしれない。

それに、スプルーアンスの知るロケット兵器は小型の爆弾などを火薬を推進器として飛ばすもので、射程距離がかなり短距離だというイメージも邪魔していたのだろう。

「私も詳しく知っているわけではありませんが、ドイツでは長距離を飛ばすことが可能なロケットの研究が行なわれているようです」

「長距離を飛ぶロケット？　空飛ぶ魚雷？」

正確な形やシステムは皆目見当もつかないが、スプルーアンスの脳裏には機体後部から激しく炎を排出して飛ぶ魚雷の姿がおぼろげに浮かび上がっていた。

「日本軍はそんな兵器を開発したのか……」

まざまざと恐怖がスプルーアンスを捉える。この戦争が始まって初めて、スプルーアンスが日本人に対して感じた根元的な恐怖だった。自分たちはとんでもない奴らを敵にしてしまったのかもしれないと感じた。そして、スプルーアンスも撤退を決める。というよりも、このまま戦い続けるには戦力低下が大きすぎたのだ。

「第二次攻撃部隊の準備はいいな」

敵第三艦隊による被害を最小限に抑えたハルゼー提督が、鋭く言う。

「できています」

第一七任務部隊の受けた手ひどい被害の報告を聞いている第一六任務部隊の司令部は、リベンジの炎に燃えていた。

計六八機の第一六任務部隊第二次攻撃部隊が、飛翔した。

しかし、この六八機は空振りに終わる。目標を見失った第二次攻撃部隊はそれでも二時間ほど第三艦隊を探し回ったが、搭載されたばかりの『ヘルキャット』のレーダー性能が不十分で、夜陰に乗じて撤退を敢行した第三艦隊を見つけることはできなかったのだ。

「ブローニング。敵の動きを予測してみようじゃないか」

第二次攻撃隊の帰還を待つ『エセックス』の海図室でハルゼー提督が言った。

もっとも、まだ今日の戦況の明確な分析は済んでおらず正確な敵艦隊の動きも摑み切れていないのだから、ハルゼーの言う予測はそう正しくできるとは思えなかった。

が、やってみることは無駄ではないはずだと、ブローニング参謀長は海図を睨んだ。

「小休止ですね」第一七任務部隊の撤退を知った神重徳参謀長が、落ち着き払った声で言った。

「皮肉な戦いだったな」千崎がつまらなそうに言った。

挟撃された形のちょうど真ん中の二艦隊に大きな被害があり、『大和』航空戦隊とアメリカ軍の北に位置した艦隊はほぼ無傷で残った。千崎も神もその艦隊を逃がすつもりはなかったが、分析が終わっていないという意味ではこちらも大差はない。

しかし、『大和』航空戦隊にはとっておきの秘密兵器があった。言わずと知れた未来輸送艦『あきつ』が装備するコンピュータだ。むろんコンピュータが万能というわけではない。十分な情報がなければコンピュータもただの箱にすぎないと言ったのは、未来人の志藤雅臣少佐だ。

「司令官。内火艇の準備ができました」従兵の声に、千崎と神が立ち上がった。行く先は当然『あきつ』のＣＩＣである。

第一七任務部隊指揮官スプルーアンス少将からもたらされた正体不明の超兵器「空飛ぶ魚雷」の報告は、太平洋艦隊司令長官チェスター・Ｗ・ニミッツ大将を動揺させた。

即座に幕僚を招集して検討させたが、わずかなデータしかないためもあり、スプルーアンスとキャプランが出した報告以上のものにたどりつくことはできなかった。

「ハルゼーはやる気なのでしょうかね」副長官のバロック中将が複雑な表情で言う。

「副長官。君は戻すべきだと思っているようだね」

「その兵器の正体を知るために、第一六任務部隊を使うという策があるのは私も承知しています。それがなかなか魅力的な策であることもです。敵の正体が摑めなければ、その対抗策もできないのですから……しかし、二隻の護衛空母と一隻の駆逐艦を一撃で葬り去った力から見て、この魅力的な策が我々に与える被害を考えると、非常に悩むところです」

「正直に言って私もそこで悩んでいるんだよ、副長官。いったんハルゼーたちを引き上げさせて、増援部隊が到着するまで待つべきか、それともハルゼーに断行させて一刻も早く正確な情報を得るべきなのかね」

「戻すべきでしょう」言い切ったのは作戦部長だった。「なぜなら、ハルゼーが果たして敵の正体を摑みきれるか、私はそれに疑問を感じるからです。戦いにおいてはハルゼーという男はハワイ一の力量を示す闘将です。しかしその分、目配り、気配りに欠けるタイプです。下手をすると、被害は受けるわ、新兵器の正体はわからないわ、という結果になる可能性もあります」

作戦部長の意見をもっともだと感じた司令部幕僚は、多い。もともとハルゼーという男は、司令部のデスク・ワーク陣を馬鹿にする傾向があるため、司令部幕僚たちからの評判が芳しくなかったことも大きく影響していた。

「しかし、作戦部長。時間をおけば本土の評価に悪影響があり、国民の受けもより低下します。ないとは思いますが、また講和しろなどという声も上がりかねませんよ。そして多分、我が合衆国は大きく譲歩を求められるはずです。ほぼ敗北に近い譲歩です。それを避けるには、論より行動だと私は思います」

作戦部長に反論したのは、現在は人事を担当しているが、実戦部隊上がりで司令部ではハルゼーに理解を示す人物だった。

激論が始まった。ニミッツは腕を組んだまま、黙って聞いていた。

二つの意見はともに説得力があった。だが、両方ともに危険が内包されている。

待てば、敗北とも言える講和の危険性。そうなれば、ニミッツをはじめ現司令部のほとんどが更迭されるだろう。

事を急げば、再び太平洋艦隊は戦力的に大きな後退をせざるを得ない。それでも新兵器の正体が摑めるのなら賭けてみる価値はあるが、ハルゼーでは失敗する可能性も決して低くない。

議論が出尽くし、幕僚たちは決を待つように沈黙に入った。

「あと一日、時間をくれないかな」やがてニミッツが言って立ち上がった。一日で結論が出せるかどうかの自信はなかったが、今ニミッツはそう言うだけで精一杯だったのである。

「ふざけやがって！」

待機せよとの暗電受けたハルゼー中将が、思いきり艦橋の壁を蹴り上げた。今日こそは最後の対決と燃え上がるだけ燃え上がっていただけに、怒りが心頭に発している。

「机上で戦争する奴は最低だぜ！」

逆上するハルゼーを、ブローニング参謀長は黙って見ている。こういうときには荒れるだけ荒れさせなければ、ハルゼーの怒りは内にこもるだけで後になって噴火する。そのほうがブローニングにはずっと怖いのだ。

（一時間だな）ブローニングはそう読んで、思考回路を閉じた。今ブローニングに必要なのは、沈黙と忍耐だった。

「いませんか……」神が残念そうに言った。

昨夜コンピュータではじき出したポイントに集中的な索敵を行なったのだが、アメリカ艦隊は影も形もなかった。

「別のポイントからも報告はねえようだな」千崎司令官も残念そうである。

二人とも、自分たちの新兵器をアメリカ太平洋艦隊司令部が恐れ、第一六任務部隊を東に戻したとは思いもつかなかった。

「待つしかないようですね……」神がしかたなさそうに言った。

「なんだと⁉ ロケット兵器だと！」

アメリカ合衆国第三二代大統領フランクリン・デラノ・ルーズベルトは、車椅子から転げ落ちそうになりながらもどうにか踏みとどまった。

「は、はい。詳細はまだわかりませんが、ドイツが開発したそれは推進器を持つ爆弾です。ドイツ国内から発射され、ドーバー海峡を飛び越えてロンドンまで飛来して着弾し、今までの集計では一八〇余名が死亡、一〇〇〇人を超える負傷者を出しているはずです」

報告を持ってきたルーズベルトお気に入りの補佐官ビル・L・エバンスが悲痛な顔で続けた。

「ドーバー海峡を越えて……」

「一説ではその兵器の速度は音速を超えるため、迎撃機はもちろん高射砲でも撃ち落とすことができず、対抗手段は皆無だそうです」

「やられ放題ということか」

「はい」

「で、チャーチルはなんと言ってきたんだ」

ある程度の想像はルーズベルトにもできていた。

「このままでは、ヨーロッパはヒトラーのドイツ第三帝国の手に落ちるだろう。アメリカはそれでいいのかと」

「ちっ。やはりそうか。しかし、これ以上ヨーロッパに深入りしたら太平洋に増援など無理だ。いくらアメリカが大国でも、そこまでの余裕はない。しかも現在太平洋は決して有利な戦況ではなく、増援しない限り負ける可能性もある」

ルーズベルトが車椅子の肘掛けをコツコツと指先でせわしなく叩く。苛立ったときの癖だ。

「冗談じゃないぞ。講和はできないと言ったばかりなのに、またこちらから持ちかければジャップどもは完全にこちらの足許を読むだろう……」

「しかし、大統領閣下。猶予がありません。今この時点でもロンドンにはロケット兵器が撃ち込まれているのですから」

エバンス補佐官の声が震えているのは、一番可愛がっている末娘がイギリス人の役人に嫁いでおり、ロンドンに在住していることもあった。エバンスは娘夫婦にアメリカに来るように再三勧めているが、イギリス人魂を標榜する娘婿は応じようとしなかった。

そのあたりのことはルーズベルトも知っているから、エバンスの狼狽ぶりも理解できた。

もちろんいくらお気に入りだからといって、そんな個人的なことで政治的判断をするルーズベルトではないが、エバンスの態度は間違いなくイギリス人のおおかたの不安であり恐怖であって、自分の対応いかんでは全ヨーロッパの友好国の怨みを背負い込み兼ねなかった。

「エバンス。閣僚をとにかく集めてくれ。ことはそう簡単に結論が出せるようなものではないことだしな」

「は、はあ」エバンスの表情がますます暗くなる。

「日本との講和しかありませんよ。現在の合衆国政府の経済事情では、ヨーロッパと太平洋の二つの場所で戦争を続行するのは無理です。かといってヨーロッパは棄てられない。そうですよね、大統領閣下」もともと講和政策寄りの財務長官が、冷ややかに言う。

ルーズベルトは、答えない。

「もっとも、大統領閣下が増税策をぶち上げてくださるなら、少しは引き延ばすことはできるでしょうがね」財務長官が続けた。

「今の税制でも、国民の負担が大きすぎると野党の連中は騒いでいる。ここで増税すれば野党の思うツボだし、国民も私の政治を見捨てるだろう」やっと開いたルーズベルトの口は重い。

「……他にいい提案はないかね」ルーズベルトが政府閣僚たちにすがるような目を向ける。豪胆ではないが、強気なルーズベルトにすれば珍しいことであった。しかし、事ここに至れば財務長官の言葉以上に良い提案も名案もあるはずもない。

「……わかった……講和で動こう」意を決したようにルーズベルトが言った。

「間違いなく前回以上に日本は強気に出てくるだろう。正直なところ、前回はまとまらなくても私はかまわないつもりだった。だが、今回は違う。かといって、日本側の言うことを全部受け入れれば、合衆国の将来に禍根を残すことになるのは間違いない。その点を十分に理解して欲しい」

ルーズベルトは、弱気と強気を混ぜながら結論した。

「笑止」

アメリカ側の再度の講和交渉の申し入れに対して、大日本帝国総理大臣東条英機陸軍大将は一喝した。だが、本音は違う。外に向かっては強気な態度を崩さない東条だが、帝国の経済は日を追うごとに追い詰められているのだ。

ところが、だからといって自分から戦争をやめるつもりは東条にはいささかもない。しかし有利な条件で講和が結べるならば、国を富ませることができる。それは次の戦いへの備蓄になるのだ。世界制覇などというアドルフ・ヒトラーが掲げるような大きな口をきくつもりはないが、軍人東条、政治家東条としての名声への野望はあった。

（相手次第だ。いつだってな）

首相官邸の自分の執務室で、東条は遠くを見た。講和の文字が見え隠れするが、固執する気はまったくなかった。

（超戦闘空母『大和』上　了）

コスミック文庫

超戦闘空母「大和」上
最強航空戦隊

2022年11月25日　初版発行

【著者】
野島好夫

【発行者】
相澤　晃

【発行】
株式会社コスミック出版
〒154-0002 東京都世田谷区下馬6-15-4
代表　TEL.03(5432)7081
営業　TEL.03(5432)7084
FAX.03(5432)7088
編集　TEL.03(5432)7086
FAX.03(5432)7090
【ホームページ】
http://www.cosmicpub.com/
【振替口座】
00110-8-611382
【印刷／製本】
中央精版印刷株式会社

乱丁・落丁本は、小社へ直接お送り下さい。郵送料小社負担にてお取り替え致します。定価はカバーに表示してあります。

ISBN978-4-7747-6433-7 C0193